OBRAS DA AUTORA PUBLICADAS PELA EDITORA RECORD

Série *Tudors*
A irmã de Ana Bolena
O amante da virgem
A princesa leal
A herança de Ana Bolena
O bobo da rainha
A outra rainha
A rainha domada
Três irmãs, três rainhas
A última Tudor

Série *Guerra dos Primos*
A rainha branca
A rainha vermelha
A senhora das águas
A filha do Fazedor de Reis
A princesa branca
A maldição do rei

Fairmile
Terra das marés
Marés sombrias

Terra virgem

PHILIPPA GREGORY

A irmã de Ana Bolena

Tradução de
ANA LUIZA BORGES

13ª edição

EDITORA RECORD
RIO DE JANEIRO • SÃO PAULO
2025

CIP-Brasil. Catalogação na fonte
Sindicato Nacional dos Editores de Livros, RJ.

Gregory, Philippa

G833i   A irmã de Ana Bolena / Philippa Gregory; tradução de Ana Luiza
13ª ed.   Borges. – 13ª ed. – Rio de Janeiro: Record, 2025.

Tradução de: The other Boleyn girl
ISBN 978-85-01-07369-3

1. Bolena, Maria, 1508-1543 – Ficção. 2. Grã-Bretanha – História – Henrique VIII, 1509-1547 – Ficção. 3. Romance inglês. I. Borges, Ana Luiza. II. Título.

06-1379

CDD – 823
CDU – 821.111-3

Título original em inglês:
THE OTHER BOLEYN GIRL

Copyright © Levon Publishing Ltd 2001

Todos os direitos reservados. Proibida a reprodução, no todo ou em parte, através de quaisquer meios. Os direitos morais da autora foram assegurados.

Texto revisado segundo o novo Acordo Ortográfico da Língua Portuguesa.

Direitos exclusivos de publicação em língua portuguesa para o Brasil e América Latina adquiridos pela
EDITORA RECORD LTDA.
Rua Argentina, 171 – Rio de Janeiro, RJ – 20921-380 – Tel.: (21) 2585-2000,
que se reserva a propriedade literária desta tradução.
Venda proibida em Portugal.

Impresso no Brasil

ISBN 978-85-01-07369-3

Seja um leitor preferencial Record.
Cadastre-se no site www.record.com.br e receba informações sobre nossos lançamentos e nossas promoções.

Atendimento e venda direta ao leitor:
sac@record.com.br

Para Anthony

Primavera, 1521

Eu podia ouvir o rufar dos tambores. Mas não via nada além dos laços no corpete da mulher em pé à minha frente bloqueando a minha visão do cadafalso. Estava nessa corte fazia mais de um ano e havia presenciado centenas de festividades, mas nunca uma igual a essa.

Afastando-me um pouco para o lado e esticando o pescoço, consegui ver o condenado, acompanhado do padre, caminhando lentamente da Torre para o gramado, onde a plataforma de madeira o aguardava, o bloco de madeira colocado no centro, o carrasco vestido para o trabalho, a camisa sem mangas e o capuz preto sobre a cabeça. Parecia mais um espetáculo teatral amador do que um evento de verdade, e eu assistia como se a um entretimento da corte. O rei, sentado em seu trono, parecia distraído, como se revisse mentalmente seu discurso de perdão. Atrás dele, em pé, estava meu marido havia um ano, William Carey, meu irmão, George, e meu pai, Sir Thomas Bolena, todos muito sérios. Contraí meus pés em meus sapatos de seda e torci para o rei se apressar e conceder logo a clemência, de modo que todos pudéssemos comer o desjejum. Eu tinha somente 13 anos, e estava sempre com fome.

O duque de Buckinghamshire, lá longe, no cadafalso, tirou seu casaco grosso. Era um parente próximo o bastante para que eu o chamasse de tio. Viera ao meu casamento e me dera uma pulseira de ouro. Meu pai me disse que ele ofendera o rei de mil maneiras: tinha sangue real nas veias e mantinha um séquito grande demais de homens armados para desconforto de um rei ainda não perfeitamente seguro em seu trono; e o pior de tudo é que supostamente teria dito que o rei não tinha nenhum filho varão, que talvez nunca viesse a ter, e que provavelmente morreria sem um filho para sucedê-lo no trono.

Um pensamento desse tipo não deveria ser expresso em voz alta. O rei, a corte, a região toda sabia que um menino deveria nascer da rainha, e nascer logo. Insinuar o contrário era dar o primeiro passo no caminho que levava aos degraus de madeira do cadafalso, os quais o duque, meu tio, agora subia com firmeza, sem medo. Um bom cortesão nunca se refere a verdades intragáveis. A vida de uma corte tem de ser sempre alegre.

Tio Stafford foi à frente do tablado para dizer suas últimas palavras. Eu estava longe demais para ouvi-lo, e, de qualquer maneira, estava observando o rei, que esperava a deixa para avançar e oferecer seu perdão real. Esse homem no cadafalso, sob o sol do começo da manhã, tinha sido parceiro do rei no tênis, seu rival em torneios, seu amigo em centenas de rodadas de bebida e no jogo. Eram camaradas desde meninos. O rei estava lhe dando uma lição, uma lição pública eficaz, mas em seguida o perdoaria e todos poderíamos comer o desjejum.

A pequena figura ao longe virou-se para o seu confessor. Curvou a cabeça para a bênção e beijou o rosário. Ajoelhou-se diante do cepo e segurou-se nele com as duas mãos. Eu me perguntei como seria pôr a bochecha sobre a madeira encerada, lisa, sentir o cheiro do vento quente soprando do rio, ouvir o grito das gaivotas lá em cima. Mesmo sabendo que era uma encenação e não a realidade, devia ser estranho para o meu tio abaixar a cabeça e saber que o carrasco estava em pé atrás dele.

O carrasco ergueu o machado. Olhei para o rei. Estava atrasando demais a sua intervenção. Voltei a olhar para o tablado. Meu tio, cabeça abaixada, os braços abertos, sinal de seu consentimento, sinal de que o machado podia baixar. Olhei novamente para o rei, ele deveria se levantar agora. Mas continuou sentado, o belo rosto com a expressão severa. E enquanto eu o olhava, houve outro rufar de tambores subitamente silenciado, e então o baque surdo do machado, uma vez, de novo, e uma terceira vez: o som de cortar lenha. Incrédula, vi a cabeça de meu tio quicar na palha e um esguicho escarlate de sangue jorrar do pescoço estranhamente atarracado. O carrasco de capuz preto pôs seu grande instrumento de trabalho manchado de lado e levantou a cabeça da vítima pelo cabelo espesso encaracolado, para que todos víssemos a coisa estranha parecida com uma máscara: preta com a venda da testa ao nariz, e os dentes expostos em um último sorriso desafiador.

O rei levantou-se devagar e eu inocentemente pensei: "Meu Deus, como isso vai ser terrivelmente constrangedor. Agora é tarde demais. Deu tudo errado. Ele perdeu o momento certo de falar."

Mas eu estava enganada. Não era tarde demais, ele não perdera o momento certo. Ele quisera que meu tio morresse diante da corte para que todos soubessem que havia um único rei, e que esse era Henrique. Só podia haver um único rei, Henrique. E haveria um filho varão nascido desse rei — e até mesmo insinuar o contrário significava uma morte desonrosa.

cg

A corte retornou calmamente ao Palácio de Westminster em três barcaças remadas rio acima. Os homens na margem tiravam o chapéu e se ajoelhavam quando a barcaça real passava veloz com galhardetes agitados pelo vento e panos vistosos. Eu estava na segunda barcaça com as mulheres da corte, a embarcação da rainha. Minha mãe estava sentada ao meu lado. Em um raro momento de interesse, olhou-me de relance e comentou:

— Você está muito pálida, Maria, está enjoada?

— Não achei que ele seria executado — eu disse. — Pensei que o rei o perdoaria.

Apesar do chiado do barco e do ruído dos remadores, minha mãe inclinou-se e aproximou sua boca de minha orelha para garantir que ninguém nos ouviria.

— Então você é uma boba — disse ela, abruptamente. — E uma boba por expressar isso. Observe e aprenda, Maria. Não há lugar para erros na corte.

Primavera, 1522

— Irei à França amanhã e trarei sua irmã Ana para casa — disse-me meu pai na escadaria do Palácio de Westminster. — Ela vai ocupar um posto na corte da rainha Maria Tudor quando retornar à Inglaterra.

— Pensei que ela fosse ficar na França — disse. — Achei que se casaria com um conde francês ou algo assim.

Ele sacudiu a cabeça.

— Temos outros planos para ela.

Eu sabia que não adiantava perguntar quais eram esses planos. Teria de esperar e ver. Eu tinha o maior medo de que arranjassem um casamento melhor para ela do que o meu, de ter de seguir a bainha de seu vestido enquanto ela andava altiva à frente pelo resto da minha vida.

— Não fique com essa cara carrancuda — disse meu pai rispidamente.

Imediatamente, sorri-lhe meu sorriso bajulador.

— É claro, papai — disse obedientemente.

Ele balançou a cabeça aprovando, e curvei-me em reverência quando se foi. Ergui o corpo e fui devagar para o quarto de meu marido. Havia um pequeno espelho na parede e fiquei olhando minha imagem nele refletida. "Vai ficar tudo bem", sussurrei para mim mesma. "Sou uma Bolena, o que não é pouca coisa, e minha mãe nasceu uma Howard, uma das famílias mais importantes da região. Sou uma Howard, sou uma Bolena", mordi o lábio. "Mas ela também é."

Sorri meu sorriso adulador e o bonito rosto refletido me sorriu de volta. "Sou a Bolena mais nova, mas não a menos importante. Sou casada com

William Carey, um homem merecedor dos favores do rei. Sou a dama mais nova e a favorita da rainha. Ninguém vai tirar isso de mim. Nem mesmo ela."

☙

Ana e meu pai se atrasaram por causa das tormentas da primavera e me vi torcendo, puerilmente, para que a embarcação naufragasse e ela se afogasse. Ao pensar na sua morte, sentia uma angústia confusa, uma aflição genuína misturada com alegria. Não existia um mundo para mim sem Ana, e não havia mundo suficiente para nós duas.

De qualquer jeito, ela chegou sã e salva. Vi meu pai caminhando com ela da plataforma de desembarque para a trilha de cascalhos que levava ao palácio. Embora à janela do primeiro andar, podia ver o ondular de seu vestido, o corte elegante de seu manto, e um momento de pura inveja me dominou ao ver como se enrolava em seu corpo. Esperei até ela ficar fora de vista e corri para o meu assento na sala de audiências da rainha.

Planejei que ela deveria primeiro me ver muito à vontade nas salas ricamente atapetadas da rainha, e só depois eu me levantaria e a cumprimentaria, com maneiras adultas e graciosas. Mas quando as portas se abriram e ela entrou, fui tomada por uma afobação súbita de alegria e me ouvi gritando "Ana!" e correndo ao seu encontro, minha saia farfalhando. E Ana, que havia chegado com a sua postura altiva e dardejando seu olhar arrogante por toda parte, de repente deixou de ser a grande dama de 15 anos e abriu os braços para mim.

— Você cresceu — disse ela esbaforida, me abraçando forte, o rosto contra o meu.

— Consegui saltos *realmente* altos. — Aspirei seu perfume familiar. Sabonete e essência de rosas em sua pele quente, alfazema em suas roupas.

— Você está bem?
— Sim. E você?
— *Bien sur*! Como está indo? O casamento?
— Nada mal. Roupas bonitas.
— E ele?
— Muito importante. Sempre com o rei, é muito considerado.
— Você fez?
— Sim, há séculos.

— Doeu?

— Muito.

Afastou-se para ver minha expressão.

— Não demais — eu disse, mudando. — Ele é gentil. Sempre me dá vinho. É simplesmente chocante, verdade.

Seu escárnio se desfez e deu um risinho, seus olhos pestanejando.

— Como assim, chocante?

— Ele mija no urinol, onde eu possa ver!

Ela caiu na risada.

— Não!

— Bem, meninas — disse meu pai chegando por trás de Ana. — Maria, leve Ana e a apresente à rainha.

Imediatamente me virei e a conduzi pelo grupo de damas de honra, até onde estava a rainha, ereta em sua cadeira ao lado da lareira.

— Ela é severa — disse a Ana. — Não é como na França.

Catarina de Aragão avaliou Ana com um daqueles movimentos rápidos de seus olhos azul-claros e senti uma pontada de medo de que ela preferisse minha irmã a mim.

Ana fez uma mesura francesa perfeita e se ergueu como se o palácio lhe pertencesse. Falou com uma voz ondulante, com um sotaque sedutor, cada gesto seu sendo o gesto da corte francesa. Notei, com alegria, a reação gélida da rainha às maneiras elegantes de Ana. Levei-a para perto da janela.

— Ela odeia os franceses — eu disse. — Nunca a aceitará à sua volta se continuar assim.

Ana deu de ombros.

— Eles são os mais elegantes. Quer ela queira, quer não. Quem mais?

— Uma espanhola? — propus. — Se quiser fingir ser outra pessoa.

Ana riu.

— E usar aqueles capuzes? Parecem andar com um telhado enfiado na cabeça!

— Psiuuu! — eu disse, repreendendo-a. — Ela é uma bela mulher. A mais bela da Europa.

— Ela é uma velha — disse Ana cruelmente. — Veste-se como uma velha, com as roupas mais feias da Europa, e é da nação mais estúpida da Europa. Não temos tempo para a Espanha.

— Quem somos "nós"? — perguntei friamente. — Não os ingleses, por certo.

— *Les Français*! — replicou irritada. — *Bien sur*! Agora, sou só francesa.

— Nasceu e se criou na Inglaterra, como George e eu — respondi com firmeza. — E fui educada na corte francesa tanto como você. Por que sempre quer bancar a diferente?

— Porque todos têm de fazer alguma coisa.

— O que quer dizer?

— Toda mulher tem que ter algo que a distinga, que atraia os olhares, que a faça se tornar o centro das atenções. Vou ser francesa.

— Então pretende simular ser o que não é — repliquei, reprovando-a.

Seus olhos cintilaram para mim e me avaliaram de uma maneira que somente Ana sabia fazer.

— Não finjo nem mais nem menos do que você — disse calmamente. — Minha irmãzinha, minha irmã preciosa, minha irmã querida.

Olhei nos seus olhos, meu olhar mais claro em seus olhos escuros, e percebi que eu sorria o seu sorriso, que ela era um espelho sombrio para mim.

— Oh, é isso — eu disse, ainda me recusando a admitir a insinuação. — Oh, é isso.

— Exatamente — replicou ela. — Serei obscura, francesa, elegante e difícil, e você será doce, franca, inglesa e justa. Que par não formaremos. Que homem poderá resistir a nós duas?

Ri. Ela sempre conseguia me fazer rir. Olhei para baixo pela janela e vi o grupo de caçadores do rei retornando ao pátio do estábulo.

— Esse é o rei? Ele é tão bonito quanto dizem? — perguntou Ana.

— Ele é maravilhoso. É maravilhoso mesmo. Dança, monta e... oh!... nem sei como dizer!

— Ele está vindo para cá?

— É provável. Ele sempre vem vê-la.

Ana relanceou os olhos, com desprezo, para onde a rainha estava costurando com suas damas de companhia.

— Não imagino por quê.

— Porque ele a ama — respondi. — É uma linda história de amor. Ela se casou com o irmão dele, que morreu muito jovem, e então ela ficou sem saber o que fazer, aonde ir, e ele a tomou e a fez sua mulher e sua rainha. É uma história linda e ele continua a amá-la.

Ana ergueu as sobrancelhas formando um arco perfeito e relanceou os olhos pela sala. Todas as mulheres a serviço da rainha tinham escutado o grupo de caça retornando, e haviam ajeitado as saias de seus vestidos, e se arrumado nas cadeiras de modo a formarem um pequeno quadro para ser visto da entrada quando a porta fosse aberta e Henrique, o rei, no limiar, risse impetuosamente, como fazem os jovens.

— Vim surpreendê-las, pegá-las em flagrante!

— Como estamos surpresas! — disse a rainha carinhosamente. — E que prazer!

Os acompanhantes e amigos do rei o seguiram. Meu irmão George foi o primeiro, procurando, ao chegar no limiar da porta, Ana, mas reprimindo o prazer que sentia por trás de sua bela face aduladora. Fez uma mesura à rainha.

— Majestade! — E aproximou o rosto de seus dedos. — Passei o dia ao sol, mas só agora estou deslumbrado.

Ela sorriu, um sorriso ligeiro, cortês, enquanto seus olhos desciam para a sua cabeça baixa, seu cabelo preto cacheado.

— Pode cumprimentar sua irmã.

— Maria está aqui? — perguntou George com indiferença, como se não nos tivesse visto.

— Sua outra irmã, Ana — a rainha o corrigiu. Com um pequeno gesto de sua mão, cheia de anéis, fez sinal para que nós duas avançássemos. George lançou-nos uma reverência rápida sem sair de perto do trono.

— Ela mudou muito? — perguntou a rainha.

George sorriu.

— Espero que mude mais diante de um modelo como Sua Majestade.

A rainha deu uma risadinha.

— Encantador — disse ela agradecida, e fez sinal para que fosse até nós.

— Olá, Srta. Bela — disse ele a Ana. — Olá, Sra. Bela — disse para mim. Ana olhou-o sob suas pestanas escuras.

— Gostaria de poder abraçá-lo — disse ela.

— Sairemos assim que der — decretou George. — Parece bem, Ana Maria.

— Estou bem — disse ela. — E você?

— Nunca estive melhor.

— Como é o marido da pequena Maria? — perguntou ela com curiosidade, observando William entrar e fazer uma mesura à rainha.

— Bisneto do terceiro conde de Somerset, e muito considerado pelo rei.
— George contou de bom grado a única coisa que interessava: sua ascendência e sua proximidade com o trono. — Ela fez bem. Sabia que foi trazida de volta para se casar, Ana?

— Papai não disse com quem.

— Acho que irá para Ormonde — disse George.

— Uma condessa — disse Ana sorrindo triunfante para mim.

— Só que irlandesa — repliquei no mesmo instante.

Meu marido saiu detrás da cadeira da rainha, nos viu e ergueu uma sobrancelha diante do olhar intenso e provocador de Ana. O rei sentou-se ao lado da rainha e olhou em volta da sala.

— A irmã de minha querida Maria Carey veio para juntar-se a nós — disse a rainha. — Esta é Ana Bolena.

— Irmã de George? — perguntou o rei.

Meu irmão fez uma reverência.

— Sim, Majestade.

O rei sorriu para Ana. Ela fez uma reverência, a cabeça ereta e um ligeiro sorriso desafiador nos lábios. O rei não se sentiu atraído, gostava de mulheres fáceis, gostava de mulheres sorridentes. Não gostava de mulheres que o encaravam com olhos negros desafiadores.

— Está feliz por estar de novo com a sua irmã? — perguntou-me ele.

Fiz uma reverência acentuada e me ergui enrubescendo ligeiramente.

— É claro, Majestade — repliquei, com meiguice. — Que garota não ansiaria pela companhia de uma irmã como Ana?

Suas sobrancelhas se contraíram ligeiramente. Ele preferia o humor obsceno franco dos homens à sagacidade mordaz das mulheres. Olhou para mim e em seguida para a expressão levemente zombeteira de Ana, percebeu a piada e caiu na gargalhada. Estalou os dedos e estendeu a mão para mim.

— Não se preocupe, querida — disse ele. — Ninguém consegue eclipsar a noiva nos primeiros anos de beatitude do casamento. E tanto Carey quanto eu temos uma preferência pelas louras.

Todos riram, principalmente Ana, que tinha o cabelo escuro, e a rainha, cujo cabelo castanho-avermelhado tinha-se descolorido para castanho e grisalho. Seriam loucos se não tivessem rido da piada do rei. E eu também ri, com mais alegria do que eles, poderia afirmar.

Os músicos tocaram o acorde de abertura, e Henrique me puxou para si.

— Você é uma garota muito bonita — disse ele. — Carey me disse que gosta tanto de uma noiva jovem que só se deita com virgens de doze anos.

Foi difícil manter o queixo erguido e o sorriso nos lábios. Giramos na dança e ele sorriu para mim.

— Ele é um homem de sorte — disse cortesmente.

— Tem sorte de ter o seu favor — surpreendi-me, titubeando com o elogio.

— Tem mais sorte por ter o seu, eu diria! — e deu uma gargalhada repentina. Então, giramos, e vi o olhar rápido de aprovação de meu irmão e o que foi ainda mais agradável: o olhar invejoso de Ana quando o rei da Inglaterra passou por ela comigo em seus braços.

☙

Ana penetrou furtivamente na rotina da corte inglesa e aguardou seu casamento. Ainda não conhecera seu futuro marido, e parecia que os argumentos sobre o dote e as cláusulas do contrato nunca se definiriam. Nem mesmo a influência do cardeal Wolsey, que tinha o dedo nesta como em qualquer outra torta na padaria que era a Inglaterra, conseguiu acelerar um acordo. Nesse meio-tempo, ela se divertia elegantemente como uma francesa, servia à irmã do rei com uma graça desinteressada, e gastava horas, diariamente, em fofocas, cavalgando e jogando comigo e com George. Tínhamos o mesmo gosto e a diferença de idade era pequena. Eu era o bebê de 14 anos, em relação aos 15 anos de Ana e os 19 anos de George. Nosso parentesco era o mais próximo, e ainda assim éramos quase estranhos. Eu tinha estado na corte francesa com Ana enquanto George aprendia seu ofício de cortesão na Inglaterra. Agora, reunidos, passamos a ser conhecidos como os três Bolena, e o rei, com frequência, quando estava em seus aposentos privados, nos chamava, e alguém era mandado correr o castelo de uma ponta à outra para nos buscar.

A nossa tarefa primordial era intensificar os muitos entretenimentos do rei: torneios, tênis, equitação, caça com falcões, dança. Ele gostava de viver em perene excitação e cabia a nós assegurar que nunca se entediasse. Mas às vezes, muito raramente, na hora quieta antes do jantar, ou se a chuva impedisse que caçasse, ia sozinho aos aposentos da rainha. Ela, então, largava a costura ou a leitura e nos dispensava com apenas uma palavra.

Se eu me demorasse, poderia vê-la sorrir para ele, de uma maneira como nunca sorria para ninguém, nem mesmo para a sua filha, a princesa Mary. E uma vez, quando entrei sem saber que o rei estava lá, o peguei sentado a seus pés como um amante, com a cabeça em seu colo, enquanto ela afastava carinhosamente seus cachos ruivos dourados de sua testa e os enrolava nos dedos, em que cintilavam o mesmo brilho dos anéis que ele lhe dera quando ainda era uma jovem princesa com o cabelo tão lustroso quanto o dele, e quando se tinha casado com ela contra a vontade de todos.

Saí na ponta dos pés, sem que me vissem. Era tão raro poderem ficar a sós que não quis quebrar o encanto. Fui procurar Ana. Estava caminhando no jardim frio com George, um ramo de galanto nas mãos e o manto bem enrolado em volta do corpo.

— O rei está com a rainha — disse ao me unir a eles. — Estão sozinhos.

Ana ergueu uma sobrancelha.

— Na cama? — perguntou curiosa.

Corei.

— É claro que não, são 2 da tarde.

Ana sorriu para mim.

— Deve ser uma esposa feliz se acha que não pode ir para a cama antes de a noite cair.

George estendeu seu outro braço para mim.

— Ela é uma esposa feliz — disse ele, por mim. — William estava dizendo ao rei que nunca tinha conhecido uma garota tão doce. Mas o que eles estavam fazendo, Maria?

— Estavam apenas sentados juntos — repliquei. Senti que não queria descrever a cena a Ana.

— Não vai ser desse jeito que vai gerar um filho — disse Ana asperamente.

— Silêncio! — George e eu dissemos ao mesmo tempo. Nós três nos aproximamos e baixamos a voz.

— Ela já deve estar perdendo a esperança — disse George. — Qual a sua idade agora? Trinta e oito? Trinta e nove?

— Só 37 — respondi com indignação.

— Ela ainda tem as regras mensais?

— Oh, George!

— Sim, tem — replicou Ana de maneira prosaica. — Mas de pouco lhe adiantam. A culpa é dela. Não se pode culpar o rei com o seu bastardo de Bessie Blount aprendendo a montar seu pônei.

— Ainda tem muito tempo — eu disse, defensivamente.

— Tempo para ela morrer e ele se casar de novo? — disse Ana pensativamente. — Sim. E ela não é forte, é?

— Ana! — pela primeira vez minha aversão por ela foi genuína. — Isso é imoral.

George olhou em volta mais uma vez para se certificar de que não havia ninguém por perto. Duas garotas Seymour caminhavam com a mãe, mas não lhes prestamos atenção. Sua família era a nossa principal rival, gostávamos de fingir que não os víamos.

— É imoral, mas é verdadeiro — disse ela insensivelmente. — Quem será o próximo rei, se ele não tiver um filho?

— A princesa Mary pode se casar — sugeri.

— Um príncipe estrangeiro para governar a Inglaterra? Isso nunca vai acontecer — disse George. — E não vamos suportar outra guerra pelo trono.

— A princesa Mary poderia se tornar rainha por direito, e não se casar — eu disse sem pensar. — Poderia ela própria governar.

Ana deu um suspiro de descrédito, sua respiração enfumaçando o ar frio.

— Oh, sim — disse com ironia. — Poderia montar com uma perna de cada lado e aprender a combater. Uma garota não pode governar um país como este, os grandes senhores a comeriam viva.

Paramos diante da fonte que ficava no centro do jardim. Ana, com a sua graça bem treinada, sentou-se na borda da fonte e olhou a água, alguns peixes dourados nadaram esperançosos na sua direção; ela tirou a luva bordada, e chapinhou a água com os dedos longos. Aproximaram-se, pequenas bocas abrindo-se para mordiscar o ar. George e eu a observamos enquanto ela observava sua própria imagem encrespada.

— O rei pensa nisso? — perguntou à sua imagem refletida.

— Constantemente — respondeu George. — Não há nada mais importante no mundo. Acho que é capaz de legitimar o menino de Bessie Blount e de declará-lo seu herdeiro se não houver descendentes da rainha.

— Um bastardo no trono?

— Ele não foi batizado Henrique Fitzroy à toa — replicou George. — Ele é reconhecido como o filho único do rei. Se Henrique viver tempo suficiente para manter o país seguro para ele, se ele conseguir com que os Seymour e nós, os Howard, concordemos, se Wolsey fizer com que a igreja o apoie e as potências estrangeiras... o que o deteria?

— Um menino, e é um bastardo — disse Ana pensativamente. — Uma menina de 6 anos, uma rainha idosa e um rei na flor da idade — ergueu os olhos para nós dois, desviando o olhar de seu próprio rosto pálido refletido na água. — O que vai acontecer? — perguntou. — Alguma coisa tem de acontecer. O que será?

☙

O cardeal Wolsey enviou uma mensagem à rainha nos convidando para participar de um baile de máscaras, na terça-feira de carnaval, que ele ofereceria em sua casa, York Place. A rainha pediu que eu lesse a carta e minha voz tremeu de excitação com as palavras: um grande baile de máscaras, uma fortaleza chamada Chateau Vert e cinco damas para dançar com os cinco cavaleiros que sitiariam o forte.

— Oh! Majestade... — comecei a dizer e, então, me calei.

— Oh! Majestade, o quê?

— Só estava pensando se eu poderia ir — repliquei humildemente. — Assistir às folias.

— Acho que estava pensando em um pouco mais do que isso, não? — me perguntou com um brilho nos olhos.

— Estava pensando se não poderia ser uma das damas — admiti. — Parece que vai ser maravilhoso.

— Sim, poderá ser — disse ela. — Quantas damas o cardeal me pede?

— Cinco — respondi com calma. Pelo canto do olho, vi Ana se recostar e fechar os olhos por um instante. Eu sabia exatamente o que ela estava fazendo. Podia escutar sua voz mentalmente, tão alto quanto se estivesse gritando: "Me escolha! Me escolha! Me escolha!"

Deu certo.

— A Srta. Ana Bolena — disse a rainha pensativamente —, a rainha Maria da França, a condessa de Devon, Jane Parker, e você, Maria.

Eu e Ana trocamos um rápido olhar. Seríamos um quinteto estranhamente agrupado: a tia do rei, sua irmã a rainha Maria, a herdeira Jane Parker que provavelmente seria nossa cunhada, se o seu pai e o nosso concordassem com o seu dote, e nós duas.

— Iremos de verde? — perguntou Ana.

A rainha sorriu para ela.

— Oh, acho que sim — replicou. — Maria, por que não escreve ao cardeal dizendo que teremos muito prazer em comparecer, e pedindo que mande um mestre de folia para que possamos escolher as fantasias e planejar nossas danças?

— Eu faço isso — Ana levantou-se de sua cadeira e foi até a mesa onde estavam a pena, a tinta e o papel. — A caligrafia de Maria é tão ilegível que ele pode achar que enviamos uma recusa.

A rainha riu.

— Ah, a erudita francesa — disse amavelmente. — Então você escreverá ao cardeal, Srta. Bolena, em seu belo francês, ou deverá lhe escrever em latim?

O olhar de Ana não se alterou.

— Como preferir, Majestade — disse ela sem titubear. — Sou razoavelmente fluente nos dois.

— Diga-lhe que estamos ansiosas para desempenhar o nosso papel em seu Chateau Vert — disse a rainha suavemente. — É uma pena que não escreva em espanhol.

☙

A chegada do mestre de folias, que veio nos ensinar os passos da dança, foi o sinal para a batalha selvagem combatida com sorrisos e as palavras mais doces para decidir quem representaria o quê na mascarada. No fim, a própria rainha interferiu e distribuiu os papéis sem mais discussões. Deu-me o papel de Gentileza; a irmã do rei, a rainha Maria, recebeu o melhor papel, o da Beleza; Jane Parker foi Constância.

— Bem, ela realmente se gruda — cochichou Ana para mim.

Ana recebeu o da Perseverança.

— Mostra o que ela pensa de você — cochichei de volta. Ana demonstrou humor e deu um risinho.

Seríamos atacadas por índias — na verdade, coristas da capela real — até sermos salvas pelo rei e seus amigos. Fomos avisadas de que o rei estaria disfarçado e que deveríamos tomar cuidado em não revelar o truque óbvio de uma máscara dourada amarrada em uma cabeça dourada, mais alta do que todos na sala.

☙

Acabou sendo uma brincadeira maravilhosa, muito mais divertida do que eu esperava, muito mais um campo de jogos do que uma dança. George atirou pétalas de rosas em mim e se encharcou de água de rosas. As coristas não passavam de meninos que ficaram superexcitados e atacaram os cavaleiros, sendo balançados no alto e girados, depois largados no chão, tontos e rindo divertidos. Quando nós, as damas, saímos do castelo e dançamos com os cavaleiros misteriosos, foi o cavaleiro mais alto que veio dançar comigo, o rei em pessoa, e eu ainda sem fôlego por causa da batalha com George, e com pétalas de rosas no cabelo e frutas cristalizadas caindo das dobras de meu vestido, me vi rindo e lhe dando a mão, dançando com ele como se fosse um homem comum e eu não passasse de uma criada de cozinha em uma folia rural.

Quando o sinal para tirar as máscaras seria dado, o rei gritou:

— Vamos continuar! Vamos dançar um pouco mais! — e em vez de se virar e tomar outro par, me conduziu de novo, em uma dança campestre, em que ficávamos de mãos dadas, e vi seus olhos brilhando pela fresta de sua máscara dourada. Despreocupada e rindo, sorri de volta e deixei essa aprovação radiante penetrar minha pele.

— Invejo seu marido que, hoje à noite, quando seu vestido se soltar, será coberto de doces — disse ele à meia-voz, quando ficamos lado a lado, na dança, observando o casal no centro do círculo.

Não me ocorreu nenhuma resposta espirituosa, esses não eram os elogios formais de quando se fazia a corte. A imagem de um marido sendo coberto de doces era excessivamente doméstica, e excessivamente erótica.

— É claro que não tem o que invejar — repliquei. — É claro que tem tudo.

— Por que seria assim? — perguntou ele.

— Porque é o rei — falei, esquecendo-me de que não poderia reconhecê-lo em seu disfarce. — O rei de Chateau Vert — completei. — Rei por um dia. O rei Henrique é que deveria invejá-lo, pois derrubou um cerco em uma única tarde.

— E o que acha do rei Henrique?

Lancei-lhe meu olhar inocente.

— É o maior rei que este país já teve. É uma honra estar em sua corte e um privilégio estar perto dele.

— Você o amaria como homem?

Baixei os olhos e corei.

— Não ousaria pensar nisso. Ele nunca sequer me olhou.

— Oh, olhou sim — disse o rei com firmeza. — Pode ter certeza disso. E se ele olhar mais de uma vez, Srta. Gentileza, faria jus a seu nome e seria gentil com ele?

— Maje... — mordi o lábio e me impedi de dizer "Majestade". Olhei em volta procurando Ana. Eu a queria, mais do que qualquer outra coisa, ao meu lado, e sua sabedoria a meu serviço.

— Foi chamada de Gentileza — lembrou-me ele.

Sorri, espreitando por minha máscara dourada.

— Sim — eu disse. — E acho que deveria ser gentil.

Os músicos encerraram a dança e aguardaram as ordens do rei.

— Tirar as máscaras! — disse e tirou a sua. Vi o rei da Inglaterra, arfei ligeira e esplendidamente, e vacilei.

— Ela está desmaiando! — gritou George. Foi perfeito. Caí nos braços do rei enquanto Ana, rápida como uma serpente, retirou minha máscara e — de maneira brilhante — arrancou o ornamento de minha cabeça de modo que meu cabelo dourado caísse como uma torrente sobre o braço do rei.

Abri os olhos, seu rosto estava bem próximo. Senti o perfume em seu cabelo, seu hálito em minha bochecha, observei seus lábios, ele estava perto o bastante para me beijar.

— Tem de ser gentil comigo — me lembrou.

— Você é o rei... — eu disse incrédula.

— E você prometeu ser gentil comigo.

— Não sabia que era Sua Majestade.

Ergueu-me delicadamente e me levou à janela. Abriu-a ele mesmo e o ar frio entrou. Joguei a cabeça e deixei meu cabelo agitar-se na corrente de ar.

— Desmaiou por medo? — perguntou ele, baixinho.

Olhei para baixo.

— Por prazer — sussurrei, tão doce quanto uma virgem na confissão.

Curvou a cabeça, beijou minha mão e, então, se levantou.

— Agora, vamos jantar! — gritou.

Olhei para Ana. Ela estava tirando sua máscara e me observando com uma expressão astuta, com o olhar Bolena, o olhar Howard que diz: o que aconteceu? Como posso tirar vantagem disso? Era como se sob sua máscara dourada houvesse outra bela máscara de pele, e só embaixo dessa estivesse a mulher de verdade. Quando olhei de volta para ela, me lançou um sorriso discreto, secreto.

O rei deu o braço à rainha, ela se levantou de sua cadeira, contente como se tivesse gostado de observar seu marido flertar comigo. Mas quando ele se virou para conduzi-la, ela parou e seus olhos azuis me encararam demorada e duramente, como se se despedissem de uma amiga.

— Espero que se recupere logo de seu desmaio, Sra. Carey — disse gentilmente. — Talvez devesse ir para seus aposentos.

— Acho que ela está tonta por falta de comida — interveio George, rapidamente. — Posso levá-la para jantar?

Ana adiantou-se.

— O rei assustou-a ao se revelar. Ninguém pensou nem por um instante que era Sua Majestade!

O rei riu deliciado, e a corte riu com ele. Só a rainha percebeu como nós três tínhamos contornado sua ordem de modo que, apesar de seu desejo, eu ficasse para jantar. Ela avaliou a força de nós três. Eu não era nenhuma Bessy Blount, que não tinha ninguém. Era uma Bolena, e os Bolena trabalhavam juntos.

— Então, venha e jante conosco, Maria — disse ela. As palavras convidavam, mas não havia nenhum afeto nelas.

☙

Não havia lugar marcado, os cavaleiros do Chateau Vert e as damas, todos misturados informalmente ao redor da mesa. O cardeal Wolsey, na qualidade de anfitrião, sentou-se à frente do rei com a rainha como o terceiro ponto na mesa, e o resto de nós se espalhou como quis. George me pôs ao seu lado e Ana chamou meu marido para o seu, e distraiu-o, enquanto o rei, no lado oposto ao meu, me olhava fixo, e eu, prudentemente, olhava para outro lado. À direita de Ana estava Henry Percy de Northumberland, do outro lado de George estava Jane Parker, me observando atentamente, como se tentando descobrir o truque para ser uma garota desejável.

Comi pouco, apesar de haver empadões, carnes de qualidade e caça. Comi um pouco de salada, o prato preferido da rainha, bebi vinho e água. Meu pai veio à mesa durante a refeição e se sentou ao lado de minha mãe, que cochichou algo rapidamente em seu ouvido e percebi seu olhar passar rápido por mim, como um mercador de cavalos avaliando uma potranca. Sempre que eu erguia os olhos, me deparava com o rei me olhando. E mesmo desviando meu olhar, tinha consciência de que continuava com os olhos fixos em mim.

Quando terminamos, o cardeal propôs que fôssemos ao salão escutar um pouco de música. Ana estava ao meu lado e me fez descer a escada, de modo que quando o rei chegasse nós duas estivéssemos sentadas em um banco encostado na parede. Foi natural ele parar e me perguntar como me sentia agora. Foi natural eu e Ana nos levantarmos quando ele passou, natural ele se sentar no banco vazio e me convidar a me sentar a seu lado. Ana afastou-se e conversou com Henry Percy, protegendo o rei e a mim da visão da corte, especialmente do olhar sorridente da rainha Catarina. Meu pai levantou-se para falar com ela, enquanto os músicos tocavam. Foi tudo feito com descontração e naturalidade, e isso significou que eu e o rei estávamos quase ocultos em um salão cheio de gente, com a música em volume alto o bastante para abafar nossa conversa sussurrada, e cada membro da família Bolena posicionado para dissimular o que estava acontecendo.

— Sente-se melhor? — perguntou baixinho.

— Nunca me senti tão bem, Majestade.

— Vou montar amanhã — disse ele. — Gostaria de me acompanhar?

— Se Sua Majestade puder me dispensar — repliquei, sem querer arriscar desagradar a rainha.

— Pedirei à rainha para dispensá-la pela manhã. Direi que está precisando de ar fresco.

Sorri.

— Que excelente médico seria, Majestade. É capaz de formular o diagnóstico e prover a cura no espaço de um único dia.

— Deverá ser uma paciente obediente e fazer tudo o que eu aconselhar — avisou-me.

— Serei. — Baixei os olhos para meus dedos. Sentia seu olhar em mim. Eu flutuava, mais alto do que poderia ter imaginado.

— Ordenarei que fique na cama por dias seguidos — disse ele, a voz bem baixa.

Fixei por um breve momento aquele olhar intenso em meu rosto e me senti corar e me ouvi gaguejar no silêncio. A música interrompeu-se abruptamente.

— Toquem mais! — disse minha mãe.

A rainha Catarina olhou em volta procurando o rei e o viu sentado ao meu lado.

— Dançamos? — pediu ela.

Foi uma ordem real. Ana e Henry Percy assumiram seu lugar em um círculo, e os músicos começaram a tocar. Levantei-me e Henrique foi sentar-se ao lado de sua mulher e nos observar. George foi o meu parceiro.

— Cabeça erguida — cochichou quando pegou minha mão. — Parece um gato pingado.

— Ela está me observando — sussurrei de volta.

— É claro que está. O mais importante é que *ele* a está observando. E o mais importante de tudo, papai e tio Howard a estão observando, e esperam que se conduza como uma jovem que está sendo favorecida. Você sabe, Sra. Carey, e subimos todos juntos com você.

Ergui a cabeça e sorri para o meu irmão, como se eu estivesse despreocupada. Dancei com toda graça que consegui, curvei-me, virei-me e girei sob sua mão cautelosa. E quando ergui os olhos para o rei e a rainha, me deparei com os dois me observando.

☙

Organizaram uma reunião de família na luxuosa casa de meu tio em Londres. Reunimo-nos em sua biblioteca, onde livros de capas escuras abafavam o ruído das ruas. Dois homens de libré foram posicionados do lado de fora para impedir qualquer interrupção e assegurar que ninguém parasse ou escutasse às escondidas. Discutiríamos negócios de família, segredos de família. Ninguém, a não ser um Howard, podia se aproximar.

Eu era o motivo e o tema da reunião. Eu era o centro ao redor do qual esses eventos girariam. Eu era o peão Bolena que deveria ser deslocado vantajosamente. Tudo estava concentrado em mim. Minha pulsação acelerou-se com a sensação da minha grande importância e com uma palpitação contraditória de ansiedade, de medo de decepcioná-los.

— Ela é fértil? — perguntou tio Howard à minha mãe.

— Suas regras são regulares e é uma garota sadia.

Meu tio aprovou balançando a cabeça.

— Se o rei a possui e ela concebe um bastardo, teremos então muito a ganhar.

Notei com uma espécie de concentração aterrorizada que a pele na bainha de suas mangas roçava a madeira da mesa, a riqueza de seu casaco assumindo o brilho das chamas da lareira atrás dele.

— Ela não pode mais dormir na cama de Carey. O casamento deve ser posto de lado enquanto o rei favorecê-la.

Dei um suspiro. Não consegui imaginar quem diria isso a meu marido. Além do mais, tínhamos jurado ficar juntos, que o casamento era para gerar filhos, que Deus havia nos unido e nenhum homem poderia nos separar.

— Eu não... — comecei.

Ana deu um puxão no meu vestido.

— Silêncio — sussurrou. As pequenas pérolas em seu capuz francês piscaram para mim como conspiradores de olhos espertos.

— Falarei com Carey — disse meu pai.

George pegou minha mão.

— Se você conceber um filho, o rei terá de ter certeza de que é dele e não de outro.

— Não posso ser sua amante — respondi em um sussurro.

— Não tem escolha. — Sacudiu a cabeça.

— Não posso fazer isso — eu disse em voz alta. Agarrei-me com força na mão confortadora de meu irmão e meus olhos percorreram a mesa comprida até meu tio, aguçado como um falcão de olhos pretos que não deixava passar nada.

— Senhor, lamento, mas gosto da rainha. É uma grande mulher e não posso traí-la. Prometi a Deus ser fiel a meu marido, como o trairia? Sei que o rei é o rei, mas não podem querer que eu faça isso. Absolutamente. Senhor, não posso fazer isso.

Não me respondeu. Tamanho era o seu poder que nem mesmo pensou em responder.

— O que devo fazer com uma consciência tão delicada? — perguntou ao silêncio que pairava sobre a mesa.

— Deixem comigo — disse Ana simplesmente. — Posso explicar a situação a Maria.

— Você é um tanto jovem para a tarefa de tutora.

Ela encarou-o confiante.

— Fui educada na corte mais elegante do mundo — disse ela. — E não fiquei ali à toa. Observei tudo. Aprendi tudo o que havia para ser visto. Sei o que é preciso aqui, e posso ensinar Maria a se comportar.

Ele hesitou por um momento.

— É melhor não ter estudado o flerte de maneira excessivamente íntima, Srta. Ana.

Sua serenidade era a de uma freira.

— É claro que não.

Senti meu ombro se erguer, como se a tivesse afastado.

— Não sei por que deveria fazer o que Ana diz.

Eu tinha desaparecido, apesar de ser o motivo da reunião. Ana roubara a atenção de todos.

— Bem, vou confiar em você para treinar sua irmã. Você também, George. Sabe como o rei é com mulheres, mantenha a sua atenção em Maria.

Balançaram a cabeça assentindo. Houve um breve silêncio.

— Falarei com o pai de Carey — ofereceu-se meu pai. — William já deve estar esperando por isso. Ele não é nenhum tolo.

Meu tio relanceou os olhos para Ana e George, que estavam ao meu lado, mais parecidos com carcereiros do que com amigos.

— Ajudem a sua irmã — ordenou. — Deem-lhe o que quer que precise para seduzir o rei. Quaisquer artifícios, quaisquer roupas que deva usar, qualquer habilidade que lhe falte deverá ser provida por vocês. Esperamos que vocês dois a levem à cama do rei. Não se esqueçam disso. A recompensa será valiosa. Mas se fracassarem, não haverá absolutamente nada para nós. Não se esqueçam.

☙

Separar-me de meu marido foi estranhamente doloroso. Entrei em nosso quarto quando a criada estava arrumando minhas coisas para levá-las aos aposentos da rainha. Ele estava no meio do caos de sapatos e vestidos jogados na cama, e mantos sobre as cadeiras, caixas de joias por toda parte. E seu rosto jovem demonstrava seu choque.

— Vejo que está sendo favorecida, senhora.

Era um rapaz bonito, um homem que qualquer mulher teria escolhido. Eu acreditava que mesmo que o nosso casamento não tivesse sido arranjado por nossas famílias, teríamos gostado um do outro.

— Lamento — respondi sem jeito. — Sabe que tenho de fazer o que meu tio e meu pai mandam.

— Eu sei — replicou ele bruscamente. — Eu também tenho de fazer o que mandam.

Para meu alívio, Ana apareceu à porta, seu sorriso malicioso muito intenso.

— E então, William Carey? Que surpresa! — falou como se fosse a maior alegria ver seu cunhado no meio de minhas coisas e os escombros de seus planos de um bom casamento e um filho varão.

— Ana Bolena — fez uma breve mesura. — Veio ajudar sua irmã a progredir?

— É claro — seus olhos brilhavam. — Como temos de fazer. Nenhum de nós sofrerá se Maria for favorecida.

Ela sustentou o olhar destemidamente por um momento, e foi ele que desviou o seu para a janela.

— Tenho de ir — disse ele. — O rei convidou-me a acompanhá-lo. — Hesitou por um instante, depois atravessou o quarto até onde eu estava cercada por meu guarda-roupa disperso. Delicadamente pegou minha mão e a beijou.

— Estou triste por você. E estou triste por mim. Quando for mandada de volta para mim, daqui a um mês, talvez um ano, tentarei recordar este dia e sua aparência infantil, um tanto perdida no meio de todas estas roupas. Tentarei me lembrar de que você era inocente nesta trama; de que hoje, pelo menos, era mais uma garota do que uma Bolena.

☙

A rainha percebeu que agora eu era uma mulher solteira, dividindo a cama com Ana no pequeno quarto fora de seus aposentos, sem fazer comentários. Suas maneiras comigo não se alteraram. Continuou cortês e falando com tranquilidade. Se quisesse que eu fizesse algo, como escrever um bilhete, cantar, tirar seu cachorrinho do quarto, ou enviar uma mensagem, pedia-me com a mesma educação de sempre. Porém nunca mais pediu que eu lesse a Bíblia para ela, nunca mais pediu que eu me sentasse a seus pés enquanto costurava, nunca mais me abençoou quando eu ia dormir. Deixei de ser a sua aia favorita.

Era um alívio ir dormir com Ana. Baixávamos o cortinado ao redor da cama, e ficávamos seguras para cochichar na escuridão sombrosa sem sermos escutadas, e era como na França quando éramos pequenas. Às vezes, George deixava os aposentos do rei e vinha ao nosso encontro, subindo na cama alta, equilibrando sua vela perigosamente na cabeceira, e distribuindo as cartas ou dados para jogarmos, enquanto as outras garotas nos quartos vizinhos dormiam, sem saber que um homem estava escondido em nossa câmara.

Não ficavam me dizendo como eu deveria fazer. Astuciosamente, esperaram que eu dissesse que estava além das minhas possibilidades fazer aquilo.

Eu não disse nada quando minhas roupas foram levadas de um extremo ao outro do palácio. Eu não disse nada quando a corte arrumou as malas e se mudou para o palácio preferido do rei, Eltham, em Kent, na primavera. Eu não disse nada quando meu marido cavalgou do meu lado e falou-me, amavelmente, do tempo e sobre meu cavalo, que era de Jane Parker, emprestado sob protesto, como sua contribuição à ambição da família. Mas quando fiquei com George e Ana a sós no jardim do Palácio de Eltham, eu disse:

— George, acho que não vou conseguir fazer isso.

— Fazer o quê? — perguntou em vão. Supostamente estávamos levando o cachorro da rainha, que havia sido carregado na sela durante a viagem, e depois de tantos solavancos, ficara nauseado, para dar uma volta.

— Vamos lá, Flo! Pegue! Pegue!

— Não posso estar com o rei e com o meu marido ao mesmo tempo — repliquei. — Não posso rir com o rei enquanto meu marido está observando.

— Por que não? — Ana jogou uma bola para Flo buscar. O cachorrinho olhou-a rolar sem demonstrar o menor interesse. — Oh, vai lá, coisinha idiota! — exclamou Ana.

— Porque acho que está errado.

— Sabe mais do que a sua mãe? — perguntou Ana rispidamente.

— É claro que não!

— Mais do que o seu pai? Seu tio?

Sacudi a cabeça.

— Estão planejando um grande futuro para você — disse Ana, solenemente. — Qualquer garota na Inglaterra daria a vida pela sua chance. Está a caminho de se tornar a favorita do rei da Inglaterra e fica com risinhos afetados se perguntando se pode rir de suas piadas? Você tem tanta cabeça quanto Flo. — Pôs a ponta da bota de montar sob o traseiro relutante de Flo e a empurrou delicadamente. Flo sentou-se, tão teimosa e infeliz quanto eu.

— Com cuidado — George alertou-a. Pegou minha mão fria e a colocou na dobra de seu braço. — Não é tão ruim quanto pensa — disse ele. — William está montando hoje com você para mostrar que dá seu consentimento, e não para que se sinta culpada. Ele sabe que o desejo do rei tem de ser satisfeito. Todos sabemos. William está feliz em consentir. Receberá favores que não seriam concedidos se não fosse você. Você está cumprindo o seu dever, fazendo sua família progredir. Ele se sente grato a você. Não está fazendo nada de errado.

Hesitei. Dos olhos castanhos e francos de George, olhei para o rosto de Ana, virado para o outro lado.

— Tem mais uma coisa — eu disse —, sendo forçada a confessar.

— O que é? — perguntou George. Os olhos de Ana seguiram Flo, mas eu sabia que a sua atenção estava em mim.

— Não sei como fazer — repliquei baixinho. — Entende? William faz uma vez por semana, ou quase isso, no escuro e rapidamente, e nunca gostei muito. Não sei o que se espera que eu faça.

George conteve uma risada, pôs o braço em volta dos meus ombros e me abraçou.

— Desculpe eu rir. Mas entendeu tudo errado. Ele não quer uma mulher que saiba o que fazer. Há dezenas delas nas casas de banho da cidade. Ele quer você. É de você que ele gosta. E vai gostar se você for um pouco tímida e um pouco insegura. É assim mesmo.

— Uau! — gritaram atrás de nós. — Os três Bolena!

Viramo-nos e lá estava o rei, ainda usando seu manto de viagem, e seu chapéu descontraidamente sobre a cabeça.

— Lá vamos nós — disse George fazendo uma mesura acentuada. Ana e eu nos curvamos juntas, em uma reverência.

— Não estão cansados da cavalgada? — perguntou o rei. A pergunta foi para todos, mas ele estava olhando para mim.

— De maneira nenhuma.

— Está montando uma bela égua, mas seu dorso é muito curto. Vou lhe dar um cavalo novo — disse ele.

— Sua Majestade é muito gentil — respondi. — É uma égua emprestada. Ficaria contente em ter um cavalo só meu.

— Escolha um nos estábulos — disse ele. — Venha, vamos dar uma olhada agora.

Estendeu o braço para mim e eu coloquei meus dedos delicadamente sobre o belo tecido de sua manga.

— Mal posso senti-la. — Pôs a mão sobre a minha e apertou-a forte. — Pronto, quero sentir que a tenho, Sra. Carey. — Seus olhos eram muito azuis e vivos, ele pegou no alto de meu capuz francês, depois em meu cabelo castanho dourado, alisou-o, e depois o meu rosto. — *Realmente* quero sentir que a tenho.

Senti a boca seca e sorri, apesar da sensação de estar sem fôlego, algo entre o medo e o desejo.

— Estou feliz por estar com o senhor.

— Está? — perguntou ele, de repente concentrado. — Está mesmo? Não quero nenhuma moeda falsa de você. Muitos a incitarão a estar comigo. Quero que venha por sua livre e espontânea vontade.

— Oh, Majestade! E não dancei com o senhor na festa do cardeal Wolsey sem nem mesmo reconhecê-lo!

Ele gostou da recordação.

— Sim, e quase desmaiou quando tirei a máscara e descobriu que era eu. Quem pensou que era?

— Não pensei. Sabia que estava sendo leviana. Achei que talvez fosse um estranho na corte, um estranho bonito, e foi tão bom dançar com o senhor.

Ele riu.

— Oh, Sra. Carey, um rosto tão doce e pensamentos tão maliciosos! Achou que um belo estranho tivesse vindo à corte e a escolhido para dançar!

— Não pretendi ser maliciosa — receei, por um momento, que fosse piegas demais até para seu gosto. — Simplesmente me esqueci de como devia me comportar quando me tirou para dançar. Tenho certeza de que nunca faria nada de errado. Houve apenas um momento em que eu...

— Em que você?

— Em que me esqueci — concluí baixinho.

Chegamos ao arco de pedra que dava nos estábulos. O rei parou sob o abrigo do arco e me virou para si. Senti-me viva em cada parte de meu corpo, das minhas botas de montaria, escorregadias sobre o pavimento de pedras arredondadas, até o meu olhar dirigido a seu rosto.

— Você se esqueceria de novo?

Hesitei, e então Ana surgiu e disse em tom jovial:

— Que cavalo Sua Majestade tem em mente para a minha irmã? Vai poder ver como ela é boa amazona.

Ele nos conduziu para dentro do estábulo, deixando-me por um instante. George e ele examinavam um cavalo, depois outro. Ana veio para o meu lado.

— Tem de mantê-lo avançando — disse ela. — Mantê-lo avançando, mas nunca deixar que pense que você está avançando. Ele quer sentir que é ele que está correndo atrás de você, não que você o está induzindo a isso. Quando lhe der a opção de avançar ou fugir, como há pouco, deve sempre fugir.

O rei virou-se e sorriu para mim enquanto George dizia a um cavalariço que conduzisse um belo cavalo baio para fora do estábulo.

— Não corra demais — avisou minha irmã. — Lembre-se de que ele tem de alcançá-la.

☙

Nessa noite, dancei com o rei diante de toda a corte e, no dia seguinte, montei meu novo cavalo ao seu lado, quando saímos para caçar. A rainha, sentada à mesa elevada, observou-nos dançar e, quando saímos para cavalgar, acenou para ele da grande porta do palácio. Todos sabiam que ele estava me cortejando, todos sabiam que eu consentiria quando recebesse ordens para isso. A única pessoa que não sabia disso era o rei. Achava que o ritmo do namoro era ditado por seu próprio desejo.

O primeiro resultado foi algumas semanas depois, em abril, quando o meu pai foi designado tesoureiro da casa do rei, posto que lhe dava acesso, diariamente, à fortuna do rei, que ele poderia espoliar como achasse melhor. Meu pai veio ao meu encontro quando íamos jantar, afastou-me do séquito da rainha para uma conversa rápida, enquanto Sua Majestade ocupava seu lugar na cabeceira da mesa.

— Seu tio e eu estamos contentes com você — disse brevemente. — Escute seu irmão e sua irmã, eles me disseram que está indo muito bem.

Fiz uma mesura.

— Isso é só o começo — lembrou-me. — Tem de consegui-lo e segurá-lo, não se esqueça.

Retraí-me um pouco com essas palavras.

— Eu sei — repliquei. — Não me esqueço.

— Ele já fez alguma coisa?

Relanceei os olhos para o grande salão onde o rei e a rainha ocupavam seus lugares. Os trombeteiros estavam posicionados para anunciar a chegada da procissão de criados vindos da cozinha.

— Ainda não — respondi. — Somente olhares e palavras.

— E você responde?

— Com sorrisos — Não lhe contei que estava quase delirando de prazer por estar sendo cortejada pelo homem mais poderoso do reino. Não era difícil seguir o conselho de minha irmã e ficar sorrindo para ele. Não era difícil enrubescer e sentir vontade de fugir e me aproximar ao mesmo tempo.

Meu pai aprovou balançando a cabeça.

— Muito bem. Pode ir se sentar.

Fiz outra mesura e me apressei ao salão, logo à frente dos criados. A rainha olhou para mim um tanto rispidamente, como se me repreendesse, mas em seguida desviou o olhar para o lado, na direção do rosto de seu marido. A expressão dele estava fixa em mim, enquanto eu atravessava o salão para ocupar meu lugar à mesa, entre as damas de honra. Era uma expressão concentrada, estranha, como se, por um momento, ele não conseguisse enxergar nem escutar nada, como se o salão todo tivesse se desfeito e só visse a mim em meu vestido azul, com o capelo azul, meu cabelo louro para trás de meu rosto, e um sorriso trêmulo em meus lábios, como se eu percebesse seu desejo. A rainha percebeu o calor de seu olhar, apertou os lábios, sorriu seu sorriso esmaecido, e desviou o olhar.

☙

Ele foi ao quarto da rainha nessa noite.
— Podemos ter um pouco de música? — perguntou ele.
— Sim, a Sra. Carey pode cantar para nós — disse ela amavelmente, fazendo sinal para que eu me aproximasse.
— A sua irmã Ana tem a voz mais doce — o rei ordenou, contrariando suas palavras. Ana lançou-me um olhar de soslaio rápido e triunfante. — Pode nos cantar uma de suas canções francesas, Srta. Ana? — pediu o rei.
Ana fez uma de suas reverências graciosas.
— O pedido de Sua Majestade é uma ordem — disse ela, com o sotaque francês um pouco mais pronunciado.
A rainha observou essa troca, percebi que se perguntava se o capricho do rei se deslocara para a outra garota Bolena. Mas ele a tinha excedido em esperteza. Ana sentou-se em um banco no meio do salão, o alaúde em seu colo, a voz doce — como disse ele, mais doce do que a minha. A rainha em sua poltrona de sempre, com os braços acolchoados e bordados e o espaldar almofadado em que ela nunca se recostava. O rei não se sentou na poltrona igual ao seu lado, mas veio até mim e se sentou no lugar que antes fora ocupado por Ana, e relanceou os olhos para a costura em minhas mãos.
— Um trabalho muito bonito — comentou.
— Camisas para os pobres — eu disse. — A rainha é boa para os pobres.
— É verdade — disse ele. — Como sua agulha trabalha rápido; eu acabaria dando um nó nessa linha. Como seus dedos são pequeninos e hábeis...
Sua cabeça estava inclinada sobre minhas mãos e me vi olhando para a base de seu pescoço e pensando como gostaria de tocar seu pelo espesso.
— Suas mãos devem ser a metade das minhas — disse ele casualmente.
— Estenda-as e me mostre.
Enfiei a agulha na costura e estendi minha mão para lhe mostrar, as palmas para cima. Seus olhos não deixaram meu rosto quando pôs a sua mão, palma

para baixo, em cima da minha, mas sem tocá-la. Senti o calor de sua mão sobre a minha, mas não consegui tirar os olhos de seu rosto. Seu bigode curvava-se um pouco ao redor de seus lábios. Eu me perguntei se o cabelo seria macio como os cachos escuros de meu marido, ou áspero como fio de ouro. Pareciam fortes e ásperos, seu beijo poderia deixar minha face vermelha, todos saberiam que tínhamos nos beijado. Debaixo das pequenas espirais de pelo, seus lábios eram sensuais e eu não consegui tirar meus olhos deles. Não consegui deixar de pensar sobre como seria tocá-los, que gosto teriam.

Sem pressa, foi chegando sua mão para perto da minha, como dançarinos se aproximando em uma pavana. Sua mão roçou na minha e senti o toque como uma mordida. Dei um pequeno pulo e vi seus lábios se curvarem quando sentiu que seu toque foi um choque para mim. A palma de minha mão e meus dedos frios se estenderam ao longo dos seus, os meus dedos se detendo quase no alto de suas juntas. Senti a sua pele quente, um calo em um dedo por causa da manobra de arqueiro, a palma áspera da mão de um homem que monta, joga tênis e caça e é capaz de segurar uma lança e uma espada um dia inteiro. Passei meus olhos de seus lábios para seu rosto como um todo, a atenção viva de seu olhar focalizada em mim como o sol através de um vidro incandescente, o desejo que se irradiava dele como calor.

— A sua pele é tão macia. — Sua voz estava baixa, como um sussurro. — E suas mãos pequeninas, como eu imaginava.

A desculpa para medir nossas mãos já se esgotara, mas permanecemos parados, palma de mão contra palma de mão, os olhos de um no rosto do outro. Então, bem devagar, irresistivelmente, sua mão fechou-se em volta da minha e a segurou, delicadamente, mas com firmeza.

Ana terminou uma canção e começou outra, sem mudar a tonalidade, sem mudar o registro, sem quebrar o encanto do momento.

Foi a rainha que interrompeu.

— Sua Majestade está distraindo a Sra. Carey — disse ela, com um risinho como se ver seu marido segurando a mão de outra mulher, 23 anos mais nova, fosse engraçado. — Seu amigo William não vai lhe agradecer por tornar sua esposa indolente. Ela prometeu embainhar essas camisas para as freiras do convento de Whitchurch e nem a metade está pronta.

Soltou-me e se virou para sua mulher.

— William me perdoará — disse ele negligentemente.

— Vou jogar cartas — disse a rainha. — Quer jogar comigo, meu marido?

Por um momento achei que ela vencera, afastando-o de mim por meio da afeição antiga entre os dois. Mas quando ele se levantou para fazer o que ela queria, relanceou os olhos para trás e me viu olhando para ele. Não calculei meu olhar — quase nada. Eu não passava de uma jovem olhando para um homem, com desejo no olhar.

— A Sra. Carey será minha parceira. Pode mandar chamar George e ter outro Bolena como parceiro? Poderíamos formar dois casais.

— Jane Parker jogará comigo — replicou a rainha, friamente.

ଔ

— Você se saiu muito bem — disse Ana naquela noite. Estava sentada ao lado do fogo, em nosso quarto, escovando seu cabelo preto comprido, a cabeça pendendo um pouco para o lado, de modo que caísse como uma cascata perfumada sobre seu ombro. — A parte das mãos foi muito boa. O que estavam fazendo?

— Ele estava comparando o tamanho de nossas mãos — repliquei. Terminei de trançar meu cabelo louro, pus a touca de dormir e amarrei a fita branca. — Quando nossas mãos se tocaram, senti...

— O quê?

— Foi como se a minha pele estivesse queimando — sussurrei. — Verdade. Como se esse toque pudesse me queimar.

Ana me olhou cética.

— O que quer dizer?

As palavras escaparam de minha boca.

— Quero que ele me toque. Estou louca para que me toque. Que me beije.

Ana pareceu incrédula.

— Você o deseja?

Abracei a mim mesma e me deixei afundar no parapeito de pedra da janela.

— Oh, Deus, sim. Não me dei conta de que isso aconteceria. Mas sim, sim.

Ela fez uma careta, sua boca caiu.

— É melhor não deixar papai e mamãe saberem disso — avisou. — Mandaram que fizesse um jogo inteligente, e não que ficasse no mundo da lua como uma garota apaixonada ao crepúsculo.

— Não acha que ele me quer?

— Oh, no momento sim. Mas e daqui a uma semana? Daqui a um ano?

Ouvimos baterem à nossa porta e George apareceu.

— Posso entrar?

— Está bem — respondeu Ana com rispidez. — Mas não se demore. Vamos nos deitar.

— Eu também — disse ele. — Estive bebendo com papai. Vou para a cama e amanhã cedo, quando despertar sóbrio, me enforco.

Mal o ouvi, estava olhando pela janela e pensando no toque da mão de Henrique.

— Por quê? — perguntou Ana.

— Meu casamento será no ano que vem. Por que não me invejam?

— Todo mundo se casa menos eu — disse Ana, irritada. — Os Ormonde não deram em nada, e não têm mais nada para mim. Querem que me torne freira?

— Não seria uma má escolha — disse George. — Acha que me aceitariam?

— Em um convento? — peguei o espírito da conversa e me virei para gozá-lo. — Que bela abadessa não daria.

— Melhor do que a maioria — disse George animadamente. Fez menção de se sentar em um banco, mas errou e caiu no chão de pedra.

— Está bêbado — acusei.

— Estou. E amargurado. Há algo em minha futura mulher que me parece muito estranho — disse ele. — Algo um tanto... — procurou a palavra certa. — Rançoso.

— Besteira — disse Ana. — Ela trará um dote excelente e boas relações, é a favorita da rainha e o seu pai é respeitado e rico. Por que se preocupar?

— Porque ela tem a boca como a de uma armadilha para coelhos, e o olhar quente e frio ao mesmo tempo.

— Poeta — Ana riu.

— Sei o que George quer dizer — eu disse. — Ela é impetuosa e, de certa maneira, reservada.

— Apenas discreta — disse Ana.

George sacudiu a cabeça.

— Quente e fria ao mesmo tempo. Todos os humores em desordem. Vou levar uma vida de cão com ela.

— Oh, case-se com ela, vá para a cama com ela e a mande para o campo — disse Ana, com impaciência. — Você é homem, pode fazer o que quiser.

Pareceu mais animado ao ouvir isso.

— Poderia mandá-la para Hever — disse ele.

— Ou Rochford Hall. E o rei com certeza lhe dará uma propriedade em seu casamento.

George levou seu decantador à boca.

— Alguém quer um pouco?

— Eu quero — eu disse, pegando a garrafa e provando o vinho tinto frio e ácido.

— Vou para a cama — disse Ana com afetação. — Devia se envergonhar, Maria, bebendo antes de dormir. — Puxou as cobertas e se deitou. Inspecionou George e a mim enquanto ajeitava os lençóis em volta de seus quadris. — Vocês dois são fáceis demais — decretou.

George fez uma careta.

— Fomos avisados — disse-me alegre.

— Ela é muito severa — sussurrei com um respeito gozador. — Ninguém diz que passou metade de sua vida flertando na corte francesa.

— Mais espanhola do que francesa, acho eu — disse George, intencionalmente provocador.

— E solteira — cochichei. — Uma criada espanhola.

Ana deitou-se no travesseiro, curvou os ombros e puxou as cobertas.

— Não estou prestando atenção, por isso podem poupar seu fôlego.

— Quem a teria? — perguntou George. — Quem iria querê-la?

— Encontrarão alguém para ela — respondi. — Algum filho caçula ou algum *squire* falido. — Passei a garrafa a George.

— Vão ver — ouviu-se da cama. — Farei um casamento melhor do que vocês dois. E se não me providenciarem logo um, eu mesma tratarei disso.

George passou a garrafa de volta para mim.

— Acabe com ela — disse. — Para mim chega.

Terminei o resto do vinho e fui para o outro lado da cama.

— Boa noite — disse a George.

— Vou ficar um pouco aqui, ao lado do fogo — disse ele. — Vamos nos dar bem, não vamos, nós, os Bolena? Eu noivo, você a caminho da cama do rei e a pequena Mademoiselle Parfait livre no mercado, com tudo para ser atraente.

— Sim — eu disse. — Estamos indo bem.

Pensei nos olhos azuis intensos do rei em meu rosto, a maneira como iam do alto de minha cabeça até a bainha de meu vestido. Virei o rosto para o travesseiro para que nenhum deles me ouvisse.

— Henrique — sussurrei. — Majestade. Meu amor.

⋅⋅⋅ ෪ ⋅⋅⋅

No dia seguinte, haveria um torneio nos jardins de uma casa um pouco distante do Palácio de Etham. Fearson House tinha sido construída no reinado passado por um dos muitos homens opressivos que tinham feito fortuna durante o governo do pai do rei, ele próprio um dos mais opressivos de todos. Era uma casa grande e imponente, um castelo sem muros nem fosso em volta. Sir John Lovick acreditava que a Inglaterra ficaria em paz para sempre e construiu uma casa que não seria defendida, quer dizer, que não poderia ser defendida. Os jardins a rodeavam como um tabuleiro enxadrezado de verde e branco: pedras, caminhos e orlas brancas ao redor de um aglomerado de hortos verdes de loureiros. Para além, o parque onde ele caçava corças, e entre o parque e os jardins, um belo gramado, conservado durante o ano inteiro para ser usado pelo rei para os torneios.

A tenda para a rainha e suas damas de companhia era de seda vermelho-cereja e branca, ela usava um vestido cereja combinando e parecia jovem e rosada sob a cor viva. Eu estava de verde, com o vestido que tinha usado na mascarada da terça-feira de carnaval, quando o rei me escolheu entre todas as outras. A cor fazia meu cabelo brilhar ainda mais dourado e meus olhos cintilavam. Fiquei ao lado da cadeira da rainha e sabia que qualquer homem que nos olhasse a acharia uma mulher bela, mas com idade bastante para ser minha mãe, enquanto eu tinha apenas 14 anos, uma mulher pronta para se apaixonar, para sentir desejo, uma mulher precoce, uma garota na flor da idade.

As três primeiras competições foram entre os homens de menor nível social da corte, querendo chamar a atenção ao arriscarem seus pescoços. Eram bastante habilidosos, houve algumas estocadas excitantes e um bom momento quando o homem menor tirou do cavalo um rival maior, o que fez o povo comum gritar vivas. O homenzinho desmontou e tirou seu elmo para agradecer os aplausos. Era bonito, magro e louro. Ana me cutucou e perguntou:

— Quem é?
— Apenas um dos garotos Seymour.
A rainha virou a cabeça.
— Sra. Carey, pergunte ao tratador de cavalos quando meu marido vai montar hoje e que cavalo escolheu?

Virei-me para cumprir sua ordem e percebi por que ela estava me afastando. O rei atravessava devagar a relva em direção ao nosso pavilhão, e ela me queria longe. Fiz uma mesura e me dirigi sem pressa à saída, de modo que desse tempo de ele me ver hesitando sob o toldo. Imediatamente, escusou-se de uma conversa e se apressou. Sua armadura era prateada brilhante, debruada de dourado. As tiras de couro que sustentavam o peitoral e as braçadeiras eram vermelhas e macias como veludo. Ele parecia mais alto, um herói que comandara guerras muitos anos atrás. O sol fazia o metal refletir muito brilho e tive de recuar para a sombra e pôr a mão nos olhos.

— Sra. Carey, no gramado Lincoln.
— Está todo brilhando — eu disse.
— Você deslumbraria mesmo no escuro mais profundo.

Eu não disse nada. Só fiquei olhando para ele. Se Ana ou George estivessem perto, teriam me inspirado alguma resposta. Mas a perspicácia me abandonara, tinha sido inteiramente dominada pelo desejo. Não consegui fazer nem dizer nada a não ser ficar olhando para ele, sabendo que minha face estava cheia de desejo. Ele também não falou nada. Ficamos ali, olhos nos olhos, interrogando um a face do outro como se pudéssemos entender o desejo do outro a partir do olhar.

— Tenho de vê-la a sós — disse ele, finalmente.
— Majestade, não posso.
— Não quer?
— Não me atreveria.

Respirou fundo, como se aspirasse a própria luxúria.

— Confie em mim.

Desviei os olhos de seu rosto, sem ver nada.

— Não me atrevo — repeti simplesmente.

Pegou minha mão e a levou aos lábios, e beijou-a. Senti o calor de seu hálito em meus dedos e, por fim, o roçar delicado de seu bigode.

— Oh, macio.

Ergueu os olhos de minha mão.

— Macio?

— O toque de seu bigode — expliquei. — Estive pensando como seria.

— Andou pensando como seria o toque de meu bigode? — perguntou.

Senti minhas bochechas esquentando.

— Sim.

— Se fosse beijada por mim?

Baixei os olhos para meus pés para não ver a intensidade de seus olhos azuis, e balancei quase imperceptivelmente a cabeça.

— Tem desejado ser beijada por mim?

Ergui os olhos.

— Majestade, tenho de ir — eu disse em desespero. — A rainha mandou-me fazer algo e deve estar se perguntando onde estou.

— Aonde mandou que fosse?

— Procurar o tratador de seu cavalo, para saber que cavalo escolheu e quando montará.

— Posso responder isso eu mesmo. Por que teria de sair para este sol escaldante?

Sacudi a cabeça.

— Não me incomoda fazer isso para ela.

Ele fez um gesto de impaciência.

— E só Deus sabe como tem criados suficientes para correr de lá para cá pela pista do torneio. Tem toda uma comitiva espanhola, enquanto eu, minha pequena quadra de torneio.

Pelo canto do olho, vi Ana passar pelo reposteiro de onde a rainha estava e se imobilizar ao se deparar comigo e o rei juntos.

Ele soltou-me com delicadeza.

— Vou vê-la e responder suas perguntas sobre meus cavalos. O que vai fazer?

— Entrarei em um instante — repliquei. — Preciso de um momento antes de voltar, sinto-me... — interrompi-me sem conseguir descrever o que estava sentindo.

Ele olhou para mim com ternura.

— É muito jovem para fazer esse jogo, não é? Bolena ou não. Estarão lhe dizendo o que fazer e a colocando no meu caminho, suponho.

Teria confessado a trama da família para eu atraí-lo se não fosse Ana esperando escondida na tenda. Com ela me observando, simplesmente sacudi a cabeça.

— Não é jogo para mim — olhei a distância, meus lábios estremeceram. — Juro que não é jogo para mim, Majestade.

Sua mão ergueu meu queixo e virou meu rosto para ele. Sem respirar por um momento, achei, com pavor e deleite, que me beijaria na frente de todo mundo.

— Tem medo de mim?

Sacudi a cabeça e resisti à tentação de virar meu rosto para a sua mão.

— Tenho medo do que pode acontecer.

— Entre nós? — sorriu, o sorriso confiante de um homem que sabe que a mulher que ele deseja está a apenas um momento de seus braços. — Nada de mau lhe acontecerá por me amar, Maria. Tem minha palavra, se prefere. Será minha amante, a minha pequena rainha.

Arfei ao ouvir a palavra.

— Dê-me seu lenço, quero usar sua prenda quando competir — disse ele de súbito.

Olhei em volta.

— Não posso dá-lo aqui.

— Dê-me — disse ele. — Mandarei George buscá-lo. Não o usarei ostensivamente. Vou pô-lo dentro do peitoral. Vou usá-lo no coração.

Assenti com a cabeça.

— Então, vai me dar sua prenda?

— Se assim quer — sussurrei.

— Quero muito — disse ele. Fez uma reverência e virou-se em direção à entrada da tenda da rainha. Minha irmã Ana tinha desaparecido como um fantasma prestativo.

Dei a todos alguns minutos e, então, voltei à tenda. A rainha lançou-me um olhar inquiridor, severo. Fiz uma mesura.

— Vi o rei chegando para responder à sua pergunta, Majestade, por isso voltei — eu disse graciosamente.

— Em primeiro lugar, deveria ter mandado uma criada — disse o rei abruptamente. — A Sra. Carey não devia ficar de lá para cá sob este sol. Está quente demais.

A rainha hesitou só por um momento.

— Desculpe — replicou. — Foi imprudente de minha parte.

— Não é a mim que deve pedir desculpas — disse ele intencionalmente.

Achei que ela recusaria sua observação, e pela tensão do corpo de Ana do meu lado, sabia que também ela estava aguardando para ver o que a princesa da Espanha e rainha da Inglaterra faria em seguida.

— Lamento se lhe causei um incômodo, Sra. Carey — disse a rainha, sem se abalar.

Não senti nenhum triunfo. Olhei, no lado de lá de uma tenda ricamente atapetada, para uma mulher com idade para ser minha mãe e só senti pena pela dor que lhe causaria. Por um momento, nem mesmo vi o rei, mas somente nós duas, destinadas a ser o sofrimento uma da outra.

— É um prazer servi-la, rainha Catarina — eu disse, e falei sério.

Por um instante, olhou para mim como se entendesse parte do que se passava na minha cabeça e, então, virou-se para seu marido.

— Seus cavalos estão prontos para hoje? — perguntou. — Está confiante, Majestade?

— Hoje, sou eu ou Suffolk — disse ele.

— Tomará cuidado, senhor? — disse ela baixinho. — Não há mal nenhum em perder para um cavaleiro como o duque. E seria o fim do reino se algo lhe acontecesse.

Foi um pensamento afetuoso, mas ele o recebeu contrariado.

— Realmente, seria, já que não temos um filho.

Ela se retraiu e vi a cor se esvair de sua face.

— Há tempo — disse ela, a voz tão baixa que mal a ouvi. — Ainda há tempo...

— Não muito — disse ele bruscamente e, virando-se. — Tenho de me aprontar.

Passou por mim sem nem um olhar de relance, embora eu, Ana e todas as outras damas de honra fizéssemos uma reverência profunda. Quando me levantei, a rainha estava olhando para mim, não como se eu fosse uma rival, mas como se eu continuasse a ser a favorita a seu serviço, capaz de lhe dar um pouco de conforto. Olhou para mim como se, por um momento, buscasse alguém que compreendesse a situação terrível de uma mulher neste mundo regido por homens.

George entrou na tenda e se ajoelhou perante a rainha com a sua graça espontânea.

— Majestade — disse ele. — Vim para ver a mulher mais formosa de Kent, da Inglaterra, do mundo.

— Oh, George Bolena, levante-se — disse ela, sorrindo.

— Morreria aos seus pés — ofereceu-se ele.

Ela bateu-lhe de leve na mão com seu leque.

— Não, mas pode me dizer as apostas no combate do rei, se quiser.

— Quem apostaria contra ele? É o melhor cavaleiro. Aposto cinco a dois contra o segundo combate. Os Seymour contra os Howard. Não tenho dúvida de quem será o vencedor.

— Apostaria nos Seymour? — perguntou a rainha.

— Obtiveram a sua bênção? Nunca — replicou George rapidamente. — Gostaria que apostasse em meu primo, Majestade. Então pode ter certeza de que vai ganhar, pode ter certeza de que está apostando em uma das melhores e mais leais famílias do país, e a sua probabilidade de vencer será imensa também.

Ela riu.

— É de fato um cortesão primoroso. Quanto quer perder para mim?

— Digamos, cinco coroas? — perguntou George.

— Apostado.

— Aceito a aposta — disse Jane Parker de súbito.

O sorriso de George desapareceu.

— Não poderia lhe oferecer isso, Srta. Parker — replicou ele cortesmente. — Pois tem toda a minha fortuna à sua disposição.

Era a linguagem da conduta entre namorados, o flerte constante nos círculos reais, que prosseguia dia e noite e que às vezes significava tudo, porém mais frequentemente não significava absolutamente nada.

— Queria apostar só duas coroas — Jane estava tentando fazer George continuar a conversa espirituosa e lisonjeira que ele dominava tão bem. Ana e eu a observávamos criticamente, não estando dispostas a ajudá-la com o nosso irmão.

— Se perco para Sua Majestade, e verá como ela me empobrecerá graciosamente, então não terei nada para ninguém mais — disse George. — Na verdade, sempre que estou com Sua Majestade não tenho nada para ninguém mais. Nem dinheiro, nem coração, nem olhos.

— Que vergonha! — interrompeu a rainha. — E diz isso para a sua noiva? George fez-lhe uma mesura.

— Somos estrelas noivas circundando uma bela lua — disse ele. — A beleza maior ofusca tudo o mais.

— Oh, saia já daqui — disse a rainha. — Vá cintilar em outro lugar, minha estrelinha Bolena.

George fez uma reverência e foi para o fundo da tenda. Aproximei-me dele furtivamente.

— Me dê logo — disse concisamente. — Ele é o próximo.

Tinha uma faixa de seda branca debruando o decote de meu vestido. Passei-a pelos ilhoses verdes até soltá-la e a dei a George. Guardou-a rapidamente no bolso.

— Jane está vendo — falei.

Sacudiu a cabeça.

— Não tem importância. Está presa ao mesmo interesse, independentemente do que pense. Tenho de ir.

Assenti com a cabeça e voltei à tenda. Os olhos da rainha se detiveram brevemente nos ilhoses vazios na frente de meu vestido, mas não disse nada.

— Vão começar — disse Jane. — O combate do rei é o próximo.

Eu o vi ser auxiliado a montar, dois homens o sustentando, o peso de sua armadura quase o derrubando. Charles Brandon, duque de Suffolk, cunhado do rei, também estava preparado, e os dois passaram juntos diante da tenda da rainha. O rei baixou a lança para saudá-la e a manteve baixa enquanto passava pela tenda. Era uma saudação a mim. Com o visor de seu elmo levantado, pude ver que sorria para mim. Havia uma nesga branca no ombro de seu peitoral que percebi ser o lenço de meu vestido. O duque de Suffolk, que vinha atrás, baixou a lança para a rainha e balançou a cabeça, rigidamente, para mim. Ana, em pé atrás de mim, inspirou levemente.

— Suffolk a reconheceu — cochichou.

— Acho que sim.

— Reconheceu. Curvou a cabeça. Isso quer dizer que o rei falou de você para ele, ou para a sua irmã, a rainha Maria, e ela falou para Suffolk. Ele não está brincando. Não pode estar brincando.

Relanceei os olhos para o lado. A rainha estava olhando para a liça onde o rei tinha parado seu cavalo. O cavalo grande jogava a cabeça e movia-se de lado enquanto aguardava o som das trombetas. O rei estava tranquilo sobre a sela, um pequeno aro dourado ao redor de seu elmo, o visor baixado, a lança segura para a frente. A rainha inclinou-se para ver. Ouviu-se o som da trombeta e os dois cavalos arremessaram-se à frente quando as esporas foram pressionadas em seus flancos. Os dois homens de armaduras se precipitaram ruidosamente um para o outro, torrões de terra voando em estilhaços dos cascos dos cavalos. As lanças baixaram como flechas arremessadas em direção a um alvo, as flâmulas nos extremos de cada uma adejando quando o espaço entre eles se estreitou, e então o rei recebeu um golpe de raspão que aparou com seu escudo, mas seu ataque deslizou por baixo do escudo de Suffolk e atingiu o peitoral. O choque do golpe jogou Suffolk para trás e o peso da armadura fez o resto, lançando-o sobre as ancas e o derrubando com um baque estrondoso no chão.

Sua mulher levantou-se de um pulo.

— Charles! — Saiu correndo do pavilhão da rainha, erguendo as saias, correndo como uma mulher comum em direção a seu marido, que jazia imóvel sobre o gramado.

— É melhor eu ir também. — Ana correu atrás.

Procurei o rei nas liças. Seu escudeiro retirava a sua armadura pesada. Quando o peitoral foi tirado, meu lenço branco voejou até o chão. Ele não o viu cair. Desataram as grevas e as proteções dos braços, e, vestindo um manto, caminhou lepidamente até o corpo ominosamente inerte de seu amigo. A rainha Maria estava ajoelhada do lado de Suffolk, com a sua cabeça em seus braços. Seu escudeiro estava removendo a armadura pesada. Maria ergueu os olhos quando o seu irmão se aproximou. Ela sorria.

— Ele está bem — disse ela. — Só proferiu uma praga terrível contra Peter por tê-lo beliscado com uma fivela.

Henrique riu.

— Que Deus seja louvado!

Dois homens surgiram correndo com uma maca. Suffolk sentou-se.

— Posso andar — disse ele. — De modo algum serei carregado do campo sem estar morto.

— Venha — disse Henrique, e o pôs de pé. Um homem correu para o outro lado e os dois começaram a tirá-lo dali, seus pés arrastando e tropeçando para manter o passo.

— Fique aí — gritou Henrique para a rainha Maria, por cima do ombro. — Nós vamos deixá-lo bem, depois providenciaremos uma carroça ou algo assim e ele irá para casa.

Ela parou onde estava. O pajem do rei chegou correndo com meu lenço na mão, entregando-o a seu patrão. A rainha Maria estendeu o braço.

— Não o incomode agora — disse rispidamente.

O garoto se deteve com um escorregão, sem largar meu lenço.

— Sua Majestade deixou-o cair — disse ele. — Estava em seu peitoral.

Ela estendeu a mão com indiferença e ele entregou-lhe o lenço. Estava atenta a seu marido sendo ajudado a entrar na casa por seu irmão e Sir John Lovick apressando-se na frente, abrindo portas e gritando ordens para os criados. Distraída, ela retornou ao pavilhão da rainha com o meu lenço enrolado em sua mão. Avancei querendo tirá-lo dela, mas, então, não soube o que dizer.

— Ele está bem? — perguntou a rainha Catarina.

A rainha Maria sorriu.

— Sim. Está lúcido e nenhum osso fraturado. Seu peitoral quase não amassou.

— Posso ficar com isso? — perguntou a rainha Catarina.

A rainha Maria olhou meu lenço amarrotado.

— Ah, isto. O pajem do rei me deu. Estava em seu peitoral — Entregou-o. Estava cega e surda para qualquer outra coisa que não fosse seu marido. — Vou para junto dele — decidiu. — Ana, você e as outras podem ir para casa com a rainha depois do jantar.

A rainha deu sua permissão com um aceno da cabeça e a rainha Maria saiu rapidamente do pavilhão em direção à casa. A rainha Catarina observou-a ir, meu lenço em suas mãos. Sem pressa, como eu sabia que seria, examinou-o. A bela seda deslizou suavemente por seus dedos. Na bainha franjada, viu o verde vivo do bordado do monograma: MB. Devagar, de maneira acusadora, virou-se para mim.

— Acho que isto é seu — disse, com a voz grave e desdenhosa. Segurou-o com o polegar e o indicador, como se fosse um rato morto encontrado no fundo de um armário.

— Vá — sussurrou Ana. — Tem de pegá-lo. — Empurrou-me por trás e avancei.

A rainha deixou-o cair quando cheguei e o peguei no ar. Parecia um lamentável pedacinho de pano, algo com que se lava o chão.

— Obrigada — eu disse submissamente.

☙

Durante o jantar, o rei mal olhou para mim. O acidente o deixara melancólico, uma característica de seu pai que seus cortesãos também aprendiam a temer.

A rainha não poderia ser mais agradável e divertida. Mas nem a conversa, nem sorrisos encantadores, nem música conseguiram levantar seu ânimo. Observava as palhaçadas do bobo da corte sem rir, escutava os músicos e bebia. A rainha não podia fazer nada para animá-lo, pois era, em parte, a razão de seu mau humor. Ele a olhava como se fosse uma mulher prestes a mudar de vida, ele via a Morte em seu ombro. Ela poderia viver mais doze anos, poderia viver mais vinte anos. A Morte estava, mesmo agora, ressecando suas regras, colocando linhas em seu rosto. A rainha encaminhava-se para a velhice e não tinha feito nem um só herdeiro para sucedê-los. Podiam realizar torneios, cantar, dançar, brincar o dia todo, mas se o rei não desse um garoto a Gales como príncipe, teria fracassado em seu dever fundamental, mais importante, com o reino. E um bastardo de Bessie Blount não serviria.

— Tenho certeza de que Charles Brandon vai se recuperar logo — falou a rainha, espontaneamente. Havia ameixas cristalizadas e vinho doce na mesa. Ela bebeu um gole, mas acho que não o apreciou, enquanto seu marido, sentado ao seu lado, tinha a expressão tão cansada e sombria que mais parecia seu pai, que nunca gostara dela. — Não deve achar que fez algo errado, Henrique. Foi um combate justo. E só Deus sabe como já levou golpes dele.

Ele virou-se em sua cadeira e olhou para ela. Ela olhou de volta e vi o sorriso se esvair de sua face diante da frieza de seu olhar. Ela não perguntou qual era o problema. Era velha demais e sensata demais para perguntar a um homem com raiva o que o estava perturbando. Em vez disso, sorriu, um sorriso terno, intrépido, e ergueu seu copo para ele.

— À sua saúde, Henrique — disse ela com seu sotaque cordial. — À sua saúde, e devo agradecer a Deus que não tenha sido você a ser ferido hoje. Antes disso, fui eu que fiquei correndo do pavilhão para as liças com o meu coração palpitando de medo. E apesar de lamentar por sua irmã, a rainha Maria, tenho de estar feliz por hoje não ter sido você o ferido.

— E agora esta — disse Ana no meu ouvido. — Esta foi magistral.

Deu certo. Henrique, seduzido pela ideia de uma mulher morta de medo por seu bem-estar, desfez sua expressão sombria, emburrada.

— Eu nunca lhe causaria um momento de inquietação.

— Meu marido, causou-me dias e noites de inquietação — disse a rainha Catarina, sorrindo. — Mas contanto que esteja bem e feliz e contanto que, depois de tudo, volte para casa, do que me queixaria?

— Aha — disse Ana baixinho. — Então, ela lhe dá permissão e sua ferroada está dada.

— O que quer dizer? — perguntei.

— Acorde — disse Ana com rispidez. — Não está vendo? Ela lhe tirou o mau humor e disse que ele pode tê-la, contanto que volte para casa depois.

Observei-o erguer o copo fazendo-lhe um brinde.

— E o que acontece depois? — perguntei. — Já que sabe tudo.

— Oh, ele tem você durante algum tempo — replicou com negligência. — Mas você não ficará entre os dois. Você não o conservará. Ela é velha, é verdade. Mas pode agir como se o adorasse e ele precisa disso. E quando ele era pouco mais que um menino, ela era a mulher mais bela do reino. É preciso muito para superar isso. Tenho dúvidas de se você é a mulher para isso. É muito bonita e está apaixonada por ele, o que é útil, mas não creio que uma mulher como você possa dominá-lo.

— E quem poderia? — perguntei, ofendida por seu menosprezo. — Você, suponho.

Ela olhou para os dois como se fosse um engenheiro medindo um muro. Não havia nada em sua expressão além de curiosidade e perícia profissional.

— Talvez — disse ela. — Mas seria um projeto difícil.

— É a mim que ele quer e não a você — lembrei-lhe. — Pediu-me uma prenda. Usou meu lenço sob seu peitoral.

— Deixou-o cair e o esqueceu — salientou Ana, com a sua precisão cruel de sempre. — De qualquer jeito, o que ele quer não é a questão. Ele é ganancioso e mimado. Pode-se fazer com que queira qualquer coisa. Mas você nunca será capaz de fazer isso.

— Por que não? — perguntei colericamente. — O que a faz pensar que poderia prendê-lo e eu não?

Ana olhou para mim com sua bela face tão amorosa quanto se tivesse sido esculpida no gelo.

— Porque a mulher que o dominar terá de ser alguém que não se esquece nem por um instante de que está ali por estratégia. Você está pronta para os prazeres da vida conjugal. Mas a mulher que controlar Henrique saberá que seu prazer está em controlar os pensamentos dele, a cada minuto do dia. Não será um casamento de luxúria, embora Henrique vá pensar que é isso que está tendo. Será um caso de perícia sem trégua.

⚜

O jantar acabou por volta das 5 horas do entardecer frio de abril. Os cavalos foram conduzidos para a frente da casa para que nos despedíssemos de nosso anfitrião e retornássemos ao Palácio de Eltham. Quando deixamos as mesas do banquete, vi os criados despejando as sobras de pães e carnes em grandes cestas que seriam vendidas com desconto à porta da cozinha. Havia um rastro de extravagância, desonestidade e desperdício que seguia o rei pelo país como o limo atrás de uma lesma. As pessoas pobres que tinham ido assistir ao torneio e permanecido para ver a corte jantar reuniam-se agora à porta da cozinha para recolher restos do banquete. Receberiam pedaços da refeição: sobras de pães e carnes, o pudim comido pela metade. Nada seria desperdiçado, os pobres levariam tudo. Eram tão econômicos quanto manter um porco.

Eram essas gratificações que tornavam uma ocupação na casa do rei uma alegria tão grande para os criados. Em cada posto ocupado, o criado podia fazer uma pequena trapaça, economizar um pouquinho. O criado de posto inferior na cozinha podia montar um pequeno negócio com as crostas das massas das tortas, com a gordura da carne, com o sumo dos molhos. Meu pai estava no alto dessa pilha de cortes, já que era quem fiscalizava a casa do rei: vigiava a porção que cada um pegava para seu negócio e pegava uma porção para si mesmo. Até mesmo o comércio da dama de companhia, que parece estar ali para ser companhia e fazer pequenos serviços à rainha, serve para seduzir o rei nas suas barbas, e lhe causar a dor maior que uma mulher pode causar a outra. Também ela tem seu preço. Também ela tem um trabalho secreto depois que o jantar termina e quando a companhia está olhando para o outro lado, e que negocia sobras de promessas e bombons esquecidos do jogo amoroso.

Fomos para casa quando a luz desaparecia do céu, tornando-o cinza e frio. Apertei bem meu manto em volta do corpo, mas mantive o capuz para trás de modo a ver o caminho à minha frente e o céu escurecendo lá em cima, e os pontinhos de estrelas se insinuando no céu cinza-claro. Estávamos na metade do caminho quando o cavalo do rei emparelhou-se com o meu.

— Passou um bom dia? — perguntou.

— Deixou cair o meu lenço — eu disse amuada. — Seu pajem entregou-o à rainha Maria que o deu à rainha Catarina. Ela entendeu na hora. Devolveu-me o lenço.

— E daí?

Devo ter pensado nas pequenas humilhações que a rainha Catarina suportava como parte de seu papel. Nunca se queixava de seu marido. Levava seus problemas a Deus e, ainda assim, em uma oração sussurrada bem baixinho.

— Eu me senti horrível — repliquei. — Para começar, nunca o deveria ter dado à Sua Majestade.

— Bem, agora já o tem de volta — disse ele sem simpatia. — Já que era tão precioso.

— Não se trata de ser precioso — insisti. — A questão é que ela soube, sem ter a menor dúvida, que era meu. Ela me devolveu o lenço na frente de todas as damas de honra. Largou-o e ele teria caído no chão se eu não o pegasse no ar.

— E o que isso muda? — perguntou, sua voz inflexível, seu rosto de súbito feio e sério. — Qual é a dificuldade? Ela nos viu falando e dançando juntos. Viu-me procurar sua companhia, ficamos de mãos dadas diante dela. Você não se queixou nem resmungou nessa hora.

— Não estou resmungando! — eu disse, ferida.

— Sim, está — disse ele direto. — Sem motivo e, se me permite, sem direito. Não é minha amante nem minha mulher. Não tenho de escutar queixas sobre o meu comportamento de ninguém mais. Sou o rei da Inglaterra. Se não gosta de como me comporto, a França é logo ali. Sim, pode retornar à corte francesa.

— Majestade... eu...

Esporeou seu cavalo, que começou a trotar e depois seguiu a meio galope.

— Boa noite — disse ele por cima do ombro e se afastou, seu manto adejando e a pena em seu chapéu ondeando. E me deixou sem eu ter nada o que lhe dizer, sem ter como chamá-lo de volta.

☙

Não falei com Ana, embora ela me acompanhasse, em silêncio, dos aposentos da rainha até o nosso quarto e esperasse um relato completo de tudo o que tinha sido dito e feito.

— Não vou falar — repliquei obstinadamente. — Deixe-me em paz.

Ana tirou o capelo e se pôs a desfazer a trança de seu cabelo. Pulei para a cama, tirei meu vestido, pus a camisola e escorreguei para dentro dos lençóis sem escovar meu cabelo ou mesmo lavar o rosto.

— Você não vai dormir assim — disse Ana, escandalizada.

— Pelo amor de Deus — eu disse, com a cabeça no travesseiro —, me deixe em paz.

— O que ele...? — começou Ana vindo para o meu lado na cama.

— Não vou dizer. Portanto, não pergunte.

Ela assentiu balançando a cabeça, virou-se e apagou a vela.

O cheiro da fumaça do pavio queimado veio em minha direção. Seu cheiro era o cheiro da tristeza. No escuro, protegida do escrutínio de Ana, me virei de costas, olhei para o dossel acima, e refleti sobre o que aconteceria se o rei tivesse ficado irritado a ponto de nunca mais voltar a olhar para mim.

Meu rosto estava frio. Pus a mão nas bochechas e percebi que estavam molhadas de lágrimas. Esfreguei o rosto no lençol.

— O que foi agora? — perguntou Ana, sonolenta.

— Nada.

☙

— Você o perdeu — disse tio Howard de maneira acusadora. Baixou os olhos para a comprida mesa de jantar de madeira no salão do Palácio de Eltham. Os criados estavam de guarda nas portas atrás de nós, não havia ninguém no *hall* exceto dois cães e um menino adormecido nas cinzas do fogo. Nossos homens de libré Howard estavam às portas no extremo mais distante. O palácio, o palácio do próprio rei, tinha-se tornado seguro para os Howard, de modo que podíamos conspirar em particular.

— Você o tinha em suas mãos e o perdeu. O que fez de errado?

Sacudi a cabeça. Era secreto demais para ser revelado ali, diante da superfície dura da mesa alta, para ser mostrado ao inflexível tio Howard.

— Quero uma resposta — disse ele. — Você o perdeu. Não a olha há uma semana. O que fez de errado?

— Nada — sussurrei.

— Tem de ter feito alguma coisa. No torneio, ele levou seu lenço sob o peitoral. Deve ter feito algo que o irritou depois disso.

Lancei um olhar reprovador a meu irmão George, a única pessoa que poderia ter contado a tio Howard sobre o lenço. Ele sacudiu os ombros e fez uma cara amargurada.

— O rei deixou-o cair e seu pajem o deu à rainha Maria — repliquei, com um nó de nervoso e aflição na garganta.

— E depois? — disse meu pai rispidamente.

— Ela deu-o à rainha. E a rainha o devolveu a mim — Olhei de um rosto a outro, todos inflexíveis. — Todos souberam o que significava — disse em desespero. — No caminho para casa, eu lhe disse que não tinha gostado de ele ter deixado que minha prenda fosse descoberta.

Tio Howard bufou, meu pai bateu na mesa. Minha mãe virou a cara, como se não suportasse olhar para mim.

— Pelo amor de Deus! — Tio Howard olhou fixo para minha mãe. — Você me garantiu que ela tinha sido educada apropriadamente. Metade de sua vida passada na corte francesa e choraminga com ele como se fosse uma pastora atrás de um monte de feno.

— Como pôde? — perguntou minha mãe simplesmente.

Enrubesci e deixei minha cabeça cair até ver o reflexo de minha própria cara infeliz na superfície polida da mesa.

— Não pretendi dizer a coisa errada — sussurrei. — Lamento.

— Não é tão grave — interferiu George. — Vocês estão sendo dramáticos demais. Ele não vai ficar com raiva por muito tempo.

— Ele emburra que nem urso — vociferou meu tio. — Acha que as garotas Seymour não estão dançando para ele neste exato momento?

— Nenhuma tão bonita como Maria — insistiu meu irmão. — Ele vai esquecer que ela disse algo inconveniente. Talvez até mesmo goste dela por isso. Demonstra que não é tão calculada, que há um pouco de paixão nisso tudo.

Meu pai assentiu, um pouco confortado, mas meu tio bateu na mesa com seus dedos compridos.

— O que devemos fazer?

— Leve-a daqui — falou Ana subitamente. Todos se voltaram para ela imediatamente, como acontece sempre com um orador tardio, mas a confiança em sua voz prendia a atenção.

— Levá-la? — perguntou ele.

— Sim. Mande-a para Hever. Diga-lhe que está doente. Deixe que pense que ela está morrendo de tristeza.

— E depois?

— E depois ele vai querê-la de volta. Ela poderá ordenar o que quiser. Tudo o que tem a fazer... — Ana deu seu sorriso malicioso. — *Tudo* o que ela tem a fazer quando regressar é se comportar tão bem que encante o príncipe mais instruído, mais sagaz, mais bonito da cristandade. Acha que ela pode fazer isso?

Houve um silêncio frio, minha mãe, meu pai, meu tio Howard e até mesmo meu irmão George, todos me inspecionando em silêncio.

— Eu também não — disse Ana de modo presunçoso. — Mas posso ensinar-lhe o suficiente para que consiga ir para a sua cama, e o que vai lhe acontecer depois, seja o que for, está nas mãos de Deus.

Tio Howard olhou firmemente para Ana.

— Pode ensiná-la a atraí-lo? — perguntou.

Ela ergueu a cabeça e lhe sorriu, a segurança em pessoa.

— É claro, por algum tempo — replicou ela. — Afinal, ele é apenas um homem.

Tio Howard riu diante da rejeição casual de seu sexo.

— Deve ter cuidado — incitou ele. — Nós, homens, não estamos onde estamos hoje por acidente. Escolhemos ocupar as posições de poder, apesar dos desejos das mulheres. E escolhemos usar essas posições para fazer leis que nos manterão ali para sempre.

— É verdade — concordou Ana. — Mas não estamos falando de política. Estamos falando de cativar o desejo do rei. Ela só precisa atraí-lo e segurá-lo por tempo suficiente para que lhe faça um filho varão, um bastardo Howard real. O que mais podemos querer?

— E ela pode fazer isso?

— Pode aprender — replicou Ana. — Está quase lá. E afinal ela foi escolhida por ele. — Encolheu ligeiramente os ombros, um sinal de que não considerava muito a escolha do rei.

Houve um silêncio. A atenção de tio Howard tinha-se voltado para mim e meu futuro como a égua reprodutora da família. Mas olhava para Ana como se a visse pela primeira vez.

— Não são muitas as donzelas de sua idade que pensam com tanta clareza.

Ela sorriu para ele.

— Sou uma Howard, como o senhor.

— Surpreende-me que não tente conquistá-lo você mesma.

— Pensei nisso — replicou francamente. — Qualquer mulher na Inglaterra, hoje, pensaria nisso.

— Mas? — provocou-a.

— Sou uma Howard — repetiu ela. — O que importa é que uma de nós seduza o rei. Não importa qual das duas. Se ele prefere Maria e ela gera um filho seu, então minha família se torna a primeira no reino. Sem rival. E podemos conseguir isso. Podemos manobrar o rei.

Tio Howard assentiu com a cabeça. Ele sabia que a consciência do rei era um animal domesticado, que gostava de viver em bando, mas propenso a interrupções obstinadas repentinas.

— Parece que temos de agradecer-lhe — disse ele. — Planejou a nossa estratégia.

Ela aceitou seu agradecimento não com uma reverência, o que teria sido gracioso. Em vez disso, virou sua cabeça como uma flor em seu caule, um gesto tipicamente arrogante.

— É claro que anseio por ver minha irmã como a favorita do rei. Isso é assunto meu tanto quanto de vocês.

Ele sacudiu a cabeça quando minha mãe mandou calar sua filha mais velha excessivamente confiante.

— Não, deixe-a falar — interferiu ele. — É tão arguta quanto qualquer um de nós. E acho que está certa. Maria deve ir para Hever e esperar o rei chamá-la.

— Ele vai chamar — disse Ana com segurança. — Ele vai chamar.

ය

Senti-me um pacote, como um cortinado para a cama, ou pratos para a mesa, ou vasilhas de estanho para mesinhas no corredor. Eu seria embrulhada e despachada para Hever como isca para o rei. Eu não o veria antes de partir, não falaria com ninguém sobre a minha partida. Minha mãe disse à rainha que eu estava excessivamente cansada e pediu que eu fosse dispensada de seus serviços por alguns dias para que pudesse ir para casa e descansar. A rainha, coitada, achou que tinha triunfado. Achou que os Bolena estavam se retirando.

ය

Não foi uma viagem longa, a distância era de pouco mais de 20 milhas. Paramos para comer à margem da estrada, comemos somente pão e queijo que era o que tínhamos levado. Meu pai poderia ter pedido a hospitalidade a qualquer casa importante no caminho, pois era reputado como um cortesão bastante considerado pelo rei, e poderíamos ter sido recebidos regiamente. Mas não quis interromper a viagem.

Na estrada sulcada e repleta de depressões, víamos aqui e ali uma roda de carroça quebrada, e seu viajante derrubado. Mas os cavalos andavam bem em solo seco e vez ou outra a viagem corria tão bem que guiávamos a trote largo. As margens da estrada estavam cobertas pelo branco do gesso natural e das grandes margaridas brancas, e o verde da relva do verão precoce vicejava. Nas sebes, as madressilvas se contorciam ao redor do crescimento explosivo do espinheiro e suas flores, nas raízes se espalhavam ervas-férreas purpúreas e a cardamina e suas flores graciosas brancas com nervuras purpúreas. Atrás das sebes, nos pastos luxuriantes, havia vacas gordas com a cabeça baixa, ruminando, e nos campos altos havia rebanhos de carneiros, volta e meia com um garoto vigiando-os da sombra de uma árvore. O solo comum fora das aldeias, lavrado em faixas em sua maior parte, oferecia uma bonita vista onde tinham sido plantadas em fileiras cebolas e cenouras, eretas como um cortejo desfilando. Nas aldeias em si, os jardins dos chalés eram um emaranhado de narcisos silvestres e ervas, legumes e prímulas, vagens silvestres projetando-se, e fileiras de cercas vivas de espinheiros em flor, com um lugar afastado para um porco, e um galo cantando no monturo do lado de fora da porta dos fundos. Meu pai cavalgava em silêncio, tranquilo e satisfeito, quando a estrada nos introduziu em nossa terra, colina abaixo, atravessando Edenbridge e campinas em direção a Hever. Os cavalos tornaram seus passos mais lentos à medida que o caminho se tornava mais difícil na via úmida, mas meu pai estava paciente, agora que nos aproximávamos da propriedade.

Tinha sido a casa do meu avô antes de ser a do meu pai, mas não pertencera à nossa família antes disso. Meu avô tinha sido um homem de recursos moderados que havia subido por mérito próprio em Norfolk, aprendiz de um vendedor de tecidos, e que acabou se tornando o prefeito de Londres. Apesar de nos aferrarmos à nossa linhagem Howard, ela era muito recente, e somente do lado de minha mãe, que tinha sido Elizabeth Howard, filha do Duque de Norfolk, um excelente partido para o meu pai. Ele a tinha levado para a nossa suntuosa casa em Rochford, Essex, e depois a Hever, onde ela se espantara com a pequenez do castelo e os exíguos e aconchegantes aposentos privados.

Ele se pôs, imediatamente, a reconstruí-lo para agradá-la. Primeiro colocou um teto sobre o salão, que havia sido aberto, com as vigas à mostra, ao estilo antigo. No espaço criado acima do salão, fez um conjunto de aposentos para nós, onde podíamos comer e gozar uma privacidade e conforto maiores.

Meu pai e eu chegamos aos portões do parque, o porteiro e sua mulher realizando acrobacias ao fazerem a reverência. Passamos por eles com um aceno, e subimos a estrada de terra até o primeiro rio, que era atravessado por uma pequena ponte de madeira. Minha égua não gostou de sua aparência, e empacou assim que ouviu o eco de seus cascos sobre a madeira oca.

— Tola — disse meu pai, e fiquei me perguntando se se referia a mim ou ao cavalo. Pôs seu cão de caça diante do meu e conduziu o caminho. Minha égua seguiu atrás, muito dócil quando viu que não havia perigo, e assim alcancei, atrás do meu pai, a ponte levadiça de nosso castelo, e aguardei os homens saírem do quartel da guarda para pegarem nossos cavalos e os conduzirem aos estábulos nos fundos.

Quando me baixaram da sela, minhas pernas estavam enfraquecidas por ter montado durante tanto tempo, mas segui meu pai até o lado de lá da ponte levadiça, à sombra da guarita, sob os medonhos dentes grossos da porta levadiça, penetrando no pequeno pátio acolhedor do castelo.

A porta da frente estava aberta, o despenseiro e os principais criados da casa saíram e fizeram uma mesura a meu pai, mais meia dúzia de criados atrás deles. Meu pai os examinou: alguns estavam com a libré completa, outros não, duas das criadas desamarravam rapidamente os aventais de tecido de juta usados sobre seus melhores aventais, expondo parte de sua roupa de baixo muito suja; o menino que cuidava da carne na grelha, espiando do canto do pátio, estava imundo com uma sujeira entranhada e seminu em seus trapos. Mau pai percebeu a desordem e desleixo geral, e balançou a cabeça.

— Muito bem — disse ele com cautela. — Esta é a minha filha Maria. Sra. Maria Carey. Prepararam quartos para nós?

— Oh, sim, senhor. — O camareiro fez uma reverência. — Está tudo pronto. O quarto da Sra. Carey está pronto.

— E o jantar? — perguntou meu pai.

— Também.

— Comeremos na sala privada. Amanhã, jantarei no salão, e poderão me ver. Diga-lhes que jantarei amanhã em público, mas que hoje não quero ser incomodado.

Uma das garotas se adiantou e fez uma mesura para mim.

— Posso mostrar-lhe seu quarto, Sra. Carey?

Com o consentimento de meu pai, a acompanhei. Atravessamos a ampla porta da frente e seguimos por um corredor estreito à esquerda. No final, uma escada pequenina em espiral nos levou para um bonito quarto no andar de cima, com uma pequena cama rodeada por um cortinado de seda azul-claro. As janelas davam para o fosso e o parque. Uma porta me levava a uma pequena galeria com uma lareira de pedra que era a sala de estar preferida de minha mãe.

— Quer se lavar? — perguntou a garota, sem jeito. Apontou uma jarra e bacia cheia de água fria. — Quer que traga um pouco de água quente?

Tirei minhas luvas de montar e as dei a ela.

— Sim — eu disse. Pensei por um instante no Palácio de Eltham e nas atenções servis constantes. — Traga-me um pouco de água quente e providencie para que subam minhas roupas. Quero trocar esta roupa de montaria.

Ela fez uma mesura e saiu do quarto descendo a pequenina escada de pedra. Deu para escutá-la murmurando para si mesma: "água quente, roupas", para não se esquecer. Fui até a janela, ajoelhei no peitoril e olhei para fora.

Tinha passado o dia tentando não pensar em Henrique e na corte que eu deixara para trás, mas agora, com essa acolhida sem conforto, me dei conta de que não tinha perdido apenas o amor do rei, mas também o luxo que se tornara essencial para mim. Eu não queria voltar a ser a Srta. Bolena de Hever. Não queria ser a filha de um pequeno castelo em Kent. Tinha sido a jovem mais favorecida de toda a Inglaterra. Tinha ido para muito além de Hever, e não queria retroceder.

CB

Meu pai não ficou por mais de três dias, tempo suficiente para ver o administrador da terra e os arrendatários que tinham urgência de falar com ele, tempo suficiente para resolver a disputa em relação ao posto na fronteira e mandar que sua égua favorita fosse levada para o garanhão, e então estava pronto para partir. Fiquei na ponte levadiça para me despedir dele e parecia triste de verdade, já que até mesmo ele notou ao montar.

— O que houve? — perguntou, de modo animador. — Não está sentindo falta da corte, está?

— Estou — repliquei com franqueza. Não havia como dizer-lhe que realmente sentia saudade da corte, mas que sentia muito mais, insuportavelmente, a falta de ver Henrique.

— A culpa foi exclusivamente sua — disse meu pai com firmeza. — Temos de confiar em seus irmãos para consertar isso para você. Se não conseguirem, só Deus sabe o que acontecerá com você. Terei de convencer Carey a aceitá-la de volta, e torcer para que a perdoe.

Riu alto ao ver minha cara chocada.

Aproximei-me do cavalo de meu pai e pus a mão no punho de sua luva que se apoiava nas rédeas.

— Se o rei perguntar por mim, vai lhe dizer que sinto muito se o ofendi?

Sacudiu a cabeça.

— Vamos fazer da maneira de Ana — disse ele. — Parece que sabe como manipular o rei. Tem de fazer o que lhe mandaram, Maria. Errou, agora tem de agir sob ordens.

— Por que tem de ser Ana a dizer o que deve ser feito? — perguntei. — Por que sempre a escuta?

Meu pai tirou sua mão de debaixo da minha.

— Porque ela tem a cabeça no lugar e sabe seu próprio valor — disse ele francamente. — Enquanto você se comportou como uma menina de 14 anos apaixonada pela primeira vez.

— Mas eu sou uma menina de 14 anos apaixonada pela primeira vez! — exclamei.

— Exatamente — disse ele inflexível. — Por isso escutamos Ana.

Não se deu ao trabalho de dizer adeus, simplesmente virou o cavalo, atravessou a galope a ponte levadiça, e prosseguiu em direção aos portões.

Levantei a mão para acenar, caso ele se virasse, mas não se virou. Cavalgou com as costas eretas, olhando em frente. Montou como um Howard. Nunca olhamos para trás. Não temos tempo para arrependimentos ou pensar duas vezes. Se um plano dá errado, elaboramos outro, se uma arma quebra em nossas mãos, pegamos outra. Se os degraus se desmoronam diante de nós, saltamos por cima e prosseguimos. Para os Howard é sempre caminhar para a frente e para cima, e meu pai estava retornando à corte, à companhia do rei sem se virar para olhar para trás, para mim.

☙

No fim da primeira semana, eu tinha percorrido todas as trilhas que havia no jardim e explorado o parque em todas as direções a partir de minha base na ponte levadiça. Tinha iniciado uma tapeçaria para o altar da igreja de São Pedro em Hever e concluído 30 centímetros quadrados do céu, o que foi realmente muito maçante, já que era só azul. Tinha escrito três cartas a Ana e George, e as enviado por um mensageiro à corte em Eltham. Três vezes, ele retornou sem nenhuma resposta, exceto seus melhores votos.

No fim da segunda semana, mandei prepararem meu cavalo de manhã e passei a fazer longas cavalgadas sozinha. Estava irritada demais até mesmo para a companhia de uma criada calada. Tentei esconder meu humor. Agradecia à criada por qualquer serviço que fazia para mim. Sentava-me para jantar e baixava a cabeça quando o padre dizia a oração de graças, como se não sentisse vontade de me levantar e gritar frustrada que estava presa em Hever enquanto a corte mudava de Eltham para Windsor, sem mim. Fiz tudo o que podia para conter o ódio de estar tão longe da corte, e ser tão ignorada por todos.

Na terceira semana, tinha entrado em um desespero resignado. Não recebi notícias de ninguém e concluí que Henrique não queria o meu retorno, que o meu marido se revelava intratável e não queria uma mulher com a desonra de ter sido um flerte do rei — e não a sua amante. Uma mulher assim não contribuiria para o prestígio de um homem. O melhor, para uma mulher assim, era deixá-la no campo. Escrevi duas vezes para Ana e George na segunda semana, mas continuaram sem responder. Então, na terça-feira da terceira semana, recebi uma mensagem rabiscada por George.

> *Não se desespere — aposto que está se sentindo abandonada por todos nós. Ele fala de você constantemente e fico-lhe lembrando seus muitos encantos. Acho que mandará buscá-la em um mês. Certifique-se de estar com ótima aparência!*
> *Geo*
> *Ana pede que lhe diga que escreverá em breve.*

A carta de George foi o único momento de alívio durante a minha longa espera. Quando teve início meu segundo mês de espera, o mês de maio, sempre o mês mais alegre na corte, quando a temporada dos piqueniques e excursões recomeçava, os dias me pareceram muito longos.

Não tinha com quem conversar, não tinha absolutamente ninguém com quem falar. Minha criada conversava comigo enquanto me vestia. Durante o café da manhã, eu me sentava na cabeceira da mesa e comia sozinha, falando somente com os requerentes que traziam negócios para meu pai gerir. Andava um pouco no jardim. Lia alguns livros.

Nas longas tardes, mandava trazerem meu cão e cavalgava por áreas cada vez maiores da região rural. Comecei a conhecer as veredas e desvios que se estendiam ao redor de minha casa, e passei até mesmo a reconhecer alguns dos arrendatários em suas pequenas fazendas. Aprendi seus nomes e comecei a refrear meu cavalo quando via um homem trabalhando nos campos e lhe perguntava o que estava plantando, e como estava indo. Era o melhor momento para os fazendeiros. O feno estava cortado, ressecando, esperando ser arremessado com o forcado em grandes montes e coberto com sapé para se manter seco para forragem no inverno. O trigo, a cevada e o centeio cresciam nos campos, em altura e abundância. Os bezerros engordavam com o leite de suas mães e o lucro da venda da lã neste ano foi computado em cada fazenda e chalé do condado.

Antes do trabalho essencial da colheita, havia um intervalo para o lazer, uma breve trégua no trabalho árduo do ano, quando os fazendeiros organizavam pequenos bailes e competições e esportes na área verde das aldeias.

Eu, que antes cavalgara na propriedade dos Bolena olhando sem ver nada à minha volta, conhecia agora toda a região em volta do muro da propriedade, os fazendeiros e a safra que estavam plantando. Quando me procuravam na hora do jantar e se queixavam de que um desses homens não estava lavrando bem a faixa de terra que cultivava por acordo com a sua aldeia, eu sabia imediatamente do que estavam falando porque passara nesse caminho um dia antes e tinha visto a terra tomada de ervas daninhas e urtigas, o único lote arruinado no meio dos campos comuns bem-cuidados. Era fácil para mim, enquanto jantava, avisar o arrendatário de que perderia a sua terra se não a usasse para plantar. Sabia quais fazendeiros cultivavam lúpulo e quais cultivavam vinhas. Fiz um acordo com um fazendeiro; combinamos que se ele conseguisse uma boa safra de uvas, eu pediria a meu pai que a enviasse a Londres para que um francês fosse chamado ao Castelo de Hever e ensinasse a arte de fazer vinho.

Não era nenhum sofrimento cavalgar pela região diariamente. Adorava estar ao ar livre, escutar o canto dos pássaros ao atravessar a floresta, sentir o perfume das madressilvas em flor que caíam em cascatas nas sebes em cada margem da trilha. Adorava a minha égua Jesmond, que o rei me dera, a sua ânsia de trotar largo, o meneio rápido e alerta de suas orelhas, seu relincho ao me ver entrando no estábulo com uma cenoura na mão. Adorava a exuberância das campinas à margem do rio, a maneira como tremeluziam branco e amarelo com suas flores, e o fulgor das papoulas vermelhas nos trigais. Adorava o descampado e os bútios no céu, sobrevoando em grandes círculos, ainda mais no alto do que as cotovias, antes de suas grandes asas os levarem para longe.

Era tudo um paliativo, era tudo uma maneira de eu passar o tempo, já que não podia estar com Henrique, não podia estar na corte. Porém cada vez mais sentia que se nunca mais retornasse à corte, poderia, pelo menos, me tornar um senhorio justo e eficiente. Os jovens fazendeiros mais empreendedores de fora de Edenbridge viam que havia um mercado para alfafa. Mas não conheciam ninguém que a plantasse, nem onde conseguir as sementes. Escrevi por eles a um fazendeiro na propriedade de meu pai, em Essex, e recebi sementes e orientação. Plantaram um campo enquanto estive lá e prometeram plantar outro quando constataram como a safra gostara do solo. E achei que, embora não passasse de uma mulher e jovem, tinha feito algo excelente. Sem mim, não teriam ido além de bater as mãos sobre a mesa no Hollybush e praguejar que um homem poderia ganhar algum dinheiro com as novas safras. Com a minha ajuda tinham sido capazes de experimentar, e se ganhassem muito dinheiro, seriam, então, mais dois homens progredindo neste mundo. E se a história do meu avô era algum exemplo, então ninguém poderia saber aonde poderiam chegar.

Estavam contentes. Quando fui ao campo para ver como o plantio estava se desenvolvendo, se aproximaram, batendo a lama de suas botas, para explicar como estavam lançando as sementes. Queriam um senhorio que se interessasse. Na ausência de outro, tinham a mim. E sabiam muito bem que se eu me interessasse pela safra, poderia ser convencida a ficar com uma parte. Teria dinheiro em algum lugar que pudesse investir e, por conseguinte, todos progrediríamos juntos.

Ri ao ouvir isso, olhando, de cima do meu cavalo, aqueles rostos bronzeados, castigados pelo tempo.

— Não tenho dinheiro.

— É uma dama nobre na corte — um deles protestou. Seus olhos fixos nas borlas em minhas botas de couro, na sela trabalhada, no luxo de meu vestido e no broche de ouro em meu chapéu. — Há muito mais em suas costas hoje do que ganho em um ano.

— Eu sei — repliquei. — É onde ele está. Nas minhas costas.

— Mas seu pai deve lhe dar dinheiro, ou seu marido — outro homem falou de modo persuasivo. — Melhor jogá-lo em seus próprios campos do que no carteado.

— Sou uma mulher. Nada disso é meu. Olhe para você. Está ganhando bem, e a sua esposa é uma mulher rica?

Ele deu um risinho à socapa, encabulado.

— Ela é a minha esposa. Vive tão bem quanto eu. Mas não possui nada seu.

— É o mesmo comigo — eu disse. — Vivo bem como meu pai, como meu marido, me visto como é apropriado a uma filha, a uma esposa. Mas não possuo nada. Nesse sentido, sou tão pobre quanto a sua mulher.

— Mas é uma Howard e eu não sou ninguém — observou.

— Sou uma mulher Howard. O que significa que posso ser uma das pessoas mais importantes na propriedade ou uma zé-ninguém como você. Tudo depende.

— Do quê? — perguntou ele, intrigado.

Pensei na expressão subitamente sombria de Henrique quando lhe desagradei.

— Da minha sorte.

Verão de 1522

Na metade de meu terceiro mês de exílio, junho, com o jardim de Hever repleto de rosas viçosas, seu perfume pairando no ar feito fumaça, recebi uma carta de Ana.

> *Pronto. Interrompi o caminho do rei e falei sobre você, disse que sentia uma saudade insuportável e que ansiava por estar com ele. Disse que você tinha desgostado sua família ao demonstrar tão francamente seu amor e que tinha sido mandada para longe para esquecê-lo. Tão oposta é a natureza masculina que ele ficou extremamente excitado ao imaginá-la em aflição. Mas o que importa é que já pode retornar à corte. Estamos em Windsor. Papai disse que pode ordenar meia dúzia de homens do castelo para escoltá-la e que venha imediatamente. Tem de chegar discretamente antes do jantar e vir direto para o meu quarto, e lhe direi como deve se conduzir.*

O Castelo de Windsor, um dos castelos mais bonitos de Henrique, parecia, na colina verde, uma pérola cinza em um veludo, o estandarte do rei adejando no torreão, a ponte levadiça aberta, um ir e vir contínuo de carroças, mascates, carretas de cervejeiros. A corte sugava a fartura do campo onde quer que estivesse, e Windsor era experiente em suprir o apetite lucrativo do castelo. Entrei furtivamente por uma porta lateral e me dirigi aos aposentos de Ana, me esquivando de qualquer conhecido. Seu quarto estava vazio. Acomodei-me para esperar. Como imaginei, às 3 da tarde, ela chegou tirando o capelo. Deu um pulo ao me ver.

— Achei que era um fantasma! Que susto me deu.

— Disse para eu vir a seu quarto sem ninguém notar.

— Sim, queria lhe contar em que pé estão as coisas. Estava falando com o rei ainda agora. Estávamos assistindo ao torneio de lanças, a Lord Percy. *Mon Dieu*! Como está quente!

— O que ele disse?

— Lord Percy? Oh, é encantador.

— Não, o rei.

Ana sorriu, deliberadamente provocadora.

— Perguntava sobre você.

— E o que você disse?

— Deixe-me eu pensar. — Jogou o capelo na cama e soltou o cabelo, que caiu como uma onda escura em suas costas. Ela o levantou com uma mão para refrescar a nuca. — Não consigo me lembrar. Está quente demais.

Já conhecia o bastante da implicância de Ana para me deixar atormentar. Fiquei em silêncio na pequena poltrona de madeira ao lado da lareira e não virei a cabeça enquanto ela lavava o rosto e borrifava água em seus braços e pescoço. Depois prendeu de novo o cabelo, emitindo várias exclamações em francês e queixas do calor. Nada fez com que eu me virasse.

— Acho que agora me lembro — falou.

— Não tem importância — eu disse. — Eu o verei no jantar. Ele poderá me dizer o que quiser então. Não preciso de você.

Irritou-se com minhas palavras.

— Oh, não precisa! Como vai se comportar? Não sabe nem o que vai dizer!

— Eu soube o bastante para ter virado a sua cabeça, tê-lo deixado apaixonado a ponto de pedir meu lenço — observei com frieza. — Acho que sei o suficiente para falar com ele educadamente depois do jantar.

Ana recuou e me examinou.

— Está muito calma — foi tudo o que disse.

— Tive tempo para refletir — repliquei sem me alterar.

— E?

— Sei o que quero.

Ela esperou.

— Eu o quero — eu disse.

Ela balançou a cabeça.

— Você e todas as mulheres da Inglaterra. Nunca achei que seria original.

Dei de ombros para seu desdém.

— E sei que posso viver sem ele.

Ela apertou os olhos.

— Ficará arruinada, se William não aceitá-la de volta.

— Posso aguentar também isso — repliquei. — Gostei de estar em Hever. Gostei de sair a cavalo todos os dias e de caminhar pelos jardins. Fiquei por conta própria por quase três meses e nunca tinha ficado sozinha em toda a minha vida. Eu me dei conta de que não preciso da corte, nem da rainha, nem do rei, nem mesmo de você. Gostei de cavalgar e olhar a terra cultivada, gostei de conversar com os agricultores, zelar pela safra, ver como é o plantio.

— Quer ser fazendeira? — Ela riu, com escárnio.

— Eu seria feliz como fazendeira — repliquei com serenidade. — Estou apaixonada pelo rei — arfei —, oh, muito. Mas se tudo der errado, posso ser feliz vivendo em uma pequena fazenda.

Ana foi até o baú aos pés da cama e tirou um capelo. Observou-se no espelho, enquanto ajeitava o cabelo e o vestia. Imediatamente a sua aparência sombria, dramática, pareceu assumir uma elegância. Ela tinha consciência disso, é claro.

— Se eu estivesse em seu lugar, seria o rei ou nada para mim — disse ela. — Poria minha cabeça no tronco por uma chance com ele.

— Quero o homem. Não porque ele é rei.

Ela encolheu os ombros.

— São uma coisa só. Não pode desejá-lo como um homem comum e se esquecer da coroa em sua cabeça. Ele é o melhor. Não há homem mais importante do que ele no reino. Você teria de ir à França pelo rei Francis ou à Espanha pelo imperador para encontrar seus pares.

Sacudi a cabeça.

— Vi o imperador e o rei da França e não olharia duas vezes para nenhum dos dois.

Ana virou-se do espelho e baixou um pouco seu corpete para mostrar a curva de seus seios.

— Então, você é uma boba — replicou simplesmente.

Quando estávamos prontas, ela me levou aos aposentos da rainha.

— Ela a aceitará de volta, mas a acolhida não será calorosa — disse Ana por cima do ombro quando os soldados diante da porta da rainha nos saudaram e mantiveram a porta dupla aberta. Nós duas, as irmãs Bolena, entramos como se fôssemos donas da metade do castelo.

A rainha estava sentada no peitoril da janela, as janelas completamente abertas para o ar noturno mais fresco. O músico estava ao seu lado, cantando acompanhado de seu alaúde. Suas damas estavam à sua volta, algumas costurando, outras ociosas, aguardando a chamada para o jantar. Ela parecia perfeitamente em paz com o mundo, cercada de suas amigas, na casa de seu marido, olhando pela janela a pequena cidade de Windsor e, mais além, a curva cor de peltre do rio. Ao me ver, sua expressão não se alterou. Tinha sido muito bem treinada para não trair sua decepção. Sorriu-me ligeiramente.

— Ah, Sra. Carey — disse ela. — Está recuperada e retorna à corte?

Fiz uma reverência.

— Se for a vontade de Sua Majestade.

— Esteve na casa de seus pais durante todo esse tempo?

— Sim. No Castelo de Hever, Majestade.

— Deve ter descansado bem. Não há nada naquela parte do mundo a não ser ovelhas e vacas, estou certa?

Sorri.

— É terra cultivada — concordei. — Mas havia muito o que fazer, para mim. Gostei de sair cavalgando e de conversar com os homens que trabalhavam nos campos.

Por um instante, percebi que ficou intrigada com a ideia de terra, que depois de todos esses anos na Inglaterra, ela só via como um lugar para caçar e fazer piqueniques, e onde fazer expedições no verão. Mas se lembrava de por que eu me afastara da corte.

— Sua Majestade ordenou a sua volta?

Ouvi um silvo de alerta de Ana atrás de mim, mas o ignorei. Ocorreu-me um pensamento romântico, tolo: não queria olhar para essa boa mulher, encarar seus olhos francos, e mentir.

— O rei mandou me chamar, Majestade — respondi respeitosamente.

Ela balançou a cabeça e baixou os olhos para suas mãos cruzadas em seu colo.

— Então, você tem sorte — foi tudo o que disse.

Houve um breve silêncio. Eu queria muito lhe dizer que tinha me apaixonado por seu marido, mas que ela estava muito acima de mim. Era uma mulher cujo espírito tinha sido malhado e forjado até que só parecesse verdadeira. Em comparação ao resto de nós, era prata enquanto não passávamos de peltre, uma mistura comum de chumbo e estanho.

A grande porta dupla abriu-se.

— Sua Majestade, o rei! — anunciou o arauto e Henrique entrou.

— Vim para conduzi-la ao jantar — começou ele e, então, me viu, e se interrompeu. O olhar da rainha desviou de sua face pasma para a minha e de volta para ele.

— Maria — exclamou ele.

Esqueci-me até mesmo de fazer a reverência. Fiquei simplesmente olhando para ele.

Um sinal impaciente de alerta de Ana não me despertou. O rei atravessou o aposento e pegou minhas mãos e as levou ao peito. Senti a aspereza do gibão bordado sob meus dedos, a carícia de sua camisa de seda pelas aberturas.

— Meu amor — disse ele em um sussurro. — Bem-vinda de volta à corte.

— Obrigada...

— Disseram-me que foi afastada para aprender uma lição. Fiz bem em dizer que podia regressar sem aprender?

— Sim. Sim. Fez muito bem — gaguejei.

— Foi repreendida? — insistiu.

Ri brevemente e ergui os olhos, encarando seu olhar azul atento.

— Não. Ficaram um pouco irritados, mas isso foi tudo.

— Queria voltar à corte?

— Oh, sim.

A rainha levantou-se.

— Então, vamos jantar, senhoras — disse dirigindo-se a todas. Henrique lançou-lhe um olhar de relance por cima do ombro. Ela estendeu-lhe a mão, soberba como uma filha da Espanha. Ele virou-se para ela com o antigo hábito de dedicação e obediência, e não me ocorreu como recapturá-lo. Recuei para trás dela e me curvei para ajeitar a cauda de seu vestido, enquanto ela permaneceu ereta, majestosa, bela apesar de sua corpulência, do cansaço em seu rosto.

— Obrigada, Sra. Carey — disse ela gentilmente. E nos conduziu com sua mão pousada levemente no braço de seu marido. Ele inclinou a cabeça para ouvir alguma coisa que ela dizia, e não virou mais a cabeça para mim.

☙

George me saudou no fim do jantar, indo para a mesa da rainha onde nós, as damas de honra, estávamos sentadas com vinho e doces à nossa frente. Trouxe-me uma ameixa cristalizada.

— Um doce para um doce — disse ele dando um beijo em minha testa.

— Oh, George — eu disse. — Obrigada por sua carta.

— Você estava me bombardeando com gritos desesperados — disse ele. — Recebi três cartas suas na primeira semana. Foi tão terrível assim?

— Na primeira semana, sim — repliquei. — Mas depois me acostumei. No fim do primeiro mês, já estava gostando da vida no campo.

— Bem, nós todos fizemos o máximo por você aqui — disse ele.

— Tio Howard está na corte? — perguntei, procurando em volta. — Não o estou vendo.

— Não, em Londres com Wolsey. Mas está a par de tudo o que está acontecendo, não se preocupe. Mandou lhe dizer que estará recebendo notícias suas e está confiante de que agora sabe como se comportar.

Jane Parker inclinou-se à frente do outro lado da mesa.

— Vai ser dama de honra? — perguntou a George. — Está sentado à nossa mesa e em um banco para mulheres.

George levantou-se sem pressa.

— Peço perdão, senhoras. Não quis ser um intruso.

Meia dúzia de vozes o assegurou de que não estava sendo um intruso. Meu irmão era um rapaz bonito e um frequentador popular dos aposentos da rainha. Ninguém, a não ser sua noiva amarga, fez objeção à sua presença em nossa mesa. Curvou-se sobre sua mão.

— Srta. Parker, obrigado por me lembrar que devo deixá-la — disse ele cortesmente, a sua irritação evidente por trás de suas palavras doces. Beijou-me com força nos lábios.

— Deus ajudou-a, pequena Mariana — sussurrou em meu ouvido. — Está carregando as esperanças da sua família.

Segurei sua mão antes que se fosse.

— Espere, George, queria lhe perguntar uma coisa.

— O quê?

Puxei sua mão para que se curvasse e eu pudesse sussurrar em seu ouvido.

— Acha que ele me ama?

— Oh — replicou ele, endireitando o corpo. — Oh, o amor.

— Acha?

Deu de ombros.

— O que isso significa? Escrevemos poemas sobre isso o dia todo, cantamos músicas sobre isso a noite toda, mas se existe realmente, não faço a menor ideia.

— Oh, George!

— Ele a quer, isso posso afirmar. Está disposto a enfrentar um certo grau de problema para tê-la. Se isso para você significa amor, a resposta é sim, ele a ama.

— Isso me basta — repliquei com satisfação. — Ele me quer e está disposto a enfrentar um certo grau de problema. Isso me parece amor.

Meu belo irmão fez uma mesura.

— Se assim quer, Maria. Se isso a satisfaz — ergueu-se e imediatamente deu um passo atrás. — Sua Majestade.

O rei estava diante de mim.

— George, não posso permitir que passe a noite conversando com a sua irmã, você é o mais invejado da corte.

— Sou — replicou George com seu charme adulador. — Duas irmãs belas, nenhuma preocupação no mundo.

— Acho que devíamos dançar um pouco — disse o rei. — Você conduziria a Srta. Bolena e eu, a Sra. Carey?

— Seria um prazer — disse George. Sem olhar em volta, estalou os dedos e, alerta como sempre, Ana surgiu ao seu lado.

— Vamos dançar — disse George, sem rodeios.

O rei deu um sinal e os músicos iniciaram uma música de dança folclórica, de modo que nos distribuímos formando um círculo de oito pessoas e começamos os passos harmoniosos para um lado e depois para o outro. No lado de lá do círculo, vi a cara querida e familiar de George; ao lado dele, o sorriso tranquilo de Ana. A sua expressão era a mesma de quando estudava um livro.

Estava interpretando o humor do rei tão atentamente quanto se examinasse um saltério. Ela olhava dele para mim como se avaliasse a urgência de seu desejo. E apesar de nunca virar a cabeça, checava o humor da rainha, tentando ter uma ideia do que ela tinha visto e do que ela estava sentindo.

Sorri para mim mesma. Ana tinha encontrado seu par na rainha, pensei. Ninguém penetrava sob o verniz da filha de Espanha. Ana era uma súdita superior às outras, mas tinha nascido plebeia. A rainha Catarina tinha nascido princesa. Assim que aprendeu a falar, foi-lhe ensinado a ter cuidado com o que falava. Assim que aprendeu a andar, foi-lhe ensinado a dar passos com cautela e a falar gentilmente tanto com ricos quanto com pobres, pois nunca se sabe quando se vai precisar do rico e do pobre. A rainha Catarina tinha sido uma jogadora em uma corte altamente competitiva e opulenta antes mesmo de Ana nascer.

Ana podia olhar em volta e ver como a rainha estava suportando me ver perto do rei, nossos olhos fixos um no outro, o desejo inflamado entre nós. Ana podia olhar, mas a rainha nunca traía qualquer outra emoção a não ser um interesse polido. Batia palmas no fim das danças e uma ou duas vezes gritou parabéns. E então, de súbito, a música acabou, e Henrique e eu fomos deixados parados, sem músicos tocando, sem outros dançando à nossa volta e nos ocultando. Fomos deixados sós, expostos, ainda de mãos dadas, olhos nos olhos, em silêncio, presos um ao outro como se fôssemos ficar assim para sempre.

— Bravo — disse a rainha, a voz completamente firme e confiante. — Muito bonito.

☙

— Ele vai mandar chamá-la — disse Ana nessa noite, quando nos despíamos no quarto. Ela tirou o vestido e o pôs com cuidado sobre o baú aos pés da cama, seu capelo no outro extremo, seus sapatos cuidadosamente colocados lado a lado sob a cama. Vestiu sua camisola e sentou-se diante do espelho para escovar seu cabelo.

Ela me deu a escova e fechou os olhos quando comecei os movimentos longos do alto da cabeça à cintura.

— Talvez esta noite, talvez amanhã de dia. Você irá.

— É claro que sim — afirmei.

— Mas não se esqueça de quem você é — avisou Ana. — Não deixe que a tenha em qualquer canto ou lugar escondido e de maneira apressada. Insista em aposentos apropriados, em uma cama apropriada.

— Certo — eu disse.

— É importante — me alertou ela. — Se ele achar que pode tê-la como uma prostituta, a terá e a esquecerá. Antes de mais nada, acho que devia esperar um pouco mais. Se achá-la fácil demais, só a terá uma ou duas vezes.

Peguei as madeixas macias e as trancei.

— Ai — queixou-se. — Está puxando.

— Você está resmungando — falei. — Deixe-me fazer à minha maneira, Ana. Não tenho me saído tão mal até agora.

— Ora — encolheu os ombros alvos e sorriu para o seu reflexo no espelho. — Qualquer uma pode atrair um homem. A questão é conservá-lo.

A batida na porta sobressaltou nós duas. Os olhos escuros de Ana moveram-se para o espelho, para a minha imagem refletida olhando para ela apática.

— O rei?

Eu já estava abrindo a porta.

Ali estava George, com seu gibão vermelho de camurça que tinha usado no jantar, a elegante camisa branca de linho, o gorro bordado com pérolas sobre seu cabelo escuro.

— *Vivat! Vivat* Mariana! — Entrou rápido e fechou a porta atrás de si. — Ele pediu que a convidasse a tomar um copo de vinho com ele. Que pedisse desculpas pela hora tardia, o embaixador veneziano só saiu agora. Só falaram de guerra com a França e ele partiu tomado de paixão pela Inglaterra, Henrique e St. George. Também é minha missão assegurá-la de que está livre para fazer a sua escolha. Pode tomar um copo de vinho e voltar para a sua cama. Tem de ser dona de si mesma.

— Alguma oferta? — perguntou Ana.

George ergueu as sobrancelhas de modo arrogante.

— Demonstre um pouco de elegância — repreendeu-a. — Ele não a está comprando abertamente. Ele a está convidando para um copo de vinho. Acertaremos o preço mais tarde.

Coloquei a mão na cabeça.

— Meu capelo! — exclamei. — Ana, depressa! Trance o meu cabelo.
Ela sacudiu a cabeça.

— Vá como está — disse ela. — Com o cabelo solto, caído nos ombros. Parece uma virgem na noite de núpcias. Estou certa, não estou, George? É isso o que ele quer.

Ele assentiu com um movimento da cabeça.

— Está adorável assim. Afrouxe um pouco seu corpete.

— Espera-se que ela seja uma dama.

— Só um pouquinho — propôs ele. — Os homens gostam de entrever o que estão comprando.

Ana desatou os cordões nas costas de meu corpete até que a parte da frente ficasse mais folgada. Puxou-o para baixo, na cintura, para que o decote ficasse mais atraente.

— Perfeito — disse George.

Ela recuou e me examinou tão criticamente quanto meu pai examinaria a égua que mandaria para o garanhão.

— Alguma coisa a mais?

George sacudiu a cabeça.

— Seria bom ela se lavar — decidiu Ana, de súbito. — Debaixo dos braços e a xoxota, pelo menos.

Eu teria apelado para George, mas ele estava assentindo com a cabeça, tão atento quanto um fazendeiro.

— Sim, seria. Ele tem horror a qualquer coisa malcheirosa.

— Vamos. — Ana indicou a jarra e a bacia.

— Vocês dois saiam — eu disse.

George virou-se para a porta.

— Vamos esperar lá fora.

— E o traseiro — disse Ana, ao se aproximar da porta. — Não faça pela metade, Maria. Tem de estar toda limpa.

A porta se fechando impediu que eu respondesse de uma maneira nada adequada a uma jovem dama. Lavei-me rapidamente com a água fria e me enxuguei. Passei um pouco da água de flor de Ana no pescoço, no cabelo e no alto das pernas. Depois, abri a porta.

— Está limpa? — perguntou Ana bruscamente.

Assenti balançando a cabeça.

Olhou-me ansiosamente.

— Então, vá. Resista um pouco, entende? Demonstre uma certa dúvida. Não caia simplesmente em seus braços.

Desviei meu rosto. Ela me pareceu insuportavelmente grosseira em relação a tudo aquilo.

— É natural a garota sentir um pouco de prazer — disse George, gentilmente.

— Não na cama dele — respondeu Ana agressivamente. — Ela não está lá para seu próprio prazer, mas para o dele.

Nem mesmo a ouvia. Tudo o que ouvia era o baque surdo do meu coração pulsando nos meus ouvidos, e a consciência de que ele tinha mandado me chamar, de que logo estaria com ele.

— Vamos — eu disse a George. — Vamos.

Ana virou-se para voltar ao quarto.

— Vou ficar esperando você — disse ela.

Hesitei.

— Talvez eu não volte esta noite.

Ela balançou a cabeça.

— Espero que não, mas vou esperar assim mesmo. Vou me sentar perto do fogo e observar o dia amanhecer.

Pensei, por um momento, nela mantendo vigília em seu quarto de solteira, enquanto eu me instalava confortavelmente e fazia amor na cama do rei da Inglaterra.

— Meu Deus, deve estar desejando que fosse você — eu disse com um prazer repentino.

Ela não titubeou.

— É claro. Ele é o rei.

— E quer a *mim* — falei, continuando a provocar.

George fez uma mesura e me ofereceu o braço, conduzindo-me pela escada estreita até o saguão diante da grande sala. Nós a atravessamos como um par de fantasmas interligados. Ninguém nos viu passar. Havia dois ajudantes de cozinha dormindo nas cinzas do fogo, e meia dúzia de homens cochilando com a cabeça sobre as mesas ao redor da sala.

Passamos pela mesa principal e as portas que davam início aos aposentos do rei. Havia uma escadaria ampla ricamente adornada por uma bela tapeçaria, as cores filtradas pelos fios de seda brilhantes ao luar. Havia dois guardas diante da sala de audiências, que se afastaram para me deixar passar, ao me verem com o cabelo dourado solto e o sorriso confiante na face.

A sala de audiências por trás da porta dupla foi uma surpresa. Só a conhecia lotada de gente. Era a essa sala que todos iam para ver o rei. Requerentes subornavam membros mais antigos da corte para que permitissem que ali permanecessem para o caso de o rei os notar, perguntar como estavam e o que desejavam dele. Essa grande sala abobadada sempre repleta de gente com sua roupa mais bonita, ansiando pela atenção do rei, estava agora silenciosa, escura. George apertou sua mão na ponta de meus dedos frios.

À nossa frente estavam as portas para os aposentos privados do rei. Dois guardas as protegiam com lanças cruzadas.

— Sua Majestade ordena a nossa presença — disse George concisamente.

Houve um breve repique quando as lanças colidiram, os dois homens apresentaram armas, fizeram uma mesura e abriram as portas.

☙

O rei estava sentado diante do fogo, envolvido por um robe de veludo, adornado com pele. Ao ouvir a porta se abrir, levantou-se de um pulo.

Fiz uma reverência profunda.

— Mandou me chamar, Majestade?

Não conseguiu tirar os olhos de minha face.

— Mandei. E agradeço ter vindo. Queria ver... Queria falar... Queria ter um pouco... — interrompeu-se. — Eu queria você.

Aproximei-me um pouco mais. A essa distância ele poderia sentir o perfume de Ana, pensei. Joguei a cabeça e senti o peso do meu cabelo mudar de lado. Vi seus olhos irem do meu rosto ao meu cabelo, e ao meu rosto de novo. Ouvi a porta se fechar atrás de mim quando George saiu sem uma palavra. Henrique nem mesmo o viu sair.

— Sinto-me honrada, Majestade — murmurei.

Sacudiu a cabeça, não foi um gesto de impaciência, mas sim o gesto de um homem que não quer perder tempo.

— Quero você — disse de novo, o tom da voz sem se alterar, como se isso fosse tudo o que uma mulher precisasse saber. — Quero você, Maria Bolena.

Dei mais um pequeno passo na sua direção, inclinei-me para ele. Senti o calor de seu hálito e, depois, o toque de seus lábios em meu cabelo. Não me mexi, nem para a frente nem para trás.

— Maria — sussurrou ele, e a sua voz soou entrecortada de prazer.
— Majestade?
— Por favor, me chame de Henrique. Quero ouvir meu nome em sua boca.
— Henrique.
— Você não me quer? — sussurrou ele. — Como homem? Se eu fosse agricultor na terra de seu pai, você ia me querer? — Pôs a mão sob meu queixo e ergueu meu rosto para que pudesse olhar em meus olhos. Encontrei seu olhar azul. Cautelosamente, delicadamente, coloquei minha mão em seu rosto e senti a maciez de sua barba. Imediatamente ele fechou os olhos, virou o rosto e beijou minha mão.

— Sim — repliquei sem me importar que fosse tolice. Só conseguia imaginá-lo rei da Inglaterra. Ele não podia negar ser um rei assim como eu não podia negar ser uma Howard. — Se não fosse ninguém e eu não fosse ninguém, o amaria — sussurrei. — Se fosse um agricultor com um campo de lúpulos, eu o amaria. Se eu fosse uma garota que colhesse os lúpulos, me amaria?

Puxou-me para si, suas mãos quentes em meu corpete.

— Amaria — afirmou. — Eu a reconheceria em qualquer lugar como o meu verdadeiro amor. Quem quer que eu fosse, quem quer que você fosse, a reconheceria imediatamente como o meu amor verdadeiro.

Baixou sua cabeça e me beijou, primeiro com doçura, depois mais forte, o toque quente de seus lábios. Então, me levou pela mão à sua cama com dossel, deitou-me e pôs seu rosto no alto dos meus seios, acima do corpete que Ana, prestimosamente, havia afrouxado para ele.

☙

Ao amanhecer, apoiei-me em meu cotovelo e olhei pela janela o céu clareando, e sabia que Ana também estaria esperando o sol. Ana estaria observando a luz ocupar o céu lentamente, sabendo que a sua irmã era amante do rei, e a segunda mulher mais importante da Inglaterra, logo depois da rainha. Eu me perguntei o que estaria pensando sentada no peitoril da janela, enquanto escutava os primeiros sons dos pássaros. Eu me perguntei como ela se sentiria, sabendo que o rei tinha escolhido a mim para realizar as ambições da família. Sabendo que era eu, e não ela, que estava em sua cama.

Na verdade, não precisei imaginar. Ela estaria sentindo aquele misto incômodo de emoções que ela sempre despertava em mim: admiração e inveja, orgulho e uma rivalidade furiosa, o anseio de ver uma irmã querida ter sucesso e o desejo apaixonado de ver a queda de uma rival.

O rei espreguiçou-se.

— Está acordada? — perguntou com metade do corpo sob as cobertas.

— Sim — respondi, instantaneamente alerta. Pensei se não deveria ir embora, mas então ele surgiu dos lençóis amarfanhados, e estava sorrindo.

— Bom dia, meu coração — disse ele. — Está se sentindo bem?

Eu me surpreendi sorrindo de volta, refletindo a sua alegria.

— Muito bem.

— Feliz?

— Feliz como nunca me senti na vida.

— Então venha cá — disse ele, abrindo os braços. Escorreguei pelos lençóis para seu abraço com perfume almiscarado, suas coxas fortes me pressionando, seus braços embalando meus ombros, sua face em meu pescoço.

— Oh, Henrique — eu disse. — Oh, meu amor.

— Oh, eu sei — disse ele sedutoramente. — Chegue mais para perto.

ॐ

Só fui deixá-lo quando o sol já tinha-se levantado. Estava com pressa de voltar ao quarto antes que os criados aparecessem.

Henrique ajudou-me a pôr o vestido, amarrou os cordões na parte de trás do corpete, pôs seu manto em volta dos meus ombros para me proteger do frio da manhã. Quando abriu a porta, meu irmão George estava esperando no peitoril da janela. Ao ver o rei, pôs-se de pé, a boina na mão, e ao me ver, me sorriu com doçura.

— Acompanhe a Sra. Carey ao seu quarto — disse o rei. — Depois, mande o camareiro entrar, pode fazer isso, George? Quero começar cedo o dia de hoje.

George fez outra reverência e me ofereceu o braço.

— E me acompanhe à missa — disse o rei quando à porta. — Hoje, pode vir à minha capela privada, George.

— Obrigado. — George aceitou com uma graça indiferente a honra maior que um cortesão poderia receber. A porta da câmara privada fechou-se enquanto eu fazia uma mesura. Então, atravessamos com pressa a sala de audiências, depois o grande salão.

Tínhamos nos atrasado demais para evitar os criados inferiores. Os garotos encarregados de manter o fogo aceso arrastavam grandes cepos na sala. Outros varriam o chão, e os guardas que dormiram onde tinham jantado abriram seus olhos e bocejavam, amaldiçoando a força do vinho.

Cobri meu cabelo desgrenhado com o capuz do manto do rei, passamos pelo salão e subimos silenciosa e rapidamente a escada até os aposentos da rainha.

Ana abriu a porta assim que George bateu, e nos pôs para dentro. Estava pálida com a falta de sono, e seus olhos, vermelhos. Tive a visão deliciosa do tormento da inveja em minha irmã.

— E então? — perguntou bruscamente.

Relanceei os olhos para a colcha macia sobre a cama.

— Você não dormiu.

— Não consegui — disse ela. — E espero que tenha dormido apenas um pouco.

Esquivei-me de seu caftinismo.

— Ora — me disse George —, só queremos saber se está tudo bem com você, Maria. Papai, mamãe e tio Howard vão querer saber. É melhor se acostumar a falar sobre isso. Não é um assunto privado.

— É o assunto mais privado que existe.

— Não para você — disse Ana com frieza. — Portanto pare de bancar uma ordenhadora na primavera. Ele a possuiu?

— Sim — respondi.

— Mais de uma vez?

— Sim.

— Que Deus seja louvado! — exclamou George. — Ela conseguiu. E tenho de ir. Ele me convidou a acompanhá-lo à missa. — Atravessou o quarto e me abraçou forte. — Muito bem. Conversaremos depois. Agora tenho de ir.

Saiu batendo a porta com indiscrição. Ana fez um gesto de impaciência e foi até a cômoda que guardava nossas roupas.

— É melhor você usar o vestido creme — disse ela. — Não há por que parecer uma prostituta. Vou providenciar um pouco de água quente. Vai ter de tomar um banho. — Levantou a mão aos meus protestos. — Sim, vai ter, por isso não discuta. E lave o cabelo. Tem de estar imaculada, Maria. Não pareça uma mulher qualquer e relaxada sendo tão preguiçosa. Tire logo essa roupa, depressa, temos de ir à missa com a rainha em menos de uma hora.

Obedeci-lhe, como sempre.

— Mas está feliz por mim? — perguntei enquanto lutava para tirar o corpete e a anágua.

Vi sua face no espelho, a manifestação de inveja velada pelo movimento de seus cílios.

— Estou feliz pela família — disse ela. — Eu quase nunca penso em você.

༄

O rei estava na galeria privada, inspecionando a capela, ouvindo as matinas, quando passamos para o compartimento contíguo da rainha. Com os ouvidos atentos, só consegui escutar o murmúrio do escriturário colocando os papéis na frente do rei, que os olharia de relance e assinaria, enquanto assistia ao padre na capela, embaixo, prosseguir a celebração da missa. O rei sempre tratava de seus negócios assistindo à missa da manhã, seguindo a tradição de seu pai, e muitos achavam que, assim, o trabalho era consagrado. Outros, inclusive meu tio, achavam que o rei estava com pressa de se livrar do trabalho, lhe dispensando apenas metade de sua atenção.

Ajoelhei-me sobre a almofada na sala particular da rainha, observando o tom marmóreo de meu vestido, tremeluzindo levemente, insinuando o contorno de minhas coxas. Eu ainda sentia o calor do rei na maciez entre minhas pernas. Ainda sentia seu gosto em minha boca. Apesar do banho que Ana insistira para que eu tomasse, ainda sentia o cheiro do suor de seu peito em meu rosto e meu cabelo. Quando fechei os olhos não foi em concentração para orar, mas em devaneio de sensualidade.

A rainha estava ajoelhada do meu lado, a face séria, a cabeça ereta sob o pesado capelo. Seu vestido estava um pouco aberto no pescoço, de modo que pudesse passar o dedo por dentro e sentir a camisa fina que sempre usava sobre a pele. Sua face sóbria estava cansada, sua cabeça curvada sobre o rosário, e a pele velha relaxada sobre o queixo e bochechas parecia exausta e empapuçada sob os olhos bem fechados.

A missa prosseguia parecendo interminável. Invejei Henrique pela distração oferecida pela papelada do reino. A atenção da rainha não se desviou nem por um instante, seus dedos jamais paravam sobre as contas do terço, seus olhos permaneceram fechados em oração. Somente quando o serviço terminou e o padre enxugou o cálice na toalha branca e levou-os embora, ela deu um suspiro longo, como se tivesse escutado algo que nenhum de nós tinha capacidade para ouvir. Virou-se e sorriu para todas nós, todas as suas damas, inclusive eu.

— Agora vamos quebrar nosso jejum — disse amavelmente. — Talvez o rei coma conosco.

Quando passamos por sua porta, me vi diminuindo o passo, sem acreditar que ele me deixaria passar sem me dirigir a palavra. Como se percebesse meu desejo, meu irmão George abriu a porta no momento exato em que eu me atrasava e disse em voz alta:

— Bom dia, minha irmã.

Na sala atrás dele, Henrique desviou os olhos rapidamente de seu trabalho e me viu, à porta, com o vestido creme que Ana escolhera para mim, com o adorno creme da cabeça puxando meu cabelo para trás de meu rosto jovem. Ele deu um breve suspiro de desejo e me senti corar e meu sorriso aquecer minha face.

— Bom dia, senhor. E bom dia para você, meu irmão — eu disse baixinho, meus olhos fixos em Henrique.

Henrique levantou-se e estendeu a mão para mim, como se me convidando a entrar. Conteve-se relanceando os olhos para seu escrevente.

— Tomarei o café com vocês — disse ele. — Diga à rainha que irei assim que terminar estes... estes... — Seu gesto vago indicava que não fazia ideia do que aqueles papéis tratavam.

Atravessou a sala, como uma truta ofuscada nadando em direção à luz da lanterna do pescador.

— E você, nesta manhã, está bem? — falou baixinho, para que só eu escutasse.

— Sim — lancei um rápido olhar malicioso à sua face atenta. — Um pouco cansada.

Seus olhos se agitaram.

— Não dormiu bem, meu coração?

— Nem por um instante.
— Não gostou da cama?

Hesitei, nunca fui tão habilidosa quanto Ana nesse tipo de jogo de palavras. Acabei não falando nada a não ser a absoluta verdade.

— Senhor, gostei muito.
— Dormiria lá de novo?

Em um momento delicioso, encontrei a frase certa.

— Oh, senhor, gostaria de não adormecer ali.

Jogou a cabeça para trás e riu. Pegou minha mão, virou-a e beijou-a na palma.

— Minha amada, só tem de ordenar — prometeu. — Sou seu servo em todos os sentidos.

Curvei a cabeça para ver sua boca pressionar minha mão. Não consegui desviar meus olhos de seu rosto. Levantou a cabeça e nos encaramos, um olhar demorado de desejo.

— Tenho de ir — eu disse. — A rainha deve estar se perguntando onde estou.
— Eu lhe obedecerei — disse ele. — Pode ter certeza.

Lancei-lhe um sorriso rápido, virei-me e corri pela galeria atrás das damas da rainha. Ouvia meus saltos batendo nas pedras, ouvia o farfalhar de meu vestido de seda. Sentia em cada parte de meu corpo alerta que era jovem, adorável e amada. Amada pelo rei da Inglaterra.

Ele foi para o desjejum e sorriu ao se sentar. Os olhos claros da rainha perceberam minha face rosada, o brilho de meu vestido creme, e se voltaram para longe. Mandou chamarem músicos para tocarem enquanto comíamos e seu tratador de cavalos para nos assistir.

— Vai caçar hoje, senhor? — perguntou-lhe amavelmente.
— Sim, vou. Algumas de suas damas gostariam de acompanhar a caça? — convidou o rei.
— Estou certa que sim — replicou ela com seu tom amável de sempre. — Mademoiselle Bolena, Srta. Parker, Sra. Carey? Têm a reputação de serem boas amazonas. Gostariam de montar com o rei hoje?

Jane Parker lançou um sorriso breve e malicioso para mim por meu nome ter sido o terceiro a ser mencionado. Ela não sabe, pensei, me afagando intimamente. Pode achar o quanto quiser que está triunfando, já que não sabe.

— Ficaríamos encantadas de cavalgar com o rei — replicou Ana baixinho.
— Nós três.

ෆ

No grande pátio diante dos estábulos, o rei montou o grande cavalo que usava para caçar enquanto um dos cavalariços me punha sobre a sela do cavalo que ele me dera. Prendi minha perna firmemente sobre a parte mais alta da sela e arrumei meu vestido de modo que caísse vistosamente até o chão. Ana me inspecionava sem perder um único detalhe, como sempre fazia, e fiquei contente quando a sua cabeça, coberta com um chapéu francês com uma pena graciosa, balançou discretamente aprovando. Chamou o cavalariço para levantá-la à sua sela e conduziu seu cavalo para o lado do meu e o firmou enquanto se inclinava.

— Se ele quiser levá-la para o bosque e possuí-la, terá de dizer não — sussurrou. — Tente não se esquecer de que é uma Howard e não uma prostituta qualquer.

— Se ele me quiser...

— Se ele a quiser, vai esperar.

O organizador da caçada soprou a corneta e todos os cavalos no pátio enrijeceram-se alvoroçados. Henrique, do outro lado, sorriu largo para mim como um menino animado, e sorri de volta. Minha égua, Jesmond, parecia uma mola enrolada, e quando o organizador da caça seguiu na frente sobre a ponte levadiça, galopamos rapidamente atrás dele, os cães como um mar malhado e branco ao redor dos cascos dos cavalos. Era um dia claro, mas não quente demais, uma brisa movia a relva da campina enquanto galopávamos para fora da cidade. Os preparadores de feno apoiados em suas foices nos observaram passar tirando o chapéu ao verem as cores vivas dos cavaleiros aristocratas, e se ajoelhando ao verem o estandarte do rei.

Relanceei os olhos para o castelo atrás. Uma folha de janela nos aposentos da rainha estava aberta e vi seu capelo escuro e seu rosto pálido nos olhando. Ela nos encontraria no jantar e sorriria para Henrique e para mim como se não nos tivesse visto cavalgando lado a lado, passando o dia juntos.

O latido dos cães mudou de tom de repente e, em seguida, silenciou. O organizador da caça soprou a corneta, o som longo e alto que significava que os cães tinham farejado alguma coisa.

— Arre! — gritou o rei esporeando o cavalo.

— Lá! — gritei. No fim da avenida de árvores que se abria à nossa frente, vi a silhueta de um grande cervo, seus cornos chatos em seu lombo quando se esquivou da caça. Imediatamente, os cães correram atrás dele, em silêncio, exceto pelo latido ocasional de excitação. Mergulharam na vegetação rasteira, paramos nossos cavalos e esperamos. Os caçadores galoparam ansiosamente para longe da caça, cruzando as picadas, esperando localizá-la. Então, um deles de repente se levantou em seus estribos, e soprou a corneta. Minha égua recuou excitada e girou na sua direção. Agarrei-me de qualquer jeito na sela e num punhado de crina, sem me importar com minha aparência, só preocupada em não ser derrubada de costas na lama.

O cervo fugiu e corria para salvar a vida pelo solo áspero e vazio à margem do bosque que levava aos prados úmidos e ao rio. Os cães dispararam atrás dele, e os cavalos atrás dos cães em uma corrida arriscada. Os cascos batiam à minha volta. Semicerrei os olhos quando torrões de lama espirraram em meu rosto. Abaixei-me bem sobre o pescoço de Jesmond, incitando-a a avançar. Senti meu chapéu ser arrancado de minha cabeça, e então vi uma sebe à minha frente, branca com a floração do verão. Senti as ancas fortes de Jesmond protuberantes debaixo de mim, e com um grande salto ela a transpôs, bateu de novo no solo do outro lado, recuperou-se e retomou seu galope mais veloz. O rei estava à minha frente, a sua atenção fixa no cervo de que estávamos nos aproximando. Eu sentia o ondular do meu cabelo que se soltava dos grampos e ria descuidadamente ao sentir o vento em meu rosto. As orelhas de Jesmond foram para trás para me ouvir rir, depois à frente quando nos deparamos com outra sebe com uma vala pequena e desagradável na frente. Viu-a no mesmo instante que eu, e só a examinou por um momento, dando imediatamente um belo pulo de gato: as quatro patas no alto transpondo-a. Senti o perfume de madressilvas esmagadas quando seus cascos cortaram o alto da sebe, e depois avançamos, cada vez mais rápido. À minha frente, o pontinho marrom que era o cervo mergulhou no rio e nadou rápido para a outra margem. O mestre da caça soprou a corneta para alertar os cães a não seguirem o animal pela água, mas sim retornarem para descerem a ribanceira e acompanharem a caça para pegá-la quando chegasse à margem. Mas estavam excitados demais para escutar. Os açoitadores avançaram, mas metade da matilha estava no rio perseguindo o cervo, alguns sendo levados pela correnteza, todos impotentes na água funda. Henrique parou o cavalo e observou o caos.

Receei que isso o deixasse irritado, mas ele jogou a cabeça para trás e riu como se deleitado com a astúcia do animal.

— Pois que se vá! — gritou para o animal. — Posso comer carne de cervo sem precisar cozinhá-lo! Tenho uma despensa cheia!

Todos à nossa volta riram como se ele tivesse feito um gracejo fantástico, e percebi que todos tinham receado que o fracasso da caça o deixasse de mau humor. Olhando para aqueles rostos, pensei, em um momento de clareza, em como éramos todos tolos ao tornarmos o humor desse único homem o centro de nossas vidas. Mas então ele sorriu para mim e eu soube que, pelo menos no meu caso, não havia escolha.

Viu meu rosto borrifado de lama e meu cabelo solto embaraçado.

— Parece uma camponesa — disse ele, e qualquer um perceberia o desejo em sua voz.

Tirei a luva e levei a mão à cabeça, torcendo em vão uma mecha de cabelo e a pondo para trás. Dei-lhe um sorriso de lado reconhecendo sua malícia, mas recusando-me a respondê-la.

— Oh, psiu — ordenei baixinho. Por trás de sua expressão atenta, vi Jane Parker ofegar como se tivesse engolido uma mutuca e percebi que ela tinha-se dado conta de que era melhor prestar atenção em suas maneiras conosco, os Bolena.

Henrique desceu do cavalo, deu as rédeas a seu cavalariço e se aproximou da cabeça de minha égua.

— Quer descer? — perguntou, sua voz quente e atraente.

Desenganchei meu joelho e escorreguei pelo flanco do cavalo para seus braços. Pegou-me com facilidade, pôs-me em pé, mas não me soltou. Diante de toda a corte, beijou-me em uma bochecha, depois na outra.

— Você é a rainha da caça.

— Poderíamos coroá-la com flores — propôs Ana.

— Sim! — Henrique gostou da ideia e, em um instante, metade da corte trançava guirlandas de madressilvas. Ganhei uma coroa com perfume de mel sobre meu cabelo castanho dourado.

As carroças vieram com as coisas para o jantar e armaram uma pequena tenda para cinquenta comensais, os favoritos do rei, e cadeiras e bancos para o restante, e quando a rainha chegou, a passo lento, em seu palafrém, me viu sentada ao lado esquerdo do rei e com uma coroa de flores.

☙

No mês seguinte, a Inglaterra finalmente estava em guerra com a França, uma guerra declarada e formal. E Carlos, imperador da Espanha, mirou seu exército como uma lança no coração da França, enquanto o exército inglês aliado a ele partiu em marcha do forte de Calais em direção a Paris.

A corte deixou-se ficar perto do centro de Londres, ansiosa por notícias, mas então a peste do verão alcançou a cidade e Henrique, sempre temeroso da doença, ordenou que a mudança no verão deveria ter início imediatamente. Fugimos, mais do que nos mudamos, para Hampton Court. O rei deu ordens para que todo alimento fosse buscado na região vizinha, que nada viesse de Londres. Proibiu que mercadores, comerciantes e artesãos seguissem a corte, vindos das condições insalubres da capital. O palácio com água doce limpa deveria ser mantido a salvo da doença.

As notícias chegadas da França eram boas, e as notícias da capital eram ruins. O cardeal Wolsey organizou a partida da corte para o sul e depois, oeste, hospedando-se em grandes casas de homens importantes, sendo entretida com mascaradas, jantares, caça, piqueniques, torneios, e Henrique conduzia-se como um menino, distraído pela situação passageira. Todo cortesão que morava no caminho foi anfitrião do rei, como se isso significasse a maior alegria, em vez de despesas assustadoras. A rainha viajou com o rei, montando do seu lado através da bonita região rural, às vezes na liteira, quando cansada, e apesar de eu poder ser chamada à noite, ele se mostrava atencioso e amoroso com ela durante o dia. O sobrinho dela era o único aliado do exército inglês na Europa, a amizade de sua família significava vitória para o exército inglês. Mas a rainha Catarina era mais do que uma aliada para seu marido em tempo de guerra. Por mais que eu lhe agradasse, ele continuava a ser o seu menino — seu menino de ouro, perdoado e mimado. Podia chamar a mim ou qualquer outra garota a seu quarto sem perturbar a afeição estável, constante, entre os dois, que havia nascido da capacidade dela, muito tempo atrás, de amar esse homem que era mais tolo, mais egoísta, e menos príncipe do que ela era princesa.

Inverno de 1522

O rei manteve a corte em Greenwich para o Natal e durante doze dias e doze noites não houve nada além das festas e banquetes mais extravagantes e belos. Havia um mestre de folia — Sir William Armitage — e cabia a ele inventar algo novo todo dia. Seu programa diário obedecia a um padrão delicioso de algo para fazermos ao ar livre de manhã — uma regata para assistirmos, justas ou competição de arqueiros, brigas de ursos, de cachorros ou de galos, ou um *show* itinerante com acrobatas, comedores de fogo —, seguido de um grande almoço no salão, com bom vinho, *ale* ou cerveja e diariamente um pudim feito com marzipã esculpido, belo como uma obra de arte. À tarde haveria um passatempo: um jogo ou conversa, um pouco de dança ou mascarada. Todos recebíamos um papel para representar, uma fantasia para vestir, e tínhamos de ficar o mais alegre possível, para que o rei, nesse inverno, estivesse sempre rindo e a rainha nunca parasse de sorrir.

A campanha não concluída contra a França tinha-se encerrado com o tempo frio, mas todos sabiam que ao chegar a primavera haveria outra série de batalhas e Inglaterra e Espanha se uniriam de novo contra seu inimigo. O rei da Inglaterra e a rainha nascida na Espanha estavam unidos em todos os sentidos nesse Natal e uma vez por semana impreterivelmente jantavam a sós e ele dormia na cama dela.

Mas noite sim, noite não, também impreterivelmente, George iria ao quarto que eu dividia com Ana, bateria à porta e diria:

— Ele quer você. — E eu corria para o meu amor, para o meu rei.

Eu nunca ficava a noite toda. Havia embaixadores estrangeiros de toda parte da Europa enviados a Greenwich para o Natal e Henrique não trataria a rainha com tal desdém na frente deles. O embaixador espanhol, em particular, insistia na etiqueta, e era um amigo íntimo da rainha. Sabendo que papel eu representava na corte, não gostava de mim. E eu não gostaria de topar com ele saindo dos aposentos privados do rei, vermelha e desgrenhada. Era muito melhor eu escapar da cama quente do rei e correr de volta ao meu quarto, com George bocejando ao meu lado, horas antes de o embaixador chegar para assistir à missa.

Ana estava sempre acordada e me esperando, com *ale* aquecido e condimentado e o topo da lareira abafado para aquecer o quarto. Eu pulava para a cama e ela jogava uma coberta de lã ao redor de meus ombros e se sentava ao meu lado penteando meu cabelo embaraçado, enquanto George punha mais lenha no fogo e bebericava sua bebida.

— É um trabalho cansativo — disse ele. — Caio de sono quase toda tarde. Não consigo manter os olhos abertos.

— Ana me põe para dormir depois do jantar como se eu fosse uma criança — eu disse ressentida.

— O que quer? — perguntou Ana. — Ficar abatida como a rainha?

— Ela não parece muito bem — concordou George. — Estará doente?

— É só velhice, acho — respondeu Ana sem dar importância. — E o esforço de parecer feliz o tempo todo. Ela deve estar exausta. Henrique é muito exigente, não é?

— Não — respondi com um ar presunçoso, e nós três rimos.

— Ele falou em lhe dar um presente especial de Natal? — perguntou Ana. — Ou para George? Ou para qualquer um de nós?

— Não, não disse nada — repliquei.

— Tio Howard mandou um cálice de ouro lavrado com nosso brasão para você dar a ele — disse Ana. — Está bem guardado no armário. Vale uma fortuna. Só espero que tenhamos algum retorno.

Balancei a cabeça, sonolenta.

— Prometeu-me uma surpresa. — Imediatamente os dois ficaram alertas. — Quer me levar ao estaleiro amanhã.

Ana fez uma careta de desdém.

— Achei que ia falar de um presente. Temos de ir todos? A corte toda?

— Somente um pequeno grupo. — Fechei os olhos e comecei a me deixar levar pelo sono. Ouvi Ana se levantar da cama e andar pelo quarto, tirando roupas minhas do baú e as arrumando para o dia seguinte.

— Deve usar vermelho — disse ela. — Empresto meu manto vermelho guarnecido de penas de cisne. Vai fazer frio no rio.

— Obrigada, Ana.

— Oh, não pense que estou fazendo isso por você. Faço isso para a promoção da família. Nada disso é só por você.

Curvei os ombros diante da frieza de seu tom, mas estava cansada demais para retorquir.

Ouvi vagamente George pôr a taça na mesa e se levantar. Ouvi-o dar um beijo delicado na testa de Ana.

— Trabalho cansativo, mas pode compensar — disse ele calmamente. — Boa noite, Ana Maria. Deixo-a com as suas obrigações e parto para as minhas.

Ouvi o risinho sedutor de Ana.

— A prostituição em Greenwich é uma profissão nobre, meu irmão. Até amanhã.

൪

O manto de Ana ficou lindo sobre meu traje vermelho de montaria. Também me emprestou o pequeno chapéu francês vermelho. Henrique, Ana, eu, George e o meu marido William, e mais umas seis pessoas, cavalgamos ao longo do rio em direção ao estaleiro onde estavam construindo o novo navio do rei. Fazia um dia claro de inverno, o sol lampejava na água, os campos nas duas margens estavam ruidosos com o som das aves aquáticas, os gansos vindos da Rússia suportando o inverno em nossas ribanceiras mais suaves. Em comparação a seus grasnidos contínuos, os gritos dos patos e narcejas e maçaricos soavam muito altos. Trotamos largo ao longo da margem do rio, minha égua ao lado do grande cavalo do rei, Ana e George ao nosso lado. Henrique parou o cavalo, depois prosseguiu a passo lento à medida que nos aproximávamos das docas.

O capataz apareceu ao ver o nosso grupo se aproximar, tirou o chapéu e fez uma mesura ao rei.

— Quis dar uma volta e ver como estavam — disse o rei sorrindo para ele.

— Sentimo-nos honrados, Majestade.

— Como vai o trabalho? — o rei desceu de sua sela e jogou as rédeas ao cavalariço. Virou-se, desceu-me do meu cavalo e pôs meu braço no seu, para me conduzir à doca seca.

— Então, o que acha dele? — perguntou-me ele, estreitando os olhos na direção do navio em construção sobre os grandes tambores de madeira. — Não acha que vai ficar lindo?

— Lindo e perigoso — repliquei olhando para a coberta dos canhões. — Com certeza os franceses não têm nada parecido.

— Nada — disse Henrique, orgulhoso. — Se eu tivesse três beldades desta no mar no ano passado, teria destruído a marinha francesa quando se safava no porto, e teria me tornado rei da Inglaterra e França de fato.

Hesitei.

— Dizem que o exército francês é muito forte — arrisquei dizer. — E Francis, muito resoluto.

— É um pavão — replicou irritado. — Só aparência. E Carlos de Espanha vai capturá-lo pelo sul, enquanto chego por Calais. Dividiremos a França entre nós dois — Henrique virou-se para o construtor naval. — Quando vai ficar pronta?

— Na primavera — respondeu o homem.

— O desenhista está aqui?

— Sim, está — respondeu com uma mesura.

— Quero um esboço seu, Sra. Carey. Importa-se de posar por um momento para que ele a retrate?

Corei de prazer.

— É claro que não, se assim deseja.

Henrique fez um sinal com a cabeça e o construtor gritou da plataforma para o cais embaixo e um homem veio correndo. Henrique ajudou-me a descer uma escada e a me sentar sobre uma pilha de tábuas recentemente serradas, enquanto um rapaz usando uma roupa de tecido grosseiro esboçava um rápido retrato meu.

— O que vai fazer com o quadro? — perguntei curiosa, tentando ficar quieta e manter um sorriso nos lábios.

— Espere e verá.

O artista pôs o papel de lado.

— É o suficiente.

Henrique estendeu-me a mão e me pôs de pé.

— Agora, meu coração, vamos para casa, jantar. Vou levá-la por um caminho ao redor da campina, uma bela cavalgada até o castelo.

Os cavalariços movimentavam os cavalos para que não sentissem frio. Henrique me pôs na sela e montou seu próprio cavalo. Olhou para trás para ver se estavam todos prontos. Lord Percy estava apertando a cilha de Ana. Ela lhe lançou seu sorriso insinuante. Então, todos partimos de volta a Greenwich enquanto o sol se punha amarelo pálido e creme no céu frio do inverno.

⊗

A ceia de Natal durou quase o dia todo e eu tinha certeza de que Henrique mandaria me chamar naquela noite. Em vez disso, comunicou que visitaria a rainha e eu tinha de estar entre as damas que ficavam com ela, esperando que ele acabasse de beber com seus amigos e fosse dormir nos aposentos dela.

Ana empurrou uma camisa para eu costurar e sentou-se ao meu lado, sobre a barra de meu vestido, de modo que eu só pudesse me levantar se ela deixasse.

— Deixe-me em paz — eu disse a meia-voz.

— Não fique com esta cara de infeliz — sussurrou. — Costure e sorria como se estivesse gostando de fazer isso. Nenhum homem vai desejá-la com essa cara emburrada.

— Mas passar a noite de Natal com ela...

Ana balançou a cabeça.

— Quer saber por quê?

— Quero.

— Uma adivinha miserável lhe disse que faria um filho hoje à noite. Ele espera que a rainha lhe dê um filho no outono. Deus, como os homens são tolos!

— Uma adivinha?

— Sim. Previu um filho varão se ele abandonasse todas as outras mulheres. Não é preciso dizer quem a pagou.

— O que quer dizer?

— O meu palpite é que encontraremos ouro dos Seymour em seu bolso, se a virarmos de cabeça para baixo e a sacudirmos bem. Mas agora é tarde demais. O mal está feito. Ele irá para a cama da rainha hoje à noite, e todas as seguintes até o Dia de Reis. Portanto é melhor fazer com que, sempre que passar por você, se lembre do que está perdendo.

Baixei bem a cabeça sobre a minha costura. Ana, observando-me, viu uma lágrima cair na bainha da camisa e eu borrá-la com o dedo.

— Sua boba — disse ela com rispidez. — Vai tê-lo de volta.

— Odeio imaginá-lo deitado com ela — sussurrei. — Será que ele a chama de "meu coração" também?

— Provavelmente — replicou Ana, bruscamente. — Nem todo homem tem espírito suficiente para variar a maneira de agir. Mas ele cumprirá o seu dever e voltará a olhar em volta. E se seus olhos se encontrarem e você sorrir, então será você de novo.

— Como poderei sorrir com o coração partido?

Ana deu um risinho.

— Oh, que rainha da tragédia! Pode sorrir quando o seu coração está partido porque é uma mulher, uma cortesã, e uma Howard. São três razões para ser a criatura mais dissimulada do mundo. Agora, silêncio... lá vem ele.

George entrou primeiro, lançou um sorriso rápido para mim e foi se ajoelhar aos pés da rainha. Ela deu-lhe a mão corando, vibrando de prazer pelo rei tê-la procurado. Henrique entrou ao lado do meu marido, William, e com a mão no ombro de Lord Percy. Passou por mim, e simplesmente acenou com a cabeça, embora eu e Ana fizéssemos uma profunda reverência. Foi direto para a rainha, beijou-a nos lábios e a conduziu à sua câmara privada. Suas criadas entraram junto, e logo saíram e fecharam a porta. O restante de nós foi deixado do lado de fora em silêncio.

William olhou em volta e sorriu para mim.

— É um prazer vê-la, minha boa esposa — disse cortesmente. — Continuará usando seus aposentos atuais por muito mais tempo? Ou vai me querer como companheiro de novo?

— Vai depender da ordem da rainha e do nosso tio — disse George, sem alterar a voz. Sua mão deslizou para seu cinto onde pendia sua espada. — Mariana não escolhe por si só, como sabe.

William não se deixou provocar. Deu-me um sorriso triste.

— Calma, George — disse ele. — Não preciso que me explique tudo isso. A essa altura, eu já devo ter compreendido.

Desviei os olhos. Lord Percy tinha levado Ana para um canto e ouvi seu risinho sedutor como resposta a alguma coisa que ele disse. Ela me viu observando e falou alto:

— Lord Percy está escrevendo sonetos para mim, Maria. Eu disse que seus versos não rimam.

— Ainda nem mesmo está terminado — protestou Percy. — Só falei o primeiro verso e já foi excessivamente crítica. "Bela dama — trata-me com soberbia..."

— Acho que é um bom começo — eu disse. — Como vai prosseguir, Lord Percy?

— Claramente não é um bom começo — interferiu George. — Iniciar uma corte com soberbia é o pior começo que poderia imaginar. Um começo mais delicado seria bem mais promissor.

— Um começo gentil seria certamente surpreendente, tratando-se de uma Bolena — disse William com uma farpa na voz. — Dependendo do cortejador, é claro. Mas pensando bem... um Percy de Northumberland poderia iniciar de maneira gentil.

Ana lançou-lhe um olhar que era tudo menos fraterno, mas Henry Percy estava tão absorto em seu poema que mal o ouviu.

— O verso seguinte, que ainda não tenho, prossegue com alguma coisa alguma coisa alguma coisa... minha angústia.

— Ah! para rimar com soberbia! — declarou George zombeteiro. — Acho que começo a entender.

— Mas tem de haver uma imagem que persiga por todo o poema — disse Ana a Henry Percy. — Se vai escrever um poema à sua amante, tem de compará-la com alguma coisa e, depois, torcer a comparação para alguma conclusão espirituosa.

— Como eu poderia? — perguntou Percy. — Não posso compará-la a nada. Você é você mesma. A que poderia compará-la?

— Oh, muito bonito! — disse George aprovando. — Eu diria, Percy, que a sua conversa é muito melhor do que a sua poesia. Se eu fosse você, ficaria de joelhos e sussurraria em seus ouvidos. Vai triunfar se insistir na prosa.

Percy sorriu largo e pegou a mão de Ana.

— Estrelas na noite — disse ele.

— Alguma coisa alguma coisa alguma coisa algum encanto — Ana replicou prontamente.

— Vamos beber um pouco de vinho — propôs William. — Acho que não acompanho uma sagacidade tão brilhante. Quem vai jogar dados comigo?

— Eu jogo — disse George antes que William me chamasse. — Qual será a aposta?

— Oh, algumas coroas — replicou William. — Odiaria tê-lo como inimigo por uma dívida de jogo, Bolena.

— Ou por qualquer outro motivo — disse meu irmão amavelmente. — Especialmente porque Lord Percy, aqui presente, nos escreveria um poema marcial sobre a luta.

— Não acho que alguma coisa alguma coisa alguma coisa é muito ameaçadora — observou Ana. — E isso é tudo que seus versos sempre dizem.

— Sou um aprendiz — replicou Percy com dignidade. — Um amante aprendiz, um poeta aprendiz, e está me tratando de maneira cruel. "Bela dama, trata-me com soberbia" é a pura verdade.

Ana riu e estendeu a mão para que ele a beijasse. William tirou dois dados do bolso e os rolou sobre a mesa. Servi-lhe vinho. Sentia-me estranhamente confortada servindo-o quando o homem que eu amava estava na cama com sua mulher, no quarto ao lado. Sentia-me posta de lado.

Jogamos até a meia-noite, e o rei não apareceu.

— O que acha? — perguntou William a George. — Se ele pretende passar a noite com ela, podemos muito bem ir para a cama.

— Estamos indo — disse Ana com determinação. Estendeu a mão de modo peremptório para mim.

— Tão cedo? — objetou Percy. — As estrelas aparecem à noite.

— E desaparecem ao amanhecer — replicou Ana. — Esta estrela precisa se ocultar no escuro.

Levantei-me para ir com ela. Meu marido olhou para mim por um instante.

— Dê-me um beijo de boa noite, esposa — ordenou.

Hesitei e, então, atravessei a sala. Esperava que eu desse um beijo frio em sua face, mas me curvei e o beijei nos lábios. Eu o senti responder quando o toquei.

— Boa noite, marido. Desejo-lhe Feliz Natal.

— Boa noite, esposa. Minha cama ficaria mais aquecida com você.

Assenti com a cabeça. Não havia o que dizer. Sem pensar, olhei de relance para a porta fechada dos aposentos privados da rainha, atrás da qual o homem que eu adorava dormia nos braços de sua mulher.

— Talvez, no fim, todos acabemos com nossas esposas — disse William.

— Certamente — disse George, de forma animada, juntando o que ganhara e colocando em sua boina, depois no bolso da jaqueta. — Pois seremos enterrados um ao lado do outro, independentemente das nossas preferências em vida. Imaginem o meu caso, transformando-me em pó com Jane Parker.

Até William riu.

— Quando vai ser? — perguntou Percy. — O dia feliz de seu casamento?

— Depois de meados do verão. Se eu conseguir conter minha impaciência por tanto tempo.

— Ela trará um dote generoso — observou William.

— E quem se importa com isso? — exclamou Percy. — Tudo o que importa é o amor.

— Falou um dos homens mais ricos do reino — observou meu irmão com ironia.

Ana estendeu a mão a Percy.

— Não lhe dê atenção, milorde. Concordo com o senhor. O amor é tudo o que importa. De qualquer maneira, é assim que penso.

☙

— Não, não pensa — eu disse assim que a porta se fechou atrás de nós.

Ana deu-me um sorrisinho.

— Gostaria que tivesse se dado ao trabalho de ver com quem eu estava falando, e não o que eu estava dizendo.

— Percy de Northumberland? Fala de casamento por amor com Percy de Northumberland?

— Exatamente. Portanto pode sorrir afetadamente para o seu marido o quanto quiser, Maria. Quando eu me casar, farei muito melhor do que você.

Primavera de 1523

Nas primeiras semanas do novo ano, a rainha recuperou a sua juventude e floresceu como uma rosa em uma estufa, corada, sempre sorrindo. Pôs de lado sua camisa de crina que usava sempre sob o vestido e a pele enrugada em seu pescoço desapareceu como se afastada pela alegria. Não falava com ninguém sobre a causa dessas mudanças, mas a sua criada comentou com outra que uma de suas regras não tinha descido, e que a adivinha tinha acertado: a rainha conseguira engravidar.

Considerando-se sua história passada de a gravidez não conseguir vingar, era plenamente justificável ela se ajoelhar, o rosto voltado para a imagem da Virgem Maria, no pequeno genuflexório num canto de sua câmara privada. Ali era encontrada toda manhã, com uma mão sobre a barriga, a outra segurando o missal, os olhos fechados, a expressão enlevada. Milagres aconteciam. Talvez estivesse acontecendo um com a rainha.

As criadas fofocavam que sua roupa de cama voltara a estar limpa em fevereiro e começamos a achar que ela logo contaria ao rei. Ele já demonstrava ares de um homem esperando boas notícias, e passava por mim como se eu fosse invisível. Tinha de dançar diante dele e servir à sua mulher e aguentar os sorrisos maliciosos das mulheres e saber que de novo não passava de uma Bolena, e não era mais a favorita do rei.

— Não aguento mais isso — eu disse a Ana. Estávamos sentadas próximas à lareira nos aposentos da rainha. As outras estavam passeando com os cachorros, mas Ana e eu nos recusamos a sair. A névoa subia do rio e o dia estava muito frio. Eu tremia em um vestido todo forrado de pele. Não me sentia bem desde a noite de Natal, quando Henrique passara por mim na sala da rainha. Desde então não me mandava chamar.

— Está levando isso muito a sério — observou ela, contente. — É o que acontece quando se ama um rei.

— O que mais eu poderia fazer? — perguntei infeliz. Fui para perto da janela para ter mais luz para costurar. Fazia a bainha das camisas para os pobres, mas o fato de serem para trabalhadores velhos não significava que o trabalho poderia ser malfeito. Ela examinaria as costuras e se as achasse malfeitas me pediria, de maneira cortês, para refazê-las.

— Se ela der à luz a criança e for um menino, então o melhor seria você ter ficado com William Carey e começado a sua própria família — comentou Ana. — O rei ficará à disposição dela, e seu tempo terá chegado ao fim. Você passará a ser uma entre muitas.

— Ele me ama — eu disse sem muita certeza. — Não sou mais uma.

Olhei a distância, pela janela. A névoa partia do rio em grandes espirais, como pó debaixo da cama.

Ana riu de modo ríspido.

— Você sempre foi mais uma — disse friamente. — Há dezenas de nós, garotas Howard, todas com boa educação, todas instruídas, todas bonitas, todas jovens, todas férteis. Eles podem jogar uma por uma sobre a mesa e ver qual é a garota de sorte. Não perdem nada se são possuídas uma após a outra, e depois postas de lado. Há sempre mais uma garota Howard concebida, mais uma prostituta no berçário. Você foi uma entre tantas nascidas antes de você. Se ele não insistir em você, então voltará para William, e encontrarão outra garota Howard para seduzi-lo, e a dança recomeçará. Nunca perdem nada.

— Mas eu perdi algo! — gritei.

Ela jogou a cabeça para o lado e olhou para mim como se analisasse a realidade a partir da impaciência de uma paixão infantil.

— Sim. Talvez. Perdeu algo. Sua inocência, seu primeiro amor, sua confiança. Talvez seu coração esteja partido. Talvez nunca mais se remende. Pobre tola Mariana — disse ela baixinho. — Fazer tudo o que um homem manda para agradar outro homem e não ganhar nada para si a não ser o coração partido.

— E quem virá depois de mim? — perguntei, transformando minha dor em escárnio. — Quem você acha que será a próxima garota Howard que empurrarão para a cama do rei? Deixe-me adivinhar... a outra garota Bolena?

Lançou-me um olhar breve e hostil e, então, suas pestanas escuras baixaram.

— Não eu — replicou. — Tenho meus próprios planos. Não me arriscarei a ser possuída e largada.

— Você me disse para arriscar — lembrei-lhe.

— Isso foi para você — disse ela. — Eu não conduziria minha vida como leva a sua. Sempre faz o que lhe mandam fazer, casa-se com quem mandam, deita-se com quem mandam que deite. Não sou como você. Eu faço o meu próprio caminho.

— Eu posso fazer o meu próprio caminho.

Ana sorriu incrédula.

— Voltarei para Hever e viverei lá — eu disse. — Não vou permanecer na corte. Se for rejeitada, poderei ir para Hever. Pelo menos, isso não vai ser tirado de mim.

A porta do aposento da rainha abriu-se e olhei de relance as criadas retirando os lençóis da cama.

— É a segunda vez nesta semana que ela manda serem trocados — disse uma delas com irritação.

Ana e eu trocamos um olhar rápido.

— Estão manchados? — perguntou ela.

A criada olhou para ela de maneira insolente.

— Os lençóis da rainha? — perguntou. — Pede que eu mostre a roupa de cama da própria rainha?

Os dedos compridos de Ana penetraram em sua bolsa e uma moeda de prata trocou de mãos. O sorriso da criada foi de triunfo ao guardar a moeda no bolso.

— Nem uma única mancha — disse ela.

Ana acalmou-se e segurei a porta para as duas mulheres.

— Obrigada — disse a segunda criada, surpresa com a minha gentileza com criados. Balançou a cabeça para mim. — Malcheirosos com suor, coitada — disse ela.

— Como? — perguntei. Mal acreditei que estivesse me dando de graça uma informação pela qual um espião francês pagaria uma fortuna, e que todos os cortesãos da região estavam loucos para ter. — Está me dizendo que a rainha sofre de suores noturnos? Que está passando por uma mudança de ciclo?

— Se não agora, muito em breve — disse a criada. — Coitada.

☙

Encontrei meu pai com George no salão, os dois juntos, enquanto os criados punham as grandes mesas montadas sobre cavaletes para o jantar. Fez sinal para que eu me aproximasse.

— Pai — eu disse, fazendo uma mesura.

Beijou-me friamente na testa.

— Filha — disse ele. — Queria falar comigo?

Por um momento gélido me perguntei se ele teria se esquecido do meu nome.

— A rainha não está grávida — eu disse. — As regras desceram hoje. Falharam das outras vezes por causa de sua idade.

— Deus seja louvado! — disse George exultante. — Eu apostava que era isso. Boas-novas.

— As melhores — disse meu pai. — As melhores para nós, as piores para a Inglaterra. Ela contou ao rei?

Sacudi a cabeça.

— Começou a sangrar hoje à tarde. Ainda não esteve com ele.

Meu pai balançou a cabeça.

— Então, soubemos antes dele. Quem mais sabe?

Dei de ombros.

— As criadas que mudaram os lençóis e quem as estiver pagando. Wolsey, suponho. Talvez os franceses tenham comprado uma criada.

— Então temos de nos apressar se quisermos ser os primeiros a lhe contar. Eu conto?

George sacudiu a cabeça.

— Íntimo demais — disse ele. — Que tal Maria?

— Isso a poria diante dele no exato momento de sua decepção — refletiu meu pai. — É melhor não.

— Ana, então — disse George. — Tem de ser um de nós a fazê-lo se lembrar de Maria.

— Ana pode fazer isso — concordou meu pai. — É capaz de fazer com que um gambá cheire a rato.

— Ela está no jardim — falei. — No ginásio de arco e flecha.

Nós três saímos para o sol primaveril que brilhava lá fora. Um vento frio soprava entre os narcisos amarelos que adejavam ao sol. Vimos o pequeno grupo de cortesãos, e Ana entre eles. Quando a vimos, ela se posicionava, mirava o alvo, puxava a corda e, então, o baque surdo de sua flecha exatamente no alvo. Houve alguns aplausos. Henry Percy andou até o alvo, retirou a flecha de Ana e a pôs em sua própria aljava, como se fosse guardá-la para si.

Ana estava rindo, estendendo a mão para receber sua flecha, quando nos viu. Imediatamente, dispensou sua companhia e veio até nós.

— Pai.

— Ana. — Beijou-a com mais ternura do que tinha me beijado.

— A rainha voltou a sangrar — disse George abruptamente. — Achamos que deve ser você a contar ao rei.

— E não Maria?

— Faria com que parecesse vulgar — disse meu pai. — Bisbilhotando com camareiras, observando-as esvaziar seus urinóis.

Por um momento achei que Ana diria que também não ia querer parecer vulgar, mas ela deu de ombros. Sabia que servir à ambição da família Howard sempre tinha um preço.

— E certifique-se de fazê-lo voltar a se interessar por Maria — disse meu pai. — Quando ele se voltar contra a rainha, terá de ser Maria quem o atrairá.

Ana assentiu com a cabeça e disse:

— É claro. — Somente eu percebi a rispidez em sua voz. — Maria vem em primeiro.

☙

O rei foi ao quarto da rainha nessa noite, como sempre, sentando-se ao lado dela, perto do fogo. Nós três o observamos, certos de que ele se cansaria dessa paz doméstica. Mas a rainha era habilidosa em entretê-lo. Havia sempre um jogo de cartas ou dados, ela sempre lera os livros mais recentes e podia arriscar-se e defender uma opinião interessante. Havia sempre outros visitantes, eruditos ou viajados, homens que conversariam com o rei, havia sempre a melhor música, e Henrique gostava da boa música. Thomas More era o preferido dela e, às vezes, os três saíam andando pelo terraço do castelo e contemplavam o céu noturno. More e o rei falariam das interpretações da Bíblia e especulariam se chegaria um tempo em que seria permitida uma Bíblia em inglês que as pessoas comuns pudessem ler. E havia sempre mulheres bonitas. A rainha era sábia o bastante para encher a sala das mulheres mais belas do reino.

Essa noite não foi exceção, e ela o entreteve como se fosse um embaixador a quem ela tinha de favorecer. Conversavam os dois quando alguém pediu que cantasse, e ele cantou uma de suas composições. Pediu que uma dama cantasse a parte da soprano e Ana, relutante e modestamente, se apresentou e disse que tentaria. É claro que foi perfeita. Cantaram mais uma, satisfeitos consigo mesmos, e então Henrique beijou a mão de Ana e a rainha ordenou que servissem vinho aos dois cantores.

Não foi mais que um toque em sua mão e Ana o afastou um pouco da corte. Somente a rainha e nós, os Bolena, percebemos que o rei fora afastado. A rainha pediu a um dos músicos que tocasse outra ária, era sensata o bastante para não ser pega olhando quando seu marido começava mais um flerte. Lançou-me uma olhadela bem rápida, para ver como eu estava reagindo à visão de minha irmã de braço dado com o rei e lhe dei um sorriso insípido, inocente.

— Está se tornando uma bela cortesã, esposa — comentou William Carey.

— Estou?

— Quando chegou à corte, era uma mercadoria fresca, não polida pela corte francesa, mas agora o dourado parece estar penetrando em sua alma. É capaz de fazer uma coisa sem pensar duas vezes?

Por um momento quase me defendi, mas vi Ana falar algo ao rei que relanceou os olhos para a rainha. Ana pôs a mão delicadamente na manga dele e falou mais alguma coisa. Desviei o olhos de William, completamente surda para ele, e observei o homem que eu amava. Vi seus ombros largos se curvarem e caírem, como se metade de seu poder tivesse lhe abandonado. Olhou para a rainha como se ela o tivesse traído, seu rosto vulnerável como o de uma criança. Ana virou-se de modo a ficar protegida do restante da corte e George se adiantou para perguntar à rainha se podíamos dançar, com a intenção de desviar a atenção de Ana despejando tristeza no ouvido do rei.

Não suportei mais, esquivei-me de perto das garotas que pediam dança e fui até Henrique, empurrando Ana para me aproximar dele. Estava pálido, o olhar trágico. Peguei sua mão e disse apenas:

— Oh, meu querido.

Virou-se para mim imediatamente.

— Você também sabia? Todas as damas sabem?

— Acho que sim — disse Ana. — Não podemos culpá-la por não querer lhe contar, pobrezinha. Era a sua última esperança. Foi a sua última chance, senhor.

Senti seus dedos apertarem minha mão um pouco mais forte.

— A adivinha me disse...

— Eu sei — falei gentilmente. — Provavelmente recebeu algum dinheiro.

Ana desapareceu, e ficamos só nós dois.

— Deitei-me com ela, me esforcei tanto, esperava...

— Rezei por vocês — sussurrei. — Por vocês dois. Estava esperançosa de que teria um filho, Henrique. Por Deus, o que eu mais queria no mundo era que ela lhe desse um filho homem legítimo.

— Mas agora ela não pode mais. — Calou-se. Parecia uma criança mimada que não podia ter o que queria.

— Não, não pode mais — confirmei. — Acabou.

Largou minha mão abruptamente, e se afastou. As pessoas que dançavam se separaram para deixar que passasse. Dirigiu-se à rainha, que estava sentada sorrindo em sua corte, e disse, alto o bastante para todos ouvirem:

— Disseram-me que não está bem, senhora. Gostaria que tivesse me dito isso pessoalmente.

Ela olhou para mim imediatamente, seu olhar duro acusando-me de ter traído seu segredo mais íntimo. Sacudi a cabeça, de maneira a não deixar dúvida. Ela procurou Ana entre os que dançavam, a localizou, de mãos dadas com George. Ana devolveu-lhe o olhar imperturbavelmente.

— Lamento, Majestade — disse a rainha, com sua imensa dignidade. — Eu deveria ter escolhido uma hora mais conveniente para discutir isso com o senhor.

— Deveria ter escolhido falar de imediato — corrigiu-a ele. — Como não está bem, sugiro que dispense a sua corte e se despeça.

Aqueles que entenderam o que estava acontecendo cochicharam rapidamente entre si, se bem que a maioria ficasse olhando espantada para a explosão súbita de mau humor do rei e para o rosto pálido e resignado da rainha.

Henrique virou-se, estalou os dedos chamando seus amigos, George, Henry, William, Charles, Francis, como se chamasse seus cachorros, e saiu sem mais uma palavra. Gostei de ver George fazer a reverência mais profunda a ela. Ela não disse uma palavra, levantou-se e foi para a sua câmara privada.

Os músicos que tinham tocado a esmo e soado cada vez mais desagradáveis perceberam que a música acabara e olhavam em volta esperando receber ordens.

— Oh, vão embora — eu disse com uma impaciência repentina. — Não veem que não vai ter mais dança, não vai ter mais música hoje? Ninguém aqui precisa de música. Deus sabe como ninguém quer mais dançar.

Jane Parker olhou para mim surpresa.

— Achei que ficaria contente. O rei irritado com a rainha e você pronta para ser colhida como um pêssego amassado na sarjeta.

— E eu achei que teria juízo suficiente para não dizer uma coisa dessas — disse Ana sem rodeios. — Falar dessa maneira com a sua futura cunhada! É melhor que tenha cuidado ou não será bem-vinda nesta família.

Jane não recuou diante de Ana.

— Não há como romper um contrato de casamento. George e eu nos casaremos na igreja. É só uma questão de marcar a data. Podem me receber bem ou me odiar, Srta. Ana. Mas não podem me excluir. Fomos prometidos perante testemunhas.

— Oh, que importância tem isso? — gritei. — Nada disso tem importância! — Virei-me e corri para o meu quarto. Ana foi atrás de mim.

— O que houve? — perguntou. — O rei está irritado conosco?

— Não, embora devesse, já que fizemos um trabalho sórdido contando-lhe o segredo da rainha.

— Ah, sim — concordou Ana sem se abalar. — Mas não ficou com raiva?

— Não, está magoado.

Ana foi até a porta.

— Aonde vai? — perguntei.

— Mandar que tragam água — disse ela. — Vai se lavar.

— Oh, Ana — falei irritada. — Ele acabou de ouvir a pior notícia de sua vida. Está com o pior humor possível, não vai me chamar hoje. Amanhã me lavarei, se for preciso.

Ela sacudiu a cabeça.

— Não vou arriscar — replicou ela. — Vai se lavar hoje.

☙

Ela se enganou. Mas só por um dia. No dia seguinte, a rainha ficou a sós com suas damas em seu quarto e eu jantei na câmara privada com meu irmão, seus amigos, e o rei. Foi uma noite muito alegre, com música, dança, e jogo. E nessa noite, estive na cama do rei mais uma vez.

☙

Dessa vez, eu e Henrique tornamo-nos praticamente inseparáveis. A corte sabia que éramos amantes, a rainha sabia, até mesmo as pessoas comuns que vinham de Londres para nos ver jantar sabiam. Eu usava seu bracelete de ouro em meu pulso, montava seu cavalo de caça. Usava um par de brincos de diamantes, tinha mais três vestidos novos, um deles tecido com ouro. E uma manhã, na cama, ele me disse:

— Nunca se perguntou o que aconteceu com aquele esboço seu que pedi para o artista fazer no estaleiro?

— Tinha-me esquecido dele — eu disse.

— Venha cá e me beije e direi por que mandei que a desenhasse — disse Henrique preguiçosamente.

Estava deitado de costas, a cabeça sobre os travesseiros. Já era tarde, naquela manhã, mas as cortinas continuavam fechadas, impedindo que os criados entrassem para acender o fogo, para trazer-lhe água quente, para esvaziar o urinol. Ergui-me na cama e me aproximei, meus seios redondos contra seu peito quente, meu cabelo caindo como um véu de ouro e bronze. Minha boca baixou até a sua, aspirei o perfume quente erótico de sua barba, senti o espetar macio dos pelos ao redor de sua boca. Meus lábios pressionaram os seus e senti, e ouvi, seu gemido de desejo ao beijá-lo com mais força.

Levantei a cabeça e sorri.

— Aí está o seu beijo — sussurrei roucamente, sentindo o meu desejo crescer com o dele. — Por que mandou o artista me desenhar?

— Vou lhe mostrar — prometeu. — Depois da missa, iremos até o rio e verá o meu navio novo e o seu retrato ao mesmo tempo.

— O navio está pronto? — perguntei. Relutei em deixá-lo ir, mas ele já afastava as cobertas e estava pronto para se levantar.

— Sim. Nós o veremos ser lançado na semana que vem — replicou. Abriu um pouco o cortinado da cama e gritou para um criado ir chamar George. Pus o vestido e o manto, Henrique estendeu a mão para me ajudar a descer da cama. Beijou-me na face.

— Vou comer o desjejum com a rainha — decidiu ele — e depois iremos ver o navio.

಄

Era uma bela manhã. Eu usava um novo traje de montaria de veludo amarelo, feito para mim com uma peça de tecido que o rei me dera. Ana estava ao meu lado, usando um de meus vestidos. Senti uma alegria intensa, vendo-a usar minhas roupas antigas. Mas então, da maneira contraditória típica de irmãs, admirei o que havia feito com ele. Havia mandado encurtar e refazer à moda francesa, e estava elegante. Usava-o com um chapéu ao estilo francês feito com o material que poupara ao fazer a saia com menos roda. Henry Percy de Northumberland não tirava os olhos dela, mas ela flertava com o mesmo charme com todos os companheiros do rei. Éramos nove ao todo. Henrique e eu, lado a lado, na frente. Ana atrás de mim com Percy e William Norris. George e Jane, um casal dissonante, vinha a seguir, e Francis Weston e William Brereton vinham por último, rindo e contando piadas. Éramos precedidos de apenas dois cavalariços e seguidos por quatro soldados montados.

Cavalgamos pela margem do rio. A maré estava subindo e as ondas esparramavam-se na praia, a crista branca espumosa. As gaivotas, sobrevoando inesperadamente a terra, gritavam e voavam em círculos, suas asas prateadas no sol da primavera. As fileiras de cercas vivas vicejavam na vegetação primaveril, prímulas como nacos pálidos de manteiga nos pontos ensolarados nas ribanceiras. A trilha à margem do rio estava com a lama endurecida e os cavalos galopavam com facilidade. O rei cantou-me uma canção de amor de sua própria autoria, e ao escutá-la pela segunda vez, cantei com ele, e ele riu com a minha tentativa. Eu sabia que não tinha o talento de Ana. Mas isso não tinha importância. Nesse dia nada tinha importância, nada podia ter mais importância do que meu amado e eu juntos sob o sol, numa cavalgada a passeio, e ele estava feliz e eu estava feliz por vê-lo feliz.

Chegamos ao estaleiro mais cedo do que eu desejaria, e Henrique foi para o lado do meu cavalo, ergueu-me da sela e deu-me um beijo quando meus pés tocaram o chão.

— Meu coração — sussurrou. — Tenho uma surpresa para você.

Virou-me e levou-me para o lado, de modo que pudesse ver seu belo navio. Estava quase pronto para ser levado ao mar. Tinha a popa e a proa altas, típicas de um navio de guerra, construído para ser veloz.

— Olhe — disse Henrique vendo-me observar suas linhas, mas não o detalhe. Apontou para o nome entalhado e esmaltado em dourado, escrito com letras aneladas, nítidas, na proa enfeitada. Dizia: "Maria Bolena".

Olhei surpresa por um momento, lendo meu nome sem entender. Ele não riu de minha cara espantada, observou minha surpresa se transformar em perplexidade e, depois, em compreensão.

— Deu-lhe meu nome? — perguntei. Minha voz tremia. Era uma honra grande demais para mim. Eu me sentia alguém jovem demais, pequena demais para que um navio, e um navio desse tipo, levasse meu nome. Agora, o mundo todo saberia que eu era a amante do rei. Não haveria como negar.

— Dei, meu coração — ele estava sorrindo. Esperou que eu estivesse encantada.

Pôs minha mão fria em seu braço e me levou para a frente do navio. Havia uma figura de proa, com um belo perfil, altivo, olhando para o Tâmisa, para o mar, para a França. Era eu, com meus lábios ligeiramente separados, como se eu fosse uma mulher que desejasse tal aventura. Como se eu não fosse o joguete da família Howard, mas sim uma mulher adorável e corajosa.

— Eu? — perguntei, minha voz um fio acima do ruído da água batendo na doca seca.

A boca de Henrique estava em meu ouvido, eu sentia seu hálito quente em meu pescoço frio.

— Você — replicou ele. — Tão bela. Está feliz, Maria?

Virei-me para ele e seus braços me envolveram, fiquei na ponta dos pés e pus meu rosto no calor de seu pescoço, sentindo o perfume de sua barba e de seu cabelo.

— Oh, Henrique — sussurrei. Não queria que visse o meu rosto, pois veria o terror, e não o prazer, crescendo ostensivamente, publicamente.

— Está feliz? — insistiu ele. Com a mão sob meu queixo, ergueu o meu rosto, para que pudesse me examinar como se eu fosse um manuscrito. — É uma grande honra.

— Eu sei. — Meu sorriso estremeceu. — Obrigada.

— E vai ser você a lançá-lo. Na semana que vem.

Hesitei.

— Não será a rainha?

Fiquei assustada em tomar seu lugar para lançar o navio mais recente e maior que ele já construíra. Mas evidentemente teria de ser eu. Como ela poderia lançar um navio com meu nome?

Ele a afastou como se não fossem marido e mulher há treze anos.

— Não — replicou ele sem rodeios. — A rainha, não. Você.

Consegui forças para sorrir e torci para ser convincente e ocultar a sensação aterrorizante de que eu tinha ido longe demais, rápido demais, e que o fim dessa estrada não era o tipo de alegria despreocupada que sentira nessa manhã, porém algo mais obscuro e mais assustador. Apesar de termos cavalgado cantando juntos, não éramos um casal de namorados. Se o meu nome estava no seu navio, se eu o lançasse na semana seguinte, então seria uma rival declarada da rainha da Inglaterra. Eu seria uma inimiga do embaixador espanhol, de toda a nação da Espanha. Seria uma força poderosa na corte, uma ameaça à família Seymour. Quanto mais alto ascendesse no favor do rei maiores os perigos que me rodeariam. Mas eu era uma mulher de apenas 15 anos. Não podia esbanjar ambição.

Como se percebesse minha relutância, Ana surgiu do meu lado.

— Concedeu uma grande honra à minha irmã, senhor — disse ela polidamente. — É um navio muito sofisticado, tão belo quanto a mulher cujo nome escolheu para ele. E um navio sólido, potente... como o senhor. Que Deus o abençoe e o envie contra nossos inimigos. Quem quer que sejam.

Henrique sorriu ao elogio.

— Está destinado a ser um navio de sorte — disse ele. — Com a face de um anjo na sua frente.

— Acha que ele combaterá os franceses neste ano? — perguntou George, pegando minha mão e dando um rápido e discreto beliscão em meus dedos para me lembrar de meu papel de cortesã.

Henrique assentiu com a cabeça, a expressão austera.

— Com certeza — replicou. — E se o imperador espanhol for meu aliado, obedeceremos ao meu plano de atacarmos o norte da França, enquanto ele ataca o sul. Assim refrearemos a arrogância de Francis. Nesse verão atacaremos, sem dúvida.

— Se pudermos confiar nos espanhóis — disse Ana de maneira cativante.

A expressão de Henrique ensombreceu-se.

— São eles que precisam mais de nós — disse. — Carlos não pode se esquecer disso. Não é uma questão de família, de parentesco. Se a rainha se desgostar comigo por algum motivo, terá de lembrar que primeiro de tudo é a rainha da Inglaterra, e segundo, princesa da Espanha. Deve a sua lealdade primeiro a mim.

Ana concordou balançando a cabeça.

— Eu odiaria ser tão dividida — disse ela. — Graças a Deus nós, Bolena, somos completamente ingleses.

— Apesar de seus vestidos franceses — disse Henrique com um lampejo súbito de humor.

Ana devolveu o sorriso.

— Um vestido é um vestido — disse ela. — Como o vestido de veludo amarelo de Maria. Mas o senhor, de todas as pessoas, sabe que por debaixo há um ser verdadeiro, com o coração unificado.

Ele virou-se para mim e sorriu quando olhei para ele.

— É um prazer recompensar um coração tão leal — disse ele.

Senti lágrimas em meus olhos e tentei contê-las para que não as visse, mas uma ficou em meus cílios. Henrique curvou-se e beijou-a.

— Menina doce — disse ele. — Minha pequena rosa inglesa.

☙

A corte toda foi assistir ao lançamento do navio *Maria Bolena*, somente a rainha ficou afastada, alegando indisposição. O embaixador espanhol estava lá, para ver o navio deslizar para a água, e se sentiu alguma restrição em relação ao nome da nau, guardou para si mesmo.

Meu pai estava em um furor silencioso de irritação consigo mesmo, comigo, com o rei. A grande honra concedida a mim e à minha família tinha um preço. Rei Henrique era um monarca sutil em tais questões. Quando meu tio e meu pai agradeceram a honra de ter escolhido seu nome, ele agradeceu-lhes pela contribuição que tinha certeza de que desejariam fazer para equipar uma nau como essa, e que redundaria a seu favor, já que levaria o nome dos Bolena através dos mares.

— E então, os prêmios aumentam de novo — disse George animadamente ao observar o navio deslizar sobre os tambores em direção às águas salgadas do rio Tâmisa.

— Como podem ser mais altos? — perguntei do canto de minha boca sorridente. — Minha vida está em discussão.

Os estivadores, embriagados com o *ale* distribuído, agitaram suas boinas e gritaram vivas. Ana sorriu e acenou. George sorriu largo para mim. O vento agitou a pena em sua boina, despenteou seus cachos escuros.

— Agora está custando dinheiro a papai mantê-la favorecida pelo rei. Não é mais o seu coração e a sua felicidade em discussão, irmãzinha, mas sim a fortuna da família. Achamos que o estávamos manipulando como um tolo enamorado e ele estava nos manipulando como agiotas. Os prêmios estão aumentando. Nosso pai e nosso tio vão querer ver um retorno para esse investimento. Vai ver só como vão querer.

Afastei-me de George e procurei Ana. Ela estava a uma pequena distância da corte, Henry Percy a seu lado, como sempre. Estavam observando o navio ser rebocado pelas barcaças, lutando contra a correnteza, levando-o de volta ao longo do quebra-mar, amarrando-o de modo que estivesse aparelhado quando na água. O rosto de Ana estava com aquele brilho de alegria que adquiria sempre que flertava.

Virou-se e sorriu para mim.

— Ah, a rainha de hoje — disse ela zombeteira.

Fiz uma careta.

— Não me provoque. Basta George.

Henry Percy avançou, pegou minha mão e a beijou. Ao baixar o olhar para a sua cabeleira loura, percebi como minha estrela brilhava alto. Esse era Henry Percy, filho e herdeiro do duque de Northumberland. Não havia outro homem no reino mais promissor ou de fortuna maior. Era o filho do homem mais rico da Inglaterra, que ficava atrás apenas do rei, e estava me fazendo uma reverência e beijando minha mão.

— Ela não vai importuná-la — prometeu, aproximando-se sorrindo. — Pois a levarei para almoçar. Disseram-me que os cozinheiros de Greenwich estariam aqui ao amanhecer para prepararem tudo. O rei está indo, vamos acompanhá-lo?

Hesitei, mas a rainha, que sempre gerava o senso da formalidade, tinha sido deixada em Greenwich, em um quarto escuro, com uma dor no ventre e medo no coração. Não havia ninguém mais na zona portuária além dos homens e mulheres fúteis e ociosos da corte. Ninguém ligava para precedência, exceto no sentido de que os vencedores deveriam vir em primeiro.

— É claro — eu disse. — Por que não?

Lord Henry Percy ofereceu seu outro braço a Ana.

— Posso ter as duas irmãs?

— Acho que a Bíblia proíbe — disse Ana, de maneira provocante. — A Bíblia ordena que o homem escolha entre as irmãs e que fique com a sua primeira escolha. Qualquer outra coisa é pecado capital.

Lord Henry Percy riu.

— Tenho certeza de que consigo uma graça — disse ele. — O Papa certamente me concederia a dispensa. Com duas irmãs como estas, que homem seria obrigado a escolher?

☙

Só cavalgamos de volta na hora do crepúsculo, quando as estrelas começavam a aparecer no céu cinzento claro da primavera. Cavalguei ao lado do rei, minha mão na sua, e deixamos os cavalos andarem a passo lento ao longo da trilha à margem do rio. Atravessamos a arcada do palácio e seguimos para a porta da frente. Então, ele parou o cavalo, desceu-me do meu e sussurrou em meu ouvido:

— Gostaria que fosse rainha por todos os dias, e não só por um dia em um pavilhão à margem de um rio, meu amor.

☙

— O que ele disse? — perguntou meu tio.

Fui interrogada por ele como um prisioneiro perante um tribunal. Atrás da mesa na sala dos Howard estavam sentados tio Howard, duque de Surrey, meu pai e George. Nos fundos da sala, atrás de mim, Ana estava sentada ao lado de minha mãe. Eu, sozinha diante da mesa, era como uma criança em desgraça perante a geração mais velha.

— Disse que queria que eu fosse rainha por todos os dias — repliquei em voz baixa, odiando Ana por ter traído a minha confidência, odiando meu pai e meu tio por sua dissecação fria dos sussurros trocados entre amantes.

— O que acha que ele quis dizer?

— Nada — respondi aborrecida. — Apenas palavras de amante.

— Temos de ter uma recompensa por todos esses empréstimos — disse meu tio com irritação. — Falou algo no sentido de lhe dar uma terra? Ou alguma coisa para George? Ou para nós?

— Pode sugerir algo nesse sentido? — propôs meu pai. — Lembre-lhe que George está para se casar.

Olhei para George num apelo mudo.

— A questão é que ele está muito alerta a esse tipo de coisa — George apontou. — Todo mundo faz isso com ele o tempo todo. Toda manhã, quando vai de sua câmara privada para a missa, seu caminho é tomado de gente esperando para lhe pedir um favor. Eu diria que o que o atrai em Maria é ela não ser desse tipo. Acho que ela nunca lhe pediu nada.

— Ela tem diamantes que valem uma fortuna em suas orelhas — interferiu minha mãe, rispidamente. Ana concordou com a cabeça.

— Mas ela não os pediu. Ele deu porque quis dar. Gosta de ser generoso quando seu ato é inesperado. Acho que devemos deixar Maria agir por si mesma. Ela tem talento para amá-lo.

Mordi o lábio ao ouvir isso para me impedir de dizer alguma coisa. Eu realmente tinha talento para amá-lo. Talvez fosse o meu único. E essa família, essa rede poderosa de homens, estava usando o meu talento para amar o rei, como usava o de George na esgrima, ou o de meu pai para línguas, para favorecer os seus interesses.

— A corte vai se mudar para Londres na semana que vem — observou meu pai. — O rei se encontrará com o embaixador espanhol. Há pouca chance de ele fazer qualquer movimento em direção a Maria enquanto precisar da aliança com a Espanha para combater a França.

— Então é melhor trabalhar pela paz — recomendou meu tio ferozmente.
— E eu trabalho. Sou um defensor da paz — replicou meu pai. — Não sou?

ᑕᑐ

Uma jornada da corte era sempre uma visão poderosa, um pouco uma feira rural, um dia de mercado, uma justa. Foi tudo providenciado pelo cardeal Wolsey, tudo na corte ou no campo era feito sob seu comando. Ele tinha estado ao lado do rei na Batalha de Spurs, na França, tinha sido esmoler no exército inglês e os homens nunca se deitaram tão secos à noite nem comeram tão bem. Tinha uma percepção para detalhes que o tornava atento a como a corte iria de um lugar para outro, uma percepção política que o inspirava em relação a onde pararíamos e qual lorde se sentiria honrado com uma visita durante a viagem de verão do rei, e era astuto o bastante para não importunar Henrique com nenhuma dessas coisas, de modo que o jovem rei só tivesse prazer, como se suprimentos e criados e organização caíssem do céu.

Era o cardeal que dirigia a hierarquia da corte na mudança. À nossa frente, iam os pajens carregando os estandartes com as flâmulas de todos os lordes da comitiva. Atrás deles havia um espaço para a poeira assentar, e então vinha o rei montando seu melhor cavalo de caça, com sua sela vermelha de couro, trabalhada em relevo e com toda a pompa digna da realeza. Acima dele, adejava seu próprio estandarte. Do seu lado, os amigos escolhidos para montarem com ele nesse dia: meu marido William Carey, o cardeal Wolsey e meu pai. Logo atrás vinha o restante dos companheiros do rei, mudando de lugar, se retardando ou avançando livremente. Ao redor deles, em uma formação com facilidade de movimentos, vinha a guarda pessoal do rei em seus cavalos com as lanças em posição de apresentar armas. Não serviam para protegê-lo — quem pensaria em fazer mal a esse rei? —, mas para manter afastado o povo que se aglomerava dando vivas e o observando boquiaberto, sempre que passávamos por uma cidade ou vilarejo.

Houve outras pausas antes da comitiva da rainha. Ela montava seu palafrém de sempre. Sentava-se ereta na sela, o vestido disposto deselegantemente em grandes pregas de tecido grosso, o chapéu de lado em sua cabeça, os olhos apertados contra o sol forte. Estava passando mal. Eu sabia porque estava do seu lado, de manhã, e escutara o gemido reprimido de dor quando montara em seu cavalo.

Atrás do séquito da rainha vinham os outros membros da casa, alguns montados, outros em carroças, alguns cantando ou bebendo *ale* para afastar a poeira da estrada de suas gargantas. Todos partilhávamos uma despreocupação de um dia festivo ou de férias quando a corte partiu de Greenwich para Londres, com uma nova temporada de festas e entretenimentos à nossa espera, e quem sabia o que poderia acontecer nesse ano?

CB

Os aposentos da rainha em York Place eram pequenos e asseados, e só precisamos de alguns dias para desfazer a bagagem e pôr tudo em ordem. O rei a visitava toda manhã, como sempre, e seu séquito o acompanhava, inclusive Lord Henry Percy. Ele e Ana sentavam-se à janela, as cabeças bem próximas, trabalhando poemas de Lord Henry. Ele jurava que se tornaria um grande poeta se tivesse a orientação de Ana e ela jurava que ele nunca aprenderia nada, que era tudo um artifício para a fazer desperdiçar seu tempo e erudição com um tolo.

Eu achava um tanto corajoso uma garota Bolena, vinda de um castelo em Kent e um punhado de terras em Essex, chamar o duque de Northumberland de tolo, mas Henry Percy riu e disse que ela era uma professora excessivamente severa, e que um talento, um grande talento se revelaria, independentemente do que ela dissesse.

— O cardeal o está chamando — eu disse. Levantou-se, sem pressa, beijou a mão de Ana, e foi procurar o cardeal Wolsey. Ana juntou os papéis em que estavam trabalhando e os trancou em sua caixa.

— Ele não tem mesmo nenhum talento para poesia? — perguntei.

Ela encolheu os ombros com um sorriso.

— Não é nenhum Wyatt.

— É um Wyatt no namoro?

— Não é casado — disse ela. — E portanto ainda mais desejável a uma mulher sensível.

— Ele é muito, até mesmo para você.

— Não vejo por quê. Se o quero e ele me quer.

— Peça a papai que fale com o duque — aconselhei com sarcasmo. — Veja o que o duque diz.

Virou a cabeça para olhar pela janela. Os longos gramados de York Place estendiam-se quase ocultando o lampejo do rio aos pés do jardim.

— Não vou pedir a papai — replicou ela. — Achei que poderia acertar as coisas sozinha.

Eu ia rir, mas percebi que falava sério.

— Ana, não dá para acertar isso sozinha. Ele é apenas um jovem, você só tem 17 anos, não podem decidir isso sozinhos. Certamente seu pai tem alguém em mente para ele, e certamente nosso pai e nosso tio têm planos para você. Não somos independentes, somos mulheres Bolena. Temos de ser guiadas, de fazer o que nos mandam fazer. Veja o meu caso!

— Sim, você! — agrediu-me com uma explosão súbita de sua energia sombria. — Casou-se quando não passava de uma criança e, agora, é amante do rei. Menos inteligente do que eu! Menos instruída do que eu! Mas é o centro da corte e eu não sou nada. Tenho de ser a sua dama. Não posso lhe servir, Maria. É um insulto para mim.

— Nunca pedi que me... — gaguejei.

— Quem insiste para que se limpe e lave o cabelo? — perguntou furiosa.

— Você, mas...

— Quem a ajuda a escolher suas roupas e a ensina como agir com o rei? Quem a salvou mil vezes quando era tão idiota e desajeitada para saber como se comportar?

— Você. Mas Ana...

— E o que ganho com isso? Não tenho marido que receba uma terra como demonstração do favor do rei. Não tenho marido para ocupar cargo alto porque minha irmã é a amante do rei. Não ganho nada com isso. Por mais que você suba, não ganharei nada. Tenho de conseguir um lugar por mim mesma.

— Sim, tem — repliquei sem convicção. — Não nego. Eu só disse que acho que não vai conseguir ser duquesa.

— É você que vai decidir? — falou com escárnio. — Você que não passa da distração do rei enquanto ele não está empenhado no importante negócio de fazer um filho varão se puder, e guerrear se puder formar um exército?

— Não disse que devo decidir — sussurrei. — Só disse que acho que não vão deixar que seja duquesa.

— Quando estiver feito, estará feito — disse ela, jogando a cabeça. — E ninguém ficará sabendo até estar feito.

De súbito, como o bote de uma serpente, agarrou minha mão com fúria. Torceu meu braço para as minhas costas e segurou-me de modo que eu não pudesse me mover, somente gritar com dor:

— Ana! Pare! Está me machucando!

— Pois escute bem — sussurrou em meu ouvido. — Preste bem atenção no que vou dizer, Maria. Estou jogando o meu próprio jogo e não quero que você atrapalhe. Ninguém vai saber de nada até eu estar pronta para contar. Então, saberão de tudo tarde demais.

— Vai fazer com que ele a ame?

Largou-me abruptamente, e pus a mão em meu cotovelo e meu braço, que doíam bastante.

— Vou fazer com que se case comigo — disse ela sem rodeios. — E se deixar escapar qualquer coisa sobre isso, a mato.

ଓ3

Depois disso, passei a observar Ana com mais cuidado. Vi como lidava com ele. Tendo avançado durante todos os meses frios em Greenwich, agora, com o sol e a nossa chegada a York Place, recuou repentinamente. E quanto mais se afastava dele, mais ele a procurava. Quando ele entrava na sala, ela lançava-lhe um sorriso como uma flecha ao centro do alvo. Seu olhar era um convite, pleno de desejo. Mas então, desviava os olhos e não tornava a olhar para ele até o fim de sua visita.

Ele estava na comitiva do cardeal Wolsey e deveria esperar Vossa Eminência, enquanto o cardeal visitava o rei ou a rainha. Não havia nada para o jovem lorde fazer a não ser perambular pelos aposentos da rainha e flertar com quem falasse com ele. Estava claro que só tinha olhos para Ana, que passava por ele e dançava com outro, deixava cair sua luva e ele a devolvia, sentava-se ao seu lado, mas não falava com ele e devolvia seus poemas dizendo que não podia mais ajudá-lo.

Ela entrou no mais resoluto recolhimento, e o rapaz não sabia o que fazer para reconquistá-la.

Procurou-me.

— Sra. Carey, ofendi sua irmã sem saber?

— Não, acho que não.

— Ela antes sorria para mim de modo encantador, e agora me trata com frieza.

Refleti por um instante, era muito lenta nessas situações. Por um lado, havia a resposta verdadeira: estava agindo com ele como um pescador com um peixe no anzol. Mas sabia que Ana não queria que dissesse isso. Por outro lado, era a resposta que Ana queria que eu desse. Por um momento, olhei para a cara de bebê ansioso de Henry Percy com compaixão genuína. Depois, lancei-lhe um sorriso Bolena e dei-lhe uma resposta Howard.

— Na verdade, milorde, acho que ela tem medo de ser excessivamente gentil.

Vi a esperança se manifestar em sua cara infantil.

— Excessivamente gentil?

— Ela era muito gentil com o senhor, não era, milorde?

Balançou a cabeça.

— Oh, sim. Sou seu escravo.

— Acho que teve medo de gostar demais do senhor.

Inclinou-se à frente, como se para pegar as palavras de minha boca.

— Demais?

— Demais para que a sua mente ficasse em paz — repliquei baixinho.

Ele deu um pulo, dois passos para longe de mim e, então, voltou.

— Ela me deseja?

Sorri e virei um pouco a cabeça de modo que não percebesse meu enfado diante de sua ilusão. Ele não era de se dissuadir facilmente. Caiu de joelhos à minha frente e observou meu rosto atentamente.

— Diga-me, Sra. Carey — suplicou. — Há noites não durmo. Há dias não como. Sou uma alma em tormento. Diga-me se acha que ela me ama. Diga, pelo amor de Deus.

— Não posso. — E na verdade não podia. A mentira ficaria entalada na minha garganta. — Tem de perguntar a ela o senhor mesmo.

Levantou-se de um pulo, como uma lebre surgindo de uma samambaia com os cães a perseguindo.

— Vou perguntar! Vou perguntar! Onde ela está?

— Jogando boliche no jardim.

Não precisou de mais nada para abrir a porta impulsivamente e sair em disparada. Ouvi os saltos de suas botas soarem na escadaria de pedra até a porta que dava para o jardim. Jane Parker, que estava sentada no lado de lá da sala, ergueu os olhos.

— Fez mais uma conquista? — perguntou, fazendo uma ideia errada como sempre.

Lancei-lhe um sorriso tão venenoso quanto o dela.

— Algumas mulheres atraem o desejo. Outras não — respondi simplesmente.

ଓ

Encontrou-a no gramado do boliche, perdendo com elegância e deliberadamente para Sir Thomas Wyatt.

— Comporei um soneto para a senhorita — prometeu Wyatt. — Por me conceder a vitória com tanta graça.

— Não, não, foi uma disputa justa — protestou Ana.

— Se tivesse dinheiro nisso, acho que estaria pegando minha bolsa — disse ele. — Os Bolena só perdem quando não há nada a ganhar com a vitória.

Ana sorriu.

— Na próxima vez, deverá apostar a sua fortuna — disse ela. — Está vendo? Acalmei-o com a sensação de segurança.

— Não tenho outra fortuna a oferecer senão o meu coração.

— Quer dar uma volta *comigo*? — interrompeu Henry Percy, a voz saindo muito mais alta do que pretendia.

Ana levou um pequeno susto, como se não o tivesse percebido ali.

— Oh, Lord Henry!

— A dama está jogando boliche — disse Sir Thomas.

Ana sorriu para os dois.

— Fui derrotada tão completamente que darei uma volta para planejar uma estratégia — disse ela, e deu o braço a Lord Henry Percy.

Ele afastou-a do boliche, descendo o caminho sinuoso que levava a um banco sob um teixo.

— Srta. Ana — começou ele.

— Está molhado demais para nos sentarmos?

Imediatamente ele tirou o belo manto do ombro e o abriu sobre o banco de pedra.

— Srta. Ana...
— Não, estou com muito frio — decidiu ela, e se levantou.
— Srta. Ana! — exclamou ele, um pouco mais impaciente.
Ana parou e lançou-lhe um sorriso sedutor.
— Senhor?
— Tenho de saber por que anda tão fria comigo.
Ela hesitou por um momento, depois fez um movimento coquete e virou o rosto, grave e encantador, para ele.
— Não pretendi ser fria — replicou baixinho. — Pretendi ser prudente.
— Com o quê? — exclamou ele. — Tenho vivido atormentado!
— Não pretendia atormentá-lo. Quis retrair-me um pouco, só isso.
— Por quê? — perguntou com um sussurro.
Ela olhou do jardim para o rio.
— Achei que seria melhor para mim — disse ela, com calma —, talvez para nós dois. Podemos nos tornar amigos íntimos demais para meu conforto.
Ele deu um passo para longe dela e logo retornou ao seu lado.
— Eu nunca lhe causaria um momento de desconforto — garantiu-lhe ele. — Se quisesse que eu prometesse que seríamos amigos e que nunca isso provocaria nenhum escândalo, eu teria prometido.
Virou seus olhos escuros e brilhantes para ele.
— Pode prometer que ninguém nunca diria que estávamos apaixonados?
Ele sacudiu a cabeça sem falar nada. É claro que não podia prometer o que a corte, louca por um escândalo, diria ou não.
— Pode prometer que nunca nos apaixonaríamos?
Ele hesitou.
— É claro que a amo, Srta. Ana — disse ele. — Cortesmente. Polidamente.
Ela sorriu como se tivesse gostado de ouvir isso.
— Sei que não passa de um flerte. Para mim, também. Mas é um jogo perigoso quando jogado entre um homem belo e uma donzela, quando há gente demais que logo diz que fomos feito um para o outro, que combinamos perfeitamente.
— Dizem isso?
— Quando nos veem dançar. Quando veem como olha para mim. Quando veem como sorrio para você.
— Dizem o que mais? — ficou completamente extasiado com essa imagem.

— Dizem que me ama. Dizem que o amo. Dizem que nos apaixonamos perdidamente enquanto achávamos que estávamos apenas brincando.

— Meu Deus! — exclamou diante da revelação. — Meu Deus, então é isso!

— Oh, senhor, o que está querendo dizer?

— Estou dizendo que tenho sido um tolo. Estou apaixonado por você há meses e o tempo todo achei que só estava me divertindo e que você me provocava, mas que tudo isso não significava nada.

Seu olhar o aqueceu.

— Para mim, sim — disse ela em um sussurro.

Seus olhos escuros fixaram-se nele, o garoto ficou pasmo.

— Ana — sussurrou ele. — Meu amor.

Os lábios dela se curvaram em um sorriso irresistível, convidando a um beijo.

— Henry — ofegou ela. — Meu Henry.

Deu um passo na direção dela, pôs a mão em sua cintura fina. Puxou-a para si e Ana cedeu, se aproximou de maneira sedutora. Ele baixou a cabeça quando ela se levantou, e a suas bocas se encontraram para seu primeiro beijo.

— Oh, diga — sussurrou Ana. — Diga agora, neste momento, Henry.

— Case-se comigo — disse ele.

☙

— Está feito — disse Ana alegremente em nosso quarto naquela noite. Tinha mandado que trouxessem a banheira e entramos na água quente, uma depois da outra, e esfregamos as costas uma da outra e lavamos o cabelo uma da outra. Ana, tão fanática em relação a limpeza quanto uma cortesã francesa, foi dez vezes mais rigorosa do que o habitual. Inspecionou as unhas de minhas mãos e dos meus pés como se eu fosse um aluno sujo, deu-me o cotonete de marfim para limpar minhas orelhas, como se eu fosse sua filha, passou o pente fino à cata de lêndeas em cada cacho do meu cabelo, indiferente a meus choramingos de dor.

— E então? O que foi feito? — perguntei emburrada, pingando água no chão e me envolvendo em um lençol. Chegaram quatro criadas que se puseram a remover a água para baldes, de modo que a grande banheira de madeira fosse retirada do quarto. Os lençóis usados para guarnecerem a banheira estavam ensopados e pesados. Parecia tudo muito esforço para pouca recompensa.

— Apesar de tudo, o que ouvi não passa de um flerte.

— Ele me pediu em casamento — disse Ana. Esperou as criadas saírem e enrolou o lençol mais apertado ao redor de seus seios e se sentou na frente do espelho.

Bateram na porta.

— Quem é agora? — perguntei exasperada.

— Sou eu — replicou George.

— Estamos tomando banho — eu disse.

— Oh, deixe que entre. — Ana se pôs a pentear seu cabelo escuro. — Ele pode desfazer estes nós.

George entrou e ergueu a sobrancelha ao ver a bagunça de água no chão e lençóis molhados, nós duas seminuas, e Ana com uma cabeleira cheia e molhada jogada sobre o ombro.

— É uma mascarada? São sereias?

— Ana insistiu para que nos banhássemos de novo.

Ana estendeu-lhe o pente e ele o pegou.

— Penteie meu cabelo — disse ela com seu sorriso de lado, malicioso. — Maria sempre puxa. — Obedientemente, ele foi para trás dela e começou a pentear seu cabelo escuro, uma mecha de cada vez. Penteou-a com cuidado, como se fosse a cria de sua égua. Ana fechou os olhos e deleitou-se com sua maneira de penteá-la. — Alguma lêndea? — perguntou ela, de repente alerta.

— Até agora nenhuma. — tranquilizou-a, tão íntimo quanto um cabeleireiro veneziano.

— Então, o que está feito? — perguntei voltando à declaração de Ana.

— Ele é meu — disse ela francamente. — Henry Percy. Disse que me ama, que quer se casar comigo. Quero que você e George sejam as testemunhas no contrato de casamento. Ele me dá uma aliança e, então, está feito e não poderá ser rompido, o mesmo que o casamento em uma igreja diante de um padre. E serei duquesa.

— Deus meu! — George se paralisou, o pente no ar. — Ana! Você tem certeza?

— E eu me enganaria nisso? — perguntou ela concisamente.

— Não — admitiu ele. — Duquesa de Northumberland! Meu Deus, Ana, você vai ser dona de quase todo o norte da Inglaterra.

Ela concordou balançando a cabeça e sorrindo para a sua imagem refletida no espelho.

— Deus meu! Seremos a família mais importante do país! Uma das mais importantes na Europa. Com Maria na cama do rei e você mulher do súdito mais importante, os Howard ficarão tão no alto que não poderão cair — interrompeu-se por um instante enquanto refletia sobre o próximo passo. — Meu Deus, se Maria engravidar do rei e tiver um filho varão, com Northumberland por trás, poderá assumir o trono. Eu poderia ser tio do rei da Inglaterra.

— Sim — disse Ana, com a voz macia. — Foi o que pensei.

Eu não disse nada, observando a expressão de minha irmã.

— A família Howard no trono — murmurou George. — Northumberland e Howard em aliança. Está decidido, não está? Quando os dois se unirem. Só se unirão por meio de um casamento e um herdeiro por quem lutar. Maria poderia gerar o herdeiro e Ana unir os Percy ao seu futuro.

— Você achou que eu nunca conseguiria — disse Ana, apontando um dedo para mim.

Assenti com a cabeça.

— Achei que estava almejando alto demais.

— Agora já sabe — me avisou. — O que almejo, alcanço.

— Agora sei — concordei.

— E ele? — George alertou-a. — E se o deserdarem? Em que bela posição você vai ficar, casada com um garoto que antes era herdeiro de um ducado e que agora caiu em desgraça e não possui mais nada.

Ela sacudiu a cabeça.

— Não vão fazer isso. Ele é precioso demais para eles. Mas vocês têm de me ajudar, George. Você, papai e tio Howard. Se o pai dele achar que somos bons o bastante, o contrato se manterá.

— Farei todo o possível, mas os Percy são muito orgulhosos, Ana. Tinham-no destinado a Mary Talbot, até Wolsey ser contra a união. Não vão querê-la no lugar dela.

— É a fortuna dele que você quer? — perguntei.

— Oh, o título também — replicou Ana friamente.

— Falo sério. O que sente por ele?

Por um momento achei que ela poria a pergunta de lado com outra piada que faria com que a adoração infantil dele por ela parecesse nada. Mas ela jogou a cabeça, e o cabelo limpo passou pelas mãos de George como um rio escuro.

— Oh, sei que sou uma boba! Sei que ele não passa de um menino, e um menino tolo, mas quando está comigo, também me sinto uma menina. Como se fôssemos duas crianças apaixonadas e sem nada a temer. Ele faz com que me sinta inconsequente! Com que me sinta maravilhada! Com que me sinta apaixonada!

Foi como se o feitiço Howard da frieza tivesse sido quebrado, estilhaçado como um espelho, e tudo fosse real e vivo. Ri com ela e peguei suas mãos e olhei seu rosto.

— Não é maravilhoso? — perguntei. — Apaixonar-se? Não é a coisa mais maravilhosa?

Ela retirou as mãos.

— Oh, deixe disso, Maria. Você é tão criança. Mas sim! Maravilhoso? Sim! Mas não ria de mim, eu não conseguiria suportar.

George pegou uma mecha de seu cabelo, torceu-a no topo de sua cabeça e admirou seu rosto no espelho.

— Ana Bolena apaixonada — disse ele pensativamente. — Quem diria?

— Isso não aconteceria se ele não fosse o homem mais importante do reino depois do rei — lembrou-lhe ela. — Não me esqueço do que é conveniente para mim e minha família.

Ele assentiu.

— Eu sei disso, Ana Maria. Todos sabíamos que subiria muito. Mas um Percy! É muito mais do que imaginei.

Ela inclinou-se à frente como se interrogasse seu reflexo. Segurou o rosto.

— Este é o meu primeiro amor. O primeiro e único amor.

— Se Deus quiser, terá sorte e esse será seu último amor, assim como seu primeiro — disse George, de repente sóbrio.

Seus olhos escuros encararam os dele no espelho.

— Se Deus quiser — disse ela. — Não quero mais nada na minha vida além de Henry Percy. Eu me satisfarei com isso. Oh, George, não sei como dizer, mas se eu tiver Henry Percy e ficar com ele, ficarei muito satisfeita.

☙

Henry Percy veio, a pedido de Ana, aos aposentos da rainha ao meio-dia do dia seguinte. Ela tinha escolhido a hora com cuidado. As damas de honra tinham ido à missa, e tínhamos os quartos só para nós. Henry Percy entrou e olhou em volta, surpreso com o silêncio e o vazio. Ana aproximou-se e pegou suas duas mãos. Por um momento, ele me pareceu menos cortejado que caçado.

— Meu amor — disse Ana, e ao ouvir a sua voz, o rosto do garoto se avivou e ele retomou a coragem.

— Ana — disse ele baixinho.

Sua mão tateou dentro do bolso de suas calças acolchoadas e tirou um anel. De minha posição na janela, vi o tremeluzir de um rubi, símbolo da mulher virtuosa.

— Para você — disse ele baixinho.

Ana pegou sua mão.

— Quer firmar nosso noivado neste momento, perante testemunhas? — perguntou ela.

Ficou um pouco nervoso.

— Sim, quero.

— Então, faça.

Ele relanceou os olhos para George e para mim, como se achasse que um de nós dois pudesse detê-lo.

George e eu sorrimos de maneira encorajadora, o sorriso Bolena: um par de serpentes agradáveis.

— Eu, Henry Percy, tomo você, Ana Bolena, para minha legítima esposa — disse ele, pegando a mão de Ana.

— Eu, Ana Bolena, tomo você, Henry Percy, para meu legítimo esposo — a sua voz mais firme do que a dele.

Ele buscou o terceiro dedo da mão esquerda dela.

— Com este anel, me entrego a você — disse ele com calma, e o colocou em seu dedo. Ficou muito largo e ela fechou o punho para firmá-lo.

— Com este anel, o aceito — replicou ela.

Ele baixou a cabeça e a beijou. Quando ela virou o rosto para mim, seus olhos estavam enevoados de desejo.

— Deixem-nos — disse ela, com a voz baixa.

☙

Demos duas horas para eles e então ouvimos, no corredor de pedra, a rainha e suas damas retornando da missa. Batemos forte na porta no ritmo que significava "Bolena!". Sabíamos que Ana, mesmo num sono satisfeito, escutaria. Mas quando abrimos a porta e entramos, ela e Henry Percy estavam compondo um madrigal. Ela estava tocando o alaúde e ele estava cantando a letra que tinham escrito juntos. Suas cabeças estavam bem próximas, para que pudessem enxergar a pauta na estante juntos. Mas exceto essa intimidade, estavam como tinham estado nos últimos três meses.

Ana sorriu para mim quando entramos na sala, acompanhados das damas da rainha.

— Escrevemos uma ária tão bonita que nos tomou a manhã toda — disse Ana com doçura.

— E como se chama? — perguntou George.

— "Com alegria, com alegria" — replicou Ana. — "Com alegria, com alegria seguiremos em frente".

☙

Nessa noite, foi Ana que deixou nosso quarto. Jogou um manto escuro sobre o vestido e foi para a porta quando o sino da torre do castelo bateu meia-noite.

— Aonde vai a esta hora da noite? — perguntei escandalizada.

Sua face pálida olhou para mim sob o capuz escuro.

— A meu marido — replicou simplesmente.

— Ana, não pode — eu disse espantada. — Vai ser pega e estará arruinada.

— Somos casados diante de Deus e testemunhas. Vale tanto quanto um casamento, não?

— Sim — repliquei de má vontade.

— Um casamento pode ser arruinado se não for consumado, não pode?

— Sim.

— Portanto vou consumá-lo rapidamente — disse ela. — Nem mesmo a família Percy poderá esquivar-se quando Henry e eu contarmos que nos casamos e deitamos juntos.

Ajoelhei-me na cama, implorando que não fosse.

— Mas Ana, e se alguém os vir?

— Não vão ver — disse ela.

— Quando os Percy souberem que vocês dois escaparam à meia-noite!

Ela encolheu os ombros.

— Não vejo que diferença faz o como e onde. Contanto que seja feito.

— Se não der em nada... — interrompi-me com o brilho de seus olhos. Com um passo largo atravessou o quarto e pôs as mãos na gola da minha camisola, torcendo-a no meu pescoço.

— É por isso que estou fazendo isso — sussurrou. — Você é uma tola. Para que não dê em nada. Para que ninguém possa dizer que não foi nada. De modo que está assinado e selado. Casado e consumado. Sem possibilidade de ser negado. Agora, dorme. Estarei de volta nas primeiras horas. Muito antes de amanhecer. Agora tenho de ir.

Concordei com a cabeça e não falei nada até sua mão estar na maçaneta da porta.

— Mas Ana, você o ama? — perguntei curiosa.

A curva do capuz cobria todo o seu rosto, menos o canto de seu sorriso.

— Sou uma tola em sentir isso, mas estou desejando que me toque.

Então, abriu a porta e se foi.

Verão de 1523

A corte celebrou o 1º de maio, a Festa da Primavera, com uma festança planejada e executada pelo cardeal Wolsey. As damas da corte da rainha saíram em barcaças, todas vestidas de branco, e foram surpreendidas por bandidos franceses vestidos de preto. Um grupo de resgate de ingleses nascidos livres, todos vestidos de verde, remaram para salvá-las, e houve uma luta alegre, com água jogada de baldes, e um bombardeio com bexigas de porcos cheias de água. A barcaça real, toda decorada com bandeiras verdes, tinha um canhão engenhoso que disparava pequenas bombas de água que derrubavam os bandidos franceses, os quais tinham de ser resgatados por barqueiros do Tâmisa, bem pagos para isso e impedidos de participar da luta.

A rainha estava toda molhada e riu, contente como uma garota, ao ver seu marido, com uma máscara e um chapéu de Robin Hood, jogar uma rosa para mim, sentada na barcaça ao seu lado.

Desembarcamos em York Place e fomos recebidas pelo próprio cardeal. Havia músicos escondidos nas árvores do jardim. Robin Hood, mais alto do que todos e com o cabelo dourado, conduziu-me na dança. O sorriso da rainha não hesitou em momento algum, nem quando o rei pôs minha mão em seu gibão verde, sobre o seu coração, e enfiei sua rosa em meu capelo, de modo que vicejasse em minha têmpora.

Os cozinheiros do cardeal tinham se superado. Além de pavão recheado, cisne, ganso e galinhas, havia pernil de cervo e quatro tipos de peixe assado, inclusive o seu favorito, carpa. Os doces na mesa eram um tributo à primavera, todos decorados com flores e buquês de marzipã, quase bonitos demais para serem destruídos e comidos. Depois de nos alimentarmos e o dia começar a esfriar, os músicos tocaram uma melodia misteriosa e nos conduziram pelos jardins escurecidos até o salão de York Place.

O salão estava transformado. O cardeal tinha ordenado que fosse enfaixado com tecido verde, preso em cada canto com grandes ramos de espinheiro. No centro da sala, estavam dois grandes tronos, para o rei e a rainha, com coristas do rei dançando e cantando na frente. Ocupamos nossos lugares e assistimos à mascarada das crianças. Depois nos levantamos e dançamos.

Divertimo-nos até a meia-noite, quando a rainha se levantou e fez sinal para que suas damas deixassem o salão. Eu acompanhava o séquito quando meu vestido foi pego pelo rei.

— Venha comigo, agora — insistiu Henrique.

A rainha virou-se para fazer a cortesia de despedida ao rei e o viu com a mão na bainha de meu vestido, e a mim, hesitando diante dele. Ela não hesitou, e fez sua reverência espanhola com dignidade.

— Boa noite, marido — disse ela, com a voz doce. — Boa noite, Sra. Carey.

Lancei-me como uma pedra em uma reverência a ela.

— Boa noite, Majestade — sussurrei com a cabeça baixa. Desejei que a reverência me curvasse mais, me afundando no chão, para debaixo do chão, para que ela não visse minha cara escarlate quando se erguesse.

Quando me levantei, ela tinha ido e ele a esquecera. Foi como se uma mãe tivesse deixado, finalmente, os jovens brincarem.

— Vamos dançar mais — disse ele alegremente. — E beber um pouco de vinho.

Olhei em volta. As damas tinham desaparecido com ela. George sorriu me tranquilizando.

— Não se aflija — disse a meia-voz.

Hesitei, mas Henrique, que tinha bebido, virou-se para mim com uma taça na mão.

— À rainha da Primavera! — disse ele.

E a sua corte, que teria repetido charadas em holandês se ele as tivesse recitado, replicou obedientemente:

— À rainha da Primavera! — e ergueram seus copos para mim.

Henrique pegou-me pela mão e me levou ao trono em que a rainha Catarina tinha se sentado. Fui com ele, mas senti que meus pés se arrastavam. Eu não estava preparada para me sentar em sua cadeira.

Delicadamente, incitou-me a subir os degraus. Virei-me e olhei para as caras inocentes das crianças embaixo, e para os sorrisos, não tão inocentes, da corte de Henrique.

— Vamos dançar para a rainha da Primavera! — disse Henrique e pegou uma garota e dançaram na minha frente, e eu, sentada no trono da rainha, observando seu marido dançar e flertar com sua parceira, sabia que estampava seu sorriso tolerante, como uma máscara em meu rosto.

ೞ

No dia seguinte, Ana entrou correndo no nosso quarto, a cara pálida.

— Veja isto! — sussurrou e jogou o pedaço de papel na cama.

Querida Ana, não posso vê-la hoje. Milorde cardeal sabe de tudo e fui chamado para lhe dar explicações. Mas juro que não vou desapontá-la.

— Oh, meu Deus! — exclamei baixinho. — O cardeal sabe. O rei vai saber também.

— E daí? — perguntou Ana. — E daí se todos souberem? Foi um casamento decente, não foi? Por que não deveriam saber?

O papel tremia na minha mão.

— O que ele quis dizer com não desapontá-la? — perguntei. — Se é um compromisso que não pode ser desfeito, não há como ele traí-la. Isso não pode estar em questão.

Ana deu três passos rápidos até a parede do quarto, depois se virou, e voltou, rondando como um leão na Torre.

— Não sei o que ele quis dizer. O garoto é um tolo.

— Disse que o amava.

— Isso não quer dizer que não seja um tolo. — De súbito, tomou uma decisão. — Vou procurá-lo. Vai precisar de mim. Vai fraquejar sob a pressão deles.

— Não pode ir. Tem de esperar.

Abriu o armário e retirou seu manto.

Houve uma batida estrondosa na porta e nós duas gelamos. Em um só movimento, tirou o manto dos ombros, guardou-o batendo a porta do armário e sentou-se, serena, como se tivesse passado ali a manhã toda. Abri a porta. Era um criado com libré do cardeal Wolsey.

— A Srta. Ana está aí?

Abri a porta um pouco mais para que ele pudesse vê-la, contemplando pensativamente o jardim lá fora. A barcaça do cardeal com os estandartes vermelhos distintivos estava atracada no fim do jardim.

— Por favor, apresente-se ao cardeal na sala de audiências — disse ele.

Ana virou a cabeça e olhou para ele sem responder.

— Imediatamente — disse ele. — O cardeal disse para ir imediatamente.

Ela não se enfureceu com a arrogância da ordem. Sabia tanto quanto eu que, na medida em que o cardeal administrava o reino, uma palavra sua tinha o mesmo peso de uma palavra do rei. Foi até o espelho, olhou-se rapidamente. Beliscou as bochechas para lhes dar alguma cor, mordeu o lábio superior, depois o inferior.

— Devo ir também? — perguntei.

— Sim, caminhe do meu lado — disse ela a meia-voz. — Isso o lembrará que tem o ouvido do rei. E se o rei estiver lá... comova-o, se puder.

— Não posso exigir nada — falei enfaticamente.

Mesmo nesse momento de crise, lançou-me um sorriso rápido, complacente.

— Eu sei disso.

Seguimos o criado pelo salão até a sala de audiências de Henrique. Estava excepcionalmente deserta. Henrique estava caçando, seu séquito com ele. Os homens do cardeal, em sua libré vermelha, estavam à porta. Recuaram para que entrássemos, depois nos barraram o caminho de novo. Vossa Eminência queria se assegurar de que não seríamos interrompidos.

— Srta. Ana — disse ele ao vê-la. — Recebi uma notícia extremamente aflitiva hoje.

Ana permaneceu imóvel, as mãos cruzadas, a face serena.

— Lamento ouvir isso, Eminência — disse ela suavemente.

— Parece que meu pajem, Henry de Northumberland, abusou de sua amizade com a senhorita e da liberdade que lhe dei de frequentar os aposentos da rainha e de falar levianamente de amor.

Ana sacudiu a cabeça, mas o cardeal não deixou que falasse.

— Disse-lhe, hoje, que essas brincadeiras excêntricas não convêm a quem herdará os condados do norte e cujo casamento é assunto de seu pai, do rei, e meu. Ele não é um garoto de fazenda que pode derrubar a leiteira no feno e ninguém se importar. O casamento de um lorde de sua posição é uma questão política — fez uma pausa. — E o rei e eu somos quem fazemos a política neste reino.

— Ele pediu minha mão em casamento e eu lhe dei — disse Ana com firmeza. Dava para ver o "B" dourado que usava no colar alto de pérolas ao redor de seu pescoço pulsando com as batidas rápidas de seu coração. — Estamos comprometidos, milorde cardeal. Lamento se isso o desagrada, mas está feito. Não pode ser desfeito.

Lançou-lhe um olhar sombrio por debaixo de seu chapéu redondo.

— Lord Henry aceitou se submeter à autoridade de seu pai e do rei — disse ele. — Estou lhe contando isso por cortesia, Srta. Bolena, para que evite ofender aqueles acima da senhorita por vontade de Deus.

Ela ficou lívida.

— Ele nunca disse isso. Nunca disse que se submeteria à autoridade de seu pai ao invés de...

— À sua? Sabe, eu realmente me pergunto se foi assim mesmo. Na verdade, ele se submeteu. Toda essa pequena questão está nas mãos do rei e do duque.

— Ele está prometido a mim. Estamos noivos — disse ela com ferocidade.

— Foi um noivado de futuro — o cardeal decretou. — Uma promessa de casar no futuro, se possível.

— Foi de fato — replicou Ana sem se abalar. — Um compromisso diante de testemunhas, e consumado.

— Ah — uma mão rechonchuda foi erguida em advertência. O pesado anel do cardeal tremeluziu para ela como se para lembrar-lhe que aquele homem era o líder espiritual da Inglaterra. — Por favor, não sugira que isso pode ter acontecido. Seria imprudente demais. Se digo que o compromisso foi de futuro, assim foi, Srta. Ana. Eu não posso errar. Se uma dama vai para a cama com um homem em uma situação insegura como essa, ela é uma tola. Uma mulher que se entregou e depois se viu abandonada estaria completamente arruinada. Nunca mais se casaria.

Ana lançou um olhar rápido para mim, pelo canto do olho. Wolsey devia ter consciência da ironia de pregar as virtudes da virgindade a uma mulher que era irmã da adúltera mais notória do reino. Mas seu olhar não hesitou.

— Seria muito ofensivo de sua parte, Srta. Bolena, se a sua afeição por Lord Henry o persuadisse a me dizer uma mentira dessa.

Percebi sua luta para conter seu pânico.

— Milorde cardeal — disse ela, e sua voz tremeu ligeiramente —, eu seria uma boa duquesa de Northumberland. Eu me preocuparia com os pobres, eu faria com que houvesse justiça no norte. Protegeria a Inglaterra dos escoceses. Seria sua amiga para sempre. Estaria eternamente em dívida com Vossa Eminência.

Ele sorriu ligeiramente, como se não achasse o favor de Ana um suborno dos mais altos que já lhe tinham sido oferecidos.

— Seria uma duquesa encantadora — disse ele. — De Northumberland ou qualquer outro lugar, tenho certeza. O seu pai terá de tomar essa decisão. Será escolha dele onde se casará, e o rei e eu teremos alguma influência. Fique tranquila, minha filha em Cristo, cuidarei do seu desejo. Manterei em mente — e não se preocupou em ocultar o sorriso —, manterei em mente que quer ser duquesa.

Estendeu a mão e Ana teve de se adiantar, fazer uma mesura, beijar o anel, e então se retirar da sala.

Quando a porta se fechou atrás de nós, ela não disse uma palavra. Deu meia-volta e se dirigiu à escadaria de pedra, descendo para o jardim. Só falou quando tínhamos descido as trilhas sinuosas e alcançado um caramanchão de rosas, que se espalhava à volta de um banco de pedra, abrindo suas pétalas vermelhas e brancas à luz do sol.

— O que posso fazer? — perguntou ela. — Pense. Pense!

Eu ia dizer que não conseguia pensar em nada, mas ela não estava falando comigo. Estava falando consigo mesma.

— Posso levar a melhor com Northumberland? Fazer com que Maria fale sobre meu problema com o rei? — Sacudiu a cabeça por um momento. — Não dá para confiar em Maria. Ela estragaria tudo.

Reprimi indignada a minha negativa. Ana ficou de lá para cá no gramado, suas saias zunindo ao redor de seus sapatos de salto alto. Sentei-me no banco e a observei.

— Posso mandar George influenciar a decisão do rei? — deu outra volta. — Meu pai, meu tio. É seu interesse também me ver subir. Podem falar com o rei, influenciar o cardeal. Podem oferecer um dote que atraia Northumberland. Vão querer que eu me torne uma duquesa — balançou a cabeça com uma determinação repentina. — Têm de me apoiar — decidiu. — Vão ficar do meu lado. E quando Northumberland vier a Londres, lhe dirão que o compromisso está selado e que o casamento tem de se realizar.

☙❧

A reunião de família foi convocada na casa Howard, em Londres. Meu pai e minha mãe estavam sentados à grande mesa, meu tio Howard entre eles. Eu e George, partilhando a desgraça de Ana, ficamos no fundo da sala. E era Ana que estava diante da mesa, como um prisioneiro diante de um tribunal. Não estava com a cabeça baixa, como eu sempre estava. Ela mantinha a cabeça erguida, uma sobrancelha ligeiramente erguida, e encarava meu tio como se fosse um igual.

— Lamento que tenha aprendido as práticas francesas além de sua maneira de vestir — disse meu tio grosseiramente. — Eu tinha avisado a você que não queria ouvir nada contra o seu nome. Agora soube que permitiu ao jovem Percy intimidades impróprias.

— Deitei-me com meu marido — replicou Ana sem se alterar.

Meu tio relanceou os olhos para a minha mãe.

— Se disser isso, ou algo parecido, mais uma vez, será açoitada e mandada para Hever e nunca mais trazida para a corte — minha mãe disse calmamente. — Prefiro vê-la morta aos meus pés a vê-la desonrada. Você envergonha a si mesma perante seu pai e seu tio ao dizer uma coisa dessas. Desgraça a si mesma. Torna-se odiosa para todos nós.

Sentada atrás de Ana, eu não podia ver seu rosto, mas via seus dedos em uma dobra de seu vestido, como um homem se afogando e se agarrando a qualquer coisa.

— Você irá para Hever até todo mundo ter esquecido esse erro desafortunado — decretou meu tio.

— Perdoe-me — disse Ana sarcasticamente. — Mas o erro desafortunado não é meu, mas sim de vocês. Lord Henry e eu estamos casados. Ele ficará do meu lado. O senhor e meu pai poderão pressionar seu pai, o cardeal e o rei para que tornem esse casamento público. Se fizerem isso, serei a duquesa de Northumberland e terão uma Howard no ducado mais importante da Inglaterra. Achava que esse ganho faria a luta valer a pena. Se sou duquesa e Maria gera um filho, ele será sobrinho do duque de Northumberland e o bastardo do rei. Poderemos colocá-lo no trono.

O olhar do meu tio fulminou-a.

— O rei executou o duque de Buckingham por muito menos há dois anos — disse ele com calma. — Meu próprio pai assinou a sentença de morte. Esse não é um rei despreocupado com herdeiros. Nunca, mas nunca mais falará dessa maneira, ou vai parar não em Hever, mas atrás dos muros de um convento pelo resto de seus dias. Falo sério, Ana. Não porei em risco a segurança desta família por sua tolice.

Chocou-a com sua fúria. Ana engoliu em seco e tentou se recompor.

— Não direi mais nada — sussurrou ela. — Mas poderia dar certo.

— Não — disse meu pai sem rodeios. — Northumberland não a aceitará. Wolsey não deixará que subamos tanto. E o rei fará o que Wolsey mandar.

— Lord Henry me prometeu — disse Ana apaixonadamente.

Meu tio sacudiu a cabeça e fez menção de se levantar. A reunião tinha-se encerrado.

— Esperem — disse Ana em desespero. — Podemos conseguir isso. Juro. Se ficarem do meu lado, então, Henry Percy também ficará, e o cardeal, seu pai e o rei terão de reconsiderar.

Meu tio não hesitou nem por um momento.

— Não vão. Você é uma tola. Não pode lutar contra Wolsey. Não há sequer um homem no país que seja páreo para Wolsey. E não vamos arriscar a ganhar a sua inimizade. Ele poria Maria para fora da cama do rei e a substituiria por uma Seymour. Tudo o que estamos lutando para fazer com Maria iria por água abaixo se a apoiássemos. Esta é a oportunidade de Maria, não a sua. Não queremos que a estrague. Nós a poremos fora do caminho no mínimo durante todo o verão, talvez por um ano.

Ela ficou em silêncio, atordoada.

— Mas eu o amo — disse por fim.

A sala ficou em silêncio.

— Amo — disse ela. — Eu o amo.

— Isso não significa nada para mim — disse meu pai. — O seu casamento é assunto da família e nós cuidaremos disso. Ficará em Hever por pelo menos um ano, e se dê por satisfeita. E se escrever para ele ou responder alguma carta sua, ou o vir novamente, irá para o convento. Está decidido.

☙

— Bem, as coisas não acabaram tão mal — disse George com uma alegria forçada. Ele, Ana e eu andávamos em direção ao rio para pegar o barco de volta a York Place. Um criado de libré dos Howard seguia na nossa frente empurrando mendigos e vendedores ambulantes para abrir caminho, e outro seguia atrás para nos proteger. Ana andava feito às cegas, sem ver a desordem na rua apinhada de gente.

Havia gente vendendo produtos em carroças, pão, frutas, patos vivos, galinhas, recém-chegados do campo. Havia esposas gordas de Londres negociando produtos, mais rápidas e argutas do que os camponeses e camponesas lentos e cautelosos, que esperavam conseguir um preço justo por seus mantimentos. Havia mascates com livros de contos e pautas de músicas em suas bolsas, sapateiros com sapatos prontos tentando convencer as pessoas de que serviam para todo tipo de pé. Havia vendedores de flores e de agrião, havia pajens ociosos e limpadores de chaminé, havia os garotos que conduziam as tochas, sem nada para fazer até escurecer, e varredores de ruas. Havia criados indo e voltando do mercado, e do lado de fora de cada loja, a mulher do dono, gorducha, sentada no banco, sorrindo aos que passavam e insistindo para que entrassem e vissem sua mercadoria.

George nos fazia passar por essa tapeçaria de negócios como um furador determinado. Estava desesperado para levar Ana para casa antes que desabasse a tempestade de seu temperamento.

— Na verdade, foram muito bem, eu diria — falou com firmeza.

Chegamos ao píer e o criado chamou um barco.

— Para York Place — disse George.

A corrente estava a nosso favor e subimos o rio rapidamente, Ana olhando, sem ver, a praia nas duas margens ser coberta pela poeira da cidade.

Desembarcamos no quebra-mar de York Place e os criados dos Howard fizeram uma mesura e levaram o barco de volta ao centro. George conduziu Ana e a mim rapidamente ao nosso quarto e, finalmente, fechou a porta atrás de nós.

No mesmo instante, Ana virou-se e partiu para ele como um gato selvagem. Ele segurou seus pulsos e conseguiu afastar suas unhas de seu rosto.

— Foram muito bem! — ganiu para ele. — Muito bem! Perdendo o homem que amo, além da minha reputação? Quando arruinada, serei enterrada no campo até todos terem esquecido tudo a meu respeito? Muito bem! Quando o meu próprio pai não me apoia e minha própria mãe jura que prefere me ver morta? Está louco, seu tolo? Ficou maluco? Ou somente embotado, cego, seu idiota?

Ele segurou seus pulsos com mais força. Ela fez outra tentativa de arranhar seu rosto. Puxei-a para trás para que não pisasse nos pés dele com seus saltos altos. Cambaleamos os três, como bêbados em uma rixa, fui comprimida no pé da cama quando ela lutava comigo e George, mas consegui segurá-la pela cintura enquanto ele agarrava suas mãos para defender seu rosto. Parecia que lutávamos com algo pior do que Ana, com algum demônio que a tivesse possuído, que tinha possuído todos nós, os Bolena: a ambição — o diabo que nos levara àquele pequeno quarto provocara essa reação insana em minha irmã e essa luta selvagem entre nós três.

— Paz, pelo amor de Deus — gritou George para ela enquanto tentava evitar suas unhas.

— Paz! — gritou para ele. — Como posso ficar em paz?

— Porque perdeu — replicou ele simplesmente. — Não há por que lutar agora, Ana. Você perdeu.

Por um momento ela se paralisou, mas éramos muito prudentes para soltá-la. Encarou-o com um olhar demente e então jogou a cabeça para trás e deu uma risada selvagem.

— Paz! — gritou colericamente. — Meu Deus! Vou morrer pacificamente. Vão me deixar em Hever até eu morrer pacificamente. E nunca mais o verei!

Deu um grito sentido, a luta a abandonou e ela se abaixou. George largou seus pulsos e a abraçou. Ela pôs os braços em volta do seu pescoço e afundou o rosto em seu peito. Soluçava de tal modo, tão inarticulada de dor, que eu não entendia o que estava dizendo. Então, ao perceber o que repetia chorando, senti as lágrimas correrem por minha face.

— Oh, Deus, eu o amava, eu o amava, ele foi o meu único amor, o meu único amor.

☙

Não perderam tempo. Fizeram suas malas, selaram seu cavalo e George deu ordens para a escoltarem até Hever no mesmo dia. Ninguém contou a Lord Henry Percy que ela tinha partido. Ele mandou-lhe uma carta. E minha mãe, que estava em todos os lugares, abriu-a e leu-a calmamente antes de jogá-la no fogo.

— O que dizia? — perguntei com calma.
— Amor eterno — replicou com repugnância.
— Não devemos lhe dizer que ela partiu?
Minha mãe encolheu os ombros.
— Ele vai saber logo. Seu pai vai vê-lo hoje de manhã.

Aprovei com a cabeça. Outra carta chegou ao meio-dia. O nome de Ana escrito com uma letra trêmula. Havia um borrão, talvez a mancha de uma lágrima. Minha mãe abriu-a, o rosto impassível, e fez exatamente como com a outra.

— Lord Henry? — perguntei.
Assentiu com a cabeça.
Levantei-me de meu lugar ao lado do fogo e sentei-me no vão da janela.
— Acho que vou sair — eu disse.
Ela virou a cabeça.
— Vai ficar aqui — disse rispidamente.
O velho hábito da obediência e deferência a ela exercia controle sobre mim.
— É claro, minha mãe. Mas não posso dar uma volta no jardim?
— Não — replicou ela direto. — Seu pai e seu tio determinaram que você ficará dentro de casa, até Northumberland ter cuidado de Henry Percy.
— Provavelmente não ficarei no caminho se passear pelo jardim — protestei.
— Pode enviar uma mensagem para ele.
— Nunca enviaria! — exclamei. — Está óbvio e todos podem ver que sempre, sempre faço o que mandam. Fizeram o meu casamento quando eu tinha 12 anos, senhora. Vocês o terminaram apenas dois anos depois, quando eu tinha 14 anos. Eu estava na cama do rei antes de completar 15 anos.

Certamente sabe que sempre fiz o que a família me mandou fazer. Se não fui capaz de lutar por minha liberdade, é pouco provável que lute pela de minha irmã!

Balançou a cabeça.

— Neste mundo não há liberdade para as mulheres, lute ou não, como quiser. Veja aonde Ana chegou.

— Sim — repliquei. — A Hever. Onde, ao menos, ela é livre para sair.

Minha mãe pareceu surpresa.

— Parece com inveja.

— Gosto muito de lá — eu disse. — Às vezes acho que prefiro lá à corte. Mas vai partir o coração de Ana.

— Seu coração e seu espírito partirão se deixar de ter utilidade para a família — disse minha mãe friamente. — Deveria ter sido feito na infância. Achei que, na corte francesa, ensinariam a vocês duas os hábitos de obediência. Mas ao que parece, foram negligentes. Portanto terá de ser feito agora.

Bateram na porta e um homem maltrapilho surgiu, constrangido, no limiar.

— Uma carta para a Srta. Ana Bolena — disse ele. — É só para ela e o jovem senhor disse que eu a observasse ler.

Hesitei, olhei de relance para a minha mãe. Fez-me um sinal com a cabeça para que eu a lesse. Rompi o lacre com o timbre Northumberland e desdobrei o papel.

> *Minha esposa,*
> *não cometerei perjuro se você cumprir as promessas que fizemos um ao outro. Não a abandonarei se não me abandonar. Meu pai está com raiva de mim, o cardeal também, e temo por nós. Mas se não nos separarmos, acabarão deixando que fiquemos juntos. Mande-me uma resposta, uma única palavra, diga que ficará do meu lado, e ficarei do seu.*
> *Henry*

— Ele disse que deveria ter uma resposta — disse o homem.

— Espere lá fora — disse minha mãe para o homem, e fechou a porta na sua cara. Virou-se para mim. — Escreva uma resposta.

— Ele conhece a letra dela — eu disse em vão.

Ela deslizou um pedaço de papel na minha frente, pôs uma caneta na minha mão e ditou a carta.

Lord Henry,
Maria está escrevendo por mim já que estou proibida de lhe escrever. É inútil. Não vão deixar que nos casemos e tenho de desistir de você. Não resista ao cardeal e a seu pai em meu favor, pois eu lhes disse que cedo. Foi apenas um compromisso de futuro e não obriga nenhum de nós dois a cumpri-lo. Eu o livro de sua meia promessa e estou liberta da minha.

— Vai partir o coração dos dois — observei, espalhando areia na tinta molhada.
— Talvez — replicou minha mãe com frieza. — Mas corações jovens se emendam com facilidade, e corações que são donos de metade da Inglaterra têm coisa melhor a fazer que palpitar por amor.

Inverno de 1523

Com Ana longe, eu era a única garota Bolena do mundo, e quando a rainha escolheu passar o verão com a princesa Mary, era eu que cavalgava com Henrique na frente da corte. Passamos um verão maravilhoso, montando, caçando e dançando todas as noites. Quando a corte retornou a Greenwich, em novembro, sussurrei-lhe que minhas regras tinham-se interrompido e que esperava um filho dele.

Imediatamente, tudo mudou. Recebi novos aposentos e uma dama. Henrique comprou-me um manto de pele espesso, eu não podia de jeito nenhum me resfriar. Parteiras, droguistas, adivinhas entravam e saíam dos meus aposentos, a todos sendo feita a mesma pergunta: "É menino?"

A maior parte deles respondia sim e era recompensada com uma moeda de ouro. Um ou dois excêntricos respondiam "não" e viam o rei fazer uma boca de desagrado. Minha mãe afrouxava os cordões de meu vestido e deixei de ir para a cama do rei à noite. Tinha de me deitar sozinha e rezar no escuro para estar carregando um filho varão.

A rainha observava meu corpo engordar com olhos sombrios de dor. Eu sabia que suas regras também tinham-se interrompido, mas não havia dúvida de que não tinha concebido. Ela sorriu durante toda a ceia do Natal e mascaradas e dança, e deu a Henrique os presentes mais generosos de que ele gostava. Depois do baile de máscaras do Dia de Reis, quando sua condição se tornou clara, ela pediu a Henrique para lhe falar a sós e, só Deus sabe onde, encontrou coragem para encará-lo e contar que não sangrava havia três meses e que agora era uma mulher estéril.

— Contou-me ela própria — disse Henrique indignado naquela noite. Eu estava em seu quarto, envolvida no meu manto de pele, uma caneca de vinho quente na mão, diante de um fogo ruidoso. — Contou-me sem sentir vergonha nem por um instante!

Eu não disse nada. Não cabia a mim dizer a Henrique que não era vergonha nenhuma uma mulher de quase 40 anos parar de sangrar. Ninguém melhor do que ele para saber que se suas orações a tivessem atendido, poderiam ter tido meia dúzia de filhos e todos varões. Mas ele tinha-se esquecido disso agora. O que o interessava era que ela lhe tinha negado o que deveria ter-lhe dado, e vi mais uma vez aquela indignação que o dominava com certo desapontamento.

— Pobre mulher — eu disse.

Lançou-me um olhar ressentido.

— Rica mulher — corrigiu-me. — Mulher de um dos homens mais ricos da Europa, não menos que a rainha da Inglaterra, e nada a fazer por isso a não ser gerar uma única criança, e uma menina.

Assenti com a cabeça. Não havia como argumentar com Henrique.

Inclinou-se sobre mim e pôs delicadamente a mão sobre a minha barriga.

— E se o meu filho estiver aqui, levará o nome de Carey — disse ele. — De que adiantará para a Inglaterra? De que adiantará para mim?

— Todo mundo saberá que é seu — repliquei. — Todo mundo sabe que pode fazer um filho comigo.

— Mas preciso de um filho legítimo — disse ele em tom grave, como se eu, a rainha ou qualquer outra mulher pudesse lhe dar um filho simplesmente querendo. — Tenho de ter um filho, Maria. A Inglaterra tem de ter um herdeiro gerado por mim.

Primavera de 1524

Ana escrevia-me uma vez por semana durante os longos meses de seu exílio, e lembrei-me das cartas desesperadas que tinha-lhe enviado quando fora banida da corte. Também me lembrei de que ela não tinha se dado ao trabalho de responder. Agora era eu que estava na corte e ela no escuro lá fora, e assumi um triunfo de irmã em minha generosidade respondendo com frequência, sem poupar notícias de minha fertilidade e de como o rei estava encantado comigo.

Nossa avó Bolena havia sido chamada a Hever para fazer companhia a Ana, e as duas, a jovem elegante vinda da corte francesa e a sábia mulher idosa que havia visto seu marido saltar do quase nada para a grandeza, brigavam como cão e gato dia e noite e tornavam a vida uma da outra um verdadeiro inferno.

Se eu não retornar à corte, vou enlouquecer.

Ana escreveu.

Vovó Bolena quebra avelãs com as mãos e deixa as cascas caírem por toda parte. São esmigalhadas ruidosamente sob nossos pés como lesmas. Ela insiste para que passeemos juntas pelo jardim diariamente, mesmo quando está chovendo. Acha que a água da chuva faz bem à pele e que por isso as inglesas têm a cútis inigualável. Olho para o seu couro velho, castigado pelo tempo, e concluo que é melhor eu ficar dentro de casa.

Ela cheira muito mal e não tem a menor consciência disso. Outro dia, mandei que preparassem um banho para ela e me disseram que aceitou sentar-se em um banco e ter seus pés lavados. Cantarola baixinho à mesa do jantar, sem nem mesmo perceber. Acha que deve manter a casa aberta à maneira antiga para que todos, dos mendigos de Tonbridge aos fazendeiros de Edenbridge, nos assistam a comer como se fôssemos o próprio rei com nada a fazer com o nosso dinheiro a não ser distribuí-lo.

Por favor, por favor, diga a tio Howard e a papai que estou pronta para retornar à corte, que farei o que mandarem, que não precisam temer nada de mim. Farei qualquer coisa para sair daqui.

Respondi imediatamente.

Poderá voltar para a corte em breve, tenho certeza, pois Lord Henry está noivo, contra a vontade, de Lady Mary Talbot. Dizem que chorava quando fez sua promessa. Partiu para defender a fronteira com a Escócia, com seus homens sob o estandarte de Northumberland. Os Percy têm de manter Northumberland seguro enquanto o exército inglês retorna à França, no verão, e, com os espanhóis como nossos aliados, concluir o trabalho que começaram no verão passado.

O casamento de George com Jane Parker acontecerá este mês, finalmente, e vou perguntar à mamãe se você poderá estar presente. Certamente ela não lhe recusará isso.

Estou bem, mas muito cansada. O bebê é muito pesado e quando tento dormir à noite, ele se mexe e chuta. Henrique está mais gentil do que nunca, e nós dois torcemos por um menino.

Queria que você estivesse aqui. Ele quer tanto um menino, que temo o que pode acontecer se for menina. Bem que poderia existir alguém que fizesse ser menino. Não me fale em aspargos, me obrigam a comê-los em todas as refeições.

A rainha me observa o tempo todo. Agora estou gorda demais para esconder, e todo mundo sabe que é o filho do rei. William não terá de suportar ninguém congratulando-o por nosso primeiro bebê. Todo mundo sabe e há uma espécie de muro do silêncio que é confortável para todos menos para mim. Há momentos em que me sinto uma tola: minha barriga andando à minha frente, ofegando nas escadas, e um marido que sorri para mim como se fôssemos estranhos.

E a rainha...

Queria não ter de rezar em sua capela toda manhã e toda noite. Eu me pergunto por que ela está rezando, já que não tem mais esperança. Queria que você estivesse aqui. Sinto saudades até de sua língua ferina.

Maria

George e Jane Parker finalmente se casariam, depois de atrasos infindáveis, na pequena capela em Greenwich. Ana teria permissão para assistir, sentada em um dos compartimentos altos, nos fundos, onde ninguém pudesse vê-la, mas não poderia comparecer ao banquete de casamento. O mais importante para nós foi que, como a cerimônia seria pela manhã, Ana chegaria um dia antes, e nós três, George, ela e eu, ficaríamos juntos da hora do jantar até o amanhecer.

Preparamo-nos para uma noite de conversa, como parteiras instaladas para um longo trabalho de parto. George providenciou vinho, *ale* e cerveja, consegui surrupiar pão, carne, queijo e frutas, na cozinha, com os cozinheiros felizes em fazer o prato cheio para mim, achando que minha fome era devida ao meu sétimo mês de gravidez.

Ana estava com seu traje de montaria. Parecia ter mais de 17 anos e estava mais bonita, a pele pálida.

— Andar na chuva com a velha bruxa — disse ela carrancuda. A tristeza lhe conferira uma serenidade que não existia antes. Como se tivesse aprendido uma lição difícil: que suas oportunidades não cairiam em seu colo como cerejas maduras. E perdeu o garoto que ela amava: Henry Percy.

— Sonho com ele — disse ela simplesmente. — Como queria não sonhar. É uma infelicidade fora de propósito. Estou farta disso. Parece estranho, não? Mas estou muito cansada de ser infeliz.

Relanceei os olhos para George. Ele observava Ana, sua expressão plena de simpatia.

— Quando vai ser o casamento dele? — perguntou Ana.

— No mês que vem — disse ele.

Ela deixou a cabeça pender.

— E então será o fim. A menos que ela morra, é claro.

— Se ela morrer, ele poderá se casar com você — eu disse esperançosamente.

Ana encolheu os ombros.

— Sua boba — disse ela abruptamente. — Não posso ficar esperando por ele até, um dia, Mary Talbot cair morta. Serei um bom partido quando tudo isso estiver esquecido, não serei? Especialmente se você der à luz um menino. Serei tia do bastardo do rei.

Sem pensar, pus as mãos protetoramente na frente de minha barriga, como se não quisesse que o bebê ouvisse que só seria querido se fosse um menino.

— Vai levar o nome de Carey — lembrei-lhe.

— E se nascer um menino forte, sadio e de cabelo dourado?

— Eu o chamarei de Henrique — sorri à ideia de um bebê sadio e louro em meus braços. — E não tenho dúvidas de que o rei fará algo muito bom para ele.

— E todos subiremos — George lembrou. — Como tias e tios do filho do rei, talvez um pequeno ducado ou um condado, quem sabe?

— E você, George? — perguntou Ana. — Está feliz, nesta noite tão imensamente feliz? Achei que estaria lá fora, bebendo até cair, e não sentado aqui com uma mulher gorda e outra de coração partido.

George serviu-se de vinho e olhou com tristeza para a sua taça.

— Uma mulher gorda e outra com o coração partido ajustam-se quase perfeitamente ao meu estado de espírito — disse ele. — Não poderia dançar nem cantar para salvar a minha vida. Ela é uma mulher venenosa, não é? Minha amada? Minha futura esposa? Digam-me a verdade. Não sou só eu, sou? Tem alguma coisa nela que faz a gente se retrair, não tem?

— Oh, besteira — eu disse francamente. — Ela não é tão maligna.

— Ela mexe com meus nervos, sempre mexeu — disse Ana asperamente. — Onde houver fofoca ou escândalo perigoso, ou alguém contando coisas de outro, ela aparece. Ouve tudo e observa todos, e está sempre pensando o pior de todo mundo.

— Sabia — disse George, taciturno. — Deus! Que esposa fui arranjar!

— Ela pode lhe fazer uma surpresa na noite de núpcias — disse Ana astutamente, bebendo seu vinho.

— Qual? — perguntou George rapidamente.

Ana ergueu uma sobrancelha por cima da taça.

— Ela é muito bem informada para uma virgem — replicou. — Muito entendida em assuntos de mulheres casadas. Mulheres casadas e prostitutas.

O queixo de George caiu.

— Não me diga que ela não é virgem! — exclamou ele. — Posso me dar bem nisso se ela não for virgem!

Ana sacudiu a cabeça.

— Nunca vi nenhum homem fazer nada além de uma reverência — disse ela. — Quem faria, pelo amor de Deus? Mas ela observa e escuta, e não se importa com o que pergunta ou vê. Eu a ouvi cochichando com uma das garotas Seymour sobre alguém que tinha se deitado com o rei, não você —

disse-me logo. — Foi uma conversa excessivamente mundana sobre beijar com a boca aberta, deixando a língua lamber e coisas do gênero, se deveria se deitar em cima ou embaixo do rei, aonde as mãos deveriam ir, e o que poderia ser feito para lhe dar um prazer de que jamais ele se esqueceria.

— Ela conheceu aquelas práticas francesas? — perguntou George atônito.

— Ela fala como se sim — replicou Ana, sorrindo diante da perplexidade dele.

— Por Deus! — disse George, servindo-se de mais uma taça de vinho e me acenando com a garrafa. — Talvez eu vá ser um marido mais feliz do que esperava. Aonde suas mãos devem ir, hein? Aonde devem ir, hein, Srta. Ana Maria? Já que parece que ouviu essa conversa tanto quanto minha futura esposa?

— Oh, não me pergunte — replicou Ana. — Sou virgem. Pergunte a outro qualquer. Pergunte à mamãe, ao papai, ou ao tio. Pergunte ao cardeal Wolsey; ele tornou isso oficial. Sou virgem. Sou uma virgem ajuramentada, oficial. Wolsey, o arcebispo de York em pessoa, afirma que sou virgem. Não se pode ser mais virgem do que eu.

— Vou lhe contar tudo — disse George mais animado. — Vou escrever para Hever, Ana, e pode ler minha carta em voz alta para vovó Bolena.

☙

George estava pálido como uma noiva na manhã de seu casamento. Só Ana e eu sabíamos que não era por causa de uma bebedeira na véspera. Não sorriu quando Jane Parker se aproximou do altar, mas ela estava radiante o bastante pelos dois.

Com minhas mãos apertadas sobre minha barriga, pensei em como já fazia tempo em que estivera diante de um altar e jurado renunciar a todos os outros e ser fiel a William Carey. Do outro lado, ele relanceou os olhos para mim com um leve sorriso, como se também estivesse pensando em como não havíamos previsto isso, quando apertamos as mãos cheios de esperança há apenas quatro anos. O rei Henrique estava na parte da frente da igreja, observando meu irmão receber a noiva e pensei em como minha família estava se dando bem com a minha barriga. O rei chegara atrasado ao meu casamento, e tinha ido mais por um dever com seu amigo William do que em honra aos Bolena. Mas estava na frente para os cumprimentos quando esse casal se virou do altar e percorreu o corredor central. E comigo, conduziu os convidados ao banquete. Minha mãe sorriu para mim como se eu fosse sua filha única, enquanto Ana saía, em silêncio, pela porta lateral da capela, montava seu cavalo e retornava a Hever acompanhada somente de um criado.

Pensei nela, sozinha, cavalgando para Hever, vendo o castelo do portão da casa de guarda, bonito como um brinquedo ao luar. Pensei na maneira como o caminho fazia uma curva através das árvores e chegava à ponte levadiça. Pensei no chocalhar da ponte sendo baixada e o som surdo dos cascos do cavalo delicadamente sobre as vigas de madeira. Pensei no cheiro úmido do fosso e na onda de cheiro da carne cozinhando no espeto quando se entrava no pátio. Pensei na lua iluminando o pátio e no contorno casual das pontas do espigão no céu noturno, e desejei de todo coração ser uma fazendeira em Hever e não uma pretensa rainha de uma corte dissimulada, que não passava de máscaras. Desejei de todo coração estar carregando no ventre um filho legítimo e poder me debruçar à janela e olhar minha terra, uma pequena propriedade rural, talvez, e saber que, um dia, seria tudo dele por direito.

Mas, em vez disso, eu era a afortunada Bolena, a Bolena abençoada pela sorte e favor do rei. Uma Bolena que não conseguia sequer imaginar as fronteiras da propriedade de seu filho, que nem sonhava com o quanto ele poderia ascender.

Verão de 1524

Ausentei-me da corte durante todo o mês de junho para me preparar para o parto. O quarto era escuro, as paredes cobertas por tapeçarias grossas, eu não veria nenhuma luz nem respiraria ar fresco até seis longas semanas depois do nascimento do bebê. Ficaria emparedada por dois meses e meio. Era cuidada por minha mãe e duas parteiras, assistidas por duas criadas e uma camareira. Do lado de fora do quarto, revezando-se dia e noite, havia dois droguistas de prontidão.

— Ana pode vir comigo? — perguntei à minha mãe, enquanto observava o quarto escurecido.

Franziu o cenho.

— Seu pai ordenou que permanecesse em Hever.

— Oh, por favor! — eu disse. — Vai ser tanto tempo, gostaria da sua companhia.

— Ela pode visitá-la — declarou minha mãe. — Mas não poderá estar presente no nascimento do filho do rei.

— Ou filha — lembrei-lhe.

Ela fez o sinal da cruz sobre a minha barriga.

— Se Deus quiser será um menino — sussurrou.

Não falei mais nada, satisfazendo-me em conseguir que Ana pudesse me visitar. Ela veio para ficar um dia, e ficou dois. Estava entediada em Hever, enfurecida com nossa avó Bolena, desesperada por sair, até mesmo para ficar dentro de um quarto escuro com uma irmã que passava seu tempo costurando camisolinhas para um bastardo real.

— Visitou a Home Farm? — perguntei.
— Não — replicou. — Passei direto.
— Eu me pergunto como estarão se saindo com a safra de morangos.
Ela encolheu os ombros.
— E a fazenda dos Peter? Foi ver a tosquia dos carneiros?
— Não — respondeu ela.
— Sabe que tipo de forragem tivemos neste ano?
— Não.
— Ana, o que diabos faz o dia todo?
— Leio — disse ela. — Pratico minha música. Compus algumas canções. Cavalgo todo dia. Ando pelo jardim. O que mais teria para fazer no campo?
— Eu saía para ver as fazendas — observei.
Ela ergueu uma sobrancelha.
— São sempre iguais. A relva cresce.
— O que leu?
— Teologia — disse ela sem rodeios. — Ouviu falar em Martinho Lutero?
— É claro que sim — repliquei ofendida. — O suficiente para saber que é um herege e que seus livros estão proibidos.
Ana deu seu sorrisinho dissimulado.
— Ele não é necessariamente um herege — disse ela. — É uma questão de opinião. Tenho lido seus livros e de outros que pensam como ele.
— É melhor manter isso em segredo — eu disse. — Se papai ou mamãe souberem que tem lido livros proibidos, a mandarão de volta para a França, a qualquer lugar que a tire do caminho deles.
Ela encolheu os ombros.
— Ninguém presta a menor atenção em mim, fui praticamente eclipsada por sua glória. Só há uma maneira de chamar a atenção desta família: subir para a cama do rei. Você tem de ser uma prostituta para ser amada por esta família.
Cruzei as mãos sobre minha barriga intumescida e sorri para ela, quase indiferente à sua malícia.
— Não há por que me afligir por minha estrela ter-me trazido até aqui. Não há por que se fixar em Henry Percy e se desgraçar.
Por um momento a máscara de sua bela face caiu e percebi a saudade em seus olhos.

— Teve notícias dele?

Sacudi a cabeça.

— Se escrever para mim, não deixarão que a carta chegue a mim — eu disse. — Acho que continua combatendo os escoceses.

Ela estreitou os lábios para reprimir um gemido.

— Oh, Deus, e se foi ferido ou morto?

Senti o bebê se agitar e pus minhas mãos quentes sobre o corpete solto.

— Ana, ele não deve significar nada para você.

Pestanejou tentando ocultar o calor em seu olhar.

— Ele não é nada para mim — replicou.

— É agora um homem casado — eu disse com firmeza. — Vai ter de esquecê-lo se quiser voltar para a corte.

Ela apontou para a minha barriga.

— Esse é o problema — disse ela grosseiramente. — Tudo o que conseguem pensar nesta família é se está carregando o filho varão do rei. Escrevi a papai meia dúzia de vezes e ele mandou seu escrivão me responder uma vez. Ele não pensa em mim. Não se preocupa comigo. Só se preocupam, todos eles, com você e a sua barriga gorda.

— Logo ficaremos sabendo — eu disse. Tentava parecer serena, mas estava com medo. Se Henrique tivesse feito uma menina em mim e ela fosse forte e adorável, então se sentiria feliz o bastante para mostrar ao mundo que era potente. Mas ele não era um homem comum. Queria mostrar ao mundo que podia fazer um bebê saudável. Queria mostrar ao mundo que era capaz de fazer um menino.

☙

Foi uma menina. Apesar de todos esses meses de esperanças e orações sussurradas, até mesmo missas especiais celebradas em Hever e na igreja de Rochford, foi uma menina.

Mas era a minha filhinha. Era uma trouxinha deliciosa com mãozinhas tão pequeninas que pareciam a palma das patinhas de uma rã, com olhos de um azul tão escuro que pareciam o céu de Hever à meia-noite. Tinha uma penugem de cabelo preto na coroa da cabeça, tão diferente do dourado avermelhado de Henrique como ninguém teria imaginado. Mas tinha a sua boca rosada adorável. Quando bocejava, parecia um rei, chateado por achar os elogios insuficientes. Quando chorava, espremia lágrimas de verdade por suas bochechas rosadas ultrajadas, como um monarca tendo seus direitos negados. Quando a alimentava, segurando-a nos braços e me maravilhando com o seu sugar potente e insistente em meu seio, ela inchava como um cordeirinho e adormecia como se fosse um beberrão refestelando-se do lado de um caneco de aguardente.

Eu a segurava no colo constantemente. Havia uma ama de leite para ela, mas eu argumentava que meus seios doíam tanto que ela tinha de sugá-los, e, astuciosamente, ficava com ela. Apaixonei-me por ela. Apaixonei-me completa e definitivamente por ela e não conseguia, nem por um momento, imaginar que teria sido melhor se fosse um menino.

Até mesmo Henrique se derreteu quando a viu ao me visitar. Levantou-a do berço e ficou maravilhado com a perfeição pequenina de seu rosto, suas mãos, seus pezinhos sob a bata bordada pesada.

— Vamos chamá-la de Elizabeth — disse ele embalando-a delicadamente.

— Posso escolher seu nome? — perguntei, com audácia.

— Não gosta de Elizabeth?

— Tenho outro nome em mente.

Ele encolheu os ombros. Era um nome de menina. Não tinha muita importância.

— Como quiser. Chame-a como quiser. É uma coisinha muito linda, não acha?

Deu-me uma bolsa de ouro e um colar de diamantes. Trouxe-me alguns livros, uma crítica de seu próprio trabalho de teologia, algumas obras pesadas que o cardeal Wolsey tinha recomendado. Agradeci e os pus de lado. Pensei em mandá-los para Ana e pedir que escrevesse uma sinopse de modo que eu pudesse blefar numa conversa.

Começamos a sua visita formalmente, sentados em cadeiras uma de cada lado da lareira, mas ele me levou para a cama, deitou-se do meu lado e me beijou delicada e docemente. Passado algum tempo, quis me possuir e tive de lembrar-lhe que não havia ido à igreja ainda. Eu não estava limpa. Timidamente, toquei em seu gibão e com um suspiro ele pegou minha mão e a pressionou contra seu membro. Eu quis que alguém me dissesse o que ele queria de mim. Mas então, ele mesmo guiou meu toque, e sussurrou em meu ouvido o que queria fazer, e depois de um tempo de seu movimento e de minhas carícias desajeitadas, deu um suspiro e se aquietou.

— É o bastante para você? — perguntei timidamente.

Virou-se e me sorriu.

— Meu amor, é um grande prazer ter você, mesmo assim, depois de tanto tempo. Quando for à igreja, não confesse isso. O pecado é todo meu. Mas você tentaria até um santo.

— E a ama? — pressionei-o.

Deu um risinho indulgente, preguiçoso.

— Claro. Ela é tão adorável quanto a mãe.

Levantou-se e ajeitou suas roupas. Deu-me aquele sorriso malicioso que ainda me encantava, apesar de metade de minha mente estar com o bebê em seu berço, e a outra metade na dor em meus seios pesados de leite.

— Terá seus aposentos perto dos meus, depois que for à igreja — prometeu-me. — Quero-a perto de mim o tempo todo.

Sorri. Foi um momento delicioso. O rei da Inglaterra me queria constantemente ao seu lado.

— Quero um menino de você — disse ele francamente.

☙

Meu pai ficou com raiva de mim porque o bebê era menina — ou foi isso o que a minha mãe me disse —, informando-me de um mundo exterior que parecia muito remoto. Meu tio estava decepcionado, mas determinado a não demonstrá-lo. Eu balancei a cabeça como se me importando, mas sentia apenas um completo deleite por ela ter aberto os olhos naquela manhã e olhado para mim com uma espécie de intensidade luminosa que me deu certeza de que me tinha visto e sabia que eu era a sua mãe. Nem meu pai nem meu tio eram admitidos para me visitar, e o rei não repetiu a sua única visita. A sensação era a de que esse lugar era um refúgio para nós, uma sala secreta onde homens e seus planos e deslealdades não entravam.

George veio, infringindo as convenções com sua graça natural de sempre.

— Nada terrível demais está acontecendo aqui, está? — perguntou pondo sua bela cabeça na porta.

— Nada — repliquei, recebendo-o com um sorriso e oferecendo minha face para que a beijasse. Curvou-se sobre mim e me beijou profundamente na boca.

— Que delícia, minha irmã, uma jovem mãe, uma dúzia de prazeres de uma vez só. Beije-me de novo, como beija Henrique.

— Sai pra lá! — eu disse empurrando-o. — Veja o bebê.

Ele a espreitou dormindo em meus braços.

— Cabelo bonito. Como vai chamá-la?

Relanceei os olhos para a porta fechada, sabia que podia confiar em George.

— Quero que se chame Catarina.

— Bastante estranho.

— Não sei por quê. Sou sua dama.

— Mas é a filha do marido dela.

Dei um risinho, sem conseguir deixar de manifestar minha alegria.

— Oh, George, eu sei. Mas eu a admirei desde o momento em que comecei a servi-la. E quero mostrar que a respeito, independentemente do que aconteceu.

Ele permaneceu em dúvida.

— Acha que vai entender? Não vai achar que é algum tipo de zombaria?

Fiquei tão chocada que apertei um pouco Catarina.

— Ela não pode imaginar que triunfei sobre ela.

— Ora, por que está chorando? — perguntou George. — Não há motivo para chorar, Maria. Não chore, vai talhar o leite ou algo assim.

— Não estou chorando — repliquei, ignorando as lágrimas em minha face. — Não quero chorar.

— Então, pare — insistiu. — Pare, Maria. Mamãe vai chegar e todos vão me culpar por fazê-la chorar. Vão dizer que, antes de mais nada, eu não deveria estar aqui. Por que não espera até sair daqui e então poderá perguntar diretamente à rainha se ela gostaria da homenagem? É o que proponho.

— Sim — eu disse, me sentindo imediatamente mais animada. — Posso fazer isso e, depois, lhe explicar.

— Mas não chore — insistiu. — Ela é uma rainha, não vai gostar de lágrimas. Aposto que nunca a viu chorar apesar de estar com ela dia e noite há quatro anos.

Pensei por um momento.

— Não — respondi devagar. — Sabe, nesses quatro anos, nunca a vi chorar.

— Nem verá — disse ele com satisfação. — Não é uma mulher que se desintegra em angústia. É uma mulher determinada.

☙

Minha única outra visita foi a de meu marido, William Carey. Chegou trazendo uma tigela de morangos que mandara vir de Hever.

— Um gosto de casa — disse ele gentilmente.

— Obrigada.

Relanceou os olhos para o berço.

— Disseram-me que é menina. Ela é forte, está bem?

— Sim — repliquei, um pouco incomodada com a indiferença de seu tom.

— E que nome vai lhe dar, além do meu? Presumo que ela levará o meu nome, não é uma Fitzroy ou algum outro atestado de que é uma bastarda real.

Contive minha língua e baixei a cabeça.

— Lamento se se sente ofendido, marido — disse humildemente.

— Então, que nome?

— Ela será Carey. Pensei em Catarina Carey.

— Como quiser, senhora. Ganhei cinco boas intendências de terras e a dignidade de cavaleiro. Agora sou Sir William e você é Lady Carey. Minha renda foi mais que duplicada. Ele lhe contou?

— Não — repliquei.

— Estou sendo altamente favorecido. Se tivesse nos obsequiado com um menino, eu poderia esperar por uma propriedade na Irlanda ou na França. Eu teria sido Lord Carey. Quem sabe quão alto um menino bastardo nos levaria?

Não respondi. O tom de William foi suave, mas as palavras tinham um quê mordaz. Na verdade, não estava pedindo que eu celebrasse a sua boa sorte em ser o corno mais famoso da Inglaterra.

— Sabe, eu tinha pensado em ser um grande homem na corte do rei — disse ele com amargura. — Quando percebi que gostava de minha companhia, quando minha estrela subia. Esperei ser alguma coisa como seu pai, um estadista que pudesse ter uma visão de todo o quadro, que desempenhasse seu papel discutindo nas grandes cortes da Europa, tendo sempre os interesses do país como máxima. Mas não, aqui estou eu recompensado dez vezes mais por não fazer nada, a não ser olhar para o outro lado, enquanto o rei leva a minha mulher para a cama.

Fiquei em silêncio, os olhos baixos. Quando ergui os olhos, ele estava sorrindo para mim, seu sorriso irônico, falso, triste.

— Ah, esposa — disse ele gentilmente —, não tivemos muito tempo juntos, tivemos? Não fizemos amor muito bem nem com muita frequência. Não aprendemos a ternura, nem mesmo o desejo. Tivemos muito pouco tempo.

— Lamento por isso, também — eu disse baixinho.

— Lamenta não termos feito amor?

— Senhor? — falei, genuinamente confusa pela súbita rispidez em sua voz.

— Foi insinuado polidamente por homens da sua família que, talvez, eu tenha sonhado tudo isso, e que nunca deitamos juntos. É o que você quer? Que eu negue tê-la possuído?

Levei um choque.

— Não! Sabe que a minha vontade não é consultada nesses assuntos.

— E não a mandaram dizer ao rei que fui impotente na nossa noite de núpcias e em todas as noites seguintes?

Sacudi a cabeça.

— Por que eu diria uma coisa dessa?

Sorriu.

— Para que o nosso casamento fosse anulado — sugeriu. — De modo a você ser uma mulher solteira. E o próximo bebê é Fitzroy e talvez Henrique possa legitimá-lo, o filho e herdeiro do trono. Portanto será mãe do próximo rei da Inglaterra.

Houve um silêncio. Percebi que o olhava apaticamente.

— Nunca vão querer que eu faça isso — sussurrei.

— Oh, vocês Bolena — disse ele em tom gentil. — O que vai lhe acontecer, Maria, se anulam o nosso casamento e a expõem? O casamento é destruído e você é declarada, sem contradição, prostituta, uma bonita e jovem prostituta.

Senti o rosto afoguear, mas mantive a boca fechada. Olhou-me por um momento e vi a raiva em sua expressão ser substituída por uma compaixão cansada.

— Diga o que tiver de dizer — aconselhou-me. — O que quer que a mandem dizer. Se a pressionarem a dizer que passei a nossa noite de núpcias fazendo malabarismo com sachês prateados e não penetrei você, pode dizer, pode jurar se for preciso. E será preciso. Vai enfrentar a inimizade da rainha Catarina e o ódio de toda a Espanha. Vou poupá-la do meu. Pobre menininha tola. Se neste berço estivesse um menino, acho que a obrigariam ao perjuro no momento em que fosse à igreja, para se livrar de mim e atrair Henrique.

Olhamos um para o outro por um momento.

— Então, você e eu somos as únicas pessoas no mundo inteiro que não lamentam ser uma menina — sussurrei. — Porque eu não quero mais do que tenho agora.

Deu seu sorriso adulador amargo.

— Mas e da próxima vez?

CB

A corte prosseguiu sua mudança de meio de verão pelas estradas empoeiradas em direção a Sussex e Winchester, e daí para New Forest, para que o rei caçasse corças todos os dias, do amanhecer ao cair da tarde, e depois, o banquete com carne de caça toda noite. Meu marido foi com o rei, ao seu lado, rapazes juntos, nenhum pensamento de ciúmes quando a corte estava se mudando, os cães correndo à frente dos cavalos, latindo, e os falcões atrás, em sua carroça especial, com os treinadores cavalgando ao lado e cantando para mantê-los calmos. Meu irmão também estava lá, montando ao lado de Francis Weston, em um novo cavalo de caça, um animal grande e forte, que o rei lhe dera, como mais um símbolo de sua afeição por mim e minha família. Meu pai estava na Europa, como parte das infindáveis negociações entre Inglaterra, França e Espanha, tentando refrear as ambições de três monarcas jovens, gananciosos e brilhantes, todos usando de todos os meios para conquistar o título de maior rei da Europa. Minha mãe seguiu com a corte, com o seu próprio pequeno séquito de criados. Meu tio foi com seus próprios homens em libré Howard sempre com o olho atento e prudente em relação às ambições e pretensões da família Seymour. A família Percy estava lá, Charles Brandon e a rainha Maria, os ourives de Londres, os diplomatas estrangeiros: todos os grandes homens da Inglaterra abandonaram seus campos, suas fazendas, seus navios, suas minas, seu comércio e suas casas na cidade, para caçar com o rei, e nenhum deles sequer se atrevia a se retardar, para o caso de haver dinheiro ou terra distribuídos, favores concedidos, ou os olhos do rei, ao dançar, baterem em alguma filha ou esposa bonita, e uma posição ser ganha.

Graças a Deus, fui poupada nesse ano, e fiquei feliz em ficar longe, cavalgando lentamente pelas alamedas até Kent. Ana foi ao meu encontro no pátio do Castelo de Hever, sua expressão mais tenebrosa do que uma tempestade de verão.

— Deve estar louca — disse ela ao me receber. — O que está fazendo aqui?

— Quero passar o verão aqui com meu bebê. Preciso descansar.

— Não parece estar precisando descansar — inspecionou minha cara. — Você está linda — admitiu, de má vontade.

— Veja só ela — afastei o xale de renda branca do rosto de Catarina. Ela tinha dormido durante quase toda a viagem, embalada pelo balanço da liteira.

Ana relanceou os olhos, cortesmente.

— Uma graça — disse sem muita convicção. — Mas por que não a mandou com a ama de leite?

Dei um suspiro com a impossibilidade de convencê-la de que havia melhores lugares onde estar que não a corte. Entrei no hall e deixei a ama de leite pegar Catarina para trocar suas faixas.

— Depois a traga de volta — determinei.

Sentei-me em uma das cadeiras entalhadas à grande mesa do salão e sorri para Ana, à minha frente, impaciente como um inquisidor.

— Na verdade, não estou interessada na corte — disse sem me alterar. — Se tivesse um bebê, ia entender. É como se de repente eu entendesse o propósito da vida. Não é ascender no favor do rei nem ser introduzida na corte. Nem mesmo fazer a família subir. Tem coisa mais importante. Quero que ela seja feliz. Não quero que seja mandada embora assim que aprender a andar. Quero lhe dar carinho. Quero que estude sob a minha supervisão. Quero que cresça aqui, que conheça o rio, os campos, e os salgueiros nas campinas à margem do rio. Não quero que seja uma estranha em seu próprio país.

Ana parecia pasma.

— É só um bebê — disse ela simplesmente. — E há chances de ela morrer. Terá dezenas de outros. Vai ficar assim com todos eles?

Retraí-me ao ouvir isso, mas ela nem percebeu.

— Não sei. Não sabia que me sentiria assim com ela. Mas me sinto, Ana. É a coisa mais preciosa no mundo. Muito mais importante para mim do que qualquer outra coisa. Só penso em cuidar dela, em que esteja bem e saudável.

Quando chora, é como uma faca em meu coração, não suporto nem mesmo a ideia dela chorando. E quero vê-la crescer. Não quero me separar dela.

— O que o rei diz? — perguntou Ana, indo direto ao ponto central para um Bolena.

— Não lhe contei isso — repliquei. — Ele se satisfez com a minha necessidade de me afastar durante o verão para descansar. Ele queria partir para caçar. Estava ansioso para ir. Não se importou muito.

— Não se importou muito?

— Não se importou nem um pouco — me corrigi.

Ana balançou a cabeça mordiscando os dedos. Eu quase via os cálculos de sua mente enquanto refletia sobre o que eu dizia.

— Muito bem, então — disse ela. — Se eles não insistem para que fique na corte, não serei eu a me preocupar. Só Deus sabe como é mais divertido para mim ter você aqui. Finalmente, poderá conversar com a velha e me poupar de sua fala interminável.

Sorri.

— Está sendo realmente muito desrespeitosa, Ana.

— Oh, sim, sim, sim — replicou impacientemente, puxando um banco. — Agora, me conte todas as novidades. Fale-me da rainha, quero saber o que Thomas More disse sobre o novo tratado da Alemanha. E quais são os planos para os franceses. Vai ter outra guerra?

— Desculpe — sacudi a cabeça. — Alguém comentou sobre isso outra noite, mas não prestei atenção.

Emitiu um som de impaciência e se pôs de pé.

— Está bem — disse ela irritada. — Fale-me da criança, já que é tudo por que se interessa, não? Fica sentada meio encurvada, prestando atenção nela o tempo todo, não fica? É ridículo. Pelo amor de Deus, endireite o corpo! A ama não a trará mais rápido por você parecer um cão de caça alerta.

Ri com a exatidão de sua descrição.

— É como estar apaixonada. Quero vê-la o tempo todo.

— Você está sempre apaixonada — disse Ana com irritação. — Parece numa grande bola de manteiga, sempre gotejando amor por um ou outro. Antes foi o rei e conseguimos nos dar bem. Agora é a filha dele, o que não vai nos adiantar nada. Mas você não liga. É sempre a mesma coisa: paixão, sentimento, desejo. Isso me deixa furiosa.

Sorri para ela.

— Porque você é só ambição — eu disse.

Seus olhos faiscaram.

— É claro. O que mais existe?

Henry Percy pairava entre nós, palpável como um fantasma.

— Não quer saber se o vi? — perguntei. Foi uma pergunta cruel e a fiz querendo ver dor em seus olhos, mas minha malícia não surtiu efeito. Sua expressão foi dura e fria, como se tivesse parado de chorar por ele e nunca mais fosse chorar por um homem.

— Não — replicou. — De modo que pode dizer-lhes que nunca mencionei seu nome. Ele desistiu, não desistiu? Casou-se com outra mulher.

— Achou que o tinha abandonado — protestei.

Olhou para longe.

— Se fosse um homem decente teria continuado a me amar — disse ela, a voz ríspida. — Se fosse o contrário, eu jamais teria me casado enquanto meu amante estivesse livre. Ele cedeu, deixou que eu partisse. Nunca o perdoarei. Está morto para mim. Posso estar morta para ele. Tudo o que quero é sair deste buraco e retornar à corte. Tudo o que me restou foi a ambição.

ෆ

Ana, vovó Bolena, a pequena Catarina e eu nos resignamos a passar o verão juntas. Quando fiquei mais forte e a dor nas minhas partes íntimas aliviaram, voltei a sair a cavalo à tarde. Cavalgava por todo o vale e colinas do Weald.* Observei os prados de feno tornarem-se verdes mais uma vez depois do primeiro corte, e os carneiros tornarem-se brancos e felpudos com a nova lã. Desejei a alegria dos ceifadores na colheita, quando iam para os trigais segar a safra e carregar o grão nas carroças, para levá-lo ao silo e ao moinho. Comemos lebre uma noite, depois que os segadores haviam despachado os cachorros atrás dos animais capturados. Vi as vacas separadas de seus bezerros, para desmamá-los, e senti meus próprios seios doerem de simpatia ao vê-las se aglomerarem na porteira, tentando romper as cercas espessas, se debatendo e jogando suas cabeças, mugindo por seus bebês.

---

*The Weald, região no sudeste da Inglaterra, que inclui os condados de Kent, Surrey e Essex, antes uma floresta, agora uma região agrícola. (*N. da T.*)

— Elas esquecerão, Sra. Carey — disse o criador do gado. — Não chorarão por mais de alguns dias.

Sorri para ele.

— Gostaria que os deixassem com elas um pouco mais.

— Este é um mundo difícil para o homem e o animal — disse ele com firmeza. — Têm de deixá-los ir, senão como teria sua manteiga e queijo?

As maçãs cresciam redondas e rosadas no pomar. Fui à cozinha e pedi à cozinheira que nos preparasse bolos de maçã para o jantar. As ameixas cresciam suculentas, escuras, e as vespas de verão zumbiam ao redor das árvores, embriagando-se com o xarope. A atmosfera estava doce com as madressilvas e o perfume inebriante das frutas crescendo nos galhos. Queria que o verão nunca terminasse. Queria que minha filha nunca deixasse de ser tão pequena, tão perfeita, tão adorável. Seus olhos mudavam de cor, do azul escuro ao nascer ao índigo mais escuro, quase preto. Ela seria uma beldade de olhos escuros, como a tia de temperamento impetuoso.

Agora, sorria quando me via, e a testei várias vezes. Irritei-me com minha avó Bolena que afirmava que um bebê era cego até 2, 3 anos, e que eu estava perdendo tempo em me debruçar sobre o berço e cantar para ela, em abrir um tapete sob as árvores e me deitar com ela, em abrir seus dedinhos para fazer cócegas na palma de sua mão, e mordiscar seus dedinhos gordos dos pés.

O rei me escreveu uma vez descrevendo a caça e os animais que tinha matado. Parecia que não restaria uma corça viva na New Forest quando ele estivesse satisfeito. No fim da carta, disse que a corte retornaria a Windsor em outubro, e a Greenwich no Natal, e que esperava que eu estivesse lá, sem a minha irmã, é claro, e sem o nosso bebê, a quem mandava um beijo. Apesar da ternura do beijo à nossa filha, eu sabia que a alegria do verão com ela chegava ao fim, independentemente dos meus desejos. E como uma camponesa que tinha que deixar seu filho e voltar para o campo, estava na hora de eu voltar ao meu trabalho.

Inverno de 1524

Encontrei o rei alegre em Windsor. A caça tinha transcorrido bem, a companhia tinha sido excelente. Havia rumores sobre um flerte com uma das novas damas da rainha, uma tal de Margaret Shelton, uma prima Howard recém-chegada à corte, e outra história mais cômica do que verdadeira, sobre uma mulher que cercou o rei de tal maneira que ele, em desespero para se livrar dela, a possuiu atrás de uma moita e a deixou antes que ela ajeitasse o vestido. Ela ficou presa no chão até alguém passar e erguê-la de volta à sela. E a sua esperança de ocupar meu lugar acabou.

Havia histórias libidinosas de rodadas de bebida e meu irmão George tinha um machucado sobre o olho depois de uma rixa em uma taverna, e uma piada com um jovem pajem que se tinha embriagado com ele e havia sido mandado para casa em desgraça depois de lhe escrever uma dúzia de sonetos de amor, todos assinados Ganymede. De modo geral, todos os cavalheiros da corte tinham-se divertido e o próprio rei estava com excelente humor.

Ao me ver, ergueu-me e me abraçou e beijou com força, diante de toda a corte, mas graças a Deus a rainha não estava presente.

— Meu coração, senti saudades — disse ele exuberantemente. — Diga que também sentiu a minha falta.

Não consegui me conter e sorri para sua face ansiosa.

— É claro — repliquei. — E soube que Sua Majestade se divertiu muito.

Houve uma gargalhada dos amigos mais íntimos do rei e ele sorriu um tanto encabulado.

— O meu coração ansiava por você dia e noite — disse ele fazendo uma mesura galante afetada. — Consumi-me de anseio por vê-la. E você está bem? E a nossa filhinha?

— Catarina é muito bela e cresce sadia e forte — repliquei com uma ligeira ênfase em seu nome para lembrar-lhe. — Ela é muito bem-feita, uma verdadeira rosa Tudor.

Meu irmão George avançou e o rei me soltou para que ele pudesse me beijar na face.

— Bem-vinda à corte, minha irmã — disse ele jovialmente. — E como vai a princesinha?

Houve um momento de silêncio perplexo. O sorriso desapareceu bruscamente da face de Henrique. Olhei boquiaberta para George, pasma com o terrível erro que cometera. Virou-se rapidamente para o rei.

— Chamei a pequena Catarina de princesa porque ela é adulada como se fosse uma rainha em formação. Devia ver as roupas que Maria fez para ela, bordadas por ela mesma. E os lençóis em que a pequena imperatriz se recosta! Até mesmo seus cueiros têm as suas iniciais. Sua Majestade riria se a visse. É uma pequena tirana de Hever, tudo é feito para ela. É um verdadeiro cardeal. Uma papisa do berçário.

Foi uma recuperação maravilhosa. Henrique relaxou e riu ao pensar na ditadura do bebê e todos os cortesãos ecoaram instantaneamente a sua risada com risinhos afetados.

— É verdade? Você realmente faz todas as suas vontades assim? — perguntou-me o rei.

— É o meu primeiro bebê — desculpei-me. — Suas roupas serão aproveitadas para o próximo.

Foi uma observação perfeita. Imediatamente, Henrique pensou no próximo.

— Oh, sim — disse ele. — Mas o que a princesa fará com um rival no seu quarto?

— Espero que ela seja pequena demais para saber muito sobre isso — sugeriu George calmamente. — Ela terá um irmãozinho antes de completar 1 ano. São apenas meses de diferença entre Maria e Ana, não se esqueça. Somos uma linhagem fértil.

— Oh, George, que vergonha — disse minha mãe sorrindo. — Mas um menininho em Hever nos traria muita alegria.

— A mim também — disse o rei, olhando para mim com ternura. — Um menino seria uma grande alegria para mim.

☙

Assim que meu pai chegou da França, houve outra conferência de família. Dessa vez, sentei-me em uma cadeira diante da mesa. Não era mais uma menina sendo guiada. Era uma mulher com o favor do rei. Não era mais seu peão. Era, no mínimo, a torre, um jogador na partida.

— Digamos que ela conceba de novo e que, dessa vez, seja um menino — disse meu tio baixinho. — Digamos que a rainha seja alertada por sua própria consciência para se retirar e deixá-lo livre para se casar de novo. Ele se sentiria tentado por uma amante grávida.

Por um instante, achei que tinha sonhado esse plano, mas então percebi que estava esperando por esse momento. Meu marido, William, tinha-me avisado, e isso ficara guardado em minha mente como uma ideia terrível demais para ser considerada.

— Já sou casada — observei.

Minha mãe encolheu os ombros.

— Por apenas alguns meses. Não deu tempo nem de ser consumado.

— Foi consumado — repliquei com firmeza.

Meu tio ergueu a sobrancelha para advertir minha mãe.

— Ela era jovem — disse minha mãe. — Como podia saber o que estava acontecendo? Ela pode jurar que nunca se completou.

— Não posso — falei para a minha mãe e, então, me virei para o meu tio. — Não me atreveria a fazer isso. Não posso tomar seu trono. Não posso tomar o seu lugar. Ela foi princesa três vezes consecutivas, e eu sou apenas uma garota Bolena. Juro que não posso fazer isso.

Foi o mesmo que nada para ele.

— Não precisa fazer nada fora do comum — disse ele. — Vai se casar com quem mandarmos, como na primeira vez. E ordenarei todo o resto.

— A rainha nunca irá se retirar — repliquei em desespero. — Disse isso ela mesma, ela própria me disse. Que morreria primeiro.

Meu tio empurrou a cadeira para trás e deu um passo para olhar pela janela.

— Ela está em uma posição forte neste momento — reconheceu. — Enquanto seu sobrinho for aliado da Inglaterra, ninguém pode perturbar esse acordo, muito menos Henrique, por um bebê que ainda não foi concebido. Mas no instante em que a guerra com a França for vencida, e o espólio dividido, ela não passará de uma mulher velha demais para ele, que nunca poderá lhe dar um herdeiro. Ela sabe, assim como todos nós, que terá de se afastar.

— Quando a guerra for vencida, talvez — disse meu pai preocupado. — Mas não podemos arriscar uma ruptura com a Espanha agora. Passei o verão todo tentando negociar essa aliança e consolidá-la.

— O que vem primeiro? — perguntou meu tio abruptamente. — O país ou a família? Pois não podemos usar Maria como devemos sem arriscar o bem-estar do país.

Meu pai hesitou.

— É claro, você não é parente consanguíneo — disse meu tio, maliciosamente. — É Howard somente pelo casamento.

— A família vem primeiro — replicou meu pai devagar. — Tem de ser assim.

— Por conseguinte talvez tenhamos de sacrificar a aliança com a Espanha contra a França — disse meu tio friamente. — Para nós, é mais importante nos livrarmos da rainha Catarina do que estabelecer a paz na Europa. É mais importante pôr a nossa garota na cama do rei do que salvar a vida de ingleses. Sempre há mais homens para serem soldados. Mas esta chance para nós, Howard, só acontece uma vez a cada século.

Primavera de 1525

Recebemos as notícias de Pavia em março. Um mensageiro a trouxe ao rei de manhã cedo, quando ainda não estava completamente vestido, e ele foi correndo como um menino até a rainha, um arauto correndo à sua frente para bater à porta de seus aposentos e gritar: "Sua Majestade está chegando!", de modo que pudéssemos sair rápido de nossos quartos, ainda não vestidas apropriadamente. Somente a rainha estava composta, com um elegante vestido sobre sua camisola. Henrique bateu a porta entrando na sala e passando por nós, gorjeando como um aviário de tordos cegos, direto para a sua rainha. Nem sequer me olhou, embora eu estivesse deliciosamente em desordem, meu cabelo como uma nuvem dourada ao redor de meu rosto. Não foi para mim que Henrique correu com as melhores notícias que já recebera. Levou as notícias à sua rainha, à mulher que tornara inabalável a aliança com o seu país, a Espanha. Ele tinha-lhe sido infiel várias vezes, tinha sido desleal à sua política muitas vezes. Mas quando a política triunfou, nesse momento de intenso júbilo, foi a ela que levou a notícia, foi Catarina que mais uma vez reinou no seu coração.

Ele jogou-se a seus pés, pegou suas mãos e as cobriu de beijos. Catarina riu como uma menina e gritou com impaciência:

— O que foi? Diga-me! Diga-me! O que foi?

E Henrique não conseguia dizer mais nada a não ser:

— Pavia! Que Deus seja louvado! Pavia!

Ficou em pé de um pulo e dançou com ela pela sala, pulando como um menino. Seu séquito entrou correndo, ele havia tomado a dianteira na corrida para a rainha. George entrou aos tropeções com seu amigo Francis Weston, me viu e veio para o meu lado.

— O que diabos está acontecendo? — perguntei, ajeitando o cabelo e apertando minha saia na cintura.

— Uma grande vitória — replicou. — Uma vitória decisiva. O exército francês, ao que parece, foi praticamente destruído. A França está aberta para nós. Carlos de Espanha pode penetrar pelo sul, nós invadiremos pelo norte. A França acabou. Está destruída. Será o império espanhol até as fronteiras do reino inglês. Esmagamos o exército francês e somos os senhores incontestáveis da França, e governantes, juntos, da maior parte da Europa.

— Francis foi derrotado? — perguntei incrédula, pensando no ambicioso príncipe moreno que tinha sido rival do nosso rei dourado.

— Feito em pedaços — confirmou Francis Weston. — Que dia para a Inglaterra! Que triunfo!

Olhei para o rei e a rainha. Ele já não tentava dançar, tinha perdido o ritmo, mas a abraçava e beijava sua testa, seus olhos, seus lábios.

— Minha querida — disse ele. — Seu sobrinho é um grande general, ele nos deu um grande presente. Teremos a França a nossos pés. Serei rei da Inglaterra e França de fato e não só no título. Richard de la Pole está morto, a sua ameaça ao meu trono morreu com ele. O próprio rei Francis foi feito prisioneiro, a França foi destruída. Seu sobrinho e eu somos os maiores reis da Europa e a nossa aliança possuirá tudo. Tudo o que o meu pai planejou, a partir de você e sua família, foi-nos dado hoje.

A rainha estava radiante, os anos foram-lhe tirados por seus beijos. Estava rosada, seus olhos azuis cintilando, sua cintura flexível em suas mãos.

— Deus abençoe os espanhóis e a princesa espanhola! — gritou Henrique, de súbito, e todos os homens de sua corte responderam gritando a plenos pulmões.

George olhou de soslaio para mim.

— Que Deus abençoe a princesa espanhola — disse ele discretamente.

— Amém — eu disse, e consegui sorrir diante de seu ardor quando descansou a cabeça no ombro do rei e sorriu para a sua corte que a saudava com vivas. — Amém, e que Deus a conserve feliz como está neste momento.

Embriagamo-nos com a vitória, nesse amanhecer e nos quatro seguintes. Foi como as folias do Dia de Reis no meio de março. Dos telhados do castelo via-se o clarão das fogueiras acesas no caminho até Londres, e a própria cidade estava rubra contra o céu noturno, com fogo em cada esquina e homens assando nos espetos carcaças de vaca e cordeiro. Ouvíamos os sinos das igrejas repicando enquanto o país todo celebrava a derrota total do inimigo mais antigo da Inglaterra. Comemos pratos especiais que receberam nomes para marcar a ocasião: Pavão Pavia, Pudim Pavia, Delícia Espanhola e Manjar Branco Carlos. O cardeal Wolsey ordenou uma missa solene especial de celebração na St. Paul e todas as igrejas da região agradeceram a vitória em Pavia e ao imperador que a conquistara para a Inglaterra — Carlos de Espanha, o sobrinho querido da rainha Catarina.

Agora não havia mais dúvidas de quem se sentava à direita do rei. Foi a rainha que atravessou o salão usando vermelho e dourado, com a cabeça erguida e um pequeno sorriso nos lábios. Não alardeou a volta de seu favor. Assumiu-a como assumira seu eclipse: como natureza do casamento real. Agora que a sua estrela voltara a brilhar, caminhava tão orgulhosa quanto caminhara quando desfavorecida.

O rei apaixonou-se por ela de novo, em agradecimento por Pavia. Viu-a como a fonte de seu poder na França, como a fonte de sua alegria com a vitória. Henrique era, antes de tudo, uma criança mimada. Quando ganhava um belo presente, amava o doador.

Ele a amaria até o momento em que o presente o aborrecesse ou quebrasse ou deixasse de ser o que ele queria. E no fim de março, começaram a chegar sinais de que Carlos de Espanha poderia se revelar uma decepção.

O plano de Henrique tinha sido que dividiriam a França, entregando somente uma parte do espólio ao duque de Bourbon, tornando-se Henrique rei da França de fato, assumindo assim o título que o Papa lhe conferira anos atrás. Mas Carlos de Espanha não estava com pressa. Em vez de planejar a ida de Henrique a Paris para ser coroado rei da França, Carlos foi a Roma para a sua própria coroação como Imperador do Santo Império Romano. E o pior de tudo é que não demonstrou interesse pelo plano inglês de tomar a França toda. Tinha o Rei Francis como prisioneiro, mas planejava oferecer um preço de resgate, devolvê-lo ao trono destruído tão recentemente.

— Em nome de Deus, por quê? Por que ele faria isso? — vociferou Henrique ao cardeal Wolsey em uma explosão de raiva. Até mesmo os mais favorecidos no círculo íntimo do rei se retraíram. As damas da corte se amedrontaram visivelmente. Somente a rainha, em sua cadeira do lado do rei à mesa alta no salão, permaneceu impassível, como se o homem mais poderoso do país não estivesse tremendo de um acesso incontrolável de fúria a apenas alguns centímetros dela.

— Por que o cão louco espanhol nos trairia? Por que libertaria Francis? Ficou maluco? — virou-se para a rainha. — Seu sobrinho é louco? Está ele fazendo algum jogo duplo valioso? Está ele me enganando como o seu pai me enganaria? Corre um sangue vil e traidor nas veias desses reis espanhóis? O que responde, senhora? Ele escreve para a senhora, não escreve? O que disse na última carta? Que libertaria o nosso pior inimigo? Que ele é louco ou idiota?

Ela relanceou os olhos para o cardeal Wolsey para ver se ele intercederia, mas ele deixara de ser amigo da rainha depois da virada na situação. Permaneceu mudo e enfrentou seu olhar de apelo com uma serenidade diplomática.

Isolada, a rainha teve de enfrentar seu marido sem apoio.

— Meu sobrinho não me escreve sobre todos os seus planos. Eu não sabia que ele estava pensando em libertar o rei Francis.

— Espero que não! — gritou Henrique, aproximando o rosto do dela. — Pois, no mínimo, seria acusada de traição se soubesse que o pior inimigo que este país já teve seria libertado por seu sobrinho.

— Mas eu não sabia — disse com firmeza.

— E Wolsey me disse que ele está pensando em namorar a princesa Mary. A sua própria filha! O que pensa disso?

— Não sei — replicou ela.

— Com licença — disse Wolsey, em voz baixa. — Acho que Sua Majestade se esqueceu do encontro, ontem, com o embaixador espanhol. Certamente ele a alertou de que a princesa Mary seria rejeitada.

— Rejeitada! — Henrique pulou de sua cadeira, exaltado demais para ficar quieto. — E sabia disso, senhora?

A rainha levantou-se, como devia, quando seu marido estava em pé.

— Sim — replicou ela. — O cardeal está certo. O embaixador realmente mencionou que havia dúvidas em relação ao noivado da princesa Mary. Não falei nada porque só acreditaria nisso se ouvisse de meu sobrinho diretamente. E não ouvi.

— Receio que não haja nenhuma dúvida — interpelou o cardeal.

A rainha dirigiu-lhe um olhar firme, percebendo que ele a expusera à raiva de seu marido duas vezes e deliberadamente.

— Lamento que pense assim — disse ela.

Henrique deixou-se cair em sua cadeira, enfurecido demais para falar. A rainha permaneceu em pé e ele não a convidou a sentar-se. A renda do decote alto de seu vestido movia-se com a sua respiração regular, ela simplesmente tocava o rosário que pendia de sua cintura com seu indicador. Ela não perdeu a dignidade e o porte nem por um instante.

Henrique virou-se para ela, gélido de raiva.

— Sabe o que teremos de fazer se quisermos aproveitar essa oportunidade que Deus nos deu e que o seu sobrinho está prestes a jogar fora?

Ela sacudiu a cabeça em silêncio.

— Teremos de aumentar enormemente os impostos. Teremos de reunir outro exército. Teremos de montar outra expedição à França e combater outra guerra. E teremos de fazer isso sozinhos, sozinhos e sem apoio porque o seu sobrinho, o seu sobrinho, senhora, conquista uma das vitórias mais afortunadas que pode acontecer a um rei e depois a desperdiça, como se fosse uma brincadeira.

Nem mesmo então ela se moveu. Mas a sua paciência só fazia inflamá-lo ainda mais. Pulou de novo de sua cadeira e as pessoas arfaram quando ele se lançou sobre ela. Por um instante cheguei a pensar que bateria nela, mas era um dedo e não o punho que apontou para ela.

— Não ordenou que ele fosse leal a mim?

— Sim — disse ela quase sem abrir a boca. — Recomendei que não se esquecesse da nossa aliança.

Atrás dela, o cardeal Wolsey sacudiu a cabeça negando.

— Está mentindo! — gritou Henrique para a rainha. — É mais uma princesa espanhola do que uma rainha inglesa!

— Deus sabe que sou uma esposa fiel e uma mulher inglesa — replicou.

Henrique saiu precipitadamente e houve uma afobação repentina quando a corte se afastou para lhe dar passagem, fazendo reverências profundas. Seu séquito de cavalheiros fez uma reverência apressada à rainha e seguiu sua marcha impetuosa. Mas ele estacou à porta.

— Não me esquecerei disso — gritou para a rainha. — Não a perdoarei nem esquecerei o insulto de seu sobrinho a mim, tampouco esquecerei ou perdoarei seu comportamento, sua maldita traição.

Ela abaixou-se lentamente e perfeitamente em uma reverência régia e a manteve como uma dançarina até Henrique, depois de praguejar, sair às carreiras. Só então levantou-se e olhou pensativamente à sua volta, para todos nós que havíamos assistido à sua humilhação e que agora desviávamos os olhos dela, na esperança de que não pedisse nosso serviço.

☙

No jantar, na noite seguinte, percebi os olhos do rei em mim quando entrei no salão, com uma gravidade afetada, atrás da rainha. Depois do jantar, quando arrumaram o espaço para dançar, ele veio até mim, passando pela rainha, quase lhe dando as costas, e me chamou para dançar.

Houve uma ligeira agitação quando ele me conduziu à pista de dança.

— A volta — disse Henrique por cima do ombro, e os outros dançarinos que tinham se preparado para dançar conosco recuaram e formaram um círculo só para observar.

Era uma dança completamente diferente, uma dança de sedução. Henrique não tirou seus olhos azuis do meu rosto, dançou na minha direção, bateu o pé e as mãos como se fosse me despir ali mesmo, na frente de toda a corte. Tirei da mente o pensamento da rainha me observando. Mantive a cabeça ereta e os olhos fixos nos do rei, e dancei na sua direção, com um balanço dos quadris e uma rotação da cabeça. Encaramos um o outro e ele me ergueu, me mantendo no ar. Aplaudiram, ele me baixou delicadamente, e senti minhas bochechas arderem com uma combinação de constrangimento, triunfo e desejo. Separamo-nos quando o pequeno tambor rufou, e voltamos a nos unir quando a dança nos levou de novo um para o outro. Mais uma vez ele me levantou e, dessa vez, me baixou escorregando, pressionada contra seu corpo. Eu o senti em cada polegada do meu corpo: seu peito, sua calça, suas pernas. Fizemos uma pausa, seu rosto tão perto do meu que, se se inclinasse à frente, me beijaria. Senti seu hálito no meu rosto e então ele disse:

— Minha câmara. Venha imediatamente.

☙

Levou-me para a cama nessa noite e quase todas as noites que se seguiram, com o mesmo desejo. Eu deveria ter-me sentido feliz. Certamente minha mãe, meu pai, meu tio e mesmo George estavam felizes por eu voltar a ser a primeira escolha do rei e todos passarem a gravitar ao meu redor mais uma vez. As damas da rainha mostravam-se tão deferentes a mim quanto a ela. Embaixadores estrangeiros faziam reverências tão acentuadas como se eu fosse uma princesa, os cavalheiros do quarto do rei escreviam sonetos ao dourado do meu cabelo e à curva dos meus lábios. Francis Weston escreveu uma canção para mim e, aonde quer que eu fosse, havia pessoas prontas para me servir, me assistir, me fazer a corte e sempre, mas sempre, me dizer sussurrando que se eu pudesse mencionar uma coisinha ao rei, se sentiriam imensamente gratos a mim.

Seguia o conselho de George e sempre recusava pedir ao rei qualquer coisa, até para mim mesma, e desse modo ele se sentia à vontade comigo de uma maneira como não se sentia com ninguém mais. Criávamos um pequeno e estranho refúgio doméstico por trás da porta fechada de sua câmara privada. Jantávamos a sós, depois que o jantar tinha sido servido no salão. A nossa única companhia eram os músicos e talvez um ou dois amigos seletos. Thomas More levaria Henrique ao telhado para olhar as estrelas, e eu também iria, olhando o céu noturno escuro e pensando que as mesmas estrelas brilhavam em Hever, refulgindo pelas frestas estreitas para iluminar a face do meu bebê adormecido.

Minhas regras se suspenderam em março, e em junho, de novo. Contei a George, que pôs os braços em volta de mim e me puxou para si.

— Vou contar ao papai — disse ele. — E a tio Howard. Se Deus quiser, desta vez será menino.

Eu queria contar a Henrique eu mesma, mas decidiram que uma notícia de tal peso e tão promissora deveria ser dada ao rei por meu pai, para que os Bolena garantissem todo o crédito por minha fertilidade. Meu pai pediu uma audiência particular e o rei, achando que se tratava de algo relacionado às longas negociações de Wolsey com a França, recebeu-o levando-o ao vão de uma janela, longe dos ouvidos da corte, e o convidou a falar. Meu pai proferiu sorrindo uma pequena frase e Henrique olhou dele para mim, para onde eu estava sentada com as mulheres, e então ouvi seu grito de alegria. Atravessou a sala rapidamente e estava para me erguer do chão, quando se deteve com medo de me machucar. Então, pegou minhas mãos e as beijou.

— Meu coração! — exclamou. — A melhor notícia! A melhor que eu poderia ter recebido!

Relanceei os olhos em volta, para aquelas caras curiosas, e de novo para o rei.

— Majestade — eu disse cautelosamente —, estou tão contente em fazê-lo feliz.

— Não poderia me causar mais alegria — garantiu-me. Fez com que eu me levantasse e me levou para o lado. Todas as mulheres esticaram o pescoço e simultaneamente desviaram o olhar para longe, loucas para saber o que estava acontecendo e igualmente loucas para não dar a entender que estavam espiando. Meu pai e George se posicionaram na frente do rei e começaram a falar alto do tempo e de como a corte partiria em breve em sua viagem de verão, bloqueando a nossa conversa sussurrada.

Henrique colocou-me no vão da janela e pôs sua mão delicadamente em meu corpete.

— Não está muito apertado?

— Não — repliquei, sorrindo para ele. — Ainda está muito no começo, Majestade. Não dá nem para ver.

— Se Deus quiser, desta vez será um menino— disse ele.

Sorri, com toda a temeridade Bolena.

— Tenho certeza de que sim — eu disse. — Lembra que nunca falei assim com Catarina? Desta vez, tenho certeza. Tenho certeza de que será um menino. Talvez o chamemos de Henrique.

☙

A recompensa por minha gravidez foi rápida para a minha família, naquele verão. Meu pai se tornou visconde Rochford e George, Sir George Bolena. Minha mãe tornou-se viscondessa e com direito a usar púrpura. Meu marido recebeu outra concessão de terra, aumentando mais sua propriedade.

— Acho que devo agradecer-lhe por isso, senhora — disse ele. Tinha escolhido sentar-se ao meu lado no jantar e me servir com as melhores partes das carnes. Erguendo os olhos para a mesa alta, vi Henrique me olhando, e sorri para ele.

— Fico feliz em lhe ser útil — eu disse, cortesmente.

Recostou-se na cadeira e sorriu para mim, mas seus olhos estavam opacos, olhos de bêbado, cheios de desgosto.

— E assim passamos mais um ano com você na corte e eu no séquito do rei, e nunca nos encontramos e raramente nos falamos. Você é uma concubina e eu, um monge.

— Não sabia que havia escolhido uma vida celibatária — comentei indulgentemente.

Ele teve a elegância de sorrir.

— Sou e não sou casado — salientou. — Onde terei herdeiros para minhas novas terras se não for com minha esposa?

Balancei a cabeça. Houve um breve silêncio.

— Sim, você tem razão. Desculpe — repliquei concisamente.

— Se o bebê for uma menina e o interesse dele se acabar, a mandarão de volta para casa, para mim. Voltará a ser minha mulher — comentou William sociavelmente. — Como acha que ficaremos? Nós e os dois bastardos?

Meus olhos o encararam.

— Não gosto de ouvi-lo falar dessa maneira.

— Cuidado — advertiu-me. — Estamos sendo observados.

Imediatamente minha face tornou-se vítrea com um sorriso vazio.

— Observados pelo rei? — perguntei tendo o cuidado de não olhar em volta.

— E por seu pai.

Peguei um pedaço de pão e o mordisquei, virei a cabeça como se não estivéssemos falando de nada importante.

— Não gosto que fale de minha Catarina dessa maneira — eu disse. — Ela tem o seu nome.

— E isso me obriga a amá-la?

— Acho que a amará se a vir — repliquei defensivamente. — É uma criança muito linda. Não vejo como não gostaria dela. Espero passar o verão com ela em Hever. Estará aprendendo a andar.

A expressão severa deixou seu rosto.

— É esse o seu maior desejo, Maria? Você, a amante do rei da Inglaterra? E o seu maior desejo é poder viver em um pequeno castelo senhorial e ensinar sua filha a andar?

Dei um risinho.

— Ridículo, não é? Mas sim. Tudo o que mais quero é estar com ela.

Ele sacudiu a cabeça.

— Maria, pode me punir — disse ele delicadamente. — Quando penso em como fui insultado por você e sinto raiva de você e dessa matilha de lobos que é a sua família, de repente percebo que todos nós estamos nos dando muito bem por sua causa. Nós todos estamos prosperando muito, e em meio a tudo isso, como um pedaço de pão macio mordiscado por patos, está você, sendo devorada viva por todos nós. Talvez você devesse ter-se casado com um homem que a amasse e a mantivesse e lhe dado um bebê que você mesma criasse, sem interrupção.

Sorri com a discrição.

— Não gostaria de ter-se casado com alguém assim? Às vezes, eu gostaria que sim. Gostaria que tivesse se casado com um homem que a amasse e a conservasse, independentemente das vantagens de passá-la para outro. E quando fico bêbado e triste, às vezes sinto vontade de ter sido esse homem.

Deixei o silêncio imperar até que algo distraísse a atenção de nossos vizinhos.

— O que está feito está feito — repliquei gentilmente. — Foi tudo decidido por mim antes que eu tivesse idade para pensar por mim mesma. Estou certa, milorde, que teve razão em fazer o que o rei queria.

— Exercerei meu poder para conseguir uma coisa — disse William. — Que ele consinta que passe o verão em Hever. Posso fazer pelo menos isso por você.

Ergui os olhos.

— Eu ficaria tão feliz — sussurrei. Senti meus olhos se encherem de lágrimas ao pensar que reveria Catarina. — Oh, milorde, eu ficaria muito feliz.

☙

William cumpriu a sua palavra. Falou com meu pai, falou com meu tio e, finalmente, com o rei. E tive permissão para passar todo o verão em Hever, e desse modo ver Catarina e andar com ela nos pomares de maçãs de Kent.

George veio nos visitar duas vezes, sem avisar, cavalgando no pátio do castelo, sem chapéu e em manga de camisa, deixando as criadas excitadas de desejo e ansiedade. Ana o assediava com perguntas sobre o que estava acontecendo na corte, quem estava vendo quem, mas ele ficava calado e aborrecido, subindo, frequentemente, durante o calor do meio-dia, a escadaria de pedra até a pequena capela, ao lado de seu quarto, onde os reflexos da água do fosso embaixo dançavam no teto caiado. Então, se ajoelhava em silêncio e rezava ou devaneava.

Não combinava com sua esposa. Jane Parker nunca o acompanhava a Hever, ele não permitiria. Esses dias conosco não seriam maculados por seu olhar curioso, seu desejo avaro de escândalo.

— Ela é realmente um monstro — comentou à toa comigo. — Ela é tão ruim quanto eu temia.

Estávamos sentados no centro do jardim ornamental diante da entrada principal do castelo. À nossa volta, as cercas vivas e as plantas pareciam uma pintura, cada arbusto em seu lugar. Nós três estávamos relaxados sobre o banco de pedra na frente da fonte que tamborilava como calmante, como a chuva sobre o telhado, enquanto George descansava sua cabeça em meu colo e eu me recostava e fechava os olhos.

Ana, no extremo do banco, olhava para nós.

— O quanto é grave?

Ele abriu os olhos, com preguiça demais para se levantar. Levantou a mão e contou os pecados dela nos dedos.

— Um, ela é malvadamente ciumenta. Não consigo sair sem que me vigie e demonstra seu ciúme com escárnio.

— Escárnio? — perguntou Ana.

— Você sabe — replicou ele com impaciência. Adotou uma lamúria em tom de falsete. — "Se eu vir aquela mulher olhando de novo para o senhor, Sir George, saberei o que pensar do senhor! Se dançar com essa garota mais uma vez, Sir George, ela e o senhor vão me ouvir!"

— Oh — disse Ana. — Que detestável.

— Dois — disse ele, prosseguindo a lista. — Ela tem mão leve. Se tiver um xelim no meu bolso, e ela achar que não sentirei falta, ele desaparecerá. Qualquer ninharia deixada por perto, ela a surrupia como uma pega.

Ana estava encantada.

— Não! Verdade? Perdi uma fita dourada certa vez. Sempre achei que tinha sido ela.

— Três — prosseguiu ele. — E o pior de tudo. Ela me persegue na cama como uma cadela no cio.

Bufei com uma risada surpresa.

— George!

— É verdade — confirmou. — Ela me deixa em pânico.

— Você? — perguntou Ana debochadamente. — Achava que ficaria feliz.

Sentou-se e sacudiu a cabeça.

— Não é isso — replicou ele energicamente. — Se ela fosse sensual, eu não me importaria, contanto que mantivesse isso dentro de casa e não me envergonhasse. Mas não é assim. Ela gosta... — interrompeu-se.

— Oh, conte! — supliquei.

Ana calou-me franzindo o cenho.

— Psiu. Isso é importante. Do que ela gosta, George?

— Não é luxúria — disse ele, constrangido. — Sei lidar com a luxúria. E não é variedade. Eu também gosto do licencioso. Mas é como se quisesse exercer um certo poder sobre mim. Outra noite perguntou se eu não gostaria que fosse trazida uma criada. Ofereceu-se para trazer uma garota, e o que é pior: queria ver.

— Ela gosta de assistir? — perguntou Ana.

Ele sacudiu a cabeça.

— Não, acho que ela gosta de arranjar as coisas. Acho que ela gosta de ouvir às escondidas, de espiar pelo buraco da fechadura. Acho que ela gosta de ser quem faz as coisas acontecerem e observar os outros fazendo. E quando eu respondi "não"... — interrompeu-se abruptamente.

— O que ela lhe ofereceu, então?

George corou.

— Ofereceu-se para me conseguir um garoto.

Ri escandalizada, mas Ana não riu.

— Por que ela lhe ofereceria isso, George? — perguntou calmamente.

Ele desviou os olhos.

— Há um cantor na corte — disse ele. — Um garoto tão doce, bonito como uma donzela, mas com a perspicácia de um homem. Eu não disse nem fiz nada. Mas ela me viu rir com ele uma vez e dar-lhe um tapinha no ombro. E para ela, tudo é luxúria.

— É o segundo garoto que ligam a você — observou Ana. — Não houve um pajem? Mandado para casa no verão passado?

— Não houve nada — disse George.

— E agora?

— Nada de novo.

— Um nada perigoso — disse Ana. — Um perigoso par de nadas. Frequentar prostitutas é uma coisa, mas pode ser enforcado por isso.

Ficamos em silêncio por um instante, um pequeno grupo escuro sob um céu azul de meados de verão. George sacudiu a cabeça.

— Não é nada — reiterou. — E isso é assunto meu. Estou farto das mulheres, de seu desejo e conversa feminina. Conhecemos todos os sonetos, todos os flertes e todas as promessas vazias. E um garoto é tão puro, tão límpido... — virou-se. — É uma fantasia. Não vou dar atenção a isso.

Ana olhou para ele, seus olhos se estreitaram pensando.

— É um pecado capital. É melhor esquecer essa fantasia.

Ele a encarou.

— Sei disso, Srta. Inteligente.

— E Francis Weston? — perguntei.

— O que tem? — replicou George.

— Estão sempre juntos.

George sacudiu a cabeça com impaciência.

— Estamos sempre a serviço do rei. Estamos eternamente esperando o rei. E tudo o que temos a fazer é flertar com as garotas da corte e conversar sobre escândalos com elas. Não é de admirar que eu esteja farto delas. A vida que levo me deixa farto da vaidade das mulheres.

Outono de 1525

Quando retornei à corte no outono, havia sido convocada uma reunião de família. Notei que, dessa vez, eu tinha uma das grandes cadeiras entalhadas, de braços e com uma almofada de veludo no assento. Nesse ano, eu era uma mulher jovem que talvez estivesse carregando no ventre o filho varão do rei.

Decidiram que Ana poderia retornar à corte na primavera.

— Ela aprendeu a lição — disse meu pai judiciosamente. — E com a estrela de Maria lá no alto, devemos ter Ana na corte. Ela deve se casar.

Meu tio concordou balançando a cabeça, e passaram para o tópico mais importante que tratava do que estaria se passando na cabeça do rei, já que o mesmo decreto que enobrecera meu pai também tinha tornado o filho de Bessie Blount duque. Henrique Fitzroy, um menino de 6 anos, era duque de Richmond e Surrey, conde de Nottingham e lorde supremo almirante da Inglaterra.

— É um absurdo — disse meu tio com firmeza. — Mas mostra como a sua mente está funcionando. Fará de Fitzroy o próximo herdeiro.

Fez uma pausa. Olhou em volta da mesa, para nós quatro: minha mãe, meu pai, George e eu.

— Isso nos mostra que está realmente desesperado. Deve estar pensando em um novo casamento. Esse ainda é o caminho mais seguro e mais rápido para um herdeiro.

— Mas se Wolsey intermediar esse novo casamento, ele nunca nos favorecerá — observou meu pai. — Por que o faria? Não é nosso amigo. Vai procurar uma princesa francesa ou portuguesa.

— Mas e se ela tiver um menino? — perguntou meu tio, me indicando com um movimento da cabeça. — Quando a rainha estiver fora do caminho? É uma garota bem-nascida, tanto quanto a mãe de Henrique. Grávida dele pela segunda vez. Há todas as chances do mundo de que esteja carregando seu filho varão. Se se casar com ela, terá um herdeiro. Imediatamente. Uma solução perfeita.

Fez-se silêncio. Olhei em volta da mesa e vi que todos balançavam a cabeça concordando.

— A rainha nunca partirá — eu disse simplesmente. Era sempre eu que os lembrava desse fato.

— Quando o rei não precisar mais de seu sobrinho, não precisará mais dela — disse meu tio brutalmente. — O Tratado de More, que deu tanto trabalho a Wolsey, abriu a porta para nós. A paz com a França significa o fim da aliança com a Espanha, e o fim da rainha. Quer queira, quer não, ela não passa de uma esposa indesejável.

Deixou o silêncio pairar na sala. Era franca traição o que fazíamos, e meu tio não temia nada. Olhou-me no rosto e senti o peso da sua vontade como um polegar pressionando minha testa.

— O fim da aliança com a Espanha e o fim da rainha — disse ele. — A rainha partirá, quer queira, quer não. E você ocupará seu lugar, quer queira, quer não.

Procurei reunir coragem, levantei-me e fui para trás da cadeira, para poder me apoiar em seu espaldar de madeira trabalhada.

— Não — e minha voz ressoou firme e forte. — Não, tio, lamento, mas não posso fazer isso. — Encarei seu olhar tão aguçado quanto o de um falcão, seus olhos escuros a que nada escapava. — Amo a rainha. Ela é uma grande dama e não posso traí-la. Não posso tomar o seu lugar. Não posso enxotá-la e assumir o lugar da rainha da Inglaterra. Seria subverter a ordem das coisas. Não me atreveria a fazer isso. Não posso.

Ele me deu aquele seu sorriso lupino.

— Estamos fazendo uma nova ordem — disse ele. — Um novo mundo. Fala-se no fim da autoridade do Papa, o mapa da França e da Espanha está sendo refeito. Tudo está mudando, e aqui estamos nós, bem na vanguarda da mudança.

— E se me recuso? — perguntei, com a voz fraca.

Lançou-me seu sorriso mais cínico, que deixava seus olhos frios feito carvão molhado.

— Não vai se recusar — replicou simplesmente. — O mundo não mudou tanto assim, ainda. Os homens continuam a dar as ordens.

Primavera de 1526

Ana, finalmente, foi autorizada a retornar à corte e me substituiu como dama da rainha, já que eu me sentia cada vez mais exausta. Essa gravidez foi difícil, as parteiras juravam que era porque eu estava carregando um menino grande e forte que estava consumindo a minha força. Certamente eu sentia seu peso quando andava por Greenwich, sempre ansiando por minha cama.

Deitada na cama, o peso do bebê pressionava minhas costas a ponto de meus pés serem tomados por câimbras que me faziam gritar no meio da noite, e Ana despertar atordoada, e se enfiar nos pés da cama para massagear meus dedos cerrados.

— Pelo amor de Deus, durma — disse ela irritada. — Por que se agita e se vira o tempo todo?

— Porque não encontro posição — repliquei bruscamente. — E se se preocupasse mais comigo e menos com você mesma, me conseguiria mais um travesseiro para as minhas costas e uma bebida, em vez de ficar deitada como uma almofada gorda.

Ela deu uma risadinha, sentou-se na cama e virou-se para olhar para mim. As brasas do fogo iluminavam o quarto.

— Está realmente se sentindo mal ou só fazendo cena?

— Realmente mal — repliquei. — Verdade, Ana, dói cada osso do meu corpo.

Deu um suspiro, levantou-se da cama, acendeu a vela nas brasas. Iluminou meu rosto.

— Está branca feito fantasma — disse ela jovialmente. — Parece velha o bastante para ser minha mãe.

— Estou com dor — respondi sem hesitar.

— Quer um pouco de *ale* quente?

— Sim, por favor.

— E outro travesseiro?

— Sim, por favor.

— E fazer xixi, como sempre?

— Sim, por favor. Ana, se você tivesse engravidado, saberia como a gente se sente. Juro que não é uma coisa fácil.

— Vejo que não — disse ela. — Basta olhar para você para ver que se sente como uma mulher de 90 anos. Só Deus sabe como manteremos o interesse do rei se isso continuar.

— Não preciso fazer nada — respondi irritada. — Todo esse tempo, ele só olha para a minha barriga.

Ana lançou o atiçador no fogo e colocou o *ale* ao lado da lareira em duas canecas.

— Ele brinca com você? — perguntou interessada. — Quando vai ao seu quarto depois do jantar?

— Nem uma vez sequer neste mês — repliquei. — A parteira disse que eu não devia.

— Conselho perfeito para a amante de um rei — murmurou Ana, com irritação, inclinando-se sobre o fogo. — Quem a terá pagado para dizer isso? Você é uma tola em lhe dar ouvidos. — Retirou o atiçador dos tições e o colocou dentro da jarra de *ale*, na qual chiou e o ferveu. — O que você disse ao rei?

— O bebê é mais importante do que qualquer outra coisa.

Ana sacudiu a cabeça e serviu o *ale*.

— Nós temos mais importância do que qualquer outra coisa — lembrou-me. — E nenhuma mulher jamais prendeu um homem dando-lhe filhos. Você tem de fazer as duas coisas, Maria. Não pode parar de agradá-lo só porque carrega um bebê dele.

— Não posso fazer tudo — respondi me queixando. Passou-me uma caneca e bebi um gole. — Ana, tudo o que realmente quero fazer é descansar e deixar o bebê se desenvolver forte dentro de mim. Tenho estado em cortes desde os meus 4 anos. Estou cansada de dançar, estou cansada de me regalar em banquetes, estou cansada de assistir a torneios, de dançar em mascaradas e me surpreender ao ver que o homem que parece ser exatamente o rei disfarçado é o rei de verdade. Se eu pudesse, voltaria para Hever amanhã mesmo.

Ana voltou para o meu lado na cama, com a caneca na mão.

— Bem, você não pode — disse ela simplesmente. — Você tem tudo por que lutar agora. Se a rainha for posta de lado, não se pode saber o quanto subirá. Você chegou muito longe. Agora tem de prosseguir.

Fiz uma pausa, olhando para ela por cima da minha caneca.

— Ouça — eu disse baixinho. — O meu coração não está aí.

Ela me devolveu o olhar.

— Talvez — replicou com franqueza. — Mas não é livre para escolher.

༄

Foi um inverno frio, o que era pior para mim. Fechada dentro de casa, sem mais nada no que pensar a não ser uma dor estranha a cada dia, comecei a temer o parto. Carregara meu primeiro bebê em uma ignorância feliz, mas agora sabia que teria pela frente um mês de escuridão e clausura e, depois, a dor interminável com as parteiras ameaçando puxar o bebê de dentro de mim, enquanto eu me agarrava nos lençóis amarrados na cama, e gritava com terror e dor.

— Sorria — repreendia-me Ana quando o rei vinha aos meus aposentos, e as damas à minha volta se afobavam e pegavam seus alaúdes ou pequeno tambor. Eu tentava sorrir, mas a dor nas costas e a vontade de urinar constante fazia o sorriso desaparecer e eu me deixava cair sobre o banco.

— Sorria — dizia Ana a meia-voz. — E sente-se ereta, mulherzinha preguiçosa.

Henrique olhou para nós duas.

— Lady Carey, parece cansada — disse ele.

Ana intercedeu com um brilho nos olhos.

— Ela está carregando um fardo pesado — disse sorrindo. — E quem saberia disso melhor do que Sua Majestade?

Ele pareceu um pouco surpreso.

— Talvez — disse ele. — É muito solícita, senhora.

Ana não hesitou.

— Acho que qualquer mulher seria solícita com Sua Majestade — replicou ela com uma leve vivacidade. — A menos que tivesse um bom motivo para afastar-se rápido.

Ficou intrigado.

— E a senhora se afastaria rápido, Srta. Ana?

— Nunca rápido demais — replicou ela imediatamente.

Ele riu alto e as damas, inclusive Jane Parker, olharam para ver o que Ana tinha dito que o divertira. Ele deu um tapinha no meu joelho.

— Estou feliz por sua irmã estar de volta à corte — disse ele. — Ela nos manterá alegres.

— Muito alegres — repliquei com a voz mais doce que consegui.

ɞ

Não comentei nada com Ana até estarmos a sós quando ela me despia no nosso quarto. Ela desatou os cordões apertados do meu corpete e dei um suspiro de alívio quando minha barriga intumescida se soltou. Cocei-a e vi os arranhões vermelhos deixados por minhas unhas e estiquei as costas tentando minorar a dor que não me deixava.

— O que acha que está fazendo com o rei? — perguntei de maneira mordaz. — Afastando-se rapidamente?

— Abra os olhos — disse ela concisamente. Ajudou-me a sair da minha saia e a vestir a camisola. Minha nova criada verteu água em uma jarra e, sob o escrutínio crítico de Ana, lavei-me o melhor que pude com a água fria.

— Os pés — mandou Ana.

— Não consigo ver meus pés, muito menos lavá-los.

Ana fez um sinal para que a bacia fosse trazida para o chão de modo que eu pudesse me sentar no banco enquanto a criada lavava meus pés.

— Estou fazendo o que me mandaram fazer — disse Ana friamente. — Achei que perceberia logo.

Fechei os olhos, me deleitando com a sensação de ter meus pés imundos molhados. Então percebi o tom de alerta em sua voz.

— Mandada por quem?

— Por nosso tio. Por nosso pai.

— A fazer o quê?

— Manter a cabeça do rei em você, mantê-lo comprometido com você. Manter você diante dele.

Balancei a cabeça.

— Sim, é claro.

— E se não der certo, flertar com ele eu mesma.

Ergui o corpo e prestei mais atenção.

— Nosso tio mandou que flertasse com o rei?

Ana assentiu com um movimento da cabeça.

— Quando ele lhe disse isso? Onde?

— Ele foi a Hever.

— Foi até Hever em pleno inverno para mandar você flertar com o rei?

Ela assentiu de novo com a cabeça, sem sorrir.

— Meu Deus, ele não sabia que você faria isso de qualquer maneira? Que você flerta como respira?

Ana riu contrafeita.

— Claramente não. Foi me dizer que a nossa missão primordial, minha e sua, é garantir que aonde quer que o rei vá se divertir durante o seu confinamento, e depois do parto, não seja nas anáguas de uma garota Seymour.

— E como vou impedir isso? — perguntei. — Estarei no quarto para o parto a metade do tempo.

— Exatamente. Terei de impedi-lo por você.

Refleti por um instante e fui dar direto no motivo de minha ansiedade na infância.

— E se ele gostar mais de você?

O sorriso de Ana foi tão doce como o veneno.

— E daí? Contanto que seja uma Bolena?

— É o que o tio Howard pensa? Não pensa nada em mim, parindo, enquanto minha irmã flerta com o pai do meu bebê?

Ana balançou a cabeça assentindo.

— Exatamente. Não pensa em você nem por um instante.

— Não quero que retorne à corte para ser a minha rival — eu disse emburrada.

— Nasci para ser sua rival — replicou simplesmente. — E você minha rival. Somos irmãs, não somos?

☙

Saiu-se muito bem com aquele tipo de encanto que ninguém percebe ser intencional. Jogava cartas com o rei e jogava tão bem que só perdia por dois pontos. Cantava suas músicas e as preferia às escritas por qualquer outro homem. Encorajava Sir Thomas Wyatt e meia dúzia de outros a ficarem à sua volta, de modo que o rei aprendesse a pensar nela como a jovem mais atraente da corte. Aonde quer que fosse, havia riso, conversa e música — e ela se introduzira em uma corte ávida de entretenimento. Nos longos dias de inverno, todos os cortesãos tinham o dever de manter o rei entretido. Mas Ana era uma súdita sem par. Somente Ana conseguia permanecer o dia inteiro sendo fascinante, encantadora, desafiadora, sempre parecendo que estava sendo simplesmente ela mesma.

Henrique sentava-se comigo ou com Ana. Dizia que era um espinho entre duas rosas, uma papoula entre duas espigas de milho. Punha a mão atrás, na minha cintura, enquanto a observava dançar. Acompanhava a pauta que eu abria no meu colo enquanto ela cantava para ele. Apostava em mim quando eu jogava cartas com ela. Observava-a escolher os pedaços de carne em seu prato e colocá-los no meu. Era uma boa irmã, terna, não poderia ser mais atenciosa e mais meiga comigo.

— Você é a coisa mais baixa que vi — disse-lhe certa noite enquanto se penteava diante do espelho, trançando o cabelo.

— Eu sei — replicou com complacência, olhando sua imagem refletida no espelho.

Houve uma batida na porta e George apareceu.

— Posso entrar?

— Entre — disse Ana. — E feche a porta, tem uma corrente de ar vindo do corredor.

Obedientemente, George fechou a porta e mostrou um cântaro com vinho para nós duas.

— Alguém toma um copo de vinho comigo? Não, *milady* Fertilidade? Não, *milady* Primavera?

— Pensei que estivesse com Sir Thomas — observou Ana. — Ele disse que iria farrear hoje à noite.

— O rei me reteve — disse George. — Queria me perguntar sobre você.

— Sobre mim? — disse Ana, de repente alerta.

— Queria saber como reagiria a um convite.

Sem me dar conta, eu tinha aberto os dedos como garras sobre o lençol vermelho de seda.

— Que tipo de convite?

— Para a sua cama.

— E o que você respondeu? — perguntou Ana.

— Como me mandaram. Que você é virgem e a flor da família. Não irá para a cama sem se casar. Independentemente de quem convidar.

— E ele?

— Oh.

— Isso foi tudo? — insisti com George. — Ele só disse "Oh"?

— Sim. E desceu o rio na embarcação com Sir Thomas para visitar prostitutas. Acho que o tem na mão, Ana.

Ela levantou a camisola e subiu na cama. George observou seus pés descalços com um olhar de especialista.

— Muito bonitos.

— Também acho — disse ela complacente.

ଊ

Fui para o quarto de parto em meados de janeiro. O que aconteceu enquanto fiquei enclausurada no escuro e no silêncio não precisava saber. Soube que houve uma justa e que Henrique levou uma prenda sob a veste usada sobre a armadura que não lhe foi dada por mim. Sobre o escudo usou o lema "Declarar, não me atrevo!" que intrigou metade da corte, que achou que era um elogio a mim, porém um elogio estranho que não deu certo já que não vi nem justa nem lema, trancada no silêncio escuro da câmara de parto, sem corte, sem músicos, somente um bando de velhas bebendo *ale* e esperando a sua hora: a minha hora, na verdade.

E havia aqueles que achavam que minha estrela brilhava lá no alto: "Declarar, não me atrevo!" era um sinal para a corte de que um filho e herdeiro poderia ser anunciado. Somente muito poucos pensaram em olhar do rei, combatendo com uma promessa ambígua no escudo, para a minha irmã, sentada do lado da rainha, seus olhos escuros nos cavaleiros, um imperceptível sorriso nos lábios, a cabeça virada quase inconscientemente.

Ela visitou-me nessa noite, e se queixou do abafamento e escuro do quarto.

— Eu sei — falei. — Mas dizem que tem de ser assim.

— Não sei por que tolera isso — disse ela.

— Pense um pouco — aconselhei-a. — Se insisto para que puxem as cortinas e abram as janelas e perco o bebê ou ele nasce morto, o que acha que a senhora nossa mãe vai me dizer? A raiva do rei seria doce em comparação.

Ana concordou com a cabeça.

— Não pode fazer nada errado.

— Não — eu disse. — Nem tudo é prazer quando se é a favorita do rei.

— Ele me quer. Está prestes a me dizer isso.

— Vai ter de recuar se eu tiver um menino — avisei-a.

Ela balançou a cabeça.

— Sei. Mas se for uma menina, me mandarão seguir adiante.

Recostei-me nos travesseiros, exausta demais para discutir.

— Avance ou recue, pouco me importa.

Olhou para a minha barriga imensa e redonda com uma curiosidade sem simpatia.

— Você está gorda. Ele devia ter dado seu nome a uma barcaça, e não a um navio de guerra.

Olhei para a sua cara viva e animada e o capelo sofisticado que prendia seu cabelo para trás de sua cútis macia.

— Quando lançarem serpentes, levarão seu nome — prometi. — Vá embora, Ana. Estou cansada demais para brigar com você.

Levantou-se imediatamente e se dirigiu à porta.

— Se ele me desejar e não a você, então terá de me ajudar como a ajudei — avisou-me.

Fechei os olhos.

— Se ele a desejar, poderei pegar meu bebê, se Deus quiser, e ir para Hever. E você poderá ficar com o rei, a corte, e um dia atrás do outro de inveja, rancor e fofocas, com a minha bênção. Mas não acho que ele seja do tipo que dê muitas alegrias à sua mulher.

— Oh, não serei sua mulher — disse ela com desdém. — Não acha que serei uma prostituta como você, acha?

— Ele nunca se casará com você — vaticinei. — E mesmo que se case, você deveria pensar duas vezes. Olhe para a rainha antes de querer seu trono. Veja o sofrimento em sua face e pergunte a si mesma se o casamento com o seu marido lhe trará alegria.

Ana parou antes de abrir a porta.

— Não se casa com um rei para se ter alegria.

☙

Recebi mais uma visita em fevereiro. Meu marido, William Carey, veio me ver certa manhã bem cedo, quando eu comia meu desjejum de pão, presunto e *ale*.

— Não pretendia interromper seu desjejum — disse ele cortesmente, à porta.

Fiz sinal para a minha criada.

— Leve isto — senti-me em desvantagem, tão gorda e pesada em comparação à sua beleza esguia.

— Vim trazer-lhe os votos de felicidades do rei. Pediu-me que lhe dissesse que gentilmente me concedeu algumas intendências. Estou, mais uma vez, em dívida com a senhora.

— Fico feliz.

— Entendo por essa gentileza que dará meu nome à sua criança?

Mexi-me, um tanto sem jeito, na cama.

— Ele não me disse o que quer. Mas eu achava...

— Mais um Carey. Que família estamos formando!

— Sim.

Pegou minha mão e a beijou como se tivesse, de repente, se arrependido da provocação.

— Está pálida e parece cansada. Não foi fácil desta vez?

Senti as lágrimas em meus olhos com a sua gentileza inesperada.

— Não, não está sendo fácil desta vez.

— Está com medo?

Coloquei a mão na minha barriga.

— Um pouco.

— Terá as melhores parteiras do reino — lembrou-me.

Assenti com a cabeça. Não adiantava lhe dizer que eu tinha sido atendida pelas melhores parteiras do reino antes e que elas tinham passado três noites ao redor da cama, contando as histórias mais trágicas que uma mulher já escutou sobre a morte de bebês.

William virou-se para a porta.

— Direi à Sua Majestade que você está saudável e alegre.

Dei um sorriso fraco.

— Por favor, faça isso.

— Ele está muito interessado na sua irmã — comentou ele.

— Ela é uma mulher muito interessante.

— Não receia que ela tome o seu lugar?

Fiz um gesto indicando o quarto escuro, as cortinas pesadas, o calor do fogo e meu corpo disforme.

— Meu Deus, marido, qualquer mulher no mundo poderia tomar o meu lugar com a minha bênção nesta manhã.

Ele riu alto, balançando o chapéu para mim ao fazer a reverência, e saiu. Fiquei deitada em silêncio, observando o cortinado da cama oscilar devagarzinho no ar parado. Era fevereiro, meu bebê só era esperado para meados do mês. Parecia toda uma vida.

Graças a Deus, chegou antes. E graças a Deus foi um menino. Meu menininho nasceu no quarto dia de fevereiro. Um menino: o filho saudável reconhecido pelo rei. E os Bolena tinham tudo para entrar na disputa.

Verão de 1526

Mas não eu.

— O que, por Deus, tem de errado com você? — perguntou minha mãe. — Já faz três meses desde o parto e está tão branca como se tivesse contraído a peste. Está doente?

— Não paro de sangrar — procurei simpatia em seu rosto. Encontrei enfado e impaciência. — Tenho medo de sangrar até morrer.

— O que as parteiras disseram?

— Que vai parar logo.

Emitiu um som de impaciência.

— Você está tão gorda — queixou-se. — E tão... tão melancólica, Maria.

Ergui os olhos para ela e senti as lágrimas em meus olhos.

— Eu sei — repliquei com humildade. — Estou triste.

— Você deu um filho ao rei — minha mãe estava tentando me encorajar, mas dava para perceber a sua impaciência. — Qualquer mulher no mundo daria o braço direito para fazer o que você fez. Qualquer mulher no mundo teria saído da cama e estaria agora ao lado dele, rindo de seus gracejos, cantando suas músicas, cavalgando com ele.

— Onde está o meu filho? — perguntei direto.

Hesitou por um momento, confusa.

— Você sabe. Em Windsor.

— Sabe quando o vi pela última vez?

— Não.

— Há dois meses. Cheguei da igreja e ele tinha desaparecido.

Ela ficou impassível.

— Mas é claro que ele foi levado — disse ela. — É claro que tomamos providências para que fosse cuidado.

— Por outras mulheres.

— E que importância tem isso? — minha mãe ficou genuinamente sem entender. — Está sendo bem cuidado, e recebeu o nome do rei, Henrique — não conseguiu conter a exultação na voz. — Com tudo a seus pés!

— Sinto falta dele.

Por um instante, foi como se eu estivesse falando uma língua completamente diferente, incompreensível, russo ou árabe.

— Por quê?

— Sinto falta dele e de Catarina.

— E é por isso que está tão melancólica?

— Não estou melancólica. Estou triste. Estou tão triste que não tenho vontade de fazer nada, a não ser ficar na cama, o rosto nos travesseiros, e chorar e chorar.

— Por que está com saudades de seu filho? — minha mãe precisava da confirmação de tanto que a ideia lhe era estranha.

— Nunca sentiu falta de mim? — gritei. — Se não de mim, de Ana? Fomos tiradas de você quando éramos pouco mais que bebês, e mandadas para a França. Não sentiu saudades nossas na época? Outra pessoa nos ensinou a ler e escrever, outra pessoa nos levantou quando caímos, outra pessoa nos ensinou a montar nossos pôneis. Nunca pensou que talvez gostasse de ter visto seus filhos?

— Não — replicou simplesmente. — Não poderia ter encontrado um lugar melhor para vocês do que a corte real da França. Eu seria uma mãe medíocre se as tivesse mantido comigo.

Virei-me. Sentia as lágrimas em minha face.

— Se pudesse ver o seu bebê, ficaria feliz? — perguntou minha mãe.

— Sim — murmurei. — Oh, sim, mamãe, sim! Eu ficaria feliz se o visse de novo. E Catarina.

— Vou falar com o seu tio — disse ela, com má vontade. — Mas vai ter de ficar realmente feliz. Sorrir, rir, dançar com alegria, encher os olhos das pessoas. Tem de reconquistar o rei.

— Oh, ele se afastou tanto assim? — perguntei com sarcasmo.

Ela não pareceu se envergonhar, nem por um instante.

— Graças a Deus, Ana o traz pelo cabresto — disse ela. — Brinca com ele como se provocasse o cachorro da rainha.

— Por que não usá-la então? — perguntei com despeito. — Por que se preocupar comigo?

A rapidez de sua resposta me advertiu de que isso já havia sido decidido em um conselho de família.

— Porque você tem o filho do rei — respondeu simplesmente. — O bastardo de Bessie Blount tornou-se duque de Richmond, o nosso Henrique tem o mesmo direito. Não vai custar nada anular seu casamento com Carey e quase nada anular o casamento com a rainha. Queremos que ele se case com você. Ana foi a nossa isca, enquanto você estava de resguardo. Mas estamos apostando a nossa sorte em você.

Calou-se por um momento, como se esperasse que eu reagisse com alegria. Como eu não dissesse nada, ela voltou a falar, agora com mais rispidez.

— Por isso trate de se levantar, mande a criada escovar seu cabelo e apertar bem o corpete.

— Posso ir jantar porque não estou doente — repliquei severamente. — Dizem que o sangramento não é grave, e talvez não seja. Posso me sentar ao lado do rei e rir de suas piadas e pedir que cante. Mas não posso ficar alegre no meu coração, mãe. Está me entendendo? Não posso mais ser alegre. Perdi a alegria. E só eu sei como é se sentir assim, como é horrível.

Olhou-me com uma expressão determinada.

— Sorria — mandou.

Contraí os lábios e senti as lágrimas em meus olhos.

— Assim está bom — disse ela. — Fique assim e providenciarei para que veja seus filhos.

☙

Meu tio foi aos meus aposentos depois do jantar. Olhou em volta com prazer, ainda não tinha visto como eu estava bem instalada desde que saíra da câmara de parto. Agora eu tinha uma câmara privada tão grande quanto a da rainha e quatro damas para me acompanharem. Tinha duas criadas e um pajem. O rei tinha prometido um músico só para mim. Atrás da minha câmara privada, havia o quarto que eu dividia com Ana, e uma pequena sala retirada, onde eu podia ler e ficar só. Eu ia para lá frequentemente, fechava a porta atrás de mim e chorava sem ninguém ver.

— Ele a está tratando muito bem.

— Sim, tio Howard — eu disse cortesmente.

— Sua mãe me disse que está sofrendo por causa de seus filhos.

Mordi o lábio para tentar conter as lágrimas.

— Por que, pelo amor de Deus, está com essa cara?

— Por nada — sussurrei.

— Então, sorria.

Mostrei-lhe a mesma cara de gárgula que satisfizera à minha mãe, ele me olhou asperamente, e balançou a cabeça.

— É o bastante. Não pense que vai ficar na preguiça e ser mimada só porque teve um menino. O bebê não terá nenhuma utilidade para nós se não der o próximo passo.

— Não posso obrigá-lo a se casar comigo — eu disse calmamente. — Ainda é casado com a rainha.

Ele estalou o dedo.

— Deus meu, mulher, não sabe nada mesmo? Isso nunca foi tão insignificante. Ele está a um passo da guerra com o sobrinho dela. Está quase formando uma aliança com a França, o Papa e Veneza contra o imperador espanhol. É tão ignorante que não sabia nem disso?

Sacudi a cabeça.

— Devia se importar em saber dessas coisas — disse ele rispidamente. — Ana sempre sabe. A nova aliança combaterá Carlos de Espanha e se começarem a vencer, Henrique se unirá a eles. A rainha é tia do inimigo de toda a Europa. Perdeu toda a sua influência sobre ele. É tia de um pária.

Sacudi a cabeça sem acreditar.

— Não faz muito tempo celebramos a batalha de Pavia, quando ela se tornou a salvadora da pátria.

Estalou os dedos.

— Já passou. Agora, é com você. Sua mãe disse que não está bem.

Hesitei. A impossibilidade de confiar em meu tio era evidente demais.

— Estou.

— Terá de estar de volta à cama do rei até o fim da semana, Maria. Fará isso ou nunca mais verá seus filhos. Entendeu?

Arfei levemente diante da crueldade da barganha, ele virou sua cara de falcão para mim e me encarou com seus olhos escuros.

— É isso ou nada.

— Não pode me proibir de ver meus filhos — sussurrei.

— Vai descobrir que posso.

— Tenho o favor do rei.

Sua mão bateu na mesa ecoando como um disparo de pistola.

— Não tem não! É isso o que estou dizendo! Não tem o favor do rei, e sem isso, não tem o meu. Volte para a cama dele e poderá fazer o que quiser. Poderá pedir que construa um quarto de criança para você, poderá embalar seus filhos no trono da Inglaterra. Poderá me banir! Mas fora da sua cama, você não é nada além de uma prostituta usada e tola, para quem ninguém liga.

Houve um silêncio total.

— Entendo — repliquei, tesa.

— Ótimo — afastou-se da lareira e baixou o gibão. — Vai me agradecer por isso no dia da sua coroação.

— Sim — eu disse. Senti minhas pernas cederem. — Posso me sentar?

— Não. Aprenda a ficar de pé.

CB

Nessa noite, houve dança nas salas da rainha. O rei tinha levado seus músicos para tocar para ela. Ficou evidente para todos que, embora se sentasse ao seu lado, estava lá para se divertir observando suas damas de honra dançarem. Ana era uma delas. Estava usando um vestido azul-escuro, um vestido novo, com o capelo combinando. Usava o colar de pérolas com o "B" de ouro, como se quisesse alardear sua condição de mulher solteira.

— Dance — disse-me George, baixinho, sua boca no meu ouvido. — Estão todos esperando que dance.

— George, não me atrevo. Estou sangrando, posso desmaiar.

— Tem de se levantar e dançar — disse ele. Olhou para mim sorrindo. — Juro. Ou faz isso ou está perdida — estendeu a mão.

— Segure-me forte — eu disse. — Não deixe que eu caia.

— Vamos. Tem de ser assim.

Conduziu-me ao círculo de dançarinos. Percebi o olhar rápido de Ana na força com que George me segurava sob o cotovelo, e na palidez de meu rosto. No momento em que se virou de costas, percebi que teria ficado feliz se eu tivesse caído. Mas então, ela viu o olhar de nosso tio sobre nós, e o de nossa mãe, e deixou o lugar para mim no grupo de dançarinos, afastando-se com seu parceiro, Francis Weston. George, então, me conduziu em direção ao rei e sorri para Sua Majestade. Depois de duas danças, o rei se aproximou e disse a George:

— Vou tomar o seu lugar e dançar com a sua irmã, se ela não estiver cansada demais.

— Ela se sentirá honrada.

Sorri radiante.

— Eu dançaria a noite toda se Sua Majestade fosse o meu parceiro.

George fez uma reverência e se retirou. Eu o vi puxar Ana por seu vestido para uma parede da sala.

Eu e o rei nos demos as mãos, nos viramos de frente um para o outro e começamos a dançar. Os passos nos aproximavam, depois nos afastavam, sem seus olhos desviarem de mim.

Por baixo do meu corpete apertado, minha barriga doía, como se eu estivesse cheia de veneno. Sentia o suor escorrer entre meus seios enfaixados apertadamente. E mantinha o sorriso vivo sem alegria. Pensava que, se conseguisse estar a sós com Henrique, talvez o convencesse a me deixar ver meus filhos, em Hever, quando ele partisse no verão para caçar. Pensar no meu filho fez meus seios doerem, com o leite que tentava escorrer por baixo das faixas. Eu sorria como se estivesse cheia de alegria. Olhei para o outro lado do círculo de dançarinos, para o pai dos meus filhos, e sorri para ele, como se mal pudesse esperar para me deitar com ele por ele, e não pelo que pudesse fazer por mim.

꩜

Ana supervisionou meu banho naquela noite com uma eficiência maldosa, que fez com que quase me batesse com uma toalha fria e se queixasse da água suja de sangue.

— Deus meu, que nojo — disse ela. — Como ele vai suportar isso?

Envolvi-me com o lençol e penteei meu cabelo sozinha, antes que ela se lançasse sobre mim com o pente fino e o puxasse com o pretexto de me limpar.

— Talvez ele não me chame — eu disse. Estava tão cansada de dançar e ficar em pé por meia hora enquanto o rei fazia a despedida formal da rainha, que só pensava em cair na cama.

Bateram à porta.

— Ótimo — disse George, me vendo semidespida e lavada. — Ele quer você. Só precisa pôr um manto e vir.

— Pois então ele é um homem corajoso — disse Ana com despeito. — Vaza leite de seus seios, está sangrando, e por qualquer coisinha se desmancha em lágrimas.

George riu como um menino.

— Que Deus a abençoe, Ana Maria, você é a irmã mais doce que existe. Acho que ela acorda todo dia e agradece a Deus por ter alguém como você ao lado, para confortá-la e animá-la.

Ana teve a elegância de parecer magoada.

— E tenho uma coisa para o sangramento — disse ele. Tirou um chumaço de algodão do bolso. Olhei para aquilo desconfiada.

— O que é isso?

— Uma prostituta me ensinou. Empurra-se isso na vagina e o sangramento se interrompe por algum tempo.

Fiz uma careta.

— Não fica no caminho?

— Ela disse que não. Faça isso, Mariana. Tem de ir para a cama dele esta noite.

— Então, virem-se para lá — eu disse. George virou-se para a janela, eu fui para a cama e lutei com dedos inábeis para fazer o que tinha mandado.

— Deixe-me fazer — falou Ana, mal-humorada. — Só Deus sabe como faço qualquer coisa por você.

Enfiou o estofo dentro de mim, e o empurrou bem. Dei um gemido rouco de dor e George se virou um pouco.

— Não precisa assassinar a garota — disse ele com brandura.

— Tem de ficar bem lá dentro, não tem? — replicou Ana enrubescida e irritada. — Ela tem de ser tampada, não tem?

George ofereceu-me a mão. Cambaleei para fora da cama, tremendo de dor.

— Por Deus, Ana, se um dia tiver de deixar a corte, poderia se estabelecer como feiticeira — disse ele, brincando. — Já tem a delicadeza.

Ela fez cara feia para ele.

— Por que tão carrancuda? — perguntou ele, enquanto atava meu vestido e me calçava com os saltos altos vermelhos.

— Por nada — replicou ela.

— Oh! — disse ele, entendendo de súbito. — Agora entendo, Srta. Ana. Mandaram-na se retirar e deixá-lo para Maria. Você voltará a não ser nada além de uma dama da velha rainha, enquanto sua irmã ascende ao trono.

Olhou-o com raiva, a sua beleza eclipsada pela inveja.

— Tenho 19 anos — disse ela com amargura. — Metade da corte me acha a mulher mais bela do mundo. Todos sabem que sou a mais sagaz e mais elegante. O rei não tira os olhos de mim. Sir Thomas Wyatt foi para a França para fugir de mim. Mas a minha irmã, um ano mais nova, é casada e tem dois filhos do próprio rei. Quando será a minha vez? Quando vou me casar? Quem será o escolhido para mim?

Fez-se silêncio. George pôs a mão em sua face enrubescida.

— Oh, Ana Maria — replicou ele com ternura. — Não existe ninguém à sua altura. Nem o rei da França em pessoa ou o imperador da Espanha. Você é uma peça perfeita, completa. Seja paciente. Quando for a irmã da rainha da Inglaterra poderá escolher quem quiser. É melhor garantir que Maria ocupe uma posição em que possa lhe servir e, então, dispensar qualquer duque insignificante.

Ela deu um risinho a contragosto e ele baixou a cabeça e roçou sua face com seus lábios.

— É sim — garantiu ele. — Você é realmente perfeita. Nós todos adoramos você. Continue assim, pelo amor de Deus. Se alguém descobrir como você é realmente na privacidade, estaremos perdidos.

Ela recuou e teria lhe dado um tapa se ele não desviasse o rosto a tempo, rindo e fazendo sinal para eu ir com ele.

— Vamos, futura rainha! — disse ele. — Está pronta? Tudo preparado? — virou-se para Ana. — Ele pode ficar com o pau duro, não? Você não a apertou demais, como a quilha de um navio?

— É claro — replicou ela, com irritação. — Mas acho que vai lhe machucar como o diabo.

— Bem, não vamos nos preocupar com isso, vamos? — George sorriu para ela. — Afinal é a nossa fortuna que estamos mandando para a sua cama, não meramente uma garota. Vamos, criança! Tem trabalho a fazer por nós, os Bolena, e estamos contando com você!

Continuou falando enquanto atravessávamos o salão e subíamos a escadaria escura até as câmaras do rei. Ao entrarmos, o cardeal Wolsey estava com Henrique, e George me levou à janela, trouxe-me uma taça de vinho, e esperamos o rei e seu conselheiro de mais confiança encerrarem sua conversa em voz baixa.

— Provavelmente está contando as migalhas da cozinha — cochichou George, maliciosamente.

Sorri. As tentativas do cardeal de administrar a corte com menos desperdícios era uma fonte de permanente diversão para os cortesãos, inclusive minha família, cujo conforto e lucro vinham de explorar seu desregramento e extravagância.

Atrás de nós, o cardeal fez uma mesura e um sinal com a cabeça para seu pajem reunir seus papéis. Saudou-nos com a cabeça quando George me levou para me sentar à sua cadeira próxima à lareira.

— Boa noite. Majestade, senhora, *sir* — disse ele e saiu da sala.

— Bebe uma taça de vinho conosco, George? — perguntou o rei.

Lancei um rápido olhar de súplica a meu irmão.

— Obrigado, Majestade — replicou George e serviu vinho para o rei, para mim e para si mesmo. — Está trabalhando até tarde, *sire*?

Henrique agitou a mão negando.

— Sabe como é o cardeal — respondeu ele. — Incansável em seus deveres.

— Extremamente maçante — sugeriu George com impertinência.

O rei deu uma risada desleal.

— Extremamente maçante — concordou.

❧

Mandou George embora às 11 horas e estávamos na cama à meia-noite. Acariciou-me delicadamente e elogiou meus seios cheios e a minha barriga redonda, e guardei suas palavras para que, quando minha mãe me criticasse por estar gorda e sem atrativos, eu pudesse responder que o rei gostava de mim dessa maneira. Mas não foi uma alegria para mim. De alguma maneira, quando me tiraram meus filhos, roubaram uma parte de mim também. Não podia amá-lo sabendo que não me daria ouvidos, sabendo que eu não tinha nem mesmo permissão para demonstrar minha tristeza. Era o pai dos meus filhos e, ainda assim, não se interessaria por eles até terem idade para serem usados como fichas do jogo da herança. Era meu amante havia anos e, ainda assim, tinha sido minha tarefa impedir que me conhecesse. Quando estava sobre mim, e se mexia dentro de mim, eu me sentia tão só quanto o navio com meu nome, solitário no mar.

Henrique adormeceu assim que se satisfez, respirando pesadamente, esparramado sobre mim, sua barba quente contra meu pescoço, seu hálito azedo em meu rosto. Eu podia ter gritado com seu peso e seu cheiro, mas fiquei quieta. Era uma Bolena. Não era nenhuma copeira vadia que não suportasse um pouco de desconforto. Fiquei quieta e pensei no luar sobre o Castelo de Hever, e desejei estar no meu pequeno quarto, no conforto da minha cama. Tive o cuidado de não pensar em meus filhos: a pequena Catarina em sua cama em Hever, ou Henrique em seu berço em Windsor. Não podia arriscar chorar quando estava na cama do rei. Tinha de estar preparada para lhe sorrir assim que ele despertasse.

Para a minha surpresa, mexeu-se às 2 da manhã.

— Acenda uma vela — disse ele. — Não consigo dormir.

Levantei-me da cama e senti doer cada osso do meu corpo do desconforto de ter ficado deitada imóvel sob seu peso. Aticei a lenha e acendi uma vela. Henrique sentou-se na cama e pôs as cobertas em volta de seus ombros nus. Cobri-me com meu manto e sentei-me do lado do fogo, esperando o seu próximo desejo.

Notei, com pavor, que ele não estava feliz.

— O que houve, milorde?

— Por que acha que a rainha não me deu um filho?

Fiquei tão surpresa com essa guinada de pensamento que não consegui responder rápido e suave como uma cortesã.

— Não sei. Lamento, *sire*. Agora é tarde demais para ela.

— Eu sei — replicou com impaciência. — Mas por que não aconteceu antes? Quando nos casamos eu era um jovem de 18 anos e ela tinha 23. Era linda, muito linda, não pode imaginar como. E eu era o príncipe mais belo da Europa.

— Ainda é — falei rapidamente.

Deu-me um sorriso breve, complacente.

— Não é Francis?

Neguei com a mão que fosse o rei francês.

— Nada em comparação ao senhor.

— Eu era viril — disse ele. — E potente. Todo mundo sabe disso. E ela engravidou logo. Sabe quanto tempo depois do casamento ela sentiu o bebê se mexer?

Neguei com a cabeça.

— Quatro meses! — disse ele. — Pense nisso. Eu a emprenhei no primeiro mês de casamento. Viu que potência?

Esperei.

— Natimorto — disse ele. — Era só uma menina. Natimorta em janeiro.

Desviei o olhar de seu rosto descontente para as chamas do fogo.

— Ela engravidou de novo — disse ele. — Dessa vez, um menino. Príncipe Henrique. Nós o batizamos, fizemos um torneio em sua homenagem. Nunca fui tão feliz em minha vida. Príncipe Henrique, meu nome, nome de meu pai. Meu filho. Nascido em 1º de janeiro. Em março, estava morto.

Esperei, me arrepiando ao pensar na possibilidade de meu Henrique, tirado de mim, morrer em três meses. O rei estava muito distante de mim, tinha retornado ao passado, a quando era jovem, não muito mais velho do que eu era agora.

— Outro estava a caminho antes de eu partir para combater a França — disse ele. — Abortado em outubro. Uma perda no outono. Tirou o brilho da vitória sobre os franceses. Tirou o brilho dela. Dois anos depois, na primavera, mais um natimorto, outro menino. Outro bebê que poderia ter sido o príncipe Henrique se tivesse sobrevivido. Mas não. Nenhum deles sobreviveu.

— O senhor tem a princesa Mary — lembrei-lhe em um sussurro.

— Ela veio em seguida — disse ele. — E tive certeza de que tínhamos rompido a cadeia. Achei... só Deus sabe como desejei isso, mas eu achava que tinha sido uma má sorte, ou alguma doença ou outra coisa no gênero que tivesse se esgotado. Que como tinha conseguido sustentar um bebê que sobrevivera, outros o seguiriam. Mas foram dois anos até ela conceber de novo depois de Maria. E foi uma menina, natimorta.

Respirei fundo, eu tinha ficado sem ar escutando essa história familiar. A relação terrível de mortes de bebês narrada por seu próprio pai foi tão dolorosa quanto a visão de sua mulher no genuflexório nomeando os perdidos em seu rosário.

— Mas eu sabia — disse Henrique levantando-se dos travesseiros e se virando para mim, sua expressão não mais de tristeza, mas cheia de raiva. — Eu sabia que era potente e fértil. Bessie Blount teve meu filho enquanto a rainha dava à luz outra criança morta. Bessie me deu um filho enquanto tudo o que tive da rainha foram pequenos cadáveres. Por que teve de ser assim? Por quê?

Sacudi a cabeça.

— Como posso saber, *sire*? É a vontade de Deus.

— Sim — disse ele com satisfação. — Exatamente. Tem razão, Maria. É o que é. É o que tem de ser.

— Deus não deveria ter-lhe desejado isso — eu disse, escolhendo as palavras com cuidado, estudando o seu perfil no escuro, ansiando pelo conselho de Ana. — De todos os príncipes do cristianismo, o senhor deveria ser seu favorito.

Virou-se para olhar para mim, seus olhos azuis com sua cor roubada pelo escuro.

— Então, o que poderia estar errado? — incitou-me.

Eu me vi arfando, a boca semiaberta como uma idiota no umbral de uma aldeia, tentando adivinhar o que ele queria que eu respondesse.

— A rainha?

Balançou a cabeça concordando.

— O meu casamento com ela foi amaldiçoado — disse ele simplesmente. — Deve ter sido isso. Amaldiçoado desde o começo.

Reprimi a minha negação instantânea.

— Ela era a mulher do meu irmão — disse ele. — Nunca deveria tê-la desposado. Fui avisado, mas eu era jovem e teimoso, e acreditei quando ela me disse que ele nunca a possuíra.

Eu estava prestes a lhe dizer que a rainha era incapaz de mentir. Mas pensei em nós, os Bolena, e em nossas ambições, e continuei calada.

— Não deveria ter-me casado com ela — disse ele. Repetiu isso uma, duas vezes e, então, seu rosto se enrugou como o de um menino chorando e estendeu os braços para mim e corri para o seu lado.

— Oh, Maria, viu como sou punido? Nossos dois filhos, e um deles um menino, e o Henrique de Bessie nasceram ilegítimos. Nenhum filho para me suceder no trono, a menos que tenha coragem e habilidade para lutar por seu direito. Ou a princesa Mary o assume e o mantém, e a Inglaterra terá de tolerar seu marido, seja lá quem for que eu consiga para ela. Oh, Deus! Vê como fui punido pelo pecado da mulher espanhola! Vê como fui traído! E por ela!

Senti lágrimas umedecerem meu pescoço, e o abracei e embalei como se fosse meu bebê.

— Ainda tem tempo, Henrique — sussurrei. — É jovem. Potente e viril. Se a rainha libertá-lo, ainda poderá ter um herdeiro.

Ele estava inconsolável. Soluçava feito uma criança e o embalei, sem tentar garantir-lhe nada, apenas acariciando-o, afagando-o, sussurrando "pronto, pronto, está tudo bem", até suas lágrimas se exaurirem e ele adormecer, em meus braços, com as pestanas escuras por causa das lágrimas e sua boca de botão caída.

De novo, não dormi. Com sua cabeça pesando no meu colo, e meus braços sustentando-o ao redor de seus ombros, passei a noite me controlando para não adormecer. Dessa vez, minha mente trabalhou. Pela primeira vez, ouvi uma ameaça à rainha da boca de alguém que não era da minha família. Foi dita pelo rei, e isso era muito mais grave para ela do que qualquer outra coisa que tivesse acontecido antes.

෫

Henrique espreguiçou-se antes do amanhecer, e me deitou com ele. Possuiu-me rapidamente, sem nem mesmo abrir os olhos, e voltou a dormitar. Acordou quando o camareiro entrou com a jarra de água quente para ele se lavar, e o pajem veio atiçar o fogo. Abri o cortinado da cama, vesti o manto e calcei meus sapatos vermelhos.

— Caça comigo hoje? — perguntou Henrique.

Aprumei o corpo, teso por ter segurado seu peso a noite toda, e sorri, como se não estivesse completamente exausta.

— Oh, sim! — repliquei, deleitada.

— Depois da missa — disse ele, me dispensando.

Saí. George estava me esperando na antecâmara, leal como sempre, balançando uma caixinha dourada cheia de ervas, e aspirando-a. Olhou minha cara intrigado quando surgi do quarto do rei.

— Problema? — perguntou.

— Não para nós.

— Ah, ótimo. Para quem? — perguntou animadamente, me dando o braço e me conduzindo pela escadaria, atravessando o salão.

— Vai guardar segredo?

Fez uma cara de dúvida.

— Conte e deixe que julgue por mim mesmo.

— Acha que sou completamente idiota? — perguntei irritada.

Deu-me seu sorriso mais sedutor.

— Às vezes. Agora, conte. Qual é o segredo?

— Henrique — repliquei — chorou à noite por achar que foi amaldiçoado por Deus a não ter filhos homens.

George se deteve.

— Amaldiçoado? Ele disse amaldiçoado?

Confirmei balançando a cabeça.

— Acha que Deus não lhe deu filhos porque se casou com a mulher de seu irmão.

Uma expressão de puro deleite iluminou o rosto de meu irmão.

— Venha — disse ele. — Venha já.

Descemos a segunda escadaria até a parte antiga do palácio.

— Não estou vestida.

— Não importa. Vamos ver tio Howard.

— Por quê?

— Porque o rei finalmente chegou aonde queríamos. Finalmente. Finalmente.

— Queremos que ache que foi amaldiçoado?

— Meu Deus, sim.

Parei e quis puxar meu braço, mas ele me segurou firme e me forçou a andar.

— Por quê?

— É tola como pensei — disse ele simplesmente, e bateu na porta de meu tio.

— É melhor que seja importante — disse meu tio em um tom ameaçador antes de a porta nos revelar. — Entrem.

George me empurrou para dentro e fechou a porta atrás de nós.

Meu tio estava sentado diante da lareira em sua câmara privada, uma caneca de *ale* do lado, papéis à sua frente, usando seu roupão forrado de pele. Ninguém mais estava circulando por ali. George relanceou os olhos em volta.

— É seguro falar?

Meu tio confirmou com a cabeça e esperou.

— Estou trazendo-a da cama do rei — disse ele. — O rei disse-lhe que não teve filhos por vontade de Deus. Diz que foi amaldiçoado.

O olhar inflexível de meu tio voltou-se para o meu rosto.

— Ele disse isso? Disse amaldiçoado?

Hesitei. Henrique tinha chorado em meus braços, tinha-me segurado como se eu fosse a única mulher no mundo que se compadecesse de seu sofrimento. Parte da sensação de traição deve ter-se manifestado em meu rosto porque meu tio riu secamente, chutou uma lenha para o fogo, e fez sinal para George me sentar no banco ao lado do fogo.

— Diga-me — falou com uma ameaça sutil. — Quer ver seus filhos em Hever, nesse verão? Diga-me se quer ver seu filho antes que comece a andar.

Assenti com a cabeça, tomei fôlego, e contei, palavra por palavra o que o rei me tinha dito no silêncio e privacidade de sua cama, o que eu tinha respondido, e como ele tinha chorado e adormecido. A face de meu tio parecia uma máscara mortuária de mármore. Não consegui interpretar nada. Então, ele sorriu.

— Pode escrever à ama de leite e mandá-la levar seu bebê para Hever. Vai visitá-lo daqui a um mês — disse ele. — Saiu-se muito bem, Maria.

Hesitei, mas ele fez sinal para que eu saísse.

— Pode ir. Ah, uma coisa. Vai caçar com Sua Majestade hoje?

— Sim — respondi.

— Se ele falar mais sobre isso, hoje ou qualquer outro dia, aja como agiu. Simplesmente continue assim.

Hesitei.

— Como?

— Encantadoramente idiota — disse ele. — Não o estimule. Temos eruditos para aconselhá-lo em teologia e advogados que podem aconselhá-lo sobre o divórcio. Você simplesmente continue sendo docemente idiota. Você faz isso muito bem.

Percebeu que me ofendi e sorriu para George.

— Ela é de longe a mais doce das duas — disse ele. — Você tinha razão. Ela é o degrau perfeito para a subida da nossa escada.

George assentiu com a cabeça e me levou rápido para fora do quarto. Eu tremia com um misto de aflição por minha deslealdade e ódio por meu tio.

— Um degrau? — falei com veemência.

George me ofereceu seu braço, que aceitei, e apertou meus dedos trêmulos.

— É claro — replicou gentilmente. — É tarefa do nosso tio pensar na família sempre ascendendo. Todos nós não passamos de um degrau no caminho.

Quis me afastar, mas ele me segurou firme.

— Não quero ser um degrau! — exclamei. — Se eu pudesse ser algo, seria uma pequena proprietária de uma fazenda em Kent, com meus dois filhos dormindo na minha cama à noite, tendo como marido um homem bom que me amasse.

No pátio sombroso, George sorriu para mim, virou meu rosto para ele e beijou-me levemente nos lábios.

— Nós todos seríamos — replicou alegremente insincero. — No fundo, todos somos pessoas simples. Mas alguns são chamados para grandes feitos, e você é o Bolena mais importante na corte. Sinta-se feliz, Maria. Pense em como essa notícia vai deixar Ana chateada.

☙

Cavalguei nesse dia com o rei em uma longa caçada, que nos levou por milhas ao longo do rio, perseguindo uma corça até os cães, por fim, a derrubarem na água. Eu estava quase chorando de exaustão quando retornamos ao palácio, sem tempo para descansar, já que, ao entardecer, haveria um piquenique à margem do rio, com músicos nos barcos e um quadro vivo das damas da rainha. O rei, a rainha, suas damas e eu observamos, da margem, as três barcaças subirem devagar o rio, uma bela canção trazida pela correnteza. Ana estava em uma delas, espalhando pétalas de rosas na água, posicionada na frente, como uma figura de proa, e percebi que Henrique não tirava os olhos dela. Havia outras damas no barco e que fizeram charme com suas saias ao serem ajudadas a desembarcar. Mas somente Ana tinha aquela maneira de andar deliciosamente consciente. Movia-se como se todos os homens do mundo estivessem olhando para ela. Andava como se fosse irresistível. E tal era o poder de sua convicção que todos os homens da corte a olhavam realmente, e a achavam irresistível. Quando a última nota da música ressoou e os cavalheiros que estavam na barcaça rival saltaram para a margem, houve uma certa precipitação na sua direção. Ana recuou na prancha e riu como se estivesse surpresa com o estouvamento dos rapazes da corte, e vi o sorriso nos lábios de Henrique ao escutar o arpejo de sua risada. Ana jogou a cabeça e afastou-se de todos eles, como se nenhum fosse bom o bastante para ela, e dirigiu-se para a rainha e o rei, e fez uma mesura.

— O quadro agradou a Suas Majestades? — perguntou ela, como se fosse uma oferenda sua e não uma dança ordenada pela rainha para entreter o rei.

— Muito bonito — disse a rainha sem entusiasmo.

Ana lançou um olhar ardente ao rei por baixo das pestanas semicerradas. Então, fez outra mesura, e foi sentar-se ao meu lado.

Henrique retomou sua conversa com sua mulher.

— Vou visitar a princesa Mary quando viajar no verão — disse ele.

A rainha ocultou a sua surpresa.

— Onde a encontraremos?

— Eu disse que *eu* vou vê-la — replicou ele friamente. — E ela irá aonde eu mandar.

Ela não recuou.

— Gostaria de ver a minha filha — insistiu. — Já faz muitos meses desde a última vez em que estive com ela.

— Talvez — disse Henrique — ela possa ir ao seu encontro onde você estiver.

A rainha concordou balançando a cabeça, percebendo que todos os membros da corte ouviam que ela não acompanharia o rei nesse verão.

— Obrigada — disse a rainha com dignidade. — O senhor é muito bom. Ela escreveu contando que está fazendo progresso no grego e no latim. Espero que a julgue uma princesa perfeita.

— O grego e o latim terão pouca utilidade para ela fazer filhos homens e herdeiros — respondeu o rei bruscamente. — Teria feito melhor se não tivesse se tornado uma erudita encurvada. O principal dever de uma princesa é ser mãe de um rei. Como bem sabe, senhora.

A filha de Isabella de Espanha, uma das mulheres mais inteligentes e instruídas da Europa, cruzou as mãos no colo, e olhou para os ricos anéis em seus dedos.

— Sim, eu sei.

Henrique ficou em pé com um pulo e bateu palmas. Os músicos se interromperam imediatamente e aguardaram suas ordens.

— Toquem uma contradança! — mandou. — Vamos dançar antes do jantar.

Logo iniciaram uma jiga contagiante e os cortesãos tomaram seus lugares. Henrique veio na minha direção, levantei-me para dançar com ele, mas simplesmente me sorriu e estendeu a mão a Ana. De olhos baixos, ela seguiu-o sem nem mesmo me relancear os olhos. Arrogantemente seu vestido roçou nos meus joelhos, como se eu devesse ter-me afastado para deixá-la passar. Então, ela se foi, e quando ergui os olhos, a rainha me olhava. Ela me olhava sem demonstrar nada, como eu olharia a rivalidade de pombos esvoaçando no pombal. Como se isso não importasse. Todos seriam comidos a seu tempo.

◯ℬ

Eu estava ansiosa para a corte partir na viagem de verão, para eu poder ir a Hever ficar com meus filhos, mas nos atrasamos, pois o cardeal e o rei não chegavam a um acordo sobre aonde a corte deveria ir primeiro. O cardeal, em sérias negociações com os novos aliados da Inglaterra, França, Veneza e o Papa, contra a Espanha, queria que a corte ficasse perto de Londres, de modo que pudesse alcançar logo o rei se as conversações acabassem em guerra.

Mas havia praga na cidade e em todas as cidades portuárias, e Henrique tinha pavor de doenças. Queria se afastar para a região rural onde a água era doce e a multidão de suplicantes e mendigos, na desordem da cidade, não o seguiria. O cardeal argumentava o melhor que podia, mas Henrique, fugindo da morte e da doença, era inflexível. Iria até Gales para ver a princesa Mary, mas não ficaria perto de Londres.

Tive permissão para ir a qualquer lugar sem uma autorização expressa do rei e a companhia de George. Encontrei os dois jogando tênis sob o sol quente em uma quadra cercada. Enquanto eu assistia, George bateu bem a bola, que ricocheteou no telhado suspenso com um estrépito e voltou para a quadra, mas Henrique já estava preparado e a rebateu com força para um ângulo.

George reconheceu a jogada lançando a mão para cima, como um espadachim, e sacou de novo. Ana estava sentada do lado da quadra, à sombra, com algumas outras damas de honra, todas com a postura e quietas como estatuetas em uma fonte, todas elegantemente vestidas, todas esperando o favor do rei. Trinquei os dentes, reprimindo o desejo instantâneo de me sentar ao seu lado, de ofuscá-la. Em vez disso, permaneci nos fundos, esperando o rei terminar a partida.

Ele venceu, é claro. George chegou ao ponto decisivo e, então, perdeu, convincentemente. Todas as damas aplaudiram, o rei virou-se, corado e sorrindo, e me viu.

— Espero que não tenha apostado no seu irmão.

— Eu nunca apostaria contra Sua Majestade em qualquer jogo que exige habilidades — eu disse. — Sou prudente demais com a minha pequena fortuna.

Sorriu, pegou um lenço com seu pajem e enxugou o rosto rosado.

— Vim lhe pedir um favor — eu disse rapidamente, antes que alguém nos interrompesse. — Quero ver nosso filho e nossa filha, antes de a corte se mudar.

— Só Deus sabe aonde iremos — disse Henrique, o cenho franzido. — Wolsey não para de dizer...

— Se eu pudesse partir hoje, estaria de volta em uma semana — falei com calma. — E então viajaria com o senhor, aonde decidir ir.

Não queria que eu o deixasse. A sua boca perdeu o sorriso. Lancei um olhar rápido a George, pedindo que me ajudasse.

— E voltaria para nos dizer como o bebê está passando! — disse George. — E se é tão belo e forte quanto seu pai. A ama disse se é louro?

— Dourado como um Tudor — repliquei rapidamente. — Mas ninguém poderá me dizer que é mais belo do que seu pai.

Tínhamos pegado Henrique no limiar de seu humor, antes de ficar mal-humorado. O sorriso retornou.

— Ah, você é uma bajuladora, Maria.

— Gostaria muito de vê-lo bem cuidado antes de partir com Sua Majestade — eu disse.

— Oh, está bem — disse ele, de modo negligente. Seus olhos passaram de mim para Ana. — Vou descobrir algo o que fazer.

Todas as damas ao redor dela sorriram ao verem-no olhar na sua direção. As mais audaciosas jogaram a cabeça e viraram seus ombros, e coquetearam como pôneis treinados em uma arena. Somente Ana relanceou os olhos para ele e depois os desviou, como se a sua atenção fosse indiferente. Olhou ao longe e sorriu para Francis, e a virada de sua cabeça foi tão atraente quanto uma promessa sussurrada por uma mulher. Em um instante, Francis estava ao seu lado, pegando sua mão e a beijando.

Percebi a cara do rei se fechar e admirei o atrevimento de Ana. O rei pôs a toalha em volta do pescoço e abriu a porta da quadra. Imediatamente, todas as damas, surpresas, se puseram de pé, e fizeram uma reverência. Ana relanceou os olhos em volta, retirou, vagarosamente, sua mão da de Francis, e fez uma leve mesura.

— Chegou a assistir a alguma parte do jogo? — perguntou o rei abruptamente.

Ana ergueu o corpo e sorriu para ele como se a sua desaprovação não significasse nada.

— Assisti à metade — replicou ela negligentemente.

A cara dele se fechou.

— Metade, senhora?

— Por que eu assistiria a seu adversário, Majestade? Quando é Sua Majestade que está na quadra?

Houve um segundo de silêncio e, então, ele riu alto, e a corte, de maneira bajuladora, riu junto, como se não tivessem ficado sem ar diante de sua impertinência um segundo antes. Ana deu seu sorriso charlatão, fascinante.

— O jogo, então, não lhe fez sentido nenhum — disse Henrique. — Já que só assistiu à metade da partida.

— Vi todo o sol e nada da sombra — respondeu. — O dia e não a noite.

— Está me chamando de sol? — perguntou.

Ela lhe sorriu.

— Deslumbrante — sussurrou, e a palavra foi a mais íntima das lisonjas. — Deslumbrante.

— Chama-me de deslumbrante? — perguntou ele.

Ela abriu bem os olhos como se a sua incompreensão a surpreendesse.

— O sol, Majestade. O sol está deslumbrante hoje.

☙

Hever era uma pequena ilha cinza com torres no meio da exuberância do verde dos campos de Kent. Entramos no parque através de um portão negligentemente aberto no extremo leste e seguimos até o castelo com o sol se pondo atrás. Os telhados vermelhos desordenados flamejavam na luz dourada, a pedra cinza dos muros refletia nas águas quietas do fosso, parecendo dois castelos, um flutuando sobre o outro, como um mundo de sonhos da minha casa. Havia dois cisnes no fosso, bicos mordiscando um o outro, os pescoços arqueados formando um coração. Suas imagens refletiam quatro cisnes, o castelo tremeluzindo na água à sua volta.

— Bonito — disse George, impacientemente. — Dá até vontade de ficar aqui o tempo todo.

Ladeamos o fosso e atravessamos a ponte plana de tábuas sobre o rio. O bico de uma narceja precipitou-se dos juncos e seu ruído fez meu cavalo cansado se retrair. Tinham cortado o feno nos prados nas duas margens e o cheiro doce do verde pairava no ar do entardecer. Então escutamos um grito e dois homens do meu pai surgiram da guarita e se posicionaram na ponte levadiça, protegendo os olhos da luminosidade.

— São o jovem lorde e *milady* Carey — um dos soldados exclamou. Um garoto, atrás, virou-se e correu levando a notícia ao pátio. Reduzimos a marcha dos cavalos quando o sino tocou e os guardas surgiram às pressas, e os criados se amontoaram no pátio interno.

George lançou-me um olhar infeliz diante da ineficiência de nossos soldados, e estacou seu cavalo, de modo que eu pudesse atravessar, à sua frente, a ponte e a porta levadiça na entrada em arco. Todos corriam para o pátio, dos garotos que giravam o espeto na cozinha, maltrapilhos e sujos, à governanta, que estava abrindo as portas que davam para o salão e chamando com rispidez um criado que estava lá.

— Milorde, *milady* Carey — disse ela, chegando à frente. Seu auxiliar adiantou-se com ela, e os dois fizeram uma reverência. Um cavalariço pegou minhas rédeas e o capitão da guarda me ajudou a desmontar.

— Como está o meu bebê? — perguntei à governanta.

Ela apontou com a cabeça para a escadaria em um ângulo do pátio.

— Ali está ele.

Virei-me rápido, a ama de leite o trazia para o sol. Antes de mais nada tive de absorver seu crescimento. Eu o tinha visto pela última vez quando tinha apenas um mês de idade, e nascera pequeno. Agora, via suas bochechas redondas e rosadas. A ama mantinha a mão em concha sobre sua cabecinha loura, e senti uma pontada de ciúmes tão funda que quase passei mal ao ver sua grande mão rude e vermelha na cabeça do filho do rei, do meu filho. Ele estava enfaixado apertado, enrolado em bandagens, atado em sua prancha. Estendi os braços e a ama passou-o para mim, como uma travessa de comida.

— Ele está bem — disse ela, defensivamente.

Ergui-o para poder ver seu rosto. Suas mãozinhas e braços estavam atados do lado de seu corpinho, as faixas imobilizando até mesmo sua cabecinha. Somente seus olhos se moviam e me fixaram, examinando de minha boca aos meus olhos, depois o céu atrás de mim e os corvos girando ao redor da torre acima da minha cabeça.

— Ele é adorável — sussurrei.

George, desmontando preguiçosamente, jogou as rédeas para um cavalariço e olhou por cima do meu ombro. Imediatamente, os olhos azul-escuros se moveram para inspecionar o novo rosto.

— Parece-se com seu tio — disse George com satisfação. — Ótimo, marque bem minha cara, garoto. Podemos fazer a fortuna um do outro. Não é claramente um Tudor, Maria? É a cara do rei. Você foi perfeita.

Sorri olhando para as bochechas rosadas e o cabelo dourado, os fios lustrosos que escapavam da touca de renda, e os olhos azul-escuros que se fixavam ora em George, ora em mim, com uma confiança tranquila.

— É sim, não é?

— É estranho — disse George, baixando a voz, de modo que só eu escutasse. — Pense só nisso: podemos jurar lealdade a esta coisinha. Ele poderá, um dia, ser rei da Inglaterra. Poderá ser o homem mais importante da Europa, e você e eu dependermos totalmente dele.

Apertei minha mão na prancha e senti o corpinho quente atado forte a ela.

— Deus, por favor, mantenha-o seguro, qualquer que seja seu futuro — sussurrei.

— Mantenha-nos, a todos nós, em segurança — retrucou George. — Pois não será tarefa fácil colocá-lo no trono.

Pegou o bebê do meu colo e o deu à ama, como se estivesse impaciente para especular, e me conduziu à porta da frente. Estaquei. Lá estava uma menininha de 2 anos olhando para mim. Uma mulher segurava sua mãozinha com firmeza. Catarina, minha filha, olhava para mim como se eu fosse uma estranha.

Caí de joelhos sobre o pavimento de pedras do pátio.

— Catarina, sabe quem eu sou?

Seu rostinho pálido estremeceu, mas não se franziu.

— Minha mãe.

— Sim — eu disse. — Eu quis vir antes, mas não me deixaram. Senti saudades suas, minha filha. Queria tê-la comigo — ergueu os olhos para a criada que segurava a sua mãozinha. Um aperto em sua mão foi o sinal para que respondesse.

— Sim, mãe — replicou baixinho.

— Não se lembra de mim? — perguntei. O sofrimento na minha voz era evidente a qualquer um que a ouvisse. Catarina ergueu os olhos para a criada que segurava a sua mão, voltou a olhar para mim. Seu lábio tremeu, seu rosto se franziu, e irrompeu em lágrimas.

— Oh, Deus — disse George, aborrecido. Sua mão firme sob meu cotovelo forçou-me a levantar e a entrar na casa. Em seguida, empurrou-me para dentro do salão. O fogo estava aceso, apesar de ser meados de verão, e a grande poltrona diante da lareira estava ocupada por vovó Bolena.

— Como vai? — disse George sucintamente. Virou-se para a governanta, que havia seguido atrás de nós. — Saia. Vá tratar de seu serviço — mandou abruptamente.

— O que há com Maria? — perguntou minha avó.

— Calor, e sol — improvisou George. — E a cavalgada. Depois do parto.

— Só isso? — perguntou ela, acremente.

George me empurrou para uma cadeira, e acomodou-se ele também.

— Sede — replicou ele, intencionalmente. — Acho que ela está louca por um copo de vinho. Eu pelo menos estou, senhora.

A velha senhora sorriu radiante com a sua aspereza e indicou o pesado aparador atrás dela. George se levantou e serviu um copo para mim e outro para si próprio. Sorveu o seu de uma vez só e se serviu de novo.

Esfreguei meu rosto com as costas da mão e olhei em volta.

— Quero que Catarina seja trazida agora — eu disse.

— Esqueça — aconselhou-me George.

— Ela não me reconhece. Parece que se esqueceu de mim completamente.

— Por isso eu disse que esqueça.

Eu teria argumentado, mas ele insistiu.

— Ela deve ter sido tirada de seu quarto quando ouviram o sino, metida na sua melhor roupa e levada para baixo para receber você educadamente.

Pobre criança, devia estar morrendo de medo. Nossa, Maria, não se lembra da confusão quando nos avisavam que papai e mamãe estavam chegando? Era pior do que ir à corte pela primeira vez. Você costumava vomitar de terror e Ana ficava pela casa vestida de sua melhor roupa dias seguidos. É sempre aterrorizador quando a sua mãe vem vê-la. Dê-lhe tempo para voltar a se sentir à vontade, e então, vá a seu quarto e converse com ela.

Assenti, reconhecendo seu bom-senso, e voltei a sentar-me.

— Está tudo bem na corte? — perguntou a velha senhora. — Como está o meu filho? E a sua mãe?

— Bem — respondeu George brevemente. — Papai ficou em Veneza no mês passado, trabalhando para a aliança. Assunto de Wolsey. Mamãe está bem, em serviço da rainha.

— A rainha está bem?

— Não vai viajar com o rei neste ano. Muito depreciada na corte.

A velha senhora balançou a cabeça, ao ouvir a história familiar de uma mulher caminhando excessivamente devagar para a morte. E o rei? Maria ainda é a sua favorita?

— Maria ou Ana — replicou George sorrindo. — Ele parece ter um fraco pelas garotas Bolena. Maria ainda é a favorita.

Minha avó voltou seu olhar vivo e arguto para mim.

— Você é uma boa garota — disse ela de maneira aprovadora. — Quanto tempo vai ficar aqui?

— Uma semana — respondi. — Foi tudo que me permitiram.

— E você? — perguntou, virando-se para George.

— Acho que ficarei alguns dias — disse ele sem dar muita importância. — Tinha-me esquecido de como Hever é bonito no verão. Devo ficar e levar Maria de volta.

— Vou passar o dia inteiro com as crianças — avisei.

— Tudo bem — replicou sorrindo. — Não vou precisar de companhia. Poderei escrever. Acho que me tornarei poeta.

☙

Segui o conselho de George e só me aproximei de Catarina depois de subir a pequena escada em espiral até meu pequeno quarto, lavar o rosto com a água da bacia e olhar pelas janelas o parque escuro ao redor do castelo. Vi o piscar do olho de uma coruja e ouvi seu pio interrogador, e em seguida, a resposta de seu macho na floresta. Ouvi um peixe saltar no fosso, e vi as estrelas começarem a salpicar de pontos prateados o céu cinza-azulado. Então, e só então, fui ao quarto de minha filha.

Ela estava sentada diante do fogo, uma tigela de leite e pão no seu colo, a colher a caminho da boca, escutando a conversa da ama-seca com outra criada. Ao me verem, ficaram de pé com um pulo, e Catarina teria derrubado a tigela, se a babá não tivesse sido rápida em tirá-la dela. A outra criada desapareceu com um esvoaçar de seu vestido. A ama-seca sentou-se rapidamente ao lado de Catarina e fingiu estar observando minha filha comer e tomando cuidado para que não se aproximasse demais do fogo.

Sentei-me sem falar, até a confusão assentar e eu poder ver Catarina tomar a última colher de sua sopa. A ama-seca tirou a tigela de suas mãos e fiz-lhe um sinal com a cabeça para que saísse do quarto. Ela acatou sem dizer uma palavra.

Coloquei a mão dentro do meu bolso.

— Trouxe um presente para você — eu disse. Era uma glande em um cordão, esculpida com uma cara. A cúpula da glande formava o chapéu. Ela sorriu imediatamente e estendeu a mão para pegá-la. A palma de sua mão era rechonchuda, ainda como a de um bebê, os dedos pequenininhos. Pus a glande em sua mão e senti a maciez da pele.

— Vai lhe dar um nome? — perguntei.

Sua testa franziu ligeiramente. O cabelo castanho dourado tinha sido afastado do rosto e semioculto por sua touca de dormir. Toquei delicadamente na fita da touca, depois nos cachinhos sob a aba. Ela não se retraiu com o meu toque, completamente absorta pela glande.

— Como vou chamá-la? — seus olhos azuis reluziram para mim.

— Vem do carvalho. É uma glande — eu disse. — É a árvore que o rei quer que todos plantemos. Dá uma madeira forte para seus navios.

— Vou chamá-la de Carvalhinho — disse ela decidida. Claramente não tinha nenhum interesse no rei ou em seus navios. Moveu o cordão e a glande se sacudiu. — Está dançando — disse com satisfação.

— Quer se sentar no meu colo com Carvalhinho e ouvir uma história sobre a festa em que ele foi e dançou com todas as outras glandes? — perguntei.

Hesitou, por um momento.

— As avelãs também foram — acrescentei tentadoramente. — E as castanhas. Foi um grande baile na mata. Acho que as amoras estavam lá.

Foi o bastante. Levantou-se do banco, veio até mim, e a coloquei no colo. Estava mais pesada do que eu me lembrava: uma criança de carne e osso, não uma criança imaginada em que eu pensava toda noite. Senti seu calor e força. Apoiei a face em sua touca quente e senti os cachos roçarem meu nariz. Aspirei o perfume doce de sua pele, aquele maravilhoso perfume de bebê.

— Conte — ordenou e se acomodou para ouvir. E comecei a história da Folia na Mata.

❦

Passamos uma semana maravilhosa: George, os bebês e eu. Caminhamos ao sol e fizemos piqueniques nas campinas onde a relva macia recomeçava a crescer pelos restolhos. Quando estávamos fora da vista do castelo, eu retirava as faixas de Henrique e deixava-o dar chutes no ar quente e se mover livremente. Jogava bola com Catarina, e brincava de esconde-esconde, uma brincadeira nada desafiadora em uma campina aberta, mas ela ainda estava na idade de acreditar que se se pusesse debaixo de um xale não seria vista. E George e Catarina apostavam corridas, nas quais ele cada vez mais ficava vergonhosamente em desvantagem. Primeiro teve de pular, depois, teve de engatinhar, e no fim da semana, só conseguia girar sobre as mãos, comigo segurando seus pés, para que ela pudesse ganhar, correndo sobre seus pezinhos instáveis.

Na noite em que teria de retornar à corte, não consegui jantar, de tanta tristeza. Não consegui lhe dizer que tinha de partir. Fugi na madrugada, feito um ladrão, e mandei a ama-seca lhe dizer que sua mãe retornaria assim que pudesse, que fosse uma boa menina e que cuidasse de Carvalhinho.

Cavalguei até o meio-dia completamente infeliz, e nem notei que chovera desde que havíamos partido até George dizer:

— Pelo amor de Deus, vamos sair desta chuva e comer alguma coisa.

Tinha parado diante de um mosteiro cujo sino começava a bater a nona. Desmontou e me ajudou a descer da sela.

— Chorou o caminho todo?

— Acho que sim — repliquei. — Não suporto pensar que...

— Então, não pense — disse ele rapidamente. Recuou enquanto um de nossos homens tocava o sino e nos anunciava ao porteiro. Quando o grande portão se abriu, George me introduziu no pátio, e subimos a escada para o refeitório. Tínhamos chegado cedo, havia somente dois monges colocando vasilhas e canecas de estanho para *ale* ou vinho sobre a mesa.

George estalou os dedos para um deles e mandou-o nos trazer correndo o vinho. Então, pressionou o copo de metal frio na minha mão.

— Beba — disse com firmeza. — E pare de chorar. Tem de estar na corte hoje à noite, e não pode chegar com a cara branca e os olhos vermelhos. Nunca mais a deixarão ir, se isso a enfear. Você não é uma mulher que pode fazer o que quer.

— Mostre-me uma única mulher no mundo que pode fazer o que quer — eu disse, com veemência e ressentimento. Ele riu.

— Não, não conheço nenhuma. Como fico feliz por eu e o bebê Henrique sermos homens.

☙

Só chegamos a Windsor à noitinha e encontramos a corte se preparando para partir. Nem mesmo Ana teve tempo para me inspecionar. Estava excitada arrumando suas coisas e vi dois vestidos novos em seu baú.

— O que é isso?

— Presente do rei — disse ela sem rodeios.

Balancei a cabeça, sem falar nada. Ela me deu um sorriso de lado, depois, guardou os capelos combinando. Vi, como sem dúvida ela queria que eu visse, que um deles era coberto de pequenas pérolas. Fui até a janela e a observei colocar seu manto em cima de tudo e chamar a sua criada para fechar o baú. Quando a garota veio e o carregador levou tudo, Ana virou-se para mim de maneira desafiadora.

— E então?

— O que está acontecendo? — perguntei. — Vestidos?

Virou-se, as mãos cruzadas nas costas, acanhada como uma menina.

— Ele está me cortejando — replicou. — Abertamente.

— Ana, ele é meu amante.

Encolheu os ombros preguiçosamente.

— Você não estava aqui, estava? Resolveu passear em Hever, quis seus filhos mais do que a ele. Você não foi exatamente... — fez uma pausa — quente.

— E você é?

Sorriu, como se tivesse ouvido um gracejo.

— Há um certo calor no ar, neste verão.

Cerrei os dentes.

— Supostamente, você deveria mantê-lo interessado em mim e não o contrário.

Deu de ombros, novamente.

— Ele é homem. É mais fácil atrair seu interesse do que afastá-lo.

— Estou curiosa a respeito de uma única coisa — eu disse. Se palavras fossem facas, eu as teria lançado em sua cara sorridente, confiante. — Claramente, tem a sua atenção, já que ganhou esses presentes. Você ascendeu na corte. Você é a favorita.

Assentiu com a cabeça, sua satisfação pairando como o perfume quente de um gato acariciado.

— Claramente você faz isso apesar de ele ser reconhecidamente o meu amante.

— Mandaram-me fazer isso — replicou com insolência.

— Não mandaram que me suplantasse — eu disse rispidamente.

Ela deu de ombros, bancando a inocente.

— Não posso evitar que me deseje — disse ela com a voz meiga. — A corte está cheia de homens que me desejam. Eu os encorajo? Não.

— É comigo que está falando, não se esqueça — eu disse inflexivelmente. — Não com um desses seus tolos. Eu sei que encoraja todo mundo.

Deu-me o mesmo sorriso meigo.

— O que está querendo, Ana? Ser a sua amante? Quer tomar o meu lugar?

Imediatamente a alegria presunçosa em seu rosto foi substituída por uma introspecção.

— Sim, acho que sim. Mas é um risco.

— Risco?

— Se eu deixar que me possua, as chances são de que perca o interesse. É difícil segurá-lo.

— Não acho — marquei um ponto.

— Você não conseguiu nada. Não casou Bessy Blount com ninguém quando a deixou. Ela tampouco ganhou nada.

Mordi a língua de tal modo que senti o gosto de sangue na boca.

— Se é o que pensa, Ana.

— Acho que vou resistir. Até ele ver que não sou nenhuma Bessie Blount, e nenhuma Maria Bolena. Algo muito maior. Resistir até ele ver que tem de me fazer uma oferta, uma oferta muito grande.

Fiz uma pausa.

— Nunca conseguirá Henry Percy de volta, se é o que está pensando — avisei. — Ele não lhe dará Percy por seu favor.

Atravessou a sala com dois passos e agarrou meus pulsos, enfiando suas unhas neles.

— Nunca mais mencione o seu nome — sussurrou. — Nunca mais!

Soltei minhas mãos e a agarrei pelos ombros.

— Vou lhe dizer o que quiser — jurei. — Assim como você me diz o que quer. Você foi amaldiçoada, Ana, perdeu seu único amor e agora quer tudo o que não é seu. Quer qualquer coisa que seja minha. Sempre quis tudo que fosse meu.

Soltou-se de mim e abriu a porta.

— Deixe-me em paz — ordenou.

— Pode ir — eu a corrigi. — Este é o *meu* quarto, não se esqueça.

Por um momento, nos encaramos com fúria, obstinadas como gatos no muro do estábulo, cheias de ressentimentos e de algo mais sombrio, o antigo sentimento entre irmãs de que só há realmente espaço no mundo para uma garota. A sensação de que toda luta seria mortal.

Eu me afastei primeiro.

— Deveríamos estar do mesmo lado.

Bateu a porta.

— É o nosso quarto — estipulou.

03

As linhas entre mim e Ana foram nitidamente traçadas. Toda a nossa infância tinha sido uma questão de qual das duas seria a melhor garota Bolena, agora a rivalidade em nossa juventude seria representada no principal palco do reino.

No fim do verão, uma de nós duas seria a amante reconhecida do rei; a outra seria a sua criada, a sua assistente, talvez o seu bufão.

Não havia como eu derrotá-la. Teria tramado contra ela, mas não tinha aliados, não tinha poder. Ninguém na minha família via alguma desvantagem em o rei ter-me na cama à noite e Ana em seu braço durante o dia. Para eles, era a situação ideal, a garota Bolena inteligente como sua conselheira e a garota Bolena fértil como sua amante.

Só eu via como isso lhe custava. À noite, depois de dançar e rir e chamar continuamente a atenção da corte para si, sentava-se diante do espelho, tirava o capelo, e eu via a sua face jovem extenuada.

George vinha com frequência ao nosso quarto trazendo um copo de vinho do Porto para cada uma de nós. Nós dois a colocávamos na cama, puxávamos o lençol até debaixo do seu queixo e a observávamos beber e a cor voltar lentamente à sua face.

— Só Deus sabe aonde ela está nos levando — murmurou ele para mim, certa noite em que a observávamos dormir. — O rei está louco por ela, a corte está louca por ela. O que, por Deus, ela está querendo?

Ana agitou-se em seu sono.

— Psiu — eu disse, fechando o cortinado em volta da cama. — Não a desperte. Não aguento mais um instante com ela. Realmente não consigo.

George ergueu seus olhos vivos para mim.

— Tão grave assim?

— Ela senta-se no meu lugar — repliquei.

— Oh, minha querida.

Virei minha cabeça.

— Tudo o que ganhei, ela tirou de mim — eu disse, minha voz carregada de ressentimento.

— Mas você já não o quer mais como antes, quer? — perguntou George.

Sacudi a cabeça.

— Mas isso não significa que quero ser posta de lado por causa de Ana.

Levou-me até a porta com a mão na minha cintura, descansando negligentemente em meus quadris. Beijou-me nos lábios como um amante.

— Você sabe que é a mais doce.

Sorri para ele.

— Sei que sou uma mulher melhor do que ela. Ela é gelo e ambição, e prefere ver qualquer um de nós na forca a abrir mão dessa sua ambição. Sei que ele tem em mim uma amante que o ama por si mesmo. Mas Ana o deslumbrou, deslumbrou a corte, deslumbrou até mesmo você.

— A mim não — replicou gentilmente.

— Nosso tio gosta mais dela — eu disse ressentida.

— Ele não gosta de ninguém. Está interessado em saber até onde ela pode ir.

— Todos nós nos perguntamos isso. E que preço está preparada para pagar. Especialmente se for eu a pagar.

— Não é uma dança fácil a que ela está conduzindo — reconheceu George.

— Eu a odeio — repliquei simplesmente. — Assistiria feliz à sua morte por ambição.

☙

A corte visitaria a princesa Mary no Castelo de Ludlow e viajamos diretamente para o oeste por todo o verão. Ela tinha apenas 10 anos, mas parecia ter uma maturidade de alguém mais velho, instruída e educada no estilo formal estrito que sua mãe conhecera na corte espanhola. Ela tinha um padre e um grupo de tutores, uma dama de companhia e seus próprios criados em Gales, onde era princesa. Por isso esperávamos ver uma pequena mulher digna, uma menina prestes a se tornar mulher.

O que vimos foi alguém muito diferente.

Ela entrou no salão em que seu pai estava jantando e sofreu, ao caminhar da porta à mesa alta, o olhar de todos sobre ela. Era pequenina, do tamanho de uma menina de 6 anos, uma perfeita bonequinha com o cabelo castanho-claro sob o capelo e um rosto grave, pálido. Era tão graciosa quanto sua mãe ao chegar à Inglaterra, mas pequenina, uma criancinha.

O rei saudou-a com ternura, mas percebi o choque em sua expressão. Não a via fazia mais de seis meses, e esperava que tivesse crescido e desabrochado para ser uma mulher. Em vez disso, não seria, em um ano, uma princesa para se casar e ser enviada para a sua nova casa e, em dois ou três anos, estar apta a gerar filhos. Era uma criança, uma menininha magra, pálida e tímida.

Ele a beijou e ela sentou-se à sua direita, à mesa alta, e viu todos aqueles olhos nela. Quase não comeu. Não bebeu nada. Quando ele lhe falou, ela respondeu com monossílabos sussurrados. Sem dúvida era muito instruída. Todos os seus tutores, um por um, foram chamados para assegurar ao rei que ela falava o grego e o latim, sabia somar, e conhecia a geografia de seu principado e do reino. Quando tocaram música, dançou com graciosidade e leveza. Mas não parecia uma menina que se tornaria robusta, saudável e fértil. Parecia uma menina que desmaiaria facilmente, que se resfriaria fatalmente. Essa era a única herdeira legítima do trono do pai de Henrique, e não parecia forte o bastante para segurar o cetro.

George veio me buscar cedo nessa noite, no Castelo de Ludlow.

— Ele está com um humor terrível — avisou.

Ana agitou-se na cama.

— Não está satisfeito com a sua anãzinha?

— É incrível — falou George. — Mesmo sonolenta é doce como o veneno, Ana. Vamos, Maria, ele não pode ficar esperando.

Henrique estava em pé ao lado do fogo quando entrei, um pé sobre um toco de lenha, empurrando-o para a brasa rubra. Mal ergueu os olhos, quando cheguei, estendeu a mão, peremptoriamente, para mim, e corri para seus braços.

— Foi um golpe — disse ele baixinho em meu cabelo. — Achei que tinha crescido, que fosse quase uma mulher. Tinha pensado em casá-la com Francis ou, até mesmo, com o filho dele, e firmar uma aliança com a França. Uma menina não tem utilidade para mim, nenhuma. Muito menos uma que não pode nem mesmo se casar! — interrompeu-se, virou-se abruptamente e atravessou o quarto furioso. Cartas estavam distribuídas sobre a mesa, viradas, o jogo quase concluído. Com um movimento irado varreu-as e virou a mesa. Com o barulho, um guarda gritou do lado de fora:

— Majestade?

— Deixe-me em paz! — gritou ele de volta.

Voltou-se para mim.

— Por que Deus fez isso comigo? Por que acontece isso comigo? Nenhum filho, e com uma filha que parece que o próximo inverno a levará daqui? Não tenho herdeiro. Não tenho ninguém para me suceder. Por que Deus fez isso comigo?

Continuei calada e sacudi a cabeça, esperando entender o que ele queria.

— É a rainha, não é? — disse ele. — É o que está pensando. É o que eles todos estão pensando.

Eu não sabia se devia concordar ou discordar. Observei-o atentamente e mantive a calma.

— É este maldito casamento — disse ele. — Eu nunca deveria ter-me casado com ela. Meu pai não queria. Ele disse que ela poderia ficar na Inglaterra como uma princesa viúva, nossa por consagração. Mas achei... eu quis... — interrompeu-se. Não queria se lembrar de como a amara profunda e lealmente. — O Papa nos concedeu a dispensação, mas foi um erro. Não se pode dispensar sem a palavra de Deus.

Balancei a cabeça com gravidade.

— Não devia ter-me casado com a mulher do meu irmão. Simples assim. E como me casei fui amaldiçoado com a sua esterilidade. Deus não abençoou o falso casamento. A cada ano, ele vira as costas para mim, e eu deveria ter percebido isso antes. A rainha não é minha mulher, é a mulher de Arthur.

— Mas se o casamento não tivesse sido consumado... — comecei.

— Não faz diferença — replicou bruscamente. — E de qualquer maneira, foi.

Baixei a cabeça.

— Venha para a cama — disse ele, de repente cansado. — Não suporto mais isso. Tenho de me libertar do pecado. Tenho de mandar a rainha partir. Tenho de me purificar desse pecado terrível.

Obedientemente, fui para a cama, deixei o manto escorregar de meus ombros. Puxei os lençóis e me deitei. Henrique ajoelhou-se aos pés da cama e rezou com fervor. Escutei as palavras murmuradas e me vi rezando também: uma mulher impotente rezando por outra. Eu estava rezando pela rainha, agora que o homem mais poderoso da Inglaterra a culpava por tê-lo feito cometer um pecado mortal.

Outono de 1526

Retornamos a Londres, a Greenwich, um dos palácios mais queridos do rei, e ainda assim seu humor não melhorou. Ele passava grande parte do tempo com clérigos e conselheiros. Alguns acharam que estava preparando um novo livro, outro estudo de teologia. Mas eu, que tinha de ficar com ele a maioria das noites, enquanto escrevia e lia, sabia que estava lutando com as palavras da Bíblia, lutando para saber se era a vontade de Deus um homem casar-se com a esposa de seu irmão — portanto gostar dela — ou se era a vontade de Deus um homem rejeitar a viúva de seu irmão — pois olhar para ela com desejo era envergonhar seu irmão. Deus, nessa situação, era ambíguo. Diferentes passagens na Bíblia diziam coisas diferentes. Seria necessário um colégio inteiro de teólogos para decidir qual teria a precedência.

Para mim, parecia óbvio que um homem pudesse desposar a viúva de seu irmão, de modo que os filhos de seu irmão pudessem ser criados em um lar divino e uma boa mulher ser bem cuidada. Graças a Deus não me arrisquei a dar essa opinião nos concílios noturnos de Henrique. Havia homens discutindo em grego e latim, voltando a textos originais, consultando os pais da Igreja. A última coisa que queriam era o bom-senso de uma jovem extraordinariamente comum.

Eu não era útil para ele. Não podia ser útil para ele. Era Ana que tinha o cérebro de que ele precisava, só Ana tinha a capacidade de transformar um emaranhado teológico em piada e fazê-lo rir, mesmo quando ele quebrava a cabeça tentando decifrá-lo.

Caminhavam juntos todas as tardes, a mão dela em seu braço, suas cabeças tão próximas como a de dois conspiradores. Pareciam amantes, mas quando eu me deixava ficar do seu lado, ouvia Ana dizer: "Sim, mas São Paulo é bem claro a esse respeito..." E Henrique replicava: "Acha que é isso o que ele quer dizer? Sempre achei que se referia a outra passagem."

George e eu caminhávamos atrás deles, aias maleáveis, e eu via quando Ana apertava o braço de Henrique para esclarecer um ponto ou sacudia a cabeça discordando.

ଔ

— Por que ele simplesmente não manda a rainha partir? — perguntou George. — Nenhuma corte na Europa o condenaria. Todo mundo sabe que ele precisa ter um filho homem.

— Ele gosta de pensar bem de si mesmo — expliquei, observando a virada de cabeça de Ana e ouvindo sua risada baixa. — Ele não consegue expulsar uma mulher só porque ficou velha. Tem de descobrir uma maneira que mostre que é a vontade de Deus que ele a deixe. Tem de encontrar uma autoridade maior do que a de seus desejos.

— Meu Deus, se eu fosse rei como ele, obedeceria a meus desejos, sem me preocupar se fossem ou não a vontade de Deus — exclamou George.

— Isso é porque você é um Bolena voraz e ganancioso. Mas ele é um rei que quer fazer a coisa certa. Não consegue seguir adiante sem saber se Deus está do seu lado.

— E Ana o está ajudando — observou George maliciosamente.

— Que guardiã da consciência! — eu disse com despeito. — Sua alma imortal estará segura nas mãos dela.

ଔ

Convocaram uma reunião de família. Eu já a esperava. Desde que tínhamos chegado de Ludlow, meu tio nos observava, a mim e Ana, com uma intensidade tácita. Tinha estado com a corte nesse verão, tinha visto como o rei passava os dias com Ana, como ele era irresistivelmente atraído para onde quer que ela estivesse. E como ele me chamava sempre que a noite caía. Meu tio estava desconcertado com o desejo do rei por nós duas. Não sabia como Henrique poderia ser manejado da melhor maneira para os Howard.

George, Ana e eu fomos dispostos diante da grande mesa na sala de meu tio. Ele sentou-se em frente, minha mãe ao seu lado em uma cadeira menor.

— O rei obviamente deseja Ana — começou meu tio. — Mas se ela simplesmente suplantar Maria como a favorita, não teremos avançado. Pior que isso, de fato. Pois ela nem mesmo é casada, e enquanto isso continuar, ninguém poderá tê-la, e quando terminar, ela não valerá mais nada.

Olhei para ver se minha mãe se retraía com essa discussão sobre a sua filha mais velha. Sua expressão era austera. Tratava-se de um negócio da família, não de sentimento.

— Então, Ana tem de se retirar — decretou meu tio. — Está atrapalhando Maria. Ela teve uma menina e um menino dele e não ganhamos nada além de algumas terras...

— Alguns títulos — murmurou George. — Algumas posições...

— Sim, não nego. Mas Ana está abrandando seu desejo por Maria.

— Ele não tem desejo por Maria — disse Ana com rancor. — Ele está habituado com ela. O que é diferente. O senhor é um homem casado, tio, deve saber disso.

Ouvi George arfar. Meu tio sorriu para Ana, e seu sorriso foi feroz.

— Obrigada, Srta. Ana — disse ele. — A sua sagacidade lhe cairia bem, se ainda estivesse na França. Mas como está na Inglaterra, tenho de lembrá-la que todas as mulheres inglesas fazem o que são mandadas fazer, e demonstram estar felizes enquanto obedecem.

Ana baixou a cabeça, e a vi corar de irritação.

— Você irá para Hever — disse ele abruptamente.

Ela sobressaltou-se.

— De novo não! Para fazer o quê?

— Você é uma carta selvagem, e não sei como jogá-la — disse ele com uma franqueza brutal.

— Se me deixar na corte, posso fazer o rei me amar — prometeu em desespero. — Não me mande de volta a Hever! O que tem lá para mim?

Ele levantou a mão.

— Não é para sempre — disse ele. — Só para o Natal. Está evidente que Henrique se sente muito atraído por você, mas não sei o que podemos fazer com isso. Não pode ir para a cama dele, não enquanto for virgem. Tem de se casar antes de se deitar com ele, e nenhum homem em seu juízo perfeito se casará com você enquanto for a favorita do rei. A situação é confusa.

Ela reprimiu sua resposta e fez uma ligeira mesura.

— Estou grata — falou entre os dentes. — Mas não entendo como me mandar para Hever para passar o Natal sozinha, longe da corte, longe do rei, vai contribuir para as minhas chances de servir a esta família.

— Vai tirá-la do caminho, para que não atrapalhe o objetivo do rei. Assim que ele se divorciar de Catarina, poderá se casar com Maria. Maria com seus dois saudáveis bebês. Pode assumir uma esposa e um herdeiro em uma única cerimônia. Você apenas desequilibra o quadro, Ana.

— E então vai me apagar dele? — perguntou ela. — Quem o senhor é agora? Holbein?

— Segure a língua — disse minha mãe rispidamente.

— Vou lhe conseguir um marido — prometeu meu tio. — Da França, se não for da Inglaterra. Depois que Maria for rainha da Inglaterra, poderá lhe conseguir um marido. Poderá escolher.

As unhas de Ana penetraram em suas mãos.

— Não quero um marido como presente dela! — afirmou. — Ela nunca será rainha. Já ascendeu até onde podia. Abriu as pernas e lhe deu dois filhos e ele *continua* sem ligar para ela. Será que não veem que ele só gosta dela quando a está cortejando? Ele é um caçador, gosta de caçar. Quando Maria foi capturada, o esporte se encerrou, e só Deus sabe como foi a mulher mais fácil de ser capturada. Ele está acostumado com ela. É mais uma esposa do que uma amante. Porém uma esposa sem honra, uma esposa sem respeito.

Ela tinha dito exatamente a coisa errada. Meu tio sorriu.

— Uma esposa? Oh, espero que sim. Portanto acho que descansaremos um pouco de você, e veremos se Maria consegue lidar com ele sem você aqui. Tem competido com Maria, e ela é a nossa favorita.

Fiz uma mesura com um sorriso doce para Ana.

— Sou a favorita — repeti. — E ela tem de desaparecer.

Inverno de 1526

Mandei presentes de Natal para meus filhos no baú de Ana. Para Catarina, uma casinha de marzipã, com o telhado de amêndoas assadas e janelas de algodão-doce. Pedi a Ana que a desse no Dia de Reis e que lhe dissesse que a sua mãe a amava e sentia saudades, e que voltaria em breve.

Ana caiu sobre a sela de seu cavalo tão deselegantemente quanto a mulher de um fazendeiro indo ao mercado. Não havia ninguém para olhá-la, não havia nenhum benefício em rir e ser graciosa.

— Só Deus sabe por que você não os desafia e parte, se ama tanto seus filhos — disse ela querendo que eu criasse problemas.

— Obrigada por seu bom conselho — eu disse. — Tenho certeza de que disse isso com a melhor das intenções.

— Bem, só Deus sabe o que acham que você faria sem mim para aconselhá-la.

— Só Deus sabe, realmente — repliquei animadamente.

— Há mulheres com que os homens se casam e há mulheres com que não — falou. — E você é o tipo de amante com que o homem não se preocupa em se casar. Com ou sem filhos.

Sorri para ela. Eu era tão lenta, tão menos sagaz do que Ana, que foi uma grande alegria quando, depois de algum tempo, surgiu uma resposta em minha mente morosa.

— Sim — repliquei. — Espero que tenha razão. Mas existe, sem dúvida, um terceiro tipo. O das mulheres com que os homens nunca se casam nem tomam como amantes. Mulheres que passam o Natal sozinhas. E esse parece ser o seu, minha irmã. Tenha um bom-dia.

Virei-me e deixei-a sem ter outra coisa a fazer a não ser um sinal com a cabeça para que os soldados que a acompanhariam partissem. Então, atravessaram o portão e tomaram a estrada para Kent. Quando partiu, alguns flocos de neve rodopiaram no ar.

ဢ

Estava claro o que aconteceria com a rainha assim que se instalasse em Greenwich para os festejos do Natal. Seria negligenciada e ignorada, e todos na corte saberiam que tinha perdido o favor. Era algo vil de se ver, como uma coruja sendo atacada durante o dia por pássaros inferiores.

Seu sobrinho, o Imperador da Espanha, soube de parte do que estava acontecendo. Enviou outro embaixador à Inglaterra, o embaixador Mendoza, um advogado astuto em quem se podia confiar para representar a rainha junto ao rei, e mais uma vez promover a harmonia entre Espanha e Inglaterra. Vi meu tio conferenciar em segredo com o cardeal Wolsey, e imaginei que não facilitariam a missão do embaixador Mendoza.

Eu tinha razão. Durante a celebração do Natal, o novo embaixador não teve permissão para vir à corte, seus documentos não foram reconhecidos, não foi autorizado a fazer a reverência ao rei, nem mesmo a ver a rainha. Suas mensagens e cartas eram vigiadas, ela tampouco pôde receber os presentes sem que fossem inspecionados pelos camareiros reais.

Passou o Natal, chegou o Dia de Reis, e o embaixador espanhol continuou sem permissão para ver a rainha. Somente em meados de janeiro Wolsey interrompeu seu jogo de gato e rato, e reconheceu que o embaixador Mendoza era realmente um representante genuíno do Imperador da Espanha e podia levar seus papéis à corte e suas mensagens à rainha.

Eu estava nos aposentos da rainha quando um pajem chegou, enviado pelo cardeal, para dizer que o embaixador tinha pedido para vê-la. A cor voltou à sua face, ela se levantou de um pulo.

— Deveria mudar o vestido, mas não há tempo.

Fiquei atrás de sua cadeira, a única dama presente, as outras estavam no jardim com o rei.

— O embaixador Mendoza trará notícias de meu sobrinho — sentou-se em sua cadeira. — E sei que ele conseguirá uma aliança entre meu sobrinho e meu marido. Famílias não devem brigar. A aliança entre Espanha e Inglaterra é muito antiga. As coisas dão errado quando nos dividimos.

Assenti com a cabeça e a porta se abriu.

Não era o embaixador com seu séquito, trazendo presentes, cartas e documentos privados de seu sobrinho. Era o cardeal, o maior inimigo da rainha, e ele introduziu o embaixador como um charlatão conduziria um urso dançante. O embaixador estava aprisionado. Não podia falar com a rainha a sós, qualquer segredo que tivesse levado em sua bagagem havia sido pilhado fazia muito tempo. Esse não era o homem capaz de refazer a aliança do rei com a Espanha. Não era o homem que poderia recuperar o *status* da rainha na corte. Era um homem praticamente sequestrado pelo cardeal.

A mão da rainha, quando a estendeu para que ele a beijasse, estava firme como uma rocha. A sua voz soou doce e perfeitamente modulada. Saudou o cardeal com toda calma. Ninguém diria, por seu comportamento, que era a sua condenação que chegava naquele dia, com o embaixador emburrado e o cardeal sorridente. Ela percebeu nesse momento que seus amigos e sua família eram impotentes para ajudá-la. Estava terrivelmente, vulneravelmente, completamente só.

※

Houve uma justa no fim de janeiro, e o rei recusou-se a montar. George foi escolhido para levar o estandarte real. Venceu pelo rei, e ganhou um novo par de luvas de couro como agradecimento.

Nessa noite, encontrei o rei com um humor sombrio, envolvido em um robe espesso, diante da lareira de sua câmara, com uma garrafa de vinho pela metade do seu lado, e outra vazia nas cinzas, sua borra escoando em uma poça vermelha.

— Está bem, Majestade? — perguntei cautelosamente.

Ergueu os olhos e vi que seus olhos azuis estavam congestionados, seu rosto indolente.

— Não — replicou com calma.

— Qual é o problema? — falei com ele com tanta ternura e tão à vontade quanto falaria com George. Nessa noite, não parecia um rei do terror. Parecia um menino, um menino triste.

— Não competi na justa hoje.

— Eu sei.

— E não quero voltar a montar.

— Nunca mais?

— Talvez nunca mais.

— Oh, Henrique, por que não?

Ele fez uma pausa.

— Tive medo. Não é uma vergonha? Quando começaram a me vestir com a armadura, percebi que estava com medo.

Eu não soube o que dizer.

— A justa é uma coisa perigosa — disse ele com ressentimento. — Vocês, mulheres, nas plataformas, com suas prendas e apostas, ouvindo os arautos soarem as trombetas, não se dão conta. É vida ou morte, se for derrubado. Não é uma brincadeira.

Esperei.

— E se eu morrer? — perguntou francamente. — E se eu morrer? O que vai acontecer?

Por um momento terrível, achei que estava perguntando sobre a alma imortal.

— Ninguém sabe ao certo — repliquei honestamente.

— Não é isso — agitou a mão. — O que será do trono? O que será da coroa do meu pai? Ele uniu este país depois de anos de luta, ninguém acreditava que conseguiria fazer isso. Ninguém, a não ser ele, teria conseguido. E conseguiu. Teve dois filhos homens. Dois, Maria! Portanto, quando Arthur morreu, ainda havia eu para sucedê-lo. Tornou o reino seguro por sua obra no campo de batalha e na cama. Herdei um reino tão seguro quanto possível: fronteiras seguras, lordes obedientes, um tesouro repleto de ouro, e não tenho ninguém a quem legar isso.

Seu tom foi tão amargo que não havia nada que eu pudesse dizer. Baixei a cabeça.

— Esta questão do filho homem está me corroendo. Vivo em um terror profano de morrer antes de pôr um filho no trono. Não posso competir na justa, nem mesmo caçar com medo. Vejo uma cerca à minha frente e em vez de confiar na minha coragem e incitar meu cavalo a saltar, esse *flash* se apresenta a mim, e me vejo morto com o pescoço quebrado em uma vala e a coroa da Inglaterra pendendo em um espinheiro, e qualquer um podendo pegá-la. E quem a pegaria? Quem?

A agonia em seu rosto e em sua voz foi demais para mim. Peguei a garrafa e enchi de novo o seu copo.

— Tem tempo — eu disse, pensando em como meu tio gostaria que eu dissesse isso. — Sabemos que foi fértil comigo. Nosso filho Henrique é a sua cópia.

Abraçou-se em seu manto mais um pouco.

— Pode ir — disse ele. — George a está esperando para levá-la de volta ao quarto?

— Ele sempre espera — eu disse, surpresa. — Não quer que eu fique?

— Meu coração está muito sombrio hoje — disse ele francamente. — Tenho de enfrentar o prospecto de minha própria morte e isso não me deixa com disposição para brincar entre os lençóis com você.

Fiz uma mesura. À porta, me detive e olhei para o quarto. Ele não me viu sair. Continuava arqueado em sua cadeira, envolvido em seu manto, olhando fixo para as brasas, como se fosse enxergar seu futuro nas cinzas rubras.

— Poderia se casar comigo — eu disse baixinho. — Já temos dois filhos, um deles, um menino.

— O quê? — olhou para mim, seus olhos azuis enevoados com seu próprio desespero.

Sei que meu tio gostaria que eu pressionasse. Mas nunca fui uma mulher do tipo que pressiona dessa maneira.

— Boa noite — eu disse delicadamente. — Boa noite, doce príncipe — e deixei-o com sua própria treva.

Primavera de 1527

A perda do poder da rainha foi se tornando cada vez mais visível. Em fevereiro, a corte recebeu enviados da França. Não foram atrasados enquanto seus papéis eram examinados, foram recebidos com festins e banquetes, enfim, todo tipo de festas, e logo ficou claro que estavam na Inglaterra para providenciar o casamento da princesa Mary ou com o rei Francis da França ou com seu filho. A princesa Mary foi chamada de seu tranquilo retiro no Castelo de Ludlow e apresentada aos diplomatas e encorajada a dançar, tocar, cantar e comer. Meu Deus! Como fizeram essa criança comer! Como se fosse possível que crescesse diante de seus olhos a tempo de aumentar suas medidas durante os meses de negociações. Meu pai, de volta da França, estava em toda parte — aconselhando o rei, servindo de intérprete para os enviados, em conferência sigilosa com o cardeal sobre como poderiam refazer a aliança da Europa e, finalmente, tramando com meu tio como a família poderia avançar nesses tempos turbulentos.

Os dois decidiram que Ana deveria retornar à corte. As pessoas começavam a se perguntar por que ela teria ido embora. Meu pai queria que os diplomatas franceses a vissem. Meu tio parou-me na escada a caminho dos aposentos da rainha para dizer que Ana ia retornar.

— Por quê? — perguntei, o mais rispidamente que me atrevi. — Henrique falou comigo sobre o seu desejo de um filho outra noite mesmo. Se ela voltar, vai estragar tudo.

— Ele falou do seu filho? — perguntou-me abruptamente, e diante do meu silêncio, sacudiu a cabeça. — Não. Você não fez nenhum progresso com o rei, Maria. Ana tinha razão. Não avançamos nada.

Virei a cabeça e olhei pela janela. Sabia que estava emburrada.

— E aonde acha que Ana os levará? — falei com irritação. — Ela não vai agir para o bem da família, não vai fazer o que mandarem. Ela agirá para o seu próprio bem, suas terras, seus próprios títulos.

Ele concordou com a cabeça, passando a mão do lado do seu nariz.

— Sim, ela é uma mulher egoísta. Mas ele não para de perguntar por ela, ele a deseja como nunca desejou você.

— Teve dois filhos comigo!

As sobrancelhas escuras de meu tio se ergueram com a minha voz exaltada. Imediatamente, voltei a baixar a cabeça.

— Desculpe. O que mais posso fazer? O que Ana pode fazer que eu não fiz? Amei-o, deitei-me com ele, dei-lhe dois filhos. Nenhuma mulher pode fazer mais do que isso. Nem mesmo Ana, embora ela seja tão preciosa para todos.

— Talvez ela possa fazer mais — replicou ele, ignorando meu rancor irrelevante. — Se conceber uma criança dele imediatamente, talvez se case com ela. Está tão louco por ela que é capaz disso. Está louco por ela, está louco por um filho, os dois desejos podem se unir.

— E eu? — gritei.

Ele deu de ombros.

— Pode voltar para William — replicou, como se isso não tivesse a menor importância.

Alguns dias depois, Ana retornou à corte tão discretamente quanto tinha partido e, no mesmo dia, já era o centro das atenções de todos. Voltou a dividir o quarto comigo e a ser a minha acompanhante, e me vi atando os cordões de seu vestido quando acordávamos de manhã, e penteando seu cabelo à noite. Eu a servia exatamente como ela tinha me servido.

— Não receia que eu o tenha reconquistado? — perguntei com curiosidade, enquanto a penteava antes de nos deitarmos.

— Você não tem importância — disse ela com segurança. — Nem por um instante. Esta é a minha primavera, esse será o meu verão. Eu o terei na palma da minha mão. Nada o libertará do meu feitiço. Não importa o que você pode fazer, o que qualquer uma fizer. Ele está embriagado. Ele é meu.

— Somente durante a primavera e o verão? — perguntei.

Ana pareceu pensativa.

— Oh, quem pode segurar um homem por muito tempo? Ele está na crista da onda do seu desejo, posso mantê-lo lá. Mas no fim, a onda tem de quebrar. Ninguém fica apaixonado para sempre.

— Se quiser se casar com ele, terá de segurá-lo por muito mais tempo do que duas estações. Acha que consegue mantê-lo por um ano? Por dois?

Quase gargalhei ao perceber a confiança se esvair de seu rosto.

— Quando ele estiver livre para se casar, *se* chegar a ficar livre para isso, não a estará desejando mais, de qualquer maneira. Você estará em decadência, Ana. Estará quase esquecida. Uma mulher que já passou de seus melhores anos, que chegou à faixa dos 25 e continua solteira.

Deixou-se cair na cama, batendo no travesseiro.

— Não me deseje mal — disse ela com irritação. — Meu Deus, às vezes você parece uma bruxa velha. Qualquer coisa pode me acontecer. Vai ser você que decairá, porque é você que é preguiçosa demais para construir seu próprio destino. Mas acordo todo dia com uma determinação inabalável de traçar o meu próprio caminho. Tudo pode me acontecer.

☙

Em maio, a negociação com o enviado francês estava praticamente encerrada. A princesa Mary se casaria ou com o rei francês ou com seu segundo filho assim que se tornasse mulher. Realizaram um grande torneio de tênis para celebrar e Ana foi designada para organizar as partidas, e estava fazendo uma relação de todos os tenistas da corte, colocando seus nomes em pequenas flâmulas. O rei encontrou-a cismando, com uma bandeirinha distraidamente pressionada no coração.

— O que tem aí, Srta. Bolena?

— A relação de jogadores — respondeu ela. — Tenho de combinar os cavalheiros de maneira justa, de modo que todos possam jogar e que possamos ter um verdadeiro vencedor.

— Eu me referia a isso na sua mão.

Ana sobressaltou-se.

— Eu me esqueci de que a estava segurando — replicou rapidamente. — É apenas um dos nomes. Eu os estou dispondo por ordem de partida.

— E quem é o cavalheiro que a senhorita segura tão firme?

Ela conseguiu corar.

— Não sei, não olhei o nome.

— Posso? — ele estendeu a mão.

Ela não lhe deu a bandeirinha.

— Não é nada. Simplesmente estava na minha mão enquanto eu ordenava os nomes. Vou pô-lo em seu lugar para que possa avaliar a ordem, Majestade.

Ele ficou alerta.

— Parece envergonhada, Srta. Bolena.

Ela inflamou-se ligeiramente.

— Não estou envergonhada de nada. Só não quero passar por tola.

— Tola?

Ana virou a cabeça.

— Por favor, deixe-me colocar este nome no lugar e poderá me aconselhar na ordenação.

Ele estendeu a mão.

— Quero saber qual é o nome na flâmula.

Por um momento terrível, achei que ela não estava encenando. Por um terrível momento, achei que ele estava para descobrir que ela estava trapaceando, tentando colocar nosso irmão, George, no melhor lugar. Ela ficou tão completamente confusa e aflita com a sua insistência em saber o nome que cheguei até mesmo a pensar que tivesse sido descoberta. O rei parecia um de seus melhores perdigueiros na pista certa. Ele sabia que ela estava escondendo alguma coisa e foi tomado por sua curiosidade e desejo.

— Eu ordeno que me mostre — disse ele com calma.

Com muita relutância, Ana pôs a pequena flâmula em sua mão, fez uma mesura, e se afastou. Não olhou para trás, mas quando ficou fora de vista, todos ouvimos seus saltos batendo no chão e sua saia farfalhando enquanto corria da quadra de tênis para o caminho de pedra que levava ao castelo.

Henrique abriu a mão e viu o nome na flâmula que ela tinha levado ao peito. Era o seu próprio nome.

CB

O torneio de tênis de Ana levou dois dias para ser concluído e ela era vista em toda parte, rindo, organizando, arbitrando e marcando os pontos. No final, só faltavam quatro partidas: o rei contra o meu irmão George, meu marido

William Carey contra Francis Weston, Thomas Wyatt, recentemente de volta da França, contra William Brereton, e uma partida entre dois joões-ninguém que aconteceria enquanto jantávamos.

— É melhor se certificar de que o rei não jogue com Thomas Wyatt — eu disse a Ana em voz baixa enquanto o nosso irmão George e o rei entravam na quadra.

— Por quê? — perguntou ela inocentemente.

— Porque há muita coisa envolvida nisso. O rei quer vencer diante dos enviados franceses e Thomas Wyatt quer vencer para impressionar você. O rei não vai aceitar ser derrotado em público por Thomas Wyatt.

Ela encolheu os ombros.

— Ele é um cortesão. Não vai se esquecer do jogo principal.

— Que jogo principal?

— Seja tênis seja justa seja arco e flecha seja flerte, o jogo principal é manter o rei feliz — disse ela. — É só para isso que estamos aqui, é só isso o que importa. E todos sabemos disso.

Inclinou-se à frente. Nosso irmão, George, estava posicionado, pronto para sacar, o rei estava alerta e preparado. Ela ergueu seu lenço branco e o deixou cair. George sacou, um bom saque, bateu no telhado e caiu fora do alcance de Henrique. Ele se arremessou para a bola e a devolveu. George, ágil e doze anos mais novo, deu uma cortada e a bola passou pelo rei, que levantou a mão admitindo o ponto.

O segundo saque foi fácil para o rei rebater, e a bola retornou suave sem George nem mesmo tentar alcançá-la. A partida crescia e diminuía, os dois homens correndo e rebatendo a bola com toda força que podiam, aparentemente sem clemência, sem favores. George perdia consistentemente, mas fazia isso tão cuidadosamente que qualquer um acharia que o rei jogava melhor. Na verdade, provavelmente fosse o melhor jogador em termos de habilidade e táticas. Só que George podia correr duas vezes mais que ele. Só que George era esguio e saudável, um jovem de 24 anos, enquanto o rei era um homem corpulento, um homem a caminho da meia-idade.

O fim do primeiro *set* se aproximava, quando George mandou uma bola alta. Henrique pulou para rebatê-la e fazer o ponto, mas caiu no chão e deu um grito terrível.

Todas as damas da corte gritaram, Ana ficou de pé imediatamente. George saltou sobre a rede e foi o primeiro a estar ao lado do rei.

— Oh, Deus, o que foi isso? — perguntou Ana.

A cara de George estava lívida.

— Chamem um médico — gritou. Um pajem disparou para o castelo, Ana e eu corremos ao portão da quadra, o empurramos e entramos.

Henrique estava vermelho e praguejando de dor. Estendeu o braço e segurou firme a minha mão.

— Maldição. Maria, livre-se dessa gente toda.

Virei-me para George.

— Afaste todo mundo.

Percebi o olhar rápido e constrangido que Henrique lançou a Ana e me dei conta de que a dor era menor do que a do ferimento de seu orgulho por ela vê-lo no chão com lágrimas sob suas pálpebras.

— Vá, Ana — eu disse baixinho.

Ela não discutiu. Retirou-se para o portão e esperou, com toda a corte, para saber o que tinha derrubado o rei no momento de sua jogada triunfante.

— Onde é a dor? — perguntei com urgência. O meu terror era que apontasse para o peito ou para a barriga, e que algo tivesse se rompido dentro dele, ou que o seu coração parasse de bater. Algo profundo e irreparável.

— Meu pé — disse ele, sufocando com as palavras. — Que besteira. Caí com ele de lado. Acho que quebrou.

— Seu pé? — o alívio quase me fez rir alto. — Meu Deus, Henrique, achei que estivesse morto.

Ergueu os olhos ao ouvir isso e riu largo franzindo a testa.

— Morto de tênis? Desisti de combater na justa por segurança, e acha que poderia ter morrido de tênis?

Eu estava sem ar de alívio.

— Morto de tênis! Não! Mas achei... foi tão súbito, e caiu tão rápido...

— E pela mão do seu irmão! — concluiu, e então, de repente, nós três estávamos dando gargalhadas, a cabeça do rei aninhada em meu colo. George segurando as suas mãos, e o rei dividido entre a dor cruciante de seu pé quebrado e a ideia ridícula de que os Bolena tivessem tentado assassiná-lo com o tênis.

༺

Os enviados franceses iam partir, com seus tratados assinados, e teríamos um grande baile de máscaras como despedida. Aconteceria nos aposentos da rainha, sem o seu convite, sem nem mesmo ser esse o seu desejo. O mestre de folias simplesmente chegou e anunciou abruptamente que o rei tinha ordenado que a mascarada acontecesse em seus aposentos. A rainha sorriu como se fosse exatamente isso que ela quisesse e deixou-o tirar as medidas para os toldos, tapeçarias e cenário. As damas da rainha deveriam usar vestidos dourados ou prateados e dançar com o rei e seus companheiros que entrariam disfarçados.

Pensei em quantas vezes a rainha tinha fingido não reconhecer seu marido quando ele chegava disfarçado, em quantas vezes o tinha observado dançar com as damas, em quantas vezes ele havia me conduzido na frente dela e agora, ela e eu o observaríamos dançar com Ana. Nem uma pequena centelha de ressentimento atravessou seu rosto nem por um instante. Achou que escolheria os dançarinos, como sempre tinha feito, uma pequena condescendência, uma das muitas maneiras de controlar a corte. Mas o mestre de dança já tinha uma lista das damas que representariam os papéis. Tinham sido escolhidas pelo rei, e a rainha tinha ficado sem nada para fazer, era nada em seus próprios aposentos.

Levaram um dia todo preparando a mascarada, e a rainha acabou sem lugar onde ficar quando colocavam as tapeçarias nas paredes de madeira. Retirou-se para a sua câmara privada enquanto o resto de nós experimentava os vestidos e ensaiava as danças, excitadas demais para perceber que não escutaríamos a música com o barulho dos trabalhadores. A rainha foi se deitar cedo para escapar do barulho e da desordem, enquanto nós comíamos tarde no salão.

No dia seguinte, os enviados franceses foram almoçar, ao meio-dia, no salão. A rainha sentou-se à direita de Henrique, mas ele não tirou os olhos de Ana. As trombetas soaram e os criados entraram como soldados, todos no mesmo passo em suas librés, levando os pratos à mesa principal e, depois, às outras. Foi um banquete de proporções burlescas. Todo tipo de animal havia sido morto, estripado e cozinhado para demonstrar a riqueza do rei e de seu reino. O ápice do banquete foi o prato de aves com um pavão cozido, apresentado com todas as suas penas. Estava recheado com um cisne recheado, por sua vez, com uma cotovia. A tarefa do trinchante era conseguir uma fatia de cada ave sem afetar a beleza do prato. Henrique provou de tudo, mas vi Ana recusar tudo o que lhe era oferecido.

Henrique fez um sinal ao criado e sussurrou algo em seu ouvido. Mandou o coração do prato para Ana, a cotovia. Ela ergueu os olhos como se estivesse surpresa — como se não tivesse acompanhado cada gesto dele — e lhe sorriu, baixando a cabeça em agradecimento. Então, provou a carne. Quando ela pôs uma pequena fatia em sua boca sorridente, eu o vi estremecer de desejo.

Depois do jantar, a rainha e suas damas, inclusive Ana e eu, retiraram-se para seus quartos para trocarem de roupa. Ana e eu ajudamos uma a outra a amarrar apertado os cordões dos corpetes de nossos vestidos dourados, e Ana queixou-se de quando apertei.

— Cotovia em excesso — eu disse antipaticamente.

— Viu como ele me olhava?

— Todo mundo viu.

Puxou o capelo francês bem para trás, de modo que seu cabelo escuro aparecesse, e ajeitou o "B" dourado, que nunca tirava, ao redor do pescoço.

— O que você vê quando meu capelo é puxado assim para trás? — falou com a expressão convencida. — Um rosto sem rugas, cabelo lustroso e escuro sem um único fio grisalho — recuou um pouco do espelho e admirou o vestido dourado. — Vestida como uma rainha — disse ela.

Houve uma batida na porta e Jane Parker pôs a cabeça pela porta.

— Trocando segredos? — perguntou ela, ansiosamente.

— Não — repliquei inutilmente. — Apenas nos vestindo.

Ela abriu a porta e passou para dentro. Usava um vestido prateado, bem decotado e bem puxado para baixo para mostrar seus seios, e um capelo também prateado. Quando viu como Ana estava usando o capelo, foi imediatamente ao espelho e puxou também o seu para trás. Ana piscou o olho para mim.

— Ele a prefere a todas as outras — disse ela confidencialmente a Ana.

— Qualquer um pode ver que a deseja.

— Realmente.

Jane virou-se para mim.

— Você não fica com ciúmes? Não é estranho se deitar com um homem que deseja a sua irmã?

— Não — respondi sem rodeios.

Nada detinha essa mulher. A sua especulação era como o rastro viscoso deixado por uma serpente.

— Eu acharia muito estranho. E depois, quando sai da cama dele, entra na cama com Ana, e as duas ficam lado a lado quase nuas. Ele deve desejar vir para cá e possuir as duas ao mesmo tempo!

Fiquei pasma.

— Esta é uma conversa indecente. Sua Majestade se sentiria insultado.

Ela deu um sorriso que se ajustaria mais a um bordel do que a um quarto de damas.

— É claro, há somente um homem que entra aqui, com as duas belas irmãs, tarde da noite. O meu marido. Sei que ele vem quase todas as noites. Certamente, ele nunca está na minha cama.

— Bom Deus, quem pode culpá-lo? — exclamou Ana francamente. — Eu preferiria dormir com um verme a tê-la sussurrando em meu ouvido a noite toda. Vá, Jane Parker, e leve a sua boca suja e a sua mente pior ainda ao seu devido lugar. Maria e eu vamos dançar.

ଓଃ

Assim que os enviados franceses partiram, como se estivesse esperando por silêncio e discrição absoluta, o cardeal Wolsey criou um tribunal secreto e convocou testemunhas, promotores e réus. Ele era o juiz, é claro. Dessa maneira parecia ser Wolsey, somente Wolsey, agindo por princípios, e não por ordens. Dessa maneira o divórcio poderia ser ordenado pelo Papa e não pedido pelo rei. Surpreendentemente, o tribunal de Wolsey permaneceu secreto. Ninguém, exceto aqueles levados em silêncio rio abaixo a Westminster, sabiam dele. Nem minha mãe, sempre alerta ao que beneficiaria a família, nem tio Howard, mestre dos espiões. Nem eu, aquecida na cama do rei, nem Ana envolvida em sua confiança. E o mais importante, nem mesmo a rainha tinha conhecimento de seu julgamento. Durante três dias, julgaram o casamento de uma mulher inocente, e ela nem sequer sabia disso.

Pois o tribunal secreto de Wolsey, em Westminster, julgaria o próprio Henrique por coabitar ilegalmente com a mulher de seu irmão morto, Arthur: uma acusação tão grave e um tribunal tão absurdo, que devem ter-se beliscado ao fazerem o juramento de lealdade e verem o seu rei dirigir-se ao banco de réus, a cabeça penitentemente baixa, acusado de pecar por seu próprio lorde chanceler. Henrique confessou que tinha se casado com a mulher do seu irmão com base em uma dispensação papal equivocada. Disse que, na época, e depois, tivera "graves dúvidas". Wolsey, inabalável, ordenou que a questão fosse apresentada a um núncio apostólico — seu lado imparcial — e o rei concordou, nomeou um advogado e se retirou. O tribunal reuniu-se em sessão por três dias e convocou teólogos para fornecerem provas de que era ilegítimo casar-se com a mulher de seu irmão morto. A rede de espionagem do meu tio finalmente soube do tribunal secreto quando houve o inquérito do bispo de Lincoln. Imediatamente, Ana, George e eu fomos chamados a seus aposentos em Windsor.

— Divorciado com que propósito? — perguntou, excitado.

Ana ficou quase sem fôlego com a notícia.

— Deve estar fazendo isso por mim. Deve estar pensando em afastar a rainha por mim.

— Ele lhe fez uma proposta? — perguntou meu tio, indo direto ao ponto.

Ela o encarou.

— Não. Como poderia? Mas aposto o que quiser que fará assim que estiver livre da rainha.

Meu tio balançou a cabeça, assentindo.

— Por quanto tempo consegue segurá-lo?

— Quanto tempo vai levar isso? — contrapôs Ana. — O tribunal está em sessão, vai pronunciar o julgamento, a rainha vai ser posta de lado, e o rei estará, por fim, livre. E *voilà*! Aqui estou eu!

Contra a vontade, ele riu de sua segurança.

— *Voilà*! Aí está você — concordou ele.

— Então concorda, serei eu — Ana negociou com ele. — Maria deve partir ou ficar quando eu pedir. A família vai me apoiar com o rei, quando eu precisar. O jogo será para me beneficiar. Não há escolha. Maria não será reintegrada, vocês não a promoverão. Sou a única garota Bolena que porão em evidência.

Meu tio olhou para o meu pai. Meu pai olhou de uma filha para a outra e encolheu os ombros.

— Duvido que seja uma das duas — disse ele sem rodeios. — Certamente ele vai almejar mais do que uma pessoa comum. Claramente não será Maria. Seu apogeu já passou, ele agora esfriou com ela.

Senti um arrepio durante toda a sua análise fria, sem amor. Mas meu pai nem mesmo olhou para mim. Tratava-se de negócios.

— Portanto não será Maria. Mas duvido muito que a sua paixão por Ana o faça preferi-la a uma princesa francesa.

Meu tio refletiu por um instante.

— Qual apoiaremos?

— Ana — aconselhou minha mãe. — Está louco por ela. Se ele conseguir se livrar de sua mulher ainda neste mês, acho que terá Ana.

Meu tio olhou da minha irmã para mim, como se escolhesse uma maçã para comer.

— Ana, então — disse ele.

Ana nem mesmo sorriu, apenas deu um suspiro de alívio.

Meu tio empurrou sua cadeira para trás e se pôs de pé.

— E eu? — perguntei sem jeito.

Todos olharam para mim, como se tivessem esquecido, por um momento, que eu estava lá.

— E eu? Devo ir para a sua cama, se me chamar? Ou devo me recusar?

Meu tio não decidiu. Foi nesse momento que senti a supremacia de Ana. Meu tio, o chefe de minha família, a fonte de autoridade em meu mundo, olhou para a minha irmã, esperando a sua decisão.

— Ela não pode se recusar — replicou ela. — Não queremos uma prostituta qualquer em sua cama, distraindo-o. Ele tem de ficar com Maria como amante, à noite, e continuar apaixonado por mim durante o dia. Mas tem de ser obtusa, Maria. Como uma esposa obtusa.

— Não sei se conseguirei fazer isso — repliquei com irritação.

Ana deu sua gargalhada sensual.

— Oh, você consegue — disse ela com um sorriso furtivo para o meu tio. — Você consegue parecer perfeitamente obtusa, Maria. Não se subestime.

Percebi meu tio reprimir um sorriso e minha face se inflamou de raiva. George inclinou-se para mim e senti o peso confortante de seu ombro, como se me fizesse lembrar que não me adiantaria nada protestar.

Ana ergueu a sobrancelha para o meu tio e ele balançou a cabeça, indicando-lhe que podia ir. Ela se encaminhou à porta, segui a bainha de seu vestido, o que sempre tivera pavor de um dia ter de fazer. Mantive os olhos baixos, enquanto ela nos conduzia para o sol lá fora, passando pelo local de arco e flecha, que dava para o jardim e os terraços em declive até o fosso, e então, a pequena cidade e o rio além. George tocou minha mão, mas mal senti seus dedos. Estava consumida pela raiva de ter sido posta de lado em prol da minha irmã. A minha própria família tinha decidido que eu seria a prostituta e ela, a esposa.

— Então, serei rainha — disse ela, com ar sonhador.

— Serei o cunhado do rei da Inglaterra — disse George, como se não acreditasse.

— E eu serei o quê? — falei com raiva. Não seria mais a favorita do rei, não seria o centro da corte. Perderia a posição por que lutara desde os 12 anos. Eu seria a prostituta do ano passado.

— Você será a minha dama de companhia — replicou Ana com doçura. — Será a outra garota Bolena.

૭ઙ

Ninguém sabia até onde a rainha tinha conhecimento do revés que estava sendo preparado para ela. Era uma rainha de gelo e pedra nesses dias de primavera, enquanto o cardeal rebuscava as universidades da Europa à cata de provas contra uma esposa que era completamente inocente de qualquer pecado. Como se para desafiar as Parcas, a rainha começou a trabalhar mais uma toalha para o altar, um par para a que tinha trabalhado antes. As duas seriam um projeto que levaria anos, e envolveria todo um séquito de damas de honra, para ser concluído. Era como se tudo, até mesmo a sua costura, devesse demonstrar ao mundo que ela viveria e morreria como rainha da Inglaterra. Como poderia ser diferente? Nenhuma rainha havia sido posta de lado antes.

Ela tinha me pedido para ajudá-la a esboçar o céu azul acima dos anjos. Havia sido desenhado para ela por um artista florentino no novo estilo, com corpos redondos sensuais semiocultos pelas asas dos anjos e rostos expressivos, vivos, dos pastores ao redor da manjedoura. Olhar o desenho era tão bom quanto assistir a uma peça, as pessoas vívidas como se estivessem vivas. Fiquei feliz por não ser eu que tivesse de ter de acompanhar as pequeninas linhas detalhadas com a minha agulha. Muito antes de o céu estar terminado, Wolsey teria passado a sentença, o Papa confirmado, e ela estaria divorciada e em um convento, e as freiras costurariam os difíceis drapejados das asas emplumadas, enquanto nós, os Bolena, fechávamos a armadilha no rei solteiro. Terminei uma meada comprida de seda azul para um quadradinho mínimo de céu e levei minha agulha à janela estreita quando, de súbito, vi a cabeça castanha de meu irmão subir correndo os degraus à volta do fosso, e como logo ficou fora de vista, estiquei o pescoço tentando ver para onde ia.

— O que foi, Lady Carey? — perguntou a rainha, a voz inalterável.

— Meu irmão entrou correndo — repliquei. — Posso descer para vê-lo, Majestade?

— É claro — disse ela, calmamente. — Se forem notícias importantes, pode trazê-las diretamente a mim, Maria.

Saí do quarto e desci correndo, ainda segurando a agulha, até o salão.

— O que aconteceu? — perguntei.

— Tenho de ver papai — disse ele. — O Papa foi capturado.

— O quê?

— Onde está papai? Onde ele está?

— Talvez com os escreventes.

George dirigiu-se imediatamente a seus escritórios. Corri atrás dele e segurei na sua manga, mas ele puxou o braço.

— Espere, George! Capturado por quem?

— Pelo exército da Espanha, e dizem que perderam o controle, que saquearam a Cidade Santa e capturaram Sua Santidade.

Parei por um momento, em choque.

— Vão soltá-lo — eu disse. — Não podem ser tão... — faltaram-me as palavras. George quase pulava na urgência de seguir em frente.

— Pense! — aconselhou-me. — O que significa o Papa ser capturado pelos exércitos da Espanha? O que isso implica?

Sacudi a cabeça.

— Que o Santo Padre está em perigo — respondi sem convicção. — Não se pode capturar o Papa...

George riu alto.

— Boba! — puxou-me pela mão escadaria acima até os escritórios. Bateu na porta e pôs a cabeça para dentro. — Meu pai está aqui?

— Com o rei — respondeu alguém. — Em sua câmara privada.

George deu meia-volta e desceu correndo. Levantei a saia comprida e corri, esbaforida atrás dele.

— Não entendo.

— Quem pode dar o divórcio ao rei? — perguntou, parando na curva da escada. Olhou para mim, seus olhos castanhos inflamados de excitação. Hesitei, alguns degraus acima, na escada circular.

— Somente o Papa — gaguejei.

— Quem domina o Papa?

— Carlos de Espanha, você disse.

— Quem é a tia de Carlos de Espanha?

— A rainha.

— Acha que o Papa concederá o divórcio agora?

Parei. George subiu os dois degraus e deu um beijo em minha boca aberta.

— Garota boba — disse afetuosamente. — Esta é uma notícia desastrosa para o rei. Ele nunca vai se livrar dela. Deu tudo errado, e para nós, os Bolena, também.

Agarrei sua mão antes que se fosse.

— Então por que está tão feliz? George! Se fomos arruinados, por que está tão feliz?

— Não estou feliz — riu ele. — Estou enlouquecido — quase gritou. — Por um momento, acreditei em nossa própria loucura. Comecei a acreditar que Ana seria a sua esposa e a próxima rainha da Inglaterra. Agora estou são de novo. Graças a Deus. Por isso rio. Agora, tenho de ir, tenho de contar ao nosso pai. Recebi a notícia por um barqueiro que subia o rio com uma mensagem para o cardeal. Papai vai gostar de saber antes, se eu puder encontrá-lo.

Deixei-o ir, em seu arrebatamento não havia como prendê-lo.

Ouvi suas botas batendo nos degraus de pedra e, então, o barulho de uma porta se abrindo no salão, o latido de um cão quando chutado para o lado, e então a porta sendo fechada com um rangido. Deixei-me cair no degrau em que me deixara, a agulha de bordar da rainha ainda na minha mão, me perguntando onde nós, os Bolena, estávamos agora, já que todo o poder havia voltado para a rainha.

George não tinha me dito se eu podia ou não contar à rainha e achei mais seguro não falar nada quando retornei a seus aposentos. Passei a mão no rosto, ajeitei o corpete do vestido, e me recompus antes de abrir a porta.

Ela já sabia. Percebi pela maneira como a toalha do altar havia sido deixada de lado e ela olhava pela janela, como se conseguisse ver até a Itália e seu jovem e vitorioso sobrinho que havia prometido reverenciá-la e amá-la, entrando triunfante em Roma. Quando cheguei, lançou-me um olhar de relance cauteloso, e reprimiu um risinho ao ver minha expressão atônita.

— Soube da notícia? — adivinhou ela.

— Sim. Meu irmão corria para contar ao meu pai.

— Isso vai mudar tudo. Tudo.

— Sei.

— E a sua irmã vai ficar em uma posição difícil, quando souber — disse ela com astúcia.

Um risinho irresistível me escapou.

— Ela se diz uma donzela à deriva! — eu disse com uma risada queixosa.

A rainha levou a mão à boca.

— Ana Bolena? À deriva?

Confirmei com a cabeça.

— Deu ao rei uma joia gravada com uma donzela em um barco à deriva!

A rainha pôs as juntas na boca.

— Psiu! Silêncio!

Ouvimos o barulho de pessoas no lado de fora do quarto e, com um movimento rápido, puxou para si a prancheta com o bordado, o ornamento triangular de seu pesado capelo inclinado sobre o seu trabalho, a face grave. Relanceou os olhos para mim e fez um sinal com a cabeça para que eu retomasse o meu trabalho. Olhei para a agulha e linha, que não largara nem por um instante, de modo que quando os guardas abriram a porta, a rainha e eu bordávamos, laboriosamente, em silêncio.

Era o rei em pessoa, sem acompanhantes. Ele entrou, me viu, deteve-se por um instante, e então se aproximou, como se tivesse ficado feliz em ter-me como testemunha para o que dissesse à sua esposa por tantos anos.

— Parece que o seu sobrinho cometeu o mais terrível de todos os crimes — disse sem preâmbulo algum, a voz carregada de raiva.

Ela ergueu a cabeça.

— Majestade — e fez uma reverência.
— Eu disse o mais terrível dos crimes.
— Por quê? O que ele fez?
— O seu exército capturou o Santo Padre, o aprisionou. Um ato de blasfêmia, um pecado contra São Pedro.

Uma pequena linha sulcou sua face cansada.

— Estou certa que o libertará e o devolverá imediatamente — disse ela. — Por que não o faria?

— Não fará isso porque sabe que se mantém o Papa em seu poder, tem todos nós em suas mãos! Sabe que somos meros instrumentos! Quer nos governar, controlando o Papa!

A cabeça da rainha tinha voltado ao seu trabalho, mas eu não consegui tirar os olhos de Henrique. Era um novo homem, um homem que eu não conhecia. A sua raiva era diferente. Estava friamente furioso. Nesse dia, ele tinha todo o poder de um homem adulto que havia sido tirano desde os 18 anos.

— Ele é um jovem muito ambicioso — concordou ela, com doçura. — Como você era na sua idade, eu me lembro.

— Não procuro comandar a Europa toda e destruir os planos de homens maiores! — disse ele com mordacidade.

Ela ergueu os olhos para ele e sorriu confiante como sempre.

— Não — concordou ela. — É quase como se ele fosse guiado divinamente, não?

༄

Meu tio decretou que todos devíamos nos comportar como se não tivéssemos sido derrotados. Portanto como se nada tivesse dado errado para nós, como se os Bolena não tivessem sido derrubados, a risada, a música e os flertes continuaram nos aposentos de Ana. Ninguém os chamava mais de meus aposentos, embora tivessem sido dados a mim, mobiliados para mim. Assim como a rainha se tornara um fantasma, eu me tornara uma sombra. Ana tinha vivido e dormido na minha cama, mas agora ela era a substância, e eu, a sombra. Era Ana que pedia cartas, Ana que pedia o vinho, e Ana que erguia os olhos e dava aquele seu sorriso atraente e confiante quando o rei chegava.

Não me restava nada a fazer a não ser ficar em segundo lugar e sorrir. O rei podia deitar-se comigo à noite, mas durante o dia todo ele era de Ana. Pela primeira vez durante esse tempo todo que fui sua amante, eu me senti realmente uma prostituta, e era a minha própria irmã que me aviltava.

A rainha, deixada sozinha grande parte do tempo, continuava a trabalhar a toalha do altar, a passar horas no genuflexório, e a se encontrar constantemente com seu confessor, John Fisher, bispo de Rochester. Ele passava muitas horas com ela, e saía de sua câmara em silêncio, com a expressão grave. Costumávamos observá-lo descer a colina até seu barco, e ríamos de seu andar lento. Andava com a cabeça baixa, como se pesasse de pensamentos.

— Ela deve ter pecado como o diabo — disse Ana. Todos ouviram, aguardando a piada.

— Oh, por quê? — George provocou-a.

— Porque se confessa durante horas todos os dias — exclamou ela. — Só Deus sabe o que essa mulher deve ter feito. Ela se confessa por mais tempo do que eu como!

Houve risos vulgares e bajuladores, e Ana bateu palmas pedindo música. Casais se posicionaram para dançar. Fiquei à janela, observando o bispo se afastar do castelo e da rainha, e me perguntei o que, de fato, esses dois discutiam por tanto tempo. Será que ela sabia exatamente o que o rei estava planejando? Será que esperava virar a igreja, a igreja da Inglaterra, contra o rei?

Consegui passar pelos que dançavam e me dirigi aos aposentos da rainha. Como sempre, nesses tempos, estava em silêncio, a música não se infiltrava pelas janelas abertas, as portas estavam fechadas, quando antes ficavam escancaradas aos visitantes. Eu as abri e entrei.

A sala em que recebia estava vazia. A toalha do altar estava onde tinha deixado, aberta sobre bancos. O céu estava pela metade, nunca seria concluído se ninguém trabalhasse com ela. Eu me perguntei como ela conseguia bordar sozinha em um canto, vendo metros e metros de material vazio à sua frente. O fogo tinha se apagado na lareira, a sala estava fria. Tive um momento de verdadeira apreensão. Por um instante, pensei: e se ela foi levada? Era um pensamento maluco, pois quem pode prender uma rainha? Aonde uma rainha poderia ser levada? Mas por um instante, realmente pensei que o vazio e silêncio da sala só podiam significar uma única coisa: que Henrique tinha se enfurecido, e, de súbito, determinado a não esperar nem mais um momento, mandado seus soldados a levarem.

Então, ouvi um leve ruído. Era tão compadecido, que pensei que fosse o lamento de uma criança. Vinha de sua câmara privada.

Não parei para pensar. Havia um quê nesse choro sentido que não chamaria ninguém. Abri a porta e entrei.

Era a rainha. Sua cabeça estava nas belas cobertas sobre sua cama, seu capelo torto em sua cabeça. Estava ajoelhada como se fosse rezar, mas estava com as colchas na boca, e todo som que conseguia emitir era um gemido pungente, aterrador, de uma tristeza profunda. O rei estava em pé atrás dela, as mãos nos quadris, como um carrasco na Torre de Londres. Olhou por cima do ombro, quando a porta se abriu, e me viu. Mas não demonstrou ter-me reconhecido. Sua expressão estava impassível, inflexível, como um homem que estivesse para além de si mesmo.

— Portanto devo lhe dizer que o casamento foi realmente ilegítimo e deve ser e será anulado.

A rainha ergueu da cama o rosto manchado de lágrimas.

— Tivemos a dispensação.

— Um Papa não pode dispensar com a lei de Deus — replicou Henrique com firmeza.

— Não é a lei de Deus... — sussurrou ela.

— Não discuta comigo, senhora — interrompeu-a Henrique. Temia a inteligência dela. — Tem de saber que não será mais a minha esposa e minha rainha. Tem de abdicar.

Voltou sua face em lágrimas para ele.

— Não posso — disse ela. — Mesmo que eu quisesse. Sou sua esposa e sua rainha. Nada pode impedir isso. Nada pode desfazer isso.

Ele encaminhou-se à porta, desejando desesperadamente se afastar de sua agonia.

— Eu lhe contei para que ficasse sabendo por mim — disse ele à porta. — Não pode se queixar de que não fui franco. Disse-lhe que tem de ser assim.

— Eu o amei durante anos — gritou ela. — Eu lhe dei minha feminilidade. Diga-me, de que maneira o ofendi? O que cheguei a fazer que lhe causasse desgosto?

Ele já tinha quase saído, comprimi-me na parede, para que passasse, mas ele se deteve e virou-se por um momento.

— Tinha de ter-me dado um filho — replicou simplesmente. — Não fez isso.

— Eu tentei! Só Deus sabe como, Henrique! Eu tentei! Gerei um filho seu, e se ele não sobreviveu a culpa não foi minha. Deus quis o nosso pequeno príncipe no céu. A culpa não foi minha.

A dor em sua voz o abalou, mas ele se afastou.

— Tinha de ter-me dado um filho — repetiu ele. — Tenho de ter um filho homem para a Inglaterra, Catarina, sabe disso.

O rosto dela estava desolado.

— Tem de se resignar à vontade de Deus.

— Foi Deus que me incitou a isso — gritou Henrique. — Foi Deus que me avisou que devo abandonar este casamento falso, pecaminoso, e recomeçar. E se assim for, ter um filho. Eu sei disso, Catarina, e você...

— Sim? — disse ela, tão rápido quanto seu galgo ao farejar algo, e de repente toda a sua coragem se manifestou. — E eu? Um convento? Velhice? Morte? Sou a princesa da Espanha e rainha da Inglaterra. O que pode me oferecer no lugar disso?

— É a vontade de Deus — repetiu ele.

Ela riu ao ouvir isso, um som apavorante, tão selvagem quanto seu choro.

— É a vontade de Deus que se desvie de sua verdadeira esposa e se case com uma qualquer? Com uma prostituta? Com a irmã de sua prostituta?

Gelei, mas Henrique tinha-se ido, empurrando-me para o lado para passar.

— É a vontade de Deus e a minha vontade! — gritou da câmara externa, e ouvimos a porta bater.

Recuei, querendo impedir que soubesse que a tinha visto chorar, querendo que não tivesse me visto, aquela que chamou de prostituta. Mas ela levantou a cabeça e disse simplesmente.

— Ajude-me, Maria.

Em silêncio, fui até ela. Era a primeira vez em sete anos que a via pedir ajuda. Estendeu o braço para ser ajudada a se levantar, e vi que mal conseguia se sustentar. Seus olhos estavam congestionados por causa do pranto.

— Deve descansar, Majestade — eu disse.

— Não posso — replicou. — Ajude-me a me ajoelhar no genuflexório e me dê um rosário.

— Majestade...

— Maria — sua voz rouca por causa do choro. — Ele vai me destruir, vai deserdar nossa filha, vai arruinar o país, e vai mandar sua alma imortal para o inferno. Tenho de rezar por ele, por mim, e por nosso país. E depois, tenho de escrever a meu sobrinho.

— Majestade, nunca deixarão sua carta chegar a ele.

— Tenho como fazer que chegue.

— Não escreva nada que possa ser usado contra a senhora, Majestade.

Deteve-se ao ouvir isso, sentindo o medo em minha voz. E então, deu um sorriso amargo, que não chegou aos seus olhos.

— Por quê? — perguntou. — O que acha que pode ser pior do que isso? Não posso ser acusada de traição. Sou a rainha da Inglaterra, eu *sou* a Inglaterra. Não posso me divorciar, sou a esposa do rei. Enlouqueceu na primavera, e vai se recuperar no outono. Tudo o que tenho a fazer é ultrapassar o verão.

— O verão Bolena — eu disse, pensando em Ana.

— O verão Bolena — repetiu ela. — Não pode durar mais de uma estação. — Ela segurou firme a almofada de veludo com suas mãos manchadas pela idade e percebi que já não escutava nem via nada neste mundo. Estava perto do seu Deus. Saí sem fazer ruído, fechando a porta atrás de mim.

☙

George estava me esperando, espreitando como um assassino.

— Nosso tio quer vê-la — disse ele sem rodeios.

— George, não posso ir. Dê uma desculpa qualquer.

— Vamos.

Pisei na faixa de luz que vinha da janela aberta e meus olhos piscaram ofuscados. Dava para ouvir alguém cantar e a risada despreocupada de Ana.

— Por favor, George, diga que não me encontrou.

— Ele sabe que estava com a rainha. Recebi ordens de esperar até você sair, independentemente da hora.

Sacudi a cabeça.

— Não posso traí-la.

George atravessou a sala, me segurou sob o cotovelo e me levou em direção à porta. Andou tão ligeiro que tive de correr para acompanhá-lo. E ao descermos a escadaria, eu teria caído se ele não me segurasse tão firme.

— Qual é a sua família? — perguntou com os dentes trincados.
— Bolena.
— Qual é o seu parentesco?
— Howard.
— Qual é a sua casa?
— Hever e Rochford.
— Qual é o seu reino?
— Inglaterra.
— Quem é o seu rei?
— Henrique.
— Então os sirva. Nessa ordem. Mencionei a rainha espanhola uma vez sequer nessa lista?
— Não.
— Lembre-se disso.
Lutei contra a sua determinação.
— George!
— Diariamente, abro mão de meus desejos por esta família — disse furioso a meia-voz. — Diariamente, me arraso de tanto servir a uma ou a outra irmã, e banco o alcoviteiro do rei. Diariamente, nego o meu próprio desejo, minha própria paixão, renego minha própria alma! Tornei minha vida um segredo para mim mesmo. Agora, venha.

Empurrou-me para dentro da sala privada de tio Howard sem bater. Meu tio estava sentado à sua mesa, o sol batendo forte em seus papéis, um ramalhete de rosas à sua frente. Ergueu os olhos quando entrei e seu olhar sagaz percebeu minha respiração acelerada e a aflição em minha face.

— Preciso saber o que se passou entre o rei e a rainha — disse ele sem rodeios. — Uma criada disse que você estava com eles.

Assenti com a cabeça.
— Eu a ouvi chorar e entrei.
— Ela chorou? — perguntou incrédulo.
Confirmei com a cabeça.
— Fale.
Fiquei calada por um momento.
Olhou para mim mais uma vez e o poder em seu olhar era imenso.
— Fale — repetiu.

— O rei disse-lhe que está tentando a anulação porque o casamento não é válido.

— E ela?

— Ela o censurou por causa de Ana, e ele não negou.

Uma chama intensa de alegria inflamou os olhos de meu tio.

— Como a deixou?

— Rezando — respondi.

Meu tio levantou-se e veio até mim. Calmamente, pegou minha mão e falou sem se alterar.

— Gosta de ver seus filhos no verão, não gosta, Maria?

Minha saudade de Hever, da pequena Catarina e do meu bebê me deixou desconcertada. Fechei os olhos por um momento e pude vê-los, senti-los em meus braços. Senti o cheiro doce do bebê de cabelo limpo e pele aquecida pelo sol.

— Se nos servir bem nisso, deixarei que vá a Hever por todo o verão, enquanto a corte estiver fora. Poderá passar o verão inteiro com seus filhos e ninguém a incomodará. Faça o seu trabalho e a dispensarei da corte. Mas terá de me ajudar, Maria. Tem de me dizer exatamente o que acha que a rainha está planejando.

Dei um suspiro.

— Ela disse que vai escrever a seu sobrinho. Disse que sabe como fazer a carta chegar às suas mãos.

Sorriu.

— Espero que descubra como ela envia as cartas a Espanha e que venha me contar. Faça isso e estará com seus filhos uma semana depois.

Reprimi meu senso de traição.

Ele voltou à sua mesa e aos seus papéis.

— Pode ir — disse com indiferença.

☙

A rainha estava à mesa quando entrei.

— Ah, Lady Carey, pode acender outra vela para mim? Não estou conseguindo enxergar o que escrevo.

Acendi outra vela e a coloquei perto do papel. Vi que escrevia em espanhol.

— Pode chamar o Señor Felipez? — pediu. — Tenho um serviço para ele.

Hesitei, mas ela levantou a cabeça do papel e fez um leve movimento com a cabeça. Fiz uma mesura e fui à porta, onde um criado estava de guarda.

— Vá buscar o Señor Felipez — mandei.

Ele chegou em um instante. Era o encarregado da copa, um homem de meia-idade que tinha vindo da Espanha quando Catarina se casou. Tinha permanecido a seu serviço e apesar de casado com uma inglesa e ter filhos ingleses, nunca perdera o sotaque espanhol nem seu amor pela Espanha.

Eu o introduzi na sala e a rainha relanceou os olhos para mim.

— Deixe-nos — disse ela. Eu a vi dobrar a carta e lacrá-la com seu próprio timbre, a romã da Espanha.

Saí e me sentei no vão da janela, esperando como a espiã que eu era, até vê-lo sair, enfiando a carta em seu gibão e, então, cansada, fui procurar tio Howard e contar tudo.

ᛞ

O Señor Felipez deixou a corte no dia seguinte e meu tio me encontrou subindo o caminho sinuoso ao topo do Castelo de Windsor.

— Pode ir a Hever — disse ele brevemente. — Fez sua parte.

— Tio?

— Vamos pegar o Señor Felipez quando ele zarpar de Dover para a França — disse ele. — Longe o bastante da corte para que a rainha não saiba de nada. Teremos sua carta para seu sobrinho e isso será a sua ruína. Será a prova de traição. Wolsey está em Roma, a rainha terá de concordar com o divórcio para salvar a própria pele. O rei ficará livre para se casar de novo. Nesse verão.

Pensei na convicção da rainha de que se conseguisse se manter até o outono, estaria segura.

— Noivado no verão, casamento público e coroação quando todos retornarmos de Londres no outono.

Engoli em seco. O conhecimento indiferente de que minha irmã seria rainha da Inglaterra e eu a prostituta descartada do rei me gelou por dentro.

— E eu?

— Pode ir para Hever. Quando Ana for rainha, poderá voltar à corte e servi-la como dama de companhia. Ela vai precisar de sua família ao seu redor. Mas por enquanto seu trabalho está feito.

— Posso ir hoje? — foi tudo o que perguntei.

— Se tiver alguém que a leve.

— Posso pedir a George?

— Sim.

Fiz uma mesura e virei-me para subir a colina, andando mais rápido.

— Fez bem com Felipez — disse meu tio enquanto eu me afastava apressada. — Poupou-nos tempo. A rainha acha que a ajuda está a caminho, mas ela está só.

— Fico feliz em servir aos Howard — eu disse. Era melhor ninguém saber que eu teria enterrado os Howard, cada um deles, exceto George, na câmara mortuária da família sem nunca achar que tinha sido uma perda.

ଔ

George tinha cavalgado com o rei e não estava disposto a montar de novo.

— Estou com a cabeça pesada. Joguei e bebi na noite passada. E Francis é impossível... — interrompeu-se. — Não vou partir para Hever hoje, Maria, eu não aguentaria.

Peguei suas mãos e o fiz olhar para mim. Sabia que tinha lágrimas em meus olhos e não fiz nada para reprimi-las.

— George, por favor, e se tio Howard mudar de ideia? Por favor, me ajude. Por favor, me leve aos meus filhos. Por favor, me leve a Hever.

— Oh, não chore — disse ele. — Não chore. Sabe que eu odeio isso. Vou levá-la. É claro que vou. Mande alguém preparar os cavalos e partiremos imediatamente.

Ana estava no quarto quando entrei às pressas para arrumar algumas coisas em uma bolsa e providenciar que um baú fosse despachado em uma carroça.

— Aonde está indo?

— Hever. Tio Howard autorizou.

— E eu, como fico? — perguntou.

Ao ouvir o tom desesperado de sua voz, a olhei mais atentamente.

— E você? Você tem tudo. O que, por Deus, quer mais?

Deixou-se cair no banco diante do espelho, apoiou a cabeça nas mãos e olhou a própria imagem.

— Ele está apaixonado por mim — disse ela. — Está louco por mim. Passo o tempo todo atraindo-o e o rechaçando. Quando dança comigo, sinto seu membro enrijecer. Ele está louco para me possuir.

— Então?

— Tenho de mantê-lo assim, como uma tigela de molho em uma fornalha a carvão. Tenho de cozinhá-lo em fogo baixo. Se ele ferver e transbordar o que será de mim? Morrerei escaldada. Se ele esfriar e enfiar o pau em outra, então terei uma rival. Por isso preciso de você aqui.

— Enfiar seu pau? — repeti a imagem grosseira.

— Sim.

— Vai ter de se virar sem mim — eu disse. — Tem somente algumas semanas. O tio disse que ficará noiva nesse verão e que se casará no outono. Fiz a minha parte e já posso ir.

Nem mesmo me perguntou que parte era aquela. Ana sempre tinha uma visão como uma lanterna com o visor fechado. Ela só iluminava em uma direção. Era sempre Ana, e então os Bolena, depois os Howard. Nunca teria precisado do catecismo que George me gritava, para me lembrar de minhas lealdades. Ela sempre sabia onde o seu interesse estava.

— Posso fazer isso por mais algumas semanas — disse ela. — E então, terei tudo.

Verão de 1527

Depois que George me deixou em Hever, não soube mais dele nem de Ana enquanto a corte viajava pela região rural inglesa nos dias ensolarados daquele verão perfeito. Não liguei. Tinha os meus filhos e minha casa só para mim, e ninguém me vigiando para ver se eu estava pálida ou com inveja. Ninguém cochichava com outro, protegendo-se com a mão na boca, que eu estava com a aparência melhor ou pior do que a minha irmã. Eu estava livre da observação constante da corte, estava livre da disputa constante entre o rei e a rainha. E o melhor de tudo, estava livre da competição invejosa entre mim e Ana.

Meus filhos estavam em uma idade em que o dia voava em pequenas atividades. Pescávamos no fosso com pedaços de toucinho em barbantes. As duas crianças se revezavam sobre a sela de meu cavalo. Fazíamos expedições atravessando a ponte levadiça para o jardim, para colher flores, ou indo ao pomar, colher frutas. Pedimos uma carroça com feno e peguei as rédeas eu mesma. Fomos para Edenbridge e, lá, bebemos *ale*. Observei-os se ajoelharem na missa, os olhos arregalados na hóstia. Eu os observava adormecer no fim do dia, a cor corada do sol, os longos cílios roçando as bochechas rechonchudas. Esqueci-me de que existiam coisas como corte, rei e favorita.

Então, em agosto, recebi uma carta de Ana. Foi trazida por seu cavalariço de confiança, Tom Stevens, nascido e criado em Tonbridge.

— De minha senhora, para ser entregue em mãos — disse ajoelhando reverentemente diante de mim na sala de jantar.

— Obrigada, Tom.

— E ninguém além da senhora pode lê-la — disse ele.

— Muito bem.

— E ninguém além da senhora a verá, pois manterei guarda até que termine de lê-la, a ponha no fogo, e nós dois a observemos queimar, *milady*.

Sorri, mas comecei a me sentir incomodada.

— Minha irmã está bem?

— Como um cordeirinho no prado.

Rompi o lacre e abri os papéis.

Fique feliz por mim, pois está feito e o meu destino, selado. Serei rainha da Inglaterra. Pediu-me em casamento nessa noite e jurou que estará livre em um mês, quando Wolsey representará o Papa. Mandei o tio e papai nos juntar imediatamente, dizendo que queria partilhar minha alegria com minha família, de modo a haver testemunhas e ele não poder se esquivar. Ganhei dele um anel que devo manter oculto nesse meio-tempo, mas é um anel de noivado e ele jurou ser meu. Tenho feito o possível e o impossível. Capturei o rei e selei o destino da rainha. Subverti a ordem. Nada mais será como antes para nenhuma mulher deste país.

Vamos nos casar assim que Wolsey enviar a mensagem de que seu casamento foi anulado. A rainha ficará sabendo no dia da cerimônia e não antes. Ela irá para um convento na Espanha. Não a quero no meu país.

Pode ficar feliz por mim e por nossa família. Não me esquecerei de que me ajudou, e vai encontrar uma verdadeira amiga e irmã em Ana, rainha da Inglaterra.

Coloquei a carta no colo e olhei para a brasa na lareira. Tom deu um passo à frente.

— Devo queimá-la agora?

— Vou lê-la mais uma vez — repliquei.

Ele recuou, mas não olhei para as garatujas excitadas em tinta preta. Não precisava ser lembrada do que ela tinha escrito. Seu triunfo estava em cada linha. O fim da minha vida como a favorita da corte inglesa tinha-se consumado. Ana tinha vencido e eu, perdido; uma nova vida começaria para ela. Seria, e já se intitulava assim, Ana, a rainha da Inglaterra. E eu seria nada.

— Então, finalmente — sussurrei para mim mesma.

Dei a carta a Tom e o observei empurrá-la para o centro das brasas rubras. Contorceram-se com o calor, tornaram-se marrons e, depois, enegreceram. Eu continuava lendo as palavras: *Subverti a ordem. Nada mais será como antes para nenhuma mulher deste país.*

Não precisava guardar a carta para me lembrar do tom. Ana triunfante. E tinha razão. Nada mais seria o mesmo para nenhuma mulher nesse país. A partir de agora, nenhuma esposa, por mais obediente, por mais amorosa que fosse, estaria segura. Pois todos saberiam que, se uma mulher como a rainha Catarina da Inglaterra podia ser posta de lado sem nenhum motivo, qualquer outra também poderia.

A carta irrompeu, de súbito, na chama amarela, e observei-a queimar até se tornar cinza macia. Tom usou um atiçador para torná-la pó.

— Obrigada — eu disse. — Na cozinha, lhe darão comida — tirei do bolso uma moeda de prata e lhe dei. Fez uma mesura e se retirou olhando as pequenas partículas de cinza branca flutuando na fumaça, subindo a chaminé até o céu noturno, que eu via pelo grande arco de tijolos e fuligem.

— Rainha Ana — eu disse, escutando bem as palavras. — Rainha Ana da Inglaterra.

☙

Velava o sono matinal de meus filhos, quando ouvi um cavaleiro chegar. Desci correndo achando que era George. Mas o cavalo que entrara no pátio batendo ruidosamente seus cascos pertencia a meu marido, William. Sorriu ao perceber minha surpresa.

— Não me acuse de ser o arauto de más notícias.

— Ana? — perguntei.

Ele assentiu com a cabeça.

— Foi enganada.

Levei-o ao salão e o acomodei na poltrona de minha avó perto do fogo.

— Bem — eu disse, depois de verificar se a porta estava fechada e a sala vazia. — Conte.

— Lembra-se de Francisco Felipez, o criado da rainha?

Disse sim com a cabeça, mas sem confessar nada.

— Ele pediu salvo-conduto de Dover para a Espanha, mas era uma simulação. Levou uma carta da rainha a seu sobrinho e enganou o rei. Partiu de Londres em um navio especialmente contratado naquela manhã mesmo, com destino à

Espanha. Quando perceberam que o tinham perdido, ele já tinha se ido. Entregou a carta da rainha a Carlos de Espanha, e foi um verdadeiro inferno.

Meu coração bateu acelerado. Pus a mão no pescoço como se assim o aquietasse.

— Que tipo de inferno?

— Wolsey continua na Europa, mas o Papa foi prevenido e não o terá como seu representante. Nenhum dos cardeais o apoiarão e até mesmo o acordo de paz abortou. Estamos de novo em guerra com a Espanha. Henrique enviou seu secretário a Orvietto, direto para a prisão do Papa, para lhe pedir que anule o casamento ele próprio, e autorize-o a se casar com qualquer mulher que desejar, *mesmo* uma de quem a irmã ele possuiu, *mesmo* uma que ele já possuiu. Ou uma prostituta ou a irmã de uma prostituta.

Fiquei sem ar.

— Quer permissão para se casar com uma mulher que já possuiu? Meu Deus, eu?

A risada ríspida de William ressoou alto.

— Ana. Está tomando providências para se deitar com ela antes do casamento. As garotas Bolena não se deram muito bem nisso, se deram?

Recostei-me na cadeira, e recuperei o fôlego. Não queria que meu marido escarnecesse de minha impudicícia.

— E então?

— E então tudo depende do Santo Padre que está repousando aos cuidados do sobrinho da rainha, no Castelo de Orvietto, e é muito, mas muito improvável, eu diria, e quem não?, que publique uma bula que legitime o comportamento mais lascivo que se possa conceber: dormir com uma mulher, dormir com a sua irmã, e se casar com uma delas. Muito menos um rei de quem a esposa legítima é uma mulher de reputação imaculada, e que possui um sobrinho que domina a Europa.

Ofeguei.

— Então a rainha venceu.

Ele assentiu com a cabeça.

— De novo.

— Como está Ana?

— Encantadora — replicou ele. — É a primeira a acordar de manhã. Ri e canta o dia todo, agradando aos olhos, divertindo a mente, acompanhando o rei à missa, cavalgando com ele o dia todo, caminhando com ele nos jardins, assistindo a ele jogar tênis, sentando-se ao seu lado enquanto seus escreventes leem a sua correspondência, lendo filosofia com ele e a discutindo como um teólogo, dançando a noite toda, coreografando as mascaradas, planejando entretenimentos, é a última a se deitar.

— Mesmo? — perguntei.

— Uma amante perfeita — disse ele. — Nunca para. Parece uma morta em pé.

Houve um silêncio. Ele acabou sua taça.

— Estamos onde estávamos antes — eu disse incrédula. — Nem um passo à frente.

Lançou-me seu sorriso afetuoso.

— Não, acho que está pior do que estava — disse ele. — Pois agora está solta no descampado e todos os caçadores conhecem a caça. Caiu o véu dos Howard. Todos agora sabem que vocês estão querendo o trono. Antes, pareciam estar atrás de riqueza e posições, como todos nós, só que um pouquinho mais predatórios. Agora, todos nós sabemos que almejam a maçã no galho mais alto da árvore. Todos passarão a odiá-los.

— Não a mim — eu disse com veemência. — Estou aqui.

Sacudiu a cabeça.

— Vai para Norfolk comigo.

Gelei.

— O que quer dizer?

— Que não tem nenhuma utilidade para o rei, mas para mim, sim. Casei-me com uma garota, e ela continua a ser a minha esposa. Virá comigo para a minha casa e viveremos juntos.

— As crianças...

— Virão conosco. Viveremos como eu quiser. Como *eu* quiser — repetiu.

Levantei-me, de repente estava com medo daquele homem, o homem com que me casara e me deitara, e nunca conhecera.

— Continuo tendo uma família poderosa — avisei-o.

— Deve ficar feliz por isso — disse ele. — Pois se não tivesse, eu a teria posto de lado há cinco anos, quando colocou, pela primeira vez, chifres na minha cabeça. Estes não são bons tempos para esposas, senhora. Acho que a senhora e sua família descobrirão que podem escorregar nessa mixórdia toda que armaram e cair.

— Não fiz nada além de obedecer à minha família e ao meu rei — minha voz estava firme, não queria que percebesse que estava com medo.

— E agora obedecerá a seu marido — disse ele, a voz sedosa. — Como estou feliz por ter recebido treinamento durante esses anos.

☙

> *Ana,*
> *William disse que nós, os Bolena, estamos perdidos e está me levando, com as crianças, para Norfolk. Por Deus, fale com o rei em meu nome, ou a tio Howard e papai, antes de eu ser levada embora e não poder mais retornar.*
> *M.*

Desci a pequena escada de pedras que levava ao gabinete de meu pai e de lá saí para o pátio. Chamei um dos homens que nos serviam e o mandei levar minha carta à corte, que deveria estar em algum ponto da estrada entre Beaulieu e Greenwich.

Bateu no chapéu e pegou a carta.

— Certifique-se de que chegue às mãos da Srta. Ana — eu disse. — É importante.

Jantamos no salão. William foi educado como sempre, o cortesão perfeito, contando uma série de notícias e mexericos sobre a corte. Vovó Bolena não podia ser confortada. Estava ressentida, mas não se atrevia a se queixar abertamente. Como dizer a um homem que ele não poderia levar a sua mulher e filhos para a sua casa?

Assim que trouxeram as velas, levantou-se.

— Vou para a cama — disse mal-humorada. William levantou-se e fez uma reverência quando ela saiu da sala.

Antes de voltar a se sentar, tirou uma carta do bolso do gibão. Reconheci minha letra imediatamente. Era a minha carta a Ana. Jogou-a na mesa à minha frente.

— Não foi muito leal — comentou.

Peguei-a.

— Não é muito cortês deter meus criados e ler minhas cartas.

Ele sorriu.

— Meus criados e minhas cartas — disse ele. — Você é a minha esposa. Tudo o que é seu, é meu. Tudo o que é meu, continua sendo meu. Inclusive as crianças e a mulher que têm meu nome.

Eu estava sentada no lado oposto e bati com as mãos na mesa. Respirei fundo para me acalmar. Lembrei a mim mesma que embora não passasse de uma mulher de 19 anos, por quatro anos e meio tinha sido a amante do rei da Inglaterra, e nascido e sido criada como uma Howard.

— Agora ouça bem, marido — falei com a voz firme. — O que passou, passou. É passado. Ficou muito feliz ao receber seu título, suas terras, sua riqueza e o favor do rei. E todos sabemos por que isso tudo foi-lhe concedido. Não me envergonho disso, o senhor não se envergonha. Qualquer pessoa na nossa posição se sentiria feliz, e tanto o senhor quanto eu sabemos que não é nenhuma sinecura conquistar e conservar o favor do rei.

William pareceu pego de surpresa pela minha franqueza repentina.

— Os Howard não serão derrubados por esse infortúnio de Wolsey. O erro de cálculo foi dele, não nosso. O jogo está longe de ser encerrado, e se conhecesse meu tio tanto quanto eu o conheço, não se apressaria em supor que foi derrotado.

William assentiu com a cabeça.

— Tenho certeza de que nossos inimigos estão bem próximos de nós, que os Seymour estão dispostos a tomar o nosso lugar a qualquer momento, que uma garota Seymour já está sendo preparada, em algum lugar da Inglaterra, para atrair o olhar do rei. É sempre assim. Sempre há um rival. Mas neste momento, esteja ele livre ou não para se casar com ela, a estrela de Ana está em ascendência, e todos nós, Howard, inclusive o senhor, marido, serviremos melhor a nosso propósito se apoiarmos sua subida.

— É como se ela estivesse patinando em gelo derretendo — disse ele abruptamente. — Está tendo que se esforçar demais. Está suando para se manter ao seu lado. Não relaxa nem por um instante. Qualquer um que observe com atenção é capaz de ver isso.

— Que importância tem quem percebe, se ele não?

William riu.

— Porque ela não pode manter isso. Ela o tem na mão, mas não conseguirá tê-lo para sempre. Pode segurá-lo até o outono, mas nenhuma mulher consegue isso para sempre. Nenhum homem pode ser dominado da maneira como ela terá de fazer. Ela poderia tê-lo segurado por algumas semanas, mas agora que Wolsey fracassou, podem ser meses. Anos, quem sabe.

Parei por um momento com a ideia de Ana envelhecer enquanto se diverte.

— O que mais ela pode fazer?

— Nada — disse ele com um sorriso voraz. — Mas você e eu podemos ir para a minha casa e começar a viver como um casal. Quero um filho que se pareça comigo, não um lourinho Tudor. Quero uma filha com meus olhos escuros. E você vai dá-los a mim.

Baixei a cabeça.

— Não serei censurada.

Ele encolheu os ombros.

— Vai suportar o tratamento que eu lhe dispensar. É minha esposa, não é?

— Sim.

— A menos que queira a anulação, já que casamento parece estar fora de moda. Prefere ser encerrada em um convento?

— Não.

— Então, vá para a minha cama — disse ele simplesmente. — Subo em um minuto.

Fiquei parada. Não tinha pensado nisso. Olhou-me por cima da borda da taça de vinho.

— O quê?

— Podemos esperar até chegarmos em Norfolk?

— Não — replicou ele.

03

Despi-me devagar, pensando em minha relutância. Tinha me deitado com o rei dezenas de vezes sem desejo, simplesmente obedecendo a seus desejos e o satisfazendo. Durante esse último ano todo, quando percebi que ele desejava Ana, tinha me forçado a abraçá-lo e sussurrar "querido", ciente de que era uma prostituta — e o homem, um tolo por não distinguir a moeda falsa da verdadeira.

Não era mais a virgem de 13 anos que havia sido quando colocada na cama com esse homem, para consumar o casamento. Mas ainda não era uma mulher cínica o bastante para me preparar, sem pavor, para a cama com um homem que parecia quase um inimigo. William tinha contas a acertar comigo, e eu estava com medo dele.

Ele não teve pressa. Subi para a cama lentamente e fingi dormir quando a porta foi aberta e ele entrou. Eu o ouvi se movendo pelo quarto, se despindo e deitando-se ao meu lado. Senti o peso das cobertas se erguer quando as puxou para cobrir seus ombros nus.

— Não dormiu, dormiu?

— Não — admiti.

No escuro, suas mãos me buscaram e encontraram meu rosto, acariciaram meu pescoço até meus ombros, depois, minha cintura. Eu estava usando roupa de linho, mas deu para sentir a frieza de suas mãos pelo tecido fino. Ouvi sua respiração se acelerar um pouco. Puxou-me para si e cedi, abrindo-me pronta para ele como sempre fazia com Henrique. Por um momento, me detive e pensei que não sabia o que fazer com qualquer outro homem senão Henrique.

— Você não quer? — perguntou ele.

— É claro que quero. Sou sua esposa — repliquei, sem me abalar.

Temi que me pegasse em uma recusa, o que permitiria que me pusesse de lado, mas seu suspiro de decepção demonstrou que esperava, genuinamente, uma reação mais calorosa.

— Vamos dormir, então.

Fiquei tão aliviada que não ousei dizer nada, para não arriscar que mudasse de ideia. Fiquei deitada, completamente imóvel, até ele se virar de costas para mim, puxar as cobertas até os ombros, bater a cabeça nos travesseiros e ficar em silêncio. Então, e só então, soltei a barriga e limpei o sorriso Howard falso do rosto. Adormeci. Tinha sobrevivido mais uma noite, continuava em Hever, os Howard tinham por que lutar. Tudo poderia acontecer no dia seguinte.

※

Fomos acordados por uma batida na porta. Eu estava de pé e fora da cama antes de William acordar e pegar minha mão. Abri a porta e disse rispidamente:

— Silêncio. Meu senhor está dormindo — como se essa fosse a minha única preocupação e não que quisesse sair de sua cama o mais rápido possível.

— Mensagem urgente da Srta. Ana — disse o criado e entregou-me uma carta.

Tudo o que quis foi jogar um manto nos ombros e ler a carta longe de William, mas ele tinha acordado e se sentado na cama.

— Nossa querida irmã — disse ele com um sorriso debochado. — O que ela diz?

Não tive outra escolha senão abri-la e lê-la na sua frente, e rezar para que Ana estivesse pensando em outra pessoa, pela primeira vez em sua vida egoísta.

> *Irmã,*
> *O rei e eu ordenamos que você e seu marido venham ao nosso encontro em Richmond, onde todos seremos felizes.*
> *Ana*

William estendeu a mão e passei-lhe a carta.

— Ela adivinhou que vinha procurá-la quando deixei a corte — observou. Não falei nada. — E então, com um pulo, está livre de mim — disse ele com amargura. — E voltamos à estaca zero.

Tinha falado exatamente o que eu estava pensando, mas por trás da dureza de seu tom, percebi sua mágoa. Chifres não são nada confortáveis de se usar, e ele os estava usando fazia quase cinco anos. Fui, devagar, até a cama. Estendi-lhe minha mão.

— Sou sua mulher legítima — eu disse gentilmente. — E nunca me esqueci disso, apesar de a vida ter-nos separado. Se chegarmos a viver realmente como casados, William, terá uma boa esposa em mim.

Olhou para mim.

— Quem fala é uma Howard que teme a mudança da maré e acha que a vida como Lady Carey seria uma aposta mais segura do que ser a outra garota Bolena quando a primeira é arruinada?

Sua conjetura foi tão precisa que tive de virar o rosto para evitar que visse a verdade em meus olhos.

— Oh, William — repliquei, de maneira reprovadora.

Puxou-me para si, e segurou meu rosto com o dedo sob meu queixo.

— Querida esposa — disse com sarcasmo.

Fechei os olhos para não encarar seu escrutínio e, então, para a minha surpresa, senti o calor de sua face e seus beijos ternos e delicados em meus lábios. Senti o desejo crescer em mim como uma primavera há muito esquecida. Pus minhas mãos em volta do seu pescoço e puxei-o mais para perto.

— Comecei mal ontem à noite — disse ele gentilmente. — Por isso não agora e não aqui. Mas talvez em breve, em outro lugar, não acha, querida esposa?

Sorri para ele, ocultando meu alívio de não ser levada para Norfolk.

— Em breve — concordei. — Sempre que quiser, William.

Outono de 1527

Em Richmond, Ana era rainha em tudo, menos no nome. Recebeu novos aposentos, vizinhos aos do rei, tinha damas de honra, uma dúzia de vestidos novos, joias, dois cavalos de caça, sentava-se do seu lado, em uma cadeira só para ela, quando discutia questões do país com seus conselheiros. Só no salão, quando a verdadeira rainha chegava para jantar, era removida para uma mesa comum, enquanto Catarina se sentava para jantar com toda a sua majestade.

Eu dormiria nos aposentos de Ana, em parte para manter as aparências e ninguém poder pensar que a companhia constante do rei significava que eram amantes, mas na verdade para ajudá-la a mantê-lo por perto. Ele estava louco para possuí-la, argumentando que já que estavam comprometidos, podiam deitar juntos. Ana usava de todos os artifícios que lhe ocorriam. Protestava alegando a sua virgindade, dizendo que nunca se perdoaria se cedesse antes de seu casamento, embora só Deus soubesse como o desejava. Dizia que nunca se perdoaria se não se apresentasse a ele, na noite de núpcias, virgem intocada — embora só Deus soubesse como o desejava. Dizia que se ele a amava tanto quanto dizia, amaria a pureza de sua alma — embora só Deus soubesse blá-blá-blá — e dizia que tinha medo, que tanto ansiava quanto se retraía, que precisava de tempo.

— Quanto tempo leva? — perguntou rispidamente para mim e George. — Pelo amor de Deus! Para um maldito escrevente ir a Roma, fazer um papel ser assinado e voltar? Quanto tempo leva?

Estávamos em nosso quarto nos fundos de sua câmara privada, o único local privado em todo o palácio. Em todos os outros lugares, estávamos em um *show* público ininterrupto. Todos observavam Ana, buscando um indício, por mais sutil, de que o rei estava perdendo o interesse ou de que ele, finalmente, a possuíra. Ela era examinada por centenas de olhos atentos a qualquer sinal de abandono ou gravidez. Havia dias que eu e George nos sentíamos seus guarda-costas e outros, como esse dia, que nos sentíamos seus carcereiros. Estava de lá para cá no pequeno espaço, sibilando entre a cama e a janela, incapaz de ficar quieta, de parar de murmurar.

George pegou suas mãos e a parou. Um olhar relanceado por cima de sua cabeça me avisou para agarrá-la por trás se tivesse um de seus acessos de fúria.

— Ana, acalme-se. Vamos ter de sair e assistir à regata a qualquer momento. Tem de se acalmar.

Ela estremeceu e, então, a raiva abandonou-a e seus ombros caíram.

— Estou tão cansada — sussurrou.

— Eu sei — disse ele com firmeza. — Mas isso pode se prolongar por muito tempo ainda, Ana. Está jogando pelo maior prêmio do mundo. Tem de se preparar para um jogo de habilidade demorado.

— Se pelo menos ela morresse! — explodiu de repente.

O olhar de George se dirigiu imediatamente para o chão.

— Cale-se. Quem sabe — disse ele. — Ou Wolsey pode consegui-lo. Talvez agora mesmo esteja subindo o rio, e você poderá estar se casando amanhã, e estar na cama do rei amanhã à noite e grávida na manhã seguinte. Fique calma, Ana. Tudo depende de você manter sua bela aparência.

— E o seu gênio — acrescentei calmamente.

— Atreve-se a me aconselhar?

— Ele não vai tolerar acessos de raiva — adverti. — Passou toda a sua vida de casado com Catarina e ela nunca elevou nem mesmo uma sobrancelha para ele, muito menos a voz. Deixará que se exceda porque está louco por você, mas não vai tolerar suas cenas.

Pareceu que estouraria de novo, mas então balançou a cabeça admitindo a sensatez do que eu disse.

— Sim, eu sei. Por isso preciso de vocês dois.

Paramos um pouco mais perto dela, George sem largar suas mãos. Pus as mãos em seus quadris e a segurei firme.

— Sei — disse George. — Estamos nisso juntos. É para todos nós, Bolena e Howard. Todos subiremos ou cairemos. Estamos todos aguardando e jogando a longa partida. Você tem de liderar a investida, Ana. Mas estamos todos atrás de você.

Ela assentiu com a cabeça e se virou para o grande espelho na parede, refletindo a luz dos jardins e o rio lá fora. Puxou o capelo para trás, ajeitou o colar de pérolas. Virou a cabeça e olhou de lado seu reflexo e experimentou aquele sorriso malicioso, promissor.

— Estou pronta — disse ela.

Demos passagem para ela, como se já fosse rainha. Quando saiu com sua cabeça erguida, George e eu trocamos uma rápido olhar de atores que abriram caminho para o protagonista da peça, e seguimos atrás dela.

Meu marido estava no barco real para assistir à regata, sorriu para mim e me deixou um espaço ao seu lado, no banco. George juntou-se aos jovens da corte, Francis Weston entre eles. Olhei de relance para ver se Ana estava sentada ao lado do rei. Pelo movimento de sua cabeça e seus olhares pelo canto do olho para ele, vi que estava em total controle de si mesma e dele, mais uma vez.

— Caminhe comigo nos jardins antes do jantar — disse meu marido baixinho em meu ouvido.

Fiquei imediatamente alerta.

— Por quê?

Riu.

— Oh, vocês Howard! Porque gosto da sua companhia, porque lhe pedi isso. Porque somos marido e mulher e devemos viver como marido e mulher a partir de agora.

Sorri com pesar.

— Não me esqueci disso.

— Quem sabe não aprende a antecipá-lo com prazer?

— Quem sabe — repliquei amavelmente.

Olhou para o rio onde o sol da tarde lampejava na água. Os barcos dos nobres, conduzidos por seus remadores de libré, se alinharam sob as ordens do iniciador da competição. Compunham uma visão colorida com os remos erguidos como trombetas, aguardando o sinal de partida. Todos olhavam para o rei, que pegou um lenço de seda vermelho e deu para Ana. Ela ficou em pé na borda da barcaça real e o segurou bem alto. Manteve a pose por um momento, consciente de todos os olhares nela. De onde eu estava sentada com William, a víamos de perfil, a cabeça jogada para trás, o capelo também puxado para trás, a pele clara afogueada de prazer, o vestido verde-escuro apertado ao redor de seus seios e sua cintura fina. Era a própria essência do desejo. Deixou cair o lenço vermelho e os barcos foram impulsionados pelos remos. Não voltou a se sentar do lado do rei, por um momento se esqueceu de bancar a rainha. Debruçou-se na amurada, de modo que pudesse ver o barco Howard ultrapassar o Seymour.

— Vamos, Howard! — gritou de repente. — Vamos!

Como se ouvissem seu grito acima de todos os outros na margem, os remadores apressaram seus movimentos e o barco arremessou-se à frente, de novo mais veloz do que o Seymour. Eu agora estava em pé, todos torcendo, a barcaça real equilibrada precariamente, enquanto a corte toda esquecia-se de sua dignidade e se amontoava de um lado, gritando por sua casa favorita. O próprio rei rindo como um menino, de novo com o braço em volta da cintura de Ana, se controlava para não gritar por um ou outro, mas claramente querendo que os Howard ganhassem, já que isso causaria prazer à garota em seus braços.

Tornaram-se mais velozes, os remos um borrão de água esguichada e luz e, na linha de chegada, passaram claramente com meio comprimento na frente dos Seymour. Houve um rufar de tambores e as trombetas soaram para dizer aos Seymour que estava tudo terminado para eles, que tínhamos vencido a regata, que tínhamos vencido a corrida para ser a primeira família no reino, e que era a nossa garota que estava nos braços do rei com olho no trono da Inglaterra.

☙

O cardeal Wolsey regressou, não triunfante com a anulação no bolso, mas em desgraça, e descobriu que nem mesmo podia falar com Henrique a sós. O homem que tinha gerido tudo, da quantidade de vinho servido nos banquetes aos termos da paz com a França e a Espanha, teve de se apresentar diante de Ana e Henrique, lado a lado, como se fossem monarcas conjuntamente. A garota que ele tinha repreendido por impudicícia e por sonhar alto demais sentava-se à direita do rei da Inglaterra e olhava para ele com os olhos estreitados como se não estivesse muito impressionada com o que ele tinha a dizer.

O cardeal estava velho demais e era astuto demais para demonstrar qualquer surpresa. Fez uma bela reverência a Ana e proferiu seu relato. Ana sorriu equanimente e escutou com atenção, inclinada à frente, sussurrou algum veneno no ouvido do rei, e ouviu um pouco mais.

☙

— Idiota! — explodiu em nosso pequeno quarto. Eu estava sentada na cama, meus pés fora do caminho. Ela andava rapidamente de lá para cá, da janela para o pé da cama, como um dos leões na Torre. Achei que deixaria uma marca no assoalho polido e poderíamos mostrá-la àqueles que gostam de lembranças e sinais. Poderíamos chamá-la de "O Martírio do Prazo de Ana".

— É um tolo, e não chegamos a lugar nenhum!

— O que ele disse?

— Que é muito grave abandonar a tia do homem que controla o Papa e metade da Europa, e que, se Deus quiser, Carlos de Espanha será derrotado pela Itália e França quando entrarem em guerra, e que a Inglaterra deveria prometer apoio, mas não arriscar nenhum homem nem perder nenhuma flecha.

— Esperamos?

Ela pôs as mãos para cima e gritou:

— Esperar! Não! Vocês podem esperar! O cardeal pode esperar! Henrique pode esperar! Mas eu tenho de dançar sem sair do lugar, tenho de ser vista como fazendo progressos sem, na verdade, estar fazendo nenhum. Tenho de manter a ilusão de coisas acontecendo, tenho de fazer Henrique se sentir cada vez mais amado, tenho de fazer com que acredite que as coisas estão cada vez melhores porque ele é rei e, durante toda a sua vida, lhe disseram que teria o melhor. Prometeram-lhe creme, ouro e mel, não posso dar-lhe "esperar". Como vou prosseguir? Como vou fazer isso?

Desejei que George estivesse ali.

— Você vai conseguir — eu disse. — Vai continuar como está indo. Tem-se saído extraordinariamente bem, Ana.

Rangeu os dentes.

— Estarei velha e exausta antes que isso termine.

Virei-a delicadamente para o grande espelho.

— Olhe — eu disse.

Ana sempre se sentia confortada com a visão de sua própria beleza. Fez uma pausa e respirou fundo.

— Você é brilhante como sempre — lembrei-lhe. — Ele está sempre dizendo que é a mais inteligente da corte e que, se fosse homem, a faria cardeal.

Deu um breve sorriso selvagem.

— Isso deve agradar a Wolsey.

Sorri de volta, meu rosto perto do seu no espelho, nós duas, como sempre, um contraste de aparência, vivacidade e expressão.

— Com certeza — eu disse. — Mas não há nada que ele possa fazer.

— Ele agora não pode nem mesmo ver o rei sem marcar uma audiência — tripudiou. — Providenciei isso. Não perambulam mais juntos para conversarem como faziam antes. Nada é decidido sem eu estar presente. Ele não pode vir ao palácio se encontrar com o rei sem avisá-lo e sem me avisar. Foi empurrado para fora do poder e eu estou dentro.

— Você se saiu muito bem — eu disse, as palavras me repugnando enquanto a acalmavam. — E você tem anos e anos à sua frente, Ana.

Inverno de 1527

William e eu passamos a uma rotina confortável, quase doméstica, embora girasse em torno dos desejos do rei e de Ana. Continuei a dormir na cama dela e, para todos os efeitos, a viver com ela nos aposentos que dividíamos. Ao mundo de fora, continuávamos sendo damas de honra da rainha, em nada diferentes das outras.

Mas da manhã à noite, Ana ficava com o rei, tão perto quanto uma esposa recém-casada, como a principal conselheira, como a melhor amiga. Vinha ao nosso quarto só para trocar de roupa ou se deitar para descansar enquanto ele estava na missa, ou quando queria cavalgar com seus cavalheiros. Ela, então, ficava em silêncio, como se caída morta de exaustão. Seu olhar fixava apático o dossel, os olhos escancarados sem ver nada. Respirava lenta e regularmente como se estivesse nauseada. Não falava absolutamente nada.

Quando estava nesse estado, aprendi a deixá-la só. Tinha de descansar, de alguma maneira, da incessante representação em público. Tinha de ser ininterruptamente encantadora, não somente para o rei, mas para todos que relanceassem os olhos na sua direção. Um instante em que parecesse menos radiante, e o boato correria a corte e a engolfaria, engolfando todos nós juntos.

Quando ela se levantava e ia para perto do rei, William e eu ficávamos juntos. Éramos quase estranhos e ele me cortejava. Era a coisa mais estranha, mais simples e mais doce que um marido distanciado já tinha feito a uma esposa errante. Mandava-me pequenos buquês de flores, às vezes ramos de folhas de azevinho e bagas vermelhas de teixo. Enviou-me uma pequena pulseira de ouro. Escrevia-me os poemas mais belos, louvando meus olhos cinza e meu cabelo louro, pedindo meu favor como se eu fosse a sua amada. Quando eu mandava prepararem meu cavalo para montar com Ana, encontrava um bilhete metido no couro do estribo envolvido por um papel dourado. Ele me cobria de pequenos presentes e cartas, e sempre que estávamos juntos em um banquete da corte ou no local para arco e flecha, ou assistindo a partidas de tênis, ele me sussurrava com o canto da boca:

— Vá ao meu quarto, esposa.

Eu ria afetadamente, como se fosse a sua nova amante e não sua esposa há muitos anos, e me retirava. Ele escapulia alguns momentos depois, para me encontrar no espaço exíguo de seu quarto no muro oeste do Palácio de Greenwich. Então, me tomava nos braços e dizia de maneira encantadora e promissora:

— Temos somente um momento, meu amor, uma hora no máximo, e será só para você.

Ele me deitava na cama, desatava meu corpete, acariciava meus seios, minha barriga, e me agradava de todas as maneiras possíveis, até eu gritar de prazer: "Oh, William! Oh, meu amor! Você é o melhor, é o melhor, o melhor!"

E nesse momento, com o sorriso do homem exaltado através dos tempos, ejaculava em mim e repousava em meu ombro com um suspiro estremecido.

Para mim, era desejo, e apenas uma pequena parte de cálculo. Se Ana fracassasse e nós, os Bolena, caíssemos com ela, eu ficaria bem feliz de ter um marido que me amasse, que tivesse uma bela herdade em Norfolk, título e riqueza. Além disso, as crianças tinham seu nome, e ele poderia ordenar que fossem para a sua casa no momento que assim desejasse. Eu teria dito ao diabo que ele era o melhor dos melhores, se isso mantivesse meus filhos comigo.

CB

Ana estava feliz na celebração do Natal. Dançou como se nada pudesse impedir que dançasse dia e noite. Jogou como se pudesse perder a fortuna de uma rainha. Ela tinha um acordo comigo e com George. Nós devolvíamos o dinheiro imediatamente quando ficávamos a sós. Mas quando perdia para o rei, o seu dinheiro ganho com tanto esforço desaparecia na bolsa real e ela não o via nunca mais. E tinha de perder para ele sempre que jogavam: ele odiava quando outro o vencia.

Ele a cobria de presentes e honras, a conduzia em todas as danças. Ela era a rainha coroada em todas as mascaradas. Mas era Catarina que continuava a se sentar na cabeceira da mesa e a sorrir para Ana como se a honra fosse uma concessão sua, como se Ana fosse sua representante, com seu consentimento. E a princesa Mary, a princesinha magra e pálida, sentava-se ao lado de sua mãe e sorria para Ana, como se achasse uma enorme graça dessa bela pretendente ao trono.

— Deus, eu a odeio — disse Ana, enquanto era despida à noite. — É a imagem perfeita dos dois, aquela coisa com cara de lua.

Hesitei. Era inútil discutir com Ana. A princesa Mary tinha se transformado em uma menina de rara beleza, com a cara tão plena de caráter e determinação, que não se duvidava nem por um instante que era filha daquela mãe. Quando olhava para Ana e para mim no salão, era como se olhasse através de nós, como se não passássemos de chapas de vidro e tudo o que quisesse saber é o que poderia haver além. Não parecia nos invejar, tampouco nos considerar rivais para a atenção de seu pai, nem mesmo um perigo para a posição de sua mãe. Via-nos como duas mulheres fúteis, tão sem substância que o vento poderia nos soprar para longe com uma rajada misericordiosa.

Era uma menina sagaz de somente 11 anos porém capaz de fazer um trocadilho ou um gracejo em inglês, francês, espanhol ou latim. Ana era arguta e erudita, mas não tinha tido a orientação dessa princesinha, e a invejava também por isso. E a menina tinha a presença da mãe. Viesse Ana a se tornar ou não rainha, tinha nascido e sido criada para ser uma abocanhadora de privilégios e posição. A princesa Mary tinha nascido para direitos com que apenas sonhávamos. Tinha uma firmeza que jamais conseguiríamos aprender a ter. Tinha a elegância proveniente de sua absoluta confiança em sua posição no mundo. É claro que Ana a odiava.

— Ela não é nada — eu disse, confortando-a. — Deixe-me escovar seu cabelo.

Houve uma batida leve na porta e George deslizou para dentro do quarto antes mesmo de termos tempo de dizer "Entre".

— Estou apavorado de ser visto por minha mulher — disse como desculpa. Mostrou uma garrafa de vinho para nós e três taças de estanho. — Ela esteve dançando e está excitada hoje. Quase ordenou que eu fosse para a sua cama. Se me vir entrando aqui, vai ficar uma fera.

— Ela deve ter visto. — Ana aceitou uma taça do vinho de George. — Nada escapa a essa mulher.

— Ela deveria ter sido espiã. Ia adorar ser espiã especializada em fornicação.

Dei uma risadinha e deixei que me servisse vinho.

— Não é difícil demais seguir sua pista. Você está sempre aqui.

— É o único lugar em que posso ser eu mesmo.

— Não é o bordel? — perguntei.

Sacudiu a cabeça.

— Não vou mais, perdi a vontade.

— Está apaixonado? — perguntou Ana com cinismo.

Para a minha surpresa, ele desviou o olhar e corou.

— Eu não.

— O que foi, George? — perguntei.

Ele sacudiu a cabeça.

— Algo e nada. Algo que não posso contar e nada que eu me atreva a fazer.

— Alguém da corte? — perguntou Ana, intrigada.

Levou um banco para perto da lareira e olhou gravemente para as brasas.

— Se eu contar, terão de jurar não contar a ninguém.

Concordamos com um movimento da cabeça, totalmente irmãs em nossa determinação de saber tudo.

— Mais do que isso, não poderão falar sobre isso nem mesmo uma com a outra quando eu sair. Não quero nenhum comentário pelas minhas costas.

Dessa vez, hesitei.

— Jurar nem mesmo falar disso entre nós?

— Sim, ou não direi mais nada.

Hesitamos, mas a curiosidade nos venceu.

— Está bem — disse Ana, falando por nós duas. — Juramos.

O rosto jovem e belo de George franziu-se e ele o escondeu na manga de sua jaqueta.

— Estou apaixonado por um homem — disse simplesmente.

— Francis Weston — completei imediatamente.

Seu silêncio confirmou meu palpite.

A cara de Ana foi de terror estupefato.

— Ele sabe?

Negou com a cabeça, ainda enterrada na manga de veludo ricamente bordada.

— Alguém mais sabe?

Sua cabeça castanha negou de novo.

— Não deverá nunca deixar passar qualquer sinal disso, nunca contar a ninguém — ordenou ela. — Esta tem de ser a primeira e última vez que falou disso a alguém, mesmo a nós duas. Tem de tirá-lo de seu coração e de sua mente, e nunca mais sequer voltar a olhar para ele.

Ergueu os olhos para ela.

— Sei que é impossível.

Mas seu conselho não foi para protegê-lo.

— Você me põe em perigo — disse ela. — O rei jamais se casará comigo se você nos envergonhar.

— É por isso? — perguntou ele com uma raiva súbita. — Isso é tudo o que importa? Não importa que eu esteja apaixonado e tenha caído em pecado. Não importa que eu nunca seja feliz, casado com uma cobra e apaixonado por um destruidor de corações, mas somente, *somente,* que a reputação da Srta. Ana Bolena não seja maculada.

Imediatamente, ela se lançou sobre ele, as mãos abertas como garras, e ele agarrou seus pulsos antes que seu rosto fosse arranhado.

— Olhe para mim! — sussurrou ela asperamente. — Não abri mão de meu único amor, não parti meu coração? Você então não me disse que o preço valia a pena?

Ele a mantinha afastada, mas ela não parava.

— Olhe para Maria! Não a tiramos de seu marido e a mim do meu? Agora é a sua vez de abrir mão de alguém. Tem de perder o grande amor de sua vida, como eu perdi o meu, como Maria perdeu o dela. Não fique se lamuriando para mim por causa de amor. Você assassinou o meu e nós o enterramos juntos, e agora ele desapareceu.

George estava lutando com ela, segurei-a por trás, puxando-a dele. De repente, a luta a abandonou e nós três ficamos parados, como mascarados formando um quadro: eu abraçada à sua cintura, ele agarrando seus pulsos, as mãos dela a milímetros do rosto dele.

— Deus meu, que família a nossa — disse ele espantado. — Deus meu, a que chegamos?

— É aonde vamos que interessa — disse ela asperamente.

George encarou-a e balançou a cabeça devagar, como um homem fazendo um voto.

— Sim — disse ele com um suspiro. — Não me esquecerei.

— Vai desistir de seu amor — declarou ela. — E nunca mais mencionará o seu nome.

De novo, o assentimento da derrota com um movimento da cabeça.

— E não se esquecerá de que nada tem mais importância do que isso, minha estrada para o trono.

— Não me esquecerei.

Senti-me estremecer e larguei sua cintura. Havia algo nessa promessa sussurrada que não se parecia com um pacto com Ana, mas uma promessa ao diabo.

— Não fale dessa maneira.

Os dois olharam para mim, os olhos castanho-escuros dos Bolena, os narizes retos e compridos, aquela boca pequena peculiar e impertinente.

— Não vale a vida em si — eu disse, tentando descontrair.

Nenhum dos dois sorriu.

— Vale — replicou Ana, simplesmente.

Verão de 1528

Ana dançou, montou, cantou, jogou, velejou no rio, fez piqueniques, andou pelos jardins, e encenou o quadro vivo como se não tivesse nenhuma preocupação no mundo. Foi definhando cada vez mais, as olheiras escurecendo cada vez mais, e começou a usar pó para esconder os olhos fundos. Eu afrouxava os cordões de seu vestido à medida que perdia peso e, então, tivemos de acolchoar seu vestido para seus seios parecerem tão cheios quanto antes.

Encontrou meus olhos no espelho, quando eu atava seu vestido, e pareceu, em cada detalhe, a irmã mais velha. Parecia anos mais velha do que eu.

— Estou tão cansada — falou em um sussurro. Até mesmo seus lábios estavam pálidos.

— Eu avisei — falei sem simpatia.

— Você teria feito o mesmo se tivesse sagacidade e beleza para prendê-lo.

Inclinei-me à frente de modo que o meu rosto ficasse próximo do seu e pudesse ver o viço em minha face e o brilho em meus olhos, a intensidade de minha cor do lado de sua própria fadiga.

— Não tenho argúcia nem beleza? — repeti.

Virou-se para a cama.

— Vou descansar — disse desajeitadamente. — Pode ir.

Eu a coloquei na cama e saí, descendo apressada a escadaria de pedras para os jardins. Fazia um dia lindo de sol forte, a luz reluzindo no rio. Os pequenos barcos atravessando o rio oscilavam para dentro e fora dos navios maiores que esperavam a maré subir para zarparem para o mar. Um vento leve trazia o cheiro de sal e aventura ao jardim bem-cuidado. Vi meu marido andando com dois homens no terraço de baixo e acenei para ele.

Imediatamente, pediu licença e veio em minha direção, pondo um pé na escada e erguendo os olhos para mim.

— E então, Lady Carey? Vejo que continua bela como sempre hoje.

— Como está, Sir William?

— Estou bem. Onde estão Ana e o rei?

— Ela está em seu quarto e o rei, cavalgando.

— Você está livre?

— Como um pássaro no céu.

Sorriu, aquele sorriso, seu sorriso secreto e consciente.

— Concede-me o prazer de sua companhia? Podemos dar uma volta?

Desci até ele, adorando a sensação de seus olhos em mim.

— Certamente.

Pôs minha mão em seu braço e caminhamos ao longo do terraço inferior, ele ajustando seu passo ao meu, se inclinado para mim, sussurrando em meu ouvido:

— É a coisa mais deliciosa, minha esposa. Precisamos andar por muito mais tempo?

Mantive o rosto para a frente, mas não consegui conter uma risadinha.

— Qualquer um que tenha me visto sair do palácio vai saber que não fiquei fora por mais de um instante.

— Oh, mas se está obedecendo a seu marido — salientou de maneira persuasiva. — Algo admirável em uma esposa.

— Se me ordenar — sugeri.

— Ordeno — disse ele com firmeza. — Estou realmente ordenando.

Acariciei o debrum de pele de seu gibão com as costas de minha mão.

— Então, o que posso fazer senão obedecer?

— Excelente — virou-se e me conduziu por uma das portas do pequeno jardim e no exato momento em que se fecharam atrás de nós, me abraçou e beijou. Depois me levou ao seu quarto, onde passamos a tarde fazendo amor, enquanto Ana, a afortunada garota Bolena, a garota Bolena favorita, sentia muito medo deitada em sua cama de solteira.

☙

Nessa noite, houve entretenimento e dança. Ana, como sempre, foi a protagonista e eu, uma a mais entre outras. Ana estava mais pálida do que nunca, o rosto branco em um vestido prateado. Era de tal modo um fantasma de sua beleza anterior que até minha mãe notou. Chamou-me com um movimento de seu dedo de onde eu estava esperando para dizer minha fala na peça e dançar a minha dança.

— Ana está doente?

— Não mais do que sempre esteve — repliquei sem rodeios.

— Diga-lhe para descansar. Se perder a aparência, perderá tudo.

Concordei com a cabeça.

— Ela descansa, mãe — repliquei com cautela. — Deita-se, mas não há repouso para o medo. Agora tenho de ir e dançar.

Assentiu com um movimento da cabeça e me deixou ir. Rodeei o salão e fiz minha entrada na mascarada. Eu era uma estrela descendo do céu a oeste e abençoando a terra com a paz. Era uma espécie de referência à guerra na Itália e eu sabia as palavras em latim, mas não me dei ao trabalho de entender o que significavam. Vi Ana fazer uma careta e percebi que tinha pronunciado algo errado. Eu teria sentido vergonha se meu marido, William, não tivesse piscado para mim e reprimido o riso. Ele sabia que eu deveria ter decorado minha fala nessa tarde, quando estava na cama com ele.

A dança acabou e alguns cavalheiros entraram na sala usando máscaras e dominós e tomaram suas parceiras para a dança. A rainha ficou perplexa. Quem seriam? Ficamos todos perplexos, e ninguém mais que Ana, quando um homem corpulento, mais alto do que os outros, convidou-a a dançar com ele. Dançaram até a meia-noite e Ana riu de sua surpresa ao descobrir que era o rei. Continuava pálida como seu vestido no fim da noite, nem mesmo a dança havia corado sua face.

Fomos para o quarto juntas. Tropeçou na escada e quando a segurei, senti sua pele fria e úmida de suor.

— Ana, você está bem?

— Apenas cansada — replicou com a voz fraca.

Em nosso quarto, quando lavou o pó do rosto, vi que a sua pele estava da cor de um pergaminho. Estava tremendo, não quis se lavar nem pentear o cabelo. Caiu na cama e seus dentes começaram a bater. Abri a porta e mandei um criado ir correndo chamar George. Ele chegou ainda colocando o manto sobre sua camisa de dormir.

— Chame um médico — eu disse. — Isto é mais do que cansaço.

Olhou para além de mim, para Ana arqueada na cama, as cobertas puxadas até os ombros, a pele tão amarela quanto a de uma velhinha, os dentes batendo de frio.

— Meu Deus, o suor — disse ele, referindo-se à doença mais aterrorizadora depois da peste.

— Acho que sim — eu disse implacavelmente.

Olhou para mim com medo.

— O que será de nós se ela morrer?

ॐ

A febre terçã chegou à corte como uma vingança. Meia dúzia dos que dançavam estava de cama. Uma garota já tinha morrido, a criada de Ana estava nauseada nos quartos que dividia com outras seis, e enquanto eu esperava que o médico mandasse os remédios para Ana, recebi uma mensagem de William dizendo para que não me aproximasse dele, e que tomasse um banho com essência de aloé na água, pois tinha contraído o suor e rezava a Deus que não o tivesse transmitido a mim.

Fui até sua câmara e falei com ele da porta. Tinha a mesma cor amarelada de Ana no rosto e também estava sob uma pilha de cobertores e tremendo de frio.

— Não entre — ordenou. — Não chegue mais perto.

— Está sendo tratado? — perguntei.

— Sim, e serei levado de carroça para Norfolk — disse ele. — Quero estar em casa.

— Espere alguns dias, até ficar melhor.

Olhou para mim, da cama, seu rosto contorcido por causa da doença.

— Ah, minha tola mulher criança — disse ele. — Não posso me dar ao luxo de esperar. Cuide das crianças em Hever.

— É claro que sim — repliquei, ainda sem entender.

— Acha que fizemos mais um bebê? — perguntou.

— Ainda não sei.

William fechou os olhos por um momento como se estivesse fazendo um pedido.

— O que tem de acontecer está nas mãos de Deus — disse ele. — Mas eu gostaria de ter feito um verdadeiro Carey em você.

— Vai ter muito tempo para isso — eu disse. — Quando você estiver melhor.

Deu-me um breve sorriso.

— Pensarei nisso, minha mulher — disse ele com ternura, apesar de seus dentes baterem. — E se eu me ausentar da corte durante algum tempo, cuide-se bem e de nossos filhos.

— É claro — eu disse. — Mas vai voltar assim que estiver melhor?

— Assim que me curar, voltarei — prometeu. — Vá para Hever e fique com as crianças.

— Não sei quando me deixarão ir.

— Vá hoje mesmo — aconselhou. — Haverá um tumulto quando souberem quantos contraíram a febre. É muito grave, meu amor. É muito grave em Londres. Henrique vai fugir como uma lebre. Guarde bem minhas palavras. Ninguém vai procurá-la por uma semana, e ficará segura com as crianças no campo. Procure George e faça com que a acompanhe. Agora, vá.

Hesitei por um instante, tentada a obedecer-lhe.

— Maria, é a última coisa que lhe peço, por isso só posso estar falando sério. Vá para Hever e cuide das crianças enquanto a corte estiver doente. Seria muito ruim para os bebês perderem pai e mãe para a febre.

— O que quer dizer? Você vai morrer?

Sorriu com esforço.

— É claro que não. Mas ficarei mais feliz na viagem para casa, se souber que está a salvo. Procure George e diga que eu a mandei ir e que ele a escoltasse em segurança.

Dei meio passo para dentro do quarto.

— Não chegue mais para perto! — gritou. — Vá!

Seu tom foi rude, dei meia-volta e saí do quarto meio chateada, fechei a porta atrás de mim com uma batida, para que soubesse que eu tinha sido ofendida.

Foi a última vez que o vi vivo.

ꕤ

George e eu estávamos em Hever por pouco mais de uma semana, quando Ana chegou, em uma carroça aberta, praticamente sozinha. Desmaiou de exaustão e nem eu nem George tivemos coragem de cuidar dela nós mesmos.

Uma curandeira de Edenbridge foi chamada e a levou ao quarto da torre. Pediu porções enormes de comida e vinho, parte das quais, esperamos, foi realmente consumida por Ana. O país todo ou estava doente ou apavorado com a doença. Duas criadas deixaram o castelo para cuidar de seus pais em aldeias vizinhas e as duas morreram. Era uma doença assustadora e George e eu acordávamos toda manhã suando de terror e passávamos o resto do dia nos perguntando se estaríamos destinados a morrer.

O rei, aos primeiros sinais da doença, havia partido para Hunsdon. Isso tudo foi péssimo para os Bolena. A corte era um caos, a região dominada pela morte. O pior de tudo: a rainha Catarina estava bem, a princesa Mary estava bem, e as duas, com o rei, viajaram para passar fora todo o verão, como se fossem os únicos abençoados pelos céus, ilesos em um mar de doença.

Ana lutou pela vida, como tinha lutado pelo rei, uma batalha longa e obstinada, na qual reuniu toda a sua determinação para resistir às possibilidades praticamente invencíveis. Chegaram cartas de amor do rei, marcadas Hunsdon, Tittenhanger, Ampthill, recomendando um tratamento ou outro, jurando que não a tinha esquecido e que ainda a amava. Mas claramente o divórcio não progrediria enquanto não houvesse negócios sendo feitos, quando até mesmo o cardeal estava doente. Estava quase esquecido, e a rainha continuava sentada ao seu lado e a sua simpática princesinha era a sua melhor companhia e entretenimento. Tudo havia, de certa maneira, se paralisado para o verão e a sensação de Ana do tempo estar voando e o seu desespero não significavam nada para o homem cujo maior medo era a doença e que, miraculosamente, foi abençoado com a boa saúde no meio de um mar de desgraça.

Para nossa sorte, a sorte dos Bolena, a febre não chegou a Hever, e as crianças e eu ficamos a salvo nos campos e campinas verdes familiares. Recebi uma carta da mãe de William dizendo que ele tinha chegado em casa, como queria, antes de morrer. Era uma carta breve e fria que terminava me congratulando por agora voltar a ser uma mulher livre, como se achasse que meus votos matrimoniais nunca tivessem me refreado no passado.

Li a carta no jardim, em meu lugar preferido, olhando na direção do fosso e dos muros de pedra do castelo. Pensei no homem que eu tinha traído e que, nos últimos meses, tinha se tornado um amante e marido tão encantador. Sabia que nunca lhe tinha dado o que merecia. Tinha-se casado com uma criança e sido deixado por uma garota. E quando voltei para ele, como mulher, havia sido sempre com um elemento de cálculo em meu beijo.

Agora me dava conta de que a sua morte me deixara livre. Se conseguisse escapar de outro casamento, poderia comprar uma pequena herdade nas terras de minha família, em Kent ou Essex. Teria uma terra minha e safras que veria crescer. Poderia, finalmente, me tornar uma mulher independente, em vez de amante de um homem, esposa de outro, e irmã de um Bolena. Poderia criar meus filhos sob o meu próprio teto. Evidentemente, teria de persuadir um homem, Howard, Bolena ou o rei, a me dar uma pensão de modo que pudesse educar meus filhos e me alimentar, mas seria possível eu ganhar o bastante para levar uma vida modesta no campo, na minha própria pequena fazenda.

— Não pode estar realmente querendo ser uma ninguém — exclamou George quando delineei esse plano enquanto caminhávamos pela floresta. As crianças se escondiam atrás das árvores e nos atacavam de surpresa, enquanto andávamos devagar à frente delas. Fazíamos o papel de dois cervos. George usava galhos em seu chapéu para serem os cornos. Volta e meia ouvíamos o risinho irresistível de excitação do pequeno Henrique, ao se aproximar ruidosamente, acreditando-se invisível e não escutado. Não pude evitar pensar no entusiasmo de seu pai por disfarces e sua convicção de que confundia todos com esse estratagema tão simples. Agora, eu fazia a vontade de meu filho e fingia não ouvir sua corrida de uma árvore a outra, nem vê-lo ir da sombra para o mato.

— Você foi a favorita da corte — protestou George. — Por que agora não iria querer fazer um grande casamento? Nosso pai e nosso tio poderiam conseguir a nata da Inglaterra para você. Quando Ana se tornar rainha, você poderá ter um príncipe francês.

— Continua a ser trabalho de mulher, seja feito no salão ou na cozinha — eu disse causticamente. — Sei disso bem o bastante. Significa não ganhar nada para si mesma e que é tudo para seu marido ou senhor. Significa obedecer-lhe tão prontamente quanto um criado. Significa tolerar qualquer coisa que ele escolher fazer, e sorrir ao fazê-lo. Servi à rainha Catarina nesses últimos anos. Vi o que a vida foi para ela. Eu não seria uma princesa, nem mesmo por seu dote. Tampouco seria uma rainha. Eu a vi ser aviltada, humilhada, insultada, e tudo o que ela podia fazer era se ajoelhar em seu genuflexório, rezar por uma pequena ajuda, e se levantar e sorrir para a mulher que triunfava sobre ela. Isso não me parece tão atraente, George.

Catarina, atrás de nós, fez um farfalhar e agarrou meu vestido.

— Peguei! Peguei vocês!

George virou-se e a ergueu, jogou-a para o alto, depois a passou para mim. Ela agora estava pesada, uma menininha de 4 anos, de corpo rijo, cheirando a sol e folhas.

— Menina inteligente — eu disse. — É uma grande caçadora.

— E ela? — perguntou George. — Vai recusar-lhe uma importante posição no mundo? Ela será a sobrinha da rainha da Inglaterra. Pense nisso.

Hesitei.

— Se as mulheres pudessem ter mais — eu disse com anseio. — Se pelo menos as mulheres pudessem ter mais para si mesmas. Ser mulher, na corte, é como assistir eternamente a uma torta ser assada na cozinha. Todas aquelas coisas boas, e não se pode ter nada.

— E Henrique? — disse ele, de maneira provocadora. — O seu Henrique é o sobrinho do rei da Inglaterra, conhecido como seu filho. Se, Deus não permita!, Ana não gerar um varão, Henrique poderá reivindicar o trono da Inglaterra, Maria. Seu filho é filho de um rei, e pode ser seu herdeiro.

Não me entusiasmei com a ideia. Olhei temerosa a floresta em que meu menino leal se esforçava para nos acompanhar, cantarolando músicas de caça que ele mesmo tinha composto.

— Queira Deus que esteja a salvo — foi tudo o que eu disse. — Queira Deus que esteja a salvo.

Outono de 1528

Ana sobreviveu à doença e se fortaleceu no ar limpo de Hever. Quando saiu de sua câmara, continuei sem me sentar com ela, de tanto medo de transmitir a doença a meus filhos. Tentou ser espirituosa em relação aos meus receios, mas havia uma certa rispidez em sua voz. Tinha-se sentido traída pelo rei quando ele fugira da corte e mortalmente ofendida por ele passar o verão com a rainha Catarina e a princesa Mary.

Estava determinada a encontrá-lo assim que o tempo refrescasse e a febre terçã desaparecesse. Eu esperava ser omitida na corrida de Ana ao trono.

— Tem de voltar comigo — disse Ana.

Estávamos no nosso lugar preferido, próximo ao fosso do castelo. Ana estava sentada no banco de pedra, George esparramado na relva à sua frente. Eu estava sentada na relva, recostada no banco, vigiando meus filhos baterem, cerimoniosamente, os pezinhos na água. Era raso na ribanceira, mas eu não tirava os olhos deles.

— Maria! — a voz de Ana foi ríspida.

— Eu ouvi — falei sem virar a cabeça.

— Olhe para mim.

Relanceei os olhos para ela.

— Tem de voltar comigo, não vou conseguir sem você.

— Não vejo por quê...

— Eu vejo — disse George. — Ela vai precisar de uma companheira de quarto em quem possa confiar. Quando fechar a porta do quarto terá de saber que ninguém irá tagarelar para a rainha que ela está chorando nem contar a Henrique que está furiosa. Representa durante todos os dias de sua vida, precisa estar acompanhada de um grupo de atores itinerantes. Tem de ter algumas pessoas em volta que ela conhece, e que a conhecem. Não pode ser tudo só mascarada.

— Sim — disse Ana, surpresa. — É exatamente isso. Como sabe?

— Porque Francis Weston é um amigo para mim — replicou George francamente. — Preciso de alguém de quem não sou nem irmão, nem filho, nem marido.

— Nem amante — provoquei.

Sacudiu a cabeça.

— Só amigo. Mas sei como Ana precisa de você porque preciso dele.

— Bem, e eu preciso de meus filhos — eu disse obstinadamente. — E Ana sabe se virar muito bem sem mim.

— Estou pedindo como irmã — algo em sua voz fez com que olhasse para ela um pouco mais atentamente. Essa doença tinha lhe tirado um pouco da arrogância, por um momento pareceu uma mulher que precisava da ternura da irmã. Devagar, bem devagar, com um gesto desconhecido, Ana estendeu a mão para mim.

— Maria... Não posso fazer isso sozinha — sussurrou. — Quase morri da última vez. Sabia que algo se romperia dentro de mim, se eu tivesse de prosseguir. Agora, tenho de voltar à corte, e tudo começará mais uma vez.

— Não dá para conservar o rei sem tanto esforço?

Inclinou-se para trás e fechou os olhos. Por um momento, deixou de parecer a jovem mais determinada, mais brilhante em uma corte brilhante. Pareceu uma garota exausta que tinha chegado ao fundo de seu próprio medo.

— Não. A única maneira é ser a melhor que existe.

Toquei em sua mão e seus dedos seguraram os meus.

— Vou ajudar.

— Ótimo — disse ela baixinho. — Preciso realmente de você, sabe disso. Fique do meu lado, Maria.

☙

De volta à corte, no Palácio de Bridewell, o jogo tinha mudado de novo. O Papa, finalmente cansado das exigências intermináveis da Inglaterra, estava enviando um teólogo italiano a Londres, o cardeal Campeggio, para decidir definitivamente a questão do casamento do rei. Longe de se sentir ameaçada, a rainha pareceu acolher bem a sua vinda. Estava com boa aparência. Havia um viço em sua pele por causa do sol do verão e ela estivera feliz na companhia de sua filha. O rei, abalado pelo pavor à infecção, tinha sido fácil de ser entretido. Tinham analisado juntos as causas da doença que varrera o país, planejado medidas para preveni-la, e composto orações especiais que ordenaram ser proferidas em todas as igrejas. Juntos tinham-se preocupado com a saúde do país que governavam fazia tanto tempo. Ana, embora nunca distante do pensamento do rei, perdeu parte de seu glamour quando passou a ser meramente mais um dos muitos doentes. Mais uma vez, a rainha tinha sido a amiga constante e confiável em um mundo perigoso.

Percebi a diferença nela no momento em que entramos em seu aposento no palácio. Usava um vestido novo de veludo vermelho-escuro, que se ajustava à cor quente de sua pele. Não parecia uma jovem — nunca mais seria uma jovem —, mas tinha uma postura confiante, que Ana jamais aprenderia.

Recebeu a mim e Ana com um sorriso sutil irônico. Perguntou sobre meus filhos, sobre a saúde de Ana. Se chegou a pensar, por um instante, que o país teria sido um lugar melhor se a febre tivesse levado minha irmã, como levara tantos outros, não deu nem sinal.

Teoricamente, continuávamos a ser suas damas de honra, apesar de a sala de audiências e a câmara privada, que nos haviam sido destinadas, serem quase tão grandes quanto seus aposentos. Suas damas saíam rapidamente de seus aposentos para os nossos, para as salas de audiências do rei. A disciplina da corte estava sendo derrubada, a sensação, agora, era que praticamente tudo podia acontecer. O rei e a rainha mantinham uma relação de cortesia. O delegado papal estava vindo de Roma, mas se retardando excessivamente. Ana estava de volta à corte, mas o rei passara um verão feliz sem ela, talvez sua paixão tivesse arrefecido.

Ninguém se atrevia a prever que rumo os eventos tomariam, portanto, havia um fluxo regular de pessoas chegando para prestar seus respeitos à rainha, e saindo de seus aposentos para os de Ana. Cruzavam com outro fluxo que apostava em outro cavalo. Dizia-se até mesmo que Henrique, no fim, voltaria para mim e nossos filhos crescidos. Não dei atenção, até saber que meu tio tinha rido com o rei falando de seu belo menino em Hever.

Eu sabia muito bem, assim como Ana, assim como George, que meu tio nunca fazia nada por acaso. Ana levou George e a mim à sua câmara privada e nos repreendeu.

— O que está acontecendo? — perguntou.

Sacudi a cabeça, mas George pareceu evasivo.

— George?

— É verdade que a sua estrela sobe e desce — replicou ele sem jeito.

— O que quer dizer? — perguntou friamente.

— Houve uma reunião de família.

— Sem mim?

George ergueu as mãos como um esgrimista derrotado.

— Fui convocado. Não falei. Não abri a boca.

Ana e eu nos lançamos sobre ele imediatamente.

— Reuniram-se sem a nossa presença? O que disseram? O que querem agora?

George se afastou um pouco.

— Está bem! Está bem! Não sabem para que lado saltar. Não sabem que caminho seguir. Não querem que Ana saiba para não se sentir ofendida. Mas agora que Maria, por sorte, ficou viúva, e ele perdeu o interesse em Ana nesse verão, estão pensando se não seria melhor mudarem para você de novo.

— Ele não perdeu o interesse! — exclamou Ana. — Não serei suplantada. — Voltou-se contra mim. — Sua cadela! Isso foi coisa sua!

Sacudi a cabeça.

— Não fiz nada.

— Voltou para a corte!

— Porque você insistiu. Mal olhei para o rei. Mal trocamos duas palavras.

Afastou-se de mim e afundou a cara na cama, como se não suportasse olhar para nenhum de nós dois.

— Mas você teve um filho dele — se lamuriou.

— É isso, exatamente — disse George delicadamente. — Maria teve um menino e, agora, está livre para se casar. A família acha que o rei pode inclinar-se para ela. E a sua dispensação aplica-se aos dois. Ele pode se casar com ela, se quiser.

Ana ergueu-se dos travesseiros, o rosto em lágrimas.

— Eu não o quero — eu disse exasperada.

— Isso não importa, importa? — replicou ela acidamente. — Se mandarem que avance, avançará e tomará o meu lugar.

— Como tomou o meu — lembrei-lhe.

Sentou-se na cama.

— Uma ou outra garota Bolena — seu sorriso foi tão amargo como se tivesse mordido um limão. — Uma de nós pode chegar a ser a rainha da Inglaterra, e ainda assim continuar não sendo nada para a nossa família.

☙

Ana passou as semanas seguintes extasiando o rei, tudo outra vez. Afastou-o da rainha, até mesmo da sua filha. Aos poucos a corte começou a perceber que ela o havia reconquistado. Não existia ninguém além de Ana.

Eu observava a sedução com o distanciamento de uma viúva. Henrique deu uma casa em Londres só para Ana. Durham House, na rua Strand, seus próprios aposentos acima da liça, no Parque Greenwich, para a temporada do Natal. O conselho do rei decretou publicamente que a rainha não deveria se vestir com muita elegância nem sair para ser vista pelo povo. Era evidente para todos que se tratava somente de uma questão de tempo até o cardeal Campeggio decretar o divórcio. Henrique se casaria com Ana e eu poderia voltar para casa e para os meus filhos, e recomeçar minha vida.

Eu continuava a ser a principal confidente e companhia de Ana e um dia, em novembro, ela insistiu que eu, ela e George caminhássemos à margem do rio, que transbordara, no Palácio de Greenwich.

— Deve estar se perguntando o que será de você, agora que não tem marido — começou Ana. Sentou-se em um banco e olhou para mim.

— Achei que viveria com você enquanto precisasse de mim e depois voltaria a Hever — repliquei com cautela.

— Posso pedir ao rei que autorize isso — disse ela. — Será o meu presente.

— Obrigada.

— E posso pedir que a sustente — acrescentou ela. — William não lhe deixou quase nada, como sabe.

— Sei — eu disse.

— O rei costumava pagar uma pensão a William de 100 libras por ano. Posso conseguir que seja transferida para você.

— Obrigada — repeti.

— A questão é a seguinte — disse Ana, com ar indiferente, levantando a gola contra o vento frio. — Pensei em adotar Henrique.

— Pensou no quê?

— Pensei em adotar Henrique como filho meu.

Fiquei pasma, sem tirar os olhos dela.

— Nem mesmo gosta muito dele — eu disse, o primeiro pensamento tolo de uma mãe amorosa. — Nunca nem mesmo brinca com ele. George passou mais tempo com ele do que você.

Ana olhou a distância, como se para reunir paciência com a ajuda do rio e dos telhados desordenados na cidade além.

— Não. É claro. Não é por isso que quero adotá-lo. Não o quero porque gosto dele.

Devagar, comecei a refletir.

— Mas para que tenha um filho, o filho de Henrique. Para que tenha um filho Tudor. Se ele se casar com você, na mesma cerimônia ganha um filho.

Ela assentiu com a cabeça.

Virei-me, dei alguns passos, minhas botas de montaria triturando ruidosamente os pedregulhos congelados. Refletia furiosamente.

— E, é claro, assim afastaria meu filho de mim. Para que me torne menos desejável a Henrique. Com um mesmo ato, torna-se a mãe do filho do rei e destrói o meu direito à sua atenção.

George pigarreou, e se recostou na murada do rio, os braços cruzados sobre o peito, a face, o retrato da imparcialidade.

Voltei-me para ele.

— Você sabia?

Encolheu os ombros.

— Ela me contou depois que tinha feito. Fez isso assim que a família achou que você poderia atrair o rei de novo. Só contou a nosso pai e nosso tio depois que o rei concordou e estava tudo feito. Tio Howard achou uma manobra muito arguta.

Minha garganta ressecou, engoli em seco.

— Uma manobra arguta?

— E implica que você será sustentada — disse George imparcialmente. — Você aproxima seu filho do trono, concentra todos os benefícios em Ana. É um bom plano.

— É o *meu* filho! — mal consegui proferir as palavras, sufocando em minha dor. — Não está à venda como um ganso no mercado.

George aproximou-se e pôs a mão ao redor de meus ombros e me virou para ele.

— Ninguém o está vendendo, o estamos tornando um príncipe — disse ele. — Estamos reivindicando seus direitos. Ele poderá ser o próximo rei da Inglaterra. Deveria se sentir orgulhosa.

Fechei os olhos e senti o vento na pele fria do meu rosto. Achei que ia desmaiar ou vomitar, e mais do que qualquer outra coisa, ansiava por isso, cair, estando tão mal que me levariam imediatamente para Hever e lá me deixariam com meus filhos, para sempre.

— E Catarina? E minha filha?

— Pode ficar com Catarina. Ela é só uma menina — disse Ana, sem titubear.

— E se me recusar? — encarei os olhos escuros e francos de George. Confiava nele, embora tivesse me escondido isso.

Sacudiu a cabeça.

— Não pode se recusar. Ela fez tudo legalmente. Já está assinado e selado. Está feito.

— George — sussurrei. — É o meu filho. O meu filhinho. Sabe o que significa para mim.

— Vai continuar a vê-lo — disse George, tentando me consolar. — Será a sua tia.

Foi como um murro. Cambaleei, e teria perdido o equilíbrio se não fosse o braço de George. Virei-me para Ana, que estava calada, um sorriso ligeiro e complacente arqueando seus lábios.

— Quer tudo para você, não é? Tem o rei da Inglaterra à sua disposição, e ainda precisa ter o meu filho também. Você é como o cuco que come os filhotes dos outros no ninho. Até onde iremos por causa de sua ambição? Você será a morte de todos nós, Ana.

Ela desviou o rosto do ódio em minha face.

— Tenho de ser rainha — foi tudo o que disse. — E vocês todos têm de me ajudar. Seu filho Henrique pode desempenhar seu papel no progresso da nossa família e você, em troca, o ajudará a subir. Sabe que tem de ser assim, Maria. Somente um tolo resiste a como os dados caem.

— São dados viciados, quando jogo com você — eu disse. — Não me esquecerei disso, Ana. Em seu leito de morte, vou lembrá-la de que tirou meu filho de mim com medo de não ser capaz de gerar um.

— Posso gerar um filho! — disse ela, ferida. — Você gerou. Por que eu não geraria outro?

Ri de maneira triunfante.

— Porque está cada dia mais velha — eu disse malvadamente. — E o rei também. Como saber que você pode conceber? Fui tão fértil com ele que lhe dei dois filhos, um atrás do outro, um deles, o menino mais belo que Deus pôs na terra. Você nunca terá um menino como o meu Henrique, Ana. Você sabe, lá no fundo, que nunca terá um menino como ele. Tudo o que pode fazer é roubar o meu filho porque sabe que nunca conceberá um.

Ficou tão lívida que foi como se a febre tivesse retornado.

— Parem — disse George. — Parem com isso as duas.

— Nunca mais repita isso — falou ela. — Está me amaldiçoando. Não se atreva a repetir isso, senão você também cai, Maria. E George e todos nós. Não se atreva a repetir isso ou a enviarei para um convento e nunca mais verá nenhum de seus filhos.

Levantou-se de um pulo e foi embora agitando o brocado debruado de pele. Observei-a correr trilha acima até o palácio, e pensei em como era uma inimiga perigosa. Podia ir correndo a tio Howard, ao rei. Ana tinha a consideração de todos que podiam me dominar. E se quisesse o meu filho, se quisesse a minha vida, bastava que dissesse a qualquer um deles, e estaria feito.

George me deu a mão.

— Lamento — disse ele, sem graça. — Mas pelo menos seus filhos estarão em Hever e você poderá vê-los.

— Ela toma tudo — eu disse. — Sempre tomou tudo. Mas nunca a perdoarei por isso.

Primavera de 1529

Ana e eu estávamos no salão do mosteiro de Blackfriars, ocultas por uma cortina nos fundos. Não conseguimos nos afastar. Ninguém que tivesse um pretexto, por mais insignificante que fosse, para estar na corte, se ausentaria. Nunca tinha acontecido nada parecido na Inglaterra. Era o lugar que tinham escolhido para ouvirem as evidências a favor e contra o casamento do rei e da rainha da Inglaterra, uma audiência extraordinária, um evento extraordinário.

A corte estava no Palácio de Bridewell — do lado do mosteiro. O rei e a rainha se sentavam para jantar no salão de Bridewell toda noite, e todo dia se apresentavam à corte em Blackfriars e ouviam se seu casamento tinha sido válido em algum momento durante todos os seus longos e amorosos vinte anos.

Foi um dia terrível. A rainha estava usando um de seus vestidos mais elegantes. Tinha claramente decidido desafiar a ordem do conselho de que deveria se vestir com simplicidade. Usava o vestido novo de veludo vermelho com o corpete de brocado dourado. As mangas e bainha eram debruadas com uma bela pele negra de zibelina. Seu capelo vermelho-escuro emoldurava seu rosto, que não parecia cansado nem triste, como sempre nos dois últimos anos. Ela parecia veemente e animada, pronta para a batalha.

Quando pediram que o rei falasse, ele disse que teve dúvidas sobre a validade de seu casamento desde o começo, e foi interrompido pela rainha — como ninguém no mundo teria ousado fazer. Ela disse, e muito razoavelmente, que ele havia deixado suas dúvidas caladas por muito tempo. O rei elevou a voz e prosseguiu até o fim de seu discurso preparado de antemão, mas estava desnorteado.

Ele disse que havia reprimido suas dúvidas por causa do grande amor que sentia pela rainha, mas que não podia mais ignorar a sua angústia. Senti Ana, do meu lado, tremer como um cavalo refreado da caça.

— Que absurdo! — sussurrou ela com veemência.

Chamaram a rainha para responder à declaração do rei. O pregoeiro da corte disse seu nome uma, duas, três vezes, mas ela ignorou-o completamente, apesar de ele estar em pé ao lado do trono e gritar. Ela atravessou a corte, a cabeça bem ereta, e se dirigiu diretamente a Henrique, sentado em seu trono. Ajoelhou-se diante dele. Ana esticou o pescoço no canto da cortina.

— O que ela está fazendo? — perguntou. — Não pode fazer isso.

Eu ouvia a rainha apesar de estarmos no fundo da sala. Cada palavra era perfeitamente clara, embora seu sotaque fosse mais forte que nunca.

— Ai de mim, *sir* — disse ela gentilmente, quase intimamente —, como o ofendi? Deus e o mundo podem testemunhar que tenho sido uma esposa verdadeira, humilde e obediente. Nesses mais de vinte anos, fui sua esposa leal, e por mim teve vários filhos, embora tenha sido a vontade de Deus tirá-los deste mundo. E quando me teve pela primeira vez, eu era donzela, intocada pelo homem...

Henrique agitou-se em sua cadeira e olhou para o tribunal, implorando que a interrompessem, mas ela não tirou os olhos de seu rosto.

— Se isso é verdadeiro ou não, deixo para a sua consciência.

— Ela não pode fazer isso! — disse Ana incrédula. — Tem de chamar seus advogados para apresentarem provas. Não pode falar com o rei em público.

— Mas está falando — eu disse.

Fez-se um silêncio absoluto na sala, todo mundo escutando a rainha. Henrique, comprimido contra o espaldar de seu trono, estava pálido de constrangimento. Parecia uma criança mimada confrontada por um anjo. Peguei-me sorrindo, sorrindo largo, embora fosse a causa da minha família que estivesse afundando a cada palavra sua. Eu quase ria encantada porque Catarina de Aragão estava falando pelas mulheres do país, pelas boas esposas que não podiam ser postas de lado simplesmente porque seus maridos tinham sentido inclinação por outra, pelas mulheres que percorriam o caminho árduo entre a cozinha, o quarto, a igreja e o parto. Pelas mulheres que mereciam mais do que o capricho de seus maridos.

Catarina entregou sua causa a Deus e à lei, e houve um tumulto quando ela terminou de falar. Os cardeais bateram o martelo pedindo ordem, os escreventes gritaram e a excitação contagiou as pessoas que estavam do lado de fora da sala e nas ruas, do lado de lá dos portões gradeados do mosteiro, que repetiam as suas palavras umas para as outras e gritavam clamando apoio a Catarina, a legítima rainha da Inglaterra.

E Ana, ao meu lado, rindo e chorando ao mesmo tempo.

— Ela será a minha morte ou eu serei a dela! — jurou. — Que eu a veja morta, Deus, antes que ela seja o meu fim.

Verão de 1529

Esse deveria ter sido o verão do triunfo de Ana. O tribunal do cardeal Campeggio para julgar a questão do casamento estava finalmente em sessão, a sua decisão uma certeza, por mais convincente que a rainha tivesse sido. O cardeal Wolsey era amigo declarado e o principal defensor de Ana, o rei da Inglaterra continuava tão apaixonado quanto antes, e a rainha, depois de seu momento de triunfo, havia se retirado, sem nem mesmo se apresentar de novo ao tribunal.

Mas não houve alegria para Ana. Quando soube que eu estava arrumando minhas coisas para passar o verão em Hever, com meus filhos, entrou no quarto como se mordida pelo próprio diabo.

— Não pode me deixar enquanto os cardeais continuam reunidos. Preciso de você do meu lado.

— Ana, não tenho nenhuma utilidade. Não entendo metade disso, e o resto não faço questão de ouvir. Toda essa coisa sobre o que o príncipe Arthur disse depois de sua noite de núpcias, e todos esses mexericos de criados de séculos atrás. Não quero ouvir isso. Não fazem nenhum sentido para mim.

— E acha que eu quero ouvir? — perguntou.

Eu deveria ter ficado alerta com o arrebatamento de seu tom.

— Deve ouvir, pois está sempre na corte — repliquei razoavelmente. — Mas vão terminar logo, não vão? Dirão que a rainha foi casada com o príncipe Arthur, que o casamento foi consumado, e que a união dela com Henrique é inválida. Então, pronto. Para que precisa de mim aqui?

— Porque estou com medo! — explodiu de repente. — Estou com medo! Sinto medo o tempo todo! Não pode me deixar aqui sozinha, Maria. Preciso de você aqui.

— Ouça, Ana — eu disse persuasivamente. — O que tem a temer? A corte não está ouvindo a verdade nem a buscando. Está sob a ordem de Wolsey, que é o homem do rei. Está sob o controle de Campeggio, que recebeu ordens do Papa de encerrar a questão. Seu caminho está livre. Se não quer ficar aqui, no Palácio de Bridewell, então vá para a sua nova casa em Londres. Se não quer dormir sozinha, chame uma de suas seis damas. Se está com medo do rei com alguma garota nova na corte, ordene que a mande embora. Ele faz tudo o que você manda. Todo mundo faz o que você manda.

— Você não! — sua voz soou áspera e ressentida.

— Não preciso, sou apenas a outra garota Bolena. Sem dinheiro, sem marido, sem futuro, a menos que você ordene. Sem filhos, a menos que receba permissão para vê-los. Sem filho... — minha voz falhou por um momento. — Tenho autorização para ir vê-los, e irei, Ana. Não pode me impedir. Nenhuma força no mundo pode me impedir.

— O rei pode impedi-la — advertiu-me.

Virei meu rosto para ela e minha voz soou como ferro.

— Ouça bem, Ana. Se mandá-lo me proibir de ver meus filhos, me enforcarei com seu próprio cinto de ouro em seu novo palácio de Durham House e será amaldiçoada para sempre. Certas coisas são grandes demais para até mesmo você brincar com elas. Não pode me impedir de ver meus filhos nesse verão.

— *Meu* filho — enfatizou.

Tive de reprimir minha raiva, meu desejo de empurrá-la pela janela e deixá-la quebrar seu pescoço egoísta nas pedras do terraço. Respirei fundo, e recuperei o controle.

— Eu sei — eu disse calmamente. — Agora vou vê-lo.

ᘓ

Fui me despedir da rainha. Estava sozinha em seus aposentos silenciosos, bordando a imensa toalha de altar. Hesitei na entrada.

— Majestade, vim me despedir, vou passar o verão com meus filhos.

Ela ergueu os olhos. Nós duas sabíamos que eu não precisava mais pedir a sua permissão para me ausentar da corte.

— Você tem sorte em poder vê-los tantas vezes — disse ela.

— Sim — sabia que estava pensando na princesa Mary, que estava longe dela desde o Natal.

— Mas a sua irmã tomou seu filho — comentou.

Assenti com a cabeça. Não me fiei em minhas palavras.

— A Srta. Ana joga pesado. Quer o meu marido e também o seu filho. Quer uma união completa.

Não me atrevi a nem mesmo erguer os olhos, temi que visse o profundo ressentimento que havia neles.

— Estou feliz por passar o verão fora — eu disse com calma. — Sua Majestade é generosa em me poupar.

A rainha Catarina insinuou um sorriso.

— Sou tão bem servida — disse ela ironicamente — que mal sentirei a sua falta com essas pessoas todas que me cercam.

Fiquei sem jeito, sem saber o que dizer nesses aposentos silenciosos que eu tinha conhecido tão alegres e agitados.

— Espero servi-la de novo quando voltar à corte em setembro — eu disse.

Ela pôs a agulha de lado e olhou para mim:

— É claro que me servirá. Estarei aqui, sem a menor dúvida.

— Sim — concordei, traiçoeira até a raiz do cabelo.

— Você sempre foi cortês e uma boa servidora para mim — disse ela. — Mesmo quando mais nova e tola, sempre foi uma boa menina, Maria.

Engoli minha culpa.

— Gostaria de ter feito mais — eu disse, baixinho. — E houve vezes em que lamentei ser obrigada a servir a outros e não à Sua Majestade.

— Oh, refere-se a Felipez — disse ela com calma. — Querida Maria, eu sabia que você ia contar a seu tio, a seu pai ou ao rei. Quis que visse a carta e soubesse quem seria o mensageiro. Queria que vigiassem o porto errado. Queria que pensassem que o tinham pegado. Ele levou a mensagem a meu sobrinho. Escolhi você como meu Judas. Sabia que ia me trair.

Enrubesci, um rubor profundamente mortificado.

— Não posso pedir que me perdoe — sussurrei.

A rainha encolheu os ombros.

— Metade das minhas damas apresenta-se ao cardeal, ao rei ou à sua irmã diariamente — disse ela. — Aprendi a não acreditar em ninguém. Pelo resto da minha vida, saberei que não posso confiar em ninguém. Morrerei como uma mulher que se decepcionou com seus amigos. Mas não me decepcionei com meu marido. Ele está sendo mal aconselhado neste momento, ele está deslumbrado. Mas vai recuperar o juízo. Ele sabe que sou a sua esposa. Sabe que não terá outra esposa senão eu. Ele vai voltar para mim.

Levantei-me.

— Majestade, receio que não. Ele deu sua palavra à minha irmã.

— Não cabe a ele decidir — disse ela simplesmente. — Ele é um homem casado. Não pode prometer nada a outra mulher. A sua palavra é a minha palavra. Ele está casado comigo.

Eu não tinha mais o que dizer.

— Que Deus abençoe Sua Majestade.

Sorriu, um pouco triste, como se soubesse, assim como eu, que era um adeus. Ela não estaria na corte quando eu retornasse. Ergueu sua mão, me abençoando sobre a cabeça quando lhe fiz uma reverência.

— Que Deus lhe dê vida longa e alegria a seus filhos — disse ela.

※

Hever estava quente sob o sol e Catarina tinha aprendido a escrever o nome de nós todos, a soletrar seu livrinho e a cantar uma música em francês. Henrique, determinadamente ignorante, não conseguia se livrar da pronúncia errada, que o fazia trocar o "w" pelo "r". Eu o teria corrigido com mais rigor, mas o achei um encanto. Chamava a si mesmo de "Henwy" e a mim, a sua "quewuida", e só uma mãe com coração de pedra lhe diria que estava falando errado. Tampouco lhe disse que era sua mãe por graça divina, e que, por lei, era filho de Ana. Não consegui lhe dizer que me havia sido roubado, e que eu tinha sido obrigada a deixá-lo ir.

George ficou conosco no campo por duas semanas, tão aliviado quanto eu por estar longe da corte que esperava, como um cão ao redor da corça ferida, o momento em que a rainha se deprimiria. Nenhum de nós dois queria estar lá no momento em que o tribunal dos cardeais decretasse contra a rainha inocente e a expulsasse, em desgraça, do país que chamara de seu. Então, George recebeu uma carta de meu pai.

> *George,*
> *Deu tudo errado. Campeggio anunciou, hoje, que não pode decidir sem o Papa. A corte foi adiada, Henrique está furioso e sua irmã, fora de si.*
> *Vamos partir para a temporada do verão e a rainha será deixada para trás, em desgraça.*
> *Você e Maria têm de vir e ficar comigo e Ana, só vocês conseguem controlar seu temperamento.*
> *Bolena*

— Não vou — eu disse, simplesmente.

Estávamos sentados juntos no salão depois do jantar. Vovó Bolena tinha ido para a cama, as crianças tinham adormecido rápido depois de um dia correndo, brincando de esconde-esconde e de pegar.

— Eu tenho de ir — disse George.

— Disseram que eu podia passar o verão com meus filhos. Eles me prometeram.

— Se Ana precisa de você...

— Ana sempre precisa de mim, sempre precisa de você. Sempre precisa de todos nós. Ela está tentando fazer algo impossível: tirar uma mulher de seu casamento, tirar a rainha do trono. É claro que ela precisa de um exército. Sempre se precisa de um exército para uma insurreição traiçoeira.

George relanceou os olhos em volta para ver se as portas estavam fechadas.

— Cuidado.

Encolhi os ombros.

— Estamos em Hever. É por isso que venho a Hever. Para poder falar. Diga-lhes que estou mal. Diga-lhes que talvez esteja com a febre. Diga-lhes que retornarei assim que estiver melhor.

— É o nosso futuro.

Dei de ombros.

— Perdemos. Todo mundo sabe disso, menos nós. Catarina ficará com o rei, como é justo que fique. Ana se tornará a sua amante. Nunca conseguiremos o trono da Inglaterra. Não nesta geração. Tem de torcer para Jane Parker lhe dar uma menina bonita. E poderá lançá-la nesse covil de lobos e ver quem a abocanha.

Riu ao ouvir isso.

— Partirei amanhã. Não podemos nos render.

— Perdemos — eu disse. — Não há vergonha em se render quando se está definitivamente derrotado.

Querida Maria,
George me disse que você não veio porque acha que a minha causa está perdida. Tome muito cuidado com a quem diz isso. O cardeal Wolsey vai perder a sua casa, terras e fortuna, vai ser deposto da presidência da chancelaria, será um homem arruinado porque fracassou na minha causa. Portanto não se esqueça de que também você trabalhará em minha causa e não tolerarei uma servidora não dedicada inteiramente.
Tenho o rei na palma da minha mão e não serei derrotada por dois velhos e sua falta de coragem. Falou cedo demais em minha derrota. Apostei minha vida em ser a rainha da Inglaterra. Eu disse que conseguiria, e vou conseguir.
Ana
Venha a Greenwich no outono, sem falta.

Outono de 1529

Tudo o que Ana ameaçou contra Wolsey se concretizou, e foi o nosso tio Howard, com o duque de Suffolk, o cunhado e amigo querido do rei, que tiveram o prazer de retirar o Sinete da Inglaterra do cardeal, que caiu em desgraça. Ficariam, também, com os ganhos de sua imensa fortuna.

— Eu disse que o derrubaria — disse Ana presunçosamente. Estávamos lendo à janela da sala de audiências de sua nova casa em Londres: Durham House. Esticando o pescoço, dava para ver o Palácio de York, onde o cardeal antes reinava supremo e ela havia cortejado Henry Percy.

Bateram à porta. Ana olhou para mim, para que eu atendesse por ela.

— Entre! — gritei.

Era um dos pajens do rei, um rapaz bonito de cerca de 20 anos. Sorri para ele, seus olhos oscilaram com a atenção.

— Sir Harold? — perguntei cortesmente.

— O rei pede à sua amada que aceite este presente — disse ele e prostrou-se com um joelho no chão, diante de Ana, estendendo-lhe uma pequena caixa.

Ela pegou-a e a abriu. Fez um som de satisfação ao ver seu conteúdo.

— O que é? — perguntei sem conseguir reprimir minha curiosidade.

— Pérolas — disse ela simplesmente. Virou-se para o pajem. — Diga ao rei que me sinto honrada com o seu presente. E que o usarei hoje, no jantar, para agradecer-lhe pessoalmente. Diga-lhe — sorriu como se fosse um gracejo privado — que saberá que tem uma amada gentil e não cruel.

O rapaz balançou a cabeça solenemente, levantou-se, fez uma profunda reverência a Ana e uma mesura galante a mim, e saiu da sala. Ana fechou a caixa e a jogou para mim. Olhei as pérolas, eram magníficas, presas em um cordão de ouro.

— O que a sua mensagem significa? — perguntei. — Que será generosa e não cruel.

— Não posso me entregar a ele — disse ela, tão rapidamente quanto um mascate que sabe o valor de um pêni. — Mas discutimos hoje de manhã porque ele queria me levar à sua câmara privada depois da missa e eu não fui.

— O que você disse?

— Perdi o controle — admitiu ela. — Falei que ele queria me tratar como uma prostituta e me desonrar e desonrar a si próprio, destruindo qualquer possibilidade de uma decisão adequada de Roma. Se alguém achasse que eu era sua prostituta, eu nunca suplantaria Catarina. Eu não seria melhor do que você.

— Perdeu o controle? — perguntei indo direto à pior parte. — O que ele fez?

— Retirou-se — replicou com pesar. — Saiu da sala como um gato escaldado. Mas viu o resultado? Não aguenta que eu fique descontente com ele. Eu o tenho na mão como um menino.

— No momento — a adverti.

— Oh, hoje à noite serei gentil como prometi. Vou me vestir, cantar e dançar só para ele.

— E depois do jantar?

— Vou deixar que me toque — disse ela, contrariada. — Vou deixar que acaricie meus seios e que ponha sua mão dentro de minha saia. Mas nunca tiro o vestido. Não me atrevo.

— Você o satisfaz?

— Sim — disse ela. — Ele insiste nisso e não vejo como evitar. Mas às vezes... — levantou-se do vão da janela e foi até o centro da sala. — Quando tira a calça e o põe na minha mão, eu o odeio. Sinto como um insulto ele me usar dessa maneira... — interrompeu-se, sem fala de tanta irritação. — Então ele goza e esguicha como uma baleia idiota, aquela gosma úmida... e penso — bateu o punho na palma da mão. — Penso, Deus, oh, Deus, preciso de um bebê e tudo aquilo é desperdiçado! Desperdiça-se na minha mão quando deveria ser no meu ventre! Pelo amor de Deus! Além de ser um pecado, é uma tal loucura!

— Sempre haverá mais — eu disse, sendo prática.

O olhar que me lançou foi obcecado.

— Não há mais de mim — disse ela. — Ele está louco para me tocar, mas está esperando há três anos. E se tivermos de esperar mais três? Como vou manter minha aparência? Como vou permanecer fértil? Ele pode permanecer vigoroso até 60 anos, mas e eu?

— Ele não pensa mal de você? — perguntei. — O que usa com ele são artifícios de prostitutas.

Ana sacudiu a cabeça.

— Tenho de fazer com que deseje meu toque. Tenho de mantê-lo avançando e afastá-lo ao mesmo tempo.

— Há outras coisas que você pode fazer — ofereci.

— Fale.

— Pode deixar que a observe.

— Observar fazer o quê?

— Deixe que a observe se tocar. Ele adora isso. Faz com que quase chore de luxúria.

Ela pareceu extremamente constrangida.

— Que vergonha.

Ri.

— Deixe que a observe se despir, tirando uma coisa de cada vez, bem devagar. Por último levante sua camisa de baixo e ponha os dedos em sua xoxota, abra-a para que a veja.

Ela sacudiu a cabeça.

— Eu não conseguiria fazer isso...

— E pode pô-lo na boca — reprimi minha risada ao vê-la se retrair.

— O quê? — olhou para mim com uma repugnância franca.

— Pode se ajoelhar diante dele e pôr na boca. Ele adora isso também.

— Fez isso com ele? — perguntou, com seu nariz franzido.

Olhei direto em seus olhos.

— Eu era a sua puta — repliquei. — E meu irmão tem suas intendências e meu pai é um homem rico por causa disso. Quando ele se deitava de costas, eu me deitava em cima e o beijava da sua boca até suas partes íntimas, lambendo-as como um gato bebe o leite. Então o punha na boca e o chupava.

A cara de Ana era um misto de curiosidade e asco.

— E ele gostava?

— Sim — repliquei brutalmente franca. — Adorava, dava-lhe mais prazer do que qualquer outra coisa. E pode ficar com essa cara de quem não suporta nem falar sobre isso, pode assumir esse ar arrogante como quiser. Mas se tiver de prendê-lo com artifícios de putas, é melhor aprendê-los e fazê-los bem.

Por um momento, achei que ia se enfurecer, mas continuou calada e balançou a cabeça.

— Tenho certeza de que a rainha nunca fez algo assim — disse ela com um ressentimento profundo.

— Não — eu disse, exercitando meu constante ressentimento por um breve instante. — Mas ela era a sua esposa querida, com quem se casou por amor. E eu e você somos apenas suas prostitutas.

༺༻

Os truques que Ana aprendeu a fazer com o rei abrandaram-no, mas a tornaram mais irritável do que nunca. Um dia, abri a porta de seu quarto e ouvi sua voz colérica, aos berros.

Henrique estava de frente para a porta quando entrei, e o olhar que me lançou era quase suplicante. Olhei espantada enquanto Ana o insultava. Ela estava de costas para mim, e nem sequer ouviu a porta. A sua fúria a cegava e ensurdecia para qualquer outra coisa que não fossem suas próprias palavras vociferadas.

— E para descobrir que ela, *ela*!, continua a costurar suas camisas, e escarnece de mim com isso, ela as mostra para mim e pede que enfie a linha em sua agulha. Pede-me na frente de todas as damas que enfie a linha na agulha, como se eu fosse uma criada qualquer.

— Nunca lhe pedi...

— Ahn? O que acontece? Ela vai aos seus aposentos e rouba suas camisas à noite? O camareiro real as surrupia e as passa para ela? Você é sonâmbulo e as leva para ela acidentalmente?

— Ana, ela é minha esposa. Costura para mim há vinte anos. Eu não fazia ideia de que você faria objeções a isso. Mas lhe direi que não quero mais que costure para mim.

— Não fazia ideia de que eu me oporia? Por que não volta para a sua cama e vê se faço objeções a isso? Costuro tão bem quanto ela, na verdade muito melhor, já que não sou tão velha nem tão míope que precise de alguém para enfiar a linha na minha agulha. Mas você não manda suas camisas para mim. Você me desdenha... — sua voz falhou. — Diante de toda a corte, você me desdenha ao mandar suas camisas para ela — sua indignação aumentou. — Pode também dizer ao mundo: essa é a minha mulher, em quem confio, e essa é a minha amante, para a noite e para me divertir.

— Juro por Deus... — começou o rei.

— Juro por Deus que me magoou com isso, Henrique!

O tremor em sua voz o abateu. Ele abriu os braços, mas ela sacudiu a cabeça.

— Não, não vou correr para você para que enxugue minhas lágrimas com seus beijos e diga que isso não tem importância. Tem importância, me importa mais do que qualquer coisa.

Pôs as mãos nos olhos e passou por ele direto para a sua câmara privada, sem nem mesmo olhá-lo de relance. No silêncio que se seguiu, a ouvimos fechar a porta e girar a chave na fechadura.

O rei e eu olhamos um para o outro. Estava atônito.

— Juro por Deus que não tive a intenção de magoá-la.

— Por causa de algumas camisas?

— A rainha continua a costurar minhas camisas. Ana não sabia. E levou isso a mal.

— Oh — eu disse.

Henrique sacudiu a cabeça.

— Direi à rainha para não costurá-las mais.

— Acho que seria sensato — falei delicadamente.

— E quando ela sair, pode lhe dizer que estou muito angustiado por ter-lhe causado tanto sofrimento? E que isso não se repetirá?

— Sim — respondi. — Direi.

— Mandarei que um ourives lhe faça algo bonito — disse ele. — E quando estiver bem de novo, se esquecerá que esta briga aconteceu.

— Ela ficará bem assim que descansar — eu disse, esperançosa. — Evidentemente é difícil para ela a espera do dia em que poderão se casar. Ela o ama tanto.

Por um momento, pareceu o menino que havia se apaixonado por Catarina.

— Sim, é por isso que se enfurece assim. Porque me ama tanto.

— É claro — tranquilizei-o. A última coisa que eu queria era que Henrique percebesse como a ira de Ana era desproporcional aos fatos.

Ele pareceu terno outra vez.

— Eu sei. Tenho de ser paciente com ela. E é muito jovem, não sabe quase nada sobre o mundo.

Fiquei com a boca fechada pensando na menina que eu era quando minha família me entregou a ele, e como nunca tinham me permitido nenhum protesto, muito menos um ataque de nervos.

— Vou lhe mandar rubis — disse ele. — Uma mulher virtuosa, rubis, você sabe.

— Ela vai gostar — eu disse sem ter dúvidas.

୧ଓ

Henrique deu-lhe rubis e ela o recompensou com mais do que um sorriso. Voltou ao quarto tarde da noite com o vestido todo amarfanhado e o capelo na mão. Eu tinha adormecido, nunca a esperava como ela fazia comigo. Puxou as cobertas e me acordou, mandando que abrisse seu vestido.

— Fiz o que mandou e ele adorou — disse ela. — E deixei que brincasse com meu pelo e com meus seios.

— Pelo visto, estão de bem de novo — eu disse. Desatei seu corpete e puxei sua anágua por sua cabeça.

— E papai vai se tornar conde — disse Ana com satisfação. — Conde de Wiltshire e Ormonde. Serei Lady Ana Rochford e George, Lord Rochford. Papai terá de retornar à Europa para tratar a paz, e Lord George, nosso irmão, irá com ele. Lord George se tornará um dos embaixadores favoritos do rei.

Oferguei ao ouvir tantos favores.

— Um condado para papai?

— Sim.

— E George será Lord Rochford! Que importância, vai adorar! E embaixador!

— Como sempre quis.

— E eu? — perguntei. — O que me deu?

Ana caiu na cama, deixou que eu tirasse seus sapatos e meia.

— Você permanece Lady Carey — disse ela. — Simplesmente a outra garota Bolena. Não posso fazer tudo, você sabe.

Natal de 1529

A corte se reuniria em Greenwich e a rainha estaria presente. Receberia todas as honras e Ana não deveria ser vista.

— E agora? — perguntei a George. Sentei-me em sua cama enquanto ele se espreguiçava no vão da janela. Seu criado estava arrumando seus baús para a viagem a Roma e, volta e meia, ele gritava ao homem impassível:

— O manto azul não! Está com traças!

Ou:

— Odeio esse chapéu. Pode dá-lo a Maria, para o pequeno Henrique.

— E agora? — repetiu minha pergunta.

— Fui chamada aos aposentos da rainha e terei de viver em meu antigo quarto na sua ala do palácio. Ana ficará em seus aposentos, no local das justas, sozinha. Acho que mamãe vai ficar com ela, mas eu, e todas as damas de honra, teremos de servir à rainha e não a Ana.

— Não pode ser um mau sinal — disse George. — Ele está esperando muita gente de fora da cidade para observá-los comer durante os festejos do Natal. A última coisa que quer é que os mercadores e comerciantes digam que é devasso. Quer que todos pensem que escolheu Ana para o benefício da Inglaterra e não por lascívia.

Um pouco nervosa, relanceei os olhos para o criado.

— Não tem problema, com Joss — disse George. — É surdo, graças a Deus. Não é, Joss?

O homem não se virou.

— Oh, deixe-nos — disse George. O homem continuou, impassivelmente, a arrumar suas roupas.

— Ainda assim deve ter cuidado — eu disse.

George elevou a voz.

— Deixe-nos, Joss. Pode terminar depois.

O homem sobressaltou-se, olhou em volta, fez uma reverência a George e a mim, e saiu.

George veio para a cama e se esparramou do meu lado. Puxei sua cabeça para o meu colo e me acomodei recostada na cabeceira.

— Acha que acontecerá, um dia? — perguntei. — Parece que planejamos esse casamento há séculos.

Ele tinha fechado seus olhos escuros, mas agora os abriu e olhou para mim.

— Só Deus sabe — disse ele. — Só Deus sabe o que terá custado quando acontecer: a felicidade de uma rainha, a segurança do trono, o respeito do povo, a santidade da Igreja. Às vezes, me parece como se você e eu tivéssemos passado a vida trabalhando para Ana, e nem mesmo sei o que ganhamos com isso.

— Você é o herdeiro de um condado. Dois condados?

— Eu queria estar nas cruzadas e assassinar infiéis — disse ele. — Queria voltar para casa, para uma bela mulher, em um castelo, que me veneraria por minha coragem.

— E eu queria um campo de lúpulos e um pomar de maçãs, e um rebanho de carneiros — eu disse.

— Bobagem — disse ele, e fechou os olhos.

Adormeceu em poucos minutos. Segurei-o com cuidado, observando seu peito subir e descer, e então recostei minha cabeça no brocado que cobria a cabeceira, fechei os olhos, e caí no sono eu também.

Em meu sonho, ouvi a porta se abrir e, preguiçosamente, abri os olhos. Não era o criado de George, não era Ana nos procurando. Foi um girar de maçaneta furtivo e um abrir de porta dissimulado. Então, Jane, a mulher de George, agora Lady Jane Rochford, pôs a cabeça para dentro do quarto e olhou em volta, nos buscando.

Não deu um pulo ao nos ver na cama juntos, e eu — ainda sonolenta e paralisada por uma espécie de medo de sua dissimulação — também não me mexi. Mantive os olhos semicerrados e a observei.

Ela ficou bem quieta, não entrou nem foi embora, mas prestou atenção a cada detalhe: a cabeça de George em meu colo, minhas pernas abertas debaixo de meu vestido. Minha cabeça jogada para trás, meu capelo largado no peitoril da janela, meu cabelo solto, embaraçado em meu rosto adormecido. Observou-nos como se nos estudasse para pintar uma miniatura, como se estivesse cotejando provas. Depois, sorrateiramente como chegou, se foi.

Imediatamente sacudi George e tapei sua boca com minha mão.

— Psiu. Jane esteve aqui. Talvez ainda esteja do lado de fora do quarto.

— Jane?

— Pelo amor de Deus, Jane! Sua mulher Jane!

— O que ela queria?

— Não falou nada. Simplesmente entrou e olhou para nós dois dormindo juntos na cama, olhou tudo em volta e saiu de novo furtivamente.

— Não quis me acordar.

— Talvez — falei com dúvidas.

— Qual é o problema?

— Ela parecia... estranha.

— Ela sempre parece estranha — disse ele sem se preocupar. — Está sempre farejando algo.

— Exatamente — repliquei. — Mas quando nos viu, senti como... — interrompi-me, não achava as palavras certas. — Eu me senti suja — acabei dizendo. — Como se estivéssemos fazendo alguma coisa errada. Como se estivéssemos...

— O quê?

— Perto demais.

— Somos irmãos — exclamou George. — É claro que somos próximos.

— Estávamos na cama, dormindo juntos.

— É claro que dormíamos! — exclamou. — O que mais poderíamos estar fazendo na cama? Amor?

Dei um risinho.

— Ela me fez sentir como se não devesse estar no seu quarto.

— Mas devia — disse ele, com determinação. — Onde mais podemos conversar sem que metade da corte, inclusive ela, fique rondando e prestando atenção? Ela só está com ciúmes. Teria pagado para estar comigo na cama hoje à tarde, e pôr a cabeça no seu colo teria sido o mesmo que pô-la numa armadilha.

Sorri.

— Acha que ela não se importou?

— Claro que não — replicou ele preguiçosamente. — Ela é minha esposa. Sei lidar com ela. E do jeito que anda o casamento atualmente, posso deixá-la de lado e me casar com uma garota bonita.

☙

Ana recusou-se terminantemente a passar o Natal em Greenwich se não fosse o centro das atenções. Embora Henrique tentasse repetidamente explicar que era para o bem dos dois, ela o censurou por preferir ter a rainha ao seu lado.

— Vou embora! — esbravejou ela. — Não ficarei aqui para ser insultada com o desprezo. Vou para Hever. Passarei o Natal lá. Ou talvez volte para a corte francesa. Meu pai está lá, poderia passar dias agradáveis na França, onde sempre fui muito admirada.

Ele ficou lívido, como se ela o tivesse apunhalado.

— Ana, meu amor, não fale assim.

Ela atacou-o.

— Seu amor? Mas nem mesmo me quer ao seu lado no Natal!

— Eu a quero ao meu lado no Natal e em todos os outros dias. Mas se Campeggio agora é quem informa o Papa, quero que todos pensem que estou deixando a rainha pelo motivo mais puro, pela melhor das razões.

— E eu sou impura? — perguntou, aproveitando o que ele dissera.

A perspicácia que ela tinha introduzido no flerte entre os dois estava sendo exercida sobre Henrique como arma. E ele continuava tão impotente agora quanto tinha sido então.

— Meu verdadeiro amor, você é um anjo para mim — disse ele. — E quero que o resto do mundo saiba disso. Eu disse à rainha que você seria a minha esposa, porque era o melhor que a Inglaterra podia oferecer. Eu lhe disse isso.

— Você discute sobre mim com ela? — gritou com um suspiro. — Oh, não! É um insulto atrás do outro. E ela talvez responda que não sou. Diz que quando eu era sua dama de honra não era nenhum anjo. Talvez diga que não sou digna de fazer suas camisas.

Henrique deixou a cabeça cair em suas mãos.

— Ana!

Ela afastou-se dele e virou-se para a janela. Mantive a cabeça baixa sobre o livro que, supostamente, estava lendo, e passava o dedo ao longo da linha de palavras, mas não via nada. Dissimuladamente, nós dois, o rei e sua antiga amante, a observávamos. A tensão em seus ombros a fez estremecer com alguns soluços e, então, seus ombros cederam, e ela virou-se de novo para ele. Seus olhos brilhavam com as lágrimas, sua raiva enrubescera sua face. Ela parecia excitada. Aproximou-se dele e pegou suas mãos.

— Perdoe-me — falou amorosamente. — Perdoe-me, meu amor.

Ele a olhou como se mal acreditasse em sua sorte. Abriu os braços. Ela deslizou para seu colo, e passou os braços em volta de seu pescoço.

— Perdoe-me — sussurrou.

Da maneira mais silenciosa possível, levantei-me e me dirigi à porta. Ana fez sinal com a cabeça para que eu saísse. Quando fechei a porta atrás de mim, a ouvi dizer:

— Mas irei a Durham House e vai me pagar por eu passar o Natal lá.

ଓ

A rainha acolheu-me bem de volta aos seus aposentos, com um sorriso triunfante. Ela achava, pobre mulher, que a ausência de Ana significava o enfraquecimento de sua influência. Ela não tinha escutado, como eu, a lista de penitências que Ana impusera a seu amante por sua ausência da corte. Ela não sabia, como o resto da corte sabia muito bem, que a cortesia de Henrique durante o Natal era uma formalidade.

Mas não demorou a descobrir. Ele nunca jantava a sós com ela. Nunca falava com ela, a menos que alguém estivesse vendo. Nunca dançava com ela. Na verdade, escusava-se de quase todas as danças e simplesmente observava os outros dançarem. Havia algumas garotas novas na corte que eram rodopiadas por seus parceiros diante de seus olhos, uma nova herdeira Percy, uma nova garota Seymour. De todos os condados da Inglaterra, que conquistavam um lugar na corte, vinha uma garota para encantar o rei e tentar uma chance no trono. Mas nada distraía o rei. Sentado ao lado de sua esposa, parecia cansado, e pensava em sua amante.

Nessa noite, a rainha ajoelhou-se durante muito tempo em seu genuflexório, e as damas adormeceram em suas cadeiras, esperando que ela nos dispensasse e mandasse para a cama. Quando se levantou e se virou, só havia eu acordada.

— Meia dúzia de Pedro — disse ela, vendo o desleixo em relação a ela quando passava por um momento de tristeza.

— Lamento — eu disse.

— Ela estar ou não aqui não faz a menor diferença — disse ela com uma sabedoria desconsolada. Baixou a cabeça com o peso do capelo, eu avancei e retirei os grampos, e o tirei de sua cabeça. Seu cabelo agora estava bem grisalho. Achei que tinha envelhecido mais no último ano do que nos cinco anos anteriores.

— Não passa de uma paixão e ele vai superá-la — disse ela, mais para si mesma do que para mim. — Vai se cansar dela, como se cansou de todas as outras. Bessie Blount, você. Ana é só mais uma.

Não falei nada.

— Contanto que ele não peque contra a Santa Igreja, enquanto ela o enfeitiça — prosseguiu. — É a única coisa por que rezo, para que não peque. Sei que voltará para mim.

— Majestade — falei com calma —, e se não voltar? E se ele anular o casamento e se casar com ela? Tem aonde ir? Providenciou a sua segurança se tudo der errado?

A rainha Catarina voltou seus olhos azuis cansados para mim como se me visse pela primeira vez. Estendeu os braços, de modo que eu pudesse desatar a parte de cima de seu vestido, virou-se para que eu o fizesse deslizar por seus ombros. A sua pele estava irritada com sua camisa de crina. Não fiz nenhum comentário, ela não gostava que nós, damas de honra, víssemos.

— Não me preparo para a derrota — replicou simplesmente. — Seria trair a mim mesma. Sei que Deus o trará de volta para mim, e seremos felizes juntos novamente. Sei que a minha filha será rainha da Inglaterra, e será uma das melhores rainhas que já existiram. A sua avó foi Isabel de Castela. Ninguém pode duvidar que uma mulher é capaz de governar um reino. Ela será uma princesa de que todos se lembrarão, e o rei será Sir Coração Leal na minha morte, como foi na minha juventude.

Foi para a sua câmara privada e a camareira, que cochilava diante do fogo, deu um pulo e pegou seu capelo e vestido dos meus braços.

— Deus a abençoe — disse a rainha. — Pode mandar as outras irem para a cama agora. Esperarei todas aqui para irem comigo à missa da manhã. Você também, Maria. Gosto que minhas damas vão à missa.

Verão de 1530

Segui a estrada para Hever cercada de um exército irregular de homens que serviam aos Howard, e todos os outros viajantes na estrada abriam caminho quando passávamos. As sebes e a relva à margem da estrada já estavam cobertas de poeira, a primavera tinha sido sem chuvas, todos os sinais de que seria um ano ruim para a peste. Mas distante da estrada, o feno era bonito, já cortado e empilhado em alguns campos, e o trigo e a cevada já estavam da altura do joelho e começavam a se desenvolver. Os campos de lúpulos estavam verdes e a grama no pomar de maçãs estava repleta de pétalas brancas como neve.

Eu cantava de tão feliz por cavalgar pelos campos ingleses, para longe da corte, para perto dos meus filhos. Os homens eram comandados por um cavalheiro do séquito do meu tio, William Stafford, que cavalgou ao meu lado parte do caminho.

— A poeira é terrível — comentou ele. — Assim que estivermos fora da cidade, ordenarei aos homens que cavalguem atrás da senhora.

Lancei-lhe um olhar furtivo, de lado. Era um homem bonito, de constituição vigorosa e uma cara franca. Imaginei que fosse um Stafford arruinado com a execução do duque de Buckingham caído em desgraça. A sua aparência era certamente de alguém nascido e criado para algo mais.

— Agradeço-lhe por me escoltar. É importante para mim ver meus filhos.

— Achei que não haveria nada mais importante. Não tenho nem mulher nem filhos, mas se tivesse, não os abandonaria.

— Por que nunca se casou?

Deu-me um sorriso.

— Nunca amei uma mulher o bastante para isso.

Não havia nada de mais nisso; havia algo nisso. Tive vontade de lhe perguntar o que uma mulher deveria fazer para lhe agradar. Era um tolo por se mostrar tão exigente em relação a mulheres. A maioria dos homens se casaria com quem lhe trouxesse riqueza ou boas relações. Mas William Stafford não parecia um tolo.

Quando paramos para comer, ele me ajudou a desmontar e me segurou um instante, quando eu já estava no chão.

— Está tudo bem? — perguntou gentilmente. — Passou muito tempo na sela.

— Estou bem. Diga aos homens que não vamos demorar muito tempo. Quero chegar a Hever antes de escurecer.

Conduziu-me à hospedaria.

— Espero que tenham algo bom para lhe servir. Prometeram galinha, mas desconfio que deverá ser um ganso velho e esquelético.

Eu ri.

— Qualquer coisa, sou capaz de comer qualquer coisa com a fome que estou. Come comigo?

Por um momento, achei que diria sim, mas ele fez uma ligeira mesura e respondeu:

— Comerei com os homens.

Senti-me um pouco vexada com a sua recusa.

— Como preferir — eu disse friamente e entrei na sala de teto baixo da estalagem. Aqueci as mãos no fogo, e relanceei os olhos para a pequena janela. No pátio da estrebaria, ele observava os homens retirarem os arreios dos cavalos e secá-los antes de entrarem para comer. Achei-o um homem bonito. Uma pena não ser educado.

03

Nesse verão decidi que os cachos dourados de Henrique deveriam ser cortados e que Catarina deixaria de usar suas roupas curtas e passaria a usar vestidos decentes. Henrique também deveria passar a usar gibão e calça. Por mim, os deixaria mais um ano com suas roupas de bebê, mas vovó Bolena insistiu para que os dois abandonassem sua infância, e ela era bem capaz de escrever a Ana dizendo que eu não estava educando bem seu protegido.

O cabelo de Henrique era mais macio do que penas. Era cacheado, louro e comprido, caindo em seus ombros como anéis, emoldurando seu rostinho. Nenhuma mãe no mundo os veria serem cortados sem lágrimas nos olhos. Era o meu bebê e a última coisa que eu queria era que perdesse seus cachos e seu aspecto rechonchudo, a última coisa que eu queria era ver qualquer mudança na maneira como estendia os braços para ser pego no colo, a instabilidade de suas perninhas gordas.

Evidentemente, ele era a favor de tudo isso, e queria uma espada e seu próprio pônei. Queria ir à corte da França, como George, e aprender a lutar. Queria partir em cruzada e aprender a combater nas justas, queria crescer o mais rápido possível, enquanto eu queria mantê-lo em meus braços, o meu bebê para sempre.

William Stafford veio ao nosso encontro em nosso lugar preferido, no banco de pedra de frente para o fosso e o castelo. Henrique tinha passado a manhã correndo e, agora, estava adormecido, aninhado em meus braços, o polegar na boca. Catarina batia os pezinhos descalços na água do fosso.

Ele viu imediatamente as lágrimas em meus olhos, mas apenas hesitou e falou baixinho, para não acordar meu filho.

— Desculpe incomodá-la. Vim dizer-lhe que estamos retornando a Londres e perguntar se tem alguma mensagem para levarmos.

— Tenho algumas frutas e legumes para a minha mãe, na cozinha.

Balançou a cabeça e hesitou.

— Perdoe-me — disse sem jeito. — Posso ver que chorou. Tem algo que eu possa fazer? Seu tio deixou-a aos meus cuidados. É meu dever saber se alguém a ofendeu.

Reprimi o riso.

— Não. É só que Henrique vai ter de usar calça e eu adoraria que continuasse bebê. Não queria que ele ou a minha Catarina crescessem. Se eu tivesse marido, ele teria levado Henrique para cortar o cabelo sem a minha permissão. Mas tenho de providenciar isso eu mesma.

— Sente falta de seu marido? — perguntou com curiosidade.

— Um pouco — eu me perguntei até onde Stafford sabia que meu casamento não tinha sido realmente um casamento. — Não ficamos muito juntos — foi a resposta mais franca e discreta que consegui dar, e seu balançar de cabeça imparcial não deixou claro se tinha me entendido ou não.

— Refiro-me a agora — disse ele, demonstrando que era mais inteligente do que eu o tinha julgado. — Agora, que não tem mais o favor do rei. Agora seria o tempo em que esperaria ter mais um filho com seu marido, não? E começar de novo?

Hesitei.

— Acho que sim — relutei discutir meu futuro com alguém que não passava de um cavalheiro do séquito de meu tio, insignificante, para ser franca, pouco mais que um aventureiro comum.

— Não é uma situação muito confortável para uma mulher jovem, de 22 anos com dois filhos pequenos. Tem toda uma vida pela frente, e ainda assim, seu futuro está atrelado ao da sua irmã. Está na sombra dela. A senhora, antes favorita de todos.

Foi um sumário tão frio e exato de minha vida que me irritei diante da perspectiva que me abriu.

— É assim com as mulheres — eu disse, ferida com a franqueza. — Não escolhemos, posso lhe garantir. As mulheres são brinquedos da sorte. Se o meu marido tivesse sobrevivido, teria recebido grandes honras. Meu irmão é Lord George, meu pai é conde, e eu teria partilhado sua prosperidade. Mas como as coisas aconteceram, continuo a ser uma garota Bolena e uma Howard, não sou miserável. Tenho prospectos.

— É uma aventureira — disse ele —, como eu. Ou poderia ser. Enquanto a sua família está concentrada em Ana, e o futuro dela é tão incerto, pode fazer o seu próprio futuro. Pode fazer a sua própria escolha. Esqueceram-se de controlá-la por um momento. Nesse momento, pode ser livre.

Voltei a atenção para ele.

— É por isso que não se casou? Para que fosse livre?

Sorriu-me, um brilho de dentes brancos em seu rosto moreno.

— Oh, sim — replicou ele. — Não devo meu sustento a nenhum homem. Não devo obrigação a nenhuma mulher. Sou homem do seu tio, uso sua libré, mas não me considero seu servo. Sou um inglês nascido livre, eu faço o meu próprio caminho.

— É homem — eu disse. — Para a mulher é diferente.

— Sim — admitiu ele. — A menos que ela se case comigo. Então, poderíamos fazer o nosso próprio caminho juntos.

Ri baixinho, abracei mais o pequeno Henrique.

— Faria seu caminho com muito pouco dinheiro, se se casasse afrontando seu senhor e sem a bênção dos pais dela.

Stafford não ficou nem um pouco desconcertado.

— Há começos piores do que esse. Acho que preferia ter uma mulher que me amasse apostando em minha capacidade de cuidar dela a seu pai me segurando com um dote e um contrato.

— E o que ela ganharia?

Olhou-me direto nos olhos.

— O meu amor.

— E isso valeria o rompimento com a família dela? Com o seu senhor? Com seus parentes?

Desviou os olhos para onde as andorinhas faziam seus ninhos sob os torreões do castelo.

— Gostaria de uma mulher que fosse livre como um pássaro. Gostaria que uma mulher viesse a mim por amor, que me quisesse por amor, e não se importasse com mais nada além de mim.

— Teria uma tola como mulher — eu disse rispidamente.

Virou-se para mim e sorriu.

— Ainda bem que não encontrei uma mulher que eu quisesse — disse ele. — Pois assim não há tolo nenhum, em vez de dois.

Assenti com a cabeça. Achei que tinha triunfado na troca, mas a coisa ficou, de certa maneira, não resolvida.

— Espero permanecer solteira durante algum tempo — eu disse. E mesmo aos meus ouvidos, soei pouco convincente.

— Espero que sim — disse ele, de modo estranho. — Adeus, Lady Carey — fez uma mesura e estava para ir, quando disse: — E acho que vai descobrir que o seu filho continuará um menino, use calça curta ou comprida. Amei minha mãe até o dia de sua morte. Que Deus a tenha. E sempre fui o seu menino, por mais crescido ou desagradável que tenha me tornado.

☙

Eu não deveria ter-me preocupado com a perda dos cachos de Henrique. Quando foram tosados, pude ver mais uma vez a forma arredondada delicada de sua cabeça, o pescoço vulnerável e macio. Deixou de parecer um bebê, e passou a ser o menininho mais atraente. Eu gostava de pôr minha mão em concha sobre sua cabeça e sentir o seu calor. Em suas roupas de adulto, parecia exatinho um príncipe e, contra a vontade, comecei a pensar que, um dia, ele ainda se sentaria no trono da Inglaterra. Era o filho do rei, tinha sido adotado pela mulher que talvez um dia assumisse o título de rainha da Inglaterra — porém mais do que tudo isso, ele era o menino mais principesco que eu já tinha visto. Ficava como seu pai, com as mãos nos quadris, como se fosse dono do mundo. Era o menino de temperamento mais doce, que vinha correndo quando sua mãe o chamava, acompanhando sua voz com a confiança de um falcão no assobio. Nesse verão, era uma criança preciosa, e quando vi o menino que era, e o rapaz que se tornaria, não sofri mais pelo bebê que tinha sido.

Mas aprendi que queria outro filho. A sua beleza de menino significava que eu tinha perdido meu bebê, mas pensei em como seria ter um filho que não fosse peão no jogo do trono, e sim desejado por ser ele próprio. Como seria ter um filho com um homem que me amasse e que ansiava para que o tivéssemos juntos. Esse pensamento fez com que eu retornasse à corte com o humor sombrio, silencioso.

☙

William Stafford veio para me escoltar ao Palácio de Richmond e insistiu para que partíssemos cedo para que os cavalos descansassem ao meio-dia. Despedi-me das crianças com um beijo e saí para o pátio, onde Stafford me ergueu e pôs na sela. Eu estava chorando por deixá-los e, para meu constrangimento, uma lágrima caiu sobre sua face. Ele enxugou-a com a ponta do dedo, e em vez de limpar a mão na calça, pôs o dedo na boca e o lambeu.

— O que está fazendo?

Pareceu culpado no mesmo instante.

— Não devia ter deixado cair uma lágrima em mim.

— E não devia tê-la lambido — respondi exaltada.

Ele não respondeu nem se moveu imediatamente. Então, disse:

— O cavalo — virou-se e montou. A pequena cavalaria saiu do pátio do castelo, e acenei para meu filho e minha filha, ajoelhados no vão da janela de seu quarto para me ver partir.

Atravessamos a ponte levadiça com os cascos dos cavalos fazendo um ruído estrondoso sobre as tábuas ocas, e a estrada sinuosa e comprida até o fim do parque. William Stafford conduziu seu cavalo para o lado do meu.

— Não chore — disse ele abruptamente.

Olhei de lado para ele e desejei que fosse para perto de seus homens.

— Não estou chorando.

— Está — me contradisse. — E não posso escoltar uma mulher chorando durante o caminho todo até Londres.

— Não sou chorona — eu disse com uma certa irritação. — Mas tenho de deixar meus filhos e sei que só poderei revê-los daqui a um ano. Um ano! Acho que tenho o direito de ficar um pouco triste ao deixá-los.

— Não — disse ele, decidido. — E vou dizer por quê. A senhora me disse claramente que uma mulher tem de fazer o que a sua família mandar. A sua família ordenou que se separasse de seus filhos, até mesmo que entregasse seu filho à guarda de sua irmã. Lutar para consegui-los de volta faz mais sentido do que chorar. Escolheu ser uma Bolena e uma Howard, portanto pode muito bem ser feliz em sua obediência.

— Gostaria de cavalgar só — falei com frieza.

Imediatamente, esporeou seu cavalo e ordenou aos homens que iam à frente para seguirem atrás. Todos se moveram seis passos atrás de mim, e prossegui calada e solitária durante todo o longo trajeto até Londres, exatamente como tinha ordenado.

Outono de 1530

A corte estava em Richmond e Ana era só sorrisos depois de um verão feliz no campo com Henrique. Tinham caçado diariamente e ele a cobrira de presentes, uma sela nova para seu cavalo de caça, novo arco e flechas. Ele tinha encomendado uma bela sela de damas para que ela se sentasse atrás dele, as mãos dela em volta de sua cintura, a cabeça contra seu ombro, de modo que pudessem conversar sussurrando enquanto cavalgavam. Aonde quer que fossem, diziam-lhes que o país os admirava, apoiava seus planos. Em toda parte, eram recebidos com demonstrações de lealdade, poemas, mascaradas e quadros vivos. Todas as casas os recebiam com uma chuva de pétalas e ervas recém-espalhadas sob seus pés. Ana e Henrique eram assegurados a todo momento que formavam um casal perfeito com um futuro definido. Nada poderia dar errado para eles.

Meu pai, de volta da França, decidiu não dizer nada para não perturbar esse quadro.

— Se estão felizes juntos, devemos dar graças a Deus — comentou com meu tio. Estávamos assistindo a Ana no arco e flecha, no terraço acima do rio. Ela era uma arqueira hábil e estava apta a levar o prêmio. Havia somente uma única mulher, Lady Elizabeth Ferrers, que talvez suplantasse minha irmã.

— É uma mudança agradável — disse meu tio acremente. — Ela tem o gênio de um gato de estrebaria, essa sua filha.

Meu pai reprimiu um risinho.

— Ela puxou à mãe — disse ele. — Todas as garotas Howard atacam de uma maneira ou de outra assim que as olhamos. Você deve ter tido algumas brigas com sua irmã quando eram crianças.

Tio Howard pareceu indiferente e não encorajou a observação íntima.

— Uma mulher tem de saber o seu lugar — disse ele gelidamente.

Papai trocou um olhar rápido comigo. Os episódios regulares de tumultos na casa Howard eram famosos. Não era de admirar. Tio Howard tinha arranjado e mantido uma amante assim que sua mulher lhe dera filhos homens. Minha tia jurou que ela não tinha sido nada além de uma encarregada da roupa suja do quarto das crianças e que os dois só conseguiam ter relações se estivessem deitados sobre lençóis sujos. O ódio entre ela e seu marido era motivo constante de comentários na corte, e vê-lo conduzi-la em ocasiões formais, quando eram obrigados a manter a aparência de união, era como assistir a uma peça. Ele segurava a ponta dos dedos dela, que afastava a cabeça dele como se ele cheirasse a sua calça não lavada e golas sujas.

— Nem todos somos abençoados com o seu jeito com as mulheres — disse meu pai.

Meu tio lançou-lhe um olhar surpreso. Era o chefe da família há tanto tempo que estava acostumado à deferência. Mas agora o meu pai era conde por seus próprios méritos, e sua filha que, nesse exato momento, disparou uma flecha e a viu atingir o centro do alvo, poderia ser rainha.

Ana virou-se, sorrindo satisfeita, e Henrique, incapaz de ficar longe dela, levantou-se de um pulo e correu a beijá-la na boca, na frente de toda a corte. Todos sorriram e aplaudiram, Lady Elizabeth ocultou como pôde qualquer sensação de mal-estar por ter perdido para a favorita, e recebeu uma pequena joia do rei, enquanto Ana ganhou um adorno para a cabeça na forma de uma coroa de ouro.

— Uma coroa — disse meu pai, observando o rei estendê-la a ela.

Em um gesto íntimo e confiante, Ana retirou o capelo e ficou diante de todos nós com seu cabelo preto solto em madeixas espessas lustrosas. Henrique aproximou-se e pôs a coroa em sua cabeça. Houve um momento de silêncio absoluto.

A tensão foi rompida pelo bobo da corte que dançou atrás do rei e espiou Ana.

— Oh, Srta. Ana! — chamou. — A senhorita mirou no olho, mas atingiu outra parte do touro. Atingiu seus c...

Henrique virou-se para ele com uma gargalhada e tentou dar-lhe um murro, do qual o bobo se esquivou. A corte caiu na gargalhada e Ana, enrubescida, a pequena coroa reluzindo em seu cabelo preto, sacudiu a cabeça para o bobo, advertiu-o com um movimento do dedo e virou o rosto constrangido para o ombro de Henrique.

☙

Eu partilhava o quarto com Ana no segundo melhor aposento que o Palácio de Richmond podia oferecer. Não eram os aposentos da rainha, mas vinham logo a seguir. Parecia haver uma norma tácita de que Ana podia requisitar aposentos e mobiliá-los tão ricamente quanto uma rainha, quase tão ricamente quanto o rei, mas ainda não tinha permissão para viver nos aposentos da rainha, embora esta nunca estivesse lá. Novos protocolos tinham de ser inventados o tempo todo nessa corte, que era diferente de todas as outras anteriores.

Ana estava esparramada na cama, sem se incomodar em amarrotar o vestido.

— Teve um bom verão? — perguntou-me negligentemente. — As crianças estão bem?

— Sim — respondi de maneira concisa. Nunca mais falei, voluntariamente, de meu filho com ela. Tinha perdido o direito de ser tia no momento em que reivindicou ser sua mãe.

— Você estava assistindo à competição de arco e flecha com nosso tio — disse ela. — Do que ele estava falando?

— De nada. Dizia que você e o rei estavam felizes.

— Eu lhe disse que quero ver Wolsey destruído. Ele virou-se contra mim. Está apoiando a rainha.

— Ana, ele perdeu a chancelaria, o que certamente é o bastante.

— Está se correspondendo com a rainha. Eu o quero morto.

— Mas ele era seu amigo.

Sacudiu a cabeça.

— Nós dois representamos um papel para agradar ao rei. Wolsey me mandava peixes de seu viveiro de trutas e eu lhe mandava pequenos presentes. Mas nunca me esqueci de como falou comigo sobre Henry Percy, e ele nunca se esqueceu de que sou uma Bolena, sem berço como ele. Tinha inveja de mim e eu, dele. Tornamo-nos inimigos no momento em que voltei da França. Ele nem mesmo me viu. Nem mesmo percebeu o poder que tenho. Ainda hoje não percebe. Mas na sua morte, vai entender. Tenho a sua casa, terei a sua vida.

— Ele é velho. Perdeu toda a sua fortuna e títulos, que eram seu motivo de orgulho e de alegria. Está retirado em sua sé em York. Se quer vingança, deixe-o decair. É uma grande vingança.

Ana sacudiu a cabeça.

— Ainda não. Não enquanto o rei continuar a gostar dele.

— O rei só pode amar você? Nem mesmo pode amar o homem que o protegeu e guiou como um pai durante anos?

— Sim. Ele não amará ninguém além de mim.

Fiquei surpresa.

— Passou a desejá-lo?

Ela riu na minha cara.

— Não. Mas farei com que não veja ninguém nem fale com ninguém a não ser eu e aqueles em que confio. E em quem posso confiar?

Sacudi a cabeça.

— Você... talvez. George, sempre. Papai, em geral. Mamãe, às vezes. Tio Howard, se lhe convier. Em minha tia, não, que passou para o lado de Catarina. Talvez o duque de Suffolk, mas não em sua mulher, Maria Tudor, que não suporta me ver subir tão alto. Alguém mais? Não. Talvez alguns homens sejam bondosos comigo. Meu primo, Sir Francis Bryan, talvez Francis Weston, por causa de sua amizade com George. Sir Thomas Wyatt ainda gosta de mim — ergueu mais um dedo em silêncio e nós duas pensamos em Henry Percy, tão longe em Northumberland, nunca vindo, deliberadamente, à corte, infeliz, vivendo no meio do nada com a mulher com que se casara sob protesto.

— Dez — disse ela calmamente. — Dez pessoas que me querem bem contra o mundo todo que ficaria feliz em me ver cair.

— O cardeal não pode mais fazer nada contra você. Ele perdeu todo o seu poder.

— Então é o momento em que está maduro para ser destruído. Agora que perdeu todo o seu poder e é um velho derrotado.

☙

Houve uma certa conspiração tramada entre o duque de Suffolk e tio Howard, mas selada por Ana. Meu tio tinha provas de uma carta de Wolsey ao Papa, e Henrique, que tinha estado disposto a convocar de novo seu velho amigo a uma alta posição, virou-se mais uma vez contra ele e ordenou a sua prisão.

O lorde enviado para prendê-lo foi escolhido por Ana. Foi o gesto final de Ana contra o homem que a chamara de garota tola e sem berço. Henry Percy de Northumberland procurou Wolsey em York e lhe disse que era acusado de traição e deveria fazer a longa viagem de volta a Londres e ficar não no seu maravilhoso palácio de Hampton Court, que agora pertencia ao rei, não em sua bela casa em Londres, o Palácio de York, que agora se chamava Whitehall e pertencia a Ana. Em vez disso, iria como um traidor para a Torre e aguardaria o julgamento, como outros antes dele tinham aguardado e percorrido o curto caminho até o cadafalso.

Henry Percy deve ter sentido uma alegria cruel ao enviar a Ana o homem que os havia separado, agora doente de exaustão e desespero. Não foi culpa de Henry Percy Wolsey ter escapado de todos eles morrendo no caminho, e a única satisfação de Ana foi que o garoto que ela amara tinha sido quem havia dito ao homem que os separara que a sua vingança finalmente tinha acontecido.

Natal de 1530

A rainha foi ao encontro da corte em Greenwich para o Natal e Ana ofereceu a sua ceia rival no antigo palácio do cardeal morto. Era um segredo conhecido que o rei, depois de cear cerimoniosamente com a rainha, sairia furtivamente, pediria a barcaça real e seria conduzido à escada de Whitehall onde cearia de novo com Ana. Às vezes, levava alguns cortesãos seletos com ele, inclusive a mim, e então passávamos uma noite alegre à margem do rio, bem agasalhados do vento frio cortante, com as estrelas brilhando sobre nós quando voltávamos, às vezes uma grande lua iluminando o caminho.

Eu era de novo uma das damas de honra da rainha e fiquei chocada ao ver a mudança que ocorrera nela. Quando erguia a cabeça e sorria para Henrique, não conseguia mais concentrar alegria em seus olhos. Ele tinha eliminado a alegria que havia nela, talvez para sempre. Ela conservava a dignidade calma, a mesma confiança em si mesma como princesa da Espanha e rainha da Inglaterra, mas nunca mais irradiaria o brilho de uma mulher que sabe que seu marido a adora.

Um dia, estávamos juntas diante do fogo, em seu aposento, a toalha de altar aberta de uma ponta à outra da parte inferior da lareira. Eu trabalhava o céu azul, que continuava incompleto, e ela havia deixado o azul e se mudado para outra cor, o que raramente fazia. Achei que devia estar realmente cansada para abandonar uma tarefa incompleta. Geralmente, persistia, por mais que isso lhe custasse.

— Viu seus filhos no verão? — perguntou.

— Sim, Majestade — repliquei. — Catarina agora usa vestidos compridos e está aprendendo francês e latim, e o cabelo de Henrique foi cortado.

— Vai mandá-los para a corte francesa?

Não consegui ocultar a pontada de apreensão.

— Pelo menos não por enquanto. São ainda muito pequenos.

Sorriu para mim.

— Lady Carey, sabe que não se trata do quanto são jovens ou queridos. Têm de aprender seu dever. Como você fez, como eu fiz.

Curvei a cabeça.

— Sei que tem razão — eu disse baixinho.

— Uma mulher precisa saber a sua obrigação para que possa cumpri-la e viver na posição que Deus lhe reservou — disse a rainha. Sei que ela estava pensando em minha irmã, que não ocupava a posição que Deus lhe teria escolhido, mas sim uma posição gloriosa, conquistada por sua beleza e esperteza, e agora mantida por uma campanha inveterada.

Bateram à porta, era um dos homens de meu tio.

— Laranjas, um presente da duquesa de Norfolk — disse ele. — E um bilhete.

Levantei-me para receber a bela cesta com laranjas arrumadas com suas folhas verde-escuras. Havia uma carta lacrada com o selo de meu tio.

— Leia o bilhete — disse a rainha.

Coloquei a cesta sobre a mesa e abri o bilhete. Li em voz alta:

— "Majestade, tendo recebido um tonel de laranjas recém-colhidas de seu país natal, tomo a liberdade de enviar uma seleção delas com meus cumprimentos."

— Que gentileza — disse a rainha calmamente. — Pode colocá-las em meu quarto, Maria? E escreva uma resposta à sua tia em meu nome, agradecendo.

Levantei-me e levei a cesta ao seu quarto. Prendi o salto do sapato no tapete à entrada e, ao tentar me equilibrar, derrubei as laranjas, que rolaram pelo chão como bolas de gude. Praguejei o mais baixo que pude e me apressei a recolocá-las na cesta antes que a rainha entrasse e visse o estrago que eu tinha feito de uma tarefa tão simples.

Então, percebi algo que me paralisou. No fundo da cesta, havia um pedacinho de papel amassado. Alisei-o. Estava preenchido com números pequenos, não havia palavras. Estava cifrado.

Fiquei ali, de joelhos, com as laranjas à minha volta, por um longo tempo. Então, as rearrumei lentamente de volta na cesta, que coloquei sobre uma arca baixa. Até mesmo recuei para admirá-las e mudar sua posição. Em seguida, guardei o papel no bolso e voltei à sala, para me sentar com a mulher a quem amava mais do que qualquer outra no mundo. Ao seu lado, bordei a tapeçaria e me perguntei que desastre em potencial eu tinha no bolso e o que faria com isso.

ᛞ

Não tive escolha. Do começo ao fim, não tive escolha. Era uma Bolena. Era uma Howard. Se não me ativesse à minha família, seria um joão-ninguém, sem meios de sustentar meus filhos, sem futuro e sem proteção. Levei o papel aos aposentos de meu tio e o coloquei sobre a mesa diante dele.

ᛞ

Precisou somente da metade de um dia para decifrá-lo. Não se tratava de uma conspiração muito complicada. Era apenas uma mensagem de esperança do embaixador espanhol, sussurrada à minha tia que a passara à rainha. Nada de uma conspiração efetiva. Era tramar no deserto. Não significava nada além de um conforto para a rainha e eu tinha sido o instrumento usado para lhe tirar esse conforto.

Essa notícia veio à tona nos aposentos de meu tio com uma grande briga, com ele chamando sua mulher de traidora do rei e dele próprio e, em seguida, ela recebendo uma repreensão do rei em pessoa. Fui ver a rainha. Estava em seu quarto, olhando pela janela o jardim congelado lá embaixo. Algumas pessoas envolvidas em peles caminhavam para o rio onde barcaças aguardavam para transportá-las à ceia de minha irmã em sua corte rival. A rainha, em silêncio, sozinha em seu aposento, observava-as partirem, o bobo fazendo travessuras ao seu redor, um dos músicos dedilhando o alaúde e cantando para elas.

Ajoelhei-me diante dela.

— Entreguei o bilhete da duquesa ao meu tio — confessei sem rodeios. — Achei-o na cesta de laranjas. Se não tivesse vindo à minha mão eu jamais o procuraria. Parece que sempre a traio, mas não é a minha intenção.

Relanceou os olhos para a minha cabeça baixa como se isso não tivesse muita importância.

— Não conheço ninguém que agiria de outra maneira — falou. — Deve se ajoelhar a seu Deus, não a mim, Lady Carey.

Não me levantei.

— Quero pedir seu perdão — eu disse. — É meu destino pertencer a uma família cujos interesses contrariam os seus. Se eu tivesse sido sua dama de honra em outro tempo, nunca teria tido motivos para desconfiar de mim.

— Se não tivesse sido tentada, não teria caído. Se não fosse seu interesse me trair, teria sido leal a mim. Saia, Lady Carey, não é melhor do que a sua irmã que persegue seus próprios fins como uma doninha, e nunca olha para os lados. Nada deterá os Bolena para conseguirem o que querem, eu sei disso. Às vezes, acho que nada a deterá, nem mesmo minha morte. E sei que a ajudará, por mais que me ame, por mais que eu a tenha amado quando era menina. Você estará atrás a cada passo que ela der.

— Ela é minha irmã — eu disse com veemência.

— E eu sou sua rainha — replicou, gelidamente.

Meus joelhos doíam sobre as tábuas do assoalho, mas não quis me mover.

— Ela tem a guarda de meu filho — eu disse. — E o meu rei na palma de sua mão.

— Saia — repetiu a rainha. — Logo o Natal terá terminado e não nos veremos até a Páscoa. Logo o Papa tomará a sua decisão e quando ele disser que tem de honrar seu casamento comigo, sua irmã dará o passo seguinte. O que acha que devo esperar? Acusação de traição? Veneno em minha comida?

— Ela não faria isso — sussurrei.

— Faria — disse a rainha sem rodeios. — E você a ajudaria. Saia, Lady Carey. Não quero vê-la de novo até a Páscoa.

Levantei-me e me dirigi à porta, de onde lhe fiz uma profunda reverência, tão profunda quanto faria a um imperador. Não lhe mostrei minha face coberta de lágrimas. Curvei-me, envergonhada. Saí, fechei a porta e a deixei sozinha, olhando, no jardim congelado, a corte rindo, partindo rio abaixo para honrar sua inimiga.

꧁

Os jardins estavam silenciosos com a maior parte da corte ausente. Enfiei minhas mãos geladas na pele de minhas mangas e andei em direção ao rio, a cabeça baixa, minhas bochechas gélidas com as lágrimas. De repente, um par de botas de cano longo parou à minha frente.

Ergui os olhos devagar. Pernas bonitas, se uma mulher se desse o trabalho de observar, gibão quente, manto de fustão marrom, a face sorridente: William Stafford.

— Não foi com a corte visitar sua irmã? — perguntou sem me saudar antes.

— Não — repliquei simplesmente.

Olhou mais atentamente minha face abatida.

— Seus filhos estão bem?

— Sim — repliquei.

— Então, o que foi?

— Fiz uma coisa má — repliquei, apertando os olhos por causa da luz do sol de inverno na água, olhando para o rio, para onde a corte alegre era conduzida.

Ele esperou.

— Descobri algo sobre a rainha e contei ao meu tio.

— Ele achou que foi uma má ação?

Ri.

— Oh, não. Até onde lhe diz respeito, ganhei um ponto com ele.

— O bilhete secreto da duquesa — adivinhou imediatamente. — Todo o palácio fala nisso. Ela foi banida da corte. Mas ninguém sabe como foi detectada.

— Eu... — comecei sem jeito.

— Ninguém ficará sabendo por mim — com familiaridade, pegou minha mão gelada, a pôs em seu braço e me levou a caminhar à margem do rio. O sol iluminou nossos rostos, minha mão entre seu braço e seu corpo se aqueceu.

— O que teria feito? — perguntei. — Já que guarda suas próprias opiniões e se orgulha tanto de ser dono de si.

Stafford lançou um olhar de lado deliciado.

— Não me atrevi a esperar que se lembrasse de nossas conversas.

— Não é nada — eu disse, ligeiramente desconcertada. — Não significa nada.

— É claro que não.

Refletiu por um momento.

— Acho que teria agido como você. Se tivesse sido seu sobrinho planejando uma invasão, teria sido essencial ler a mensagem.

Paramos nos limites dos jardins do palácio.

— Abrimos o portão e prosseguimos? — perguntou sedutoramente. — Poderíamos ir ao povoado e beber um caneco de *ale* e comer castanhas assadas.

— Não. Tenho de ir ao jantar hoje, apesar de a rainha ter me dispensado até a Páscoa.

Virou-se e caminhou ao meu lado, sem falar nada, mas com minha mão apertada e aquecida a seu lado. Parou à porta do jardim.

— Deixo-a aqui — disse ele. — Estava a caminho do pátio dos estábulos quando a vi. Meu cavalo estava mancando e quero ver se estão friccionando seu casco da maneira apropriada.

— Na verdade, não sei por que se atrasou por mim — falei com um certo tom provocador.

Encarou-me e senti minha respiração falhar.

— Oh, acho que sabe — replicou falando devagar. — Acho que sabe muito bem por que parei para vê-la.

— Sr. Stafford...

— Realmente detesto o cheiro do linimento que põem no casco — interrompeu-me. Fez uma mesura e desapareceu antes de eu ter tempo de rir ou protestar, ou até mesmo admitir que me havia pegado flertando com ele, embora eu esperasse enganá-lo.

Primavera de 1531

Com a morte do cardeal, a Igreja percebeu rapidamente que além de perder um de seus membros mais ricos, também perdera seu grande protetor. Henrique impôs à Igreja um tributo que esvaziou seu cofre e fez o clero se dar conta de que embora o Papa continuasse a ser seu líder espiritual, aqui na terra, seu líder estava bem mais próximo e era muito mais poderoso.

Nem mesmo o rei poderia ter conseguido isso sozinho. Por trás do ataque de Henrique à Igreja estavam os pensadores mais brilhantes da época, os homens em cujos livros Ana acreditava, que exigiam que a Igreja resgatasse sua pureza inicial. O povo da Inglaterra, ignorante em teologia, não estava preparado para apoiar seus padres ou seus mosteiros contra Henrique, quando ele falou sobre o direito do povo inglês a uma Igreja da Inglaterra. A Igreja em Roma parecia-se demais com uma Igreja de Roma: uma instituição estrangeira dominada, naquele momento, por um imperador estrangeiro. Seria muito melhor que a Igreja respondesse em primeiro lugar a Deus, e que fosse governada, como tudo o mais no país, pelo rei da Inglaterra. De que outra maneira ele poderia ser rei?

Ninguém fora da Igreja discutiu essa lógica. De dentro, somente o bispo Fisher, o antigo e obstinado fiel confessor da rainha, manifestou algum protesto quando Henrique se denominou chefe supremo da Igreja da Inglaterra.

— Não deveria permitir a sua presença na corte — disse Ana a Henrique. Estavam sentados no vão da janela, na sala de audiências do Palácio de Greenwich. Ela baixou só um pouco a voz, em deferência aos requerentes que esperavam para vê-lo e a corte à sua volta. — Ele está sempre entrando sorrateiramente nos aposentos da rainha, cochichando durante horas. Quem pode afirmar que ela está se confessando e ele orando? Quem sabe que conselhos ele está lhe dando? Quem sabe que segredos estão tramando?

— Não posso negar-lhe os ritos da Igreja — disse o rei, sensatamente. — Ela não conspiraria no confessionário.

— Ele é seu espião — disse Ana categoricamente.

O rei deu um tapinha em sua mão.

— Calma, meu coração — disse ele. — Sou o chefe supremo da Igreja da Inglaterra, posso determinar o meu próprio casamento. Está quase decidido.

— Fisher se manifestará contra nós — queixou-se. — E todos lhe darão ouvidos.

— Fisher não é o chefe supremo da Igreja — repetiu Henrique, saboreando as palavras. — Eu sou — olhou para um dos requerentes. — O que quer? Pode se aproximar.

O homem avançou segurando um pedaço de papel, uma briga sobre um testamento que o tribunal não tinha conseguido resolver. Meu pai, que levara o homem, ficou atrás e deixou-o fazer seu pedido. Ana saiu furtivamente do lado de Henrique e foi até papai, tocou em sua manga e sussurrou algo. Separaram-se e ela voltou sorrindo ao rei.

Eu distribuía as cartas para jogarmos. Procurei em volta um homem para ser o quarto jogador. Sir Francis Weston se adiantou e fez uma mesura para mim.

— Posso apostar meu coração? — perguntou.

George nos observava, sorrindo do flerte de Sir Francis, os olhos cheios de ternura.

— Não tem o que apostar — lembrei-lhe. — Jurou-me que o tinha perdido quando me viu com meu vestido azul.

— Recuperei-o quando dançou com o rei — disse ele. — Partido, mas recuperado.

— Não é um coração, mas uma velha flecha partida — observou Henrique. — Está sempre perdendo-a e indo recuperá-la de novo.

— Ela nunca acha seu alvo — disse Sir Francis. — Sou um mau arqueiro, em comparação à Sua Majestade.

— E também um péssimo jogador de cartas — disse Henrique esperançosamente. — Vamos apostar um xelim o ponto.

☙

Algumas noites depois, o bispo Fisher sentiu-se mal, e quase morreu. Três homens que jantavam à sua mesa morreram envenenados, outros, em sua casa, também adoeceram. Seu cozinheiro tinha sido subornado para pôr veneno em sua sopa. Foi a sua boa sorte que o fez não querer a sopa nessa noite.

☙

Não perguntei a Ana o que ela tinha dito a papai, nem o que ele tinha respondido. Não lhe perguntei se tinha algo a ver com a doença do bispo e a morte de três homens inocentes à sua mesa. Não era fácil pensar que sua irmã e seu pai eram assassinos. Mas me lembro da perversidade em sua cara quando jurou que odiava Fisher tanto quanto tinha odiado o cardeal. Agora, o cardeal tinha morrido de vergonha e o jantar de Fisher tinha sido envenenado. Senti que tudo aquilo, que havia se iniciado com um flerte de verão, tinha se tornado tenebroso demais e grande demais para eu querer conhecer qualquer segredo. O lema obscuro de Ana, "Assim será, doa a quem doer", parecia uma praga que ela lançara nos Bolena e nos Howard, e no país.

☙

A rainha foi o centro da corte na festa da Páscoa, como tinha predito. O rei jantou com ela todas as noites, sempre sorrindo, para que todos que tivessem vindo vê-los jantarem juntos voltassem para casa dizendo que era uma pena um homem no vigor de seus anos estar preso a uma mulher tão mais velha e de expressão tão grave. Às vezes, ela se retirava cedo e suas damas tinham de escolher ou acompanhá-la ou permanecer no salão. Eu sempre a acompanhava. Eu estava cansada dos mexericos e escândalos da corte, do despeito das mulheres e do encanto fugaz de minha irmã. E receava o que veria, se ficasse. Era uma corte menos confiável do que a que eu tinha conhecido, com tantas expectativas, quando eu era a única garota Bolena da Inglaterra e uma mulher recém-casada com grande esperança no meu marido e na minha vida com ele.

A rainha aceitava meu serviço sem comentários. Nunca mencionou minha traição. Só uma vez me perguntou se eu não preferia permanecer no salão, assistindo ao entretenimento ou dançando.

— Não — repliquei. Eu tinha apanhado um livro e ia me oferecer para lê-lo para ela quando se pôs a trabalhar a toalha de altar. O céu azul estava quase pronto. Era notável como tinha trabalhado rápido e com precisão. A toalha estava aberta como um vestido em seu colo, caindo no chão com um remoinho azul forte, e só faltava um último canto a ser bordado.

— Não gosta de dançar? — perguntou ela. — Logo você, uma viúva jovem? Não tem admiradores?

Sacudi a cabeça.

— Não, Majestade.

— Seu pai deve estar procurando um novo marido para você — disse ela, declarando o óbvio. — Ele falou com você?

— Não. E a situação... — não havia como concluir a frase de uma maneira mais apropriada. — A nossa situação está muito indefinida.

A rainha Catarina riu genuinamente.

— Não pensei nisso — admitiu ela. — Uma aposta arriscada para um jovem! Quem pode dizer o quanto poderá subir com você? Quem pode dizer de quão alto pode cair?

Sorri palidamente e lhe mostrei a lombada do livro.

— Quer que eu leia, Majestade?

— Acha que estou segura? — perguntou-me abruptamente. — Você me avisaria se a minha vida estivesse em perigo, não avisaria?

— Segura do quê?

— Do veneno.

Estremeci, como se a noite primaveril tivesse, de repente, se tornado úmida e fria.

— Estes são tempos obscuros — repliquei. — Muito obscuros.

— Eu sei — disse ela. — E começaram tão bem.

Só falou de seu medo do veneno para mim, mas suas damas repararam que ela dava um pouco de seu desjejum para seu galgo Flo, antes dela mesma comê-lo. Uma delas, uma garota Seymour — Jane —, comentou que ele estava engordando e que não era bom treinar um cachorro a comer na mesa. Alguém zombou dizendo que o amor do pequeno Flo era tudo o que restava para a rainha. Não falei nada. Gostaria que a rainha testasse sua comida com cada uma delas. Podíamos perder Jane Seymour, não faria muita falta.

Portanto quando trouxeram a notícia de que a princesa Mary estava doente, o meu primeiro pensamento, assim como o da rainha, foi que a sua filha, linda e inteligente, tivesse sido envenenada. Provavelmente por minha irmã.

— Diz que ela está muito doente — disse a rainha, lendo a carta do médico. — Meu Deus, diz que está doente há oito dias, que nada para no seu estômago.

Esqueci o protocolo real e peguei sua mão que tremia a ponto de o papel crepitar.

— Não pode ser veneno — sussurrei com urgência. — Envenená-la não beneficiaria ninguém.

— Ela é a minha herdeira — replicou a rainha, sua face tão branca quanto a carta. — Será que Ana a envenenou para me forçar a ir para um convento?

Neguei com a cabeça. Não sabia do que Ana agora era capaz.

— De qualquer maneira, tenho de vê-la — foi até a porta e a abriu. — Onde estará o rei?

— Vou procurá-lo — eu disse. — Deixe que eu vá. Não pode ficar de lá para cá no palácio.

— Não — disse ela, com um gemido de dor. — Não posso nem mesmo procurá-lo e pedir que me deixe ver nossa filha. O que farei se a mulher disser não?

Por um momento, não soube o que responder. A ideia da rainha da Inglaterra pedindo em desespero à minha irmã, que não tinha berço, que a deixasse ver a própria filha, uma filha que era a princesa, era algo inadmissível, até mesmo neste mundo de pernas para o ar.

— Ela não vai interceder, Majestade. O rei ama a princesa Mary, não vai querer que fique doente sem os cuidados de sua mãe.

☙

Ana já sabia que a princesa estava doente. Ana sabia sempre de tudo, agora. O sistema de espionagem de meu tio, uma rede excelente, tinha recrutado um criado em cada casa da Inglaterra, e suas descobertas eram dedicadas ao serviço de minha irmã. Ana sabia que a princesa Mary estava doente de tristeza. A menina vivia sozinha com nenhuma outra companhia senão a dos criados e de seu confessor, passava horas de joelhos rezando a Deus para fazer seu pai voltar a amar sua mãe, a mulher dele. Estava doente de tristeza.

Naquela noite, quando o rei foi aos aposentos da rainha, tinha sua resposta preparada.

— Pode ir e ver a princesa, se quiser, e ficar por lá — disse ele. — Com a minha bênção. Com a minha gratidão. E adeus.

A cor abandonou a face da rainha, deixando-a com uma aparência doentia e cansada.

— Nunca o abandonaria, meu marido — sussurrou ela. — Estava pensando em nossa filha. Achei que gostaria de saber se ela está sendo bem-cuidada.

— É só uma menina — disse ele, com todo o desprezo do mundo na voz. — Não ficou tão impaciente para cuidar do nosso filho. Não foi uma enfermeira tão eficiente com o nosso filho, até onde me lembro.

Ela emitiu um suspiro de dor, mas ele prosseguiu.

— Então, vem jantar, senhora? Ou vai para perto da sua filha?

Ela se recompôs com esforço. Levantou-se, ereta em sua pequena estatura, aceitou o braço que ele oferecia, e ele a conduziu como uma rainha. Mas ela não conseguiu representar tão bem quanto ele. Olhou o salão e viu minha irmã à mesa com sua pequena corte à sua volta. Ana sentiu o olhar obscuro da rainha e ergueu os olhos. Lançou-lhe um sorriso radiante, confiante, e a rainha, percebendo seu prazer flagrante, soube a quem devia agradecer a crueldade do rei. Deixou a cabeça cair, esmigalhou uma fatia de pão, sem comê-la.

Nessa noite, muitos comentaram que um rei jovem e belo não deveria estar casado com uma mulher que parecia ter idade para ser sua mãe, além de parecer tão infeliz.

☙

A rainha Catarina não abandonou a batalha até ser completamente derrotada. Qualquer mulher, exceto minha irmã, se envergonharia de ver a rainha reunir coragem para enfrentar seu marido. Apenas dias depois de saber que a princesa Mary estava doente, ela jantava com o rei privadamente, somente com a presença de suas damas de honra e os servidores pessoais do rei, dois embaixadores e Thomas Cromwell, que, na época, estava em todo lugar. Thomas More também estava lá, parecendo que gostaria de não estar.

Tinham levado as carnes e posto os pratos de frutas e o vinho doce. A rainha virou-se para o rei e pediu-lhe — como se fosse um pedido simples — que expulsasse Ana da corte. Chamou-a de uma "criatura impudente".

Vi a cara de Thomas More e soube que eu tinha a mesma expressão pasma. Não acreditei que a rainha tivesse sido capaz de desafiar Sua Majestade em público. Que ela, cujo caso estava agora, nesse momento, sendo examinado pelo Papa em Roma, tivesse a coragem de enfrentar seu marido em sua própria câmara e, cortesmente, pedir que abandonasse sua amante. Não percebi por que estava fazendo isso e, então, compreendi. Era pela princesa Mary. Era para envergonhá-lo e forçá-lo a permitir que fosse ver a princesa. Estava arriscando tudo para poder ver sua filha.

O rosto de Henrique ficou escarlate de raiva. Baixei os olhos e rezei para que a raiva não se voltasse contra mim. Com a cabeça baixa, vi, pelo canto do olho, o embaixador Chapuys na mesma postura. Somente a rainha, as mãos agarrando os braços da cadeira para que não tremessem, mantinha a cabeça erguida e os olhos em seu rosto rubro, mantinha a expressão treinada de modo que a pergunta parecesse polida.

— Por Deus! — enfureceu-se Henrique. — Nunca vou expulsar Lady Ana da corte. Ela não fez nada que ofendesse a um homem honesto.

— Ela é sua amante — observou a rainha calmamente. — E isso é uma desonra a uma casa temente a Deus.

— Não! — o grito de Henrique tornou-se um rugido. Retraí-me; ele era tão aterrador quanto um urso açulado. — Não! Ela é uma mulher de virtude absoluta!

— Não — replicou a rainha, com calma. — Em pensamento e palavra, se não em ação, ela é impudica e atrevida, e não é companhia para uma mulher de bem ou para um príncipe cristão.

Ele levantou-se de um pulo, e nem assim ela se retraiu.

— O que diabos quer de mim? — gritou-lhe. O cuspe chegando à face dela. Ela não piscou nem se virou. Continuou sentada, como se fosse de pedra, e ele, uma aterrorizante maré cheia invadindo a costa.

— Quero ver a princesa Mary — replicou ela, com calma. — Só isso.

— Pois vá! — berrou ele. — Vá! Pelo amor de Deus! Vá! E nos deixe em paz. Vá e fique por lá!

A rainha Catarina sacudiu a cabeça bem devagar.

— Não o deixaria, nem mesmo por minha filha, apesar de o senhor partir o meu coração — disse ela, ainda com calma.

Fez-se um silêncio demorado e penoso. Ergui os olhos. Havia lágrimas em sua face, mas a expressão estava absolutamente serena. Ela sabia que acabara de renunciar a ver sua filha, mesmo que estivesse morrendo.

Henrique olhou para ela com um ódio absoluto, por um momento. A rainha virou a cabeça e acenou para um criado.

— Mais vinho para Sua Majestade — disse ela impassivelmente.

Irritado, o rei levantou-se de um pulo e empurrou sua cadeira para trás, que arranhou com um som feito um grito o piso de madeira. O embaixador, o lorde chanceler, e nós todos nos levantamos sem saber bem o que fazer. Henrique deixou-se cair de novo na cadeira, exausto. Afundou-se na cadeira, perdido. A rainha Catarina olhava para ele, parecia tão exaurida quanto ele com aquela discussão, mas não fora derrotada.

— Por favor — disse ela com muita calma.

— Não — replicou ele.

☙

Uma semana depois, ela pediu de novo. Eu não estava presente, mas Jane Seymour me contou, com os olhos esbugalhados de horror, que a rainha não tinha cedido quando o rei se enfurecera.

— Como ela se atreveu? — perguntou.

— Por sua filha — respondi com rispidez. Olhei para o rosto jovem de Jane e pensei que, antes de ter meu filho, eu era tão tola quanto essa boboca. — Ela quer estar ao lado da sua filha — eu disse. — Você não pode entender.

Somente quando os médicos disseram que a princesa estava quase morrendo e perguntando diariamente quando a sua mãe ia chegar, Henrique liberou-a. Ordenou que a princesa fosse transportada de liteira ao Palácio de Richmond e que a rainha a encontrasse lá. Desci ao pátio das cavalariças para vê-la partir.

— Deus abençoe Sua Majestade e a princesa.

— Finalmente poderei estar com ela — foi tudo o que disse.

Balancei a cabeça e recuei para os cavalos passarem, o estandarte da rainha à frente, meia dúzia de cavaleiros atrás; em seguida, a rainha e duas de suas damas, depois a sua escolta. Então, desapareceram.

William Stafford estava no outro lado do pátio, observando-me me despedir.

— Por fim, ela poderá ver sua filha — atravessou o pátio a passos largos, afastando meu vestido da lama. — Dizem que a sua irmã jurou que a rainha não retornará à corte. Ela disse que a rainha ama tanto a sua filha que foi para junto dela e perdeu a coroa do reino em uma única viagem.

— Não sei de nada disso — repliquei resolutamente.

Riu, seus olhos castanhos brilhando para mim.

— Parece ignorar tudo, hoje. Não se regozija da subida de sua irmã à realeza?

— Não a esse preço — falei sem rodeios, me virei e me afastei dele.

Nem bem tinha dado meia dúzia de passos e ele estava ao meu lado.

— E a senhora, Lady Carey? Não a vejo há dias. Nunca me procura?

Hesitei.

— É claro que não.

Andou ao meu lado.

— Eu não espero o contrário — disse ele com uma gravidade repentina. — Posso brincar com a senhora, mas bem sei que está muito acima de mim.

— Estou — eu disse indelicadamente.

— Oh, eu sei — garantiu-me de novo. — Mas achei que gostávamos um do outro.

— Não posso mentir para o senhor — falei delicadamente. — É claro que não o procuro. O senhor serve a meu tio e eu sou filha do conde de Wiltshire...

— Uma honra muito recente — complementou calmamente.

Franzi o cenho, um pouco confundida com a interrupção.

— Se é uma honra concedida hoje ou se remonta há séculos, não faz a menor diferença — falei. — Sou filha de um conde e o senhor não é ninguém.

— Mas o que há, Maria? Afora a questão de títulos? Maria, bonita Maria Bolena, nunca procura por mim? Nunca pensa em mim?

— Nunca — repliquei sem rodeios, e deixei-o em pé sob a arcada que dava para o pátio das cavalariças.

Verão de 1531

A corte mudou-se para Windsor e a rainha levou a princesa Mary, ainda muito pálida e magra, para o castelo. O rei não conseguiu deixar de ser terno com sua única filha legítima. A sua atitude com sua mulher abrandava, depois endurecia de novo, dependendo de se estava com minha irmã ou à cabeceira de sua filha. A rainha, insone, orando e cuidando da princesa, nunca estava cansada demais para recebê-lo com um sorriso e uma mesura, era sempre uma estrela firme no firmamento da corte. Ela e a princesa passariam o verão descansando em Windsor.

Sorriu para mim quando entrei com um buquê de rosas.

— Achei que talvez a princesa Mary gostasse de tê-las à sua cabeceira — eu disse. — Seu perfume é agradável.

A rainha Catarina pegou o buquê de minha mão e cheirou as flores.

— Você é uma camponesa — disse ela. — Nenhuma de minhas outras damas pensaria em colher flores e trazê-las para dentro de casa.

— Meus filhos adoram levar flores para seus quartos — eu disse. — Fazem coroas e colares com margaridas. Quando dou meu beijo de boa noite em Catarina, frequentemente encontro em seu travesseiro ranúnculos que caíram de seu cabelo.

— O rei permitiu que vá para Hever enquanto a corte está fora?

— Sim — sorri com a sua compreensão exata da minha alegria. — Sim, e ficarei lá durante todo o verão.

— Então, nós duas estaremos juntas de nossos filhos. Vai retornar à corte no outono?

— Sim — prometi. — E voltarei a servi-la, se me quiser, Majestade.

— E então começamos tudo de novo — disse ela. — O Natal, quando sou uma rainha incontestada, e o verão, quando sou abandonada.

Balancei a cabeça entendendo.

— Ela o tem, não? — olhou pela janela que dava para o jardim e para o rio. A distância, dava para ver o rei e Ana, caminhando à margem do rio, antes de partirem na viagem de verão.

— Sim — repliquei direto.

— Qual é o seu segredo, qual acha que é?

— Acho que são muito parecidos — minha aversão aos dois se imiscuiu em meu tom. — Os dois sabem exatamente o que querem e nada os detém no caminho para consegui-lo. Os dois têm a capacidade de enxergar somente uma coisa. Por isso o rei é um grande desportista. Quando caça um cervo ele não vê mais nada a não ser o cervo. E Ana é igual. Treinou a si mesma a só perseguir seu próprio interesse. E agora, o desejo dos dois é o mesmo. O que os torna... — Fiz uma pausa, pensando na palavra certa — formidáveis.

— Eu posso ser formidável — disse a rainha.

Olhei-a de lado. Se não fosse rainha, eu a abraçaria.

— Quem melhor do que eu para saber disso? Eu a vi enfrentar o rei em um de seus acessos de furor, eu a vi enfrentar dois cardeais e o Conselho Privado. Mas a senhora serve a Deus e ama o rei, e ama sua filha. Não pensa só em si mesma, não pensa só "o que eu quero?".

Ela sacudiu a cabeça.

— Seria o pecado do egoísmo.

Olhei para as duas figuras à margem do rio, as duas pessoas mais egoístas que eu conhecia.

— Sim.

☙

Desci às cavalariças para me certificar de que minha bagagem tinha sido carregada e meu cavalo atrelado para partirmos na manhã seguinte, e encontrei William Stafford verificando as rodas da carroça.

— Obrigada — eu disse, um pouco surpresa por vê-lo ali.
Aprumou o corpo e lançou-me seu sorriso radiante.
— Vou escoltá-la. Seu tio não lhe disse?
— Tenho certeza de que ele mencionou outro.
Seu sorriso alargou-se.
— Seria outro. Mas não está em condições de montar amanhã.
— Por que não?
— Está embriagado.
— Bêbado hoje e não pode montar amanhã?
— Eu deveria ter dito que ele vai se embriagar.
Esperei.
— Amanhã, estará mal da bebedeira de hoje à noite.
— Pode prever o futuro?
— Posso prever que estarei servindo o vinho — falou reprimindo uma risada. — Não posso escoltá-la, Lady Carey? Sabe que farei com que chegue em segurança.
— É claro que sei — eu disse, um pouco aturdida. — É só que...
Stafford ficou calado, tive a impressão de que me escutava não somente com os ouvidos, mas com todos os sentidos.
— É só o quê? — incitou.
— Não quero feri-lo — eu disse. — Nunca será mais para mim do que um homem a serviço do meu tio.
— Mas o que impede de gostarmos um do outro?
— O problema mais grave com a minha família.
— E isso importa tanto assim? Não é melhor ter um amigo, um amigo de verdade, embora modesto, do que ser uma mulher solitária nobre que come na mão de sua irmã?
Virei-me. O pensamento de estar a serviço de Ana vexou-me, como sempre acontecia.
— Então, posso escoltá-la a Hever amanhã? — perguntou rompendo deliberadamente a magia.
— Se quiser — repliquei de maneira grosseira. — Um homem ou outro não faz diferença.

Reprimiu uma risada, mas não discutiu. Deixou-me ir, e me afastei querendo que ele corresse atrás de mim e me dissesse que não era o mesmo que qualquer outro homem, e que eu podia estar certa disso.

☙

Subi ao meu quarto e encontrei Ana ajeitando seu chapéu de montaria diante do espelho, vibrando de excitação.

— Estamos indo — disse ela. — Saia e se despeça de nós.

Desci com ela a escadaria, tomando cuidado para não pisar na bainha de seu vestido de veludo vermelho.

Atravessamos as duas portas duplas imensas e demos com Henrique, já montado em seu cavalo, com o de Ana esperando inquieto ao seu lado. Percebi com horror que minha irmã tinha deixado o rei esperando enquanto ajeitava o chapéu.

Ele sorriu. Ela podia fazer tudo. Dois rapazes se adiantaram para ajudá-la a montar e ela fez um certo charme, por um momento, escolhendo qual dos dois teria o privilégio de pôr as mãos em concha sob sua bota.

O rei deu sinal para partirem. Ana olhou por cima do ombro e acenou para mim.

— Diga a rainha que já fomos — gritou ela.

— O quê? — perguntei. — Está se despedindo dela?

Ela riu.

— Não. Simplesmente partimos. Diga que fomos e que foi deixada sozinha.

Eu podia ter corrido atrás do cavalo dela, a derrubado da sela e a esbofeteado por aquela maldade. Mas fiquei onde estava, sorrindo para o rei e acenando para a minha irmã, e então, quando os cavaleiros, carroças, soldados e toda a criadagem passaram ruidosamente por mim, me virei e entrei devagar no castelo.

Deixei a porta bater às minhas costas. Estava tudo muito silencioso. As tapeçarias tinham sido retiradas das paredes, algumas das mesas tinham sido removidas do salão e o lugar ficara ocupado por ecos do silêncio. O fogo se apagara na lareira, não havia homens para pôr mais lenha no fogo e pedir *ale*. A luz do sol filtrava-se pelas janelas e lançava faixas amarelas no chão e partículas de pó dançavam na luz. Eu nunca tinha estado em um palácio real em que não escutasse nada. Era um lugar que estava sempre vivo com barulho, agitação, negócios e brincadeiras. Havia sempre criados repreendendo, e ordens sendo gritadas escadas abaixo, pessoas pedindo para serem recebidas ou pedindo algum favor, músicos tocando, cachorros latindo, e cortesãos flertando.

Subi aos aposentos da rainha, meus saltos batendo na laje. Bati na porta e as pontas dos meus dedos soaram extraordinariamente alto. Empurrei a porta e, por um momento, achei que a sala estava vazia. Então, a vi. Estava à janela, observando a estrada que seguia sinuosa do castelo. Via a corte que tinha sido a sua corte, conduzida pelo marido que fora seu marido, e todos seus amigos e criados, bens, móveis e, até mesmo, a roupa de cama, afastando-se do castelo, seguindo Ana Bolena em seu grande cavalo negro, deixando-a só.

— Ele foi — disse ela. — Sem nem mesmo se despedir de mim.

Balancei a cabeça.

— Ele nunca fez isso antes. Por pior que a situação estivesse, vinha pedir a minha bênção antes de partir. Às vezes, parecia um menino, o meu menino, que por mais que partisse sabia que sempre poderia voltar para mim. Sempre quis a minha bênção em qualquer viagem que fazia.

Um grupo de cavaleiros acompanhava o comboio da bagagem, insistindo para que se mantivessem próximos e em ordem. Ouvíamos o barulho das rodas. Nada lhe foi poupado.

Houve um ruído de botas na escadaria e uma batida na porta semiaberta. Fui atender. Era um dos homens do rei com uma carta com o selo real.

Ela virou-se imediatamente, a face iluminada de alegria e atravessou depressa a sala para pegá-la de sua mão.

— Eu sabia! Ele não partiu sem dizer nada. Escreveu para mim — disse ela. Levou a carta para a luz e rompeu o selo.

Eu a vi envelhecer enquanto a lia. A cor esvaiu-se de sua face e a luz abandonou seus olhos, e o sorriso deixou a sua boca. Sentou-se no vão da janela, e eu empurrei o homem para fora e fechei a porta na sua cara. Fui até ela e ajoelhei-me ao seu lado.

A rainha olhou para mim, mas não me viu, seus olhos estavam cheios de lágrimas.

— Tenho de deixar o castelo — sussurrou ela. — Ele está me mandando embora. Com ou sem cardeal, com ou sem Papa, está me banindo. Tenho um mês para partir, e minha filha também.

O mensageiro bateu à porta e cautelosamente pôs a cabeça para dentro. Levantei-me de um pulo e bateria a porta na sua cara por sua impertinência se a rainha não tivesse posto a mão na manga do meu vestido.

— Alguma resposta? — perguntou ele. Nem mesmo a chamou de Sua Majestade.

— Aonde quer que eu vá, permanecerei sendo sua esposa, e rezarei por ele — disse ela com firmeza. Levantou-se. — Diga ao rei que lhe desejo uma boa viagem, que lamento não ter me despedido dele, que se tivesse me dito que partiria tão cedo, eu teria assegurado que não partisse sem a bênção de sua mulher. E peça-lhe para me enviar uma mensagem dizendo se está bem de saúde.

O mensageiro acatou balançando a cabeça, lançou-me um rápido olhar de quem pede desculpas e saiu. Esperamos.

A rainha e eu fomos à janela. Vimos o homem em seu cavalo passar pelo comboio da bagagem que ainda descia a estrada sinuosa. Desapareceu. Ana e Henrique, talvez de mãos dadas, talvez cantassem, estavam longe, muito à frente na estrada para Woodstock.

— Nunca pensei que eu acabaria assim — disse ela com a voz fraca. — Nunca pensei que ele partiria sem se despedir de mim.

൙

Foi um belo verão para as crianças e para mim. Henrique estava com 5 anos e sua irmã com 7, e decidi que cada um deveria ter um pônei. Mas não encontrei na região pôneis pequenos e dóceis o bastante para nós. Eu tinha mencionado essa ideia a William Stafford no caminho para Hever, portanto não fiquei completamente surpresa quando retornou, sem ser convidado, uma semana depois, com um pônei de cada lado de seu cavalo de pernas compridas.

As crianças e eu tínhamos caminhado pelo prado defronte ao fosso. Acenei para ele, que desviou do caminho e cavalgou ao longo do fosso, do nosso lado. Assim que Henrique e Catarina viram os pôneis, pularam de excitação.

— Espere — alertei-o. — Que fiquem onde estão. Não sei se queremos comprá-los.

— Está certa em ser cautelosa. Afinal sou um mascate — disse William Stafford, desmontando. Pegou minha mão e a levou aos lábios.

— Onde os encontrou?

Catarina pegou a rédea do pequeno pônei cinza e afagou seu nariz. Henrique estava atrás da minha saia, olhando o pônei castanho com um misto de intensa excitação e medo.

— Oh, a senhora sabe. Na entrada — replicou ele com displicência. — Posso mandá-los de volta, se não lhe agradaram.

Imediatamente, houve um grito de protesto de Henrique, sem sair de trás da minha saia.

— Não os mande de volta!

William Stafford apoiou-se em um joelho para ficar no nível do rosto excitado de Henrique.

— Venha cá — disse ele delicadamente. — Nunca será um cavaleiro se escondendo atrás da saia de sua mãe.

— Ele morde?

— Tem de alimentá-lo com a palma da mão — explicou William. — Assim ele não pode morder — abriu a mão de Henrique e mostrou como um cavalo come.

— Ele galopa? — perguntou Catarina. — Galopa como o cavalo da mamãe?

— Não tão veloz, mas galopa — respondeu William. — E pode saltar.

— Posso saltar com ele? — os olhos de Henrique estavam estatelados.

William aprumou o corpo e sorriu para mim.

— Primeiro tem de aprender a se sentar nele, andar a passo, trotar, andar a meio-galope. Então poderá prosseguir até justar e saltar.

— Vai me ensinar? — perguntou Catarina. — Vai, não vai? Fica conosco, aqui, neste verão, e nos ensina a montar?

O sorriso de William foi imodestamente triunfante.

— Bem, eu gostaria de ficar, é claro. Se sua mãe permitir.

Imediatamente as duas crianças se viraram para mim.

— Diga que sim! — implorou Catarina.

— Por favor! — insistiu Henrique.

— Mas eu posso ensiná-los a montar — protestei.

— Não a combater! — exclamou Henrique. — E você monta de lado. Preciso montar reto. Não é, senhor? Preciso montar reto porque sou menino e serei um homem.

William olhou para mim por cima da cabeça do meu filho.

— O que diz, Lady Carey? Posso ficar para o verão e ensinar seu filho a montar reto?

Não deixei que percebesse como me divertia.

— Oh, está bem. Pode pedir que lhe preparem um quarto, se quiser.

ᛦ

Toda manhã, William Stafford e eu caminhávamos por horas com as crianças sentadas em seus pôneis, do nosso lado. Depois do jantar, colocávamos as rédeas longas nos pôneis e os fazíamos andar a passo, trotar e andar a meio-galope em círculo, com as duas crianças agarradas como grude.

William era sempre paciente com elas. Fazia com que aprendessem mais um pouco a cada dia, e eu desconfiava que, ao mesmo tempo, controlava para que não aprendessem rápido demais. Queria que soubessem montar no fim do verão, mas não antes.

— Tem uma casa sua aonde ir? — perguntei, indelicadamente, quando voltávamos ao castelo, certo entardecer, cada um de nós levando um pônei. O sol se punha atrás dos torreões e o palácio parecia o de um conto de fadas, com as janelas tremulando uma luz rosada e o céu, atrás, pálido e riscado pelas nuvens.

— Meu pai mora em Northampton.

— É filho único? — perguntei.

Sorriu à pergunta-chave.

— Não, sou o segundo, o que não tem serventia, *milady*. Mas, se puder, vou comprar uma pequena fazenda em Essex. Pretendo ser o proprietário de uma pequena fazenda.

— E como vai ter dinheiro para isso? — perguntei, curiosa. — Não pode ganhar muito bem servindo a meu tio.

— Alguns anos atrás, servi em um navio e ganhei meu quinhão de recompensa. Tenho o bastante para começar. E então, acharei uma mulher que goste de viver em uma bonita casa em seus próprios campos e saiba que nada, nem o poder de príncipes nem a malícia de rainhas, pode afetá-la.

— Rainhas e príncipes sempre nos afetam — eu disse. — Senão não seriam príncipes e rainhas.

— Sim, mas podemos ser tão pequenos que não lhes interessamos — disse ele. — Nosso risco será o seu filho. Enquanto o virem como herdeiro do trono, nunca escaparemos de sua vigilância.

— Se Ana tiver um menino, abrirá mão do meu — eu disse, sem me dar conta de que tinha concordado com seus pensamentos, assim como acompanhava seu passo, ao seu lado.

Astuciosamente, ele não falou nada para me alertar.

— Melhor do que isso, ela vai querê-lo longe da corte. Ele poderia ficar conosco e o criaríamos como um nobre rural. Não é uma vida ruim para um homem. Talvez a melhor que exista. Não gosto da corte. E nesses últimos anos, nunca sabemos onde estamos.

Chegamos à ponte levadiça e ajudamos as crianças a desmontar. Catarina e Henrique correram para casa enquanto William e eu levávamos os pôneis ao estábulo. Dois garotos apareceram para pegá-los.

— Vem jantar? — perguntei casualmente.

— É claro — disse ele. Então, fez uma mesura e se foi.

☙

Somente no meu quarto, ao me ajoelhar para rezar nessa noite e me pegar com a mente vagando, como sempre, percebi que permitira que ele falasse comigo como se eu fosse ser a mulher que gostaria da bonita casa em meus próprios campos e que desejaria William Stafford na minha cama de casada.

Querida Maria,

Passaremos o outono em Richmond e o inverno em Greenwich. A rainha nunca mais ficará sob o mesmo teto que o rei. Ela irá para a antiga casa de Wolsey, The More, em Hertfordshire, e o rei lhe dará uma corte só sua, lá, de modo que ela não possa se queixar de ser maltratada.

Você não a servirá mais, agora só servirá a mim.

O rei e eu estamos confiantes de que o Papa está apavorado com o que Henrique poderá fazer à Igreja na Inglaterra. Temos certeza de que decidirá a nosso favor assim que a corte se reunir de novo no outono. Estou me preparando para o casamento no outono e a coroação logo em seguida. Está tudo praticamente resolvido, doa a quem doer!

Nosso tio foi muito frio comigo e o duque de Suffolk virou-se contra mim. Henrique afastou-o de nós neste verão, e gostei de ele ter-lhe dado uma lição. Muita gente está me invejando e me vigiando. Quero você em Richmond quando eu chegar, Maria. Não deve procurar a rain... Catarina de Aragão em The More. E não pode ficar em Hever. Estou fazendo isso por seu filho tanto quanto por mim mesma, e você vai me ajudar.

Ana

Outono de 1531

No outono, quando retornei à corte, me dei conta de que a rainha, finalmente, tinha sido derrubada. Ana convencera Henrique de que não tinha mais sentido ele manter a aparência de bom marido. Podiam mostrar suas caras impudentes ao mundo e desafiar os que se opusessem a eles.

Henrique foi generoso. Catarina de Aragão vivia confortavelmente em The More, e entretinha embaixadores que a visitavam como se continuasse a ser uma rainha honrada e amada. Sua criadagem somava mais de duzentas pessoas, inclusive cinquenta damas de honra. Não eram a nata das jovens. Essas acorreram à corte do rei e se viram anexadas ao pessoal de Ana. Ana e eu nos divertimos colocando as jovens de que não gostávamos na corte da rainha. Dessa maneira nos livramos de meia dúzia das Seymour, e rimos ao pensarmos na cara de Sir John Seymour ao receber a notícia.

— Queria poder mandar a mulher de George para servir à rainha — eu disse. — Ele ficaria mais feliz se chegasse em casa e visse que ela tinha partido.

— Prefiro tê-la onde posso vê-la a mandá-la para um lugar onde possa criar mais problemas. Só quero pessoas insignificantes ao redor da rainha.

— Não pode continuar temendo-a. Você praticamente a destruiu.

Ana sacudiu a cabeça.

— Não estarei segura até que esteja morta — disse ela. — Assim como ela só estará segura comigo morta. Não se trata de um homem ou um trono, é como se eu fosse a sua sombra e ela a minha. Estamos presas uma à outra até a morte. Uma de nós duas tem de vencer completamente e nenhuma de nós duas terá certeza de ter vencido ou perdido até a outra estar morta e enterrada.

— Como ela poderia vencer? — perguntei. — Ele nem mesmo a vê.

— Você não sabe como o povo me odeia — sussurrou Ana, eu tinha aprendido a me inclinar para perto dela. — Agora, em viagem, vamos de uma casa para a outra, não paramos mais nas aldeias. O povo escutou os rumores de Londres e deixaram de me ver como a garota bonita que cavalga ao lado do rei. Agora me veem como a mulher que destruiu a felicidade da rainha. Se nos demoramos numa aldeia, o povo me xinga.

— Não!

Ela confirmou com a cabeça.

— E quando a rainha foi a Londres, e ofereceu um banquete, uma turba à porta do Palácio de Ely a abençoava e jurava que nunca dobraria os joelhos para mim.

— Um punhado de criados emburrados.

— E se for mais que isso? — perguntou Ana desoladamente. — E se o país todo me odiar? O que acha que o rei sente ao ouvi-los me vaiar e amaldiçoar? Acha que um homem como Henrique suporta ser amaldiçoado quando viaja? Um homem como Henrique, que se acostumou a ser louvado desde pequeno?

— Eles vão se acostumar — eu disse. — Os padres pregarão nas igrejas que você é a esposa dele, quando lhe der um filho eles mudarão imediatamente, e você se tornará a salvadora da pátria.

— Sim — disse ela. — Tudo depende disso, não? Um filho varão.

CB

Ana tinha razão em temer a ralé. Logo antes do Natal partimos de Greenwich para jantar com os Trevelyan. Não era um passeio da corte. Ninguém sabia que iríamos. O rei jantaria privadamente com dois embaixadores da França e Ana quis ir para Londres. Fui com ela, com dois cavalheiros do rei e mais duas damas de honra. Fazia frio no rio e estávamos bem envolvidos em peles. Ninguém nas margens conseguiria ver nossos rostos quando o barco atracasse na escada dos Trevelyan e desembarcássemos.

Mas viram, e reconheceram Ana, e antes mesmo de começarmos a comer, um criado apareceu correndo e sussurrou a Lord Trevelyan que havia uma turba vindo em direção à casa. O rápido olhar de viés lançado a Ana nos revelou por que vinham. Ela levantou-se imediatamente, a face branca como suas pérolas.

— É melhor que se vá — disse Lord Trevelyan, com medo. — Não posso garantir a sua segurança aqui.

— Por que não? — perguntou ela. — Feche seus portões.

— Por Deus, são milhares deles! — sua voz foi áspera de medo. Estávamos, agora, todos de pé. — Não é uma gangue de garotos aprendizes, é uma turba e juram que a enforcarão nas vigas do teto. É melhor ir para o barco e retornar a Greenwich, Lady Ana.

Ela hesitou, por um momento, ouvindo a sua determinação de expulsá-la de sua casa.

— O barco está preparado?

Alguém saiu correndo gritando pelos barqueiros.

— É claro que pode repeli-los! — disse Francis Weston. — Quantos homens tem, Trevelyan? Podemos reuni-los e dar uma lição nessa ralé, e depois jantaremos calmamente.

— Tenho trezentos homens — começou ele.

— Então... vamos armá-los e...

— Eles são 8 mil, e o número aumenta a cada rua.

Fez-se um silêncio atônito.

— Oito mil? — falou Ana em um sussurro. — Oito mil marchando contra mim nas ruas de Londres?

— Depressa — disse Lady Trevelyan. — Pelo amor de Deus, vá para seu barco.

Ana pegou seu manto dado pela mulher e eu, o outro, que nem mesmo era meu. As damas que nos tinham acompanhado choravam de medo. Uma delas fugiu pela escadaria, com medo de estar no rio se nos perseguissem pela água. Ana saiu às pressas da casa e atravessou o jardim escuro. Pulou para dentro do barco e eu, atrás dela. Francis e William estavam conosco, o restante jogou os cabos para dentro do barco e o empurrou. Nem mesmo iriam conosco.

— Mantenham a cabeça baixa e coberta — gritou um deles.

— E baixem o estandarte real!

Foi um momento vergonhoso. Um dos barqueiros pegou sua faca e cortou as cordas que seguravam o estandarte real com medo de que o povo da

Inglaterra visse a bandeira de seu próprio rei. Atrapalhou-se ao manuseá-la e a deixou cair na água. Observei-a afundar.

— Isso não tem importância agora! Remem! — gritou Ana, a face oculta nas peles.

Enfiei-me ao seu lado e nos seguramos uma na outra. Eu a senti tremer.

Vimos a turba quando entramos na correnteza agitada. Tinham acendido tochas e pudemos ver as chamas trêmulas refletidas no rio escuro. O cordão de luzes parecia não ter fim. Podíamos ouvi-los lançando pragas contra minha irmã. A cada grito violento, um bramido de aprovação, um bramido de ódio. Ana recolheu-se ainda mais no barco, agarrando-se a mim com mais força e tremendo de medo.

Os barqueiros remavam como possessos, sabiam que nenhum de nós sobreviveria a um ataque com aquele tempo. Se a turba soubesse que estávamos nas águas escuras do rio, lançariam as pedras do calçamento, desceriam as margens para nos alcançar, procurariam barcos para nos perseguir.

— Remem mais rápido! — dizia Ana em um sussurro ríspido.

Avançávamos de forma irregular, amedrontados demais para bater o tambor ou gritar o ritmo. Queríamos escapar da turba protegidos pela escuridão. Espiei pela borda do barco e vi as luzes fazerem uma pausa, hesitarem, como se perscrutassem o escuro, como se pudessem sentir, com a atenção sobrenatural de um animal selvagem, que a mulher que queriam abafava seus soluços de terror nas peles que a envolviam a apenas alguns metros deles.

Então, a procissão continuou para a casa de Trevelyan. Acompanhou a curva do rio, as tochas estendendo-se pelo que pareciam milhas. Ana endireitou o corpo e puxou o capuz para trás. Sua face estava aterrorizada.

— Acha que ele me protegerá disso? — perguntou impetuosamente. — Do Papa sim, especialmente porque já possui uma fração da Igreja. Da rainha, também, já que terá um filho e herdeiro. Mas de seu próprio povo, se vier me buscar, à noite, com suas tochas e cordas? Acha que ele ficará do meu lado?

ॐ

O Natal em Greenwich, nesse ano, foi quieto. A rainha enviou uma bela taça de ouro ao rei e ele a devolveu com uma mensagem fria. Sentimos a sua ausência o tempo todo. Foi como se uma mãe querida estivesse ausente. Não que ela tivesse sido esfuziante, brilhante ou provocadora como Ana sempre, e cansativamente, era. Só que ela sempre estivera ali. Seu reinado fora tão longo que eram raras as pessoas que se lembravam da corte inglesa sem ela.

Ana foi determinadamente brilhante, encantadora e ativa. Dançou, cantou, deu ao rei um conjunto de dardos à moda biscainha e ele lhe deu um quarto cheio dos tecidos mais caros para seus vestidos. Deu-lhe a chave do quarto e a observou entrar e emitir uma exclamação de deleite diante das ricas peças de cores que oscilavam de um polo dourado a outro. Ele a cobriu de presentes, ele nos cobriu, a todos nós, Howard, de presentes. Deu-me uma bela blusa com uma gola de ferro forjado. Ainda assim, pareceu mais um velório do que um Natal. Todos sentiram falta da presença firme da rainha e se perguntaram o que ela estaria fazendo em sua bonita casa, que pertencera ao cardeal, que havia sido seu inimigo até o último momento, quando ele finalmente reuniu coragem para admitir que ela tinha razão.

Nada conseguiu elevar o ânimo das pessoas, embora Ana se esforçasse ao máximo para parecer feliz. À noite, do meu lado na cama e, até mesmo em seu sono, a ouvia murmurar, como uma mulher demente.

Certa noite, acendi uma vela e a ergui para vê-la. Seus olhos estavam fechados, as pestanas escuras roçando as maçãs de seu rosto alvo. Seu cabelo estava preso para trás sob uma touca de dormir tão alva quanto sua pele. A sombra sob seus olhos era violeta como o amor-perfeito, ela parecia frágil. E o tempo todo, seus lábios exangues, separados em um sorriso, murmuravam apresentações, gracejos, ditos espirituosos. De vez em quando, virava a cabeça, irrequieta, aquela virada de cabeça encantadora que ela fazia tão bem, e ria, um som terrível, sussurrado, de uma mulher tão compulsiva que, até mesmo, em seus sonhos mais profundos, tentava dar vida a uma celebração.

Começou a beber vinho de manhã. Dava cor à sua face e brilho aos seus olhos, atenuava a sua intensa fadiga e o nervoso. Uma vez, jogou uma garrafa para mim quando entrei em seus aposentos com tio Howard vindo atrás.

— Esconda-a — disse em um sussurro desesperado e virou-se para ele com a palma da mão na boca, para que não sentisse o cheiro de bebida em seu hálito.

— Ana, você tem de parar — eu disse quando ele saiu. — As pessoas a observam o tempo todo. Vão acabar percebendo e contando ao rei.

— Não posso parar — disse ela de maneira sinistra. — Não posso parar nada, nem por um instante. Tenho de prosseguir, sempre, como se fosse a mulher mais feliz do mundo. Vou me casar com o homem que amo. Vou ser a rainha da Inglaterra. É claro que sou feliz. É claro que sou perfeitamente feliz. Não existe mulher na Inglaterra tão feliz quanto eu.

CB

George chegaria no Ano-Novo e Ana e eu decidimos recebê-lo com um jantar privado em seus suntuosos aposentos. Passamos o dia consultando os cozinheiros e encomendando o melhor que tinham, e à tarde ficamos sentadas à janela esperando seu barco aparecer com o estandarte Howard adejando. Eu o localizei primeiro, escuro no crepúsculo, e não falei nada a Ana. Escapuli do quarto e desci a escadaria correndo, para que quando George desembarcasse e surgisse na plataforma, eu estivesse só em seus braços e que fosse a mim que ele beijasse e dissesse: "Por Deus, irmã, como é bom estar em casa."

Quando Ana viu que tinha perdido a chance de ser a primeira, não correu atrás de mim, mas aguardou para recebê-lo em seus aposentos, diante da imponente lareira em arco. Ele fez uma mesura, beijou sua mão e só então a abraçou. As mulheres foram dispensadas e éramos os três Bolena juntos de novo.

George contou todas as novidades durante o jantar e quis saber tudo o que havia acontecido em sua ausência da corte. Notei que Ana foi cautelosa em relação ao que contava. Não lhe disse que não podia ir a Londres sem uma guarda armada. Não contou que, na região rural, tinha que atravessar rapidamente as aldeias pacíficas em seu caminho. Não contou que na noite em que o cardeal Wolsey morreu, ela tinha criado e dançado em uma apresentação intitulada "Mandando o cardeal para o inferno", que havia chocado todos a que assistiram por seu triunfo insosso sobre o amigo morto do rei e sua franca indecência. Não contou que o bispo Fisher continuava a se opor a ela e que quase tinha morrido envenenado. Ao não lhe contar essas coisas, eu soube, como na verdade já sabia, que ela se envergonhava da mulher em que se tinha transformado. Não queria que George soubesse o quão profundamente o cancro da ambição se espalhara dentro dela. Não queria que ele soubesse que não era mais a sua irmãzinha querida, mas sim uma mulher que aprendera a jogar tudo, inclusive sua alma mortal, na batalha para ser rainha.

— E você? — me perguntou George. — Como ele se chama?

Ana ficou estupefata.

— Do que está falando?

— Qualquer um pode ver, será que me enganei?, que Maria está viçosa como uma leiteira na primavera. Apostaria minha fortuna que ela está apaixonada.

Meu rosto ficou escarlate.

— Acho que está — disse meu irmão com uma profunda satisfação. — Quem é ele?

— Maria não tem amante — replicou Ana.

— Acho que ela está de olho em alguém sem a sua permissão — sugeriu George. — Acho que alguém a escolheu sem consultá-la, Sra. Rainha.

— É melhor que não — disse ela, sem o menor vestígio de um sorriso. — Tenho planos para Maria.

— Deus do céu, Ana Maria, até parece que já foi ungida.

Ela voltou-se contra ele.

— Quando for, saberei quem são meus amigos. Maria é minha dama de honra e gosto de manter o pessoal da casa como convém.

— Certamente, agora, ela pode escolher por si mesma.

Ana sacudiu a cabeça.

— Não se quiser o meu favor.

— Pelo amor de Deus, Ana! Somos uma família. Você só está onde está porque Maria recuou para lhe dar espaço. Não pode agora agir como uma princesa de sangue azul. Nós a colocamos onde está. Não pode nos tratar como súditos.

— Vocês são súditos — replicou simplesmente. — Você, Maria, até mesmo tio Howard. Expulsei minha própria tia da corte, expulsei o cunhado do rei da corte. Até mesmo a rainha, eu expulsei da corte. Alguém tem dúvida de que posso mandar quem eu quiser para o exílio? Não. Podem ter-me ajudado a estar onde estou...

— Ajudado! Nós simplesmente a colocamos onde está!

— Mas agora estou aqui, e serei rainha. E vocês serão meus súditos e me servirão. Serei rainha e mãe do próximo rei da Inglaterra. Portanto é melhor que não se esqueçam disso, George, pois não quero repeti-lo.

Ana levantou-se e foi em direção à porta. Ficou ali, esperando que alguém a abrisse para ela, e como nenhum de nós dois a abriu, teve de fazê-lo ela mesma. No limiar, virou-se.

— E não me chame mais de Ana Maria — disse ela. — E não a chame de Mariana. Ela é Maria, a outra garota Bolena. E eu sou Ana, futura rainha Ana. Há um mundo de diferença entre nós duas. Não partilhamos um nome. Ela é quase um joão-ninguém e eu serei rainha.

Saiu com o andar pomposo e não se deu ao trabalho de fechar a porta atrás de si. Ouvimos seus passos em direção ao seu quarto de dormir. Ficamos em silêncio, ouvindo a porta do quarto bater.

— Deus do céu — disse George, profundamente sentido. — Que bruxa — levantou-se e fechou a porta para evitar a corrente de ar frio. — Desde quando ela está assim?

— Seu poder cresce a cada dia. Ela se acha intocável.

— E é?

— Ele está profundamente apaixonado. Eu diria que está segura, sim, está.

— E ele ainda não a possuiu?

— Não.

— Deus do céu, o que fazem?

— Tudo, menos o ato em si. Ela não se atreve a permitir.

— Deve estar deixando ele louco — disse George com uma satisfação nada animada.

— E ela também — eu disse. — Quase toda noite, ele a beija, toca, e ela faz tudo com ele, com seu cabelo e boca.

— Ela fala assim com todo mundo? Como falou comigo?

— Muito pior. E isso está lhe custando seus amigos. Charles Brandon agora está contra ela, tio Howard está farto dela. Discutiram abertamente pelo menos duas vezes desde o Natal. Sente-se tão segura do amor do rei que não precisa de nenhuma outra proteção.

— Não vou tolerar isso — disse George. — Vou falar com ela.

Mantive a expressão de irmã preocupada, mas meu coração vibrou à ideia de uma ruptura entre Ana e George. Se eu tivesse George do meu lado, teria realmente uma vantagem em qualquer luta para reaver a guarda de meu filho.

— E fale a verdade. Não há mesmo ninguém que a atraiu? — perguntou ele.

— Um joão-ninguém — repliquei. — Não contaria a ninguém, só a você, George, por isso guarde segredo.

— Juro — disse ele, pegando minhas mãos e me puxando para perto. — Juro por minha honra. Está apaixonada?

— Oh, não! — repliquei, retraindo-me só em pensar nisso. — É claro que não. Mas ele me corteja, e é bom ter um homem demonstrando interesse por nós.

— Achei que a corte estava cheia de homens que demonstravam interesse por você.

— Oh, escrevem poemas e fazem juras de amor. Mas ele... ele é um pouco mais... real.

— Quem é?

— Ninguém importante — repeti. — Portanto não pense mais nele.

— É uma pena que não possa simplesmente se deitar com ele — disse George, com uma sinceridade fraterna.

Não respondi. Estava pensando no sorriso íntimo, sedutor, de William Stafford.

— Sim — eu disse baixinho. — Uma pena, mas não posso.

Primavera de 1532

George, ignorando a mudança de estado de espírito do povo, convidou Ana e a mim para cavalgar com ele à margem do rio e jantar na pequena taverna. Esperei que Ana recusasse, que lhe dissesse que não era seguro para ela cavalgar sozinha. Mas ela não disse nada. Pôs um vestido escuro, o que nunca acontecia, o chapéu bem puxado para baixo para ocultar sua face, e dispensou o colar distintivo com o "B" dourado.

Feliz por estar de volta a Inglaterra e poder montar com suas irmãs, George não notou o traje e comportamento discretos de Ana. Mas quando paramos na taverna, a velha desmazelada que nos serviria olhou Ana pelo canto do olho e saiu. Dali a pouco, o dono da casa apareceu enxugando as mãos no avental e comunicou que o pão e o queijo que ele ia nos trazer tinham estragado e que não havia mais nada em sua casa que pudéssemos comer.

George ia se enfurecer contra o homem se não fosse Ana a contê-lo com a mão em seu braço e dizer que não tinha importância, que iriam ao mosteiro próximo e comeriam lá. Deixou-se guiar por ela e comemos bem. O rei, agora, era objeto de terror de todas as abadias e mosteiros da região. Somente os criados, menos astutos politicamente do que os monges, olharam com desconfiança para Ana e para mim, e especularam, aos cochichos, qual seria a antiga prostituta e qual a nova.

No caminho de volta para casa, o sol frio nas nossas costas, George esporeou o cavalo e veio para o meu lado.

— Então, todo mundo sabe — disse ele direto.

— De Londres ao extremo do país — eu disse. — Não sei até onde as notícias se espalharam.

— E não vejo ninguém jogando o chapéu para o alto e gritando "salve!".

— Não, não verá nada disso.

— Achei que uma bela garota inglesa agradaria ao povo. Ela é muito bonita, não é? Acena ao passar, dá esmolas, e tudo o mais?

— Faz tudo isso — repliquei. — Mas as mulheres gostam, obstinadamente, da antiga rainha. Dizem que se o rei da Inglaterra abandona uma esposa fiel e honesta por um capricho, então nenhuma mulher está segura.

George ficou em silêncio por um momento.

— Fazem mais do que cochichar?

— Fomos surpreendidos por um tumulto em Londres. E o rei diz que não é seguro para ela ir lá. Ela é odiada, George, e dizem todo tipo de coisas a seu respeito.

— Coisas?

— Que é uma bruxa e que enfeitiçou o rei com uma bruxaria. Que é uma assassina e que, se pudesse, envenenaria a rainha. Que o tornou impotente com todas as outras mulheres para que se case com ela. Que secou os filhos no útero da rainha, e trouxe a esterilidade ao trono da Inglaterra.

George empalideceu ligeiramente e sua mão na rédea se cerrou como o antigo sinal contra bruxaria — o polegar entre o indicador e o médio, para fazer o sinal da cruz.

— Dizem isso publicamente? O rei pode ficar sabendo?

— Evita-se que o pior chegue a seu conhecimento, mas alguém fatalmente lhe contará mais cedo ou mais tarde.

— Ele não vai acreditar em nada disso, vai?

— Ele próprio diz parte disso. Diz que é um homem possuído. Diz que ela o enfeitiçou e que não consegue pensar em outra mulher. São palavras de amor, mas quando propagadas... podem ser perigosas.

George concordou com a cabeça.

— Ela deveria fazer mais boas ações e não ser tão execravelmente... — interrompeu-se buscando a palavra certa — sensual.

Olhei para a frente. Mesmo sobre o cavalo, mesmo quando montando apenas com a sua família, Ana balançava-se na sela de uma maneira que dava vontade de pegá-la pela cintura.

— Ela é uma Bolena e uma Howard — falei francamente. — Por baixo do nome pomposo, somos todas cadelas no cio.

☙

William Stafford, que esperava no portão do Palácio de Greenwich quando chegamos, tocou em seu chapéu para mim e percebeu meu sorriso secreto. Quando desmontamos e Ana seguiu na frente, ele ficou à entrada e me levou para o lado.

— Eu a estava esperando — disse ele, sem me cumprimentar.

— Percebi.

— Não gosto que cavalgue sem mim, a região não é segura para as garotas Bolena.

— Meu irmão tomou conta de nós. Foi bom sair sem um séquito.

— Oh, posso lhe oferecer isso. Posso oferecer simplicidade em abundância.

Ri.

— Obrigada.

Manteve a mão em meu braço para que eu não me afastasse.

— Quando o rei e sua irmã se casarem, você terá de se casar com alguém que escolherem.

Olhei para seu rosto franco, bronzeado.

— E daí?

— E daí que se quer se casar com um homem com uma pequena fazenda bonita e campos ao seu redor, tem de se apressar e fazer isso antes do casamento da sua irmã. Quanto mais tarde decidir, mais difícil será.

Hesitei. Afastei-me de seu toque e me virei. Sorri de lado.

— Mas ninguém me pediu em casamento — expliquei graciosamente. — Terei de me resignar a ser uma viúva até o fim da minha vida. Ninguém pediu a minha mão.

Pela primeira vez, ele não soube o que dizer.

— Mas pensei... — começou. Uma risada de prazer me escapou. Fiz-lhe uma reverência profunda e segui para o palácio. Ao subir a escadaria, relanceei os olhos para trás e o vi jogar seu chapéu no chão e chutá-lo, e entendi a alegria que toda mulher sente quando põe um belo homem para correr.

☙

Não o revi durante uma semana, embora eu perambulasse pelo pátio das cavalariças, pelo jardim e à margem do rio, onde ele pudesse me encontrar. Um dia, quando o séquito de meu tio passou, os observei, mas não o vi entre os duzentos homens de libré Howard. Sabia que estava agindo como uma boba, mas achei que não havia mal nenhum em procurar um homem bonito e provocá-lo.

Não o vi por mais uma semana, depois mais outra. Meu tio e eu assistíamos ao rei e a Ana jogarem boliche em uma manhã quente de abril, quando eu perguntei casualmente:

— Ainda tem aquele homem... William Stafford a seu serviço?

— Oh, sim — respondeu meu tio. — Mas dispensei-o por um mês.

— Não está na corte?

— Está querendo se casar, me disse. Foi falar com seu pai e comprar uma casa para a sua futura mulher.

Senti o chão se mover.

— Pensei que já fosse casado — falei, procurando o comentário mais seguro a fazer.

— Oh, não, um namorador terrível — disse meu tio, a metade de sua atenção em Ana e o rei. — Uma das damas da corte ficou louca por ele, achou que se casariam, estava disposta a abrir mão da corte para viver com ele e uma galinhada. Já imaginou?

— Bobagem — minha boca estava ressecada. Engoli em seco.

— Não tenho dúvida de que esse tempo todo esteve comprometido com alguma camponesa — disse meu tio. — Esperando que ela tenha idade suficiente, aposto. Está de licença para se casar e, depois, voltará para o meu serviço. É um bom homem, confiável. Acompanhou-a a Hever, não?

— Duas vezes — repliquei. — E conseguiu os pôneis para as crianças.

— Ele é bom nessas coisas — disse meu tio. — Ele pode ir longe. Talvez o coloque para administrar minhas cavalariças, o promova a treinador de cavalos — fez uma pausa e, de repente, voltou seu olhar para mim como um farol. — Não flertou com você, flertou?

O olhar que lhe devolvi foi de absoluta indiferença.

— Um homem a seu serviço? É claro que não.

— Ótimo — disse meu tio, sem se afetar. — Ele é danado, basta dar uma chance, por menor que seja.

— Ele não terá chance comigo — eu disse.

☙

Ana e eu estávamos prontas para deitar, já com nossas camisas de dormir, e as criadas dispensadas, quando ouvimos a batida familiar à porta.

— Só pode ser George — disse Ana. — Entre.

O nosso belo irmão surgiu com uma jarra de vinho em uma mão e, na outra, três taças.

— Vim adorar no santuário da beleza — estava bêbado.

— Pode entrar — eu disse. — Estamos lindas.

Fechou a porta atrás de si com um chute.

— Muito mais à luz de velas — disse, nos examinando. — Deus do céu, Henrique deve ficar louco ao pensar que teve uma de vocês e quer a outra, e não pode ter nenhuma.

Ana nunca gostava de ser lembrada de que o rei tinha sido meu amante.

— Ele é sempre muito atencioso comigo.

George girou os olhos para mim.

— Vinho?

Todos bebemos uma taça e George pôs mais lenha na lareira. Ouvimos um som do outro lado da porta. George, de repente lépido, se pôs à porta e a abriu. Ali estava Jane Parker, que acabara de endireitar o corpo, antes curvado para olhar pelo buraco da fechadura.

— Minha querida esposa! — disse George, com a voz melosa. — Se me quer na sua cama, não precisa ficar se esgueirando pelos aposentos de minhas irmãs. Basta me dizer.

Ela corou até a raiz do cabelo e olhou para Ana, na cama, seu vestido expondo seu ombro, e eu de camisola, sentada próxima à lareira. Havia algo na maneira como olhava para nós três que fazia com que me retraísse. Sempre fazia com que eu sentisse vergonha, como se estivesse fazendo algo errado. E era como se fosse conivente. Parecia querer saber segredos obscenos e compartilhá-los.

— Estava passando e escutei vozes — disse sem graça. — Receei que alguém estivesse incomodando Lady Ana. Eu estava para bater e ver se Lady Ana estava bem.

— Ia bater com a orelha?— perguntou George intrigado. — Com o nariz?

— Oh, deixe disso, George — falei de súbito. — Não há nada de errado, Jane. George veio tomar um copo de vinho conosco e nos desejar boa noite. Estará no seu quarto em um instante.

Ela não pareceu nada grata com a minha intervenção.

— Ele pode vir ou não, como quiser — disse ela. — Pode passar a noite toda aqui, se isso lhe der prazer.

— Retire-se — disse Ana simplesmente. Falou como se não fosse se rebaixar a discutir com Jane.

George fez uma mesura e, obediente e habilmente, fechou a porta na cara de Jane. Virou-se e, sem se importar que ela escutasse, riu alto.

— Que cobra! — gritou. — Oh, Maria, não devia entrar no jogo dela. Siga o exemplo de Ana. "Retire-se." Deus do céu! Foi incrível! "Retire-se."

Voltou à lareira e nos serviu vinho. Deu a primeira taça para mim e a segunda para Ana. Então, ergueu a sua para fazer um brinde.

Ana não ergueu a sua e não sorriu.

— Na próxima vez — observou —, você me servirá primeiro.

— O quê? — perguntou ele, confuso.

— Quando servir o vinho, a primeira taça será para mim. Quando abrir a porta do meu quarto, pergunte se posso recebê-lo. Vou ser rainha, George, e tem de aprender a me servir como rainha.

Ele não se irritou como quando chegara da Europa. Nesse curto espaço de tempo, tinha percebido o poder de Ana. Ela não se importava em discutir com seu tio ou qualquer outro homem na corte que poderia ter sido seu aliado. Não se importava se a odiassem, contanto que o rei comesse em sua mão, e era capaz de destruir o homem que quisesse.

George pôs a taça no aparador da lareira e ficou de quatro na cama, com o rosto quase encostado ao dela.

— Minha querida rainhazinha — murmurou ele.

A expressão de Ana se suavizou com a sua intimidade.

— Minha princesinha — sussurrou ele. E delicadamente, beijou seu nariz, depois seus lábios. — Não se impaciente comigo — pediu. — Todos sabemos que é a primeira mulher no reino, mas seja amável comigo, Ana. Seremos muito mais felizes se for gentil comigo.

Contra a vontade, ela sorriu.

— Deve me mostrar respeito irrestrito — advertiu-o.

— Me deitarei debaixo dos cascos de seu cavalo — prometeu ele.

— E nunca tomar liberdades.

— Antes morrer.

— Então poderá vir aqui e serei amável com você — disse ela.

Ele inclinou-se à frente e beijou-a de novo. Ela fechou os olhos e sorriu, separando os lábios. Observei-o chegá-la mais para perto e seu dedo passar pelo ombro dela e acariciar seu pescoço. Observei, fascinada e horrorizada, seus dedos penetrarem seu cabelo escuro macio e puxarem sua cabeça para trás, para seu beijo. Então, ela abriu os olhos com um leve suspiro.

— Chega — e o empurrou delicadamente para fora da cama. George retornou a seu lugar ao lado da lareira, e todos fingimos que não tinha passado de um beijo de irmão.

☙

No dia seguinte, Jane Parker estava tão confiante quanto sempre. Sorriu para mim, fez uma reverência a Ana e lhe estendeu seu manto quando saía para passear com o rei à margem do rio.

— Achei que estaria descontente hoje, *milady*.

Ana aceitou o manto.

— Por quê?

— As notícias — disse Jane.

— Que notícias? — perguntei, para que Ana não parecesse curiosa.

Jane respondeu, mas observando Ana.

— A condessa de Northumberland está se divorciando de Henry Percy.

Ana oscilou por um instante e ficou lívida.

— Oh! — gritei, para desviar a atenção para mim. — Que escândalo! Por que se divorciaria dele? Que ideia! Ela está cometendo um grande erro.

Ana tinha se recomposto, mas Jane a tinha observado.

— Pois é — disse Jane, com uma voz sedosa. — Ela diz que seu casamento nunca foi válido. Diz que havia um pré-contrato. Diz que, o tempo todo, ele estava casado com Lady Ana.

Ana ergueu a cabeça e sorriu para Jane.

— Lady Rochford, a senhora realmente me trouxe a notícia mais extraordinária. E escolheu o momento mais estranho para transmiti-la. Na noite passada estava ouvindo furtivamente à minha porta e agora está repleta de más notícias como um cachorro morto tomado por larvas. Se a condessa de Northumberland é infeliz em seu casamento, tenho certeza de que todos lamentamos por ela — houve um murmúrio das damas de honra, ávidas mais de curiosidade do que de simpatia. — Mas se ela quer alegar que Henry Percy estava comprometido comigo, simplesmente não é verdade. De qualquer maneira, o rei está esperando e a senhora está me atrasando.

Ana atou seu manto e saiu rápido do quarto. Duas ou três de suas damas a seguiram, como deviam todas ter feito. As outras cercaram Jane Parker, para saberem mais.

— Jane, estou certa que o rei vai querer vê-la servindo Lady Ana — eu disse maldosamente.

Imediatamente, ela teve de ir, acompanhou Ana e as outras seguiram atrás.

Suspendi levemente minhas saias e corri o mais rápido possível para os aposentos de meu tio.

CB

Ele estava à sua mesa, apesar de ser o começo da tarde. Um escrivão estava ao seu lado, redigindo um memorando que ele ditava. Meu tio franziu o cenho quando me viu pela porta entreaberta. Fez sinal para que eu entrasse e esperasse.

— O que foi? — perguntou. — Estou ocupado. Acabo de saber que Thomas More está insatisfeito com a atitude do rei em relação à rainha. Não esperava que aprovasse, mas achei que sua consciência reprimiria sua opinião. Daria mil coroas para não ter Thomas More abertamente contra nós.

— É outra coisa — eu disse direto. — Mas importante.

Meu tio deu sinal para o escrivão sair.

— Ana? — perguntou.

Assenti com um movimento da cabeça. Agora, se tratava de um problema de família e Ana era a nossa mercadoria. Meu tio percebeu, antes de eu falar, que, se tinha corrido a seus aposentos logo no começo da tarde, é porque havia uma crise em nosso comércio.

— Jane acabou de dizer que a condessa de Northumberland vai pedir o divórcio de Henry Percy — eu disse rapidamente. — Jane disse que ela alega que havia um pré-contrato com Ana.

— Maldição — praguejou meu tio.

— O senhor sabia?

— É claro que eu sabia que ela tinha o divórcio em mente. Achei que alegaria abandono, crueldade, sodomia, ou algo no gênero. Achei que nós a tínhamos demovido da ideia do pré-contrato.

— Nós?

Franziu o cenho para mim.

— Nós. Não importa quem, importa?

— Não.

— E como Jane soube? — perguntou com irritação.

— Oh, Jane sabe de tudo. Estava escutando atrás da porta de Ana ontem à noite.

— O que ela poderia ter ouvido?

— Nada — repliquei. — George estava lá e não fazíamos mais do que conversar e beber uma taça de vinho.

— Só George? — perguntou.

— Quem mais poderia estar lá?

— É o que estou perguntando.

— Não duvida da castidade de Ana.

— Ela passa a vida armando ciladas para os homens.

Nem mesmo eu deixaria passar essa injustiça.

— Ela arma armadilhas para capturar o rei, como ordenou.

— Onde ela está agora?

— No jardim, com o rei.

— Vá até ela agora mesmo e mande que negue tudo com Henry Percy. Nenhum compromisso, de tipo algum, nenhum pré-contrato. Apenas um garoto e uma garota inexperientes e inconsequentes na primavera. Um pajem interessado em uma dama de honra. Nada além disso, e nunca sendo retribuído por ela. O interesse era somente dele. Entendeu?

— Há quem não pense assim — adverti-o.

— Foram todos comprados — disse ele. — Exceto Wolsey, e está morto.

— Ele pode ter falado com o rei na época, antes de alguém imaginar que se apaixonaria por Ana.

— Ele está morto — disse meu tio, com satisfação. — Não pode repetir isso. E todos farão de tudo para assegurar ao rei que Ana é casta como a Virgem Maria. Henry mais do que qualquer outro. É só essa mulher dele, tão desesperada para se livrar do casamento, que é capaz de arriscar qualquer coisa.

— Por que ela o odeia tanto?

Ele deu uma gargalhada.

— Deus do céu, Maria, você é a tola mais encantadora. Porque ele se *casou* com Ana, e ela sabe disso. Porque ele estava apaixonado por Ana, e ela sabe disso. E porque perder Ana o deixou em profunda melancolia, sendo um homem arruinado desde então. Não é de admirar que ela não queira ser sua mulher. Agora vá procurar sua irmã e minta como nunca. Abra bem esses seus belos olhos e minta por nós.

※

Encontrei o rei e Ana à margem do rio. Ela lhe falava com seriedade, e ele tinha a cabeça inclinada, como se não pudesse perder uma única palavra. Ela ergueu os olhos ao me ver.

— Maria pode lhe dizer — falou ela. — Era minha companheira de cama quando eu não passava de uma nova garota na corte.

Henrique olhou para mim e percebi a mágoa em seu rosto.

— A condessa de Northumberland — explicou Ana — está espalhando calúnias sobre mim para se livrar de um casamento de que está farta.

— O que ela pode dizer?

— O velho mexerico. Que Henry foi apaixonado por mim.

Sorri para o rei com toda confiança e ternura que consegui.

— É claro que foi, Majestade. Não se lembra de como era quando Ana chegou na corte? Todos estavam apaixonados por ela. Inclusive Henry Percy.

— Falam de um noivado — disse Henrique.

— Com o conde de Ormonde? — respondi rapidamente.

— Não aceitaram o dote nem o título — disse Ana.

— Refiro-me a você e Henry Percy — insistiu ele.

— Não houve nada — disse ela. — Um garoto e uma menina na corte, um poema, a troca de algumas palavras, absolutamente nada.

— Ele me escreveu três poemas — eu disse. — Foi o pajem mais ocioso que o cardeal teve. Estava sempre escrevendo poemas para todo mundo. É uma pena que tenha se casado com uma mulher sem senso de humor. Mas graças a Deus ela não tinha nenhum amor pela poesia, senão teria fugido muito mais cedo!

Ana riu, mas não conseguimos convencer Henrique.

— Ela diz que havia um pré-contrato — insistiu ele. — Que vocês dois estavam noivos.

— Já lhe disse que não estávamos — Ana o contradisse com um quê de impaciência na voz.

— Mas por que ela diria isso se não é verdade? — perguntou Henrique.

— Para se livrar de seu marido! — respondeu Ana, com rispidez.

— Por que escolheu essa mentira e não outra qualquer? Por que não disse que ele tinha se casado com Maria? Já que ela também recebia poemas seus?

— Aposto que dirá — falei furiosa, querendo atrasar a explosão de Ana. Mas a fúria crescia nela e não conseguiria reprimi-la. Ela puxou sua mão do braço do rei.

— O que está insinuando? — perguntou ela. — O que está pensando de mim? Está dizendo que sou impura? Quando estou aqui e juro que nunca, mas nunca olhei para outro homem? E agora, você, de todas as pessoas no mundo, me acusa de ter sido casada! Logo você! Quem me escolheu e cortejou tendo uma esposa? Qual de nós dois acha que tem mais possibilidade de ser bígamo? Um homem com uma esposa guardada em uma bela casa em Hertfordshire, bajulada por uma corte só sua, visitada por todos, uma rainha no exílio, ou a garota que no passado recebeu um poema escrito para ela?

— Meu casamento é inválido! — gritou Henrique para ela. — Como todos os cardeais em Roma sabem!

— Mas aconteceu! Como todo homem, mulher e criança em Londres sabe. Só Deus sabe quanto gastou! Você se sentia muito feliz então! Mas nada aconteceu para mim, nenhuma promessa foi feita, nenhuma aliança foi dada, nada, nada, nada! E me atormenta com esse nada.

— Por Deus! — gritou ele. — Vai me escutar?

— Não! — gritou ela, sem controle. — Você é um tolo e estou apaixonada por um tolo, por isso sou ainda mais tola. Não vou escutá-lo, mas você vai escutar todo verme maldoso que cuspir veneno em seu ouvido!

— Ana!

— Não! — e se afastou dele.

Em dois passos largos e rápidos ele a alcançou. Ela soltou-se e bateu nos ombros acolchoados de sua jaqueta. Metade da corte hesitou ao ver o rei ser atacado. Ninguém sabia o que fazer. Henrique agarrou suas mãos e as prendeu para trás, segurando-a de modo que seu rosto ficasse próximo do seu, como se estivessem fazendo amor, o corpo dela pressionado contra o dele, sua boca próxima o bastante para morder ou beijar. Percebi a expressão de lascívia ávida na face dele assim que a teve perto.

— Ana — repetiu ele, agora com um tom de voz diferente.

— Não — repetiu ela, mas estava sorrindo.

— Ana.

Ela fechou os olhos, jogou a cabeça para trás e deixou que ele beijasse seus olhos e seus lábios.

— Sim — sussurrou ela.

— Deus do céu — disse George em meu ouvido. — É assim que ela o provoca?

Confirmei balançando a cabeça, enquanto ela se virava em seus braços e se punham a andar juntos, quadril contra quadril, o braço dele em volta de seus ombros, e o dela na cintura dele. Pareciam estar indo para a cama, e não caminhando à margem do rio. Seus rostos estavam iluminados de desejo e satisfação, como se a briga tivesse sido uma tormenta, como a tormenta do ato do amor.

— Sempre a fúria, depois as pazes?

— Sim — repliquei. — Em vez da fúria do ato de fazer amor, não acha? Os dois gritam, vociferam, e acabam tranquilos, um nos braços do outro.

— Ele deve adorá-la — disse George. — Ela voa para ele e ele a aconchega. Meu Deus, nunca tinha visto isso tão claramente. Ela é uma prostituta ardente, não? Sou seu irmão, e a possuiria agora. Ela é capaz de enlouquecer um homem.

Concordei com um movimento da cabeça e disse:

— Ela sempre cede, mas sempre no mínimo dois minutos tarde demais. Ela sempre provoca e instiga a situação até seu limite.

— É um jogo danado de perigoso de se fazer com um rei que tem o poder absoluto.

— O que mais ela pode fazer? — perguntei. — Tem de segurá-lo de alguma maneira. Tem de ser um castelo que ele sitia repetidamente. Tem de manter a excitação de alguma maneira.

George pôs minha mão em seu braço e seguimos o casal real.

— E a condessa de Northumberland? — perguntou ele. — Nunca conseguirá a anulação com base em que Henry Percy foi casado com Ana?

— É melhor ela esperar enviuvar — repliquei cruamente. — Não podemos deixar que nada macule a reputação de Ana. A condessa será casada para sempre com um homem que sempre amará outra. Teria feito melhor se nunca tivesse se tornado condessa, mas se casado com um homem que a amasse.

— Passou a defender o amor? — perguntou. — Esse é um conselho do joão-ninguém?

Ri, como se não desse importância.

— O joão-ninguém desapareceu — eu disse. — Bons ventos o levem. Ele não tem a menor importância, como previ.

Verão de 1532

O joão-ninguém William Stafford retornou ao serviço de meu tio em junho. Procurou-me para dizer que estava de volta à corte e que me escoltaria até Hever quando eu estivesse pronta para partir.

— Já pedi a Sir Richard Brent que me acompanhasse — eu disse friamente. Tive o prazer de vê-lo ficar surpreso.

— Pensei que me permitiria ficar e montar com as crianças.

— É muita gentileza de sua parte — repliquei gelidamente. — Talvez no próximo verão — virei-me e me afastei antes que lhe ocorresse dizer algo que me detivesse. Senti seu olhar às minhas costas e achei que, de certa maneira, havia revidado por ter flertado comigo e me tratado como boba, já que o tempo todo planejava se casar com outra.

☙

Sir Richard ficou somente alguns dias, o que foi um alívio para nós dois. Ele não gostava de mim no campo, onde me distraía com meus filhos e me interessava pelos arrendatários. Preferia-me na corte, onde eu não tinha mais nada a fazer a não ser flertar. Para seu alívio, mal disfarçado, foi chamado pelo rei para ajudar a planejar a viagem real.

— Lamento ter de deixá-la — disse ele enquanto esperava que trouxessem seu cavalo até onde estávamos, perto do fosso, sob o sol. As crianças jogavam gravetos na água, de um lado da ponte levadiça, e esperávamos para vê-los flutuar. Eu ria, observando-as.

— Levarão uma eternidade — eu disse. — Não é uma correnteza forte.

— William fez barcos a vela para nós — disse Catarina, sem tirar o olho do galho. — Seguirão sempre na direção do vento.

Minha atenção voltou ao meu admirador desolado.

— Sentiremos sua falta, Sir Richard. Por favor, dê minhas recomendações à minha irmã.

— Eu lhe direi que o campo se ajusta à senhora como veludo verde envolvendo um diamante — disse ele.

— Obrigada — repliquei. — Sabe se a corte inteira irá para a França?

— Os nobres, o rei e Lady Ana, e suas damas de honra — disse ele. — E tenho de providenciar que todas as escalas na Inglaterra estejam preparadas para essa viagem.

— Tenho certeza de que não encontrariam outro cavalheiro tão competente para tal missão — eu disse.

— Posso levá-la de volta — ofereceu-se.

Coloquei a mão sobre a cabeça quente de Henrique.

— Ficarei mais um pouco — repliquei. — Gosto de passar o verão no campo.

☙

Não tinha pensado em como voltaria à corte, sentindo-me tão feliz com as crianças, tão aquecida pelo sol de Hever, tão em paz em meu pequeno castelo, sob o céu de minha casa. Mas no fim de agosto, recebi uma mensagem sucinta de meu pai dizendo que George iria me buscar no dia seguinte.

A ceia foi triste. Meus filhos estavam pálidos e os olhos esbugalhados diante do prospecto da separação. Dei-lhes o beijo de boa-noite e me sentei ao lado da cama de Catarina, esperando-a adormecer. Demorou. Catarina forçava seus olhos ficarem abertos, sabendo que quando adormecesse, a noite viria, e no dia seguinte eu teria ido embora. Mas depois de uma hora, não conseguiu mais ficar acordada.

Ordenei às criadas que arrumassem minhas coisas e providenciassem para que fossem colocadas na carroça grande. Ordenei que o despenseiro embalasse cidra e cerveja para meu pai, e maçãs e outras frutas, que seriam um presente elegante para o rei. Ana tinha pedido alguns livros e fui separá-los na biblioteca. Um era em latim e levei um tempão decifrando o título para ter certeza de que pegara o certo. O outro era de teologia, em francês. Guardei-os com cuidado com a minha caixinha de joias. Em seguida, fui para a cama e chorei com o rosto no travesseiro porque o verão com meus filhos tinha sido abreviado.

☙

Montei e esperei George, com a carroça carregada e pronta. Então, vi a coluna de homens vindo em direção à ponte levadiça. Mesmo a distância, percebi que não era George, mas sim ele.

— William Stafford — eu disse sem sorrir. — Esperava meu irmão.

— Eu a ganhei — disse ele. Tirou o chapéu e sorriu para mim. — Venci-o no carteado e ganhei o direito de vir buscá-la.

— Então, meu irmão faltou à promessa — eu disse, de modo reprovador. — E não sou um objeto pessoal para ser colocado sobre uma mesa de jogo em uma taverna comum.

— Uma taverna muito incomum — disse ele de maneira desnecessariamente provocadora. — Depois de perdê-la, perdeu um belo diamante e a dança com uma garota bonita.

— Quero partir agora — falei rispidamente.

Ele fez uma reverência, enfiou o chapéu na cabeça e fez sinal para os homens darem a volta.

— Dormimos em Edenbridge, a noite passada, portanto estamos descansados para partir — disse ele.

Meu cavalo andou a passo ao lado do seu.

— Por que não vieram para cá?

— Frio demais — respondeu simplesmente.

— Mas como? Sempre teve um dos melhores quartos quando ficou aqui!

— Não me refiro ao castelo. Não há nada de errado com o castelo.

Hesitei.

— Refere-se a mim.

— Gélida — confirmou. — E não faço ideia do que fiz para ofendê-la. Num momento, estávamos falando das alegrias da vida no campo, e no momento seguinte, a senhora se tornou um floco de neve.

— Não faço a menor ideia do que está falando — eu disse.

— Brrr — disse ele e mandou a coluna avançar no trote.

Manteve o trote punitivo até o meio-dia, e então, ordenou uma parada. Ergueu-me para descer da sela e abriu um portão que dava para um campo à margem do rio.

— Trouxe comida para nós — disse ele. — Vamos dar uma volta enquanto a preparam.

— Estou cansada demais para andar — repliquei em vão.

— Então, sente-se — abriu seu manto no solo sob a sombra de uma árvore.

Não pude discutir. Sentei-me em seu manto e me recostei na amistosa aspereza do tronco, olhando o rio cintilante. Alguns patos chapinhavam na água, e mais distante, nos juncos, o movimento furtivo de um par de galinholas. Deixou-me por algum tempo e quando retornou trazia duas canecas de estanho de *ale*. Deu-me uma e bebeu um gole da sua.

— E então? — disse ele, como um homem se acomodando para conversar. — Então, Lady Carey, por favor, diga-me o que fiz para ofendê-la.

Estava na ponta da minha língua dizer-lhe que não tinha me ofendido de maneira nenhuma, pois como não havia nada entre nós, nada poderia ser perdido.

— Não — disse ele, rapidamente, como se visse isso tudo em meu rosto. — Sei que a provoquei, mas não quis importuná-la. Achei que tínhamos começado a nos entender.

— Estava flertando comigo abertamente.

— Flertando não, estava cortejando-a — corrigiu-me. — E se desaprovar minha atitude, farei tudo para parar, mas tenho de saber por quê.

— Por que se afastou da corte? — perguntei abruptamente.

— Fui ver meu pai, queria o dinheiro que ele tinha me prometido quando eu me casasse, e queria comprar uma fazenda em Essex. Contei-lhe tudo sobre isso.

— Está planejando se casar?

Por um momento fez uma carranca e, então, sua face se iluminou.

— Com ninguém mais! — gritou ele. — O que achou? Com você! Garota tonta! Com você! Apaixonei-me por você desde a primeira vez que a vi e tenho quebrado a cabeça para encontrar um lugar em que construir uma casa boa o bastante para você. Quando percebi como gostava de Hever, achei que se lhe oferecesse uma mansão senhorial, uma bonita fazenda, talvez pensasse a respeito. Talvez me levasse em consideração.

— Meu tio disse que estava comprando uma casa para se casar com uma garota — falei ofegando.

— Você! — gritou de novo. — A garota é você. Sempre você. Ninguém mais a não ser você.

Virou-se para mim e, por um instante, achei que ia me puxar para si. Estendi minha mão para impedi-lo. Ele perguntou imediatamente:

— Não?

— Não — respondi sem firmeza.

— Sem um beijo? — disse ele.

— Nenhum beijo — repliquei, tentando sorrir.

— E não para a pequena casa de fazenda? Dá para o sul e está abrigada no flanco de uma colina. A terra é toda boa ao seu redor, é um edifício bonito, metade forrado de madeira e telhado de colmo, estábulos em um pátio nos fundos. Uma horta, um pomar com um riacho no fundo. Um *paddock* para a sua égua e pasto para as suas vacas.

— Não — falei, cada vez mais incerta.

— Por que não? — perguntou.

— Porque sou uma Howard e uma Bolena, e você é ninguém.

William Stafford não se retraiu com minha grosseria.

— Você também seria uma ninguém se se casasse comigo — disse ele. — Há um grande conforto nisso.

Sacudi a cabeça.

— Não posso fugir de quem eu sou.

— E onde se sente mais feliz? — perguntou sabendo a resposta. — No inverno, quando está na corte, ou no verão, quando está com seus filhos em Hever?

— Não poderíamos ficar com as crianças em sua fazenda — eu disse. — Ana os levaria. Não deixaria o filho do rei ser criado por dois joões-ninguém no fim do mundo.

— Até ela ter seu próprio filho. A partir de então, não vai querer vê-lo nunca mais — disse ele astutamente. — Terá outras damas de honra, a sua família procurará outras garotas Howard. Desligue-se do mundo deles e, em três meses, será esquecida. A escolha é sua, meu amor. Não precisa ser a outra garota Bolena pelo resto da sua vida. Pode ser uma e única Senhora Stafford.

— Não sei fazer as coisas — eu disse, a voz fraca.

— Como o quê?

— Fazer queijo. Depenar galinhas.

Devagar, como se não quisesse me assustar, ajoelhou-se ao meu lado. Pegou minha mão irrequieta e levou-a aos lábios. Virou-a, abriu-a de modo a poder beijar a palma, o pulso, cada dedo.

— Eu ensino você a depenar galinhas — disse com delicadeza. — E seremos felizes.

— Eu não disse sim — sussurrei, fechando os olhos ao sentir seus beijos em minha pele e o calor de sua respiração.

— E não disse não — concordou ele.

☙

No Castelo de Windsor, Ana estava em sua sala de audiências cercada de costureiros, costureiras e vendedores de aviamentos. Grandes peças de ricos tecidos estavam jogadas sobre as cadeiras e espalhadas nos vãos das janelas. O lugar parecia mais um ateliê de costura em um dia festivo do que os aposentos da rainha, e, por um momento, pensei na administração da casa pela rainha Catarina, que se chocaria até o fundo da alma com a riqueza extravagante das sedas e veludos e tecidos dourados.

— Vamos partir para Calais em outubro — disse Ana, duas costureiras alfinetando dobras e dobras de material à sua volta. — É melhor você encomendar alguns vestidos.

Hesitei.

— O que foi? — perguntou abruptamente.

Eu não queria falar na frente dos comerciantes e das damas de honra. Mas não tive escolha.

— Não posso arcar com vestidos novos — repliquei baixinho. — Sabe como meu marido me deixou, Ana. Tenho apenas uma pequena pensão e o que papai me dá.

— Ele pagará — disse ela com segurança. — Pegue na arca meu vestido de veludo vermelho e o de corpete prateado. Pode mandar ajustá-los para você.

Sem pressa, fui à sua câmara privada e ergui a tampa pesada de uma de suas arcas de roupas.

Apontou para uma das costureiras.

— A Sra. Clovelly pode descosê-lo e deixá-lo novo para você — disse ela.
— Mas que fique na moda. Quero que a corte francesa nos veja, todas nós, muito elegantes. Não quero nada fora de moda e espanhol em minhas damas.

Fiquei diante da mulher enquanto ela tirava minhas medidas.

Ana relanceou os olhos em volta.

— Podem sair, todas vocês — disse ela abruptamente. — Todas, menos a Sra. Clovelly e a Sra. Simpter.

Esperou até todas terem saído.

— A situação está se agravando — disse ela em voz bem baixa. — Por isso voltamos antes. Não podemos mais viajar. Em todo lugar, houve problemas.

— Problemas?

— O povo xingando. Em uma aldeia, meia dúzia de garotos jogou pedras em mim. E o rei ao meu lado!

— Apedrejaram o rei?

Confirmou com a cabeça.

— Em outro povoado, não pudemos nem entrar. Tinham feito uma fogueira na praça e queimavam minha efígie.

— O que o rei disse?

— Primeiro, ficou furioso, quase mandou soldados invadirem e darem uma lição no povo. Mas a mesma conduta se repetiu em todos os outros povoados. Eram muitos. E se o povo lutasse contra os soldados do rei? O que aconteceria?

A costureira me girou com um toque delicado em meu quadril. Eu me movia como ela mandava, sem saber o que estava fazendo. Eu tinha sido criada na paz estável do reinado de Henrique. Não conseguia conceber ingleses se sublevando contra o rei.

— O que o nosso tio diz disso?

— Que devemos dar graças a Deus de ter somente o duque de Suffolk como inimigo, pois quando o rei é apedrejado e insultado em seu próprio reino, segue-se logo uma guerra civil.

— Suffolk é nosso inimigo?

— Declarado — respondeu concisamente. — Diz que se eu custei ao rei a Igreja, não perderá ele também o país?

Virei-me mais uma vez e a costureira balançou a cabeça.

— Posso levar os vestidos e reformá-los? — perguntou ela com um sussurro.

— Leve-os — repliquei.

Ela recolheu seu material, sua bolsa de costura, e saiu. A costureira que fazia a bainha do vestido de Ana deu o último ponto e cortou a linha.

— Meu Deus, Ana — eu disse. — É assim em toda parte?

— Em toda parte — replicou, apreensiva. — Viraram as costas para mim em uma aldeia, em outra, me vaiaram. Quando passávamos na estrada, garotos maltrapilhos gritavam contra mim. As garotas que conduziam os gansos cuspiam na estrada à minha frente. Quando atravessávamos um mercado, as mulheres nas barracas jogavam peixes fedorentos e legumes apodrecidos no nosso caminho. Quando nos hospedávamos em uma casa ou um castelo, uma ralé nos seguia, nos insultando e tínhamos de trancar os portões para que não entrassem— sacudiu a cabeça. — Foi pior do que um pesadelo. Quando nossos anfitriões saíam para nos receber, desanimavam ao ver metade de seus arrendatários na estrada, gritando contra o rei legítimo. Em toda porta que chegávamos, deixávamos uma esteira de infelicidade. Não podemos ir a Londres, e agora não podemos tampouco ir ao campo. Escondemo-nos em nossos próprios palácios, onde o povo não nos alcança. E chamam Catarina de a Bem-Amada.

— O que diz o rei?

— Que não vamos esperar a decisão de Roma. Assim que o arcebispo Warham morrer, nomearemos o novo arcebispo, que nos casará. Simplesmente nos casaremos, quer Roma assim decrete, quer não.

— E se Warham demorar a morrer? — perguntei, nervosa.

Ana riu de maneira dissonante.

— Oh, não é o que parece! Está velho e passou de cama quase todo o verão. Vai morrer logo e, então, Henrique vai nomear Cranmer e ele nos casará.

Sacudi a cabeça sem acreditar.

— Tão fácil assim? Depois de todo esse tempo?

— Sim — replicou ela. — E se o rei fosse mais adulto e menos menino, poderia ter se casado comigo cinco anos atrás e já poderíamos ter cinco filhos, todos homens. Mas tinha de convencer a rainha de que estava agindo certo, tinha de fazer o país ver que estava agindo certo. Tinha de ser visto fazendo a coisa certa, independentemente da verdade. Ele é um tolo.

— É melhor que não diga isso a mais ninguém, além de mim — a adverti.

— Todo mundo sabe — disse ela obstinadamente.

— Ana — eu disse —, é melhor conter a língua e seu temperamento. Ainda pode cair, mesmo agora.

Sacudiu a cabeça.

— Ele vai me dar um título e uma fortuna que ninguém vai poder tirar de mim.

— Que título?

— Marquesa de Pembroke.

— Marquesa por casamento?

— Não — seu rosto iluminou-se de orgulho. — Não um título conferido a uma mulher que se casa com um marquês, mas um título por mérito próprio. Marquesa. Serei marquesa, e ninguém poderá tirar isso de mim. Nem mesmo o próprio rei.

Fechei os olhos em um surto de pura inveja.

— E a fortuna?

— Serei dona dos solares de Coldkeynton e Hanworth, em Middlesex, e terras em Gales. Tudo me renderá cerca de mil libras por ano.

— Mil libras? — repeti, pensando em minha pensão anual de cem libras.

Os olhos de Ana brilharam.

— Serei a mulher mais rica da Inglaterra, e a mais nobre — disse ela. — Rica por mérito próprio, nobre por mérito próprio. Depois, serei rainha.

Riu ao perceber como o seu triunfo era doloroso para mim.

— Deve ficar feliz por mim.

— Oh, estou.

☙

Na manhã seguinte, o pátio estava em grande confusão, o rei ia caçar e todo mundo tinha de ir com ele. Os cavalos estavam sendo tirados dos estábulos e os cães aguardavam em um canto, reunidos pelos organizadores da caçada, mas sem pararem de se agitar de um canto para outro, bufando e uivando de excitação. Cavalariços corriam de lá para cá, com correias e fivelas, ajudando seus senhores a montar. Garotos das cavalariças lustravam ainda mais as ancas e pescoços dos cavalos. O cavalo negro de Henrique, arqueando o pescoço e batendo as patas no solo, estava do lado do cepo de apoio aguardando o rei.

Procurei William Stafford por toda parte, até sentir o mais delicado toque em minha cintura e uma voz quente em meu ouvido dizer:

— Tive de cumprir uma incumbência, corri o caminho todo de volta.

Virei-me e o vi. Estava quase em seus braços. Estávamos tão próximos que, se ele se movesse uma polegada à frente, nossos corpos se tocariam, de cima a baixo. Fechei os olhos por um momento, com desejo ao sentir seu perfume, e quando os abri, me deparei com seus olhos cheios de desejo por mim.

— Pelo amor de Deus, afaste-se — eu disse sem convicção.

A contragosto, soltou uma mão e deu um passo para trás.

— Por Deus, tenho de me casar com você — disse ele. — Maria, estou fora de mim. Nunca fiquei assim em toda a minha vida. Não suporto mais um minuto sem tê-la em meus braços.

— Psiiuu — sussurrei. — Ponha-me na sela.

Achei que montada, fora do seu caminho, a fraqueza em meus joelhos e a tonteira não teriam tanta importância. Não sei como, consegui me sentar na sela, enganchei minha perna na sua parte mais alta e ajeitei minha roupa de montaria, para que caísse como deveria. Ele puxou a bainha, e pôs a mão em concha sob meu pé. Ergueu os olhos para mim, a expressão determinada.

— Tem de se casar comigo — disse ele, simplesmente.

Relanceei os olhos em volta, para a riqueza da corte, as penas adejando nos chapéus, os veludos e sedas — todos vestidos como um príncipe, mesmo para um dia sobre a sela.

— Esta é a minha vida — falei, tentando explicar. — Esta tem sido a minha casa desde que era pequena. Primeiro, a corte francesa e, depois, aqui. Nunca vivi em uma casa comum, nunca fiquei num mesmo quarto por um ano inteiro. Sou uma cortesã de uma família de cortesãos. Não posso me tornar uma esposa camponesa em um estalar de seus dedos.

As cornetas soaram e o rei, sorrindo, atravessou a porta do castelo com Ana ao seu lado. O olhar rápido de Ana abarcou o pátio, e puxei rapidamente meu pé da mão de William, e olhei de volta, com um sorriso agradavelmente inocente. O rei foi ajudado a montar. Sentou-se pesadamente em sua sela, e ali ficou por um momento. Quando pegou as rédeas, sinal de que estava pronto, todos aqueles ainda em pé montaram e disputaram as melhores posições na cavalgada, os cavalheiros tentando ficar perto de Ana, as damas seguindo, como casualmente, ao lado do rei.

— Não vem? — perguntei.

— Quer que eu vá?

Devagar, os cavaleiros deixavam o pátio, se acotovelando e aguardando na passagem em arco.

— É melhor não. Meu tio virá, hoje, e ele vê tudo.

William recuou e vi a luz se apagar em seus olhos.

— Como quiser.

Daria tudo para saltar de meu cavalo e, com um beijo, trazer seu sorriso de volta ao seu rosto. Mas ele fez uma mesura, e recuou, recostando-se no muro, e nos observou partir. Nem mesmo me chamou para perguntar quando me veria de novo. Deixou-me ir.

Outono de 1532

Ana foi entronizada como marquesa de Pembroke em uma cerimônia de coroação, na sala de audiências do rei no Castelo de Windsor. Ele sentou-se em seu trono ladeado por meu tio e Charles Brandon, duque de Suffolk, recém-perdoado e de volta à corte para assistir ao triunfo de Ana. Suffolk sorria de maneira tão amarga que parecia estar chupando limão, e meu tio dividido entre a alegria pela riqueza e prestígio de sua sobrinha e seu ódio crescente por sua arrogância.

Ana usava um vestido de veludo vermelho, guarnecido com pele branca de arminho. Seu cabelo, escuro e sedoso como a crina de um cavalo de corrida, estava solto sobre seus ombros, como uma garota no dia de seu casamento. Lady Mary, a filha do duque, segurava o manto cerimonial, e as outras damas de Ana — Jane Parker, eu, e mais uma dúzia —, vestidas com a nossa melhor roupa, a acompanhamos, ficando atrás em um silêncio servil, enquanto o rei prendia o manto cerimonial em volta de seus ombros e punha uma pequena coroa de ouro em sua cabeça.

No banquete, George e eu sentamos lado a lado e olhamos nossa irmã ao lado do rei.

Ele não perguntou se eu estava com inveja. A resposta era óbvia demais para merecer uma pergunta.

— Não conheço outra mulher que fosse capaz disso — disse ele. — Está decidida, exclusivamente, a ocupar o trono.

— Nunca quis isso — eu disse. — A única coisa que eu sempre quis, desde a infância, é não ser negligenciada.

— Bem, pode esquecer — disse George, com uma franqueza fraterna. — Agora será negligenciada pelo resto de sua vida. Nós dois seremos o mesmo que nada. Tudo o que eu conquistar será visto como um presente dela. E você nunca se comparará a ela. Ela é a única Bolena que o mundo conhecerá ou de que se lembrará. Você será um joão-ninguém para sempre.

Foi a expressão "joão-ninguém". Ao ouvi-la, a amargura me abandonou e sorri.

— Sabe, há uma certa alegria em ser um ninguém.

☙

Dançamos até tarde e, então, Ana mandou todas as damas de honra para a cama, menos eu.

— Vou estar com ele — disse ela.

Não precisou explicar o que queria dizer.

— Tem certeza? — perguntei. — Ainda não se casaram.

— Cranmer será nomeado a qualquer momento — disse ela. — Irei à França como sua consorte e Henrique insistiu para que me tratem como rainha. Deu-me o título de marquesa e terras, não posso continuar me recusando.

— Deus meu! Você quer! — de repente, compreendi a sua impaciência. — Você o ama, finalmente?

— Oh, não! — exclamou com impaciência, como se isso fosse irrelevante. — Mas o afastei durante tanto tempo, que ele está quase enlouquecendo, e eu também. Às vezes, fico tão excitada com o seu desejo, suas provocações e toques, que sou capaz de fazer isso com o cavalariço. E tenho a sua promessa, já posso me ver no trono. Quero fazer agora. Quero que seja hoje à noite.

Derramei água para ela na bacia e aqueci um lençol para que se enxugasse.

— O que vai usar?

— O vestido que usei para dançar — disse ela. — E a pequena coroa. Irei até ele como uma rainha.

— Seria melhor que George a levasse.

— Ele está vindo, já lhe contei.

Acabou de se lavar e se enxugou com o lençol. Seu corpo à luz do fogo e das velas era belo como o de um animal selvagem. Bateram à porta.

— Deixe-o entrar — disse ela.

Hesitei. Estava fechando a saia, mas exceto isso, estava nua.

— Vá — disse ela com obstinação.

Dei de ombros e abri a porta. George recuou com a visão de sua irmã, o cabelo escuro caindo sobre seus seios nus.

— Pode entrar — disse ela, sem se importar. — Estou quase pronta.

Ele lançou-me um olhar chocado e interrogativo e entrou. Deixou-se cair em uma cadeira ao lado do fogo.

Ana, segurando o corpete bordado sobre seus seios e barriga, virou-se para que ele atasse os cordões. Ele ficou em pé e passou os cordões pelos orifícios, cruzando-os. A cada inserção do cordão, sua mão roçava a pele dela, e a vi fechar os olhos de prazer com a carícia contínua. A expressão de George era sombria, cumpria sua ordem com uma carranca.

— Mais alguma coisa? — perguntou ele. — Quer que amarre seus sapatos? Dê lustre em suas botas?

— Não quer me tocar? — escarneceu ela. — Sou boa o bastante para o rei.

— É boa o bastante para o bordel — disse ele, brutalmente. — Ponha o manto, se vai mesmo vir.

— Mas *sou* desejável — disse ela, enfrentando-o.

George hesitou.

— Por que diabos me pergunta? Metade da corte babava hoje à noite. O que quer mais?

— Eu quero todo mundo — replicou ela, sem sorrir. — Quero que diga que sou a melhor, George. Quero que *você* diga isso aqui, na frente de Maria.

Ele deu seu risinho dissimulado.

— Oh, a velha rivalidade — disse ele bem devagar. — Ana, marquesa de Pembroke, você é a garota mais rica e desejável da família. Eclipsou nós dois com seu êxito. Em breve, vai eclipsar seus honrados pai e tio em termos de orgulho e posição. O que mais quer?

Ela tinha ficado afogueada com seu elogio, mas diante dessa pergunta, pareceu, de súbito, assustada, como se se recordasse das imprecações das peixeiras e os gritos de "Prostituta!" dos comerciantes do mercado.

— Quero que todo mundo saiba disso — disse ela.

— Posso levá-la ao rei? — perguntou George pragmaticamente.

Ana pôs a mão em seu braço e percebi que ele enrijeceu com a sua virada de cabeça e sorriso de lado.

— Não prefere me levar para o seu quarto?

— Se eu quisesse ser decapitado por incesto... sim.

Ela deu sua risada *sexy*.

— Muito bem. Ao rei. Mas lembre-se, George, você é meu cortesão, como qualquer outro.

Ele fez uma reverência e a conduziu para fora do quarto. Eu os ouvi atravessarem a sala de audiências e, então, descer a escada. Esperei até ouvir a porta ao pé da escada se fechar. Achei que a vontade de Ana de ser a primeira com todo mundo deveria ser realmente forte, já que tinha parado para atormentar seu irmão na noite em que se deitaria com o rei.

☙

Ela voltou ao raiar do dia, segurando seu manto apertado em volta do corpo, exatamente como eu fazia. George a trouxe e, juntos, a despimos e a colocamos na cama. Ela estava cansada demais para falar.

— Então, está feito — eu disse quando seus olhos se fecharam.

— Várias vezes, creio eu — disse ele. — Esperando do lado de fora, adormeci na cadeira, e fui despertado umas duas vezes pelos gritos e arquejos dos dois. Queira Deus que saia um herdeiro disso.

— E tem certeza de que ele se casará com ela? Não vai se cansar dela agora que a possuiu?

— Não antes de seis meses. E agora que ela também tem prazer e não precisa rechaçá-lo o tempo todo, talvez se torne mais doce com ele e, queira Deus, conosco também.

— Se for ainda mais doce com você, estará na sua cama tanto quanto na do rei.

George espreguiçou-se e bocejou, e sorriu com preguiça para mim.

— Ela estava excitada — disse ele. — E poderia ter descontado em qualquer um. Estava excitada e, depois de esfriar, queira Deus que tenha um bebê na barriga, uma aliança no dedo, e uma coroa na cabeça. *Vivat Ana*! E doa a quem doer... está feito.

☙

Deixei Ana dormindo e achei que veria William Stafford se fosse aos aposentos de meu tio a essa hora da manhã. O castelo estava agitado, as alamedas para a cozinha estavam apinhadas de carroças trazendo lenha e carvão da floresta, frutas e legumes do mercado, e carne, leite e queijo das fazendas. Nos aposentos de meu tio, a criadagem se alvoroçava tomando as providências para o dia que se iniciava. As criadas tinham acabado de varrer e limpar a sala de audiências e os ajudantes de cozinha estavam colocando a lenha na lareira e sopravam o borralho para acendê-la.

Os cavalheiros de meu tio estavam alojados em meia dúzia de pequenos quartos para além do salão, seus guardas dormiam na sala de guarda. William poderia estar em qualquer lugar. Atravessei a sala de audiências e cumprimentei com um movimento de cabeça dois cavalheiros que eu conhecia, e tentei parecer que estava querendo ver meu tio ou minha mãe.

A porta da câmara privada de meu tio abriu-se e George surgiu apressado.

— Oh, ótimo — disse ao me ver. — Ana ainda está dormindo?

— Estava quando a deixei.

— Vá acordá-la. Diga-lhe que o clero submeteu-se ao rei ou, pelo menos, parte significativa do clero que nos deu a vitória, mas Thomas More anunciou que abdicou de seu posto. O rei ficará sabendo durante a missa, quando receberá a carta de More, mas ela deve se precaver. O rei vai ficar ressentido.

— Thomas More? — repeti. — Mas achei que estava do nosso lado.

Meu irmão impacientou-se com a minha ignorância.

— Ele prometeu ao rei nunca comentar publicamente a dissolução do casamento. Mas está óbvio o que ele acha, não está? É advogado, um lógico, é improvável que se deixe convencer pela distorção da verdade que acontece em mil universidades na Europa.

— Mas ele não queria a reforma da Igreja? — perguntei. Não era a primeira vez que estava à deriva no mar da política, que era o elemento natural da minha família.

— Reforma, e não fazê-la em pedaços e que fosse presidida pelo rei — replicou rapidamente. — Quem, melhor do que Thomas More, para saber que o rei não se ajusta ao papel de Papa? Conhece-o desde pequeno. Nunca aceitaria Henrique como herdeiro de São Pedro — meu irmão deu uma risada breve. — É uma ideia absurda.

— Absurda? Achei que a apoiávamos.

— É claro que sim — disse ele. — Na medida em que significa que Henrique pode determinar seu próprio casamento, que pode se casar com Ana. Mas só um tolo acreditaria que isso pode se fundamentar na lei, na moralidade ou no bom-senso. Ouça, Maria, não se preocupe. Ana sabe disso tudo. Simplesmente vá, acorde-a e conte-lhe que More está abdicando e que o rei ficará sabendo nesta manhã, e que ela tem de ficar calma. Foi o que o meu tio disse. Ana tem de estar calma.

Virei-me para fazer o que mandou e, nesse exato instante, William Stafford entrou na sala meneando os ombros em seu gibão. Parou ao me ver, e fez uma reverência.

— Lady Carey — disse ele. Fez uma mesura a meu irmão. — Lord Rochford.

— Vá — mandou meu irmão e me empurrou de leve. Ignorou William. — Conte-lhe.

Não tive outra alternativa a não ser sair às pressas da sala sem nem mesmo tocar na mão de William e lhe desejar bom-dia.

cb

Ana e o rei ficaram fechados durante quase toda a manhã, considerando o que a abdicação de Thomas More significaria para eles. Meu pai e meu tio estavam com eles, e Cranmer e o secretário Cromwell, todos os homens ligados à causa de Ana, todos convictos de que o rei deveria assumir o poder e lucro da Igreja da Inglaterra. Ana e o rei apareceram para jantar, parecendo em grande harmonia, e ela sentou-se à sua direita, como se já fosse rainha.

Depois do jantar, os dois foram para a sua câmara privada e todo mundo foi dispensado. George ergueu a sobrancelha para mim com um leve sorriso e sussurrou:

— Contanto que resulte em um pequeno príncipe... hein, Maria? — em seguida, foi jogar cartas com Francis Weston e mais outros dois. Saí para o jardim, sentei-me ao sol e olhei o rio, o tempo todo sentindo falta de William Stafford.

Como se o tivesse chamado, ali surgiu ele, de repente, à minha frente.

— Estava me procurando, hoje de manhã? — perguntou.

— Não — repliquei, mentindo como uma boa cortesã. — Procurava meu irmão.

— De qualquer maneira, eu a procurava — disse ele. — E fico contente em encontrá-la. Muito contente, minha amada.

Movi-me no banco e indiquei que podia se sentar ao meu lado. No instante em que ficou tão perto, meu coração disparou. O seu perfume, aquele cheiro viril, doce e quente, que pairava ao redor de seu cabelo e de sua barba castanha macia. Peguei-me inclinando-me para o seu lado, e logo endireitei o corpo.

— Devo ir com seu tio a Calais — disse ele. — Talvez possa estar a seu serviço durante a viagem.

— Obrigada — eu disse.

Houve um breve silêncio.

— Lamento o que aconteceu no pátio das cavalariças — eu disse. — Tive medo que Ana nos visse juntos. Enquanto ela tiver a guarda de meu filho, não me atrevo a ofendê-la.

— Entendo — replicou William. — Foi no exato momento... em que segurei sua bota de montar. Eu não queria largá-la.

— Não posso ser sua amante — eu disse bem baixinho. — Claramente não.

Ele concordou com um movimento da cabeça.

— Mas estava procurando por mim hoje de manhã?

— Estava — sussurrei, finalmente com franqueza. — Não consegui ficar nem mais um minuto sem vê-lo.

— Fiquei de lá para cá neste jardim e à porta das câmaras da marquesa o dia todo, com esperança de vê-la — disse ele. — Fiquei por aqui durante tanto tempo que pensei em pegar uma pá e fazer alguma coisa útil enquanto esperava.

— Jardinar? — eu disse com uma risada ao pensar na cara de Ana se eu comunicasse que estava apaixonada pelo jardineiro. — Não ajuda muito.

— Não — replicou, também achando graça. — Fiquei rondando os quartos das mulheres como um alcoviteiro, o que é um pouco melhor. Maria, o que vamos fazer? Qual é o seu desejo?

— Não sei — repliquei, falando nada mais que a verdade. — Sinto como se estivesse passando por uma espécie de loucura e que se tivesse um amigo de verdade, ele me prenderia até ter passado.

— Acha que vai passar? — perguntou, como se fosse um ponto de vista interessante que não tivesse considerado.

— Oh, sim — eu disse. — É uma simples atração, não é? Só que aconteceu com nós dois ao mesmo tempo. Se tivesse me sentido atraída por você e não tivesse sido correspondida, eu andaria no mundo da lua e lhe lançaria olhares lânguidos por um tempo, e depois superaria.

Sorriu ao ouvir isso.

— Eu teria gostado. De qualquer maneira, não pode fazer isso?

— Vamos rir disso tudo mais tarde.

Esperei que contestasse. Na verdade, estava contando com que argumentasse que era um amor de verdade, um amor imortal, e que me convencesse de que eu deveria obedecer ao meu coração a qualquer preço.

Mas ele assentiu.

— Uma simples atração, então? Nada mais?

— Oh — eu disse surpresa.

William levantou-se.

— Em quanto tempo espera se recuperar? — perguntou em tom coloquial.

Levantei-me e fiquei perto dele. Sentia-me atraída como se cada osso do meu corpo precisasse de seu toque, independentemente do que minha boca dissesse.

— Pense um pouco — disse ele, com brandura. Sua boca estava tão perto do meu ouvido que sua respiração agitou o anel de cabelo que escapara de meu capelo. — Você poderia ser o meu amor, poderia ser a minha mulher. Poderíamos ter Catarina, não? Eles não a tirariam de você. E assim que Ana tiver seu próprio filho, lhe devolverá Henrique, o nosso menino.

— Ele não é o nosso menino — eu disse, mantendo o bom-senso com dificuldade, diante dessa torrente de persuasão em voz baixa.

— Quem lhe comprou seu primeiro pônei? Quem lhe fez seu primeiro barco a vela? Quem lhe ensinou a ver a hora pela posição do sol?

— Você — admiti. — Mas ninguém, além de você e eu, levaria isso em consideração.

— Talvez ele.

— Não passa de uma criança, não tem voz. E Catarina nunca terá voz ativa. Será mais uma garota Bolena que será mandada para onde quiserem que vá.

— Então, rompa o padrão por você, e salvaremos também as crianças. Não passe nem mais um dia sendo apenas a outra garota Bolena. Seja a Sra. Stafford, a única e amada Sra. Stafford, dona de seus campos e sua pequena casa de fazenda, e que está aprendendo a fazer queijo e depenar uma galinha.

Ri e ele imediatamente pegou minha mão e pressionou o polegar na palma. Sem querer, meus dedos se fecharam. Ficamos, por um momento, de mãos dadas, sob o sol quente e pensei, como uma garota apaixonada: "Isto é o paraíso."

Ouvimos passos e larguei a sua mão como se me queimasse, e me virei rapidamente. Graças a Deus, era George e não a espiã de sua mulher. Olhou do meu rosto enrubescido para a expressão impassível de William e ergueu a sobrancelha.

— Irmã?

— William acaba de me dizer que minha égua machucou a quartela — eu disse ao acaso.

— Apliquei-lhe um cataplasma — disse William rapidamente. — Lady Carey pode ter um dos cavalos do rei, enquanto Jesmond se recupera. Não levará mais de um ou dois dias.

— Ótimo — disse George. William fez uma mesura e nos deixou.

Deixei-o ir. Não tive coragem, nem mesmo sendo George, a quem confiaria qualquer outro segredo, de chamá-lo de volta. William se afastou, seus ombros um pouco tesos de ressentimento.

George acompanhou o meu olhar.

— Percebo certa lascívia na adorável Lady Carey, estou certo? — perguntou negligentemente.

— Pode ser — reconheci.

— Esse é o ninguém que não significa nada?

Sorri com pesar.

— Sim.

— Não — disse ele simplesmente. — Ana tem de estar imaculada até o dia de seu casamento, especialmente agora que se deita com o rei. Nós todos estamos expostos. Se sente atração por esse homem, reprima-a, minha irmã, pois até Ana se casar, temos de ser castos como anjos, e ela o serafim principal.

— Não sou do tipo que rolaria no feno com ele — protestei. — A minha reputação é tão boa quanto a de qualquer um. Certamente melhor do que a sua.

— Então mande-o parar de olhá-la como se quisesse comê-la viva — disse George. — O homem parece completamente estupidificado.

— Parece? — eu disse impulsivamente. — Oh, George, parece?

— Que Deus nos ajude — replicou ele. — Lenha na fogueira. Sim, receio que sim. Diga-lhe para guardar isso até Ana se casar e se tornar rainha da Inglaterra e, então, você escolherá quem quiser.

֍

Houve uma briga explosiva na câmara privada de Ana. George e eu, ao chegarmos de um passeio a cavalo, nos paralisamos na sala de audiências e olhamos em volta, os cavalheiros de Henrique e as damas de honra de Ana, todos mantendo a aparência perfeita de não estarem escutando, enquanto se esforçavam para não perder nem uma única palavra pela porta espessa. Ouvi o grito de raiva de Ana suplantando o som de descontentamento de Henrique.

— Do que adiantam para ela agora? Do quê? Ou ela virá à corte, de novo, para o Natal? Vai se sentar no meu lugar e serei rebaixada já que me possuiu?

— Ana, pelo amor de Deus!

— Não! Se me amasse, eu não precisaria ter pedido! Como posso ir à França sem usar as joias de rainha? O que significará você me levar à França como uma marquesa com nada mais do que um punhado de diamantes?

— São tudo menos um punhado...

— Não são as joias da coroa!

— Ana, algumas delas foram compradas para ela por meu pai, para o seu primeiro casamento, não têm nada a ver comigo...

— Têm tudo a ver com você! São joias da Inglaterra, dadas à rainha. Se vou ser rainha, tenho de tê-las. Se ela é a rainha, então pode ficar com elas. Escolha!

Todos ouvimos o berro irritado de Henrique.

— Pelo amor de Deus, mulher, o que tenho de fazer para agradá-la? Recebeu todas as honras que uma mulher poderia desejar! O que quer agora? Tirar-lhe o vestido? Tirar o capelo de sua cabeça?

— Tudo isso e mais! — gritou Ana de volta.

Henrique abriu a porta com força, todos nos pusemos a conversar com animação, assustados com a sua presença brusca, e então fizemos a reverência.

— Eu a verei no jantar — disse ele, gelidamente por cima do ombro, para Ana.

— Não verá não — disse ela bem alto. — Pois há muito terei partido. Jantarei na estrada e comerei o desjejum em Hever. Não me tratará com desdém.

Virou-se imediatamente para ela e a porta oscilou atrás dele. Todos nos esforçamos para ouvir o que não podíamos ver.

— Não vai me deixar.

— Não serei meia rainha — disse ela com veemência. — Ou terá a mim por inteiro ou não terá. Ou me ama ou não me ama. Ou serei toda sua ou não serei de ninguém. Não terei meias medidas com você, Henrique.

Ouvimos o farfalhar de seu vestido quando ele a apertou contra si e seu suspiro de deleite.

— Terá todos os diamantes da Torre, terá os diamantes dela e também seu barco — prometeu ele, com a voz rouca. — Terá o desejo do seu coração, já que me deu o meu.

George se adiantou e fechou a porta.

— Alguém quer jogar cartas? — perguntou animado. — Acho que teremos de esperar por algum tempo.

Houve uma agitação de risadas contidas e alguém conseguiu dois baralhos e, outro, dois dados. Mandei o pajem chamar correndo os músicos, para que fizessem um barulho que abafasse quaisquer suspiros indiscretos que viessem da câmara privada de Ana. Ocupei-me da melhor maneira possível em garantir que a corte se entretivesse enquanto minha irmã e o rei faziam amor. Fiz tudo o que podia, de modo que não tive tempo para pensar na rainha e sua mudança para uma casa menos confortável, sabendo por um mensageiro do rei que ela tinha sido obrigada a entregar as joias reais, seus anéis, pulseiras e colares, e cada prova de amor que ele lhe dera, porque minha irmã queria usá-los na França.

ॐ

Foi uma expedição enorme, a maior já empreendida pela corte de Henrique desde a viagem a Field of the Cloth of Gold.* E foi, em todos os aspectos, tão extravagante e ostentosa quanto o evento lendário tinha sido. Tinha de ser

---

*Local do encontro histórico entre os reis Francis I, da França, e Henrique VIII, de 7 a 24 de junho de 1520, com o objetivo de aprofundar os laços entre os dois países. (N. do E.)

— Ana estava determinada a sobrepujar tudo o que Catarina tinha visto e feito. Portanto, atravessamos a Inglaterra de Hanbury a Dover, como imperadores. Soldados montados nos precederam para afastar da estrada qualquer descontentamento. Mas a importância da expedição e o número de cavalos, carruagens, carroças, soldados, guarda pessoal, criados, vivandeiros e a beleza das damas a cavalo e seus acompanhantes assombrou a maior parte da região rural, deixando-a em um silêncio perplexo.

ൠ

A travessia do Canal foi tranquila. As damas foram para baixo, Ana retirou-se a seu camarote e dormiu quase toda a viagem. Os cavaleiros estavam no convés, abrigados em seus mantos de montaria, atentos a outros navios no horizonte, partilhando jarras de vinho quente. Subi ao tombadilho e apoiei-me na amurada. Observei o movimento das ondas rolando para baixo da proa e ouvi o estalar do madeiramento.

Uma mão quente cobriu a minha, gelada.

— Está se sentindo bem? — William Stafford sussurrou em meu ouvido. — Não está nauseada?

Virei-me para ele e sorri.

— De jeito nenhum, graças a Deus. Todos os marinheiros dizem que é uma travessia tranquila.

— Queira Deus que seja assim — disse ele com veemência.

— Oh! Meu cavaleiro errante! Não me diga que está nauseado.

— Um pouco — replicou defensivamente.

Quis tomá-lo em meus braços. Por um momento, pensei no teste de amor ao descobrirmos que nosso amado não é perfeito. Nunca pensei que me sentiria atraída por um homem que sofria de enjoo do mar, e no entanto, ali estava eu, desejando buscar vinho temperado para ele e aquecê-lo.

— Venha sentar-se — relanceei os olhos em volta. Passávamos tão despercebidos quanto qualquer um passaria nessa corte que era um manancial de mexericos e difamação. Levei-o a uma pilha de velas enroladas e o acomodei contra o mastro, de modo que pudesse se recostar. Apertei seu manto à sua volta com o mesmo cuidado que dispensaria ao meu filho Henrique.

— Não me deixe — disse ele, com uma voz tão queixosa que, por um instante, achei que estava brincando comigo, mas sua expressão era de uma inocência tão límpida que toquei sua face com meus dedos frios.

— Só vou buscar um pouco de vinho quente para nós — fui à cozinha, onde esquentavam vinho e *ale* e serviam nacos de pão. Quando voltei, William se ergueu de modo que eu pudesse me sentar ao seu lado. Segurei o copo enquanto ele comia o pão, depois dividimos o vinho, gole por gole.

— Está melhor?

— É claro que sim. Posso fazer alguma coisa por você?

— Não, não — repliquei rapidamente. — Fico feliz que esteja melhor. Quer que eu busque mais vinho?

— Não — disse ele. — Obrigado. Acho que gostaria de dormir.

— Consegue dormir encostado no mastro?

— Não, acho que não.

— E se deitar na vela?

— Acho que rolaria.

Relanceei os olhos em volta. Quase todo mundo tinha se dirigido a sotavento e estava ou cochilando ou jogando. Estávamos praticamente a sós.

— Devo segurá-lo?

— Eu gostaria — disse ele baixinho, como se estivesse mal demais para falar.

Trocamos de lugar, fiquei encostada no mastro e ele pôs sua cabeça querida, de cabelo encaracolado, em meu colo, os braços em volta da minha cintura, e fechou os olhos.

Fiquei ali, acariciando seu cabelo e admirando a maciez de sua barba castanha e o roçar de suas pestanas na maçã de seu rosto. Sua cabeça estava quente e pesada em meu colo, seus braços apertados em volta da minha cintura. Senti aquela total satisfação que sempre sentia quando estávamos perto um do outro. Era como se o meu corpo tivesse ansiado por ele a vida inteira, independentemente de em que minha mente estivesse pensando, e que, por fim, o tivesse para mim.

Joguei a cabeça para trás e senti o ar marinho frio nas maçãs de meu rosto. O balanço do barco era soporífero, o rangido emudecido e o silêncio do vento nas escotas e nas velas. O ruído foi se enfraquecendo cada vez mais até eu adormecer.

Despertei com o calor de seu toque, sua cabeça se aninhando na minha virilha, esfregando-se em minhas coxas, suas mãos explorando dentro do meu manto, acariciando meus braços, minha cintura, meu pescoço, meus seios. Quando, sonolenta, abri os olhos a essa sensação, ele ergueu a cabeça e beijou meu pescoço nu, minha bochecha, minhas pálpebras e, depois, apaixonadamente, minha boca. Sua boca era quente e doce e vagarosa, sua língua deslizou entre meus lábios e me excitou. Senti vontade de comê-lo, de bebê-lo, quis que me beijasse e me derrubasse na prancha do convés e me possuísse ali, naquele instante, e nunca mais me soltasse.

Quando afrouxou a força da sua mão e fez menção de me largar, fui eu que pus minhas mãos atrás de sua cabeça e puxei sua boca, de novo, para a minha, foi o meu desejo que nos fez prosseguir, não o seu.

— Tem uma cabine? Uma cama? Algum lugar aonde irmos? — perguntou-me ofegando.

— As damas ocupam toda a acomodação e cedi minha cama.

Emitiu um gemido de desejo frustrado, em seguida passou a mão pelo cabelo e riu de si mesmo.

— Deus meu! Pareço um pajem perplexo com uma xoxota! — disse ele.
— Estou trêmulo de desejo.

— Eu também. Oh, Deus! Eu também — eu disse.

William levantou-se.

— Espere aqui — ordenou, e desapareceu. Voltou com um copo de *ale* que me ofereceu primeiro, e depois bebeu, ele mesmo, um grande gole.

— Maria, temos de nos casar — disse ele. — Ou será a única responsável por eu enlouquecer.

Ri.

— Oh, meu amor.

— Sim, sou — disse ele com ardor.

— É o quê?

— Sou o seu amor. Repita.

Por um momento achei que poderia recusar, mas estava farta de negar a verdade.

— Meu amor.

Sorriu como se isso fosse o bastante, por enquanto.

— Venha cá — disse ele, abrindo seu manto como uma asa e me levando à amurada. Obedientemente, fui para o seu lado, ele pôs o braço e seu manto quente de montaria em volta dos meus ombros, e me segurou bem perto de si. Sob o abrigo de seu manto, deslizei minha mão ao redor de sua cintura e, só com as gaivotas como testemunhas, descansei a cabeça em seu ombro, e ficamos assim, balançando, quadril com quadril, ao movimento do navio por um longo e tranquilo tempo.

— E lá está a França — disse ele, finalmente.

Olhei em frente e vi a forma escura da terra e, gradativamente, o cais e os mastros dos barcos, os muros e o castelo da fortaleza inglesa de Calais.

Com relutância, ele me soltou.

— Eu a encontrarei assim que nos instalarmos.

— Eu o procurarei.

Separamo-nos. Pessoas vieram para o convés, admirando-se da tranquilidade da travessia e olhando para o istmo que se estreitava cada vez mais até Calais.

— Sente-se bem, agora? — perguntei, afastada dele, sentindo a frieza de minha vida cotidiana tomar o lugar da intimidade apaixonada.

Por um momento, William teve a elegância de parecer confuso.

— Oh, o meu enjoo do mar. Tinha me esquecido.

De súbito, me dei conta de que tinha sido enganada.

— Você não se sentiu mal? Não! Não se sentiu! Foi tudo um truque para eu me sentar ao seu lado, abraçá-lo enquanto dormia.

Ficou deliciosamente envergonhado e deixou a cabeça cair como um menino repreendido, e então vi seu sorriso radiante.

— Mas me diga, minha Lady Carey — desafiou-me. — Teve as seis horas mais felizes de sua vida? Ou não?

Contive a língua. Parei e pensei. Devia ter havido em minha vida uma dúzia de momentos felizes. Tinha sido a amada de um rei, tinha sido reivindicada por um marido amoroso e tinha sido a irmã mais bem-sucedida em anos. Mas as seis horas mais felizes?

— Sim — repliquei simplesmente, consentindo-lhe tudo. — Essas foram as seis horas mais felizes da minha vida.

C3

Atracamos em um cais ruidoso e agitado. O capitão do porto, os marinheiros e estivadores vieram ver o rei e Ana desembarcarem e os saudarem quando pisassem solo inglês na França. Em seguida, todos subimos para assistir à missa na capela de St. Nicholas, com o governador de Calais, que fez muito estardalhaço, tratando Ana como se já tivesse sido coroada rainha. Porém, independentemente do que o governador dissesse e fizesse para acalmá-la na sua busca ansiosa de afirmação, o rei da França não era tão submisso e Henrique teve que deixar Ana em Calais, quando foi se encontrar com Francis.

— Como é tolo — Ana resmungou, olhando, pela janela do Castelo de Calais, Henrique cavalgando à frente de sua guarda pessoal sem seu chapéu para curvar a cabeça em reverência à multidão, virando-se, depois, em sua sela, para acenar para o castelo, na esperança de que ela o estivesse observando.

— Por quê?

— Devia ter sabido que a rainha da França não se encontraria comigo. Ela é uma princesa espanhola, como Catarina. Assim permitiu que a rainha de Navarra também se recusasse a me ver. Não deveria ter-lhe perguntado, pois isso lhe deu a chance de se recusar.

— Ela disse por que não? Sempre foi tão gentil conosco, quando éramos pequenas.

— Disse que o meu comportamento era um escândalo — replicou Ana concisamente. — Deus meu, como essas mulheres dão-se ares de grande importância quando estão casadas e seguras. Até parece que nenhuma delas lutou para pegar um marido.

— Então, não vamos ver o rei Francis?

— Não podemos encontrá-lo oficialmente — disse Ana. — Não há nenhuma mulher para me receber — bateu os dedos no peitoril da janela. — Catarina foi recebida pela rainha da França em pessoa, e todos contam como foram amáveis uma com a outra.

— Bem, você ainda não é a rainha, como sabe — falei imprudentemente. O olhar que me lançou foi como gelo.

— Sim — replicou. — Eu sei. Tenho notado isso nos últimos seis anos. Tive pouco tempo para tomar consciência, obrigada. Mas serei. E quando voltar à França como rainha, farei com que lamente ter me insultado, e quando Margarida de Navarra tentar casar suas filhas com meus filhos, não me esquecerei de que me chamou de um escândalo — olhou duro para mim. — E não me esquecerei de que você está sempre pronta a me lembrar de que ainda não sou rainha.

— Ana, eu só estava dizendo...

— Portanto devia ficar calada e tentar pensar antes de falar — vociferou.

☙

Henrique convidou o rei Francis da França ao forte inglês de Calais e, durante dois dias, nós, damas de honra, com Ana na frente, tivemos de nos contentar em espiar, pela janela do castelo, o rei francês, avistando, de sua lendária bela aparência, nada além de seu cocuruto. Esperei que Ana ficasse em estado de fúria absoluta por ter sido excluída, mas mostrou-se sorridente e reservada, e toda noite, quando Henrique vinha ao seu quarto, era recebido com um humor tão agradável, que tive certeza de que ela estava planejando alguma coisa.

Ela nos pôs para ensaiar uma dança especial que seria conduzida por ela, e depois incluiria todos os comensais sentados, que seriam chamados a dançar conosco. Era óbvio que estava planejando penetrar no banquete do rei com o rei da França e dançar com ele.

Algumas das damas mais jovens se perguntavam como ela se atrevia a contrariar as convenções, mas eu sabia que Henrique aprovaria seus planos. A sua surpresa quando ela entrasse seria tanto uma contrafação quanto a perplexidade que a rainha Catarina tinha aprendido a demonstrar quando seu marido entrava em seus aposentos com seus disfarces. Senti-me velha e cansada do mundo ao pensar em como tínhamos fingido durante anos não reconhecê-lo e agora Ana jogaria os mesmos jogos, e a corte continuaria tendo de admirá-los.

Apesar das exigências de eu cavalgar com Ana de manhã e dançar, com ela e as damas de honra, à tarde, achava tempo ao meio-dia para andar pelas ruas de Calais e, em uma pequena cervejaria, me encontrar com William Stafford. Ele me punha para dentro, longe dos olhares curiosos nas ruas, e colocava uma caneca de *ale* à minha frente.

— Tudo bem, meu amor? — me perguntava.

Eu sorria para ele.

— Sim. E com você?

Ele assentia com a cabeça.

— Amanhã, terei de sair com seu tio. Soube de alguns cavalos que podem lhe interessar. Mas os preços são absurdos. Cada fazendeiro francês está decidido a espoliar um lorde inglês nesta temporada, com medo de que nunca mais voltemos.

— Ele disse que talvez o fizesse treinador de seu cavalo. Isso seria muito bom para nós, não? — eu disse ansiosamente. — Ficaria mais fácil nos vermos se se encarregasse de meu cavalo, e poderíamos cavalgar juntos.

— E nos casarmos, é claro — disse ele, mexendo comigo. — O seu tio ficaria encantado se seu mestre de cavalos se casasse com a sua sobrinha. Não, meu amor, não acho que seria uma coisa boa para nós — tocou minha face.

— Não quero vê-la todos os dias por acaso. Quero vê-la todo dia e noite porque somos casados e vivemos na mesma casa.

Fiquei calada.

— Vou esperar por você — disse ele baixinho. — Sei que ainda não está pronta.

Olhei para ele.

— Não é que não o ame. São as crianças e a minha família, e Ana. Mais do que tudo, é Ana. Não sei como deixá-la.

— Por que ela precisa de você? — perguntou surpreso.

Dei uma risada.

— Deus meu! Não! Porque ela não me deixará ir. Precisa que eu esteja perto, para que saiba que está segura — interrompi-me sem saber como lhe explicar a longa e determinada rivalidade entre nós duas. — Qualquer triunfo seu é reduzido pela metade, se eu não estiver lá para vê-lo. E tudo o que dá errado para mim, qualquer desprezo ou humilhação, ela percebe rapidamente, e é ainda mais rápida em se vingar. Oh! Mas no fundo do seu coração, está cantando de júbilo por saber que sofri um golpe.

— Ela parece um demônio — disse ele, leal a mim.

Dei um risinho.

— Gostaria de concordar — admiti. — Mas na verdade, é o mesmo comigo. Tenho tanta inveja dela quanto ela de mim. Mas a vi subir e subir. Nunca farei melhor do que ela agora. Passei a aceitar esse fato. Sei que ela conquistou e prendeu o rei, do que eu não fui capaz. Mas também sei que, na verdade, eu não queria. Depois de ter o meu filho, tudo o que eu queria era estar com meus dois filhos, longe da corte. O rei é tão...

— Tão? — incitou.

— É tão desejoso. Não somente de amor, mas de tudo. É como uma criança, e quando tive uma criança, uma criança de verdade, descobri que não tinha paciência com um homem que queria ser distraído como uma criança. Quando percebi que o rei Henrique era tão egoísta quanto seu próprio filhinho, deixei de amá-lo. Só conseguia olhar para ele com impaciência.

— Mas não o deixou.

— Não se deixa o rei. É ele que nos deixa.

William balançou a cabeça, reconhecendo a verdade disso.

— Mas quando ele me deixou por Ana, o perdi sem lamentar. E hoje, quando danço ou janto ou caminho e converso com ele, cumpro meu papel de cortesã. Deixo que pense que é o homem mais encantador do mundo, e olho para ele, sorrio, e lhe dou todos os motivos para acreditar que ainda estou apaixonada por ele.

O braço de William envolveu minha cintura e me segurou com força.

— Mas não está — especificou.

— Solte-me — sussurrei. — Está me apertando com muita força.

Apertou um pouco mais.

— Oh, está bem — eu disse. — Não, é claro que não. Estou cumprindo a minha missão como garota Bolena, como uma cortesã Howard. É claro que não o amo.

— E não ama ninguém? — perguntou negligentemente, apertando mais forte.

— Ninguém — repliquei, provocando-o.

Um dedo sob meu queixo forçou-me a levantar o rosto e seus olhos castanhos e brilhantes me examinaram como ele visse minha alma.

— Um ninguém — acrescentei.

Seu beijo foi tão leve em minha boca quanto o roçar de uma pena quente.

☙

Nessa noite, Henrique e Francis tiveram um jantar privativo em Staple Hall. As damas de honra, com Ana à frente, escaparam do castelo, com os mantos sobre os vestidos finos e os capuzes cobrindo o penteado. Reunimo-nos na sala do lado de fora da câmara, tiramos o manto e ajudamos umas às outras a vestir as túnicas e máscaras douradas, e os capuzes também dourados. Não havia nenhum espelho na sala, de modo que não pude ver como estava, mas as outras à minha volta reluziam ouro, e eu sabia que também brilhava. Ana, em particular, seus olhos escuros reluzindo nas frestas da máscara dourada com a forma de um falcão, parecia magnífica e selvagem, seu cabelo escuro caindo nos ombros sob o véu dourado do capuz.

Esperamos o sinal e, então, entramos para dançar. Henrique e o rei Francis não tiraram os olhos dela. Dancei com Sir Francis Weston, que sussurrou propostas espantosas em meu ouvido, em francês, sob o pretexto óbvio de que pensava que eu era uma dama francesa que receberia de bom grado esses convites, e vi George escolhendo outra dama, com pressa de evitar ter de dançar com sua mulher.

A dança terminou, Henrique virou-se para uma das dançarinas e tirou seu véu, depois, prosseguiu, formalmente, retirando a máscara de cada uma das damas, até finalmente, retirar a de Ana.

— Ah, a marquesa de Pembroke — disse o rei Francis, demonstrando surpresa. — Quando a conheci, era a Srta. Ana Bolena, a garota mais bonita da minha corte então, assim como é a mulher mais bela da corte do meu amigo Henrique.

Ana sorriu e virou a cabeça para Henrique e sorriu para ele.

— Houve uma única garota que podia se comparar à sua beleza, a outra garota Bolena — disse o rei Francis, procurando por mim. O momento de triunfo de Ana dissolveu-se abruptamente, e ela fez um sinal para que eu avançasse como se desejasse estar me mostrando o cadafalso.

— Minha irmã, Majestade — disse ela. — Lady Carey.

Francis beijou minha mão.

— *Enchanté* — sussurrou sedutoramente.

— Vamos dançar de novo! — disse Ana de repente, irritada como eu sabia que estaria com qualquer atenção dispensada a mim. Imediatamente, os músicos tocaram um acorde e, o restante da noite, a corte se divertiu e todos se esforçaram ao máximo para que Ana ficasse feliz.

༺ ༻

Essa noite encerrou a visita formal à França e passamos o dia seguinte nos preparando para a viagem de volta. O vento estava contrário e tivemos de permanecer em Calais, mandando perguntar toda manhã ao capitão do navio se poderia zarpar naquele dia ou no dia seguinte. Ana e Henrique caçaram e se entretiveram tão bem quanto se estivessem na Inglaterra, na verdade, melhor ainda, pois não havia ninguém para vaiá-la na rua, ou gritar-lhe "prostituta!" quando ela passava a cavalo. E com o atraso, eu e William ficamos livres para nos ver.

Cavalgávamos toda tarde em uma praia na parte oeste da cidade, que se estendia até onde a vista alcançava. Às vezes, os cavalos partiam a galope na areia dura à beira da água, e afrouxávamos as rédeas. Depois, seguíamos para as dunas, e William me tirava da sela, abria seu manto no chão, e nos deitávamos, abraçados, nos beijando com sussurros, até eu quase chorar de desejo.

Houve muitas tardes em que me senti tentada a desatar os cordões de sua calça e deixar que me possuísse, sem cerimônia, como uma camponesa sob o sol sedutor, com somente os gritos das gaivotas nos distraindo. Ele me beijava até machucar minha boca, meus lábios incharem e racharem, e à noite, quando tinha de jantar sem ele, com as outras damas, ao tocar com meus lábios o copo frio para beber, continuava a sentir os machucados causados por sua mordida apaixonada. Ele tocava em todas as partes do meu corpo, sem pejo. Seus dedos desatavam meu corpete nas costas para que escorregasse até meus quadris, e acariciava meus seios nus. Curvava sua cabeça de cabelo castanho e me sugava até eu gritar de prazer, e achar que o prazer cresceria até eu não mais suportá-lo nem por um momento. Então, afundava a cabeça em minha barriga e mordia meu umbigo com força, de modo que eu me retraísse com dor e o empurrasse, e pensasse que estava gritando e lutando, em vez de suspirando.

Abrigava-se com meu manto e ficava deitado ao meu lado, sem se mover, por longos momentos, até minha fome dele se arrefecer um pouco. Então, me virava e encostava seu corpo esguio em minhas costas, soltava meu cabelo e o levantava, de modo que pudesse mordiscar minha nuca e se comprimir contra mim. Eu sentia a dureza de seu membro apesar de meu vestido e anágua, e sabia que eu pressionava de volta como uma prostituta, como se lhe implorasse que completasse o ato, e o fizesse sem a minha permissão, pois eu não podia dizer "sim". E só Deus sabia como não diria "não".

Ele se arremessava contra mim, e eu respondia com mais pressão, ansiando pelo que aconteceria em seguida. Seu movimento se tornava mais rápido e eu me excitava até chegar a um ponto em que não podia mais parar, quisesse ou não — e então, antes de eu ter alcançado o meu prazer, antes de quase tocar pele com pele, fazia uma pausa, dava um suspiro e de novo se deitava ao meu lado. Puxava-me e beijava minhas pálpebras, e me abraçava até eu parar de tremer.

Todos os dias em que o vento soprou na direção da terra e os navios permaneceram ancorados, cavalgamos para as dunas e fizemos amor, que não era fazer amor, mas sim o namoro mais apaixonado. E todo dia, eu torcia, contra a vontade, que fosse o dia em que eu sussurraria "sim" ou que ele me forçaria a isso. Mas todo dia, ele parava um minuto, um segundo antes de eu consentir, e me envolvia em seus braços e me confortava, como se eu sofresse de dor e não de desejo — e houve muitos dias em que eu não saberia distinguir um do outro.

No décimo segundo dia, quando puxávamos os cavalos das dunas em direção à praia, William, de súbito, se deteve e olhou para cima.

— O vento mudou.

— O quê? — perguntei, de maneira idiota. Ainda estava tonta de prazer. Não sabia nem que existia um vento. Mal tinha consciência da areia sob minhas botas de montar, da arrebentação na praia, do calor do sol quente da tardinha em minha bochecha esquerda.

— Está soprando da terra — respondeu. — Poderão zarpar.

Descansei a mão no pescoço de meu cavalo.

— Zarpar? — repeti.

Virou-se e viu minha cara de espanto, e riu para mim.

— Oh, meu coração, você está longe, não está? Lembra-se de que não partimos para a Inglaterra porque o vento não era favorável? Pois é. O vento mudou. Vamos partir amanhã.

As palavras, por fim, foram entendidas.

— E o que vamos fazer?

Pôs as rédeas de seu cavalo em volta do braço e aproximou-se do meu, para me erguer para a sela.

— Zarpar, suponho — pôs as mãos em concha sob minha bota e me lançou na sela. Reconheci, em meu corpo, a dor do desejo não satisfeito, de mais desejo, de mais um dia de desejo, o décimo segundo dia de desejo insatisfeito.

— E depois? — insisti. — Não podemos nos encontrar assim em Greenwich.

— Não — concordou, divertido.

— Como vamos nos encontrar?

— Poderá me ver no pátio das cavalariças, ou a procurarei no jardim. Sempre conseguimos, não? — montou em seu cavalo, com leveza. Não estava tremendo como eu.

Eu não encontrei as palavras certas.

— Não quero vê-lo dessa maneira.

William ajustou a correia do estribo, franzindo o cenho ligeiramente, depois aprumou o corpo e me lançou um sorriso cortês, e distante.

— Posso escoltá-la a Hever no verão — ofereceu-se.

— Faltam sete meses! — exclamei.

— Sim.

Aproximei meu cavalo do dele, não acreditava na sua indiferença.

— Não quer me encontrar todas as tardes?

— Sabe que quero.

— Então, como vai ser?

Deu-me um sorriso de certa maneira provocador.

— Acho que não poderá ser — disse ele gentilmente. — Há muitos inimigos dos Howard que logo a acusariam de comportar-se levianamente. Há espiões demais no séquito de seu tio, para que eu não seja descoberto em pouco tempo. Temos tido sorte, tivemos doze dias e foi muito bom. Mas não acho que se repetirão na Inglaterra.

— Oh.

Virei a cabeça de minha égua e senti o sol aquecer minhas costas. As ondas quebravam na praia e o animal, agitando-se um pouco, contraía-se ligeiramente, quando borrifavam seus machinhos e joelhos. Eu não consegui aquietá-la, não conseguia me controlar.

— Acho que não poderei continuar servindo a seu tio — William emparelhou seu cavalo com o meu.

— O quê?

— Acho que irei para a fazenda e experimentarei ser fazendeiro. Está tudo lá, me aguardando. Estou cansado da corte. Não me ajusto a essa vida. Sou muito independente para servir a um senhor, mesmo de uma família importante como a sua.

Endireitei, um pouco, meu corpo. O orgulho Howard ajudou. Pus os ombros para trás e levantei o queixo.

— Como quiser — eu disse, tão fria quanto ele.

Ele assentiu com a cabeça e atrasou um pouco seu cavalo. Dirigimo-nos aos muros da cidade como uma dama e sua escolta. Os amantes arrebatados das dunas tinham ficado para trás, agora éramos a garota Bolena e o homem dos Howard retornando à corte.

A porta da fortaleza continuava aberta, ainda não tinha escurecido, e cavalgamos lado a lado pelas ruas calçadas de pedras até o castelo. Os portões estavam abertos, a ponte baixada, fomos direto para o pátio das cavalariças.

Havia homens lavando os cavalos e os enxugando com tufos de palha. O rei e Ana tinham retornado meia hora antes, e seus cavalos estavam sendo conduzidos de modo que esfriassem antes de serem alimentados e lavados. Não havia espaço para uma conversa privada.

William tirou-me da sela, e com o toque de suas mãos em minha cintura, seu corpo contra o meu, fui tomada de um desejo repentino e ardente por ele, tão intenso que dei um gritinho de dor.

— Está bem? — perguntou, pondo-me no chão.

— Não! — repliquei furiosa. — Não estou bem. Sabe que não estou.

Por um instante, também ele perdeu a serenidade. Pegou minha mão e me puxou de maneira grosseira para si.

— Está se sentindo agora como venho me sentindo há meses — disse com a voz baixa e apaixonada. — Sente-se agora como me sinto dia e noite desde que a vi pela primeira vez, e como espero continuar me sentindo pelo resto da minha vida. Pense nisso, Maria. E me procure. Mande me chamar quando souber que não pode viver sem mim.

Torci minha mão e a soltei dele e me afastei. Esperei que viesse atrás de mim, mas não veio. Andei tão devagar, que se ele tivesse sussurrado meu nome, eu teria escutado, e me virado. Afastei-me, embora meus pés se arrastassem a cada passo. Atravessei a arcada para a porta do castelo, embora cada polegada do meu corpo gritasse que queria ficar com ele.

☙

Quis ir para o meu quarto e chorar, mas quando entrei no salão, George levantou-se de uma cadeira e disse:

— Estava esperando por você. Por onde andava?

— Cavalgava — respondi simplesmente.

— Com William Stafford — acusou-me.

Viu meus olhos vermelhos e o tremor de minha boca.

— Sim. E daí?

— Oh, Deus — disse George, com simpatia. — Meu Deus, não, sua putinha tola. Vá se lavar e tirar essa expressão da cara. Qualquer um pode adivinhar o que andou fazendo.

— Não fiz nada! — exclamei com uma veemência repentina. — Nada! E me fez muito bem!

Hesitou.

— Não faz diferença. Apresse-se.

Fui para o quarto e joguei água nos olhos e esfreguei o rosto com uma toalha. Quando entrei na sala de audiências de Ana, havia meia dúzia de damas jogando cartas, e George esperando, muito sombrio, no vão da janela.

Relanceou os olhos, prudentemente, pela sala, pôs minha mão em seu braço e me conduziu à galeria de retratos que ocupava a extensão do salão, mas que estava vazia nessa hora do dia.

— Foram vistos — disse ele. — Não achava que se sairia disso ilesa, achava?

— Disso o quê?

Ele se interrompeu, olhou para mim com uma gravidade que nunca vira antes.

— Não seja insolente — advertiu. — Foi vista saindo das dunas com a cabeça em seu ombro e a mão dele ao redor de sua cintura, seu cabelo solto ao vento. Não sabe que tio Howard tem espiões em toda parte? Não achou que fatalmente seriam descobertos?

— O que vai acontecer? — perguntei, com medo.

— Nada, se parar por aqui. Por isso sou eu que a estou avisando e não nosso tio ou nosso pai. Eles não querem saber. Até onde diz respeito a você, eles não sabem. Fica somente entre mim e você, e não precisa ir adiante.

— Eu o amo, George — eu disse calmamente.

Baixou a cabeça e percorreu a galeria, me arrastando pela mão em seu braço.

— Isso não faz a menor diferença para pessoas como nós. Você sabe disso.

— Não durmo, não como, não faço outra coisa a não ser pensar nele. À noite, sonho com ele, passo o dia esperando para vê-lo, e quando o vejo, o meu coração se agita e penso que vou desmaiar de desejo.

— E ele? — perguntou George, envolvendo-se contra a vontade.

Virei a cabeça para que não visse a dor repentina em meu rosto.

— Achava que sentia o mesmo. Mas hoje, quando o vento mudou, ele disse que retornaríamos à Inglaterra e que não poderíamos nos ver como nos víamos na França.

— Bem, ele tem razão — disse George, brutalmente. — E se Ana tivesse feito o seu trabalho, nem você nem meia dúzia de outras damas teria ficado à toa na França, flertando com homens de seu séquito.

— Não é isso — irritei-me. — Ele não é um homem do meu séquito. Ele é o homem que eu amo.

— Lembra-se de Henry Percy? — perguntou de repente.

— É claro.

— Estava apaixonado. Mais do que isso, estava noivo, mais do que isso, casou-se. E isso o salvou? Não. Enfurnou-se em Northumberland, casado com uma mulher que o detesta, ainda apaixonado, inconsolável, desesperançado. Pode escolher. Ou se apaixona e fica inconsolável, ou tira o melhor proveito que puder disso.

— Como você? — eu disse.

— Como eu — replicou inflexivelmente. Involuntariamente, seu olhar dirigiu-se ao extremo da galeria onde Sir Francis Weston estava inclinado sobre o ombro de Ana, acompanhando uma pauta de música. Sir Francis percebeu nosso olhar e ergueu os olhos. Pela primeira vez se esqueceu de sorrir para mim, olhou para meu irmão e houve uma profunda intimidade nesse olhar.

— Nunca obedeço ao meu desejo, nunca o consulto — disse George implacável. — Coloquei minha família em primeiro lugar, o que me custa uma pulsação do meu coração a cada dia de minha vida. Não faço nada que possa causar a Ana um constrangimento. Nós, os Howard, não temos direito ao amor. Antes de mais nada, somos cortesãos. Nossa vida é na corte. E o amor verdadeiro não tem lugar na corte.

Sir Francis deu um breve sorriso distante quando George não o reconheceu, e voltou sua atenção à música.

George apertou meus dedos frios em seu braço.

— Tem de parar de vê-lo — disse ele. — Tem de dar a sua palavra de honra.

— Não posso dar palavra de honra, pois não tenho honra — eu disse friamente. — Fui casada e traí meu marido com o rei. Voltei para ele e ele morreu antes de eu ter a chance de lhe dizer que poderia amá-lo. E agora, quando encontro um homem a quem me entregaria de corpo e alma, você pede que eu dê minha palavra de honra de que não o verei mais. E eu dou. Honra. Não restou honra em nós três Bolena, nenhuma.

— Bravo — disse George. Pegou-me em seus braços e me beijou na boca. — E coração partido lhe assenta bem. Está deliciosa.

☙

Zarpamos no dia seguinte. Procurei William no convés e quando o vi, ele tendo o cuidado de não olhar para mim, desci com as outras damas e me enrosquei em uma toca de almofadas. Mais que tudo, eu queria dormir a metade do ano que restava até ir a Hever ver meus filhos.

Inverno de 1532

A corte celebrou o Natal em Westminster e Ana foi o centro de toda a atividade. O mestre de folias encenou uma mascarada atrás da outra, com ela sendo aclamada rainha da Paz, rainha do Inverno, rainha do Natal. Foi chamada de tudo, menos de rainha da Inglaterra, e todos sabiam que o título se seguiria muito em breve. Henrique levou-a à Torre de Londres e ela teve o melhor do tesouro da Inglaterra, como se fosse uma princesa de sangue azul.

Agora, os aposentos dela e de Henrique eram contíguos. Impudentemente, retiravam-se, à noite, para um ou outro quarto, e apareciam juntos pela manhã. Ele comprou-lhe um robe de cetim preto forrado de pele para receber aqueles que vinham ao seu quarto. Fui liberada de minha função de acompanhante e companheira de cama, e me vi sozinha, à noite, pela primeira vez desde pequena. Foi um prazer poder me sentar próxima à pequena lareira e saber que Ana não irromperia na sala em um acesso de fúria. Mas descobri que estava solitária. Passei longas noites devaneando diante do fogo, e muitas tardes frias, olhando pela janela a chuva do inverno cinza. A luz do sol e as dunas de Calais pareciam ter acontecido há milhões de anos. Senti que me transformava em gelo, exatamente como o granizo nos telhados.

Procurei William Stafford entre os homens de meu tio e me disseram que ele tinha ido à sua fazenda ver a colheita dos nabos e a matança dos animais velhos. Pensei nele, percorrendo sua propriedade, pondo tudo em ordem, tratando de coisas reais, enquanto eu permanecia na corte, enredada em mexericos e difamações, pensando em nada além do prazer de duas pessoas egoístas e indolentes e em como entretê-las.

No meio do Dia de Reis, Ana me procurou e perguntou quais os sinais de que uma mulher tinha engravidado. Contamos os dias de suas regras, e calculamos que deveriam ocorrer em uma semana. Ela já estava determinada a se sentir nauseada pelas manhãs e incapaz de comer a gordura da carne, mas eu lhe disse que ainda era cedo para saber.

Ela contava os dias. Às vezes, percebia-a imobilizada e sabia que estava se sugestionando a estar grávida.

Chegou o dia em que deveria sangrar, e, nessa noite, pôs a cabeça pela porta do meu quarto e disse em triunfo:

— Estou limpa. Quer dizer que vou ter um bebê?

— Um dia não quer dizer nada — repliquei com pouca amabilidade. — Tem de esperar, pelo menos, um mês.

Passou-se um dia, depois outro. Ela não falou a Henrique de suas esperanças, mas imaginei que ele sabia contar como qualquer outro homem. Os dois começaram a parecer um casal se equilibrando no ar, como dançarinos na corda bamba em uma feira. Ele não se atrevia a lhe perguntar, mas me procurou e perguntou se as regras de Ana tinham falhado.

— Somente por uma ou duas semanas, Majestade — repliquei respeitosamente.

— Devo mandar buscar uma parteira? — perguntou.

— Ainda não — aconselhei. — É melhor esperar o segundo mês.

Pareceu ansioso.

— Eu não deveria me deitar com ela.

— Talvez seja apenas muito delicado — aconselhei.

Franziu o cenho, preocupado, e achei que seu desejo do bebê lhe tiraria toda a alegria da relação sexual antes mesmo de se casarem.

Em janeiro, ficou claro que Ana não menstruava havia um mês e ela disse ao rei que achava que talvez tivesse concebido um filho seu.

Era comovente vê-lo. Tinha sido casado por tanto tempo com uma mulher estéril, que a ideia de uma esposa fértil lhe parecia uma terra arável úmida em um agosto seco. Juntos, ficavam muito quietos, estranhos um ao outro. Tinham discutido apaixonadamente, tinham sido amantes ardentes, e agora queriam ser amigos. Ana queria repousar, ficar tranquila, tinha horror de que algo perturbasse o processo que se desenvolvia em segredo no interior de seu corpo. Henrique queria estar sempre ao seu lado, como se a sua presença pudesse dar prosseguimento ao que tinha iniciado. Queria abraçá-la e caminhar ao seu lado, e poupá-la de qualquer esforço, por menor que fosse.

Ele tinha visto muita gravidez culminar com mulheres chorando e decepções. Tinha celebrado alguns partos e tido a alegria roubada por mortes inexplicáveis. Agora, achava que a fertilidade de Ana o absolvia completamente. Deus o amaldiçoara por ter se casado com a mulher de seu irmão e, agora, Deus retirava a maldição fazendo a sua futura mulher (a sua primeira mulher, na consciência adaptável de Henrique) tão fértil que só precisara de poucos meses deitando-se com ele para conceber. Tratava-a com uma imensa ternura e respeito, e apressou-se a aprovar uma nova lei, de modo que pudessem se casar legalmente na nova Igreja inglesa.

Aconteceu em sigilo quase absoluto em Whitehall, a casa de Ana em Londres, casa de seu falecido adversário, o cardeal. As duas testemunhas do rei foram seus amigos Henry Norris e Thomas Heneage, e William Brereton acompanhou-o. George e eu recebemos ordens de fazer com que parecesse que Ana e o rei estavam jantando em sua câmara privada. Achamos que a maneira mais agradável de cumprir a ordem seria encomendando um excelente jantar para quatro que fosse servido na própria câmara do rei. A corte, vendo pratos suntuosos irem e virem, concluiu que se tratava de um jantar privado para os Bolena e o rei. Foi uma vingança mesquinha para mim, me sentar na cadeira de Ana e comer de seu prato, enquanto ela se casava com o rei da Inglaterra, mas foi divertido. Para dizer a verdade, experimentei também seu robe de seda preta, enquanto ela estava longe, e George jurou que me caía muito bem.

Primavera de 1533

Alguns meses depois, estava feito. Ana, sem nunca largar seu ventre inchado, foi publicamente declarada a esposa oficial do rei por nada menos do que o arcebispo Cranmer, que fez o inquérito mais breve possível sobre o casamento da rainha Catarina com Henrique, e descobriu que sempre tinha sido nulo. A rainha nem sequer compareceu à corte que difamou seu nome e a desonrou. Ela se aferrava a seu apelo a Roma, ignorando a decisão inglesa. Por um momento, tolamente, procurei-a com os olhos quando foi feita a proclamação, achando que poderia estar lá, desafiadora em seu vestido vermelho, como havia sido antes. Mas estava longe, escrevendo ao Papa, a seu sobrinho, a seus aliados, pedindo que insistissem para que seu caso fosse tratado com justiça, perante juízes honrados em Roma.

Mas Henrique tinha passado uma lei, mais uma lei, que dizia que as disputas inglesas só poderiam ser julgadas em tribunais ingleses. De súbito, nenhum apelo a Roma seria legítimo. Lembrei-me de ter dito a Henrique que os ingleses gostariam de ver a justiça feita em uma corte inglesa, sem nem mesmo sonhar que a justiça inglesa significaria um capricho seu, assim como a Igreja passara a significar seu tesouro, assim como o Conselho Privado passara a significar seus favoritos e de Ana.

Ninguém na Páscoa mencionou a rainha Catarina. Era como se ela nunca tivesse existido. Ninguém reparou quando os pedreiros se puseram a trabalhar, removendo as romãs da Espanha, que haviam estado ali por tanto tempo que a pedra havia se desgastado como uma montanha. Ninguém perguntou que título Catarina receberia agora que havia uma nova rainha na Inglaterra. Ninguém falava nela, era como se tivesse sofrido uma morte tão vergonhosa que todos estivéssemos tentando esquecê-la.

Ana quase cambaleou sob o peso da vestimenta cerimonial e dos diamantes e joias em seu cabelo, na cauda do manto, na bainha de seu vestido e em volta de seu pescoço e braços. A corte estava absolutamente a seu serviço, e claramente sem o menor entusiasmo. George me disse que o rei planejava coroá-la no Pentecostes, que nesse ano cairia em junho.

— Em Londres? — perguntei.

— Vai ser uma atuação que suplantará a coroação de Catarina — disse ele. — Tem de ser.

William Stafford não retornou à corte. Fiquei atenta ao tom de minha voz e perguntei a meu tio, com muito cuidado, quando assistíamos ao rei jogar boliche, se ele havia promovido William Stafford a seu mestre de cavalos porque eu queria muito um cavalo novo para a temporada.

— Oh, não — replicou, percebendo a mentira assim que saiu de minha boca. — Foi embora. Tivemos uma conversa depois de Calais. Não voltará a vê-lo.

Mantive minha cara impassível, não ofeguei nem recuei. Era tão cortesã quanto ele, cortesão, e era capaz de receber um golpe sem cair do cavalo.

— Foi para a sua fazenda? — perguntei, como se me fosse indiferente.

— Isso; ou foi lutar nas cruzadas — respondeu meu tio. — Bons ventos o levem!

Voltei minha atenção ao jogo e quando Henrique fez uma boa jogada, bati palmas e disse:

— Hurra! — ofereceram-me uma aposta, mas me recusei a apostar contra o rei e percebi um breve sorriso dele por essa lisonja. Esperei o jogo terminar e quando ficou claro que Henrique não me chamaria para caminhar com ele, escapei do grupo que o cercava e fui para o meu quarto.

O fogo na lareira estava apagado. O quarto dava para o oeste e estava sombrio. Recostei-me na cama, puxando as cobertas sobre meus pés e pondo um cobertor em volta dos ombros, como uma mulher pobre no campo. Eu estava gelada. Apertei bem o cobertor ao redor do meu corpo, mas não me aqueceu. Recordei-me dos dias na praia, em Calais, o cheiro do mar e a areia em minhas costas e minha roupa de baixo, enquanto William me tocava e me beijava. Nessas noites, na França, eu sonhava com ele, e despertava toda manhã fraca, ansiando por ele, o travesseiro com areia do meu cabelo. Ainda agora, minha boca ansiava por seus beijos.

Tinha mantido minha promessa a George. Tinha dito que, antes de mais nada, eu era uma Bolena e uma Howard. Mas agora, no quarto sombroso, olhando para as ardósias cinzentas da cidade e, acima, as nuvens escuras sobre o telhado do Palácio de Westminster, percebi, de súbito, que George estava enganado, que a minha família estava enganada, e que eu tinha me enganado — durante toda a minha vida. Eu não era uma Howard antes de mais nada. Antes de mais nada, eu era uma mulher capaz de uma paixão, que tinha uma grande necessidade e um grande desejo de amor. Eu não queria a recompensa pela qual Ana tinha cedido sua juventude. Eu não queria o glamour árido da vida de George. Eu queria o calor e o suor, e a paixão de um homem que eu pudesse amar e em que eu pudesse confiar. E queria me entregar a ele: não para tirar vantagem, mas por desejo.

Sem saber o que estava fazendo, levantei-me da cama e chutei as cobertas.

— William — eu disse ao quarto vazio. — William.

☙

Desci ao pátio das cavalariças e mandei que meu cavalo fosse atrelado para eu ir a Hever ver meus filhos. Certamente meu tio tinha um par de olhos e ouvidos escutando e observando, mas eu esperava já ter partido quando uma mensagem o alcançasse. A corte tinha saído da pista de boliche e ido almoçar e achei que, se tivesse sorte, conseguiria estar longe antes de um espião poder ter liberdade para relatar a meu tio que sua sobrinha tinha partido para a sua casa sem escolta.

Escureceu em duas horas, aquele escuro frio de primavera, que chega bem cinza e logo se torna tão negro quanto o do inverno. Mal tinha saído da cidade, cheguei a uma pequena aldeia chamada Canning, onde vi os muros altos e a porta do zelador de um mosteiro. Bati à porta, e ao verem a qualidade de meu cavalo, me introduziram, conduzindo-me a uma pequena cela de paredes caiadas, e me ofereceram um pedaço de carne, uma fatia de pão, um pedaço de queijo e um copo de *ale*.

De manhã, me ofereceram exatamente o mesmo e assisti à missa com a barriga roncando, pensando que as explosões de Henrique contra a corrupção e riqueza da Igreja poderiam oferecer subsídios a pequenas comunidades como essa.

Tive de perguntar qual o caminho para Rochford. A casa e a propriedade tinham sido dos Howard por anos, mas raramente as visitávamos. Eu tinha estado lá somente uma vez, e ido pelo rio. Não fazia ideia da estrada. Mas um garoto na estrebaria disse que sabia o caminho para Tilbury, e o monge que servia de mestre de duas mulas e dos cavalos de tração para o arado disse que poderia me acompanhar em seu velho cavalo e me mostrar a direção.

Era um garoto bonito, chamado Jimmy, que montava o cavalo em pelo, seus calcanhares descalços batendo no flanco empoeirado do animal velho, cantando com toda a força de sua voz. Formávamos um casal esquisito, a cavalo, seguindo a margem do rio: o moleque e a dama. Foi uma cavalgada difícil, a trilha era empoeirada, com seixos em algumas partes, e lama em outras. Onde cruzava riachos que corriam para o Tâmisa, havia vaus e, às vezes, charcos traiçoeiros, em que minha égua se retraía e se agitava com a areia movediça sob seus cascos, e foi a firmeza do pangaré de Jimmy que a fez prosseguir. Jantamos em uma fazenda em uma aldeia de nome Rainham. A dona da casa me serviu um ovo cozido e um pouco de pão preto, que era tudo o que podiam oferecer. Jimmy comeu pão puro e pareceu satisfeito. Havia duas maçãs murchas para a nossa sobremesa e quase ri ao pensar no jantar que estava perdendo no palácio de Westminster, com a meia dúzia de pratos de acompanhamento e as dezenas de carnes servidas em travessas douradas.

Eu não estava nervosa. Pela primeira vez, sentia que tinha minha vida em minhas próprias mãos e que poderia comandar o meu destino. Pela primeira vez, obedecia não ao meu tio ou ao meu pai ou ao rei, mas aos meus próprios anseios. E sabia que o meu desejo me levava, inexoravelmente, ao homem que eu amava.

Eu não desconfiava dele. Não achei, nem por um instante, que pudesse ter-me esquecido, ou que mantivesse uma relação com uma prostituta da aldeia, ou que tivesse se casado com uma herdeira escolhida para ele. Não, sentei-me na parte de trás de uma carroça sem rodas e observei Jimmy cuspir as sementes da maçã e, pela primeira vez, experimentei a sensação da confiança.

Depois do jantar, cavalgamos por mais duas horas e chegamos à pequena cidade de Grays, quando começou a escurecer. Tilbury ficava mais além, me garantiu Jimmy, mas se eu quisesse ir a Rochford, para além de

Southend, ele achava que eu poderia cortar caminho seguindo diretamente para o leste.

Grays ostentava sua pequena cervejaria, nenhuma casa de fazenda, somente um bom solar retirado da estrada. Brinquei com a ideia de seguir direto para o solar e reivindicar meu direito, de viajante surpreendido pela noite, à sua hospitalidade. Mas receei a influência de meu tio, que se estendia por todo o reino. E começava a me sentir constrangida com a poeira em meu cabelo, a sujeira em meu rosto e roupas. Jimmy estava tão sujo quanto um moleque de rua, e nenhuma casa, qualquer que fosse, o colocaria em outro lugar que não a estrebaria.

— Vamos para a taberna — decidi.

O lugar era melhor do que tinha parecido. Lucrava com o movimento de ida e volta de Tilbury, onde os viajantes vindos da capital preferiam embarcar a esperar a maré certa ou as barcaças que conduziriam seus navios até Londres. Ofereceram-me uma cama com cortinado em um quarto dividido, e a Jimmy, um colchão de palha na cozinha. Cozinharam uma galinha e a serviram com pão integral e um copo de vinho. Consegui até mesmo me lavar em uma bacia de água fria, de modo que meu rosto ficasse limpo, embora o cabelo estivesse imundo. Dormi sem tirar a roupa, e coloquei minhas botas de montaria sob o travesseiro com medo de que fossem roubadas. De manhã, tive a sensação desconfortável de que cheirava mal, e de uma fileira de mordidas de pulgas em minha barriga, debaixo do corpete, que coçava cada vez mais furiosamente durante o dia.

Tive de liberar Jimmy de manhã. Tinha prometido apenas me mostrar o caminho para Tilbury, e a viagem de volta era longa para um garoto sozinho. Ele não estava nem um pouco atemorizado com isso. Pulou do cepo para o lombo arqueado de seu pangaré e aceitou a moeda que lhe dei, um naco de pão e queijo para que comesse na estrada. Cavalgamos juntos até nossos caminhos divergirem, e ele me apontou a trilha para Southend, depois seguiu para o oeste, de volta na direção de Londres.

Atravessei sozinha uma região vazia. Vazia, plana e desolada. Achei que lavrar aquela terra seria muito diferente de estar envolvida pelo descampado fértil de Kent. Cavalguei rápido e atenta à minha volta, receosa de que a estrada desolada que atravessava os charcos estivesse cheia de ladrões. Na verdade, o ermo da região rural foi meu amigo. Não havia ladrões de estrada porque não havia a quem roubar. Do amanhecer até o meio-dia, só vi espantalhos em um pequeno pedaço de terra recentemente semeado e, ao longe, um lavrador remexendo a lama à beira de um brejo, uma plumagem de gaivotas erguendo como fumaça atrás dele.

A cavalgada era lenta quando passava por charcos e o caminho se tornava ensopado e lamacento. O vento soprava do rio trazendo o cheiro de salmoura. Atravessei dois povoados que não eram mais que barro moldado em casas, as paredes de barro, os telhados de barro. Duas crianças olharam surpresas e correram atrás de mim, gritando excitadas, e também elas tinham a cor de barro. A tarde caía quando cheguei a Southend, e procurei um lugar onde passar a noite.

Havia poucas casas e uma igrejinha, com a casa do padre ao lado. Bati na porta e a governanta me atendeu com uma carranca desencorajadora. Disse-lhe que estava de passagem e pedi sua hospitalidade. Conduziu-me, com toda a má vontade, a um pequeno quarto ao lado da cozinha. Se eu fosse uma Bolena ou uma Howard a amaldiçoaria por sua grosseria, mas eu era uma mulher pobre, sem nada no mundo a não ser um punhado de moedas e uma determinação inabalável.

— Obrigada — eu disse, como se fosse um alojamento adequado. — Haveria um pouco de água com que me lavar? E algo para comer?

O ruído das moedas em minha bolsa mudaram sua recusa para o assentimento, e ela foi buscar água e uma tigela de caldo de carne que tinha a aparência e o gosto de algo que estivesse ali já há alguns dias. Mas eu estava faminta demais para me importar com isso, e cansada demais para discutir. Comi tudo e limpei o prato com um pedaço de pão. Então, caí no pequeno catre e dormi até amanhecer.

Ela estava acordada na cozinha, varrendo o chão e atiçando o fogo para preparar o desjejum de seu patrão. Pedi um pano seco e fui ao quintal lavar o rosto e as mãos. Também lavei meus pés, repreendida o tempo todo pela galinhada. A minha vontade era tirar a roupa toda e me lavar direito, depois vestir roupas limpas, o mesmo que também querer uma liteira e carregadores para me transportar o resto do caminho. Se ele me amasse, não se importaria com um pouco de sujeira. Se não me amasse, a sujeira nada significaria para mim, em comparação com essa catástrofe.

A governanta ficou curiosa, durante o desjejum, querendo saber por que eu viajava sozinha. Tinha visto o cavalo e meu vestido, e sabia o quanto valiam.

Eu não disse nada, pus uma fatia de pão no bolso do meu vestido e saí para selar minha égua. Quando montei e estava pronta para partir, a chamei.

— Pode me dizer o caminho para Rochford?

— Do portão, pegue a esquerda — replicou ela. — Basta seguir sempre para o leste. Deverá chegar em aproximadamente uma hora. Quem está procurando? A família Bolena está sempre na corte.

Resmunguei qualquer resposta. Não queria que soubesse que eu, uma Bolena, tinha percorrido uma distância tão longa por um homem que nem mesmo tinha me convidado. À medida que me aproximava da casa dele, ficava cada vez mais receosa, e não precisava de testemunha para a minha audácia. Firmei-me no cavalo e parti, virando à esquerda como ela tinha me dito, e depois seguindo reto para o sol nascente.

௸

Rochford era um povoado de meia dúzia de casas ao redor de uma taverna em uma encruzilhada. A casa de minha família ficava atrás de muros altos de tijolos com um parque de bom tamanho ao redor. Não dava para vê-la da estrada. Não receei que um dos criados me visse, pois mesmo que vissem, não me reconheceriam.

Um rapaz, de cerca de 20 anos, espreguiçava-se, recostado na parede de um chalé, olhando para a viela vazia. Era tudo plano e ventava. Fazia muito frio. Se isso fosse um teste de cavaleiro andante, não poderia ser mais desencorajante. Ergui o queixo e chamei-o:

— A fazenda de William Stafford?

Ele tirou a palha da boca e veio na direção do meu cavalo.

Virei um pouco a égua, de modo que não pudesse pôr as mãos nas rédeas. Ele recuou, quando as ancas poderosas giraram.

— William Stafford? — perguntou espantado.

Tirei uma moeda da bolsa e a segurei com minha mão enluvada, entre o indicador e o polegar.

— Sim — repliquei.

— O novo cavalheiro? — perguntou. — De Londres? Fazenda Appletree — disse ele, apontando estrada acima. — Vire à direita, na direção do rio. A casa de sapé com pátio de cavalariças. Macieira na margem da estrada.

Lancei-lhe a moeda, que pegou com uma mão.
— Também vem de Londres? — perguntou curioso.
— Não — respondi. — De Kent.
Então, dei a volta e subi a estrada procurando o rio, uma macieira, e uma casa de sapé com um pátio de cavalariça.

ೞ

O terreno desviou-se da estrada em direção ao rio. À sua margem, havia canteiros de bambus e um bando de patos gritou alarmado e uma garça bateu asas, suas pernas compridas e peito arqueado, pousando um pouco abaixo. Os campos eram resguardados por cercas vivas. À beira da água, as campinas desiguais estavam amarelas, provavelmente estragadas com o sal, pensei. Mais perto da estrada, estavam opacas e verdes com o cansaço do inverno. Mas na primavera, pensei, William poderia ter um belo gramado.

No extremo da estrada, a terra era mais alta e estava arada. Água reluzia em cada rego, a terra estaria sempre úmida. Para o norte, dava para ver campos semeados de macieiras. Havia uma velha e solitária macieira inclinada sobre a estrada, e os galhos estavam cortados. O tronco era cinza prateado, os ramos grossos por causa da idade. Uma moita de visco na bifurcação pendia de um galho e, com um impulso, dirigi meu cavalo para lá e arranquei um ramo, de modo que segurava a planta pagã quando desci a pequena trilha até sua casa.

Era uma casa pequena, como uma criança desenharia. Uma casa comprida e baixa, quatro janelas ao longo do andar de cima, mais duas e a entrada no centro do andar térreo. A porta de entrada era como a de uma estrebaria. Imaginei que em um passado não muito remoto, a família do fazendeiro e os animais dormissem todos juntos. Ao lado da casa, havia um bom pátio, pavimentado de pedras redondas e limpo, e um campo com meia dúzia de vacas do lado. Um cavalo balançou a cabeça sobre o portão e o reconheci como o cavalo de William Stafford que galopara ao meu lado nas praias arenosas de Calais. O animal relinchou ao nos ver, e a minha égua respondeu, como se também ela se lembrasse daqueles dias ensolarados de fim de outono.

Com o barulho, a porta da frente se abriu e uma figura surgiu do interior escuro e ficou, com as mãos nos quadris, me observando descer a estrada. Não se moveu nem falou quando cheguei ao portão do jardim. Desmontei sem ajuda, abri o portão sem ouvir uma palavra de cortesia de sua parte. Prendi as rédeas ao lado do portão e, ainda com o visco na mão, fui até ele.

Depois de uma viagem tão longa, me vi sem nada o que dizer. Meu senso de propósito e determinação dissipou-se no instante em que o vi.

— William — foi tudo o que consegui falar, e segurei o pequeno ramo de visco com os botões brancos como se fosse um tributo.

— O quê? — perguntou desamparado, sem se mover na minha direção.

Tirei o capuz, soltando o cabelo. De repente, fiquei consciente de que ele sempre me vira lavada e perfumada. E ali estava eu, com o mesmo vestido há três dias, mordida de pulgas, com piolhos, suja e cheirando a cavalo e suor, e impotente e irremediavelmente inarticulada.

— O quê? — repetiu.

— Vim para me casar com você, se ainda me quiser — não havia como suavizar o atrevimento das minhas palavras.

Sua expressão não denotou nada. Olhou para a estrada atrás de mim.

— Quem a trouxe?

Sacudi a cabeça.

— Vim sozinha.

— O que aconteceu de errado na corte?

— Nada — repliquei.— Nunca esteve melhor. Casaram-se e ela está grávida. Os Howard nunca fizeram prospectos mais promissores. Serei tia do rei da Inglaterra.

William deu uma risada ao ouvir isso, e olhei para minhas botas imundas, a poeira em minhas roupas, e também ri. Quando voltei a olhar para ele, seus olhos estavam ternos.

— Não tenho nada — avisou-me. — Sou um joão-ninguém, como você dizia com razão.

— Eu só tenho cem libras anuais — eu disse. — E as perderei quando souberem aonde vim. E sou ninguém sem você.

Fez um gesto rápido com a mão como se fosse me atrair para si, mas se reprimiu.

— Não quero ser a causa de sua ruína — disse ele. — Não quero que empobreça por me amar.

Estremeci com a sua proximidade, com o meu desejo.

— Não importa — respondi com urgência. — Juro que isso não tem mais a menor importância para mim.

Abriu os braços, avancei e praticamente caí para a frente. Ele me abraçou forte, a boca na minha, seus beijos por todo o meu rosto sujo, minhas pálpebras, bochechas e lábios e, finalmente, em minha boca aberta. Levantou-me e me carregou para dentro e para cima, para o seu quarto, para os lençóis limpos de sua cama de penas de pato, e para o prazer.

CB

Mais tarde, riu das mordidas de pulgas, buscou uma tina de madeira grande que encheu de água e colocou diante do fogo na cozinha, e catou os piolhos de meu cabelo enquanto eu jogava a cabeça para trás e a molhava na água cheirosa. Ele pôs minhas roupas de lado para serem lavadas e insistiu para que eu vestisse uma camisa e uma calça suas, que amarrei em volta da cintura, e arregacei as pernas como um marinheiro. Ele soltou minha égua no prado, onde ela rolou com prazer por se ver livre da sela, e trotou largo com o cavalo de William, pinoteando como uma potranca. Depois, ele me preparou uma tigela grande de mingau com mel, uma fatia de pão integral com manteiga, e um pedaço de queijo Essex. Riu da minha viagem com Jimmy e me repreendeu por ter partido sem escolta. Depois, me levou de volta para a cama e fizemos amor durante a tarde toda, até o céu escurecer e ficarmos famintos de novo.

Jantamos à luz de velas na cozinha. Em minha honra, William matou uma galinha e a assou no espeto. Fui equipada com um par de luvas rústicas e encarregada de girar o espeto, enquanto ele fatiava o pão e servia *ale*, e buscava, na despensa resfriada, a manteiga e o queijo.

Depois de comermos, arrastamos nossos bancos para perto do fogo e brindamos a nós dois. Então, ficamos em silêncio.

— Mal posso acreditar — eu disse depois de algum tempo. — Eu só pensava em chegar até você. Não pensei em sua casa. Não pensei no que faríamos a seguir.

— E no que pensa agora?

— Continuo sem saber no que pensar — admiti. — Acho que vou me acostumar. Serei a mulher de um fazendeiro.

Inclinou-se à frente e lançou um torrão de turfa no fogo, que se inflamou como os outros.

— E a sua família? — perguntou.

Encolhi os ombros.

— Deixou um bilhete?
Sacudi a cabeça.
— Nada.
Ele riu.
— Meu amor, no que estava pensando?
— Estava pensando em você — respondi simplesmente. — De repente, me dei conta de como o amava. Só consegui pensar em encontrá-lo.
Estendeu a mão e afagou meu cabelo.
— Você é uma boa menina — disse ele, de maneira aprovadora.
— Boa menina? — perguntei rindo.
— Sim — replicou impassível. — Muito boa.
Inclinei-me para trás, para a sua carícia, e sua mão foi de meu cabelo para a minha nuca. Pegou-a com firmeza e me sacudiu delicadamente, como uma gata faria com seu filhote. Fechei os olhos e me fundi em seu toque.
— Não pode ficar aqui — disse ele baixinho.
Surpresa, abri os olhos.
— Não?
— Não — ergueu a mão para me antecipar. — Não porque não a ame. Mas porque a amo. E temos de nos casar. Mas temos de tirar o que pudermos disso.
— Refere-se a dinheiro? — perguntei, um pouco decepcionada.
Sacudiu a cabeça.
— Refiro-me a seus filhos. Se ficar comigo sem avisar ninguém, sem o apoio de ninguém, não terá seus filhos. Não voltará a vê-los.
Estreitei os lábios de dor.
— De qualquer maneira, Ana pode tirá-los de mim a qualquer momento.
— Ou devolvê-los — lembrou-me ele. — Disse que ela está grávida?
— Sim. Mas...
— Se ela tiver um menino, não precisará do seu. Temos de estar preparados para pegá-lo, quando ela o soltar.
— Acha que o terei de volta?
— Não sei. Mas terá de estar na corte para lutar por ele — senti, pelo tecido da camisa, suas mãos quentes em meus ombros.
— Voltarei com você — disse ele. — Posso deixar alguém administrando a fazenda por uma ou duas estações. O rei me dará um posto. E poderemos

ficar juntos até saber para que lado o vento está soprando. Faremos tudo para conseguir as crianças, e então não teremos mais nenhum impedimento e voltaremos para cá — hesitou por um momento e percebi uma tristeza em seu rosto. Parecia apreensivo. — Aqui é bom o bastante para eles? — perguntou timidamente. — Estão acostumados com Hever, e há a casa suntuosa de sua família só mais um pouco acima. Nasceram e foram criados na pequena nobreza. Aqui é apenas uma casa pequena.

— Estarão conosco — repliquei simplesmente. — E os amaremos. Terão uma nova família, um tipo de família que nenhum nobre jamais teve. Um pai e uma mãe que se casaram por amor, que escolheram um ao outro independentemente da riqueza e posição. Isso só poderá ser melhor para eles, nunca pior.

— E você? Aqui não é Kent.

— Tampouco é o Palácio de Westminster — eu disse. — Tomei a decisão quando percebi que nada compensaria eu não estar com você. Quando percebi que precisava de você. Qualquer que seja o preço, quero ficar com você.

Suas mãos apertaram mais forte meus ombros. Puxou-me para o seu colo.

— Repita — sussurrou. — Acho que estou sonhando.

— Preciso de você — sussurrei, meus olhos buscando sua face concentrada. — Independentemente do que acontecer, quero estar com você.

— Casa-se comigo? — perguntou.

Fechei os olhos e pus a testa em seu pescoço quente.

— Oh, sim — repliquei. — Oh, sim.

༒

Nós nos casamos assim que minhas roupas estavam lavadas e secas, já que me recusei a ir à igreja usando sua calça. O padre o conhecia, e abriu a igreja para nós no dia seguinte mesmo e realizou o serviço com uma pressa distraída. Não me importei. Tinha casado antes na capela real no Palácio de Greenwich, com a presença do rei, e o casamento tinha sido uma fachada para uma aventura amorosa dali a alguns anos, e havia terminado com morte. Esse casamento de agora, tão simples e fácil, me levaria a um futuro completamente diferente: uma casa minha com o homem que eu amava.

Voltamos para a fazenda de mãos dadas e tivemos um banquete com pão recém-assado e presunto que William tinha defumado em sua lareira.

— Vou ter de aprender a fazer tudo isso — falei, apreensiva, olhando para as vigas no teto, de onde pendiam os três pernis restantes do porco de William.

— É muito fácil — disse ele rindo. — E teremos uma menina para ajudá-la. Vamos precisar de umas duas mulheres trabalhando aqui, quando os bebês chegarem.

— Bebês? — perguntei, pensando em Catarina e Henrique.

Ele sorriu.

— Nossos filhos — replicou. — Quero a casa cheia de pequenos Stafford. E você?

CB

Partimos de volta a Westminster no dia seguinte. Eu já tinha mandado um bilhete a George, implorando que dissesse a Ana e a meu tio que tinha me sentido mal. Que temera ter sido o suor e que por isso tinha deixado a corte sem avisá-los e ido para Hever até me restabelecer. Uma mentira tardia e improvável de convencer a quem quer que refletisse um pouco, mas eu estava apostando no fato de que com Ana casada com o rei e grávida de seu filho, ninguém estaria pensando ou se importando muito com o que eu fizesse.

Retornamos a Londres de barco, com os dois cavalos. Relutei em voltar. Tinha partido com a intenção de viver no campo com William, e não de mudar seus planos e tirá-lo de sua fazenda. Mas ele estava decidido.

— Você nunca ficará bem sem seus filhos — predisse ele. — E não quero que a sua infelicidade pese na minha consciência.

— Portanto não é nenhum ato de generosidade — eu disse impetuosamente.

— A última coisa que quero é uma mulher infeliz — disse ele, animadamente. — Já fui de Hever a Londres com você, se lembra? E sei que mulherzinha triste você pode ser.

CB

A maré subia e o vento soprava na direção do litoral, e a viagem foi agradável. Desembarcamos em Westminster, e subi os degraus do cais enquanto William ia ao píer desembarcar os cavalos. Prometi encontrá-lo no salão em uma hora, quando já teria descoberto se a poeira estava assentada.

Fui direto para os aposentos de George. Estranhamente, sua porta estava trancada, de modo que bati, a batida Bolena, e esperei a resposta. Escutei uma certa agitação e, então, a porta foi aberta.

— Ah, é você — disse George.

Sir Francis Weston estava com ele, ajeitando o gibão, quando entrei.

— Oh — eu disse, recuando.

— Francis sofreu uma queda de seu cavalo — disse George. — Já pode andar, Francis?

— Sim, mas vou descansar um pouco — disse ele. Fez uma reverência profunda e nenhum comentário sobre o estado de meu vestido e manto, que ostentavam todos os sinais de terem sido lavados em casa.

Assim que a porta tornou a se fechar, me virei para George.

— George, sinto muito, mas eu tinha de ir. Conseguiu mentir por mim?

— William Stafford? — perguntou.

Assenti com a cabeça.

— Foi o que pensei — disse ele. — Deus, que tolos somos nós dois.

— Nós dois? — perguntei com cautela.

— Cada um à sua maneira — replicou. — Procurou-o e o teve, foi isso?

— Sim — respondi sem rodeios. Não me atrevi a confiar nem mesmo em George com a notícia explosiva de que tínhamos nos casado. — E ele retornou à corte comigo. Vai lhe conseguir um posto com o rei? Ele não pode voltar a servir ao nosso tio.

— Posso lhe conseguir alguma coisa — disse George, ambiguamente. — A linhagem Howard é muito influente no momento. Mas por que o quer na corte? Serão fatalmente descobertos.

— George, por favor — eu disse. — Não pedi nada. Todos obtiveram postos, terra ou dinheiro com a ascensão de Ana, e eu não pedi nada além de meus filhos, e ela tirou meu filho de mim. Esta é a primeira coisa que peço.

— Será vista — advertiu-me — e cairá em desgraça.

— Todos temos segredos — eu disse. — Até mesmo Ana. Protegi os segredos de Ana, protegi os seus, quero que faça o mesmo por mim.

— Está bem — disse ele a contragosto. — Mas terá de ser discreta. Nada de cavalgarem sozinhos. E, pelo amor de Deus, não vá emprenhar. E se tio Howard encontrar um marido para você, terá de se casar, com ou sem amor.

— Trato disso quando acontecer — repliquei. — Vai lhe conseguir algo?

— Ele pode ser o porteiro pessoal do rei. Mas que fique claro que foi o meu favor que conseguiu isso para ele, e que mantenha olhos e ouvidos alertas em meu interesse. Agora, ele é um homem meu.

— Não, não é — repliquei, com um sorriso malicioso. — Ele é meu.

— Deus meu, que rameira — riu meu irmão e me abraçou.

— E estou segura? Acreditaram que fui a Hever?

— Sim — disse ele. — Por um dia, ninguém notou que tinha partido. Perguntaram-me se a tinha levado a Hever sem permissão e confirmar me pareceu a coisa mais segura a fazer, até eu saber o que diabos você andava fazendo. Eu disse que você receava que as crianças estivessem doentes. Quando recebi seu bilhete, a mentira já tinha sido dita, de modo que a mantive. Todos acham que foi às pressas para Hever e que a acompanhei. É uma boa mentira e convincente.

— Obrigada — eu disse. — É melhor eu ir trocar de roupa antes que me vejam assim.

— É melhor jogar fora este vestido. Você é travessa e maluca, sabe, Mariana? Nunca pensei que tivesse esse lado. Sempre foi Ana que insistiu em fazer seu próprio caminho. Achei que você sempre faria o que lhe mandassem fazer.

— Não desta vez — repliquei. Mandei-lhe um beijo e o deixei.

☙

Fui ao encontro de William como prometido. Foi esquisito falarmos a um braço de distância, como se fôssemos estranhos, quando tudo o que eu queria era seu braço em volta de mim e seus beijos em meu cabelo.

— George já tinha mentido por mim, portanto estou segura. E ele disse que pode lhe conseguir o posto de porteiro pessoal do rei.

— Como subi! — disse William, com sarcasmo. — Sabia que o casamento com você me beneficiaria. De fazendeiro a servidor pessoal em um dia.

— E o cadafalso no dia seguinte, se não segurar a sua língua — o adverti. Riu, pegou minha mão e a beijou.

— Vou sair e procurar um lugar fora dos muros para passarmos as noites juntos, já que ficaremos separados durante o dia.

— Sim — eu disse. — Quero isso.

Sorriu.

— Você é minha mulher — disse delicadamente. — Não vou deixar que se vá.

෴

Encontrei Ana nos aposentos da rainha, começando a trabalhar, com suas damas de honra, uma imensa toalha de altar. A visão lembrou tanto a rainha Catarina, que, por um momento, pisquei os olhos, e então vi as diferenças cruciais. As damas de Ana eram todas membros da família Howard ou as favoritas escolhidas por nós. A mais bonita era, sem dúvida, a nossa prima Madge Shelton, a nova garota Howard na corte, a mais rica e mais influente era Jane Parker, a mulher de George. A atmosfera da sala era outra: com frequência, havia uma de nós lendo para a rainha Catarina um trecho da Bíblia ou de um livro de sermões. Ana tinha música: quatro músicos tocavam quando entrei, e uma das damas ergueu a cabeça e cantou enquanto trabalhava.

E havia cavalheiros presentes. A rainha Catarina, criada na reclusão estrita da corte espanhola, era sempre formal — mesmo após anos na Inglaterra. Os cavalheiros a visitavam com o rei, sendo sempre bem recebidos e entretidos, mas, em geral, cortesãos não se demoravam nos aposentos da rainha. Os flertes aconteciam na liberdade não vigiada dos jardins ou durante as caçadas.

A condição de Ana a deixou muito mais feliz. Havia meia dúzia de homens na sala. Sir William Brereton estava lá, ajudando Madge a selecionar as cores dos fios de seda, Sir Thomas Wyatt estava no vão da janela, escutando música, Sir Francis Weston estava inclinado sobre Ana elogiando seu bordado, e num canto Jane Parker cochichava com James Wyville.

Ana não ergueu os olhos quando entrei, com um vestido verde limpo.

— Oh, está de volta — disse com indiferença. — As crianças ficaram boas?

— Sim — respondi. — Foi só um resfriado.

— Deve estar adorável em Hever — comentou Sir Thomas Wyatt. — Os narcisos estão em flor à margem do rio?

— Sim — menti. — Em botão — me corrigi.

— Mas a flor mais bela de Hever está aqui — disse Sir Thomas, olhando para Ana.

Ela relanceou os olhos para cima do bordado.

— E também em botão — disse de maneira provocadora, e as damas riram com ela.

Olhei de Sir Thomas para Ana. Não achei que faria alusão à sua gravidez, sobretudo diante de homens.

— Quem me dera ser a abelhinha que brinca nas pétalas — disse ele, prosseguindo o gracejo lascivo.

— Iria se deparar com a flor bem fechada — disse Ana.

Os olhos brilhantes de Jane Parker iam de um a outro, como se estivesse assistindo a uma partida de tênis. O jogo todo, de repente, me pareceu uma perda de tempo, que eu poderia estar passando com William, mais uma mascarada no eterno faz de conta da corte. Eu estava ávida por amor de verdade.

— Quando vamos nos mudar? — perguntei interrompendo o flerte. — Quando viajamos?

— Na semana que vem — disse Ana, com indiferença, cortando a linha. — Vamos para Greenwich, acho. Por quê?

— Estou cansada de Londres.

— Que inquietação — queixou-se Ana. — Nem bem chegou de Hever já pensa em voltar. Precisa de um homem para aquietá-la. Está viúva há tempo demais, minha irmã.

Imediatamente, deixei-me estar no vão da janela, ao lado de Sir Thomas.

— Na verdade, não — repliquei. — Veja, estou tão quieta quanto um gato adormecido.

Ana riu.

— Até parece que tem aversão a homens.

As damas riram com a observação maliciosa.

— Apenas não tenho propensão.

— Nunca teve a reputação de não ser propensa — disse Ana maldosamente.

Devolvi-lhe o sorriso.

— Nunca teve a reputação de ser propensa. E agora, veja, nós duas estamos felizes.

Conteve a raiva com a réplica, e percebi que tentava achar uma resposta à altura, e rejeitou metade delas ou por serem indecentes demais ou próximas demais da verdade de sua própria posição de amante real, não muito melhor do que tinha sido a minha.

— Louvado seja Deus por isso — disse ela piamente e baixou a cabeça para o seu trabalho.

— Amém — respondi, tão doce quanto ela.

☙

Os dias foram longos para mim, em Westminster e na corte de Ana. De dia, só via William casualmente. Em seu novo posto, tinha de estar sempre à disposição do rei. Henrique simpatizou com ele, e o consultava sobre cavalos e montavam juntos com frequência. Eu achava uma ironia o meu William, um homem completamente avesso à vida na corte, ser tão favorecido. Mas Henrique gostava do discurso franco contanto que concordasse com ele.

Só à noite, William e eu podíamos ficar a sós. Ele tinha alugado cômodos em frente ao palácio de Westminster, um desvão nas vigas de um velho edifício. Deitados, depois de fazer amor, eu ouvia os pássaros sonolentos se acomodando em seus ninhos no telhado de colmo. Tínhamos um pequeno catre, uma mesa e dois bancos, uma lareira onde aquecíamos o jantar vindo do palácio, e só. Não queríamos mais nada.

Eu acordava ao amanhecer todos os dias, com o seu toque, a delícia de seu calor e o cheiro inebriante de sua pele. Eu nunca tinha me deitado com um homem que me amasse completamente, por mim mesma, e era uma experiência vertiginosa. Eu nunca tinha me deitado com um homem de quem eu adorava o toque, sem precisar esconder minha adoração, ou exagerá-la, ou ajustá-la, nada disso. Simplesmente o amava como se fosse o meu primeiro e único amante, e ele me amava com a mesma simplicidade de apetite e desejo, que me fazia pensar o que havia feito todos esses anos vivendo a moeda falsa da vaidade e da luxúria. Eu não sabia, durante todo esse tempo, que existia essa outra moeda, de ouro puro.

☙

A coroação de Ana foi ofuscada por uma discussão violenta com o nosso tio. Eu estava no quarto quando ele se enfureceu com ela, praguejando, dizendo que ela tinha se tornado tão grande em sua própria mente que se esquecera de quem a colocara ali. Ana, exasperadamente presunçosa, pôs a mão em sua barriga inchada e respondeu que o seu corpo estava grande e que sabia muito bem quem a pusera assim.

— Por Deus, Ana, vai se lembrar de sua família — jurou ele.

— Como poderia esquecê-la? Ficam à minha volta como vespas ao redor de um pote de mel. A cada passo que dou, tropeço em um de vocês me pedindo mais um favor.

— Eu não peço — disse ele bruscamente. — Tenho direitos.

Ao ouvir isso, ela virou a cabeça.

— Não sobre mim! Está falando com a sua rainha!

— Estou falando com a minha sobrinha que, se não fosse eu, teria sido banida da corte por ter se deitado com Henry Percy — falou ele, com desprezo.

Ela se levantou de um pulo, como se fosse se lançar sobre ele.

— Ana! — gritei. — Sente-se! Fique quieta! — olhei para o meu tio. — Ela não *deve* ser perturbada nem irritada! O bebê!

Ele lançou-lhe um olhar mortífero e, então, se controlou.

— É claro — disse ele, com uma polidez afetada. — Sente-se, Ana. Acalme-se.

Ela voltou a se afundar na cadeira.

— Nunca mais mencione isso — sussurrou para ele. — Juro que, tio ou não, se levantar essa antiga calúnia contra mim, eu o expulsarei da corte.

— Sou conde marechal — disse ele, com os dentes cerrados. — Já era um dos homens mais importantes da Inglaterra quando você ainda era de colo.

— E antes, seu pai foi um traidor na Torre — replicou ela em triunfo. — Não se esqueça, como não me esqueço, de que somos Howard juntos. Se não está do meu lado, não estou do seu. Basta uma palavra minha para que veja o interior da Torre de novo.

— Pois então, a diga — replicou ele com escárnio, e saiu sem fazer uma mesura. Ela olhou fixo ele sair.

— Odeio-o — disse calmamente. — Ainda vou vê-lo arruinado, um ninguém.

— Não pense assim — falei rapidamente. — Você precisa dele.

— Não preciso de ninguém — respondeu direto. — O rei é totalmente meu. Tenho o seu coração, tenho o seu desejo, e carrego seu filho. Não preciso de ninguém.

☙

A briga com tio Howard ainda não tinha sido reparada quando ele chegou para escoltá-la para a sua coroação em Londres. Seria, como George tinha predito, a coroação mais suntuosa já vista. Ana tinha ordenado que queimassem a crista de romãs na barcaça da rainha Catarina, como se Catarina tivesse sido a usurpadora, e não rainha por direito. No lugar, foi colocado o brasão de Ana, e suas iniciais entrelaçadas com as de Henrique. O povo zombou até mesmo disso — diziam que liam HA! HA!, e que o feitiço viraria contra a pobre Inglaterra. O novo lema de Ana estava em toda parte: "a mais feliz". Até mesmo George tinha rido com desdém ao escutá-lo.

— Ana, feliz? — disse ele. — Só quando for a rainha do Paraíso e tiver expulsado a própria Virgem Maria.

Fomos em barcaças à Torre de Londres, adejando bandeiras douradas, brancas e prateadas, e o rei estava nos esperando na grande comporta. Firmaram a nossa barcaça quando Ana desembarcou, e a observei, quase como se fosse uma estranha. Levantou-se do trono e desceu a prancha como se fosse rainha de nascença. Estava maravilhosa em seu vestido dourado e prateado, com um manto de pele em volta dos ombros. Não parecia minha irmã, não parecia uma mulher mortal. Andava como se fosse a maior rainha que já existira.

Passamos duas noites na Torre e, na primeira, houve um grande jantar e entretenimento no qual Henrique distribuiu títulos para celebrar o dia. Fez 18 cavaleiros de Bath e distribuiu uma dúzia de dignidades de cavaleiro, três delas a seus porteiros pessoais favoritos, inclusive meu marido. William me procurou depois que o rei lhe bateu no ombro com a sua espada e lhe deu o beijo de fidelidade. Conduziu-me para uma dança onde nos misturamos com a corte e torcemos para que ninguém notasse a irmã da rainha dançando com um porteiro.

— Então, minha Lady Stafford — disse ele, baixinho. — O que acha?

— Ambicioso — repliquei. — Será tão importante quanto um Howard, sei que sim.

— Na verdade, fiquei feliz — disse ele, voltando ao sussurro confidencial enquanto observávamos o par dançando no meio do círculo. — Não queria que perdesse posição por se casar comigo.

— Eu me casaria com você mesmo que fosse um camponês — repliquei com firmeza.

Ele conteve um risinho.

— Meu amor, vi como ficou irritada com as mordidas de pulgas. Não creio que se casasse comigo se eu fosse um camponês, não mesmo.

Virei-me para rir para ele e me deparei com o olhar furioso de George, que fazia par com Madge Shelton. Na mesma hora me recompus.

— George está nos observando.

William balançou a cabeça.

— Faria melhor se tomasse conta de si mesmo.

— Oh, por quê?

Era a nossa vez de dançar. William levou-me ao centro do círculo e dançamos, três passos para um lado, três para o outro. Era uma dança de fazer a corte, difícil de realizar sem nos aproximarmos e nos encararmos. Fiz força para não demonstrar o encanto que sentia por ele. William foi menos discreto do que eu. Toda vez que o olhava furtivamente, seus olhos estavam fixos em mim como se fossem me comer. Senti-me aliviada quando passamos para a borda do círculo, depois sob um arco de armas, e a dança se tornou geral de novo.

— O que ia dizer de George?

— Má companhia — replicou simplesmente.

Ri alto.

— Ele é um Howard e amigo do rei — eu disse. — É de esperar que esteja em má companhia.

Tentou mudar de assunto.

— Oh, não é nada, acho.

Os músicos tocaram o acorde final. Levei William para um lado do salão.

— O que quer realmente dizer?

— Sir Francis Weston está sempre com ele — disse William, forçado a responder. — E ele tem má reputação.

Imediatamente, assumi a defensiva.

— Não passam de extravagâncias de um jovem.

— Mais que isso — disse William.

— Mais o quê?

William olhou em volta, como se quisesse escapar dessa inquisição.

— Ouvi dizerem que são amantes.

Arfei ligeiramente.

— Você sabia?

Assenti com um movimento da cabeça.

— Meu Deus, Maria — William deu um passo para longe de mim, depois voltou para o meu lado. — E não me contou? Seu próprio irmão em pecado e não me contou?

— É claro que não — exclamei. — Eu não o exporia à vergonha. Ele é meu irmão. E pode mudar.

— Deve-lhe lealdade mais do que a mim?

— Tanto quanto a você — repliquei sem demora. — William, trata-se do meu irmão. Somos os três Bolena, precisamos uns dos outros. Nós três sabemos dezenas de coisas, dezenas de coisas que são os segredos mais graves. Eu não sou completamente Lady Stafford.

— Seu irmão é um sodomita! — exclamou em um sussurro.

— E continua a ser meu irmão! — agarrei seu braço, sem me importar com que vissem, e levei-o para um recanto da sala. — Ele é sodomita e minha irmã é uma prostituta, talvez envenene pessoas, e eu sou uma prostituta. Meu tio sempre foi o mais falso dos amigos, meu pai é um oportunista, minha mãe... só Deus sabe. Dizem que teve o rei antes de nós duas! Tudo isso você sabia ou deduziu. Responda-me: sou boa o bastante para você? Pois eu sabia que você não era ninguém e fui procurá-lo assim mesmo. Se quiser ser alguém nesta corte, terá sangue ou merda nas mãos. Entendi isso por meio de uma aprendizagem dura, desde que era pequena. Você pode aprender agora, se tiver estômago para isso.

William arfou diante de minha veemência e deu um passo para trás para me olhar.

— Não quis afligi-la.

— Ele é meu irmão. Ela é minha irmã. Aconteça o que acontecer, são meu sangue.

— Podem ser dois inimigos nossos — advertiu.

— Mesmo que se tornem meus inimigos mortais, continuarão a ser meu irmão e minha irmã — eu disse.

Ele fez uma pausa.

— Da família e inimigos ao mesmo tempo?

— Talvez — repliquei. — Vai depender de como esse jogo arriscado se desenvolve.

William assentiu com a cabeça.

— Então, o que dizem dele?

— Graças a Deus nem todos sabem, mas falam de uma corte secreta dentro da corte, cercam a sua irmã, são seus amigos mais íntimos, e, ao mesmo tempo, amantes uns dos outros. Sir Francis é um, Sir William Brereton, outro. Grandes jogadores, grandes cavaleiros, homens que fariam qualquer coisa por um desafio, qualquer coisa que lhes dê prazer ou os excite. E George é outro deles. Estão sempre ao redor da rainha, encontram-se e flertam em seu aposento. Portanto, Ana também está envolvida.

Olhei para o meu irmão no outro lado da sala. Estava debruçado sobre o espaldar do trono de Ana, sussurrando algo em seu ouvido. Eu a vi inclinar a cabeça a seu sussurro íntimo e dar um risinho.

— Esta vida corromperia um santo, imagina um rapaz.

— Ele queria ser soldado — falei com tristeza. — Um grande soldado das cruzadas, um cavaleiro com o escudo branco combatendo os infiéis.

William sacudiu a cabeça.

— Faremos o possível para salvar o pequeno Henrique disso — falou.

— Meu filho?

Assentiu com a cabeça.

— Nosso filho. Tentaremos lhe dar uma vida com um propósito, e não ociosidade e busca do prazer. E é melhor você avisar seu irmão e sua irmã que seu círculo de amigos é alvo de comentários, e ele, dos piores.

☙

Ana entrou em Londres no dia seguinte, ajudei-a a vestir o vestido branco, com o casaco branco por cima e um manto sem mangas de pele de arminho. Deixou o cabelo solto sobre os ombros, coberto por um véu dourado e uma tiara de ouro. Entrou em Londres em uma liteira puxada por dois pôneis brancos com os Barões dos Cinco Portos segurando um dossel de pano dourado sobre sua cabeça, e a corte toda, com suas roupas mais belas, seguindo atrás, a pé. Havia arcos do triunfo, havia fontes jorrando vinho, havia poemas de lealdade a cada escala, mas a procissão percorreu uma cidade em um silêncio tenebroso.

Madge Shelton estava ao meu lado, seguindo a pé a liteira de Ana, em um silêncio que se tornava mais e mais agourento à medida que descíamos as ruas estreitas em direção à catedral.

— Meu Deus, isto é apavorante — murmurou ela.

Londres estava emburrada, milhares de pessoas estavam nas ruas, mas não agitavam bandeiras, não gritavam graças nem o nome de Ana. Eles a olhavam com uma curiosidade terrivelmente ávida, como se vissem a mulher que havia provocado uma mudança tão radical na Inglaterra, no rei, e que, por fim, conseguira vestir o manto da realeza.

A sua entrada na cidade foi desolada, e a sua coroação, no segundo dia de celebração silenciosa, não foi melhor. Dessa vez, ela usou veludo carmesim, guarnecido da pele mais branca e macia de arminho, com um manto púrpura e uma expressão sombria.

— Está feliz, agora, Ana? — perguntei ao ajeitar a cauda de seu vestido.

Seu sorriso pareceu mais uma careta.

— Muito feliz — replicou asperamente, proferindo seu lema. — Muito feliz. Não poderia deixar de estar, poderia? Tenho tudo o que sempre quis, e ninguém mais a não ser eu mesma acreditava que eu conseguiria. Sou rainha, sou a mulher do rei da Inglaterra. Derrubei Catarina e assumi o seu lugar. Só posso ser a mulher mais feliz do mundo.

— E ele a ama — falei, pensando em como a minha vida tinha se transformado ao ser amada por um homem bom.

Ana encolheu os ombros.

— Oh, sim — replicou com indiferença. Pôs a mão na barriga. — Se pelo menos eu pudesse saber se é um menino. Se fosse coroada já com um príncipe em seu quarto.

Bati carinhosamente em seu ombro, pouco à vontade com a intimidade. Desde que havíamos deixado de partilhar a cama, raramente nos tocávamos. Como agora ela tinha uma criadagem só para si, eu não mais penteava seu cabelo nem atava seu vestido. Ela continuava íntima de George, mas se afastara de mim, e o fato de ter roubado meu filho deixara um ressentimento tácito entre nós. Estranhei ela me confiar uma fraqueza. O verniz da realeza se espalhara sobre ela como o esmalte sobre uma estatueta de cerâmica.

— Não terá de esperar muito tempo — falei, gentilmente.

— Três meses.

Bateram à porta, e Jane Parker entrou, o rosto corado de excitação.

— Estão esperando! — disse sem fôlego. — Está na hora. Está pronta?

— Como? — disse Ana, gelidamente. Imediatamente, minha irmã desapareceu sob a máscara de rainha. Jane fez uma reverência profunda.

— Majestade! Perdoe-me! Eu deveria ter dito que estão esperando Sua Majestade.

— Estou pronta — disse Ana, e se levantou. O resto da corte entrou e as damas de honra ajeitaram a cauda comprida de seu manto, o adorno em sua cabeça, e seu cabelo preto comprido sobre seus ombros.

Em seguida, a minha irmã, a garota Bolena, saiu para ser coroada rainha da Inglaterra.

಄

Passei a noite da coroação de Ana com William, em meu quarto na Torre. Deveria ter dividido a cama com Madge Shelton, mas ela me cochichou que passaria a noite toda fora, portanto, enquanto o banquete da corte prosseguia, William e eu escapulimos para o quarto, trancamos a porta, colocamos mais lenha no fogo, nos despimos devagar, sensualmente, e fizemos amor.

Despertávamos, fazíamos amor, cochilávamos de novo, em um ciclo sonolento de excitação e satisfação, e por volta das 5 da manhã, quando começava a clarear, estávamos os dois deliciosamente exaustos e esfomeados.

— Venha — disse ele. — Vamos sair e comer alguma coisa.

Vestimo-nos, coloquei um manto com capuz, para esconder meu rosto, e escapulimos da Torre adormecida para as ruas de Londres. Metade dos homens da cidade parecia embriagada nas sarjetas com o vinho gratuito que tinha jorrado das fontes para celebrar o triunfo de Ana. Tropeçamos em corpos vacilantes durante todo o trajeto, colina acima, até Minories.

Caminhamos de mãos dadas, sem nos importarmos com que nos vissem nessa cidade embriagada. William me levou a uma padaria e deu um passo atrás para ver se saía fumaça da chaminé curva.

— Sinto o cheiro de pão — eu disse, farejando o ar e rindo da minha fome.

— Vou bater — disse William batendo na porta lateral.

Um grito abafado respondeu e a porta foi aberta bruscamente por um homem com a cara vermelha suja de farinha.

— Posso comprar um pedaço de pão? — perguntou William. — E comer um desjejum?

O homem piscou com a luz da rua.

— Se tiver dinheiro — replicou emburrado. — Pois sabe Deus que gastei todo o meu.

William me conduziu para dentro da padaria. Ali, estava quente e o cheiro era gostoso. Estava tudo coberto por uma poeira fina de farinha de trigo, até mesmo a mesa e os bancos. William limpou um banco com o seu manto sem mangas e me sentou nele.

— Traga-nos um pouco de pão — disse ele. — E duas canecas de *ale*. Algumas frutas, se tiver, para a senhora. Dois ovos cozidos, e quem sabe?, um pouco de presunto. Queijo? Qualquer coisa gostosa.

— É a primeira fornada do dia — resmungou o homem. — Nem sequer tomei meu café da manhã. Não fiquei fatiando presunto para nobres.

O tilintar e o brilho de uma moeda de prata mudaram tudo.

— Tenho um presunto excelente na despensa e queijo que acabou de chegar do campo, feito pelo meu próprio primo — disse o padeiro de maneira persuasiva. — E minha mulher vai lhes servir *ale*. Ela é uma boa cervejeira, não tem melhor em toda Londres.

— Obrigado — disse William, educadamente, sentando-se ao meu lado, e piscando o olho. À vontade, pôs a mão em volta da minha cintura.

— Recém-casados? — perguntou o homem, retirando do forno, com a pá, pedaços de pão e vendo os olhos de William fixos em mim.

— Sim — respondi.

— Que dure muito tempo — disse ele, em dúvida, e virou o pão no balcão de madeira.

— Amém — replicou William, e puxou-me, me beijou nos lábios, e sussurrou em meu ouvido: — Vou amá-la assim para sempre.

◌3

William levou-me até o portão da Torre antes de descer ao rio e contratar um barqueiro para atravessar a comporta. Madge Shelton estava no quarto quando cheguei, mas absorta demais escovando o cabelo e mudando a roupa para se perguntar aonde eu andara de manhã tão cedo. Metade da corte parecia estar despertando na cama errada. O triunfo de Ana, a amante que se tornara esposa, era uma inspiração para todas as garotas livres dos país.

Lavei meu rosto e minhas mãos e troquei rapidamente de roupa para acompanhar, com as outras damas de honra, Ana às primeiras orações da manhã. Ana, em seu primeiro dia de rainha, usava um belo vestido escuro, um capelo adornado de joias e um longo colar de pérolas em duas voltas ao redor de seu pescoço. Continuava a usar o cordão com o "B" de Bolena, e segurava um missal revestido com folha de ouro. Ao me ver, fez um sinal com a cabeça, e eu me curvei em uma reverência profunda e a segui, como se me sentisse honrada com isso.

Depois da missa e do desjejum com o rei, Ana começou a reorganizar o pessoal da casa. Grande parte das criadas da rainha Catarina tinham transferido a sua lealdade sem muitos inconvenientes, pois como nós todas, preferiram se ligar a uma estrela que subia à rainha perdida. Minha atenção foi chamada pelo nome Seymour.

— Tem uma garota Seymour como sua dama? — perguntei surpresa.

— Qual? — perguntou George, sem dar muita atenção, pegando a lista. — Aquela Agnes é tida como uma tremenda puta.

— Jane — disse Ana. — Mas terei tia Elizabeth e a prima Mary. Acho que temos Howard suficientes para suplantarmos a influência de uma Seymour.

— Quem pediu para colocá-la? — perguntou George.

— Todos estão pedindo favores — replicou Ana com enfado. — Todos. O tempo todo. Achei que uma ou duas mulheres de outras famílias acalmaria as coisas. Os Howard não podem ter tudo.

George riu.

— Oh, por que não?

Ana empurrou sua cadeira para trás da mesa, pôs a mão sobre a barriga e deu um suspiro. George ficou alerta.

— Cansada? — perguntou ele.

— Um pouco resfriada — ela olhou para mim. — Não tem importância, tem? Umas pontadinhas de dor? Não significam nada?

— Senti muitas dores com Catarina, mas a gestação foi até o fim e o parto foi fácil.

— Não quer dizer que vá ser uma menina, quer? — perguntou George, aflito.

Olhei para os dois, os narizes e rostos compridos dos Bolena, os olhos ávidos. Eram as mesmas feições que me encaravam no espelho durante a minha vida inteira, exceto que, agora, eu tinha perdido a expressão ansiosa.

— Fique tranquilo — repliquei pacientemente. — Não há nenhum motivo para que não dê à luz um belo menino. E se preocupar é a pior coisa que ela poderia fazer.

— Seria o mesmo que me dizer para não respirar — interrompeu Ana. — É como carregar no ventre o futuro da Inglaterra. E a rainha abortou várias vezes.

— Porque ela não era a esposa apropriada — disse George, para confortá-la. — O casamento deles nunca foi válido. É claro que Deus vai lhe dar um menino.

Em silêncio, ela estendeu a mão sobre a mesa. George apertou-a firme. Olhei para os dois, para o absoluto desespero de sua ambição, ainda os tiranizando como quando eram crianças, filhos de um pequeno senhor em ascensão. Olhei para os dois e percebi meu alívio por ter escapado disso.

Esperei um pouco e, então, disse:

— George, ouvi comentários comprometedores a seu respeito.

Ele ergueu os olhos com seu sorriso alegre, malicioso.

— Com certeza!

— Falo sério — insisti.

— De quem você ouviu? — rebateu.

— Rumores da corte — repliquei. — Dizem que Sir Francis Weston faz parte de um círculo desregrado, e que você está entre eles.

Relanceou os olhos rapidamente para Ana, como se para captar até onde ela sabia.

Ela me olhou de modo inquisidor. Claramente ignorava o que diziam.

— Sir Francis é um amigo leal.

— Falou a rainha — George tentou fazer uma piada.

— Porque ela não sabe metade da história, e você sabe — falei bruscamente.

Ana ficou alerta.

— Tenho de ser absolutamente perfeita — disse ela. — Não posso dar a menor chance de comentarem com o rei algo contra mim.

George deu um tapinha em sua mão.

— Não é nada — confortou-a de novo. — Não se aflija. Umas duas noites de bandalha e bebida demais. Algumas mulheres de má reputação e jogo alto. Nunca faria nada que a desonrasse, Ana, juro.

— É mais do que isso — respondi sem rodeios. — Dizem que Sir Francis é amante de George.

Os olhos de Ana se escancararam e procuraram George no mesmo instante.

— George, não?

— É claro que não — pegou sua mão de modo a tranquilizá-la.

Ana mirou-me com uma expressão fria.

— Não me venha com suas histórias maldosas, Maria — disse ela. — Você é tão ruim quanto Jane Parker.

— É melhor que tome cuidado — adverti George. — Qualquer lama jogada em você respingará em nós.

— Não há lama nenhuma — replicou ele, sem tirar os olhos da cara de Ana. — Absolutamente nenhuma.

— É melhor ter certeza — disse ela.

— Absolutamente nenhuma — repetiu ele.

Saímos para que ela descansasse e fomos ao encontro da corte, que jogava malha com o rei.

— Quem falou de mim? — perguntou George.

— William — respondi francamente. — Não espalhava boatos. Ele sabia que eu me preocuparia com você.

Riu negligentemente, mas percebi a tensão em sua voz.

— Amo Francis — confessou. — Não conheço homem melhor no mundo. Nunca existiu nenhum homem mais corajoso, mais doce, melhor do que ele, e não consigo deixar de desejá-lo.

— Você o ama como uma mulher? — perguntei, sem graça.

— Como um homem — corrigiu-me rapidamente. — Algo muito mais apaixonado.

— George, isso é um pecado terrível, vai fazer você sofrer. É um comportamento que traz desgraça. Se o nosso tio souber...

— Se qualquer pessoa souber, será a minha ruína total.

— Não pode parar de vê-lo?

Virou-se para mim com um sorriso malicioso.

— Pode parar de ver William Stafford?

— Não é a mesma coisa! — protestei. — O que você está descrevendo não é a mesma coisa! Não tem nada a ver. William me ama honrosa e genuinamente. E eu o amo. Mas isso...

— Você não está sem pecado. Simplesmente tem sorte — replicou cruamente. — Tem sorte de amar alguém que está livre para retribuir o seu amor. Mas eu não. Simplesmente o desejo, o desejo, o desejo. E espero o momento em que isso se extinga.

— Vai se extinguir? — perguntei.

— Fatalmente — replicou com amargura. — Tudo o que sempre conquistei até agora transformou-se em cinzas depois de pouco tempo. Por que agora seria diferente?

— George — eu disse, e estendi a mão para ele. — Oh, meu irmão... Olhou para mim com aqueles olhos ávidos e duros dos Bolena.

— O quê?

— Isso vai ser a sua perdição — sussurrei.

— Oh, provavelmente — replicou negligentemente. — Mas Ana me salvará. Ana e o meu sobrinho rei.

Verão de 1533

Ana não me liberou para ir a Hever no verão, já que esperava o bebê para agosto. A corte não viajaria, passando pelas mansões senhoriais da Inglaterra, nada aconteceria como deveria. Fiquei com tanta raiva e tão decepcionada que mal suportava ficar no mesmo cômodo que ela. Mas tinha de ficar, diariamente, e ouvir a sua especulação sem fim sobre que tipo de rei o seu filho seria. Todo mundo tinha de servi-la. Todo mundo tinha de se submeter a ela. Nada tinha mais importância do que Ana e sua barriga. Era o foco de tudo e não planejava nada. Nessa confusão, a corte não podia decidir nada, ir a lugar nenhum. Henrique não conseguia se separar dela, nem mesmo para caçar.

No começo de julho, George e meu tio foram enviados à França como emissários, para comunicar ao rei desse país que o herdeiro do trono da Inglaterra estava para nascer, e pedir-lhe o apoio para o caso de o imperador espanhol agir contra a Inglaterra em reação a esse insulto à sua tia. Iria ver o Papa, quando o impasse que paralisava a Inglaterra fosse rompido. Procurei Ana para lhe pedir, mais uma vez, que me poupasse, assim que fosse confinada.

— Quero ir a Hever — falei calmamente. — Preciso ver meus filhos.

Ela sacudiu a cabeça. Estava deitada em um sofá que haviam colocado para ela no vão da janela. Todas as janelas permaneciam abertas para captar a brisa que soprava do rio, mas ela não parava de suar. Seu vestido estava atado apertado e seus seios, comprimidos pelo corpete, estavam intumescidos e incomodavam. Suas costas doíam, embora apoiadas sobre almofadas bordadas com pérolas pequeninas.

— Não — replicou concisamente.

Percebeu que eu estava para argumentar.

— Oh, pare com isso — disse ela, com irritação. — Posso lhe dar uma ordem de fazer o que eu não deveria pedir nem mesmo a uma irmã. Deve querer ficar comigo. Visitei-a quando estava confinada.

— Roubou o meu amante enquanto eu dava à luz um filho dele! — falei sem rodeios.

— Assim me mandaram fazer. E você faria o mesmo se nossos papéis tivessem sido trocados. Preciso de você, Maria. Não se afaste quando é necessária.

— Para que precisaria de mim? — perguntei.

Perdeu a cor, ficando branca como cera.

— E se eu morrer? — sussurrou. — E se ficar preso e eu morrer disso?

— Oh, Ana...

— Não me mime — disse ela irritada. — Não quero a sua simpatia. Só quero que fique aqui e me proteja.

Hesitei.

— O que quer dizer?

— Se podem tirar o bebê me matando, minha vida não vale nada — replicou cruamente. — Vão preferir ter um príncipe de Gales vivo a uma rainha viva. Podem conseguir outra rainha. Mas príncipes são raros nesse mercado.

— Não serei capaz de impedi-los — falei, sem força.

Sob suas pálpebras, seus olhos brilharam.

— Sei que não dá para confiar em você, mas pelo menos poderia contar a George, e ele convenceria o rei a mandar que me salvassem.

A sua visão fria do mundo me deteve por um instante. Mas então, pensei em meus filhos.

— Depois de seu bebê nascer, e você estar bem, irei para Hever — determinei.

— Depois de o bebê nascer, pode ir para o inferno, se quiser — disse ela sem se alterar.

☙

Portanto nada mais havia a fazer a não ser esperar. Porém naqueles dias quentes, quando parecia que nada estava acontecendo, chegou, de Roma, uma notícia espantosa. O Papa finalmente decretara contra Henrique. E o mais surpreendente: Henrique seria excomungado!

— O quê? — perguntou Ana.

Lady Rochford, a esposa de George, Jane Parker, recentemente nobilitada, tinha trazido as novas. Como um abutre sobre o cadáver, ela era sempre a primeira.

— Excomungado — até mesmo ela pareceu atônita. — Todos os ingleses leais ao Papa devem desobedecer ao rei — disse ela. — A Espanha pode invadir. Seria uma guerra santa.

Ana ficou mais branca do que as pérolas em seu pescoço.

— Saia — eu disse, de repente. — Como ousa vir até aqui e afligir a rainha?

— Alguns dirão que ela não é rainha. — Jane dirigiu-se à porta. — Será que o rei não a abandonará agora?

— Saia! — ordenei furiosa e corri para Ana. Ela estava com a mão sobre a barriga como se tentasse proteger o bebê das notícias desastrosas. Belisquei suas bochechas e vi suas pálpebras baterem.

— Ele vai ficar do meu lado — sussurrou. — O próprio Cranmer nos casou. Ele me coroou. Não podem dizer que tudo isso não vale nada.

— Não — repliquei, tão firmemente quanto consegui, achando que sim, que talvez pudessem invalidar tudo, pois quem poderia contestar o Papa, quando ele tinha as chaves do paraíso nas mãos? O rei deveria ceder. E a primeira coisa de que teria de abrir mão seria de Ana.

— Oh, Deus, queria que George estivesse aqui — disse Ana com um gemido de desespero. — Queria que tivesse voltado.

Dois dias depois, George chegou da França com uma breve carta, tomada de pânico, de nosso tio, querendo saber o que seria feito a seguir nas negociações para resolver uma crise que se tornara, repentinamente, um desastre. O rei enviou George de volta à França com ordens para o meu tio interromper as conversações e retornar. Todos esperaríamos e veríamos o que aconteceria.

Os dias foram se tornando cada vez mais quentes, esboçaram planos para a defesa da Inglaterra contra a invasão espanhola, os padres pregavam calma nos púlpitos, mas se perguntavam que lado tomariam. Várias igrejas simplesmente fecharam suas portas e ninguém podia orar ou se confessar, sepultar seus mortos ou batizar seus bebês. Tio Howard insistiu com Henrique que o enviasse de volta à França e implorasse a Francis que persuadisse o Papa a suspender a excomunhão. Nunca o tinha visto tão aterrorizado. Mas George, o mais sereno de todos nós, voltou toda a sua atenção para Ana.

Era como se pensasse que a alma imortal do rei e o futuro da Inglaterra fossem grandes demais para ele. A única posição em que podia ser realmente eficaz era guardando o desenvolvimento do bebê no ventre de Ana.

— É a nossa garantia — me disse ele, baixinho. — Nada garante mais a nossa segurança do que um menino.

Ele passava a manhã com Ana, sentado em seu sofá no vão da janela. Quando Henrique chegava, George saía, mas assim que o rei ia embora, Ana se recostava no travesseiro e procurava por nosso irmão. Ela nunca demonstrava a Henrique a tensão em que vivia. Permanecia para ele a mulher fascinante que sempre tinha sido. Mostrava seu gênio quando ele a contrariava. Mas nunca lhe demonstrava medo. Nunca mostrou seu medo a ninguém, exceto a mim e a George. Henrique recebia sua meiguice e encanto, seu coquetismo. Mesmo com oito meses de gravidez, Ana era capaz de olhar de lado de uma maneira que fazia qualquer homem ficar sem fôlego. Eu a observava falar com Henrique e percebia que cada gesto, que cada pedacinho seu estava empenhado em encantá-lo.

Não é de admirar que quando ele deixava a sala para caçar, ela voltasse a se recostar nos travesseiros e me chamasse para tirar seu capelo e acariciar sua testa.

— Estou com tanto calor.

Henrique não ia caçar sozinho, é claro. Ana podia ser fascinante, mas, com oito meses de gravidez e proibida de se deitar com ele, nem mesmo ela poderia segurá-lo. Henrique estava flertando abertamente com Lady Margaret Steyne e não demorou para Ana ficar sabendo.

Uma tarde, ao visitá-la, foi recebido com sarcasmo.

— Não sei como se atreve a olhar para mim — saudou-o com a voz baixa e ríspida quando ele se sentou ao seu lado. Henrique olhou em volta, e os cavalheiros da corte se afastaram um pouco imediatamente, e fingiram surdez, enquanto as damas viraram o rosto para dar ao casal real a ilusão de privacidade.

— Senhora?

— Soube que dormiu com uma puta — disse Ana.

Henrique olhou em volta e viu Lady Margaret. Um olhar de relance para William Brereton fez com que o cortesão mais experiente oferecesse o braço a Lady Margaret. Levou-a rapidamente para fora, para um passeio à margem do rio. Ana observou-os sair com um olhar que assustaria um homem inferior.

— Senhora? — perguntou Henrique.

— Não vou permitir — advertiu-o. — Não vou tolerar isso. Ela tem de deixar a corte.

Henrique sacudiu a cabeça e se pôs de pé.

— Esquece-se de com quem está falando — disse ele. — E mau gênio não convém ao seu estado. Tenha um bom-dia, senhora.

— Esquece-se de com quem está falando! — retorquiu Ana. — Sou sua mulher e rainha e não serei negligenciada e insultada em minha própria corte! Essa mulher tem de partir.

— Ninguém me dá ordens!

— Ninguém me insulta!

— Como foi insultada? Ela nunca lhe prestou outra coisa senão atenção e cordialidade, e eu continuo sendo seu marido obediente. O que há com a senhora?

— Não a quero na corte! Não serei tratada dessa maneira!

— Senhora — replicou Henrique, com a voz gélida. — Uma mulher melhor do que a senhora foi tratada de maneira muito pior e nunca se queixou. Como bem sabe.

Por um instante, dominada por seu gênio, não percebeu a referência. E quando se deu conta, ficou em pé de um pulo.

— E a menciona a mim! — gritou. — Atreve-se a me comparar com essa mulher que nunca foi sua esposa?

— Era uma princesa de sangue azul — gritou ele de volta. — E nunca, mas nunca me repreendeu. Ela sabia que o dever de uma esposa é zelar pelo conforto de seu marido.

Ana chapou a mão na curva de sua barriga.

— Deu-lhe um filho homem? — perguntou ela.

Houve um silêncio.

— Não — respondeu Henrique, com pesar.

— Então, princesa ou não, não tinha nenhuma utilidade. E não era sua esposa.

Ele assentiu com a cabeça. Henrique, e, na verdade, todos nós, às vezes, tínhamos dificuldades em recordar o fato controvertido.

— Não deve se afligir — disse ele.

— Então não me dê motivos para me afligir — respondeu ela habilmente.

Com relutância, me aproximei.

— Ana, precisa se sentar — disse o mais calmamente possível.

Henrique virou-se para mim com alívio.

— Sim, Lady Carey, faça com que se acalme. Estou indo — fez um ligeira mesura a Ana e saiu abruptamente. Metade dos cavalheiros o acompanhou, a outra metade, pega de surpresa, permaneceu. Ana olhou para mim.

— Por que interrompeu?

— Não pode pôr o bebê em risco.

— Oh! O bebê! Todo mundo só pensa no bebê!

George se aproximou de mim e pegou a sua mão.

— Evidentemente. Nosso futuro depende dele. Inclusive o seu, Ana. Agora, fique quieta, Maria tem razão.

— Tínhamos de ter brigado até o fim — disse ela, ressentida. — Eu não deveria ter deixado que se fosse antes de me prometer que a expulsaria da corte. Não devia ter-nos interrompido.

— Não pode brigar até o fim — alertou George. — Não pode acabar na cama dele até ter dado à luz e ter ido à igreja. Tem de esperar, Ana. E sabe que ele terá alguém enquanto espera.

— Mas se ela o segurar? — lamuriou-se Ana, seus olhos passando por mim, ciente de que o tirara de mim enquanto eu dava à luz.

— Ela não pode — replicou George simplesmente. — Você é a sua esposa. Não pode se divorciar de você, pode? Ele vai simplesmente se livrar da outra. E se tiver um menino, não terá nenhum motivo para isso. Seu trunfo é a sua barriga, Ana. Não o descarte até o momento certo.

Ela recostou-se na cadeira.

— Chame os músicos — disse ela. — Podem dançar.

George estalou os dedos e um pajem logo se aproximou.

Ana virou-se para mim.

— E diga a Lady Margaret Steyne que não quero ver nem a sua sombra — disse ela.

☙

A corte escolheu o rio naquele verão. Não havíamos estado perto do Tâmisa meses antes, no verão, e o mestre de folias concebeu batalhas e mascaradas aquáticas, entretenimentos na água para Henrique e sua nova rainha. Uma noite, apresentaram uma batalha de fogo ao crepúsculo e Ana assistiu de uma tenda armada na margem. Os homens da rainha venceram e, então, houve dança em um pequeno palco construído no rio. Dancei com meia dúzia de homens e, então, olhei em volta, procurando meu marido.

Ele estava me observando, estava sempre alerta ao momento em que poderíamos escapulir. Uma inclinação discreta de sua cabeça, um sorriso secreto, e desaparecíamos nas sombras para um beijo, um toque oculto, e, às vezes, quando estava escuro e quando não conseguíamos resistir um ao outro, nos entregaríamos ao prazer, ocultos no escuro à margem do rio, com o som da música distante para disfarçar meu gemido.

Eu era uma amante clandestina e isso me deixava atenta a George. Também ele participava da primeira meia dúzia de danças e estabelecia a sua presença no centro da festa. Depois, também ele ia recuando, saindo aos pouquinhos do círculo de luz para a obscuridade do jardim. Então, eu percebia também a falta de Sir Francis, e sabia que ele teria levado meu irmão para algum lugar, talvez para seu quarto, talvez para a agitação de Londres, para programas extravagantes, talvez jogar ou montar sob o luar, ou, quem sabe, um abraço impetuoso. George podia reaparecer em cinco minutos ou desaparecer por toda a noite. Ana, que achava que ele estava na farra, como sempre, acusava-o de flertar com as criadas e George ria e negava, como sempre fazia. Só eu sabia que um desejo mais poderoso e mais perigoso tinha meu irmão sob seu domínio.

Em agosto, Ana comunicou que se retiraria ao seu confinamento, e quando, de manhã, Henrique foi visitá-la, depois da missa, encontrou seus aposentos num caos, com móveis sendo levados e outros trazidos, e todas as damas bastante ocupadas.

Ana estava em uma cadeira, em meio a toda aquela confusão, dando as ordens. Quando Henrique entrou, ela inclinou a cabeça, mas não se levantou para lhe fazer uma mesura. Ele não se importou, ficava apalermado diante de sua rainha grávida, deixou-se cair de joelhos como um menino, na frente dela, pôs a mão sobre sua barriga e olhou para sua face.

— Precisamos de uma roupa de batismo para o nosso filho — disse ela sem preâmbulos. — Ela teve?

"Ela" significava somente uma coisa no vocabulário real. "Ela" era sempre a rainha que tinha desaparecido, a rainha que ninguém nunca mencionava, a rainha que todos tentavam esquecer, sentada naquela cadeira, preparando-se para o seu próprio confinamento naquele cômodo, e sempre recebendo Henrique com seu sorriso terno e deferente.

— Era sua — replicou ele. — Trazida da Espanha.

— Mary foi batizada com ela? — perguntou Ana, sabendo a resposta.

Henrique franziu o cenho, fazendo esforço para se lembrar.

— Oh, sim. Um vestido branco longo, ricamente bordado. Mas pertencia a Catarina.

— Ela ainda o tem?

— Podemos encomendar um novo — disse Henrique de modo apaziguador. — Você mesma poderia desenhá-lo, e as freiras o confeccionariam.

Ana jogou a cabeça indicando que não.

— O meu bebê usará o traje real — disse ela. — Quero que seja batizado com a roupa que todos os príncipes usaram.

— Não temos um traje real... — replicou ele com hesitação.

— Garanto que sim! — interrompeu bruscamente. — Porque ela o tem.

Henrique sabia quando era derrotado. Curvou a cabeça e beijou a sua mão, agarrada ao braço da cadeira.

— Não se aflija — falou ele. — Não quando está tão perto da sua hora. Mandarei buscarem. Juro. O nosso pequeno Eduardo Henrique terá tudo o que você quiser.

Ela assentiu com a cabeça e conseguiu ostentar seu sorriso gracioso, tocou a nuca dele com a ponta dos dedos, quando ele fez a reverência.

A parteira entrou e fez uma reverência.

— O quarto está pronto — disse ela.

Ana virou-se para Henrique.

— Virá me visitar todos os dias — disse ela. Soou mais como uma ordem do que um pedido.

— Duas vezes por dia — prometeu ele. — O tempo passará rápido, meu coração, e tem de descansar para a chegada do nosso filho.

Beijou sua mão de novo e a deixou. Aproximei-me e nós duas fomos olhar seu quarto. A grande cama já estava lá, e as paredes estavam cobertas de tapeçarias para excluir qualquer tipo de ruído, luz do sol ou ar fresco. Haviam posto, no chão, junco com alecrim para perfumar e lavanda. Haviam tirado todo o resto da mobília, exceto uma cadeira e uma mesa para a parteira. Ana deveria ficar na cama por um mês inteiro. Tinham acendido a lareira, embora fosse verão e o quarto estivesse abafado. Tinham acendido velas, para que ela pudesse ler ou costurar, e haviam colocado o berço aos pés da cama.

Ana encolheu-se na soleira da porta do quarto escuro e abafado.

— Não posso entrar, é como uma prisão.

— É só por um mês — eu disse. — Talvez menos.

— Vou sufocar.

— Vai ficar bem. Eu tive de fazer isso.

— Mas eu sou a rainha.

— Mais uma razão.

A parteira apareceu por trás de mim e disse:

— Está a seu gosto, Majestade?

O rosto de Ana estava lívido.

— Parece uma prisão.

A parteira riu e a introduziu no quarto.

— Todas dizem isso. Mas ficará feliz com o resto.

— Diga a George que quero vê-lo mais tarde — disse Ana por cima do ombro. — E que traga alguém para me entreter. Não vou ficar aqui sozinha. É o mesmo que estar presa na Torre.

— Jantaremos com você — prometi. — Se descansar agora.

☙

Com Ana retirada da corte, o rei retornou ao seu padrão, caçando toda manhã das 6 às 10 horas, chegando para o almoço. À tarde, visitava Ana, ao anoitecer, a corte o entretinha.

— Ele dançou com quem? — perguntou Ana, astuta como sempre, apesar de deitada, com calor, cansada e pesada no quarto obscurecido.

— Com ninguém em particular — respondi. Madge Shelton tinha atraído seu olhar e a garota Seymour, Jane. Lady Margaret Steyne se exibia com meia dúzia de vestidos novos. Mas nada disso teria importância se Ana tivesse um menino.

— E quem caça com ele?

— Só seus cavalheiros — menti. Sir John Seymour tinha comprado para a sua filha um belo cavalo de caça cinza. Ela usava um vestido azul-escuro para montar e ficava muito bem na sela.

Ana olhou-me desconfiada.

— Você não tem corrido atrás dele, tem? — perguntou maliciosamente.

Sacudi a cabeça.

— Não tenho o menor desejo de mudar minha posição — repliquei honestamente. Tomei o cuidado de não pensar em William. Se me permitisse pensar em seus ombros ou na maneira como se espreguiçava nu na luz da manhã, sabia que meu desejo transpareceria em meu rosto. Qualquer um o perceberia. Eu era definitivamente a sua fêmea.

— E vigia o rei para mim? — insistiu ela. — Você realmente o vigia, Maria?

— Ele está esperando o nascimento de seu filho, assim como o resto da corte — repliquei. — Se tiver um menino, nada a afetará. Sabe disso.

Ela assentiu com a cabeça e fechou os olhos, recostando-se nos travesseiros.

— Deus, como queria que isso já estivesse terminado — disse ela irritada.

— Amém — eu disse.

☙

Sem o olhar zeloso de minha irmã sobre mim, estava livre para ficar com William. Madge Shelton desaparecia frequentemente de meu quarto e acabamos desenvolvendo um acordo informal de sempre bater na porta, e nunca entrar se estivesse trancada por dentro. Madge não passava de uma menina, mas havia amadurecido rapidamente na corte. Ela sabia que suas chances de um bom casamento dependiam do cuidado em equilibrar o despertar do desejo de um homem sem deixar cair nenhuma mácula sobre sua reputação. E a corte de agora era muito mais dissoluta do que a de quando eu chegara ainda menina.

Os artifícios de George também funcionavam. Sem a rainha na corte, ele e Sir Francis, com William Brereton e Henry Norris, ficavam sem ter o que fazer. Caçavam com Henrique de manhã e, às vezes, eram convocados à tarde, mas, geralmente, ficavam ociosos. Flertavam com as damas da rainha, escapavam rio acima, para Londres, e desapareciam por noites, sem explicação. Uma vez, peguei-o de manhã cedo. Eu contemplava o sol no rio quando um barco a remo atracou na plataforma de desembarque do palácio e George pagou o barqueiro, subindo, em seguida, silenciosamente, a senda para o jardim.

— George — eu disse, surgindo de meu lugar entre as rosas.

Ele levou um susto.

— Maria! — imediatamente, pensou em Ana. — Ela está bem?

— Está. Por onde andou?

Encolheu os ombros.

— Fomos nos divertir um pouco — disse ele. — Alguns amigos de Henry Norris. Fomos dançar, jantar e jogar um pouco.

— Sir Francis estava lá?

Assentiu com a cabeça.

— George...

— Não me censure! — interrompeu. — Ninguém mais sabe. Nós mantemos segredo.

— Se o rei descobrir, será banido — eu disse sem rodeios.

— Ele não vai descobrir — replicou. — Sei que ouviu falarem sobre isso, mas foi apenas um cavalariço mexeriqueiro. Foi silenciado. Dispensado. Acabou.

Peguei sua mão e encarei seus olhos Bolena escuros.

— George, temo por você.

Ele riu, o riso frágil, de cortesão.

— Não — replicou. — Não tenho nada a temer. Nada a temer, nada a procurar e nenhum lugar para onde ir.

෯

Ana não conseguiu a roupinha real de batizado. Escreveram à rainha com propostas para a sua separação do rei. Trataram-na como princesa Dowager, isto é, título conferido por casamento, e ela rasgou o pergaminho com uma penada furiosa quando se deparou com o título. Ameaçaram-na de nunca mais rever a princesa Mary, sua filha. Transferiram-na para o mais desolado dos palácios: Buckden, em Lincolnshire. Ainda assim, ela não se retratou. Continuou sem admitir a possibilidade de não ter sido a esposa legítima do rei. Nesse impasse, a roupa do batizado parecia importar muito pouco e depois que se recusou a se desfazer dela, dizendo que era um bem seu, trazido da Espanha, Henrique não insistiu.

Pensei nela em uma casa fria na borda de Fens. Pensei nela, separada de sua filha, como eu estava de meu filho, por ambição da mesma mulher. Pensei em sua determinação inabalável de agir certo aos olhos de Deus. E senti saudades. Tinha sido como uma mãe para mim quando fui para a corte e eu a tinha traído como uma filha trairia uma mãe, e nem assim deixara de amá-la.

Outono de 1533

As dores de Ana começaram na madrugada e a parteira me chamou imediatamente. Tive praticamente de lutar para conseguir passar por cortesãos, advogados, escrivães e oficiais da corte na sala de audiências, do lado de fora de seu quarto. Mais perto da porta, estavam as damas de honra reunidas para assistir à rainha em seu confinamento, na verdade, sem fazer nada, a não ser assustarem umas as outras com histórias aterrorizantes de partos difíceis. A princesa Mary estava entre elas, sua face pálida contorcida na carranca habitual de determinação. Achei Ana cruel ao tornar a filha de Catarina uma testemunha do parto da criança que a deserdaria. Lancei-lhe um breve sorriso e ela respondeu com aquela mesura estranha e fria que se tornara sua marca registrada. Ela não podia confiar em ninguém, ela nunca mais confiaria em ninguém.

Dentro do quarto, parecia uma cena do inferno. Haviam provido os balaústres de cama de cordas e Ana agarrava-se a elas como uma mulher se afogando. Os lençóis já estavam manchados de seu sangue, e as parteiras preparavam a infusão de aveia, ovos e cerveja no fogo que era atiçado com lenha. Ana estava nua da cintura para baixo. Suava e gritava de medo. Mais duas damas de honra diziam suas orações em uma ladainha ansiosa e irritante e, volta e meia, Ana emitia um grito estridente de mais dor.

— Ela tem de descansar — disse-me uma das parteiras. — Ela o está retendo.

Aproximei-me da cama e esperei.

— Ana, descanse — eu disse. — Isso vai prosseguir por horas.

— É você, não é? — disse ela, jogando o cabelo para trás. — Achei que estava acordada.

— Vim assim que me chamaram. Quer que eu faça tudo por você?

— Quero que faça isto por mim — replicou, sempre sagaz.

Ri.

— Eu não!

Estendeu a mão para mim e quando a segurei, a apertou.

— Por Deus, me ajude, estou em pânico — sussurrou ela.

— Deus a ajudará — repliquei. — Está tendo um príncipe cristão, não está? Está dando à luz um menino que será o chefe da Igreja da Inglaterra, não está?

— Não me deixe — disse ela. — Vou vomitar de medo.

— Oh, vai vomitar — repliquei animadamente. — Ainda vai piorar muito antes de ficar melhor.

☙

Ana ficou em trabalho de parto durante o dia todo e, então, as contrações se aceleraram e ficou claro para nós todas que o bebê estava chegando. Ela parou de lutar e ficou aérea, seu corpo fazendo o trabalho por ela. Levantei-a e a parteira estendeu o pano para o bebê. Então, deu um grito de alegria quando a cabeça surgiu do corpo exaurido de Ana, e com um coleio e pressa, o bebê nasceu.

— Deus seja louvado — disse a mulher.

Ela baixou a cabeça, sugou a boca do neném e ouvimos um gritinho abafado. Ana e eu quisemos vê-lo.

— É o príncipe? — perguntou Ana, ofegando, a voz gutural de tanto gritar. — Vai ser o príncipe Eduardo Henrique.

— Uma menina — disse a parteira, com alegria.

Senti todo o peso de Ana quando se deixou cair, decepcionada, e sussurrei sem querer: — Oh, Deus, não.

— Uma menina — repetiu a parteira. — Uma menina forte e sadia — repetiu como se para que nos resignássemos.

Por um instante, achei que Ana tinha desmaiado. Estava lívida como morta. Deitei-a sobre os travesseiros e afastei seu cabelo do rosto suado.

— Uma menina.

— Um bebê vivo é o mais importante — eu disse, tentando aplacar o meu próprio desespero.

A parteira envolveu o bebê com um pano e o afagou. Ana e eu viramos a cabeça para o grito queixoso, penetrante.

— Uma menina — disse Ana em choque. — Uma menina. Do que nos adianta uma menina?

C3

George disse a mesma coisa quando lhe contei. Tio Howard, quando lhe dei a notícia, praguejou alto e me chamou de uma vadia inútil e minha irmã de uma puta estúpida. A sorte da família tinha dependido desse pequeno acidente de parto. Se Ana tivesse dado à luz um menino, teríamos nos tornado a família mais poderosa da Inglaterra com uma participação eterna no trono. Mas tinha sido uma menina.

Henrique, sempre rei, sempre imprevisível, não se queixou. Pegou o bebê no colo e elogiou seus olhos azuis e seu corpinho vigoroso. Admirou os pequenos detalhes de suas mãos, as dobrinhas de suas articulações, a perfeição de suas unhas minúsculas. Disse a Ana que, na próxima vez, teriam um menino, que estava feliz por ter mais uma princesinha perfeita em sua casa. Ordenou que as cartas com a comunicação do nascimento de um príncipe fossem corrigidas para uma princesa, para comunicar ao rei da França e ao Imperador da Espanha que o rei da Inglaterra tinha mais uma filha. Fincou pé e tentou não pensar no que diriam nas cortes da Europa. Ririam da Inglaterra por ter passado por tal revolução na ordem para o rei ter uma menina de uma plebeia. Mas nessa noite eu o admirei, quando pegou minha irmã nos braços, beijou seu cabelo e a chamou de coração. Eu o entendi: era orgulhoso demais para deixar alguém perceber que estava decepcionado. Eu o achava um homem de uma grande vaidade, de caprichos perigosos, e apesar de tudo isso — ou justamente *por isso* — um grande rei.

Fui para o meu quarto depois de trinta e seis horas sem dormir, e com a raiva e desespero de meu pai, meu tio e meu irmão ressoando em meus ouvidos. Lá, encontrei William com um bolo de carne na mesa ao lado da lareira e uma jarra de *ale*. Recebeu-me dizendo:

— Achei que estaria cansada e faminta.

Caí em seus braços e mergulhei o rosto no cheiro reconfortante de sua roupa.
— Oh, William!
— Problemas?
— Todos estão com tanta raiva, e Ana está em desespero, e ninguém olhou para o bebê, a não ser o rei, que a segurou por não mais que alguns instantes. Tudo isso parece tão aterrador. Oh, Deus, por que não foi um menino?

Ele afagou minhas costas.
— Calma, meu amor. Vão todos se recuperar. E farão outro filho. Quem sabe da próxima vez não será um menino?
— Mais um ano — eu disse. — Mais um ano antes de Ana se livrar do medo e eu, dela.

Levou-me para a mesa e me sentou, e pôs a colher em minha mão.
— Coma — disse ele. — Tudo vai parecer melhor depois de ter comido e dormido.
— Onde está Madge? — perguntei receosa, olhando para a porta.
— Agitando-se no salão como uma beberrona — replicou. — A corte preparou um banquete para receber o príncipe e vai comê-lo independentemente do que aconteceu. Madge só vai voltar horas mais tarde, se é que vai voltar.

Balancei a cabeça e comi como tinha mandado. Quando acabei, ele me levou para a cama e beijou minha orelha, meu pescoço, minhas pálpebras, delicada e ternamente, até eu me esquecer de tudo sobre Ana e a menina não desejada, e me entregar a seus braços. Adormeci assim, vestida, sobre as cobertas da cama, dividida entre o sono e o desejo. Adormeci e sonhei com ele fazendo amor comigo, embora ele passasse a noite toda me abraçando e acariciando meu rosto.

❧

Assim que Ana se recuperou do parto, ficou ocupada com as providências para o cuidado da pequena princesa Elizabeth, no Palácio de Hatfield, onde acomodações reais para a criança seriam estabelecidas sob a responsabilidade de nossa tia, Lady Anne Shelton, a mãe discreta de Madge. A princesa Mary, que tinha sido vista escondendo o riso com as mãos diante do desapontamento de Ana, também iria para longe de seu pai, de sua posição na corte.

— Ela pode servir a Elizabeth — disse Ana com indiferença. — Pode ser sua dama de honra.

— Ana — eu disse. — Ela é princesa legítima, não pode servir à sua filha. Não é certo.

Ana olhou para mim.

— Boba — replicou simplesmente. — Tudo faz parte da mesma coisa. Ela tem de ser vista indo aonde eu mandar, tem de servir à minha filha, assim sei que sou rainha realmente e Catarina foi esquecida.

— Não consegue descansar? — perguntei. — Precisa estar sempre conspirando?

Lançou-me um sorriso amargo.

— Acha que Cromwell descansa? Acha que os Seymour descansam? Acha que o embaixador espanhol e sua rede de espiões e essa mulher maldita, que todos eles descansam, pensando: "Bem, ela se casou com ele e deu à luz uma menina inútil, de modo que embora tenhamos tudo por que lutar, vamos descansar"? Acha?

— Não — repliquei contrafeita.

Ela olhou-me por um momento.

— Olhando-a não dá para entender como pode parecer tão roliça e satisfeita consigo mesma quando, ao que tudo indica, deveria estar lutando para sobreviver com uma pequena pensão, e definhando.

Não consegui reprimir uma risada diante de sua visão sombria a meu respeito.

— Eu me arranjo — respondi simplesmente. — Mas gostaria de ver meus filhos em Hever, agora, se me permitir.

— Oh, vá — disse ela, farta do pedido. — Mas esteja de volta a Greenwich a tempo do Natal.

Dirigi-me rapidamente à porta, antes que ela mudasse de ideia.

— E diga a Henrique que ele terá de ir para um tutor, ele tem de ser educado apropriadamente — disse ela. — Irá no fim deste ano.

Parei, minha mão na porta.

— O meu filho? — sussurrei.

— *Meu* filho — corrigiu-me. — Não pode passar a infância brincando, sabe disso.

— Achei...

— Providenciei para que estude com o filho de Sir Francis Weston e o de William Brereton. Eles estão indo bem, pelo que eu soube. Está na hora de ficar com meninos de sua idade.

— Não o quero com eles — falei instantaneamente. — Não os filhos desses dois.

Ela ergueu a sobrancelha.

— São cavalheiros da minha corte — lembrou-me. — Seus filhos também serão cortesãos, e talvez, um dia, sejam cortesãos de Henrique. Ele deve ficar com eles. Já decidi.

Tive vontade de gritar com ela, mas me contive e mantive a voz baixa e suave.

— Ana, ele ainda é muito pequeno. É feliz com sua irmã, em Hever. Se quer que se eduque, ficarei lá. Eu o educarei...

— Você! — riu ela. — Seria o mesmo que pedir aos patos no fosso para lhe ensinarem a grasnir. Não, Maria. Já decidi. E o rei concorda comigo.

— Ana...

Recostou-se e me olhou com os olhos apertados.

— Não quer vê-lo neste ano? Prefere que o mande para o tutor imediatamente?

— Não!

— Então, vá, irmã. Pois já decidi e você me cansa.

ɔʒ

William me observava de lá para cá no nosso quarto exíguo alugado.

— Vou matá-la — jurei.

Ele estava de costas para a porta, verificava se a janela estava bem fechada para evitar a água que pingava do beiral.

— Eu a mato! Colocar meu filho, meu filho precioso, com os filhos daqueles sodomitas! Prepará-lo para uma vida na corte! Ordenar que a princesa Mary sirva a Elizabeth e mandar meu filho para o exílio ao mesmo tempo! Ela está louca! Enlouqueceu de ambição. E o meu menino... o meu filho...

Minha garganta apertou e reteve as palavras. Meus joelhos cederam, pus o rosto sobre as cobertas da cama e solucei.

William não se moveu de seu lugar à janela, deixou que eu chorasse. Esperou até eu levantar a cabeça e enxugar as bochechas com os dedos. Só então, avançou e se ajoelhou perto de mim, de modo que engatinhei, abatida por minha aflição, para os seus braços. Abraçou-me e me ninou como se eu fosse um bebê.

— Vamos tê-lo de volta — sussurrou em meu cabelo. — Passaremos um tempo maravilhoso com ele, o tiraremos de seus tutores, e o traremos de volta. Prometo. Nós ainda vamos buscá-lo, meu coração.

Inverno de 1533

Como forma de agradar o rei no Ano-Novo, Ana encomendou o presente mais extravagante. Os ourives o levaram ao salão, Ana à frente, de modo que pudesse abrir as portas e ver nossas caras. Foi uma visão surpreendente: uma fonte de ouro com diamantes e rubis incrustados. Aos pés da fonte, estavam três mulheres nuas, também forjadas em ouro, e de suas tetas esguichava mais água.

— Meu Deus — disse George, realmente admirado. — Quanto custou?

— Nem me fale — replicou Ana. — É grandiosa, não?

— Grandiosa — repeti, e não acrescentei: "Mas vergonhosamente feia", se bem que percebi, pela expressão perplexa de George, que ele achava o mesmo.

— Achei que a ondulação da água seria calmante. Henrique pode colocá-la em sua sala de audiências — disse Ana. Aproximou-se da construção e a tocou. — Foi muito bem forjada.

— Mulheres férteis jorrando água — eu disse, olhando para as três estátuas fulgurantes.

Ana sorriu para mim.

— Um augúrio — disse ela. — Um lembrete. Um desejo.

— Queira Deus, uma predição — disse George, sinistramente. — Nenhum sinal ainda?

— Ainda não — replicou ela. — Mas acontecerá logo.

— Amém — dissemos George e eu juntos, devotos como luteranos.
— Amém.

☙

Nossas preces foram atendidas. As regras de Ana não aconteceram em janeiro nem em fevereiro. Quando os brotos de aspargos se manifestaram na primavera, a rainha passou a comê-los em todas as refeições, pois diziam que faziam um menino. As pessoas começaram a ter dúvidas. Ninguém tinha certeza. Ana estava sempre com um meio sorriso na face e deleitada por ser o centro das atenções de novo.

Primavera de 1534

Os planos da corte para uma viagem de veraneio foram adiados mais uma vez enquanto Ana, no centro do remoinho de comentários, mostrava-se satisfeita, sentada serenamente com a mão sobre a barriga, sem se importar com as dúvidas. O palácio era só comentários. George, minha mãe e eu éramos importunados com notícias dos cortesãos que queriam saber se ela estava realmente grávida e quando teria de ficar de cama. Ninguém gostava de ficar perto das ruas de Londres tomadas pela praga no tempo quente. Mas a ideia do confinamento da rainha e as oportunidades de promoção que um rei solitário poderia oferecer eram um atrativo poderoso.

Passaríamos o verão em Hampton Court, até onde todos sabiam, e a viagem proposta à França para consolidar o tratado com Francis foi adiada.

Nosso tio convocou uma reunião de família em maio, mas não chamou Ana, que agora não recebia mais ordens suas. Entretanto, motivada pela curiosidade, ela planejou sua chegada a seus aposentos no instante em que estávamos todos sentados. Hesitou à entrada, perfeitamente imóvel, e nosso tio levantou-se de seu lugar à cabeceira da mesa para lhe buscar uma cadeira. Mas assim que deixou seu lugar vago, ela caminhou imponente e vagarosamente para a cabeceira e sentou-se sem uma palavra de agradecimento. Reprimi um risinho, um som muito baixinho, e Ana deu-me um sorriso rápido. Não havia nada que lhe desse mais prazer do que exercer seu poder, comprado a um preço tão alto.

— Pedi que a família se reunisse para descobrir quais são seus planos, Majestade — disse meu tio suavemente. — Vai-me ser útil saber se a senhora está realmente grávida e quando espera ser confinada.

Ana ergueu a sobrancelha como se a pergunta fosse uma impertinência.

— Pergunta isso a *mim*?

— Ia perguntar à sua irmã ou à sua mãe, mas já que está aqui, posso lhe perguntar diretamente — replicou ele. Não se sentia nem um pouco intimidado por Ana. Tinha servido a monarcas muito mais assustadores: o pai de Henrique e o próprio Henrique. Havia enfrentado assaltos da cavalaria. Nem mesmo Ana, com toda a sua realeza, o assustaria.

— Em setembro — respondeu ela, brevemente.

— Se for outra menina, dessa vez ele demonstrará seu desapontamento — disse meu tio. — Já teve problemas suficientes tornando Elizabeth sua herdeira, e não Mary. A Torre está cheia de homens que se recusaram a renegar Mary. E Thomas More e Fisher certamente se juntarão a eles. Se tiver um menino, ninguém negará seus direitos.

— Será um menino — disse Ana determinada.

Meu tio sorriu para ela.

— É o que todos esperamos. O rei tomará uma mulher quando você estiver nos últimos meses — apesar de Ana erguer a cabeça para falar, ele não permitiu que o interrompesse. — Ele sempre faz isso, Ana. Tem de ficar mais calma em relação a esse tipo de coisa, não se irritar com ele.

— Não vou tolerar isso — disse ela simplesmente.

— Terá de tolerar — disse ele, tão obstinado quanto ela.

— Ele nunca desviou os olhos de mim durante todos os anos de nosso namoro — disse ela. — Nem uma só vez.

George ergueu a sobrancelha para mim. Não falei nada. Evidentemente, eu não contava.

Meu tio deu uma risada breve e viu meu pai sorrir.

— Namoro é outra coisa. De qualquer maneira, escolhi a garota para distraí-lo — disse meu tio. — Uma garota Howard.

Senti o suor brotar em mim. Sabia que tinha ficado lívida quando George, de repente, sussurrou, de lado:

— Fique ereta!

— Quem? — perguntou Ana bruscamente.

— Madge Shelton — replicou ele.

— Oh, Madge — eu disse, meu coração aliviado e a cor retornando à minha face. — Essa garota Howard.

— Ela o manterá ocupado e sabe o seu lugar — disse meu pai, de modo algum como se estivesse entregando outra sobrinha ao adultério e pecado.

— E a sua influência não se reduz — falou Ana com rispidez.

Meu tio sorriu.

— É verdade, sem dúvida. Mas quem você preferiria? Uma garota Seymour? Já que é uma certeza, não é melhor para nós que seja uma garota que nos obedecerá?

— Depende do que mandar que ela faça — replicou Ana, sem rodeios.

— Distraí-lo enquanto você estiver confinada — disse meu tio com a voz macia. — Nada mais.

— Eu não a quero com pretensões de ser a sua amante, não a quero nos melhores aposentos, usando joias, vestidos novos, se exibindo à minha volta — avisou Ana.

— Sim, você mais do que qualquer outra mulher, sabe como isso pode ser doloroso para uma boa esposa — concordou meu tio.

Os olhos escuros de Ana o dardejaram. Ele sorriu.

— Ela distrairá o rei durante o seu confinamento, e quando voltar à corte, ela desaparecerá — prometeu ele. — Eu providenciarei para que faça um bom casamento e Henrique a esquecerá tão facilmente quanto a teve.

Ana tamborilava os dedos sobre a mesa. Todos percebíamos que estava lutando para se controlar.

— Gostaria de confiar no senhor, tio.

— Gostaria que confiasse — sorriu diante da relutância dela. Virou-se para mim e senti o tremor de medo de sempre quando me dava atenção.

— Madge Shelton dorme com você, não?

— Sim, tio — repliquei.

— Diga-lhe como se comportar, o que deve fazer — virou-se para George. — E você mantenha a atenção do rei em Ana e em Madge.

— Sim, senhor — disse George à vontade, como se nunca tivesse desejado outra carreira senão a de proxeneta do harém real.

— Ótimo — disse meu tio, pondo-se de pé para indicar que a reunião tinha chegado ao fim. — Oh, e mais uma coisa... — todos esperamos obedientemente, exceto Ana, que olhava pela janela os jardins ao sol e a corte jogando boliche, com o rei no centro das atenções, como sempre.

— Maria — observou meu tio.

Retraí-me com a menção de meu nome.

— Acho que deveríamos casá-la, não acham?

— Gostaria de vê-la comprometida antes de sua irmã dar à luz — observou meu pai. — Seria uma garantia para o caso de Ana fracassar.

Não olharam para Ana, que talvez estivesse grávida de uma menina, o que diminuiria o nosso poder de barganha no mercado do casamento. Não olharam para mim, que seria negociada como a vaca de um fazendeiro. Olharam uns para os outros, comerciantes com um negócio a fazer.

— Muito bem — disse o nosso tio. — Falarei com o secretário Cromwell, está na hora de ela se casar.

ᛜ

Deixei Ana e George e me dirigi aos aposentos do rei. William não estava na sala de audiências e não me atrevi a procurá-lo na câmara privada. Um rapaz passou, segurando um alaúde, era o músico de Sir Francis Weston, Mark Smeaton.

— Viu Sir William Stafford? — perguntei.

Fez uma bela mesura para mim.

— Sim, Lady Carey — respondeu. — Ainda está jogando boliche.

Balancei a cabeça e segui para o salão. Assim que fiquei fora de sua vista, dirigi-me a uma das pequenas portas que levavam ao amplo terraço e desci a escada de pedra até o jardim. William estava pegando as bolas, o jogo tinha terminado. Virou-se e sorriu para mim. Os outros jogadores me saudaram e me desafiaram a jogar.

— Pois bem — eu disse. — Qual é a aposta?

— Um xelim por jogada — disse William. — Caiu no meio de jogadores temerários, Lady Carey.

Procurei na bolsa e dei um xelim. Então, peguei uma bola e a lancei cuidadosamente ao longo da relva. Não passou nem perto. Recuei para dar lugar a outro jogador e dei com William em meu cotovelo.

— Tudo bem? — perguntou baixinho.

— Sim — repliquei. — Mas tenho de ficar a sós com você assim que pudermos.

— Também acho — disse ele reprimindo o riso. — Mas não sabia que você era tão impudente.

— Não é para isso! — repliquei com indignação e tive de parar e olhar em volta para ver se alguém tinha me notado rir e enrubescer. Ansiava por tocá-lo, mal conseguia ficar ao seu lado e não lhe estender meus braços. Prudentemente, afastei-me um pouco como se para observar melhor o jogo.

Fui logo derrotada, e William perdeu deliberadamente logo depois. Deixamos nosso xelim na pista para o vencedor eventual e descemos, como se para tomar um pouco de ar, a trilha de cascalhos até o rio. Com as janelas do castelo dando para o jardim, não me atrevi a tocar nele, nem que pegasse meu braço. Caminhamos um ao lado do outro, como cortesãos que não se conhecem. Somente quando pisei na plataforma de desembarque, deixei que tocasse em meu cotovelo, como se para me equilibrar, e então ele me segurou firme. Esse simples contato de sua mão em meu braço aqueceu todo o meu corpo.

— O que foi? — perguntou.

— É o meu tio. Está planejando o meu casamento.

Sua expressão se fechou imediatamente.

— Para breve? Ele tem um marido em mente?

— Não. Estão considerando as possibilidades.

— Então, temos de nos preparar para quando encontrarem alguém. E quando isso acontecer, teremos de simplesmente confessar, e enfrentar o fato.

— Sim — fiz uma pausa, relanceei os olhos para o seu perfil e de novo para o rio. — Ele me atemoriza — eu disse. — Quando falou que queria me ver casada, naquele momento, achei que deveria obedecer-lhe. Sempre lhe obedeci, sabe? Todo mundo lhe obedece. Até mesmo Ana.

— Não fique assim, meu amor, ou a pegarei em meus braços na frente de todo o palácio. Juro que você é minha e não deixarei que ninguém a tire de mim. Você é minha. Eu sou seu. Ninguém pode negar isso.

— Tiraram Henry Percy de Ana — eu disse. — E ela estava tão casada quanto nós.

— Ele era um garoto — disse William. — Nenhum homem vai se intrometer entre mim e você — interrompeu-se por um instante. — Mas talvez tenhamos de pagar por isso. Ana aceitaria? Se tivermos o seu apoio, estaremos salvos.

— Ela não vai gostar — eu disse, conhecendo bem o extremo egoísmo de minha irmã. — Mas isso não vai prejudicá-la.

— Então, vamos esperar até sermos encurralados, e, depois, confessaremos — disse ele. — Nesse meio-tempo, seremos tão encantadores como pudermos.

Ri.

— Com o rei? — achando que se referia a demonstrar habilidades de cortesãos.

— Um com o outro — replicou. — O que mais me importa no mundo?

— Eu — respondi, com alegria. — E você a mim.

ଓଃ

Passamos a noite nos braços um do outro num quarto em um pequeno hotel. Quando acordei e me virei, ele já estava vindo na minha direção. Adormecemos abraçados, como se não suportássemos nos separar, como se nem mesmo no sono suportássemos não estar um com o outro. Quando despertei pela manhã, ele continuava em cima de mim, dentro de mim, e quando me movi sob ele, senti-o agitar-se com desejo por mim, mais uma vez. Fechei os olhos e me deixei levar, enquanto ele me amava até o sol atravessar as persianas e o barulho no pátio lá embaixo nos alertar que estava na hora de retornarmos ao palácio.

Subiu o rio comigo em um pequeno barco a remo, e deixou-me na plataforma de desembarque. Desembarcou mais adiante, e chegou meia hora depois de mim. Achei que conseguiria entrar pela porta do jardim e subir furtivamente ao meu quarto a tempo de aparecer na missa da manhã, mas quando cheguei à minha porta, George surgiu de repente e disse:

— Graças a Deus está de volta, mais uma ou duas horas e todos saberiam.

— O que houve? — perguntei rapidamente.

Sua expressão era soturna.

— Ana foi levada para a cama.

— Vou vê-la — eu disse e desci rapidamente o corredor. Bati à porta do quarto de Ana e pus minha cabeça para dentro. Ela estava só no quarto imponente, lívida e lânguida em sua cama.

— Oh, é você — disse ela, nada satisfeita. — Bem que podia entrar.

Entrei e George fechou a porta atrás de nós.

— Qual foi o problema? — perguntei.

— Estou sangrando — respondeu simplesmente. — E senti dores de contrações, como as dores do parto. Acho que o estou perdendo.

O terror de suas palavras foi excessivo para eu assimilar. Eu estava extremamente ciente de meu cabelo desgrenhado e do cheiro de William em cada polegada de minha pele. O contraste entre a noite passada amando e esse amanhecer desastroso foi demais para mim. Virei-me para George.

— Devíamos chamar uma parteira — eu disse.

— Não! — sibilou Ana como uma serpente. — Não entende? Chamá-la com toda essa gente em volta é o mesmo que contar ao mundo inteiro. Neste momento, ninguém tem certeza se eu estou realmente esperando um bebê. São só boatos. Não posso correr o risco de saberem que o perdi.

— Isto está errado — eu disse sem rodeios a George. — Estamos falando de um bebê. Não podemos deixar um bebê morrer por medo de escândalo. Vamos transferi-la para um quarto nos fundos, um pequeno quarto, nada sofisticado. Cobrir seu rosto e fechar as cortinas. Trarei uma parteira e direi que é uma camareira da corte. Ninguém importante.

George hesitou.

— Se for uma menina, não vale o risco — disse ele. — Se for outra menina, é melhor morta.

— Pelo amor de Deus, George! É um bebê. É uma alma. É nosso sangue. É claro que devemos salvá-la se pudermos.

Sua expressão era severa, e por um momento não pareceu em nada com o meu irmão querido, mas sim com um dos homens de feições férreas da corte, que assinariam a sentença de morte de qualquer um, contanto que ficassem seguros.

— George! — gritei. — Se for mais uma garota Bolena, ela tem o direito de viver tanto quanto Ana ou eu.

— Está bem — disse ele, com relutância. — Vou transferir Ana. Você consegue a parteira e se assegura de que seja discreta. Quem vai mandar buscá-la?

— William — repliquei.

— Oh, Deus! William! — disse ele, irritado. — Ele tem de saber tudo sobre nós? Ele conhece uma parteira? Onde vai achar uma?

— Irá a uma casa de banhos — repliquei rudemente. — Ali, devem precisar de parteiras rapidamente. E ficará com a boca fechada por amor a mim.

George assentiu com a cabeça e foi até a cama. Eu o ouvi cochichar uma explicação a Ana com a voz grave e terna, e ela murmurar sua resposta, e corri para a porta dos fundos do palácio, por onde eu esperava que William passasse a qualquer momento.

☙

Peguei-o no limiar e o mandei buscar uma parteira. Retornou em uma hora com uma mulher surpreendentemente jovem, segurando uma pequena bolsa com garrafas e ervas.

Levei-a ao pequeno quarto onde os pajens de George dormiam, ela olhou em volta do quarto obscurecido e se retraiu. Em algum momento absurdo de imaginação, George e Ana tinham rebuscado a caixa de fantasias do palácio procurando uma máscara para esconder sua cara conhecida. Em vez de um simples disfarce, tinham encontrado uma máscara dourada com a cara de um pássaro que ela usara na França para dançar com o rei. Ana, ofegando de dor, metade iluminada pela luz de velas, estava deitada em uma cama estreita, sua barriga imensa retorcendo-se sob o lençol, e em cima, uma máscara dourada cintilando com a cara de um falcão, um bico grande e dourado e sobrancelhas tremeluzentes. Parecia uma cena de um quadro alegórico aterrador, com a cara de Ana como uma descrição da ambição e vaidade, seus olhos escuros faiscando através das fendas na face dourada orgulhosa na cabeceira da cama, enquanto embaixo suas coxas alvas e vulneráveis estavam separadas sobre uma mixórdia de sangue nos lençóis.

A parteira examinou-a, tomando o cuidado de quase não tocá-la. Endireitou o corpo e fez uma série de perguntas a respeito da dor, o ritmo e intensidade das contrações, a sua duração. Então, disse que podia fazer uma poção de leite quente, cerveja e vinho, e adormecer Ana, o que talvez salvasse a criança. Seu corpo repousaria e, quem sabe, a criança também. Não pareceu esperançosa. O bico inexpressivo da máscara dourada foi da mulher para George, sem falar nada.

A parteira preparou a poção sobre o fogo e Ana a bebeu em uma caneca de peltre. George segurou-a até ela se recostar em seus ombros, a máscara brilhante medonha parecendo selvagemente triunfante, mesmo quando a parteira a cobriu delicadamente. A mulher dirigiu-se à porta, George deitou Ana e saiu conosco.

— Não podemos perdê-la, não suportaremos perdê-la — disse George, e, por um momento, senti paixão em sua voz.

— Então, reze por ela — respondeu a mulher brevemente. — Ela está nas mãos de Deus.

George replicou algo que não deu para eu escutar e voltou para o quarto. Conduzi a mulher para fora e William acompanhou-a pelo corredor comprido e escuro até os portões do palácio. Retornei ao quarto, e George e eu nos sentamos cada um de um lado da cama de Ana, enquanto ela resmungava em seu sono.

෦෪

Tivemos de transportá-la de volta ao seu próprio quarto e dizer que não estava passando bem. George jogou cartas em sua sala de audiências como se não se preocupasse nem um pouco e as damas flertaram e jogaram como se nada tivesse acontecido. Fiquei com Ana, em seu quarto, e enviei uma mensagem ao rei em seu nome, dizendo que ela estava cansada e que o veria antes do jantar. Minha mãe, alertada pela despreocupação ostentosa de George e meu desaparecimento, procurou Ana. Ao vê-la dormindo drogada e o sangue nos lençóis, ficou lívida ao redor da boca.

— Fizemos tudo o que podíamos — falei ansiosa.

— Alguém mais sabe? — perguntou.

— Ninguém. Nem mesmo o rei.

Balançou a cabeça.

— Que fique assim.

O dia passava. Ana começou a suar e eu a ter dúvidas em relação à poção da parteira. Coloquei minha mão em sua testa e senti o calor queimá-la. Olhei para a minha mãe.

— Ela está quente demais — eu disse. Minha mãe encolheu os ombros.

Virei-me de novo para Ana. Ela girava a cabeça sobre o travesseiro. Então, de súbito, ergueu-se, curvou-se e emitiu um gemido pungente. Minha mãe puxou as cobertas e vimos o fluxo repentino de sangue e um volume. Ana voltou a cair sobre os travesseiros e gritou, um grito doído, de dar pena. Suas pestanas bateram e, então, ficou quieta.

Toquei novamente na sua testa e pus o ouvido sobre seu peito. Seu coração estava batendo regularmente e com força, mas seus olhos estavam fechados. Minha mãe, a cara como de pedra, juntava os lençóis manchados, envolvendo a sujeira com eles. Virou-se para o fogo, um fogo baixo de verão.

— Atice o fogo — disse ela.

Hesitei relanceando os olhos para Ana.

— Ela está muito quente.

— Isto é mais importante — disse ela. — Isto tem de desaparecer antes que alguém chegue a imaginar o que houve.

Girei, com o atiçador, a brasa quente. Minha mãe ajoelhou-se diante do fogo, rasgou o lençol em tiras e as pôs nas chamas. Queimaram com um chiado. Pacientemente, rasgou outro, depois outro, até chegar ao centro da trouxa, à coisa terrível e escura que tinha sido o bebê de Ana.

— Atice o fogo — disse ela simplesmente.

Olhei para ela em choque.

— Não deveríamos enterrá-lo...?

— Atice o fogo — falou rispidamente. — Quanto tempo acha que cada um de nós duraria se todos soubessem que ela não pode segurar uma gestação?

Olhei seu rosto e avaliei o poder de sua vontade. Então, empilhei os pequenos cones de abetos perfumados no fogo, e quando se inflamaram, pusemos a trouxa culpada nas chamas e nos acocoramos, como duas velhas bruxas, e observamos tudo o que restara do bebê de Ana subir pela chaminé como uma maldição medonha.

Quando o lençol foi queimado e o volume também desapareceu, minha mãe lançou mais alguns abetos e ervas no fogo, para purificar o cheiro do quarto, e somente então virou-se para a sua filha.

Ana estava desperta, apoiada em um cotovelo para nos observar, os olhos vidrados.

— Ana? — disse minha mãe.

Com esforço, minha irmã dirigiu o olhar para ela.

— Seu bebê está morto — disse minha mãe cruamente. — Morto e desaparecido. Você precisa dormir e se recuperar. Espero que se levante em um dia. Está me ouvindo? Se alguém perguntar sobre o bebê, vai responder que se enganou, que não havia nenhum bebê. Nunca houve nenhum bebê e você nunca anunciou um bebê. Mas que, certamente, haverá um em breve.

Ana lançou um olhar vago para ela. Por um instante, fui tomada por um medo horrível de que a poção, a dor e o calor a tivessem enlouquecido, e que ela passaria a olhar eternamente sem ver, a ouvir sem entender.

— Ao rei também — disse minha mãe, a voz fria. — Diga-lhe simplesmente que cometeu um erro, que não estava grávida. Um erro é inocente, mas um aborto é prova de pecado.

A expressão de Ana não se alterou. Nem mesmo protestou inocência. Achei que estava surda.

— Ana? — eu disse, delicadamente.

Virou-se para mim, e ao ver meu olhar em choque e a fuligem em meu rosto, sua expressão se alterou. Percebeu que algo muito terrível tinha acontecido.

— Por que está tão desgrenhada? — perguntou friamente. — Aconteceu alguma coisa com você?

— Vou contar a seu tio — disse minha mãe. Deteve-se na soleira da porta e se virou para mim. — O que ela fez para que isso acontecesse? — perguntou friamente, como se perguntasse sobre uma porcelana quebrada. — Ela deve ter feito alguma coisa para perder o bebê dessa maneira. Sabe o que foi?

Pensei nos dias e noites seduzindo o rei e entristecendo sua esposa, no envenenamento dos três homens e na destruição do cardeal Wolsey.

— Nada de extraordinário.

Minha mãe balançou a cabeça e saiu sem tocar em sua filha, sem mais uma palavra a qualquer uma de nós. O olhar vazio de Ana voltou-se para mim, seu rosto tão apático quanto o da máscara de falcão dourada. Ajoelhei-me à sua cabeceira e estendi meus braços. Sua expressão não se alterou, mas inclinou-se lentamente para mim e descansou sua cabeça pesada em meu ombro.

೮ვ

Precisamos dessa noite toda e do dia seguinte para conseguirmos pôr Ana de pé novamente. O rei se manteve afastado, já que dissemos que ela estava resfriada. Mas não meu tio, que apareceu à porta de seu quarto como se ela ainda não passasse de uma garota Bolena. Vi os olhos dela se obscurecerem de raiva com o seu desrespeito.

— Sua mãe me contou — disse ele sem rodeios. — Como isso pôde acontecer?

Ana virou a cabeça.

— Como posso saber?

— Não consultou alguma parteira para conceber? Experimentou alguma poção, ervas, alguma coisa? Invocou espíritos ou fez sortilégios?

Ana sacudiu a cabeça.

— Eu não toco nessas coisas — disse ela. — Pode perguntar a quem quiser. Pergunte a meu confessor, pergunte a Thomas Cranmer. Cuido tanto da minha alma quanto o senhor.

— Eu cuido mais do meu pescoço — replicou ele implacável. — Você jura? Pois talvez eu tenha de jurar por você, um dia.

— Eu juro — replicou Ana com uma carranca.

— Levante-se o mais rápido possível e conceba outro, e é melhor que seja um menino.

O olhar que ela lhe lançou foi tão carregado de ódio que até mesmo ele se retraiu.

— Obrigada pelo conselho — falou ela, com rispidez. — É algo que já tinha me ocorrido. Tenho de conceber o mais rapidamente possível, a gestação tem de se completar, e tem de ser um menino. Obrigada, tio. Sim, eu sei disso.

Virou o rosto para o outro lado. Ele esperou por um momento, depois deu aquele seu sorriso sinistro para mim, e saiu. Fechei a porta, e Ana e eu ficamos a sós.

Seus olhos, quando se voltaram para mim, estavam cheios de medo.

— E se o rei não conseguir ter um filho legítimo? — sussurrou. — Nunca o teve com ela. Vou levar a culpa toda e depois, o que será de mim?

Verão de 1534

Nos primeiros dias de julho, passei a sentir enjoo de manhã e meus seios ficaram sensíveis. William, certa tarde, beijando minha barriga em um quarto com a cortina fechada, acariciou-me e disse calmamente:

— O que acha, meu amor?
— Do quê?
— Desta barriguinha redonda.

Virei o rosto para que não me visse sorrir.

— Eu não tinha notado.
— Pois eu sim — disse ele bruscamente. — Agora me conte. Há quanto tempo sabe?
— Dois meses — confessei. — E tenho andado dividida entre a alegria e o medo, pois será a nossa ruína.

Seu braço dobrou-se ao redor de mim.

— Nunca — replicou. — É o nosso primeiro filho Stafford e motivo da maior alegria. Eu não poderia estar mais satisfeito. Um filho para conduzir a vaca ou uma filha para ordenhá-la, você é uma garota inteligente.

— Quer um menino? — perguntei com curiosidade, pensando na preocupação constante dos Bolena.

— Se tiver um — respondeu calmamente. — Quero o que você tiver aí, meu amor.

Fui liberada para ir a Hever ver meus filhos durante julho e agosto, enquanto Ana e o rei estavam fora. Foi o melhor verão que William e eu passamos juntos com as crianças, mas quando chegou a hora de retornarmos à corte, minha barriga estava tão alta e eu me mostrava tão orgulhosa, que sabia que teria de contar a Ana e esperar que me protegesse da ira de meu tio, como ajudara a protegê-la do rei ao abortar.

Tive sorte ao chegar a Greenwich. O rei estava fora, caçando, e a maior parte da corte estava com ele. Ana estava no jardim, sentada em um banco de relva, um toldo sobre sua cabeça e um grupo de músicos tocando. Alguém lia poesia de amor. Parei por um instante e os olhei mais uma vez. Estavam todos mais velhos. Não era mais uma corte de rapazes. Estavam todos mais maduros do que no tempo da rainha Catarina. Havia um quê de extravagância e *glamour*, havia muitas palavras bonitas sendo proferidas e um certo ardor no grupo que não era devido ao sol do fim do verão e ao vinho. Tornara-se uma corte mundana, uma corte mais velha, eu quase diria corrupta. Senti como se qualquer coisa pudesse acontecer.

— Ora, aí está minha irmã — falou Ana, protegendo os olhos com a mão. — Bem-vinda, Maria. Fartou-se do campo?

Mantive meu manto de montaria solto à minha volta.

— Sim — repliquei. — Vim em busca do sol de sua corte.

Ana deu um risinho.

— Muito bem dito — falou. — Eu a treinei como uma verdadeira cortesã. Como vai o meu filho, Henrique?

Trinquei os dentes ao ouvir isso, como ela sabia que eu faria.

— Manda seu amor e respeito. Trouxe uma carta que ele lhe escreveu em latim. É um menino inteligente, seu mestre está satisfeito, e aprendeu a montar muito bem neste verão.

— Ótimo — disse Ana. Claramente, não valia a pena me atormentar pois virou-se para William Brereton. — Se não pode fazer coisa melhor do que rimar "amor" com "ardor", terei de dar o prêmio a Sir Thomas.

— Andor? — sugeriu ele.

Ana riu.

— O quê? Minha querida rainha, meu único amor, anseio por colocá-la sobre um andor?

— Amor é impossível — observou Sir Thomas. — Na poesia como na vida, nada combina com ele.

— Casamento — propôs Ana.

— Claramente, amor não vai com casamento. O casamento é algo completamente diferente. Para começar, são três batidas em oposição a uma. Segundo, não tem música.

— Meu casamento tem música — disse Ana.

Sir Thomas baixou a cabeça.

— Tudo o que a senhora faz tem música — destacou. — Mas a palavra continua a não rimar com nada útil.

— O prêmio é seu, Sir Thomas — disse Ana. — Não precisa me lisonjear tanto quanto fazer poesia.

— Não é lisonja dizer a verdade — replicou ele, ajoelhando-se diante dela. Ana deu-lhe uma corrente de ouro de seu cinto, que ele beijou e pôs no bolso de seu gibão.

— Agora — disse Ana —, vou trocar de roupa antes de o rei chegar da caça querendo seu almoço — levantou-se e olhou em volta, para suas damas. — Onde está Madge Shelton?

O silêncio como resposta disse tudo.

— Onde ela está?

— Caçando com o rei, Majestade — falou uma das damas.

Ana ergueu uma sobrancelha e relanceou os olhos para mim, o único membro de sua corte que sabia que Madge havia sido designada para amante do rei enquanto estivesse confinada. Mas parecia que Madge fazia progressos por conta própria.

— Onde está George? — perguntei.

Ela balançou a cabeça, foi uma pergunta-chave.

— Com o rei — respondeu. Sabíamos que podíamos confiar em George para proteger os interesses de Ana.

Ana fez um movimento com a cabeça e seguiu para o palácio. A leveza da tarde tinha se esvaecido com a primeira menção do rei com outra mulher. Os ombros de Ana estavam firmes, sua face, sombria. Andei ao seu lado enquanto subia a seus aposentos. Como eu esperava, fez um gesto para que as damas esperassem na sala de audiências, e só nós duas entramos em sua câmara privada. Assim que a porta se fechou, eu disse:

— Ana, tenho algo a lhe contar. Preciso de sua ajuda.

— O que foi agora? — perguntou. Sentou-se diante de um espelho dourado e tirou o capelo. Seu cabelo escuro, belo e sedoso como sempre, caiu sobre seus ombros. — Escove meu cabelo — disse ela.

Peguei uma escova e passei-a pelas madeixas pretas, esperando acalmá-la.

— Casei-me — eu disse simplesmente. — E espero um bebê dele.

Ficou tão quieta que, por um momento, achei que não tinha me escutado, e, nesse instante, rezei para que realmente não tivesse. Então, virou-se e sua expressão era de fúria.

— Você fez o quê? — falou de maneira ríspida.

— Casei-me — respondi.

— Sem a minha permissão?

— Sim, Ana. Lamento.

Ergueu a cabeça, seus olhos encararam os meus no espelho.

— Com quem?

— Sir William Stafford.

— William Stafford? O porteiro pessoal do rei?

— Sim — repliquei. — Ele tem uma pequena fazenda perto de Rochford.

— Ele não é nada — disse ela. Senti seu gênio crescer em sua voz.

— O rei armou-o cavaleiro — eu disse. — Ele é Sir William.

— Sir William Nada! — repetiu. — Está grávida?

Sabia que era isso o que ela mais odiaria.

— Sim — repliquei com humildade.

Ficou em pé de um pulo e abriu meu manto de modo que pudesse ver o quanto meu corpete estava afrouxado.

— Sua puta! — xingou-me. Jogou a mão para trás, paralisei-me, pronta para receber o tapa, e quando aconteceu, meu pescoço foi jogado para trás com a força. Caí na cama e ela em cima de mim, como um lutador.

— Há quanto tempo? Quando este seu próximo bastardo vai nascer?

— Em março — repliquei. — E não é um bastardo.

— Acha que pode fazer pouco de mim vindo à minha corte com uma barriga como a de uma égua gorda reprodutora? Qual é a sua intenção? Pretende dizer ao mundo que *você* é a garota Bolena fértil e eu sou a estéril?

— Ana...

Nada a deteria.

— Mostrar ao mundo que está de barriga de novo! A sua presença aqui já é um insulto para mim! Um insulto à nossa família.

— Casei-me com ele — eu disse e ouvi minha voz tremer um pouco diante de sua ira. — Casei-me por amor, Ana. Por favor, por favor não fique assim. Eu o amo. Posso ir embora da corte, mas por favor, deixe-me ver...

Nem mesmo me deixou terminar.

— Sim, partirá da corte! — gritou. — Por mim, pode ir para o inferno. Vai partir da corte e nunca mais voltará.

— Meus filhos — terminei sem fôlego.

— Pode dizer adeus a eles. Não vou permitir que o meu sobrinho seja criado por uma mulher que não tem orgulho de sua família e não conhece o mundo. Uma tola que é levada pela vida por sua lascívia. Por que William Stafford? Por que não um garoto da estrebaria? Por que não o moleiro de Hever? Se tudo o que quer é uma boa trepada por que parar em um único homem do rei? Um soldado serviria.

— Ana, estou avisando — a raiva foi crescendo em minha voz, apesar de minha bochecha ainda latejar com o calor de seu tapa. — Não vou tolerar isso. Casei-me com um homem bom por amor, não fiz nada diferente da princesa Maria Tudor ao se casar com o duque de Suffolk. Casei-me uma vez para obedecer à minha família, fiz o que mandaram quando o rei se interessou por mim, e agora quero agradar a mim mesma. Ana... só você pode me defender de nosso tio e de nosso pai.

— George sabe? — perguntou.

— Não. Já disse que não. Só procurei você. Só você pode me ajudar.

— Nunca — jurou ela. — Casou-se com um homem pobre por amor, pode comer amor, pode beber amor. Pode viver disso. Vá para a sua pequena fazenda em Rochford e apodreça lá, e quando nosso pai, George ou eu formos a Rochford, se assegure de não ser vista. Está banida da corte, Maria. Arruinou a si mesma e vou encerrar o assunto. Você desapareceu. Não tenho irmã.

— Ana! — gritei, completamente pasma.

Mostrou-me uma cara furiosa.

— Devo chamar os guardas e mandar que a ponham para fora do palácio? — perguntou. — Juro que farei isso.

Caí de joelhos.

— Meu filho — foi tudo o que consegui dizer.

— *Meu* filho — disse ela, vingativamente. — Direi a ele que sua mãe está morta e que terá de me chamar de mãe. Você perdeu tudo por amor, Maria. Espero que isso lhe traga alegrias.

Não havia nada que eu pudesse dizer. Levantei-me, desajeitadamente, minha barriga pesada dificultando o movimento. Observou-me como se quisesse me derrubar, e não me ajudar a levantar. Dirigi-me à porta e hesitei com a mão na maçaneta, para o caso de ela mudar de ideia.

— Meu filho...

— Vá — disse ela. — Você morreu para mim. E não se aproxime do rei ou eu lhe direi a prostituta que você foi.

Saí e fui para o meu quarto.

☙

Madge Shelton estava trocando de roupa diante do espelho. Virou-se quando entrei, um sorriso vivo em sua face. Percebeu minha expressão soturna e seus olhos se escancararam. Esse único olhar disse tudo sobre a diferença de nossa idade, de nossa posição, de nosso lugar na família Howard. Ela era uma jovem com tudo a vender e eu era uma mulher casada duas vezes, com três filhos aos 27 anos, renegada por minha família e nada nem ninguém a recorrer a não ser um homem em uma pequena fazenda. Era uma mulher que tinha tido a sua chance e não soubera usá-la.

— Está doente? — perguntou.

— Arruinada — repliquei simplesmente.

— Oh — disse ela com a cara apatetada que a juventude fútil assume. — Lamento.

Consegui dar uma risada sinistra.

— Está tudo bem — eu disse melancolicamente. — Eu mesma provoquei isso.

Joguei meu manto na cama e ela viu meu corpete alargado. Arfou horrorizada.

— Sim — eu disse. — Espero um bebê e sou casada, se quer saber.

— A rainha? — perguntou em um sussurro, sabendo, como todos sabíamos, que a única coisa que essa rainha detestava era mulheres férteis.

— Nada satisfeita — eu disse.

— Seu marido?

— William Stafford.

Um brilho em seus olhos escuros me mostrou que ela tinha notado mais do que tinha dito.

— Estou tão feliz por você — disse ela. — É um homem bonito e bom. Achei que você gostava dele. Então, todas essas noites...?

— Sim — respondi sem rodeios.

— E agora?

— Teremos de fazer o nosso caminho no mundo — repliquei. — Iremos para Rochford. Ele tem uma pequena fazenda lá. Podemos viver bem.

— Em uma pequena fazenda? — perguntou Madge, incrédula.

— Sim — respondi com uma energia repentina. — Por que não? Existem outros lugares onde se morar que não palácios e castelos. Existem outras músicas para serem dançadas que não a música da corte. Nem sempre temos de servir a um rei ou a uma rainha. Passei toda a minha vida na corte, perdi minha meninice e juventude na corte. Lamento ser pobre, mas seria odioso perder a vida aqui.

— E seus filhos? — perguntou ela.

A pergunta me tirou o ar, como um murro na minha barriga. Meus joelhos se curvaram e caí no chão, me segurando com força, como se o meu coração fosse rebentar.

— Oh, meus filhos — eu disse em um sussurro.

— A rainha ficou com eles? — perguntou ela.

— Sim — respondi. — Sim. Ela ficou com meu filho — poderia ter dito mais, palavras amargas. Poderia ter dito que ela ficava com meu filho porque não era capaz de ter o seu próprio. Que ela tinha tirado de mim tudo o que ela podia, que ela sempre tirara tudo de mim. Que éramos irmãs e rivais mortais e nada nunca nos impediria de uma ficar de olho no prato da outra temendo que a outra recebesse a porção maior. Ana queria me punir por me recusar a dançar na sua sombra. E ela sabia que tinha escolhido o único confisco no mundo que eu não poderia pagar.

— Pelo menos, escaparei dela — eu disse. — E da ambição dessa família. Madge olhou para mim com os olhos esbugalhados, tão mundana quanto uma corça nova.

— Mas escapará para o quê?

ೂ

Ana foi rápida em anunciar a minha partida. Meu pai e minha mãe nem mesmo me veriam antes de eu deixar a corte. Somente George desceu ao pátio das cavalariças para ver os baús serem carregados na carroça e William me ajudar a montar e, depois, montar seu cavalo.

— Escreva — disse George. Estava com uma carranca de preocupação. — Está bem para viajar toda essa distância?

— Sim — repliquei.

— Cuidarei dela — garantiu-lhe William.

— Não fez um trabalho tão maravilhoso até agora — disse George, de maneira desagradável. — Ela está arruinada, foi privada de sua pensão e banida da corte.

Percebi as mãos de William se apertarem nas rédeas e seu cavalo andar de lado.

— Não fui eu — disse William sem alterar a voz. — Foi o rancor e a ambição da rainha e da família Bolena. Em qualquer outra família no mundo, Maria teria permissão para se casar com o cavalheiro que escolhesse.

— Parem — eu disse antes de George replicar.

George respirou fundo e baixou a cabeça.

— Ela não foi bem-tratada — concordou. Olhou para William, sentado ereto sobre o cavalo, e deu seu sorriso pesaroso, encantador, seu sorriso Bolena. — Nossa mente estava em outros objetivos que não a sua felicidade.

— Eu sei — disse William. — A minha não.

George pareceu tristonho.

— Gostaria que me dissesse o segredo do verdadeiro amor — disse ele. — Aqui estão vocês dois partindo para o fim do mundo e, ainda assim, parece que acabaram de receber um condado.

Estendi minha mão a William e ele a apertou com força.

— Simplesmente encontrei o homem que eu amo. Não haveria outro que me amasse mais nem que fosse mais honesto.

— Então, vão! — disse George. Tirou a boina quando a carroça pôs-se em movimento. — Sejam felizes juntos. Vou fazer tudo o que puder para conseguir seu lugar e sua pensão de volta.

— Apenas meus filhos — eu disse. — Isso é tudo o que quero.

— Vou falar com o rei assim que puder, e escreva. Talvez a Cromwell, e falarei com Ana. Não é para sempre. Vai voltar, não vai? Vai voltar?

Seu tom de voz foi estranho. Não como se estivesse me prometendo meu retorno ao centro do reino, mas como se temesse ficar sem mim. Não parecia um dos homens mais importantes da grande corte, mas um menino abandonado em um lugar perigoso.

— Cuide-se! — eu disse, tremendo de repente. — Afaste-se de más companhias e cuide de Ana!

Eu não tinha me enganado. A expressão em seu rosto era de medo.

— Vou tentar! — sua voz soou com uma segurança oca. — Vou tentar!

A carroça atravessou a arcada e William e eu prosseguimos a cavalgada lado a lado. Olhei para trás e George pareceu muito jovem e distante. Acenou para mim e gritou alguma coisa, mas o rangido das rodas sobre o calçamento de pedras e o ruído dos cascos dos cavalos não deixaram que eu escutasse.

Pegamos a estrada e William fez seu cavalo alongar o passo de modo que ultrapassássemos a carroça e ficássemos fora da poeira que levantava. Minha égua poderia ter trotado, mas a mantive a passo. Esfreguei o rosto com as costas da minha luva e William olhou de lado, para mim.

— Sem arrependimento? — perguntou.

— Apenas temo por ele — eu disse.

Ele concordou com a cabeça. Sabia demais sobre a vida de George na corte para me tranquilizar. O caso de George com Sir Francis, seu círculo de amigos indiscretos, a bebedeira, o jogo, a libertinagem aos poucos deixavam de ser segredo. Cada vez mais homens na corte assumiam seus prazeres de maneira cada vez mais desvairada, inclusive George.

— E por ela — eu disse, pensando na minha irmã que tinha me banido como uma mendiga e ficado, assim, com um único amigo.

William inclinou-se à frente, e pôs sua mão sobre a minha.

— Vamos — disse ele, e viramos a cabeça de nossos cavalos para o rio, e descemos ao encontro do barco que aguardava.

୶

Desembarcamos em Leigh, de manhã bem cedo. Os cavalos estavam frios e irritados depois de uma longa viagem pelo rio e seguimos a pista na direção norte, de Rochford. William me conduziu pela pequena trilha que levava, através dos campos, à sua fazenda. A névoa da manhãzinha girava úmida e fria sobre os campos, e era a pior época para se ir à região rural. Seria um longo, gélido e alagado inverno na pequena casa, distante de tudo. A umidade de minhas saias só secaria dali a seis meses. William virou-se para trás e olhou para mim. Sorriu.

— Aprume o corpo, meu coração, e olhe em volta. O sol está saindo e ficaremos bem.

Consegui sorrir e endireitei o corpo, instigando minha égua a avançar. À minha frente, pude ver o telhado de colmo de sua casa e, depois, ao subirmos a colina, os belos 50 acres lá embaixo, com o rio rodeando até as terras baixas e o pátio da cavalariça, e o celeiro, tudo tão nítido e ordenado como me lembrava do lugar.

Descemos a alameda e William desmontou para abrir o portão. Um menino surgiu de repente e olhou desconfiado para nós dois.

— Não podem entrar — disse ele com determinação. — Pertence a Sir William Stafford. Homem importante na corte.

— Obrigado — disse William. — Sou Sir William Stafford e pode dizer à sua mãe que você é um bom guardião. Diga-lhe que voltei para casa e trouxe minha mulher, e que precisamos de pão, leite, bacon e queijo.

— É Sir William Stafford, de verdade? — insistiu o menino.

— Sim.

— Então ela, provavelmente, vai preparar uma galinha também — disse ele, e correu ao pequeno chalé a meia milha de distância na alameda.

Conduzi Jesmond pelo portão e parei no pátio. William ajudou-me a desmontar e amarrou os cavalos no poste para me introduzir na casa. A porta da cozinha estava aberta, e entramos juntos.

— Sente-se — disse William, colocando-me em uma cadeira ao lado da lareira. — Vou mandar acenderem agora mesmo.

— De jeito nenhum — eu disse. — Serei a mulher de um fazendeiro, não se esqueça. Vou acender o fogo e você cuida dos cavalos.

Hesitou.

— Sabe acender o fogo, meu amor?

— Saia! — falei com uma indignação fingida. — Fora da minha cozinha. Tenho de pôr as coisas em ordem.

გვ

Foi como brincar de casinha, como meus filhos fariam em uma casa feita de samambaia, e ao mesmo tempo, era uma casa de verdade, um desafio de verdade. Havia gravetos na grelha e pedra de fogo, de modo que não levei mais de quinze minutos de um trabalho paciente e minucioso para acender o fogo e as pequenas chamas lamberem a lenha. A chaminé estava fria, mas o vento soprava favoravelmente, portanto logo começou a subir. William chegou exatamente quando o garoto retornou do chalé com a comida envolvida em um pano de musselina. Espalhamos tudo sobre a mesa de madeira e fizemos um pequeno banquete. William abriu uma garrafa de vinho de sua adega sob a escada, e bebemos à saúde e ao futuro.

გვ

A família que tinha arado os campos para William durante a sua ausência lhe servira bem. As sebes estavam bem aparadas, os fossos estavam limpos, o feno havia sido cortado e armazenado em segurança no celeiro. Os animais mais velhos do gado e rebanho de carneiros seriam abatidos durante o outono, e sua carne seria salgada ou defumada. Tínhamos galinhas no quintal, pombos no galpão e um suprimento ilimitado de peixes do rio. Por alguns centavos poderíamos descer ao rio e comprar peixe com pescadores. Era uma fazenda próspera e um lugar agradável em que se viver.

A mãe do menino, Megan, vinha diariamente à casa para me ajudar e me ensinar coisas que eu precisava aprender. Ensinou-me a bater a manteiga e a fazer queijo. Ensinou-me a assar pão e a depenar galinha, pombo ou ave de caça. Eu me sentia contente e deliciada por aprender habilidades tão importantes. Estava completamente exausta.

Senti a pele de minhas mãos ressecarem, endurecerem e ficarem rachadas. No pequeno pedaço de espelho, minha face foi, aos poucos, tomando cor com o sol e o vento. Caía na cama, no fim do dia, e adormecia sem sonhar: o sono de uma mulher à beira da exaustão. Mas embora cansada, no fim do dia, sentia que conquistara alguma coisa, por menor que fosse. Gostava do trabalho, já que punha a comida em nossa mesa ou dinheiro em nosso jarro de poupança. Gostava da sensação de estar construindo um lugar com William, reivindicando a terra como nossa. Gostava de aprender as habilidades que uma mulher pobre aprendia desde a infância, e quando Megan me perguntou se eu não sentia falta das roupas boas, dos belos vestidos que usava na corte, lembrei-me do tédio de ter de dançar com homens de que eu não gostava, flertar com homens que eu não desejava, jogar cartas e perder uma pequena fortuna, e sempre tentar agradar todos à minha volta. Ali, havia somente eu e William, e vivíamos tão tranquilos e alegres como dois pássaros nas sebes — exatamente como ele prometera.

Minha única tristeza era a perda dos meus filhos. Escrevia para eles toda semana, e uma vez por mês, para George e Ana, desejando que estivessem bem. Escrevia para o secretário Thomas Cromwell pedindo-lhe para intervir com minha irmã e perguntar se podíamos retornar à corte. Mas nunca pedi desculpas pela escolha que tinha feito. Não adoçaria meu pedido com desculpas. As palavras se paralisavam em minha pena, não podia dizer que me arrependia de amar William, pois o amava mais a cada dia. Em um mundo em que as mulheres eram compradas e vendidas como cavalos, eu tinha encontrado um homem que eu amava. E me casado por amor. Nunca sugeriria que isso tivesse sido um erro.

Inverno de 1535

No Natal, recebi uma carta do meu irmão, George.

> Querida irmã,
> Espero que esteja bem em sua casa de fazenda, tanto quanto estou na corte. Talvez melhor.
> As coisas aqui não vão tão bem para a nossa irmã. O rei tem cavalgado e dançado com uma garota Seymour. Lembra-se de Jane? Aquela que sempre tinha os olhos baixos, extremamente doces, e quando os erguia eram sempre surpresos? O rei a procura bem na cara de nossa irmã e ela não está nada satisfeita. Tem estourado com ele, mas não o comove mais às lágrimas como fazia antes. Ele suporta a insatisfação dela, e simplesmente se afasta. Pode imaginar o que isso provoca nela.
> Nosso tio, sendo alertado do extravio do rei, tem colocado Madge Shelton no caminho, e Sua Majestade está dividido entre as duas. Como as duas são damas de honra, os aposentos da rainha estão sempre alvoroçados e o rei acha mais seguro sair para caçar e deixar as mulheres chorarem e gritarem e se engalfinharem, sem se perturbar.
> Ana está morta de medo e não sei no que dará tudo isso. Ela nunca pensou que, ao derrubar uma rainha, todas as que se seguiriam estariam inseguras. Não tem outro amigo na corte a não ser eu. Nosso pai, mãe e tio são todos a favor de fazer Madge avançar, para tirar os olhos do rei da garota Seymour. Isso deixa um gosto amargo na boca de Ana, que acusa a família de procurar suplantá-la com uma garota Howard. Sente sua falta, mas não admite.

Falo de você para ela, mas nada a faz aceitar seu casamento. Se você tivesse se casado com um príncipe e fosse infeliz, teria permanecido a sua amiga mais querida. O que a deixa infeliz é saber que você encontrou o amor, enquanto ela está na corte mais importante da Europa, assustada e infeliz.

Estou cada vez mais rico e minha mulher é uma maldição e meu amigo é meu deleite e tormento. Esta corte corromperia um santo, e nem eu nem Ana somos santos. Ela está desesperadamente só e amedrontada e eu anseio pelo que não posso ter e sou obrigado a manter meu desejo oculto. Estou entediado e irritado. Esta temporada do Natal parece ter pouco a oferecer aos Bolena, a menos que Ana consiga engravidar de novo. Escreva contando as suas novidades. Espero que esteja tão feliz quanto imagino que esteja.

Seu irmão,
George

William e eu celebramos a ceia do Natal com um grande pernil de cervo. Tive o cuidado de não perguntar onde o animal tinha sido morto. A pastagem de minha família em Rochford Hall era bem fornida e mal guardada, e não tive muitas dúvidas de ter acabado de comprar o meu próprio cervo. Mas como nem meu pai nem minha mãe me enviavam os votos de um Feliz Natal, achei que podia me conceder um presente de sua fortuna, e comprei o cervo a um preço irrisório e dois faisões. O trabalho na fazenda não se interrompeu por doze dias, mas encontramos tempo para ir à missa, ver os mascarados em Rochford, beber um copo de cerveja temperada com nossos vizinhos, e caminhar à margem do rio enquanto as gaivotas gritavam lá em cima e um vento frio soprava do estuário.

Nos dias difíceis de fevereiro preparei-me para o parto. Dessa vez, eu não seria uma grande dama na corte, não teria de ficar de cama por um mês. Podia fazer como quisesse. William estava mais apreensivo do que eu, insistiu para que chamássemos uma parteira para ficar na casa a partir do fim do mês, para impedir o risco de o bebê nascer enquanto estivéssemos isolados pela neve. Ri da sua ansiedade, mas fiz como ele queria e uma velha, que mais parecia uma bruxa do que uma parteira, veio e ficou conosco a partir dos primeiros dias de março, e cuidou de mim.

Fiquei feliz por William ter sido tão cauteloso quando, numa manhã, despertei e dei com o quarto tomado por uma luz branca brilhante. Tinha nevado à noite, e continuava a nevar, flocos espessos brancos caíam do céu cinza sem fazer ruído, e giravam ao redor do pátio. O mundo foi transformado em um lugar de completo silêncio e magia. As galinhas se escondiam no galinheiro, somente as pegadas de três dedos no quintal mostravam que tinham se aventurado a sair em busca de alimento. Os carneiros se amontoavam no portão, marrons e sujos contra o campo mais branco. As vacas se aglomeravam no estábulo e seu campo era uma relva branqueada. Sentei-me à janela, sentindo minha barriga mexer com o movimento do bebê, e observei a nevasca aumentar e arquear ao longo da sebe. Parecia que os flocos não pousavam no chão, mas que ficavam girando no ar, ao redor da casa. A cada hora, os cumes e caleiras da neve amontoada pelo vento tornavam-se mais altos e mais exoticamente esculpidos. Quando olhei para baixo, os flocos eram brancos como as penas dos patos, mas quando esticava o pescoço e olhava para cima, pareciam pedaços sujos de renda cinza contra um céu opaco.

— Cheguei — disse William. Tinha envolvido suas pernas e botas com sacos de aniagem e estava no pequeno pórtico do lado de fora, desatando-os e batendo a neve. Desci devagar a escada e sorri para ele. Deteve-se ao me ver.

— Você está bem?

— Meio aérea — eu disse. — Passei a manhã observando a neve.

Trocou um olhar rápido e significativo com a parteira que preparava o mingau no fogo, então atravessou a cozinha descalço e me levou para uma cadeira ao lado do fogo.

— Suas dores começaram? — perguntou.

Sorri.

— Ainda não. Mas acho que será hoje.

A parteira pôs o mingau em uma tigela grande e a passou com uma colher para mim.

— Coma — disse ela, de modo encorajador. — Todos precisaremos de força.

☙

No fim, o parto foi fácil. Minha menina chegou depois de somente quatro horas de trabalho de parto. A parteira envolveu-a com um lençol branco aquecido e a colocou em meu seio. William, que ficou do meu lado durante as quatro horas, pôs a mão em sua cabecinha suja de sangue e a abençoou, sua boca tremendo de emoção. Então, se deitou na cama do meu lado. A mulher jogou uma coberta sobre nós três e deixou que nos aquecêssemos, abraçados. Adormecemos rapidamente.

Só despertamos quando o bebê se agitou e chorou, duas horas depois. Coloquei-a em meu seio e experimentei a sensação familiar e maravilhosa de uma filha amada se alimentando. William pôs um xale ao redor de meus ombros e desceu para buscar um copo de *ale* adoçado com especiarias. Continuava a nevar. Da minha cama, eu vi os flocos brancos contra o céu que escurecia. Aconcheguei-me no calor e me recostei nos travesseiros de penas de ganso, e soube que realmente era uma mulher abençoada.

Primavera de 1535

Querida irmã,

A rainha, nossa irmã, manda que lhe comunique que está esperando bebê mais uma vez e que você deve voltar à corte para ajudá-la, mas que o seu marido deve permanecer em Rochford e seu bebê com ele. Não quer ver nenhum dos dois. Sua pensão será restituída e terá permissão de ver seus filhos em Hever no verão.

Esta é a mensagem que recebi ordens de lhe transmitir, e também eu lhe digo que precisamos de você em Hampton Court. Ana espera seu confinamento para o outono deste ano. Viajaremos no verão, mas não para muito longe. Está ansiosa para tê-la perto porque está em pânico de perder a criança, como pode imaginar, e ela quer uma amiga na corte, além de mim. Na verdade, neste momento, é a mulher mais solitária do mundo. O rei está de amores com Madge, que se exibe com um vestido novo a cada dia. Houve uma reunião de família convocada por nosso tio, a que não foram chamados nem meu pai nem minha mãe. Os Shelton foram. Pode imaginar o que Ana e eu deduzimos disso. Ana ainda é a rainha, mas não mais a favorita nem do rei nem de sua própria família.

Vou avisá-la de mais uma coisa antes de chegar. A cidade está inquieta. O voto de sucessão levou cinco homens bons à Torre de Londres e à morte e pode levar mais outros. Henrique descobriu que seu poder não tem limites e agora não há mais nem Wolsey nem a rainha Catarina nem Thomas More para contê-lo. A corte em si tornou-se mais desregrada do que a que você conheceu. Tenho estado na vanguarda dela, e me enoja. É como uma carroça *descontrolada e não consigo ver como saltar fora dela. Não é a um lugar feliz que estou lhe dizendo para vir. Ou melhor — a que estou implorando que venha.*

Como incentivo, prometo-lhe um verão com seus filhos, se Ana estiver bem o bastante para dispensá-la.

George

Levei a carta com o pesado selo Bolena ao meu marido, no pátio, ordenhando uma vaca com a sua cabeça pressionada contra seu flanco quente, o leite esguichando com um chiado no balde.

— Boas notícias? — perguntou, lendo o brilho em minha cara.

— Tenho permissão de voltar à corte. Ana espera bebê de novo e me quer lá.

— E seus filhos?

— Poderei vê-los no verão, se ela me dispensar.

— Graças a Deus — replicou simplesmente, e virou a cabeça para a barriga da vaca e fechou os olhos por um momento, e me dei conta de que ele tinha sofrido por mim na perda de meus filhos.

— Perdão para mim? — perguntou depois de um tempo.

Sacudi a cabeça.

— Você está proibido. Mas acho que poderia simplesmente ir comigo.

— Não gostaria de deixar a fazenda de novo por muito tempo.

Dei um risinho.

— Tornou-se um campônio, meu amor?

— Ehh — disse ele. Levantou-se do banco e deu um tapinha na anca da vaca. Segurei o portão aberto para ela passar para o campo, onde a relva crescia viçosa. — Irei à corte com você, queiram eles ou não. E quando o verão chegar, voltaremos para cá.

— Depois de Hever — determinei.

Sorriu e sua mão quente fechou-se na minha, que estava sobre o portão.

— Depois de Hever, é claro — disse ele. — Para quando é o bebê da rainha?

— Para o outono. Mas ninguém sabe.

— Queira Deus que a gravidez vingue — hesitou por um momento e, então, mergulhou a concha grande no leite morno. — Prove — ordenou.

Obedeci e bebi um pouco do leite espumoso e quente.
— Bom?
— Sim.
— Quer que o ponha na leiteria para ser batido?
— Sim — respondi. — Achei que eu mesma faria isso.
— Não quero que se canse demais.
Sorri com a sua preocupação.
— Posso fazer isso.
— Levarei para você — disse ele afetuosamente. E foi na frente para a leiteria, onde o nosso bebê, chamado Ana para agradar à sua tia, bem envolvido em seu cueiro, dormia sobre a bancada.

ෆ

A barcaça real foi enviada para me transportar de volta a Hampton Court. William, a ama de leite e eu embarcamos em Leigh, pomposos em nossa roupa de corte. Nossos cavalos seguiriam depois. A natureza imponente da nossa despedida foi, de certa maneira, estragada por meu marido, que não parou de gritar as instruções de última hora ao marido de Megan que cuidaria da fazenda enquanto estivéssemos fora.

— Tenho certeza de que ele não se esqueceria da tosquia dos carneiros — observei com brandura quando, finalmente, sentou-se e parou de se debruçar na amurada e gritar como um marinheiro. — Quando o pelame tivesse crescido demais, provavelmente, ele teria notado.

Sorriu largo.
— Desculpe. Eu a desonrei?
— Bem, já que é um membro da família real, acho realmente que poderia se comportar de uma maneira que não fosse a de um fazendeiro embriagado em dia de mercado.

Ele não estava arrependido.
— Peço perdão, Lady Stafford — disse ele. — Juro que ao chegarmos a Hampton Court, serei a discrição em pessoa. Por exemplo, onde dormirei? Um telheiro em seu estábulo seria suficientemente humilde?

— Achei que poderíamos alugar uma pequena casa na cidade. E eu passaria lá a maior parte do tempo.

— E é melhor que venha dormir toda noite na casa — disse ele com veemência. — Ou irei ao palácio buscá-la. Agora é a minha mulher, minha esposa legítima. Espero que aja como tal.

Sorri e virei o rosto, para que não visse o quanto me divertia. Não era preciso lembrar a meu determinado e correto marido que meu casamento anterior tinha sido um casamento na corte e que eu quase nunca dormia na cama de meu marido, o que não surpreendia ninguém nem um pouquinho.

— Não faz diferença nenhuma — disse ele, com seu conhecimento intuitivo de meus pensamentos. — Não importa o mínimo como foi o seu primeiro casamento. Este é o meu casamento, e quero a minha mulher na minha cama.

Ri alto e me aninhei em seus braços.

— É onde eu quero estar — confessei. — Por que ia querer estar em outro lugar?

༺༻

A barcaça real subia o rio suavemente, os remadores mantendo o ritmo marcado pelo tambor, a correnteza favorável nos transportava tão veloz quanto um cavalo a meio galope. Avistamos os familiares marcos divisórios, a grande torre branca quadrada e a boca aberta da comporta da Torre de Londres. A ponte era uma sombra escura sobre o rio, como uma entrada abrindo-se para a beleza dos palácios à beira do rio e seus jardins, e toda a agitação do canal central de uma grande cidade. Os pequenos barcos, *ferries*, e barcos de pesca iam e vinham no rio à nossa frente. Em Lambeth, o grande e pesado *ferry* que transportava cavalos hesitou quando o ultrapassamos velozmente. William apontou para uma grande garça cinza aninhada desajeitadamente em algumas árvores à beira da água e um cormorão mergulhando, uma sombra escura ávida sob a água.

Muitos rostos se viraram na direção da barcaça real, mas raros foram os sorrisos. Lembrei-me de mim na barcaça real com a rainha Catarina e de como os homens tiravam o chapéu e as mulheres faziam uma mesura, e as crianças beijavam as mãos e acenavam quando passávamos. Havia a confiança na sabedoria e força do rei, e de que a rainha era bela e boa, e que nada poderia dar errado. Mas Ana e a ambição Bolena haviam aberto uma grande fenda nessa unidade e, agora, todos podiam ver o vazio. Agora viam que o rei não era melhor do que um insignificante e mesquinho prefeito de uma cidadezinha lucrativa, que não queria outra coisa a não ser emplumar seu próprio ninho, e que estava casado com uma mulher que conhecia o desejo, a ambição e a ganância, e ansiava por satisfação.

Se Ana e Henrique tinham esperado que o povo os perdoasse, então se decepcionaram. O povo nunca perdoaria. A rainha Catarina podia ser praticamente uma prisioneira nos charcos frios de Huntingdonshire, mas não era esquecida. Na verdade, a cada dia sem o batizado de um novo herdeiro para a Inglaterra, seu banimento parecia mais e mais sem sentido.

Recostei-me no ombro reconfortante de William e dormitei. Um pouco depois, ouvi nosso bebê chorar, despertei e vi a ama de leite chegá-lo mais para si e amamentá-lo. Meus seios, firmemente atados, doíam de desejo, e William apertou seus braços em volta da minha cintura e beijou minha cabeça.

— Ela está sendo bem-cuidada — disse ele. — E ninguém nunca a tirará de você.

Balancei a cabeça concordando. Podia ordenar que fosse trazida a mim na hora que quisesse, de dia ou de noite. Era minha filha de uma maneira como os outros dois nunca tinham sido. Não havia por que lhe dizer que quando vi seus olhos azuis decididos, sofri ainda mais pela perda dos outros dois. Ela não podia substituí-los, simplesmente não me deixava esquecer que era mãe de três filhos, e que embora eu tivesse aquela coisinha quente em meus braços, havia dois filhos meus em outra parte no mundo, e eu nem mesmo sabia onde o meu menino deitava sua cabeça à noite.

A tarde já caíra quando vimos o grande píer de Hampton Court e os grandes portões de ferro atrás. O tambor rufou mais algumas vezes e vimos os barqueiros aprontando-se para o nosso desembarque. Houve uma breve e apressada fanfarra para exaltar o estandarte do rei, e então a barcaça atracou, desembarcamos, e William e eu estávamos de volta à corte.

Discretamente, William, nosso bebê e a ama de leite seguiram o caminho para a aldeia e me deixaram entrar no palácio sozinha. Ele apertou minha mão brevemente antes de se virar.

— Tenha coragem — disse ele com um sorriso. — Não se esqueça de que agora é ela que precisa de você. Não venda seus serviços barato demais.

Assenti com a cabeça, fechei o manto em volta do meu corpo e virei-me para enfrentar o palácio suntuoso.

Fui introduzida como se fosse uma estranha, conduzida escada acima até os aposentos da rainha. Quando os guardas abriram a porta e entrei, houve um momento de silêncio mortal e, então, uma explosão de entusiasmo feminino ao redor de mim. Todas as mulheres presentes tocaram meus ombros, meu pescoço, as mangas de meu vestido, o capelo em minha cabeça, e comentaram como eu estava bem, como a maternidade me fizera bem, como o ar do campo me convinha e como era bom eu estar de volta à corte. Cada uma se mostrou minha melhor amiga, a prima mais querida, todas querendo dividir o quarto comigo. Foi tão agradável para elas me verem de volta que só pude ficar perplexa diante do fato de terem conseguido ficar sem mim por tanto tempo, nunca, nenhuma delas, me escrevendo, nenhuma delas nunca pedindo à minha irmã clemência para mim.

E eu estava mesmo casada com William Stafford? E era verdade que ele tinha uma fazenda? Só uma? Mas era grande? Não? Que estranho! E tivemos um bebê? Menino ou menina? E quem eram os padrinhos? Como se chamava? E onde estavam William e o bebê? Na corte? Não? Que estranho.

Defendi-me das perguntas o melhor que pude e procurei George. Não estava. O rei tinha saído a cavalo tarde, com alguns poucos favoritos que montavam bem e bebiam bem, e ainda não tinha voltado. As mulheres tinham se vestido para o jantar e esperavam o retorno dos homens. Ana estava em sua câmara privada, sozinha.

Reuni coragem e fui à sua porta. Bati, girei a maçaneta e entrei.

O quarto estava escuro, a única iluminação vindo das janelas, ainda com as cortinas abertas, a luz cinzenta do crepúsculo de maio, e a luz tremeluzente do fogo baixo. Estava ajoelhada no genuflexório e tive de reprimir uma exclamação de medo supersticioso. Vi a rainha Catarina ajoelhada, rezando com todo o seu fervor para conceber um menino para seu marido, para que ele voltasse para ela e se afastasse das garotas Bolena. Mas então, a rainha fantasmagórica virou a cabeça e era Ana, minha irmã, pálida e tensa, seus olhos sedutores tomados pelo cansaço. Imediatamente, meu coração se enterneceu, atravessei o quarto e a abracei, ainda ajoelhada, e disse:

— Oh, Ana.

Ela se pôs de pé e me abraçou, deixando sua cabeça pesada cair sobre meu ombro. Não disse que sentiu minha falta, que estava desgraçadamente só em uma corte que desviava a sua atenção dela. Mas não precisou. A curva de seus ombros foram o bastante para me dizer que, nos tempos atuais, a posição de rainha não era uma grande alegria para Ana Bolena.

Delicadamente, sentei-a em uma cadeira e me sentei, eu mesma, sem pedir permissão, diante dela.

— Você está bem? — perguntei, indo direto ao assunto, o único.

— Sim — respondeu. Seu lábio inferior tremia. Sua face estava muito pálida com sulcos nos dois lados da boca. Pela primeira vez na vida, olhei seu rosto e vi que se parecia com nossa mãe, vi como ficaria quando envelhecesse.

— Dores?

— Nenhuma.

— Está muito pálida.

— Estou cansada — admitiu. — Está sugando a minha força.

— Quantos meses?

— Quatro — respondeu, com a lembrança instantânea de uma mulher que não pensava em outra coisa.

— Vai se sentir melhor logo — eu disse. — Os primeiros três meses são sempre os piores — quase acrescentei "e os três últimos", mas não era brincadeira para Ana, que somente uma vez tinha sustentado um bebê até o fim.

— O rei está em casa? — perguntou ela.

— Disseram-me que está caçando, e que George está com ele.

Ela balançou a cabeça.

— Madge está com as outras damas?

— Sim — repliquei.

— E aquela coisa Seymour de cara branca?

— Também — eu disse, sem dificuldade de reconhecer Jane Seymour depois dessa descrição.

Ana balançou a cabeça.

— Melhor assim — disse ela. — Contanto que nenhuma delas esteja com ele, fico satisfeita.

— Deveria se contentar de qualquer jeito — eu disse amavelmente. — Não vai querer uma barriga cheia de bílis com um bebê aí dentro.

Lançou-me um olhar rápido e sua risada foi dura.

— Oh, sim, ficar muito contente. Seu marido veio com você?

— Não para a corte — eu disse. — Já que você disse que não viesse.

— Continua inebriada? Ou se cansou dele e de seu punhado de campos?

— Continuo a amá-lo — não estava a fim de morder a isca de Ana. Pensar em William me enchia de paz e não queria brigar com ninguém, muito menos com uma mulher tão pálida e esgotada quanto essa rainha.

Lançou-me um sorriso amargo.

— George diz que você é o único Bolena com juízo — disse ela. — Que, de nós três, você fez a melhor escolha. Nunca será rica, mas tem um marido que a ama e um bebê saudável. A mulher de George o olha como se fosse matá-lo e comê-lo, de tanto seu desejo se mistura com ódio, e Henrique entra e sai do meu quarto com a rapidez de uma borboleta na primavera. E essas duas garotas esvoaçam à sua volta com suas redes preparadas.

Ri ao pensar em Henrique cada vez mais gordo como uma borboleta na primavera.

— Tem de ser uma rede grande — foi tudo o que eu disse.

Ana acabou rindo também: a sua risada alegre, familiar.

— Meu Deus, eu daria tudo para me livrar delas.

— Agora, estou aqui — eu disse. — Posso mantê-las longe.

— Sim — disse ela. — E se as coisas derem errado para mim, poderá me ajudar, não?

— É claro — eu disse. — O que quer que aconteça, sempre terá George e a mim.

Houve uma certa comoção na sala: um urro incontestável de risada, o grande urro Tudor. Ana ouviu a alegria de seu marido e não sorriu.

— Acho que, agora, ele vai querer seu jantar.

Detive-a quando se dirigia à porta.

— Ele sabe que está grávida? — perguntei rapidamente.

Ela sacudiu a cabeça.

— Ninguém sabe, exceto George e você. Não me atrevi a contar.

Abriu a porta e vimos Henrique fechando um medalhão ao redor do pescoço corado de Madge Shelton. Ao ver sua esposa, se retraiu, mas terminou o que fazia.

— Um pequeno regalo — falou para Ana. — Uma pequena aposta ganha por esta garota inteligente. Boa noite, minha esposa.

— Marido — disse Ana, com os dentes trincados. — Boa noite.

Olhou para além dela e me viu.

— Ora, Maria! — exclamou, deliciado. — A bela Lady Carey está de volta!

Fiz uma reverência e olhei para ele.

— Lady Stafford, por favor, Majestade. Casei-me de novo.

Seu movimento rápido com a cabeça indicou que se lembrava — e que se lembrava dos ataques aos berros que sofrera quando ela me baniu da corte.

Quando vi seu sorriso persistir e seus olhos se enternecerem sobre minha face erguida, pensei em como minha irmã era uma bruxa venenosa. Ela tinha procurado e obtido o meu banimento sozinha, não tinha sido a vontade do rei. Ele teria me perdoado imediatamente. Se Ana não precisasse de mim para esconder sua gravidez, teria me deixado para sempre na pequena fazenda.

— E têm um filho? — perguntou ele. Não conseguiu deixar de relancear os olhos para Ana, olhando da garota Bolena fértil para a estéril.

— Uma filha, Majestade — repliquei, dando graças a Deus não ter sido um filho.

— William é um homem de sorte.

Sorri.

— Certamente é o que lhe digo.

Henrique riu e estendeu a mão para me aproximar dele.

— Ele não está aqui? — perguntou, olhando em volta.

— Ele não foi convidado... — comecei.

Ele entendeu imediatamente. Virou-se para a sua mulher.

— Por que Sir William não foi chamado de volta à corte com a sua esposa? — perguntou.

Ana não hesitou.

— É claro que foi chamado. Convidei os dois a voltarem para nós assim que minha irmã cumprisse o resguardo.

Não me restou outra coisa a fazer a não ser admirar a sua cara inocente ao mentir. Nada a fazer a não ser aceitar a mentira e representá-la com toda a alma.

— Ele virá me encontrar amanhã, se assim desejar, Majestade. E se me permitir, também terei minha filha comigo.

— A corte não é lugar para um bebê — disse Ana simplesmente.

Imediatamente, Henrique virou-se contra ela.

— Lamentável. E mais lamentável ainda ouvir isso de minha esposa. Esta corte é lugar para um bebê, como achei que a senhora, mais do que todo mundo, saberia.

— Estava pensando na saúde do bebê, milorde — disse Ana friamente. — Estava pensando que ela deveria ser criada no campo.

— Sua mãe pode julgar isso — disse Henrique nobremente.

Sorri, docemente, e então aproveitei minha chance.

— Na verdade, se me permitir, gostaria de levar meu bebê a Hever, no verão. Para que conheça meus outros filhos.

— *Meu* filho Henrique — lembrou-me Ana.

Lancei um olhar divertido para o rei.

— Por que não? — replicou ele. — O que quiser, Lady Stafford.

Ofereceu-me seu braço, fiz uma reverência e o aceitei. Ergui os olhos para ele como se continuasse a ser o príncipe mais belo da Europa, e não o homem calvo e gordo em que se transformara. A linha de seu queixo se espessara. O cabelo no alto de sua cabeça tornara-se fino e ralo. A boca de botão, tão atraente em um rosto jovem, era agora um biquinho amante da boa-vida, e seus olhos tinham sido obstruídos pela gordura em suas pálpebras e as bochechas redondas. Parecia um homem com os caprichos saciados e, ainda assim, infeliz. Um homem parecido com uma criança rabugenta.

Sorri radiante para ele, inclinei a cabeça em sua direção, ri de suas observações, e o fiz rir com histórias de eu fazendo manteiga, queijo, até chegarmos à mesa no alto e ele ir para seu trono como rei da Inglaterra, e eu ao meu lugar com as damas de honra.

℘

O jantar foi demorado, a corte tinha se tornado glutona. Havia vinte pratos de carne diferentes: carne de caça e de animal abatido, aves e peixes. Havia quinze tipos de pudins. Observei Henrique experimentar um pouco de cada coisa, e não parar de pedir mais. Ana estava sentada ao seu lado com a face feito gelo, beliscando a comida, sem parar de olhar para um e outro lado, como se quisesse ver de onde o perigo a aguardava.

Quando os pratos finalmente foram levados, houve uma mascarada e, depois, a corte começou a dançar. Não tirei os olhos da porta lateral à esquerda da lareira, mesmo quando em um círculo de dançarinos, mesmo quando estava flertando com meus velhos amigos da corte. Depois da meia-noite, minha vigilância foi recompensada: a porta se abriu e meu marido, William, entrou e olhou em volta me procurando.

As velas estavam derretendo e havia tanta gente dançando e se movimentando no salão, que ele não foi visto. Pedi licença e fui até ele, que me levou imediatamente para um recanto atrás da cortina.

— Meu amor — disse ele, e me abraçou. — Pareceu uma vida inteira.

— Para mim também. A neném está bem? Tranquila?

— Deixei-a e a ama de leite dormindo profundamente. E consegui uma boa pousada para nós, assim que puder sair.

— Eu fiz mais que isso — eu disse, com deleite. — O rei ficou feliz em me ver e perguntou por você. Você virá para a corte amanhã. Podemos ficar aqui juntos. Ele disse que podemos levar Ana a Hever no verão.

— Foi Ana que pediu por você?

Sacudi a cabeça.

— É a Ana que devo agradecer o meu exílio — repliquei. — Ela não deixaria nem mesmo eu ver meus filhos se eu não tivesse pedido ao rei.

Deu um assobio baixinho.

— Você deve ter-lhe agradecido por isso.

— Não faz sentido queixar-me de sua natureza.

— E como ela está?

— Amarga — sussurrei bem baixinho. — Abatida. E triste.

Verão de 1535

Nessa noite, George e eu ficamos na sala de Ana enquanto ela se preparava para deitar. O rei tinha dito que se deitaria com ela, o que significava que teria de se lavar, e pediu que eu escovasse seu cabelo.

— Vai fazer com que ele tenha cuidado, não vai? — perguntei com ansiedade. — É pecado ele se deitar com você.

George deu uma risada, estendido na cama dela, suas botas sobre suas belas cobertas.

Ela virou a cabeça por baixo da escova.

— Não corro muito risco de ser cortejada rudemente.

— O que quer dizer?

— Há noites em que ele não consegue. Há noites em que ele não fica duro de jeito nenhum. É nojento. Tenho de ficar debaixo dele enquanto arqueja, sua e resmunga. Então, fica com raiva, e joga a raiva em mim! Como se eu tivesse alguma coisa a ver com isso.

— Será a bebida? — perguntei.

Ela encolheu os ombros.

— Conhece o rei. Está sempre meio bêbado à noite.

— Se lhe disser que espera bebê... — eu disse.

— Terei de dizer em junho, não terei? — observou ela. — Assim que fizer os primeiros movimentos, eu contarei. Cancelará a viagem de verão e todos ficaremos em Hampton Court. George terá de cavalgar e caçar com ele e manter a Jane cara de lua longe.

— O Arcanjo Gabriel não pode afastar todas as mulheres dele — disse George, com indiferença. — Você estabeleceu um padrão, Ana, e vai viver para se arrepender. Todas o mantêm a uma certa distância e lhe prometem o mundo. Era mais fácil quando eram todas como a bonita Maria: faziam uma pequena traquinagem e ganhavam umas duas casas senhoriais.

— Acho que você ganhou as mansões — eu disse rispidamente. — E meu pai. E William Carey. Pelo que me lembro, recebi um par de luvas bordadas e um colar de pérolas.

— E um navio com o seu nome, e um cavalo — disse Ana, com a sua memória precisa e invejosa. — E inúmeros vestidos, e uma cama nova.

George riu.

— Tem um inventário como se fosse um cavalariço da casa, Ana — estendeu-lhe a mão e a puxou para a cama, para o travesseiro ao lado do seu. Olhei para os dois, tão íntimos quanto gêmeos, lado a lado na grande cama da Inglaterra.

— Vou deixá-los — eu disse simplesmente.

— Corra para Sir João-Ninguém — disse Ana por cima do ombro, e puxou o cortinado da cama para que os dois ficassem fora de vista.

☙

William estava me esperando, no jardim, olhando o rio, com a expressão sombria.

— O que houve?

— Ele prendeu Fisher — respondeu. — Nunca pensei que se atreveria.

— O bispo Fisher?

— Achei que tinha uma vida protegida magicamente. Henrique sempre gostou dele, e ele parecia ter permissão para defender a rainha Catarina e sair ileso. Foi seu homem sem mudar de posição. Ela vai sofrer por ele.

— Mas ele simplesmente ficará na Torre por uma semana, não? Depois, se desculpará ou sei lá o quê.

— Vai depender do que exigirem dele. Ele não prestará o voto de sucessão, tenho certeza. Ele não pode dizer que Elizabeth deve suceder no lugar de Mary, ele escreveu dezenas de livros e pregou milhões de sermões em defesa do casamento, não pode deserdar a filha dela.

— Então, ele simplesmente ficará lá — eu disse.

— Acho que sim — repetiu.

Aproximei-me e pus a mão em seu braço.

— Por que está tão preocupado? — perguntei. — Ele receberá seus livros e tudo o mais, seus amigos o visitarão. Será libertado no fim do verão.

William virou-se para mim e pegou minhas mãos.

— Eu estava presente quando Henrique ordenou que fosse mandado para a Torre — disse ele. — Tratava de seus negócios enquanto assistia à missa. Pense nisso, Maria. Estava na igreja quando mandou o bispo para a Torre.

— Ele sempre tratou de seus negócios durante a missa — eu disse. Relutei em reconhecer a veemência de meu marido. — Não quer dizer nada.

— Essas são as leis de Henrique — disse meu marido sem largar minhas mãos — O Voto da Sucessão, depois, o Ato da Supremacia, e depois, o Ato da Traição. Não são leis do país. São leis de Henrique, armadilhas para capturar seus inimigos, e Fisher e More caíram nelas.

— Ele não vai decapitá-los... — falei racionalmente. — Oh, William, ele não pode! Um é o clérigo mais reverenciado no país e o outro foi lorde chanceler. Ele não ousaria decapitá-los.

— Se ousa julgá-los por traição, então nenhum de nós está a salvo.

Peguei-me falando baixo, como ele.

— Por quê?

— Porque terá descoberto que o Papa não protege seus servidores, que os ingleses não se sublevam contra a tirania. Que ninguém é tão considerado, ou tão influente, a ponto de não ser detido baseado em uma nova lei maquinada por ele. Por quanto tempo acha que a rainha Catarina ficará em liberdade agora que seu conselheiro foi aprisionado?

Retirei minhas mãos dele.

— Não quero ouvir isso — eu disse. — É o mesmo que temer sombras. Meu avô Howard foi levado para a Torre por traição e saiu com um sorriso nos lábios. Henrique não executaria Thomas More, ele gosta demais dele. Podem estar brigados agora, mas More foi o seu melhor amigo e sua maior alegria.

— E o seu tio Buckingham?

— Isso foi diferente — repliquei. — Ele era culpado.

Meu marido virou-se de novo para o rio.

— Veremos — foi tudo o que disse. — Queira Deus que você tenha razão e eu esteja errado.

⋘

Nossas preces não foram atendidas. Henrique fez o que pensei que ele jamais sonharia em fazer. Processou o bispo Fisher e Sir Thomas More por afirmarem que a rainha Catarina tinha sido realmente casada com ele. Deixou que sacrificassem suas vidas ao declararem que ele não era o chefe da Igreja, um papa inglês. E esses dois homens, sem uma mácula na consciência, dois dos melhores homens da Inglaterra, caminharam para o cadafalso e colocaram suas cabeças nos troncos como se tivessem sido os mais vis dos traidores.

Foram dias muito silenciosos na corte, os dias de junho em que Fisher morreu, em que More morreu. Todos sentiram que o mundo se tornara um pouco mais perigoso. Se o bispo Fisher podia ser decapitado, se Thomas More subia ao cadafalso, quem poderia estar seguro?

⋘

George e eu esperamos com uma impaciência cada vez maior que o bebê de Ana se mexesse em seu útero para que ela, então, contasse ao rei que estava grávida. Mas já estávamos em meados de junho e nada tinha acontecido.

— Não se enganou na contagem de tempo? — perguntei.

— Acha que seria possível? — retorquiu. — Consigo pensar em outra coisa?

— Não pode se mexer tão levemente que você nem sente? — perguntei.

— Quem pode saber é você — replicou. — Você é a porca que está sempre parindo. É possível?

— Não sei — respondi.

— Sim, sabe — disse ela. Sua boca pequena e franzida fechada numa linha amarga. — Nós duas sabemos. Nós duas sabemos o que aconteceu. Está morto. Completaram-se cinco meses e a barriga não está maior do que há três meses. Está morto dentro de mim.

Olhei para ela horrorizada.

— Tem de procurar um médico.

Não me deu importância.

— Preferiria ver o diabo em pessoa. Se Henrique souber que carrego um bebê morto, nunca mais se aproximará de mim.

— Vai-lhe fazer mal — avisei.

Riu, uma risada estridente, amarga.

— Será a minha morte de uma maneira ou de outra. Se eu deixar escapar que é o segundo bebê que não consegui segurar, serei posta de lado e estarei arruinada. O que vou fazer?

— Vou procurar uma parteira e perguntar o que podemos fazer para que se livre do feto.

— É melhor que não saiba que é para mim — disse Ana simplesmente. — Se o menor comentário sobre isso se espalhar, estarei perdida, Maria.

— Eu sei — falei apreensiva. — George me ajudará.

☙

Nessa noite, antes do jantar, nós dois descemos o rio. Um barqueiro particular nos transportou, não quisemos a grande barcaça da família. George conhecia uma casa de banhos de prostitutas. Perto dali, morava uma mulher que tinha a reputação de lançar feitiços, interromper gravidez, amaldiçoar uma pastagem ou fazer um rio se encher de trutas. A casa de banhos dava para o rio, com janelas de sacada sobre a água. Havia uma vela protegida com um anteparo em cada janela, e mulheres seminuas do lado da luz, de modo que pudessem ser vistas do rio. George baixou o chapéu e eu puxei o capuz para ocultar meu rosto. Atracamos e ignorei as mulheres debruçadas às janelas acima, tentando atrair George.

— Espere aqui — ordenou George ao barqueiro e subimos a escada molhada e escorregadia. Ele pegou meu cotovelo e me guiou através da rua imunda pavimentada de pedras redondas, até a casa na esquina. Bateu na porta, e quando foi aberta silenciosamente, ele me introduziu na frente. Hesitei, perscrutando o escuro. — Entre — disse George. Um ligeiro empurrão em minha cintura me avisou que ele não estava a fim de demoras. — Vamos, temos de conseguir isso para ela.

Assenti com a cabeça e entrei. Era uma sala pequena, enfumaçada por causa do fogo lento da madeira recolhida na costa que queimava na lareira, mobiliada com nada além de uma pequena mesa de madeira e dois bancos. A mulher estava sentada à mesa: uma mulher velha, encurvada, de cabelo grisalho, a face sulcada de conhecimento, olhos azuis brilhantes que tudo viam. Um leve sorriso revelou dentes enegrecidos.

— Uma dama da corte — falou, observando meu manto e um pedacinho de meu vestido exposto pela abertura na frente.

Coloquei uma moeda de prata na mesa.

— Isto é para o seu silêncio — eu disse sem rodeios.

Ela riu.

— Não terei muita utilidade, se ficar calada.

— Preciso de ajuda.

— Quer que alguém a ame? Que alguém morra? — Seu olhar brilhante me examinou como se me assimilasse por inteira. Seu sorriso abriu-se largo de novo.

— Nem um nem outro — repliquei.

— Problema com bebê, então.

Puxei um banco e me sentei, pensando no mundo dividido tão simplesmente entre amor, morte e nascimento.

— Não é para mim, é para uma amiga.

Ela deu um risinho deliciado.

— Como sempre.

— Ela esperava bebê, mas está no quinto mês e a criança não cresce nem se mexe.

Imediatamente, a mulher ficou mais interessada.

— O que ela diz?

— Acha que o bebê está morto.

— Ela continua a engordar?

— Não. Não está maior do que há dois meses.

— Enjoo pela manhã, seios sensíveis?

— Agora não.

Balançou a cabeça.

— Sangrou?

— Não.

— Parece que está morto. É melhor me levar até ela para confirmar.
— Não é possível — eu disse. — Ela é muito vigiada.
Deu uma risada rápida.
— Não acreditaria nas casas de que já entrei e saí.
— Não pode vê-la.
— Então será um risco. Posso lhe dar uma bebida que a deixará nauseada como um cão e o bebê sairá.
Balancei a cabeça com ansiedade e ela levantou uma mão.
— Mas e se ela estiver enganada? E se o bebê estiver vivo? Apenas descansando por um tempo? Se simplesmente estiver quieto?
Olhei para ela desconcertada.
— E se for assim?
— Você o terá matado — respondeu simplesmente. — Isso a tornará uma assassina, e a ela e a mim também. Pode aguentar isso?
Neguei com um movimento lento da cabeça.
— Meu Deus, não — eu disse, pensando no que aconteceria a mim e aos meus se alguém soubesse que tinha dado à rainha uma poção para que abortasse um príncipe.
Levantei-me e afastei-me da mesa, olhando pela janela o rio cinzento. Lembrei-me de Ana no começo de sua gravidez, sua cor viva, os seios intumescidos e agora, pálida, exaurida, seca.
— Dê-me a beberagem. É ela que deve escolher se a beberá ou não.
A mulher levantou-se do banco e foi gingando até os fundas da sala.
— São 3 xelins — disse ela.
Não protestei contra o absurdo do preço e coloquei as moedas, em silêncio, sobre a mesa sebosa. Ela pegou-as com um movimento rápido.
— Não é isso que você tem de temer — disse ela, de repente.
Eu estava a caminho da porta, mas me virei.
— Não é a beberagem que deve temer, mas sim a lâmina.
Senti um arrepio, como se a névoa cinza vinda do rio tivesse deslizado por minhas costas.
— O que quer dizer?
Ela sacudiu a cabeça como se tivesse adormecido por um momento.

— Eu? Nada. Se isso significar algo para você, leve a sério, se não significar nada, nada significa. Esqueça.

Detive-me por um instante, esperando que acrescentasse algo, e como permaneceu calada, abri a porta e saí.

ಚಿ

George me esperava de braços cruzados. Quando cheguei, pegou minha mão, em silêncio, e descemos rapidamente os degraus escorregadios até o barco que se balançava suavemente. Em silêncio, fizemos a longa viagem de volta, o barqueiro remando contra a corrente. Quando desembarcamos na plataforma do palácio, falei com um tom urgente:

— Tem de saber duas coisas: uma é que se o bebê estiver vivo, esta poção o matará, e carregaremos isso na nossa consciência.

— Tem alguma maneira de dizer se é um menino antes de ela beber?

Quase o xinguei por seu pensamento.

— Ninguém nunca sabe isso.

Ele assentiu com a cabeça.

— E a outra coisa?

— A segunda coisa é que a velha disse que não devíamos temer a beberagem, mas sim a lâmina.

— Que tipo de lâmina?

— Não disse.

— Da espada? Da navalha? Do machado do carrasco?

Encolhi os ombros.

— Somos Bolena — disse ele simplesmente. — Quando se passa a vida à sombra do trono, deve-se sempre temer as lâminas. Vamos completar a noite. Vamos dar a bebida a ela e ver o que acontece.

ಚಿ

Ana desceu para jantar como uma rainha, o rosto pálido, retesado, mas a cabeça erguida e um sorriso nos lábios. Sentou-se ao lado de Henrique, seu trono só um pouquinho menor do que o dele, e conversou com ele, bajulou-o, encantou-o, como ainda sabia fazer. Quando os ditos espirituosos se interrompiam, mesmo que por um instante, seus olhos se extraviavam pela sala até pousarem nas damas de honra, talvez em Madge Shelton, talvez em Jane Seymour. Uma vez, deu um sorriso afetuoso e pensativo para mim. Ana fingia não ver nada, enchia-o de perguntas sobre a caça, elogiava a sua saúde. Escolhia os bocados mais gostosos dos vários pratos e os punha no prato dele já cheio. Era a mesma Ana, a mesma Ana a cada virada de cabeça e a cada olhar de flerte por baixo de suas pestanas, mas havia algo em seu encanto determinado que me lembrou outra mulher que tinha se sentado nessa cadeira antes e tentado não ver que a atenção de seu marido estava em outra parte.

Depois do jantar, o rei disse que ia cuidar de alguns negócios, de modo que todos soubemos que iria farrear com seus amigos mais íntimos.

— É melhor eu ir com ele — disse George. — Dê-lhe a poção e fique com ela.

— Dormirei no seu quarto esta noite — eu disse. — A mulher disse que ficará nauseada como um cão.

Ele balançou a cabeça, estreitando os lábios, depois se virou e foi para junto do rei.

Ana disse a suas damas que estava com dor de cabeça e que se deitaria mais cedo. Nós as deixamos na sala de audiências, costurando camisas para os pobres. Mostraram-se muito diligentes quando lhes dissemos boa noite, mas eu sabia que assim que fechássemos a porta, haveria os intermináveis fuxicos de sempre.

Ana vestiu a camisola, e me passou seu pente fino.

— Assim faz algo útil enquanto esperamos — disse ela, grosseiramente.

Coloquei o frasco sobre a mesa.

— Despeje-o para mim.

Havia um quê no frasco escuro com a tampa de vidro que me causou aversão.

— Não. Tem de ser você. Tem de ser feito só por você.

Deu de ombros, como um jogador aumentando as apostas com o bolso vazio, e verteu o líquido em uma taça dourada. Ergueu-a para mim, em um brinde sarcástico, jogou a cabeça para trás e bebeu. Vi seu pescoço sacudir quando a tomou em três goles. Depois, bateu a taça na mesa e sorriu para mim, um sorriso desafiador, selvagem.

— Pronto — disse ela. — Queira Deus que atue rápido.

Esperamos. Escovei seu cabelo, e um pouco depois, ela disse:

— Podemos dormir. Não está acontecendo nada — e nos enroscamos na cama, como dormíamos nos velhos tempos, e despertamos assim que amanheceu, com ela sem sentir dor nenhuma.

— Não surtiu efeito — disse ela.

Tive uma leve esperança de que o bebê tivesse resistido, que estivesse vivo, talvez pequeno, frágil, mas que permanecesse vivo, apesar do veneno.

— Vou para a minha cama, se não precisa de mim — eu disse.

— Vá — disse ela. — Corra para Sir João-Ninguém e dê uma tórrida trepadinha, por que não?

Não respondi de imediato. Conhecia o tom de inveja na voz de minha irmã, e era o som mais doce do mundo para mim.

— Mas você é rainha.

— Sim. E você, Lady João-Ninguém.

Sorri.

— A escolha foi minha — eu disse, e atravessei a porta antes que a última palavra fosse sua.

CS

Durante o dia todo nada aconteceu. George e eu observamos Ana como se ela fosse nossa filha, mas apesar de estar pálida e se queixar do calor do sol forte de junho, nada aconteceu. O rei passou a manhã tratando de negócios, recebendo requerentes que tinham pressa de estar com ele, antes que a corte viajasse.

— Nada? — perguntei a Ana enquanto a observava se vestir para o jantar.

— Nada — replicou. — Tem de voltar lá amanhã.

Por volta da meia-noite, pus Ana na cama e, depois, fui para os meus aposentos. William cochilava quando entrei, mas ao me ver, levantou-se da cama e desatou meu corpete, tão delicado e prestativo quanto uma criada. Ri de sua cara concentrada ao desatar a cintura de minha saia, depois segurar a saia aberta para que eu saísse dela, e suspirei de prazer quando ele friccionou minha pele onde as barbatanas do corpete tinham me machucado.

— Melhor? — perguntou.

— Sempre melhora quando estou com você — respondi simplesmente.

Levou-me pela mão para a cama. Tirei a anágua e deslizei para os lençóis quentes. Imediatamente o corpo quente e familiar tragou-me, envolveu-me, seu cheiro me estonteou, o toque de sua perna nua entre minhas coxas me excitou, seu peito quente em meus seios me fez sorrir de prazer, e seus beijos abriram meus lábios.

Fomos despertados às 2 da manhã, quando ainda estava escuro, por arranhões discretos na porta. William levantou-se imediatamente, segurando seu punhal.

— Quem é?

— George. Preciso de Maria.

William praguejou baixinho, pôs um manto em volta dos ombros, jogou minha camisa de dormir para mim, e abriu a porta.

— É a rainha?

George sacudiu a cabeça. Não suportava a ideia de contar a outro homem nossos segredos de família. Olhou para mim.

— Venha, Maria.

William recuou, reprimindo seu ressentimento por meu irmão mandar eu sair da cama de meu marido. Vesti a camisa pela cabeça e pulei da cama. Estendi a mão para pegar o corpete e a saia.

— Não tem tempo para isso — disse George, irritado. — Venha agora.

— Ela não vai sair deste quarto seminua — disse William.

Por um instante, George parou para entender a expressão truculenta de William. Então, deu seu sorriso Bolena sedutor.

— Ela tem de ir trabalhar — disse ele, amavelmente. — É um assunto de família. Deixe que vá, William. Vou cuidar para que não lhe aconteça nada de ruim. Mas ela tem de vir agora.

William tirou o manto dos ombros e o pôs ao redor do meu corpo e beijou-me na testa quando passei apressada. George me puxou pela mão, correndo para o quarto de Ana.

Ela estava no chão diante da lareira, abraçando a si mesma. Do seu lado estava uma trouxa de pano manchada de sangue. Quando abrimos a porta, ela ergueu os olhos e nos viu por trás dos fios de seu cabelo escuro, e depois desviou o olhar, como se não tivesse nada a dizer.

— Ana? — falei em um sussurro.

Atravessei o quarto e sentei-me no chão ao seu lado. Com cuidado, coloquei o braço à volta de seus ombros tesos. Não se entregou ao abraço para um conforto nem me repeliu. Estava tão inflexível quanto um pedaço de madeira. Olhei para o trágico pequeno pacote.

— Era o seu bebê?

— Quase sem dor — disse ela. — E tão rápido que não durou mais do que um instante. Senti minha barriga revirar como se eu quisesse me esvaziar e saí da cama para o vaso e, então, estava tudo terminado. Estava morto. Mal sangrei. Acho que estava morto fazia meses. Foi tudo uma perda de tempo. Tudo isso. Uma perda de tempo.

Virei-me para George.

— Tem de se livrar disso.

— Como? — espantou-se.

— Enterre-o — eu disse. — Livre-se disso de alguma maneira. Isso não pode ter acontecido. Tudo isso nunca aconteceu.

Ana passou os dedos pelo cabelo.

— Sim — falou com a voz apática. — Nunca aconteceu. Como da última vez. Como da próxima vez. Nada nunca acontece.

George foi pegar aquela coisa, mas se deteve. Não conseguiu tocá-la.

— Vou pegar um manto.

Indiquei com a cabeça um dos baús de roupas ao longo das paredes. Abriu-o. O quarto foi tomado pelo cheiro doce de lavanda e absinto. Retirou um manto escuro.

— Esse não — disse Ana. — É guarnecido de arminho genuíno.

Ele se deteve diante do absurdo de suas palavras, mas retirou outro, e o jogou sobre o pequeno volume no chão. Era tão pequenino que parecia não existir, mesmo quando o envolveu e pôs debaixo do braço.

— Não sei onde enterrá-lo — me disse baixinho, mantendo o olho atento em Ana. Ela continuava a puxar o cabelo, como se quisesse sentir dor.

— Vá até William — eu disse, agradecendo a Deus por meu homem, que daria um jeito nesse horror para nós. — Ele o ajudará.

Ana emitiu um pequeno gemido de dor.

— Ninguém pode saber!

Balancei a cabeça para George.

— Vá!

Ele saiu do quarto. A pequena coisa sob seu braço era tão minúscula que poderia passar por um livro envolvido num manto para mantê-lo seco.

Assim que a porta se fechou me virei para Ana. Sua roupa de cama estava manchada e a puxei e tirei também sua camisola. Rasguei-a e coloquei no fogo para queimar. Eu a vesti com uma camisa de dormir limpa e a convenci a ir para a cama e se cobrir com os cobertores. Parecia morta de tão lívida e seus dentes batiam quando se deitou encolhida, miúda sob as cobertas grossas, submersa pelo dossel ricamente bordado e pelo cortinado de sua grande cama de quatro colunas.

— Vou buscar um pouco de vinho.

Havia uma jarra de vinho na sala de audiências, levei-a para o seu quarto e aqueci o vinho com um atiçador de brasas. Misturei também um pouco de *brandy* nele e o verti em sua taça dourada. Apoiei seus ombros e a ajudei a bebê-lo. Parou de tremer, mas continuou mortalmente pálida.

— Durma — eu disse. — Passarei a noite com você.

Ergui as cobertas e deitei-me ao seu lado. Envolvi-a com os braços para aquecê-la. Seu corpo leve, agora sem barriga, era tão pequeno quanto o de uma criança. Senti minha camisa de dormir umedecer em meu ombro e percebi que ela chorava em silêncio, as lágrimas correndo por debaixo de suas pestanas baixadas.

— Durma — repeti, impotente. — Não podemos fazer mais nada hoje. Durma, Ana.

Ela não abriu os olhos.

— Vou dormir — sussurrou. — E peço a Deus que não acorde mais.

☙

É claro que acordou de manhã. Acordou e pediu uma banheira e mandou que a enchessem de água insuportavelmente quente, como se fervendo a dor a tirasse de sua cabeça e de seu corpo. Entrou na água e esfregou o corpo todo, depois afundou-se na espuma de sabão e ordenou que as criadas trouxessem outra ânfora de água quente depois mais outra. O rei enviou uma mensagem dizendo que estava indo à missa da manhã e ela respondeu que o veria no desjejum, que estava tendo a missa em seu quarto. Pediu que eu buscasse sabão e um pedaço de pano áspero e que esfregasse suas costas até que ficassem vermelhas. Lavou o cabelo e o prendeu no alto da cabeça enquanto se deixava estar na água fervente. Sua pele ficou vermelha como um camarão, e mandou que viesse outro cântaro de água quente, depois lhe trouxeram lençóis de linho aquecidos para envolverem-na.

Ana sentou-se diante do fogo para se secar e mandou que tirassem dos baús seus vestidos mais belos para que escolhesse qual vestiria e qual levaria quando a corte partisse no verão. Permaneci nos fundos da sala observando-a, perguntando-me o que aquele batismo feroz em água quente significava, o que esse desfile de sua riqueza queria lhe dizer. Vestiram-na e atou bem apertado o corpete de modo que seus seios foram comprimidos como duas curvas torturantes de pele cor creme no decote. Seu cabelo preto lustroso ficou exposto pelo capelo puxado para trás, os dedos compridos cobertos de anéis, usou sua gargantilha de pérola preferida, com o "B" dos Bolena, e fez uma pausa, antes de deixar o quarto, para se olhar no espelho, e lançar à imagem refletida aquele seu meio sorriso sedutor, deliberado.

— Está se sentindo bem agora? — perguntei, finalmente me aproximando.

Ao se virar, a bela seda de seu vestido acompanhou o movimento do seu corpo e os diamantes cintilaram na luz.

— *Bien sur*! Por que não me sentiria? Por que não? — perguntou ela.

— Não há razão — repliquei. Percebi que recuava para os fundos do cômodo não por respeito, como ela gostaria, mas por causa da sensação que aquilo tudo era demais para mim. Não queria estar com Ana quando ela era dura e fulgurante. Quando ela ficava assim, eu sentia falta da simplicidade e delicadeza de William e do mundo em que as coisas eram o que pareciam ser.

ෆ

Encontrei-o onde esperava encontrá-lo, com a nossa filha no quadril, caminhando à margem do rio.

— Mandei a ama comer seu desjejum — disse ele, passando o bebê para mim. Pus meu rosto no alto de sua cabeça e senti a pulsação em minha bochecha. Inspirei o cheiro doce de bebê e fechei os olhos de prazer. A mão de William percorreu minhas costas até minha cintura e me puxou para si.

Descansei por um momento, amando seu toque, amando o calor de meu bebê encostado a mim, amando o som das gaivotas e o calor do sol em meu rosto, e então, caminhamos devagar, lado a lado, no caminho de sirga, ao longo da margem do rio.

— Como está a rainha agora?

— Como se nada tivesse acontecido — repliquei. — Nunca tivesse existido. Balançou a cabeça.

— Estava pensando uma coisa — disse ele, com certa relutância. — Não quero ofendê-la, mas...

— O quê?

— O que há de errado com ela? Para que não consiga ter filhos?

— Teve Elizabeth.

— Depois?

Estreitei os olhos ao me virar para ele.

— O que está pensando?

— O que qualquer um pensaria se soubesse o que sei.

— E o que qualquer um pensaria? — perguntei, com certa rispidez.

— Você sabe.

— É você quem diz.

Deu um risinho triste.

— Não se vai ficar me olhando desse jeito. Está parecendo seu tio. Estou morrendo de medo.

Isso me fez rir e sacudi a cabeça.

— Está bem! Não vou olhar ameaçadoramente. Continue. O que todo mundo pensaria? O que está pensando e não querendo dizer?

— Diriam que tem um pecado na alma, algum trato com o diabo ou com uma bruxa — disse ele sem mais rodeios. — Não se zangue comigo, Maria. É o que você mesma diria. Simplesmente pensava que se ela se confessasse ou fizesse uma peregrinação, ou limpasse sua consciência. Sei lá, como posso saber? Nem mesmo *quero* saber. Mas ela deve ter feito alguma coisa extremamente errada, não deve?

Virei-me e me afastei devagar. William me alcançou.

— Deve se perguntar...

Sacudi a cabeça.

— Não — repliquei com firmeza. — Não sei metade do que ela fez para se tornar rainha. Não faço ideia do que seria capaz para conceber um menino. Não sei, e não quero saber.

Caminhamos em silêncio por um momento. William relanceou os olhos para o meu perfil.

— Se ela não tiver um filho, ficará com o seu — disse ele, conhecendo meus pensamentos.

— Eu sei — sussurrei, com angústia. Abracei meu bebê com mais força.

☙

A corte viajaria em uma semana e eu poderia estar com meus filhos assim que todos tivessem partido. Na excitação e caos da agitação de fazer as malas e organizar a viagem anual, eu parecia um acrobata dançando sobre ovos, com medo de fazer alguma coisa que irritasse a rainha.

Tive sorte e o gênio de Ana se manteve sob controle. William e eu acenamos nos despedindo do grupo real quando partiram rumo ao sul, às melhores cidades e casas que Sussex, Hampshire, Wiltshire e Dorset podiam oferecer. Ana estava belamente vestida de branco e dourado, Henrique, ao seu lado, continuava a ser um rei imponente, especialmente sobre um grande cavalo de caça. Ana cavalgava em sua égua tão próxima a ele como sempre cavalgavam, há somente dois, três anos, quando ele se encantou por ela e ela viu a glória em suas mãos.

Ainda conseguia fazê-lo virar-se para escutá-la, ainda conseguia fazê-lo rir. Ainda conseguia conduzir a corte como se fosse uma garota montando por prazer em um dia de verão. Ninguém sabia o que custava a Ana montar e se exibir para o rei, e acenar para o povo à beira da estrada, que a olhava com curiosidade, mas não amor. Ninguém nunca saberia.

William e eu ficamos acenando até ficarem fora de vista. Então, fomos buscar a ama de leite e o nosso bebê. Assim que a última das centenas de carroças deixou o pátio das cavalariças e desceu a West Road, partimos para Kent, para Hever, para o verão com meus filhos.

☙

Eu tinha planejado esse momento e rezado por ele, de joelhos, todas as noites do ano. Graças a Deus os mexericos da corte não tinham alcançado Kent, e meus filhos não sabiam o risco que nossa família corria. Tinham permitido que recebessem minhas cartas em que eu contava que tinha me casado com William e esperava bebê. Tinham-lhes contado que eu dera à luz uma menina, que tinham uma irmãzinha, e os dois ficaram tão excitados quanto eu, ansiosos por me verem tanto quanto eu estava ansiosa por vê-los.

Estavam à toa na ponte levadiça quando atravessamos o parque. Vi Catarina levantar Henrique e os dois correram para nós. Catarina erguia sua saia comprida para não tropeçar e Henrique a ultrapassou com sua passada mais vigorosa. Desmontei e estendi os braços para eles. Jogaram-se para mim, agarraram minha cintura e me abraçaram forte.

Tinham crescido. Quase chorei ao ver como tinham crescido na minha ausência. Henrique batia no meu ombro, teria a altura e peso de seu pai. Catarina era quase uma moça, tão alta quanto seu irmão, e graciosa. Tinha os olhos castanho-claros dos Bolena e o sorriso malicioso. Afastei-a um pouco para vê-la melhor. Seu corpo começava a formar curvas de uma mulher, seus olhos quando encontraram os meus foram os de uma mulher prestes a se tornar adulta: otimistas, confiantes.

— Oh, Catarina, você vai ser mais uma beldade Bolena — eu disse, e ela corou e se aninhou no meu abraço.

William desmontou e abraçou Henrique. Depois, se virou para Catarina.

— Acho que devo beijar a sua mão — disse ele.

Ela riu e se jogou para abraçá-lo.

— Fiquei tão feliz quando soube que se casaram — disse ela. — Agora, devo chamá-lo de pai?

— Sim — disse ele com firmeza, como se nunca tivesse existido qualquer dúvida sobre isso. — Exceto quando me chamar de sire.

Ela deu um risinho.

— E o bebê?

Fui até a ama em sua mula e peguei o bebê de seus braços.

— Aqui está ela — eu disse. — Sua irmã.

Catarina falou com ela carinhosamente e a pegou no colo. Henrique inclinou-se sobre o ombro dela, puxou o cueiro e olhou sua carinha.

— Tão pequena — disse ele.

— Ela já cresceu muito — eu disse. — Quando nasceu era miudinha.

— Chora muito? — perguntou Henrique.

— Não muito — repliquei sorrindo. — Não como você. Você foi um bebê chorão.

Sorriu largo, um sorriso de menino.

— Fui mesmo?

— Um horror.

— Ainda é — disse Catarina com o desrespeito de uma irmã mais velha.

— Não sou — retorquiu ele. — Mas não importa. Mãe e, bem, pai, querem entrar? Logo o jantar estará pronto para vocês. Não sabíamos a que horas chegariam.

William virou-se na direção da casa e pôs o braço sobre os ombros de Henrique.

— Fale-me de seus estudos — disse ele. — Soube que está trabalhando com os eruditos cistercienses. Estão lhe ensinando o grego e o latim também?

Catarina ficou para trás.

— Posso carregá-la?

— Pode ficar com ela o dia inteiro — falei sorrindo. — Sua ama ficará feliz em poder descansar.

— Vai acordar logo? — perguntou, perscrutando de novo o bebê.

— Sim — tranquilizei-a. — E então poderá ver seus olhos. São de um azul muito escuro. Muito bonitos. E talvez ela sorria para você.

Outono de 1535

Recebi somente uma carta de Ana, no outono:

> *Querida irmã,*
> *Estamos caçando com falcão, e a caça é boa. O rei cavalga bem e comprou outro cavalo a um preço irrisório. Tivemos o grande prazer de ficarmos com os Seymour em Wulfhall, e Jane ficou em evidência como a filha dos donos da casa. Não existe cortesia maior. Caminhava com o rei nos jardins e apontava para as ervas que usa para tratar os pobres, mostrou-lhe seus bordados e seus pombos preferidos. Fez os peixes no fosso se alimentarem na sua mão. Gosta de supervisionar a comida preparada para o jantar de seu pai, achando que é dever da mulher ser uma criada dos homens. Mais encantadora, impossível. O rei parecia um garoto. Como pode imaginar, não fiquei tão encantada, mas sorri, sabendo que carrego o ás não na manga, mas no meu ventre.*
> *Queira Deus que desta vez tudo corra bem. Se Deus quiser. Estou lhe escrevendo de Winchester e prosseguiremos para Windsor, onde espero que me encontre. Quero-a do meu lado o tempo todo. O bebê deve nascer no próximo verão e todos estaremos salvos outra vez. Não conte a ninguém, nem mesmo a William. Tem de ser segredo até o mais tarde possível, para o caso de um aborto. Só George sabe, e agora, você. Só contarei ao rei depois de três meses. Dessa vez, tenho boas razões para acreditar que o bebê nascerá forte. Reze por mim.*
> *Ana*

Pus a mão no bolso e senti o rosário, e rezei, rezei com toda a paixão que eu tinha que, dessa vez, a gravidez de Ana vingasse e ela tivesse um menino. Achava que nenhum de nós sobreviveria a outro aborto. O segredo se revelaria, a nossa sorte não sobreviveria a outro desastre, ou a própria Ana poderia simplesmente saltar a pequena lacuna entre a ambição determinada e a loucura.

଼ଃ

Estava observando minha criada arrumar minha roupas e meu baú, para o nosso retorno à corte, em Windsor, quando Catarina bateu na porta, entrando em seguida.

Sorri e ela veio sentar-se ao meu lado, os olhos baixos para as fivelas de seus sapatos, claramente querendo dizer algo.

— O que é? — perguntei. — Fale, Cat, senão vai sufocar com isso.

Levantou a cabeça imediatamente.

— Queria lhe pedir uma coisa.

— Peça.

— Sei que Henrique tem de ficar com os cistercienses, com os outros garotos até a rainha ordenar que vá para a corte.

— Sim — rangi os dentes.

— Pensei se não poderia ir para a corte com você. Tenho quase 12 anos.

— Tem onze.

— Que é quase 12. Quantos anos tinha quando partiu daqui?

Fiz uma leve careta.

— Quatro. E isso foi algo de que sempre lhes quis poupar. Chorei todas as noites até completar 5 anos.

— Mas tenho quase 12.

Sorri com a sua insistência.

— Tem razão. Deve ir à corte. E estarei lá para tomar conta de você. Ana pode colocá-la como uma de suas damas, e William também pode cuidar de você.

Eu pensava na crescente libertinagem da corte, e em como uma nova garota Bolena seria o centro das atenções, e em como a beleza delicada de minha filha me parecia muito mais segura no campo do que nos palácios de Henrique.

— Suponho que isso tenha de acontecer — eu disse. — Mas precisamos da permissão de tio Howard. Se ele disser sim, então poderá ir à corte com William e comigo na próxima semana.

Sua face se iluminou. Bateu palmas.

— Terei vestidos novos?
— Acho que sim.
— E um cavalo novo? Vou ter de ir à caça? Vou?
Revisei as coisas contando nos dedos.
— Quatro vestidos novos, um cavalo novo. Mais alguma coisa?
— Capelos e manto. O meu velho está pequeno demais.
— Capelos. Manto.
— Só isso — disse sem fôlego.
— Acho que podemos dar um jeito — eu disse. — Mas não se esqueça, Srta. Catarina, que a corte nem sempre é um bom lugar para uma jovem donzela, especialmente se for bonita. Espero que faça o que eu mandar e se houver flertes ou receber cartas, terá de me contar. Não quero que vá para a corte e se magoe demais.
— Oh, não! — Dançava ao redor do quarto como um bobo da corte. — Não. Vou fazer tudo o que mandar, basta me dizer o que fazer e farei. Além do mais, não acho que alguém vai nem mesmo me notar.
Sua saia girou em volta de seu corpo esguio e seu cabelo castanho esvoaçou.
Sorri para ela.
— Oh, vão notá-la sim — repliquei. — Vão notá-la, minha filha.

Inverno de 1536

Foram os melhores doze dias de Natal que passei até então. Ana esperava bebê e irradiava saúde e confiança. William estava ao meu lado, meu marido reconhecido. Eu tinha um bebê no berço e uma jovem e bela filha na corte. Para os dias dos festejos do Natal, Ana disse que também podíamos levar seu protegido Henrique. Quando me sentei para jantar no Dia de Reis, minha irmã estava no trono da Inglaterra e a minha família, nas melhores mesas do salão.

— Você parece feliz — disse William quando se posicionou à minha frente para a dança.

— E estou — repliquei. — Finalmente, parece que os Bolena estão onde queriam estar, e podemos desfrutar isso.

Ele relanceou os olhos para onde Ana começava a conduzir as damas na complicada configuração da dança.

— Ela está grávida? — perguntou ele baixinho.

— Sim — sussurrei de volta. — Como adivinhou?

— Por seus olhos — disse ele. — E somente isso a faria ser cortês com Jane Seymour.

Dei um risinho e olhei para o círculo de dançarinas, onde Jane, palidamente virginal, em um vestido creme, aguardava, de olhos baixos, sua vez de dançar. Quando avançou para o centro do círculo, o rei observou-a como se fosse devorá-la ali mesmo, como um pudim de marzipã.

— Não há mulher mais angelical — comentou William.

— É uma cobra descorada — repliquei resolutamente. — E pode ir tirando os olhos dela, pois não vou tolerar isso.

— Ana tolera — disse ele, me provocando.

— Ele não tem permissão, pode ter certeza.

— Um dia, ela ainda vai se dar mal por querer abarcar o mundo com as pernas — declarou William. — Um dia, ele se cansará de seus acessos de fúria e uma mulher como Jane Seymour parecerá uma trégua agradável.

Sacudi a cabeça.

— Ela o aborreceria em uma semana — eu disse. — Ele é o rei. Gosta de caçar, de justas e entretenimento. Somente uma garota Howard é capaz de fazer tudo isso. Basta olhar para nós.

William olhou de Ana, para Madge Shelton, para mim e, finalmente, para Catarina Carey, minha bonita filha, que estava sentada observando a dança, com uma virada de cabeça que era exatamente igual ao gesto coquete de Ana.

William sorriu.

— Que sábio eu fui ao colher a flor da safra — disse ele. — A melhor das garotas Bolena.

☙

Na manhã seguinte, eu estava com Ana e Catarina nos aposentos da rainha. Ana pôs suas damas para bordarem a grande toalha de altar, e me lembrei do trabalho que todas fazíamos com a rainha Catarina, e o interminável céu azul que parecia se estender ao infinito, enquanto seu destino era decidido. Catarina, como a mais nova e modesta dama de honra, só teve permissão para a bainha ao redor do grande retângulo de pano, enquanto as outras se ajoelhavam no chão ou aproximavam seus bancos para trabalharem o centro. Seus mexericos soavam como o arrulho de pombos no verão, somente a voz de Jane Parker destoava. Ana segurava uma agulha, mas estava recostada para escutar os músicos. Eu não estava com disposição para trabalhar. Sentei-me no vão da janela e olhei o jardim frio.

Houve uma batida na porta, que foi aberta bruscamente. Meu tio entrou e procurou Ana. Ela levantou-se.

— O que foi? — perguntou sem formalidades.

— A rainha morreu — disse ele. Seu choque foi tal que se esqueceu de que deveria dizer princesa Dowager.

— Morreu?

Assentiu com a cabeça.

Ana ficou rubra e um sorriso radiante iluminou aos poucos sua face.

— Graças a Deus — disse ela simplesmente. — Está tudo acabado, então.

— Que Deus a abençoe e a tenha em Sua santa paz — sussurrou Jane Seymour.

Os olhos escuros de Ana faiscaram de raiva.

— E que Deus a abençoe, Srta. Seymour, se se esqueceu de que a princesa Dowager foi a mulher que desafiou o rei, seu próprio cunhado, atraindo-o para um casamento falso e lhe causou muita aflição e sofrimento.

Jane encarou-a sem se retrair.

— Eu a servi, nós duas a servimos — disse ela com um tom de voz gentil. — E era uma boa mulher e boa senhora. E claro que desejo que Deus a abençoe. Com a sua permissão, irei fazer uma prece por ela.

Ana olhou como se fosse adorar negar a permissão a Jane, mas percebeu o olhar ávido da mulher de George e se lembrou de que qualquer desavença seria relatada e aumentada na corte em poucas horas.

— É claro — disse ela docemente. — Mais alguém quer ir à missa rezar com Jane enquanto vou celebrar com o rei?

A escolha não era difícil. Jane Seymour foi sozinha, e o restante de nós atravessou o salão e subiu para o aposento do rei.

Ele recebeu Ana com um grito de alegria e beijou-a. Foi como se nunca tivesse sido Sir Coração Leal à sua rainha Catarina. Foi como se o seu pior inimigo tivesse morrido e não uma mulher que o amara lealmente por vinte e sete anos e que morrera abençoando-o. Convocou o mestre de folia e ordenou um banquete preparado às pressas, entretenimento e dança. A corte da Inglaterra festejaria porque uma mulher que nada fizera de errado tinha morrido só, longe de sua filha, abandonada por seu marido. Ana e Henrique usariam amarelo: a cor do sol, a mais alegre das cores. Na Espanha, era a cor do luto real, portanto foi uma pilhéria com o embaixador espanhol que teria de relatar o insulto ambíguo a seu senhor, o imperador espanhol.

Não consegui forçar um sorriso ao ver Henrique e Ana vibrando com o triunfo. Virei-me e me dirigi à porta. Uma mão tocou meu cotovelo e me deteve. Virei-me e meu tio estava do meu lado.

— Você fica — sussurrou ele.

— Isso é uma desgraça.
— Sim. Talvez. Mas você fica.

Eu teria me soltado, mas ele me segurou firme.

— Ela era inimiga da sua irmã e portanto nossa inimiga. Quase nos arruinou. Quase venceu.

— Porque tinha razão — sussurrei de volta. — E todos nós sabemos disso.

Seu sorriso foi genuíno. A minha indignação realmente o divertia.

— Com ou sem razão, agora está morta, e sua irmã é rainha sem ninguém para contestá-la. A Espanha não vai invadir, o Papa suspenderá a excomunhão. A sua causa, embora possa ter sido justa, morreu com ela. Tudo o que precisamos é de Ana ter um menino, e então teremos tudo. Portanto fique e pareça feliz.

Obedientemente, fiquei ao seu lado enquanto Henrique e Ana iam para o vão de uma janela para conversarem a sós. Algo em suas cabeças tão próximas e o ritmo acelerado de sua conversa os faziam parecer os maiores conspiradores do mundo. Achei que se Jane Seymour os visse nesse momento, saberia que jamais conseguiria penetrar nessa unidade. Quando Henrique queria uma mente tão sagaz e inescrupulosa quanto a dele, era sempre Ana. Jane tinha ido rezar pela rainha morta, Ana dançava em seu túmulo.

A corte, entregue à diversão, dividida em grupos e pares, conversava sobre a morte da rainha. William, ao me localizar ao lado do meu tio, com a cara fechada, veio me chamar.

— Ela vai ficar aqui — disse meu tio. — Nada de se extraviar.

— Ela fará o que quiser — disse William. — Não quero que receba ordens.

Meu tio ergueu a sobrancelha.

— Uma esposa incomum.

— A que me convém — disse William. Virou-se para mim. — Quer ficar ou ir embora?

— Vou ficar — cedi. — Mas não vou dançar. É um insulto à sua memória, e não quero participar disso.

Jane Parker apareceu ao lado de William.

— Estão dizendo que ela foi envenenada — disse ela. — A princesa Dowager. Dizem que morreu repentinamente com muita dor, que foi algo que colocaram em sua comida. Quem vocês acham que faria uma coisa dessa?

Prudentemente, nenhum de nós três olhou na direção do casal real, as duas pessoas no mundo que mais se beneficiariam com a morte de Catarina.

— É uma mentira absurda. Eu não a repetiria se fosse você — aconselhou meu tio.

— Já se espalhou por toda a corte — defendeu-se. — Todos perguntam quem, se foi envenenada, fez isso?

— Pois responda a todos que ela não foi envenenada, que morreu de melancolia — replicou meu tio. — Exatamente como uma mulher pode morrer de excesso de difamação, acho. Especialmente se calunia uma família poderosa.

— É a minha família — lembrou Jane.

— Estou sempre me esquecendo — respondeu ele prontamente. — Está tão raramente ao lado de George, tão raramente trabalha em nosso benefício que, às vezes, me esqueço completamente de que é um parente.

Ela sustentou seu olhar só por um momento, então baixou os olhos.

— Estaria mais com George se ele não estivesse sempre com sua irmã — disse ela baixinho.

— Maria? — meu tio fingiu que não a tinha compreendido.

Ela levantou a cabeça.

— A rainha. São inseparáveis.

— Porque ele sabe que a rainha tem de ser servida e a família tem de ser servida. Você também deveria se colocar à sua disposição. Deveria estar à disposição dele.

— Não creio que ele queira qualquer mulher à sua disposição — disse ela sediciosamente. — Exceto a rainha, não existe nenhuma mulher para ele. Ou está com ela ou com Sir Francis.

Gelei. Não ousei olhar para William.

— É seu dever estar ao seu lado, ele ordene ou não — disse meu tio simplesmente.

Por um momento, achei que ela ia replicar, mas deu seu sorriso dissimulado e se afastou.

☙

Ana chamou-me à sua câmara privada uma hora antes do jantar. Notou imediatamente que eu não estava usando amarelo para o banquete.

— É melhor se apressar — disse ela.

— Eu não vou.

Por um momento, achei que talvez fosse me contestar, mas preferiu evitar uma discussão.

— Oh, está bem — disse ela. — Mas diga a todo mundo que não está passando bem. Não quero ninguém fazendo perguntas.

Relanceou os olhos para o espelho.

— Dá para notar? — perguntou. — Estou mais gorda com este do que com os outros. Isso significa que o bebê está se desenvolvendo bem, não? Que é forte.

— Sim — tranquilizei-a. — E você está com boa aparência.

Sentou-se diante do espelho.

— Escove meu cabelo. Ninguém faz isso melhor do que você.

Tirei seu capelo amarelo e deixei sua cabeleira farta, escura e lustrosa cair sobre seus ombros. Ela tinha duas escovas de prata, e usei uma, depois outra, como se escovasse um cavalo. Ana jogou a cabeça para trás e entregou-se ao deleite ocioso.

— Ele será forte — disse ela. — Ninguém sabe o que contribuiu para fazer esse bebê, Maria. Ninguém nunca vai saber.

Senti minhas mãos, de repente, pesadas e desajeitadas. Pensei nas feiticeiras que ela devia ter consultado, nos sortilégios a que devia ter recorrido.

— Será um grande príncipe para a Inglaterra — disse ela baixinho. — Pois fui aos portões do inferno para consegui-lo. Você nunca vai nem imaginar.

— Pois então não me conte — eu disse, covardemente.

Ela riu.

— Oh, sim, tire o corpo fora, irmãzinha. Mas não será capaz de imaginar o que já enfrentei por meu país.

Esforcei-me para escovar seu cabelo.

— Tenho certeza de que sim — repliquei calmamente.

Ela ficou em silêncio por um instante e, então, de súbito, abriu os olhos.

— Eu senti — disse ela com um tom de assombro. — Maria, de repente, senti.

— Sentiu o quê?

— Neste instante, senti. Senti o bebê. Ele se mexeu.

— Onde? — perguntei. — Me mostre.

Bateu em seu corpete, frustrada.

— Aqui! Aqui! Eu o senti. — interrompeu-se. Vi seu rosto se iluminar como nunca tinha acontecido antes. — De novo — sussurrou. — Uma pequena ondulação. É o meu bebê que dá sinais de vida. Graças a Deus, estou com um bebê, um bebê vivo.

Levantou-se da cadeira, o cabelo ainda solto, caindo em seus ombros.

— Vá depressa contar a George.

Mesmo sabendo da intimidade entre os dois, fiquei surpresa.

— George?

— Quer dizer, o rei — corrigiu-se rapidamente. — Vá buscar o rei para mim.

Corri para os aposentos do rei. Estava sendo vestido para o jantar, mas havia uma meia dúzia de homens na câmara privada. Fiz uma reverência ao chegar à sua porta e ele sorriu radiante ao me ver.

— Mas ora, é a outra garota Bolena! — disse ele. — A mais doce.

Mais de um dos homens riu em silêncio do gracejo.

— A rainha pede para vê-lo imediatamente, sire — eu disse. — Ela tem boas notícias para Sua Majestade.

Ele ergueu uma de suas sobrancelhas cor de areia, estava muito régio ultimamente.

— Então, ela a mandou correr como um pajem para me buscar como um cachorrinho?

Fiz mais uma reverência.

— Sire, são notícias que me deixam feliz por ter vindo correndo. E responderia a esse assobio, se soubesse do que se trata.

Alguém murmurou algo atrás de mim, e o rei colocou sua capa dourada e alisou o punho de arminho.

— Vamos, então, Lady Maria. Conduzirá este cãozinho ansioso ao assobio. Pode me conduzir aonde quiser.

Coloquei minha mão, levemente, sobre seu braço estendido, e não resisti quando me puxou para mais perto.

— A vida de casada parece ter-lhe feito bem, Maria — disse com intimidade, enquanto descíamos a escadaria com metade dos cavalheiros nos seguindo. — Está tão bonita quanto era antes, quando era o meu coração.

Eu ficava sempre cautelosa quando Henrique se mostrava íntimo.

— Isso foi há muito tempo — repliquei prudentemente. — Mas Sua Graça é duas vezes o príncipe que era então.

Assim que as palavras saíram de minha boca, me amaldiçoei pela tolice. Tinha querido dizer que ele agora era mais poderoso, mais bonito. Mas, que idiota fui, soou como se eu lhe dissesse que, agora, estava duas vezes mais gordo, o que era, espantosamente, verdade.

Ele se deteve de imediato, a três degraus do piso. Quase caí de joelhos. Não me atrevi a erguer os olhos. Sabia que, no mundo todo, não existia um cortesão tão incompetente quanto eu com o meu desejo de formar uma frase bonita e minha completa incapacidade de dizê-la da maneira correta.

Ouviu-se um som gritado. Olhei timidamente para ele e vi, para meu grande alívio, que gargalhava.

— Lady Maria, ficou maluca? — perguntou.

Eu também comecei a rir, de alívio.

— Acho que sim, Majestade — repliquei. — Eu só quis dizer que, na época, Sua Majestade era apenas um rapaz e eu uma garota, e que agora é um rei entre príncipes. Mas saiu...

De novo, sua gargalhada abafou minha voz, e os cortesãos que vinham atrás esticaram o pescoço e se curvaram à frente, querendo saber o que divertia o rei, e por que eu estava vermelha de vergonha e rindo ao mesmo tempo.

Henrique pôs a mão ao redor de minha cintura e me abraçou forte.

— Maria, adoro você — disse ele. — É o melhor dos Bolena, pois ninguém me faz rir como você. Leve-me à minha mulher, antes que diga algo tão terrível que eu tenha de mandar decapitá-la.

Soltei-me de seu abraço e segui na frente para os aposentos da rainha, o introduzi, e seus cavalheiros o acompanharam. Ana não estava em sua sala de audiências, mas em seu quarto. Bati na porta, e anunciei o rei. Ela continuava com o cabelo solto e o capelo na mão, e irradiando aquele brilho admirável.

Henrique entrou e fechei a porta, ficando do lado de fora, para evitar que algum bisbilhoteiro se aproximasse. Era o momento principal da carreira de Ana, e eu queria que ela o saboreasse. Diria ao rei que estava grávida, e desde Elizabeth, era a primeira vez que sentia um bebê se desenvolver em seu útero.

William entrou e me viu diante da porta. Abriu caminho até onde eu estava.

— Está montando guarda? — perguntou. — Devia pôr as mãos nos quadris como uma peixeira vigiando seu balde.

— Ela está lhe contando que espera bebê. Tem o direito de contar isso sem ter uma maldita garota Seymour bisbilhotando.

George apareceu ao lado de William.

— Contando?

— O bebê está se mexendo — eu disse, sorrindo para o meu irmão, antecipando a sua alegria, como a minha. — Ela o sentiu. Mandou-me buscar o rei na mesma hora.

Esperava ver a sua alegria, mas vi outra coisa — uma sombra atravessou seu rosto, a mesma cara que mostrava quando tinha feito algo errado. Era a expressão de culpa de George. Passou por seus olhos tão rapidamente que fiquei insegura de tê-la realmente percebido. Mas por um instante, tive certeza absoluta de que a sua consciência não estava limpa, e adivinhei que Ana o levara como seu companheiro na viagem aos portões do inferno, para conceber essa criança para a Inglaterra.

— Oh, Deus! O que houve? O que vocês dois fizeram?

Imediatamente, ele deu seu sorriso fútil de cortesão.

— Nada! Nada. Como vão ficar felizes! Que dois dias esses! Catarina morre e o bebê se mexe. *Vivat* Bolena!

William sorriu para ele.

— A sua família sempre me impressiona com sua capacidade de ver tudo sob a luz de seus próprios interesses — disse ele polidamente.

— Refere-se à alegria com a morte da rainha?

— Da princesa Dowager — interrompemos William e eu juntos.

George sorriu largo.

— Sim. Ela. É claro que celebramos. O seu problema, William, é que não tem ambição. Não vê que na vida há um único objetivo.

— E qual é? — perguntou William.

— Mais — respondeu George, simplesmente. — Mais de qualquer coisa. Mais de tudo.

☙

Durante os dias escuros e frios de janeiro, Ana e eu ficamos juntas, lendo, jogando cartas e escutando seus músicos. George estava sempre com ela, tão atencioso quanto um marido devotado, sempre buscando-lhe algo para beber, almofadas para as suas costas, e ela vicejava com sua atenção. Afeiçoou-se a Catarina e a mantinha conosco. Eu observava Catarina copiar cuidadosamente as maneiras das damas da corte, até ser capaz de distribuir as cartas ou pegar um alaúde com a mesma graça.

— Ela vai ser uma verdadeira garota Bolena — disse Ana de maneira aprovadora. — Graças a Deus ela tem o meu nariz e não o seu.

— Realmente agradeço a Deus todas as noites por isso — eu disse, embora Ana nunca percebesse o sarcasmo.

— Vamos procurar um bom marido para ela — disse Ana. — Sendo minha sobrinha, será um grande partido. O próprio rei vai se interessar em providenciar isso.

— Não quero ainda que se case, não contra a sua vontade — eu disse.

Ana riu.

— Ela é uma garota Bolena, tem de se casar com quem convier à família.

— Ela é minha filha — eu disse. — E não a quero vendida a quem fizer o maior lance. Você pode noivar Elizabeth ainda no berço, é um direito seu. Ela será princesa, um dia. Mas meus filhos podem viver a infância antes de se casarem.

Ana balançou a cabeça.

— Mas seu filho continua sendo meu — disse ela, empatando a discussão.

Trinquei os dentes.

— Nunca me esqueço disso — falei baixinho.

☙

O tempo se manteve claro. Toda manhã, o solo ficava coberto da geada e os cães sentiam o cheiro forte de cervo ao atravessarem o parque e seguirem para a região rural. O ritmo da caça exigia demais dos cavalos, e Henrique trocava de montaria duas, três vezes ao dia, banhado do vapor do calor de sua capa grossa de inverno, esperando impacientemente o cavalariço aparecer correndo com o grande cavalo dançando na ponta das rédeas. Montava como um jovem porque se sentia de novo um jovem, capaz de ter um filho com uma esposa bonita. Catarina estava morta e ele podia se esquecer de que tinha existido algum dia. Ana esperava seu filho, e isso restaurara a fé em si mesmo. Deus estava sorrindo para Henrique, como ele achava que Deus deveria fazer. O país estava em paz e não havia nenhuma ameaça de invasão espanhola, agora que a rainha tinha morrido. A prova da decisão estava na consequência. Já que o país estava em paz e Ana estava grávida, Deus devia ter concordado com Henrique e tirado a sorte contra o Papa e o imperador espanhol. Certo de que ele e Deus concordavam nisso, assim como em todo o resto, Henrique era um homem feliz.

Ana estava satisfeita. Nunca antes sentira o mundo na ponta de seus dedos. Catarina tinha sido sua rival, a rainha fantoche que sempre obscurecera seus próprios passos ao trono, e agora Catarina estava morta. A filha de Catarina, que tinha ameaçado o direito dos filhos de Ana de governarem, tinha sido obrigada a admitir que ocuparia o segundo lugar, e a filha de Ana, Elizabeth, recebeu juramento de fidelidade de cada homem, mulher e criança do país — e aqueles que se recusaram a prestar o juramento ou estavam na Torre ou tinham sido executados. E o melhor de tudo, Ana carregava no ventre um bebê forte.

Henrique anunciou que haveria um torneio e que todo aquele que se considerasse um homem deveria pegar sua armadura e cavalo e participar. O próprio Henrique montaria, seu senso de juventude e confiança renovado o incitava a aceitar o desafio novamente. William, queixando-se principalmente da despesa, pediu emprestada a armadura de outro cavaleiro empobrecido e montou, tomando um imenso cuidado com seu cavalo, no primeiro dia do torneio. Não foi derrubado no chão, mas seu adversário foi facilmente declarado vencedor.

— Que Deus me ajude, casei-me com um covarde — eu disse quando veio me encontrar na tenda das mulheres, Ana sentada na frente, sob o toldo, e o restante de nós, bem agasalhadas com peles, em pé atrás dela.

— Graças a Deus — disse ele. — Meu cavalo saiu sem um arranhão, e prefiro isso à reputação de heroísmo.

— Você é um plebeu — eu disse, sorrindo.

Deslizou o braço ao redor de minha cintura e me puxou para si, para um beijo rápido e escondido.

— Tenho os gostos mais vulgares — sussurrou. — Pois amo minha mulher, amo um pouco de paz e tranquilidade, amo minha fazenda, e nenhuma outra refeição é melhor do que uma fatia de *bacon* e um pedaço de pão.

Aconcheguei-me a ele.

— Quer voltar para casa?

— Quando você também puder — replicou com calma. — Quando o bebê dela nascer e ela nos deixar partir.

Henrique competiu no primeiro dia e venceu até o segundo dia. Ana deveria estar lá para vê-lo, mas sentiu-se nauseada pela manhã e disse que desceria ao meio-dia. Ordenou que eu e várias outras damas ficássemos com ela. As outras foram a cavalo para as liças, usando suas roupas mais vistosas e coloridas, e os cavalheiros, alguns já de armadura, cavalgaram com elas.

— George vai cuidar da coisa Seymour — disse Ana, observando da janela.

— E o rei não estará pensando em outra coisa a não ser na justa — falei, tranquilizando-a. — Mais do que tudo, ele gosta de vencer.

Passamos a manhã em paz, em seus aposentos. Mandou estenderem a toalha de altar para ser bordada, e eu tentei resolver um pedaço grande e maçante de relva, enquanto ela fazia o manto de Nossa Senhora no outro extremo. Entre nós duas havia uma grande extensão de revelações: santos indo para o paraíso e demônios caindo no inferno. Então, ouvi um barulho repentino lá fora. Um cavaleiro galopando rápido para o pátio.

— O que é? — Ana levantou a cabeça de sua costura.

Ajoelhei-me no batente da janela para olhar lá embaixo.

— Alguém cavalgando como um louco para o pátio. Eu me pergunto o que...

Engoli as últimas palavras. Saindo apressadamente do pátio das cavalariças, estava a liteira real puxada por dois cavalos vigorosos.

— O que é? — perguntou Ana atrás de mim.

— Nada — respondi, pensando em seu bebê. — Nada.

Levantou-se e foi até a janela e olhou por cima do meu ombro, mas a liteira já tinha desaparecido.

— Alguém cavalgou para as cavalariças — eu disse. — Talvez o cavalo do rei tenha perdido uma ferradura. Sabe como ele odeia ficar sem cavalo, nem que seja por um instante.

Concordou com a cabeça, mas permaneceu olhando por cima do meu ombro para a estrada.

— Lá está tio Howard.

Seu estandarte à frente, um pequeno grupo de seus homens acompanhando-o, nosso tio vinha na direção do palácio, e entrou no pátio.

Ana voltou à sua cadeira. Dali a pouco, ouvimos a porta do palácio bater e seus passos e de seus homens ressoaram alto na escadaria. Ana ergueu a cabeça, e o olhou de modo inquiridor quando entrou na sua sala. Ele fez uma mesura. Algo nessa mesura, mais profunda do que a que lhe costumava fazer, me alertou. Ana pôs-se de pé, sua costura caindo de seu colo no chão, uma mão na boca, a outra apoiada em seu corpete alargado.

— Tio?

— Lamento informar que Sua Majestade caiu de seu cavalo.

— Machucou-se?

— Gravemente.

Ana ficou lívida, e oscilou.

— Precisamos nos preparar — disse meu tio com determinação.

Empurrei Ana para uma cadeira e olhei para ele.

— Preparar para o quê?

— Se ele morrer, precisaremos garantir Londres e o norte. Ana deve escrever. Terá de ser regente até podermos estabelecer um conselho. Eu a representarei.

— Morrer? — repetiu Ana.

— Se ele morrer, teremos de manter o país unido — repetiu meu tio. — Vai levar muito tempo até o bebê que está na sua barriga se tornar homem. Temos de fazer planos. Temos de estar prontos para defender o país. Se Henrique morrer...

— Morrer? — perguntou ela de novo.

Tio Howard olhou para mim.

— Sua irmã lhe dirá. Não há tempo a perder. Temos de proteger o reino.

Ana ficou lívida com o choque, tão apática quanto seu marido. Não conseguia imaginar um mundo sem ele. Era completamente incapaz de fazer o que meu tio mandava ou de proteger o reino, sem o rei governando.

— Eu faço isso — eu disse rapidamente. — Vou redigi-la e assiná-la. Não pode lhe pedir isso, tio Howard. Ela não deve se preocupar, tem de proteger o bebê. A nossa letra é igual, já passamos uma pela outra antes. Posso escrever por ela, e assinar por ela também.

Ele animou-se ao ouvir isso. Para ele uma garota Bolena era sempre igual à outra. Puxou um banco para a escrivaninha.

— Comece — disse ele sucintamente. — Afianço a vós...

Ana recostou-se na cadeira, a mão na barriga, a outra na boca, olhando pela janela. Quanto mais tempo tivesse de esperar, pior seria o estado do rei. Um homem que sofria uma queda era rapidamente levado para casa. Um homem ameaçado de morrer tem de ser transportado com mais cuidado. Enquanto Ana esperava, olhando para a entrada do pátio das cavalariças, me dei conta de que toda a nossa segurança estava se desmoronando. Se o rei morresse, ficaríamos, todos nós, arruinados. O país poderia se fragmentar com os lordes lutando por conta própria. Seria como antes de o pai de Henrique tê-lo unificado: York contra Lancaster, cada homem por si. Seria um país selvagem, com cada condado com seu próprio senhor e ninguém para se ajoelhar ao verdadeiro rei.

Ana percebeu minha expressão consternada, o rosto baixo para a reivindicação de regência durante a infância de sua filha, Elizabeth.

— Morto? — me perguntou.

Levantei-me da mesa e segurei suas mãos frias.

— Queira Deus que não — repliquei.

☙

Eles o trouxeram tão vagarosamente que a liteira mais parecia um esquife. George vinha na frente, William e o resto do grupo da justa, vestido elegantemente, atrás, dispersos e em um silêncio apreensivo.

Ana emitiu um gemido e caiu, seu vestido ondulando à sua volta. Uma das criadas a pegou e a carregamos para seu quarto, a deitamos, e mandei um pajem buscar correndo hipocraz e um médico. Desatei seu corpete e senti sua barriga, sussurrando uma prece em silêncio, rezando para que o bebê estivesse seguro.

Minha mãe chegou com a bebida e lançou um olhar a Ana, lívida, que tentava se levantar.

— Fique deitada — disse ela rispidamente. — Quer estragar tudo?

— Henrique? — perguntou Ana.

— Acordou — mentiu minha mãe. — Sofreu uma queda feia, mas está bem.

Pelo canto do olho, vi meu tio fazer o sinal da cruz e sussurrar uma palavra de prece. Nunca tinha visto esse homem austero apelar para a ajuda de ninguém. Minha filha Catarina espiou pela porta e recebeu um sinal para entrar com a taça de vinho que seria dada a Ana.

— Termine a carta de regência — disse meu tio a meia-voz. — Isso é mais importante do que qualquer outra coisa.

Lancei um olhar demorado a Ana e fui para a sala de audiências, onde peguei de novo a pena. Redigimos três cartas: a Londres, ao norte e ao parlamento, e assinei as três como Ana, rainha da Inglaterra. O médico chegou nesse meio-tempo, seguido de dois droguistas. Mantendo a cabeça baixa, em um mundo que se desintegrava, eu estava provocando o destino ao assinar como rainha da Inglaterra.

A porta se abriu e George entrou, parecendo aturdido.

— Como está Ana? — perguntou.

— Desmaiada — respondi. — E o rei?

— Delirando — sussurrou. — Ele não sabe onde está. Está perguntando por Catarina.

— Catarina? — repetiu meu tio tão prontamente quanto um espadachim aponta sua espada. — Ele está perguntando por ela?

— Não sabe onde está. Acha, simplesmente, que foi derrubado de um cavalo em uma justa anos atrás.

— Vocês dois vão ficar com ele — disse-me meu tio. — E o mantenham calado. Não pode mencionar o nome dela. Não podemos deixar que a chame em seu leito de morte, Elizabeth perderá o trono para Mary, se isso se espalhar.

George assentiu com a cabeça e me levou ao salão. Não o transportaram lá para cima. Recearam que caísse. Ele pesava muito e não ficaria quieto. Juntaram duas das mesas e colocaram a maca em cima, e ele estava agitado, se movendo de um lado para o outro sem parar. George me conduziu pelo círculo de homens assustados e o rei me viu. Seus olhos azuis se estreitaram lentamente ao me reconhecer.

— Caí, Maria — sua voz dava dó, como a de um menino.

— Pobrezinho — aproximei-me, peguei sua mão e a levei ao coração. — Está doendo?

— O corpo todo — replicou, fechando os olhos.

O médico veio por trás de mim e sussurrou:

— Pergunte se pode mover os pés e os dedos, se sente todas as partes do corpo.

— Pode mexer os pés, Henrique?

Todos vimos suas botas se contorcerem.

— Sim.

— E todos os dedos?

Senti sua mão apertar a minha com mais força.
— Sim.
— Dói lá dentro, meu amor? A sua barriga dói?
Sacudiu a cabeça.
— Dói por toda parte.
Olhei para o médico.
— Temos de sangrá-lo.
— Sem saber onde foi ferido?
— Pode estar sangrando internamente.
— Deixem-me dormir — disse Henrique baixinho. — Fique comigo, Maria.
Virei-me do médico para olhar o rei. Ele parecia tão mais jovem, ali deitado quieto e sonolento, que quase achei que tinha sido o jovem príncipe que eu tinha adorado. Deitado, a gordura de suas bochechas desapareceu e a bela linha de sua testa ficava inalterada. Esse homem era o único que conseguiria manter o país unificado. Sem ele, todos nos arruinaríamos, não somente os Howard, não somente nós, os Bolena, mas todos os homens, mulheres e crianças de todas as paróquias do país. Ninguém mais conseguiria impedir que os lordes abocanhassem a coroa. Havia quatro herdeiros com bons motivos para reivindicar o trono: a princesa Mary, minha sobrinha Elizabeth, meu filho Henrique e o bastardo Fitzroy. A Igreja já estava em rebuliço, o imperador espanhol ou o rei francês conseguiriam uma ordem do Papa para virem restaurar a ordem e, então, nunca mais nos livraríamos deles.
— Vai se sentir melhor se dormir? — perguntei.
Abriu seus olhos azuis e sorriu para mim.
— Oh, sim — falou com a voz fraca.
— Vai ficar quieto se o carregarmos para a sua cama?
Balançou a cabeça.
— Segure a minha mão.
Virei-me para o médico.
— Podemos fazer isso? Levá-lo para a cama e deixá-lo descansar?
Ele pareceu aterrorizado. O futuro da Inglaterra estava em suas mãos.
— Acho que sim — replicou hesitante.
— Bem, aqui, ele não pode dormir — apontei.
George avançou e escolheu meia dúzia dos homens de aparência mais forte e os dispôs em volta da maca.

— Segure a sua mão, Maria, e faça com que fique quieto. Vocês suspendam quando eu der o sinal e vão para a escada. Descansamos no primeiro patamar, depois prosseguimos. Um, dois, três, levantem.

Usaram de toda força para o levantarem e manterem a maca nivelada. Eu segui do lado, a mão segurada com firmeza pelo rei. Acertaram uma passada larga, e subimos para os aposentos do rei. Alguém correu à frente e abriu a porta dupla que dava para a sala de audiências e, depois, mais além, sua câmara privada. Puseram a liteira na cama, sacudindo-o muito, e ele gemeu de dor. Depois tivemos de tirá-lo da maca e acomodá-lo na cama. Não houve outra alternativa a não ser uns subirem na cama e o levantarem pelos ombros e pés, enquanto os outros retiravam a liteira de debaixo.

Percebi a expressão do médico diante desse tratamento grosseiro e me dei conta de que, se o rei estivesse com hemorragia interna, provavelmente tínhamos acabado de matá-lo. Ele gemia de dor e, por um momento, achei que era a respiração ruidosa dos moribundos e que todos seríamos acusados disso. Mas então abriu os olhos e se dirigiu a mim:

— Catarina? — perguntou.

Houve um sussurrar supersticioso de todos os homens à minha volta. Olhei para George.

— Fora — disse ele direto. — Todo mundo para fora.

Sir Francis Weston aproximou-se e cochichou algo em seu ouvido. George escutou com atenção e agradeceu tocando no braço do amigo.

— São ordens da rainha que Sua Majestade seja deixado com os médicos, com a sua querida cunhada, Maria, e comigo — comunicou George. — Os outros podem esperar lá fora.

Deixaram o quarto com relutância. Ouvi meu tio, lá fora, declarar alto que se o rei ficasse incapacitado, a rainha seria regente pela princesa Elizabeth, e que ninguém precisaria ser lembrado que jurara fidelidade à princesa Elizabeth, a única e legítima herdeira do rei.

— Catarina? — perguntou Henrique de novo, olhando para mim.

— Não, sou eu, Maria — repliquei calmamente. — Maria Bolena, agora, Maria Stafford.

Hesitante, pegou minha mão e levou-a aos lábios.

— Meu amor — disse ele, baixinho, e nenhum de nós soube a qual dos seus muitos amores ele se dirigia: à rainha que morrera amando-o, à rainha que estava sofrendo de medo no mesmo palácio ou a mim, a garota que amara no passado.

— Quer dormir? — perguntei ansiosamente.

Seus olhos azuis estavam enevoados, ele parecia um bêbado.

— Dormir. Sim — murmurou.

— Vou ficar ao seu lado.

George puxou uma cadeira para eu me sentar, sem retirar a mão da mão do rei.

— Reze a Deus para que acorde — disse George, olhando o rosto lívido de Henrique, e suas pálpebras trêmulas.

— Amém — repliquei. — Amém.

ෆ

Ficamos com ele até metade da tarde, os médicos ao pé da cama, George e eu na cabeceira, minha mãe e meu pai entrando e saindo o tempo todo, meu tio em alguma parte do palácio, conspirando.

Henrique estava suando e um dos médicos começou a afastar as cobertas e, então, se deteve. Em sua gorda panturrilha, onde se machucara em um torneio anos atrás, havia uma mancha de sangue e pus. O ferimento, que nunca tinha cicatrizado como devia, abrira-se de novo.

— Terá de ser sangrado — disse o médico. — Vamos colocar sanguessugas em sua pele para que suguem o veneno.

— Não aguento olhar — confessei tremendo a George.

— Sente-se à janela e não se atreva a desmaiar — disse ele de maneira rude. — Eu a chamo quando as retirarem, e poderá voltar para a sua cabeceira.

Fiquei no vão da janela, sem olhar para trás, tentando não escutar o tinido das jarras ao porem as lesmas pretas sobre as pernas do rei para que sugassem a pele aberta. Então George chamou.

— Venha se sentar ao lado dele, não precisa olhar — e voltei ao meu lugar na cabeceira da cama, só me afastando quando as sanguessugas se tornaram bolas de gosma preta, saciadas, e foram retiradas do ferimento.

No meio da tarde, quando eu segurava e acariciava a mão do rei, como se afagasse um cachorrinho doente, de repente ele me apertou a mão, seus olhos se abriram e seu olhar foi límpido.

— Deus meu — disse ele —, o meu corpo todo dói.

— Sofreu uma queda de seu cavalo — eu disse, tentando avaliar se ele sabia onde estava.

— Eu me lembro — disse ele. — Não me lembro de como vim para o palácio.

— Nós o carregamos — George veio do vão da janela. — Nós o trouxemos para cima. Quis Maria ao seu lado.

Deu-me um sorriso surpreso.

— Quis?

— Não estava em seu juízo perfeito — eu disse. — Delirou. Graças a Deus, está bem de novo.

— Enviarei uma mensagem à rainha — George ordenou que um dos guardas fosse lhe dizer que o rei tinha acordado e estava bem de novo.

Henrique deu um risinho.

— Devem ter, todos vocês, suado um bocado — mexeu-se na cama, e de repente, fez uma careta de dor. — Deus! Minha perna.

— Seu antigo ferimento tornou a se abrir — eu disse. — Colocaram sanguessugas sobre ele.

— Sanguessugas. Tinham de ter aplicado um cataplasma. Catarina sabe como fazer. Pergunte a ela... — interrompeu-se. — Alguém deveria saber como tratar disso — falou. — Pelo amor de Deus. Alguém deve saber a receita — ficou em silêncio por um instante. — Dê-me vinho.

Um pajem surgiu correndo com uma taça e George levou-a à boca do rei. Henrique bebeu-a de um só gole. Sua cor retornou e sua atenção voltou-se para mim.

— Quem fez o primeiro gesto? — perguntou com curiosidade. — Seymour, Howard ou Percy? Quem manteria meu trono aquecido para a minha filha e se designaria regente durante toda a sua menoridade?

George conhecia Henrique muito bem para cair em uma confissão hilariante.

— A corte inteira estava de joelhos — disse ele. — Ninguém pensou em outra coisa senão a sua saúde.

Henrique assentiu com a cabeça, sem acreditar.

— Vou dar a notícia à corte — disse George. — Oferecerão uma Missa de Ações de Graças. Estávamos muito receosos.

— Traga-me mais um pouco de vinho — disse Henrique com uma carranca. — Meu corpo dói como se todos os ossos tivessem se quebrado.

— Devo sair? — perguntei.

— Fique — replicou sem dar muita atenção. — Mas levante os travesseiros nas minhas costas. Sinto as costas presas. Quem foi o idiota que me deitou tão reto?

Pensei no momento em que o tiramos da maca para o leito.

— Tivemos medo de movê-lo.

— Galinhas no quintal da fazenda — disse ele com uma leve satisfação — quando o galo é levado.

— Graças a Deus, não foi levado.

— Sim — disse ele com um prazer mesquinho. — Seria difícil para os Howard e os Bolena, se eu morresse hoje. Fizeram muitos inimigos em sua ascensão que ficariam felizes em vê-los cair de novo.

— Meus pensamentos eram só por Sua Alteza — eu disse, com prudência.

— E obedeceram à minha vontade e colocaram Elizabeth no trono? — perguntou com uma aspereza súbita. — Creio que vocês, Howard, teriam se submetido a um dos seus. Mas e os outros?

Enfrentei seu olhar.

— Não sei.

— Se eu não estivesse mais aqui, sem um príncipe para me suceder, os juramentos de lealdade talvez não se sustentassem. Acha que seriam leais à princesa?

Sacudi a cabeça.

— Não sei. Não poderia afirmar nada. Não fiquei nem mesmo com a corte, passei o tempo todo aqui, cuidando de Sua Majestade.

— Você apoiaria Elizabeth — disse ele. — Ana seria regente com seu tio por trás, acho. Um Howard governando a Inglaterra. Depois, mais uma mulher para suceder a outra, de novo governada por um Howard — sacudiu a cabeça e sua expressão se obscureceu. — Ela tem de me dar um filho — uma veia latejou em sua têmpora e ele pôs a mão na cabeça como se para aliviá-la com a ponta dos dedos. — Vou me deitar de novo — disse ele. — Tire estes malditos travesseiros. Mal consigo enxergar com essa dor atrás dos olhos. Uma garota Howard como regente e uma garota Howard para sucedê-la. Uma promessa de nada além de um desastre. Dessa vez, ela tem de me dar um filho.

A porta abriu-se e Ana entrou. Continuava muito pálida. Dirigiu-se vagarosamente à cama de Henrique e pegou a sua mão. Os olhos dele giraram com dor para examinar sua face sem cor.

— Achei que ia morrer — disse ela sem rodeios.

— E o que você teria feito?

— Teria feito o melhor possível como rainha da Inglaterra — retorquiu ela. Manteve a mão na barriga enquanto falava.

Ele pôs sua mão maior sobre a dela.

— É melhor que tenha um menino aí, senhora — disse ele friamente. — Acho que o seu melhor possível como rainha da Inglaterra não seria suficiente. Preciso de um menino para manter este país unificado. A princesa Elizabeth e seu tio ardiloso não são o que quero deixar quando morrer.

— Quero que prometa que nunca mais participará de uma justa — disse ela com paixão.

Ele virou a cabeça.

— Deixe-me descansar — disse ele. — Você e seus juramentos e promessas. Que Deus me ajude. Quando deixei a rainha, achei que teria algo melhor do que isso.

Foi o momento mais gélido que eu tinha presenciado entre os dois. Ana nem mesmo discutiu. Sua face estava tão pálida quanto a dele. Os dois pareciam fantasmas, semimortos de seu próprio medo. O que poderia ter sido um reencontro de amor tinha servido somente para lhes lembrar como era frágil o seu domínio sobre o país. Ana fez uma reverência ao corpo pesado na cama e saiu. Andou devagar como se carregasse um fardo pesado. À porta, fez uma pausa.

Observei-a se transformar. Jogou a cabeça para trás, os lábios se curvaram em um sorriso. Seus ombros se ergueram e ela se empertigou um pouquinho, como um dançarino quando a música começa. Então fez um sinal com a cabeça para o guarda à porta, ele a abriu, e ela saiu para o burburinho da corte, com o semblante repleto de gratidão por Deus, para lhes dizer que o rei estava bem, que havia feito piada com a sua queda, que voltaria a participar dos torneios assim que pudesse, e que eram felizes.

☙

Henrique se tornou calado e pensativo ao se recuperar da queda. As dores em seu corpo foram um prenúncio da velhice. O ferimento em sua perna exsudava uma mistura de sangue e pus amarelo, tinha de mantê-lo com uma atadura espessa o tempo todo, e quando se sentava, colocava a perna sobre um escabelo. Sentia-se humilhado ao ver aquilo, logo ele que sempre se orgulhara de suas pernas fortes e sua postura tenaz. Agora, mancava ao andar e a linha de sua panturrilha tinha sido destruída pela bandagem grossa. Pior que isso, ele exalava o cheiro de um galinheiro sujo. Henrique, que fora o Príncipe Dourado da Inglaterra, reconhecido como o homem mais bonito da Europa, viu a velhice se aproximar, quando seria manco, sentindo dores constantes e fedendo como um monge sujo.

Ana não conseguia entender.

— Pelo amor de Deus, marido, fique feliz! — disse-lhe. — Você foi poupado, o que quer mais?

— Nós dois fomos poupados — disse ele. — Pois o que seria de você se eu não estivesse mais aqui?

— Eu me sairia muito bem.

— Acho que todos vocês se sairiam muito bem. Se eu morresse, você e os seus se sentariam em meu trono ainda quente.

Ela poderia ter contido a língua, mas estava acostumada a enfurecer-se contra ele.

— Está querendo me insultar? — perguntou ela. — Acusa minha família de outra coisa que não lealdade absoluta?

A corte, aguardando para jantar no salão, conversava um pouco mais baixo, querendo escutar.

— Os Howard são leais primeiro a si mesmos, segundo a seu rei — retorquiu Henrique.

Vi a cabeça de Sir John Seymour se erguer e seu sorriso dissimulado.

— Minha família sacrificou a vida a seu serviço — respondeu Ana, rapidamente.

— A senhora e sua irmã certamente sacrificaram — interveio o bobo de Henrique, tão rápido quanto um açoite, e houve uma grande gargalhada. Fiquei da cor de um camarão e olhei para William. Vi sua mão ir para onde estaria sua espada, mas não fazia sentido injuriar um bobo, especialmente se o rei também estava rindo.

Henrique estendeu o braço e deu um tapinha na barriga de Ana.

— Por uma boa causa — disse ele.

Irritada, ela afastou sua mão. Ele se imobilizou, seu bom humor desaparecendo em um instante.

— Não sou um cavalo — disse ela rispidamente. — Não gosto de ser afagada como se fosse.

— Não — disse ele com frieza. — Se eu tivesse um cavalo tão genioso como você, o teria usado como comida para os cães.

— Faria melhor montando essa égua e a domando — desafiou ela.

Esperamos a sua resposta fogosa de sempre. Houve um silêncio que se estendeu por um minuto. O sorriso de Ana tornou-se mais tenso.

— Algumas éguas não valem serem rompidas — replicou ele baixinho.

Somente poucas pessoas sentadas próximas à mesa real poderiam tê-lo escutado. Ana ficou lívida, e então, em um instante, virou a cabeça e riu, uma risada aguda sussurrada, como se o rei tivesse dito algo irresistivelmente engraçado. A maioria das pessoas manteve a cabeça baixa e fingiu estar falando com seus vizinhos de mesa. Seus olhos passaram por mim direto para George, que a olhou de volta, sustentando o olhar por um momento, tão palpável quanto uma mão firme.

— Mais vinho, marido? — perguntou Ana sem uma alteração na voz e o cavalheiro deu um passo à frente e serviu o rei e a rainha, e o jantar teve início.

Henrique ficou emburrado o tempo todo. Nem mesmo a dança e a música animaram-no, embora bebesse e comesse ainda mais do que o usual. Levantou-se e andou mancando e com dores no meio da corte, dizendo algo aqui, escutando ali um cavalheiro que lhe fez uma reverência e pediu um favor. Veio à nossa mesa, onde se sentavam as damas de honra e se deteve entre mim e Jane Seymour. Nós duas nos levantamos, uma ao lado da outra, e ele olhou para os olhos baixos de Jane quando ela fez a reverência.

— Estou cansado, Srta. Seymour — disse ele. — Gostaria de estar em Wulfhall e que pudesse me preparar uma bebida quente com as ervas de sua horta.

Ela se ergueu da reverência com o sorriso mais doce.

— Eu também gostaria — disse ela. — Faria qualquer coisa para ver Sua Majestade repousar e aliviar sua dor.

O Henrique que eu conhecia teria respondido: "Qualquer coisa?", pelo prazer de uma piada obscena. Mas esse novo Henrique puxou um banco e fez um sinal para que nos sentássemos, cada uma de um lado seu.

— Pode curar contusões e inchaços, mas não a velhice — disse ele. — Tenho 45 anos e nunca senti a minha idade antes.

— É apenas a queda — replicou Jane, a voz tão doce e confortante quanto leite pingando no balde. — É claro que está machucado e cansado, e deve estar exausto com o trabalho para proteger o reino. Sei que pensa nisso dia e noite.

— Um belo legado, se tivesse um filho a quem deixá-lo — disse ele pesaroso. Os dois olharam na direção da rainha. Ana, chispando de irritação, devolveu o olhar.

— Se Deus quiser, a rainha terá um menino dessa vez — disse Jane docemente.

— Reza por mim realmente, Jane? — perguntou ele baixinho.

Ela sorriu.

— É meu dever rezar por meu rei.

— Vai rezar por mim hoje à noite? — perguntou ele ainda mais baixo. — Quando estou insone e sentindo dores em cada osso do meu corpo, e amedrontado, gostaria de pensar que está rezando por mim.

— Estarei — replicou ela simplesmente. — Será como se eu estivesse no quarto com Sua Majestade, com minha mão em sua cabeça, ajudando-o a dormir.

Eu me contive. Na mesa do lado, vi minha filha Catarina, os olhos esbugalhados, tentando entender essa nova forma de flerte feita em um tom de piedade melosa. O rei levantou-se com um gemido de dor.

— Um braço — disse ele por cima do ombro. Meia dúzia de homens se adiantaram para ter a honra de ajudar Sua Majestade a voltar para o trono na plataforma. Rejeitou meu irmão e escolheu o irmão de Jane. Ana, George e eu observamos em silêncio, enquanto um Seymour ajudava o rei a retornar ao trono.

03

— Vou matá-la — disse Ana inflexível.

Eu estava deitada em sua cama, apoiada, preguiçosamente, em um braço. George espreguiçava-se diante da lareira, Ana estava sentada na frente do espelho, e uma criada penteava seu cabelo.

— Farei isso por você — eu disse. — Dando uma de santa.

— Ela é muito boa — observou George judiciosamente, como alguém elogiando um bom dançarino. — Muito diferente de vocês duas. Ela tem pena dele o tempo todo. Acho isso tremendamente sedutor.

— Uma pequena puxa-saco — disse Ana com raiva. Tirou o pente da mão da criada. — E você pode ir.

George nos serviu mais uma taça de vinho.

— Também tenho de ir. William está esperando.

— Você fica — falou Ana peremptoriamente.

— Sim, Majestade — repliquei obedientemente.

Lançou-me um olhar severo, de alerta.

— Devo expulsar a coisa Seymour da corte? — perguntou a George. — Não a quero afetando timidez com o rei o dia todo. Isso me deixa furiosa.

— Deixe-a em paz — aconselhou George. — Quando ele estiver bem de novo, vai querer algo mais ardente. Mas pare de disputar a atenção dele. Ontem, se irritou com você e você o provocou.

— Não aguento vê-lo tão digno de pena — disse ela. — Não morreu, morreu? Por que ficar tão infeliz por nada?

— Ele está com medo. E não é mais um jovem.

— Se ela sorrir afetado para ele mais uma vez, vou esbofeteá-la — disse ela. — Pode avisá-la por mim, Maria. Se eu pegá-la olhando para ele com esse sorriso de Virgem Maria na cara, eu o tirarei fora com um tapa.

Deslizei para fora da cama.

— Direi alguma coisa a ela. Talvez não essas palavras exatamente. Posso ir agora, Ana? Estou cansada.

— Oh, está bem — disse ela, com irritação. — Você vai ficar comigo, não vai, George?

— Sua mulher vai comentar — avisei. — Ela já diz que você não sai daqui.

Achei que Ana ia deixar para lá, mas os dois trocaram um olhar rápido, e George levantou-se para sair.

— Tenho de estar sempre só? — perguntou Ana. — Caminhar sozinha, rezar sozinha, deitar-me sozinha?

George hesitou diante do apelo desolado.

— Sim — repliquei com firmeza. — Escolheu ser rainha. Eu avisei que isso não lhe traria alegrias.

☙

De manhã, Jane Seymour e eu ficamos, casualmente, lado a lado, no caminho para a missa. Passamos pela porta aberta do rei e o vimos sentado à mesa, a perna machucada esticada sobre uma cadeira, um escrivão ao seu lado, lendo as cartas e as pondo na sua frente para serem assinadas. Quando Jane passou, diminuiu o passo e sorriu para ele. Ele fez uma pausa e a observou, a pena em sua mão, a tinta secando no bico.

Jane e eu nos ajoelhamos uma ao lado da outra, na capela da rainha, e assistimos à missa celebrada diante do altar embaixo.

— Jane — falei baixinho.

Ela abriu os olhos, estava distante, orando.

— Sim, Maria? Perdoe-me, eu estava rezando.

— Se continuar a flertar com o rei com esses sorrisinhos manhosos, um de nós, Bolena, arranca seus olhos.

ः

Ana adotou o hábito de caminhar à beira do rio até a pista de boliche, passando pela aleia de teixos, as quadras de tênis, retornando então ao palácio, todos os dias durante a sua gravidez. Eu sempre caminhava com ela, e George estava sempre ao seu lado. A maior parte de suas damas e alguns cavalheiros do rei também a acompanhavam, já que o rei não estava caçando à tarde. George e Sir Francis Weston caminhavam cada um de um lado de Ana, e a faziam rir, davam-lhe o braço e a ajudavam a subir os degraus da pista de boliche, e um do nosso círculo particular, Henry Norris, Sir Thomas Wyatt ou William caminhava comigo.

Um dia, Ana sentiu-se cansada e pegou um atalho. Voltamos ao palácio com ela de braço dado com George e eu, alguns passos atrás, com Henry Norris. Os guardas abriram as portas de seus aposentos ao nos verem chegar e, assim, demos com a cena de Jane Seymour pulando do colo do rei, ele tentando se levantar, ajeitando a capa, e querendo parecer indiferente, mas como ainda mancava, cambaleou e pareceu um bobo. Ana entrou como um tufão.

— Saia, puta — disse ela a Jane Seymour. Jane fez uma reverência e disparou para fora. George tentou levar Ana para seus aposentos internos, mas ela atacou o rei.

— O que estava fazendo com essa coisa no seu colo? Ela é algum tipo de cataplasma?

— Estávamos conversando... — respondeu ele, sem jeito.

— Ela fala tão baixo que tem de pôr a língua em seu ouvido?

— Eu estava... era...

— Sei o que era! — gritou Ana. — A sua corte toda sabe o que era. Nós todos tivemos o privilégio de ver o que era. Um homem que diz que está cansado demais para sair a caminhar, esparramado à vontade com uma espertinha fuçando no seu colo.

— Ana... — disse ele. Todos, menos Ana, perceberam o tom de advertência em sua voz.

— Não vou admitir isso! Ela tem de deixar a corte! — falou.

— Os Seymour são amigos leais da coroa e bons servidores — disse ele pomposamente. — Eles ficam.

— Ela não é melhor do que uma prostituta em uma casa de banhos — gritou Ana enfurecida. — E não é amiga minha. Não a quero como dama.

— Ela é uma jovem delicada e pura e...

— Pura? O que ela estava fazendo no seu colo? Rezando?

— Basta! — disse ele com um arroubo de cólera. — Ela continua como dama. A sua família permanece na corte. Foi longe demais, senhora.

— Não fui! — replicou ela. — Tenho a última palavra quanto a quem me serve. Sou rainha e estes são meus aposentos. Não quero ter aqui alguém de quem não gosto.

— Terá os servidores que eu escolher para a senhora — insistiu ele. — Eu sou o rei.

— Não vai me dar ordens — disse ela, sem fôlego, a mão no coração.

— Ana — eu disse. — Acalme-se — ela nem mesmo me ouviu.

— Todos recebem ordens minhas — replicou ele. — Vai fazer o que eu mandar, pois sou seu marido e seu rei.

— Que eu me dane se fizer! — gritou ela, virou-se e foi para a sua câmara privada. Abriu a porta e gritou, do limiar, para ele: — Você não me domina, Henrique!

Mas ele não podia correr atrás dela. Esse foi seu erro fatal. Se pudesse ter corrido atrás dela, poderia tê-la pego, e os dois cairiam na cama, como tinham feito tantas vezes. Mas a sua perna doía e ela era jovem e atrevida, e em vez de ele se excitar, sentiu-se insultado. Ressentiu-se de sua juventude e de sua beleza, e não mais se divertia com isso.

— É você que é a puta, e não ela! — gritou ele. — Não pense que me esqueci do que fez para subir no colo do rei. Jane Seymour nunca conhecerá metade dos artifícios que usou comigo! Artifícios franceses! Artifícios de putas! Não me seduzem mais, mas não me esqueci deles.

Ouviu-se um arfar chocado da corte e George e eu trocamos um olhar de horror absoluto. A porta de Ana bateu e o rei virou-se para a corte, e George e eu encontramos seu olhar fulminante com a apatia do terror absoluto.

Ele se pôs de pé e disse:

— Um braço — Sir John Seymour empurrou George e o rei se apoiou nele e se dirigiu, devagar, a seus aposentos, seus cavalheiros atrás. Observei-o ir e me dei conta de que minha garganta doía de tão seca.

A mulher de George, Jane Parker, estava ao meu lado.

— Que artifícios ela costumava usar?

Tive a súbita lembrança de ensiná-la a usar seu cabelo, sua boca, suas mãos nele. George e eu lhe ensinamos tudo o que sabíamos, aprendido na época em que George frequentara casas de banho da Europa com prostitutas francesas, senhoras espanholas e putas inglesas, e tudo o que eu sabia do casamento, de deitar com um homem e seduzir outro. Havíamos treinado Ana a fazer o que Henrique gostava, coisas de que todos os homens gostam, coisas expressamente proibidas pela Igreja. Tínhamos lhe ensinado a se despir na sua frente, levantar seu pau aos pouquinhos, a lhe mostrar suas partes íntimas, havíamos lhe ensinado a lamber seu pau da base à cabeça com longos toques langorosos. Tínhamos lhe ensinado as palavras que ele gostava de ouvir e o que ele queria imaginar. Tínhamos lhe dado as habilidades de uma prostituta e agora estava sendo censurada por isso. Encontrei o olhar de George e percebi que ele tinha a mesma recordação.

— Oh, Deus, Jane — disse ele. — Não sabe que o rei, quando está com raiva, diz qualquer coisa? Nada, é o que ela fez. Nada além de um beijo e carícias. O tipo de coisa que todo marido e mulher fazem em seus dias de alívio — fez uma pausa e se corrigiu. — Nós não, é claro. Mas você não é uma mulher adorável, é?

Ela virou-se por um momento, como se ele a tivesse beliscado.

— Mas é claro — disse ela, tão baixo como uma serpente se esgueirando por uma samambaia —, na verdade, *você* não gosta de beijar mulheres, a menos que sejam suas irmãs.

☙

Deixei Ana sozinha por meia hora e, então, bati na sua porta e me esgueirei para dentro da sala. Fechei a porta na cara curiosa das damas de honra e a procurei. A sala estava no escuro do começo da tarde de inverno, ela não tinha acendido velas e somente a luz da lareira tremeluzia nas paredes e no teto. Estava deitada de bruços e, por um momento, achei que dormia. Então se virou e vi seu rosto pálido e seus olhos escuros.

— Meu Deus, ele estava com raiva — sua voz estava rouca de gritar.

— Você o irritou. Você pediu isso, Ana.

— O que eu podia fazer? Quando ele me insulta na frente de toda a corte?

— Ser cega — aconselhei-a. — Olhar para o outro lado. Como a rainha Catarina fazia.

— A rainha Catarina perdeu. Olhou para o lado e o peguei. O que fazer para segurá-lo?

Não respondemos nada. Havia somente uma resposta. Havia sempre uma única resposta, a mesma resposta.

— Eu estava morrendo de raiva — disse ela. — Era como se fosse vomitar minhas entranhas.

— Tem de se acalmar.

— Como posso ficar calma com Jane Seymour em toda parte?

Fui até a cama e tirei o capelo de sua cabeça.

— Tem de se aprontar para o jantar — eu disse. — Desça bem bonita e tudo será esquecido.

— Não por mim — disse ela com amargura. — Eu não vou esquecer.

— Então, aja como se fosse — aconselhei-a. — Ou todos vão se lembrar de que ele a insultou. Era melhor que tivesse agido como se nada tivesse sido dito.

— Chamou-me de prostituta — disse ela com ressentimento. — Ninguém vai se esquecer disso.

— Todas somos putas em comparação a Jane — repliquei animada. — E daí? Você é a sua esposa, não é? Com um bebê legítimo na barriga. Pode lhe chamar do que quiser quando estiver de mau humor, e pode reconquistá-lo quando se acalmar. Reconquiste-o hoje à noite, Ana.

Chamei sua criada e Ana escolheu o vestido. Escolheu um branco e prateado, como se afirmasse a sua pureza mesmo quando a corte tinha ouvido ser acusada de usar artifícios de puta. Seu corpete era bordado com pérolas e diamantes, a bainha do vestido confeccionada com fio de prata. Quando pôs o capelo em seu cabelo preto, pareceu realmente uma rainha, uma rainha da neve, uma rainha de beleza imaculada.

— Muito bom — eu disse.

Ana deu-me um sorriso cansado.

— Tenho de fazer isso e continuar a fazê-lo eternamente — disse ela. — Vou dançar para manter Henrique interessado. O que vai acontecer quando eu estiver velha e não puder mais dançar? As garotas em meus aposentos ainda serão jovens e belas. O que vai acontecer então?

Eu não tinha como confortá-la.

— Vamos completar esta noite. Não importa o futuro. E quando tiver um filho, depois mais filhos, não vai se preocupar em envelhecer.

Ela deixou a mão sobre o corpete bordado.

— Meu filho — disse ela baixinho.

— Está pronta?

Ela assentiu com a cabeça e se dirigiu à porta. Com outro movimento, jogou os ombros para trás e levantou o queixo, sorriu, seu sorriso confiante e estonteante, e fez um sinal com a cabeça para a criada abrir a porta. Saiu para enfrentar os comentários espalhados de seus próprios aposentos, brilhando como um anjo.

Percebi que a família acabou sendo um apoio, e que meu tio deveria ter ouvido o suficiente para ficar receoso. Meu pai e minha mãe estavam lá. Meu tio estava nos fundos da sala em uma conversa amigável com Jane Seymour, o que me fez parar para pensar. George estava na soleira da porta, sorriu e então avançou e pegou a mão de Ana. Houve um ligeiro murmúrio de interesse em seu belo vestido, e seu sorriso desafiador, e então a sala agitou-se com as pessoas dispersando e formando novos grupos. Sir William Brereton apareceu e beijou sua mão e sussurrou que ela parecia um anjo caído na terra, Ana riu e replicou que ela não tinha caído, mas simplesmente chegado de visita, de modo que a fantasia sugestiva foi nitidamente alterada. Ouviu-se então um farfalhar na porta e Henrique entrou com passos pesados, sua perna ferida causando-lhe um andar desajeitado, sua cara redonda com novos sulcos de dor. Cumprimentou Ana com a cabeça e a expressão carrancuda.

— Bom dia, senhora — disse ele. — Está pronta para o jantar?

— É claro, marido — replicou, doce como mel. — Fico feliz por ver Sua Majestade tão bem.

Sua capacidade de mudar de humor sempre foi desnorteante para mim. Ele notou seu bom humor e olhou em volta, para os rostos ávidos da corte.

— Já cumprimentou Sir John Seymour? — perguntou ele, escolhendo o único homem que ela não queria honrar.

O sorriso de Ana não se alterou.

— Boa noite, Sir John — disse ela, tão dócil quanto a sua própria filha. — Espero que aceite um pequeno presente.

Ele fez uma mesura, um tanto sem jeito.

— Seria uma honra, Majestade.

— Gostaria de lhe dar um pequeno banco esculpido de minha câmara privada. Uma bela peça da França. Espero que goste.

Ele fez outra reverência.

— Eu ficaria muito grato.

Ana sorriu de lado para seu marido.

— É para a sua filha — disse ela. — Para Jane. Para que ela tenha onde se sentar e não precise usar o meu.

Houve um momento de um silêncio perplexo e, então, o urro alto da gargalhada de Henrique. Imediatamente, a corte percebeu que também podia rir e os aposentos da rainha foram sacudidos com a sua piada sobre Jane. Henrique, sem parar de rir, ofereceu o braço a Ana e ela olhou para ele com malícia. Ele começou a conduzi-la para o salão, e a corte assumiu seu lugar de sempre, atrás deles. Então, escutei um suspiro e alguém dizer baixinho:

— Meu Deus! A rainha!

George atravessou o grupo como uma foice cortando o mato e puxou Ana pela mão, afastando-a de Henrique.

— Perdão, Majestade, a rainha não se sente bem — ouvi dizer rapidamente. E então falou ao ouvido de Ana, sussurrando algo com urgência. Consegui ver seu perfil, vi a cor se esvair de seu rosto. Ela abriu caminho por eles todos, George correndo na frente para abrir a porta de sua câmara privada e pô-la para dentro. As pessoas atrás espichavam o pescoço para ver melhor, e consegui ver a parte de trás de seu vestido. Havia uma mancha escarlate, aquele vermelho sangue contra o branco e prata de seu vestido. Ela estava sangrando. Estava perdendo o bebê.

Penetrei naquela aglomeração de gente para acompanhá-la ao seu quarto. Minha mãe veio atrás e bateu a porta nas caras ávidas que olhavam para dentro, na do rei que continuava olhando, atordoado, a pressa súbita de Ana e sua família em se esconderem.

Ana estava de frente para George, puxando a parte de trás do vestido para ver a mancha.

— Não senti nada.

— Vou buscar um médico — disse ele dirigindo-se à porta.

— Não diga nada — advertiu-o minha mãe.

— Diga! — exclamei. — Todos viram! O próprio rei viu!

— Ainda pode ficar tudo bem. Deite-se, Ana.

Ana foi lentamente para a cama, a cara tão branca quanto seu capelo.

— Não estou sentindo absolutamente nada — repetiu.

— Então, quem sabe, não está acontecendo nada — disse minha mãe. — Apenas uma pequena mancha.

Fez sinal para as criadas tirarem os sapatos de Ana, suas meias. Viraram-na de lado e desataram o corpete. Retiraram o belo vestido branco com a grande mancha escarlate. Suas anáguas estavam ensopadas de sangue. Olhei para a minha mãe.

— Talvez ele esteja bem — disse ela, sem muita certeza.

Fui até Ana e peguei sua mão, já que era óbvio que precisaria estar em seu leito de morte para que minha mãe pusesse um dedo nela.

— Não tenha medo — sussurrei.

— Dessa vez, não podemos esconder deles. Todos viram.

☙

Fizemos de tudo. Colocamos uma caçarola com carvão quente em seus pés, para aquecê-los, os médicos trouxeram um estimulante, dois estimulantes, um cataplasma e um cobertor especial, benzido por um santo. Ela foi sangrada e colocaram uma caçarola ainda mais quente em seus pés. Mas nada disso adiantou. À meia-noite, entrou em trabalho de parto, na luta e sofrimento das contrações, puxando o lençol amarrado de uma coluna à outra da cama, gemendo de dor, e então, por volta das 2 da manhã, de repente deu um grito e o bebê saiu, e não havia mais nada que se pudesse fazer para que o seu corpo o segurasse.

A parteira, ao recebê-lo em suas mãos, emitiu uma exclamação inesperada.

— O que foi? — perguntou Ana ofegando, seu rosto vermelho do esforço, o suor escorrendo para o seu pescoço.

— É um monstro! — disse a mulher. — Um monstro.

Ana sussurrou bruscamente, de medo, e me retraí involuntariamente, com um terror supersticioso. Nas mãos manchadas de sangue da parteira, estava um bebê horrivelmente deformado, com a espinha exposta, sem a pele, e a cabeça imensa, o dobro do corpinho espigado.

Ana deu um grito enrouquecido e fez força para levantar o corpo e se afastar dele, arrastando-se, como um gato assustado, ao alto da cama, deixando um rastro de sangue nos lençóis e travesseiros. Encolheu-se contra as colunas, as mãos estendidas como se rechaçando o próprio ar.

— Envolva-o! — gritei. — Leve-o daqui!

A parteira olhou para Ana, a expressão muito grave.

— O que fez para ter isto dentro de você?

— Não fiz nada! Nada!

— Este não é um filho do homem, é um filho do diabo.

— Não fiz nada!

Eu quis dizer "tolice", mas minha garganta estava apertada demais de medo.

— Envolva isso! — Senti o pânico em minha voz.

Minha mãe afastou-se da cama e se dirigiu rapidamente para a porta, com a expressão tão austera como se estivesse se afastando do tronco do carrasco na Torre de Londres.

— Mãe! — chamou Ana com um grasnido.

Minha mãe nem olhou para trás nem parou. Saiu do quarto sem dar uma palavra. Quando a porta se fechou atrás dela, pensei: "isto é o fim". O fim de Ana.

— Não fiz nada — repetiu Ana. Virou-se para mim e pensei na poção da feiticeira na noite em que ela se deitou no quarto secreto com a máscara dourada no rosto, como o bico de um pássaro. Pensei em sua viagem aos portões do inferno para conseguir esse filho para a Inglaterra.

A parteira fez menção de sair.

— Terei de contar ao rei.

Imediatamente me pus entre ela e a porta, barrando seu caminho.

— Não vai afligir Sua Majestade — eu disse. — Ele não vai querer saber. Segredos de mulheres devem permanecer entre mulheres. Vamos deixar isso entre nós e cuidar disso privadamente, e terá o favor da rainha e o meu. Providenciarei para que seja muito bem paga pelo seu trabalho de hoje e por sua discrição. Providenciarei para que seja muito bem paga, prometo.

Ela nem mesmo relanceou os olhos para mim, e me retraí. Aproveitou-se disso e abriu a porta.

— Não irá ver o rei! — jurei, agarrando seu braço.

— Não percebeu? — perguntou, a voz quase penalizada. — Não percebeu que já sou sua serva? Que ele me enviou para vigiar e escutar por ele? Fui designada para isso a partir do momento em que as regras da rainha se suspenderam.

— Por quê? — perguntei com a voz entrecortada.

— Porque ele não confia nela.

Apoiei-me na parede, minha cabeça girando.

— Não confia?

Ela deu de ombros.

— Não sabe o que há de errado com ela para que não consiga vingar uma gravidez — indicou com a cabeça a trouxinha de pano flácida. — Agora, ele vai saber.

Lambi meus lábios secos.

— Pagarei quanto pedir para se esquecer disso e dizer ao rei que ela perdeu o bebê, mas pode conceber outro — eu disse. — Pagarei o dobro do que quer que ele esteja lhe pagando. Sou uma Bolena, e temos influência e fortuna. Poderá se tornar uma das criadas Howard pelo resto de sua vida.

— É o meu dever — disse ela. — Faço isso desde que era muito jovem. Fiz um voto solene à Virgem Maria de nunca falhar em minha tarefa.

— Que tarefa? Que dever? — perguntei impensadamente. — Do que está falando?

— De caçar bruxas — disse ela simplesmente. Depois, atravessou a porta com o bebê do diabo no braço e desapareceu.

Fechei a porta e deslizei o ferrolho. Não queria que ninguém entrasse até a sujeira toda ter sido limpa e Ana estar em condições de lutar por sua vida.

— O que ela disse? — perguntou.

Sua pele estava branca e opaca como cera. Seus olhos escuros pareciam lascas de vidro. Ela estava muito distante desse quarto quente e do senso de perigo.

— Nada de importante.

— O que ela disse?

— Nada. Por que não dorme?

Ana me olhou com fúria.

— Nunca acreditarei nisso — disse ela simplesmente, não como se falasse comigo, mas sim com uma inquisição. — Nunca me farão acreditar nisso. Não sou nenhuma camponesa ignorante chorando sobre um relicto que é apara de madeira e sangue de porco. Não me extraviarão do meu caminho com medos tolos. Pensarei e agirei, e farei o mundo segundo o meu próprio desejo.

— Ana?

— Não serei intimidada por nada — disse ela com firmeza.

— Ana?

Virou-se para a parede.

೧೩

Assim que adormeceu, abri a porta e chamei uma Howard — Madge Shelton — para ficar com ela. As criadas levaram rapidamente os lençóis sujos de sangue e lavaram o chão. Do lado de fora, na sala de audiências, a corte aguardava notícias, as mulheres cochilavam, a cabeça nas mãos, alguns jogavam cartas para passar o tempo. George estava recostado na parede, conversando em voz baixa com Sir Francis, as cabeças tão próximas quanto as de amantes.

William apareceu, pegou minha mão, parei por um instante e me fortaleci com seu toque.

— É sério — eu disse simplesmente. — Não posso falar agora. Tenho de contar algo a tio Howard. Venha comigo.

George surgiu imediatamente do meu lado.

— Como ela está?

— O bebê está morto — respondi sem rodeios.

Vi-o empalidecer como uma donzela e fazer o sinal da cruz.

— Onde está nosso tio? — perguntei olhando em volta.

— Aguardando notícias em seus aposentos, como o resto de nós.

— Como está a rainha? — alguém perguntou.

— Perdeu o bebê? — perguntou outra.

George se adiantou.

— A rainha está dormindo — disse ele. — Descansando. Mandou que fossem todas para a cama e, pela manhã, serão informadas de seu estado.

— Ela perdeu o bebê? — alguém pressionou George, olhando para mim.

— Como vou saber? — replicou George imperturbavelmente, e houve murmúrios de descrédito.

— Está morto — alguém disse. — Qual é o problema que a impede de lhe dar um filho?

— Vamos — disse William a George. — Vamos sair daqui. Quanto mais falar, pior ficará a situação.

Com meu marido de um lado e meu irmão do outro abri caminho pela corte e desci aos aposentos de tio Howard. Seu criado, de libré escura, nos introduziu sem dizer uma palavra. Meu tio estava na mesa grande, papéis espalhados na sua frente, uma vela irradiando uma luz amarela por todo o cômodo.

Ao entrarmos, fez sinal para que o criado atiçasse o fogo e acendesse mais velas.

— Sim? — perguntou ele.

— Ana deu à luz um bebê morto — falei direto.

Ele balançou a cabeça, a expressão grave sem trair qualquer emoção.

— Tem alguma coisa errada nisso — eu disse.

— Que tipo de coisa?

— Suas costas estavam esfoladas, sem pele, e sua cabeça era grande — eu disse. Senti a garganta se comprimir de nojo e apertei um pouco mais a mão de William. — Era um monstro.

Balançou a cabeça mais uma vez, como se eu estivesse contando coisas banais. Mas foi George que fez uma exclamação abafada e se apoiou no espaldar de uma cadeira para não cair. Meu tio pareceu não prestar atenção, mas viu tudo.

— Tentei deter a parteira.
— Oh?
— Ela disse que já tinha sido contratada pelo rei.
— Ah.
— E quando ofereci dinheiro para que ficasse ou deixasse o bebê, ela disse que era o seu dever com a Virgem Maria levá-lo porque ela era uma...
— Uma?
— Uma caçadora de bruxas — sussurrei.

Tive a sensação estranha do chão flutuar sob meus pés e todo o som da sala vir de muito longe. William apressou-se em me sentar em uma cadeira e segurou uma taça de vinho para que eu a bebesse. George não me tocou, segurava-se no espaldar da cadeira e sua face estava tão lívida quanto a minha.

Meu tio permaneceu impassível.

— O rei contratou uma caçadora de bruxas para espionar Ana?

Bebi mais um gole de vinho e confirmei com a cabeça.

— Então ela está correndo grande perigo — observou.

Houve outro silêncio demorado.

— Perigo? — sussurrou George, endireitando o corpo.

Meu tio confirmou com a cabeça.

— Um marido desconfiado é sempre um perigo. Um rei desconfiado é um perigo ainda maior.

— Ela não fez nada — disse George com determinação. Relanceei os olhos para ele, ouvindo-o repetir a ladainha que Ana tinha jurado ao ver o monstro que o seu corpo gerara.

— Talvez — concordou meu tio. — Mas o rei acha que ela fez, e isso basta para destruí-la.

— E o que vai fazer para protegê-la? — perguntou George cautelosamente.

— Sabe, George — replicou bem devagar —, na última vez que tive o prazer de conversarmos, ela disse que eu podia deixar a corte e me danar, disse que tinha chegado onde estava por seus próprios esforços e que não me devia nada, e ameaçou me prender.

— Ela é uma Howard — eu disse, pondo o vinho de lado.

Ele baixou a cabeça.

— Era.

— É Ana! — exclamei. — Dedicamos a vida para que ela chegasse lá.

Meu tio balançou a cabeça.

— E ela nos retribuiu com gratidão? Você, pelo que me lembro, foi exilada da corte. E ainda estaria lá se ela não tivesse precisado de seus serviços. Não fez nada para me recomendar ao rei, pelo contrário. E George, ela o favoreceu, mas está agora um xelim mais rico do que quando ela chegou ao trono? Não ganha o mesmo de quando ela era a amante do rei?

— Não se trata de favores, mas de vida e morte — replicou George, inflamado.

— Assim que ela tiver um filho, sua posição estará segura.

— Mas ele não pode fazer um filho! — gritou George. — Não conseguiu fazer em Catarina, não pode fazer nela. Ele é praticamente impotente! Por isso ela tem sentido tanto medo...

Houve um silêncio mortal.

— Que Deus o perdoe por nos colocar, a todos nós, em perigo — disse meu tio friamente. — É traição dizer uma coisa dessas. Eu não ouvi. Você não disse nada. E agora, podem ir.

William ajudou-me a me levantar e nós três saímos lentamente da sala. Na soleira da porta, George se virou, para se lamentar, mas a porta fechou-se silenciosamente em sua cara antes que tivesse tempo de falar.

☙

Ana só despertou no meio da manhã, e com a temperatura muito alta. Procurei o rei. A corte se preparava para partir para o Palácio de Greenwich, e ele estava longe do barulho e da agitação, jogando boliche, cercado de seus favoritos, inclusive os Seymour proeminentes. Fiquei feliz em ver George ao seu lado, parecendo confiante e sorridente, e meu tio entre os que assistiam. Meu pai ofereceu ao rei uma aposta com boa vantagem. Esperei até a última bola rolar e meu pai, rindo, entregar vinte moedas de ouro, antes de me adiantar e fazer uma reverência.

O rei franziu o cenho ao me ver. Percebi de imediato que nenhuma garota Bolena teria o seu favor.

— Lady Maria — disse ele friamente.

— Majestade, vim a mando de minha irmã, a rainha.

Ele balançou a cabeça.

— Ela pede que a corte adie a mudança para o Palácio de Greenwich por uma semana, até que tenha se restabelecido completamente.

— É tarde demais — replicou. — Ela pode nos encontrar lá, quando estiver bem.

— Ainda vão começar a arrumar a bagagem.

— É tarde demais para ela — corrigiu-me. Um murmúrio ao redor da pista de boliche foi instantaneamente reprimido. — É tarde demais para ela me pedir favores. Eu sei o que sei.

Hesitei. Um lado meu queria agarrá-lo pelo colarinho e arrancar dele aquele egoísmo todo. Minha irmã estava doente depois de um parto infernal, e ali estava seu marido, tranquilo, jogando boliche ao sol e alertando a corte de que ela não teria nenhum favor seu.

— Então, deve saber que ela, eu e todos os Howard nunca perdemos nosso amor e nossa lealdade à Sua Majestade — eu disse. Percebi a carranca de meu tio diante da menção ao nome da família.

— Esperemos que nem todos vocês tenham sido postos à prova — disse o rei, com um tom de aborrecimento. Em seguida, virou-se e fez um sinal para Jane Seymour. Modestamente, com os olhos baixos, ela adiantou-se do grupo de damas.

— Caminha comigo? — perguntou com uma voz completamente diferente.

Ela fez uma reverência como se a honra fosse tão imensa que ficasse sem palavras, e pôs a mão sobre sua manga adornada de joias, e a corte seguiu-os a uma distância discreta.

☙

A corte espalhava rumores que George e eu não podíamos negar. Antes seria um crime punido com a morte dizer uma única palavra contra Ana. Agora, havia canções e piadas sobre seu círculo mais íntimo e insinuações escandalosas sobre sua incapacidade de ter filhos.

— Por que Henrique não os cala? — perguntei a William. — Ele tem poder para fazer isso.

William sacudiu a cabeça.

— Ele está permitindo que digam o que quiserem — replicou. — Dizem que ela vendeu a alma ao diabo.

— Tolos! — exclamei com raiva.

Delicadamente, ele pegou minhas mãos e abriu os dedos tensos.

— Maria, de que outra maneira ela teria gerado uma criança monstruosa senão com uma união monstruosa? Ela deve ter concebido em pecado.

— Com quem, pelo amor de Deus? *Você* acha que ela fez um trato com o diabo?

— Não acha que ela faria se fosse para conseguir gerar um menino? — perguntou ele.

Isso me calou. Sentindo-me infeliz, olhei em seus olhos castanhos.

— Psiu — eu disse, com medo das palavras. — Não quero pensar nisso.

— E se ela realizou alguma bruxaria que acabou lhe dando um monstro?

— E daí?

— E daí que ele tem o direito de abandoná-la.

Por um momento, tentei rir.

— É uma piada triste em um momento triste, William.

— Não é piada, minha mulher.

— Não consigo entender! — gritei, de repente impaciente com uma mudança tão repentina do mundo. — Não consigo compreender o que aconteceu conosco!

Sem se importar com o fato de estarmos no jardim e de que qualquer membro da corte poderia se deparar conosco a qualquer momento, passou a mão em volta da minha cintura e me abraçou forte, tão íntimo quanto se estivéssemos no estábulo de sua fazenda.

— Meu amor, meu amor — disse ele carinhosamente. — Ela deve ter feito algo muito ruim para ter parido um monstro. E você nem sabe o que foi. Nunca fez algo secreto para ela? Buscado uma parteira, comprado uma poção?

— Você mesmo... — comecei.

Ele assentiu com a cabeça.

— E eu enterrei um bebê morto. Queira Deus que esse assunto se mantenha secreto e que nunca façam perguntas demais.

❦

A única vez em que a corte tinha abandonado uma rainha em um palácio vazio fora quando o rei e Ana partiram rindo e deixaram a rainha Catarina sozinha. Agora, Henrique repetiu o feito. Ana observou, sem ser vista, da janela de seu quarto, ajoelhada em uma cadeira, ainda fraca demais para ficar em pé, enquanto ele, com Jane Seymour montando ao seu lado, conduzia a mudança para Greenwich, seu palácio preferido.

No séquito de cortesãos alegres atrás do rei sorridente e da nova e bela favorita estava minha família: pai, mãe, tio e irmão fazendo de tudo para conseguir o favor do rei, enquanto William e eu seguíamos com nossos filhos. Catarina estava calada e reservada. Olhou para trás, para o palácio, e depois para mim.

— O que foi? — perguntei.

— Não é certo partirmos sem a rainha — disse ela.

— Ela irá ao nosso encontro, quando se sentir bem — eu disse tentando confortá-la.

— Sabe onde Jane Seymour terá seus aposentos em Greenwich? — perguntou.

Sacudi a cabeça.

— Vai dividir um quarto com outra garota Seymour?

— Não — minha filha respondeu brevemente. — Ela disse que o rei lhe dará belos aposentos, só para ela, e damas de honra. Para que tenha onde praticar a música.

☙

Não quis acreditar, mas Catarina estava certa. Divulgou-se que o próprio secretário Cromwell tinha aberto mão de seus aposentos em Greenwich para que a Srta. Seymour pudesse se dedicar ao seu alaúde sem perturbar as outras damas. De fato, os aposentos do secretário Cromwell tinham uma passagem secreta que os ligava à câmara privada do rei. Jane foi oculta em Greenwich como Ana tinha sido, em aposentos rivais do aposento da rainha, com uma corte rival.

Assim que a corte se instalou, um pequeno grupo Seymour se reuniu, conversou, dançou e jogou nos novos aposentos suntuosos de Jane, e as damas da rainha, com ela ausente, também iam para lá. O rei ali passava o tempo todo, conversando, lendo, escutando música ou poesia. Jantava com Jane informalmente, em seus aposentos ou nos dela, com os Seymour ao redor da mesa, rindo de suas piadas ou distraindo-o com jogo, ou ele a levava para jantar no salão e a sentava perto. Somente o trono vazio da rainha lembrava a todos que existia uma rainha da Inglaterra deixada no palácio vazio. Às vezes, ao olhar para Jane inclinada à frente para dizer alguma coisa a Henrique sobre o trono vazio de minha irmã, sentia como se Ana nunca tivesse existido, e que não havia nada que impedisse Jane de mudar de um lugar para outro.

Ela nunca hesitou em doçura com Henrique. Deviam tê-la submetido a uma dieta de beterraba em Wilshire. Ela era absolutamente agradável com Henrique, estivesse ele com o humor azedo por causa da dor na perna ou exultante como um menino, se sentindo vitorioso por ter abatido um cervo. Ela estava sempre muito calma, era sempre muito devota — ele a encontrava frequentemente ajoelhada em seu genuflexório, as mãos apertando o rosário, e a cabeça para cima — e se mostrava sempre modesta.

Ela pôs de lado o capelo francês, o elegante adorno da cabeça em forma de meia-lua que Ana introduzira ao retornar à Inglaterra. Usava o capelo na forma de espigão, como a rainha Catarina, e que fazia apenas um ano marcava aquela que o usasse como alguém terrivelmente deselegante, fora de moda. O próprio Henrique tinha jurado que odiava a roupa espanhola, mas a sua austeridade ajustava-se perfeitamente à beleza fria de Jane. Ela a usava como uma freira usava a touca — para mostrar seu desdém pelo exibicionismo mundano. Mas a usava em azul bem claro, no verde mais suave, em amarelo: todas cores claras como se a sua paleta fosse suave.

Percebi que estava a meio caminho do lugar de minha irmã quando Madge Shelton, a ousada, coquete e solta Madge, apareceu para jantar com um capelo na forma de espigão em azul-claro, com um vestido de gola alta combinando, e suas mangas francesas reformadas no estilo inglês. Em apenas alguns dias, todas as mulheres da corte usavam o capelo em espigão e andavam de olhos baixos.

03

Ana foi ao nosso encontro em fevereiro, chegando com toda a pompa: o estandarte real ondulando sobre sua cabeça, o estandarte Bolena seguindo atrás, e um grande séquito de servidores de libré e cavalheiros montados. George e eu a estávamos esperando na escada da frente, com as grandes portas abertas atrás de nós, e Henrique ausente.

— Vai lhe contar sobre os aposentos de Jane? — perguntou George.

— Eu não — repliquei. — Você conta.

— Francis diz para lhe contar em público. Ela vai controlar o gênio diante da corte.

— Discute a rainha com Francis?

— Você fala com William.

— Ele é meu marido.

George concordou com a cabeça, olhando para os homens à frente do séquito de Ana, quando se aproximavam.

— Confia em William?

— É claro.

— Sinto o mesmo em relação a Francis.

— Não é a mesma coisa.

— Como pode saber o que é o seu amor para mim?

— Sei que não pode ser como o amor de um homem por uma mulher.

— Não. Eu o amo como um homem ama outro homem.

— Isso contraria a Sagrada Escritura.

Pegou minha mão e me deu o irresistível sorriso Bolena.

— Maria, está feito. Vivemos um tempo perigoso e meu único conforto é o amor de Francis. Deixe-me vivê-lo. Pois Deus é testemunha que tenho poucas outras alegrias, e acho que estamos correndo o perigo mais grave.

A escolta de Ana passou e ela, com um sorriso radiante, parou o cavalo do nosso lado. Usava um traje de montaria vermelho bem escuro, e um chapéu também vermelho-escuro para trás de sua cabeça, com uma pena comprida presa na aba com um grande broche de rubi.

— *Vivat* Ana! — exclamou meu irmão, em reação ao seu estilo notável.

Ela olhou para o grande vestíbulo atrás de nós, esperando ver o rei a aguardando. Sua expressão não se alterou quando percebeu que ele não estava lá.

— Você está bem? — perguntei, indo na sua direção.

— É claro — respondeu animadamente. — Por que não estaria?

Sacudi a cabeça.

— Por que não? — repliquei cautelosamente. Claramente não comentaríamos nada sobre esse bebê morto, assim como não falávamos nada dos outros.

— Onde está o rei?

— Caçando — replicou George.

Ana entrou no palácio, os criados correndo à sua frente para abrir as portas.

— Ele sabia que eu estava vindo? — perguntou por cima do ombro.

— Sim — respondeu George.

Ela balançou a cabeça e esperou até ficarmos a sós em seus aposentos, com as portas fechadas.

— E onde estão minhas damas?

— Algumas delas caçando com o rei — eu disse. — Outras... — não sabia como concluir a frase. — Outras não — falei desanimada.

Seu olhar passou de mim para George, com a sobrancelha erguida.

— Vai me explicar o que a minha irmã quer dizer? — perguntou. — Sabia que o seu francês e o seu latim são incompreensíveis, mas agora, seu inglês parece também estar além de sua capacidade.

— Suas damas estão se reunindo ao redor de Jane Seymour — replicou ele sem rodeios. — O rei lhe deu os aposentos de Thomas Cromwell, e janta com ela diariamente. Ela tem uma pequena corte só sua.

Ela arfou e olhou para mim.

— É verdade?

— Sim — respondi.

— Ele lhe deu os aposentos de Thomas Cromwell? Ele pode ir direto a seu quarto sem ninguém saber?

— Sim.

— Eles são amantes?

Olhei para George.

— Não tem como saber — replicou ele. — A minha aposta é que não.

— Não?

— Ela parece se recusar a se entregar a um homem casado — disse ele. — Explora a sua virtude.

Ana andou vagarosamente até a janela, como se deslindasse essa mudança em seu mundo.

— O que ela pretende? — perguntou. — Atraindo-o e rejeitando-o ao mesmo tempo?

Nenhum de nós dois respondeu. Quem saberia melhor do que nós?

Ana virou-se, seus olhos vigilantes como os de um gato.

— Pretende me pôr de lado? Ela está louca?

Nenhum de nós dois respondeu.

— E Cromwell foi obrigado a ceder a essa exibição dos Seymour?

Neguei com a cabeça e disse:

— Cromwell ofereceu seus aposentos.

Ela balançou lentamente a cabeça.

— Portanto Cromwell, agora, está francamente contra mim.

Olhou para George buscando conforto, uma expressão estranha, como se não estivesse segura dele. Mas George nunca a decepcionava. Com cuidado, aproximou-se e pôs a mão em seu ombro, fraternalmente. Em vez de se virar para abraçá-lo, retrocedeu o passo até ele ficar atrás dela, e descansou a cabeça em seu peito. Ele deu um suspiro, a abraçou e balançou-a delicadamente, os dois olhando pela janela o Tâmisa cintilando na luz do sol de inverno.

— Achei que você estaria com medo de me tocar — disse ela baixinho.

Ele sacudiu a cabeça.

— Oh, Ana. Segundo as leis do mundo e da Igreja, sou amaldiçoado dez vezes antes do café da manhã.

Estremeci ao ouvir isso, mas ela riu como uma menina.

— E o que quer que tenhamos feito, foi feito por amor — disse ele suavemente.

Ela virou-se em seus braços e o olhou, estudando sua face. Dei-me conta de que nunca a tinha visto olhar assim para alguém antes. Olhou para ele como se se importasse com o que ele sentia. Ele não era apenas um degrau na escada de sua ambição. Ele era o seu amado.

— Mesmo quando a consequência foi monstruosa? — perguntou ela.

Ele encolheu os ombros.

— Não pretendo bancar ser um conhecedor de teologia. Mas a minha égua pariu um potro com uma perna unida à outra, e não a afoguei por ser uma bruxa. Essas coisas acontecem na natureza, nem sempre significam alguma coisa. Você não teve sorte, nada além disso.

— Não vou deixar que isso me amedronte — disse ela com determinação. — Vi sangue de santos feito de sangue de porcos, e água benta ser retirada de um riacho. Metade da doutrina dessa Igreja é para nos atrair, metade para nos amedrontar. Não serei seduzida e não me deixarei ser intimidada. Por nada. Decidi construir minha própria estrada e é o que farei.

Se George estivesse escutando, teria percebido o tom ansioso, nervoso, de sua voz. Mas ele estava observando sua face determinada.

— Para a frente e para cima, Ana Regina! — disse ele.

Sorriu para ele.

— Para a frente e para cima. E o próximo será um menino.

Virou-se para ele, pôs as mãos em seus ombros, e o olhou como se fosse um amante fiel.

— Então, o que tenho de fazer?

— Tem de reconquistá-lo — disse ele seriamente. — Não o repreenda. Não deixe que perceba seu medo. Tem de atraí-lo de novo com todos os artifícios que conhece. Encante-o de novo.

Ela hesitou, depois sorriu e disse-lhe a verdade por trás da face animada.

— George, estou dez anos mais velha do que quando o atraí pela primeira vez. Estou com quase 30 anos. Ele teve somente uma filha viva de mim, e agora sabe que pari um monstro. Vou causar-lhe aversão.

George apertou seus braços ao redor de sua cintura.

— Não pode lhe causar aversão — disse ele simplesmente. — Ou todos cairemos. Tem de atraí-lo de volta.

— Mas fui eu que lhe ensinei obedecer a seus desejos. Pior ainda, enchi sua cabeça idiota com o novo ensinamento. Agora, ele pensa que seus desejos são manifestações de Deus. Basta querer alguma coisa para pensar que é a vontade de Deus. Não precisa da confirmação de nenhum padre, bispo ou papa. Seus caprichos são sagrados. Como fazer que um homem desse retorne à sua esposa?

George olhou por cima dela para mim, pedindo ajuda. Cheguei um pouco mais perto.

— Ele gosta de conforto — eu disse. — Um lenitivo. Mime-o, diga-lhe que é maravilhoso, elogie-o, e seja terna com ele.

Olhou-me tão apaticamente como se eu estivesse falando em hebraico.

— Sou sua amante, não sua mãe — disse ela simplesmente.

— Ele agora quer uma mãe — disse George. — Está magoado, sente-se velho e teme a morte. O ferimento em sua perna fede. Está apavorado com a ideia de morrer sem deixar um príncipe para a Inglaterra. O que ele quer é uma mulher que seja terna com ele, até que se sinta bem de novo. Jane Seymour é a doçura personificada. Você terá de suplantar a sua doçura.

Ela ficou calada. Sabíamos que era impossível ser mais doce do que Jane Seymour quando ela tinha a coroa à vista. Nem mesmo Ana, essa sedutora consumada, conseguiria ser mais doce do que Jane Seymour. O brilho desapareceu de seu rosto e, por um momento, em sua palidez, vi a face dura de nossa mãe.

— Por Deus, espero que isso a mate — falou, de repente, vingativamente. — Se ela puser a mão na minha coroa e o traseiro em meu trono, espero que seja a sua morte. Espero que morra jovem. Que morra de parto, dando à luz um menino. E que o menino também morra.

George enrijeceu-se. Viu, da janela, o grupo retornando da caça.

— Desça rápido, Maria, e diga ao rei que cheguei — disse Ana sem se soltar do abraço de George.

Desci correndo, quando o rei desmontava. Vi-o se retrair ao pisar no solo, e seu peso sobrecarregar a perna machucada. Jane montava ao seu lado, uma falange de Seymour ao redor deles. Olhei em volta, procurando meu pai, minha mãe e meu tio. Tinham sido empurrados para trás, desprestigiados.

— Majestade — eu disse fazendo uma reverência. — Minha irmã, a rainha, chegou e pediu que transmitisse seus cumprimentos a Sua Majestade.

Henrique olhou para mim, a cara emburrada, a testa sulcada de dor, a boca franzida.

— Diga-lhe que estou cansado da cavalgada, que a verei no jantar — disse ele de maneira concisa.

Passou por mim com o andar pesado, irregular, protegendo a perna machucada. Sir John Seymour ajudou a filha a desmontar. Percebi seu novo traje de montaria, o cavalo novo, o diamante cintilando em sua mão enluvada. Tive tanta vontade de cuspir veneno nela que precisei morder a ponta da minha língua para conseguir lhe sorrir com doçura e recuar quando seu pai e seu irmão a escoltaram ao atravessar as grandes portas de seus aposentos — os aposentos da favorita do rei.

Meu pai e minha mãe seguiam atrás dos Seymour, em seu séquito. Esperei que me perguntassem como Ana estava, mas passaram por mim apenas com um aceno de cabeça.

— Ana está bem — falei, quando minha mãe passou.

— Ótimo — disse ela com indiferença.

— Não vai vê-la?

Sua face permaneceu tão inexpressiva quanto a de uma mulher estéril. Era como se, para ela, nenhum de nós tivesse nascido.

— Eu a visitarei quando o rei for a seus aposentos — replicou.

Então, percebi que Ana, George e eu estávamos sós.

☙

As damas retornaram ao quarto de Ana como um bando de bútios, sem saberem onde obteriam maior lucro. Notei, com um deleite amargo, a crise do adorno da cabeça que o retorno confiante de Ana tinha provocado. Algumas voltaram a usá-lo ao estilo francês, que Ana continuava a usar. Outras persistiram no capelo em forma de espigão, preferido por Jane. Todas elas estavam aflitas sem saber se deviam estar no belo aposento da rainha ou no outro lado, com os Seymour. Aonde o rei iria em seguida? Qual ele preferia? Madge Shelton usava um capelo em espigão e tentava se introduzir, com adulações, no círculo de Jane Seymour. Madge achava que Ana estava em declínio.

Quando entrei, três mulheres silenciaram imediatamente.

— Quais são as novidades? — perguntei.

Ninguém falou nada. Então, Jane Parker, sempre a mais confiável de todas a mexeriqueiras, se aproximou de mim.

— O rei mandou um presente para Jane Seymour, uma imensa bolsa de ouro, e ela o recusou.

Esperei.

Os olhos de Jane brilhavam de deleite.

— Ela disse que não pode receber esse tipo de presente do rei até ser uma mulher casada. Que a comprometeria.

Fiquei calada por um momento, tentando decodificar essa declaração enigmática.

— Comprometê-la?

Jane confirmou com a cabeça.

— Com licença — eu disse. Abri caminho pelas mulheres até a câmara privada de Ana. George estava lá, Sir Francis Weston também. — Quero falar a sós com você — falei simplesmente.

— Pode falar na frente de Sir Francis — replicou Ana.

Respirei fundo.

— Souberam que Jane Seymour recusou o presente do rei?

Negaram com um movimento da cabeça.

— Parece que ela disse que não podia aceitar esse tipo de presente até ser uma mulher casada, pois poderia comprometê-la.

— Oh — disse Sir Francis.

— Acho que não passa de um alarde de sua virtude, mas a corte só fala nisso — eu disse.

— Lembra ao rei que ela pode se casar com outro — disse George. — Ele vai odiar pensar nessa possibilidade.

— Exibe a sua virtude — acrescentou Ana.

— E isso vai se propagar — disse Sir Francis. — Puro teatro. Ela não recusou o cavalo, recusou? Recusou o anel de diamante? O medalhão com o retrato dele? Mas agora a corte acha, e o mundo logo achará também, que o rei está interessado em uma jovem que não ambiciona a riqueza. *Touché*! E tudo em uma única cena.

Ana rangeu os dentes.

— Ela é insuportável.

— E não há nada que você possa fazer para revidar — disse George. — Por isso nem pense na possibilidade. Erga a cabeça, sorria, e o encante, se puder.

— É capaz de, no jantar, mencionarem a aliança com a Espanha — advertiu-a Sir Francis quando ela se levantou da cadeira. — É melhor não dizer nada contra.

Ana olhou para ele por cima do ombro.

— Se eu tenho de me transformar em Jane Seymour, posso muito bem ser posta de lado — disse ela. — Se tudo o que sou, minha inteligência, meu temperamento e minha paixão pela reforma da Igreja, tem de ser renegado, então terei abandonado a minha própria personalidade. Se o que o rei quer é uma esposa obediente, eu não deveria nem ter aspirado ao trono. Se não puder ser eu mesma, poderei muito bem não estar aqui.

George foi até ela, levantou sua mão e a beijou.

— Não, pois nós todos a adoramos — disse ele. — E isso é só um capricho passageiro do rei. Ele agora quer Jane como quis Madge, como quis Lady Margaret. Ele vai recuperar o juízo e voltar para você. Lembre-se de por quanto tempo a rainha o conservou. Ele foi e voltou para ela dezenas de vezes. Você é a sua esposa, a mãe de sua princesa, como ela era. Pode conservá-lo.

Ela sorriu, empertigou-se e fez sinal para eu abrir a porta. Ouvi o ruído de cochichos quando ela saiu, usando um belo veludo verde, esmeraldas nas orelhas, diamantes cintilando em seu capelo verde, o "B" dourado na gargantilha de pérolas.

☙

O frio se intensificou no fim de fevereiro e o Tâmisa, na frente do palácio, congelou. A plataforma de desembarque se estendia como um caminho sobre um chão de gelo branco, o portão dava para a escada que descia a uma superfície lisa de vidro. O rio parecia uma estrada estranha, que podia levar a qualquer lugar. Ao olhar para baixo, nas partes mais finas, dava para ver a água se movendo, verde e perigosa, sob a superfície clara do gelo.

Os jardins, as passagens, os muros e as aleias ao redor de Greenwich assumiam uma alvura milagrosa, enquanto nevava, depois congelava, e tornava a nevar. Nos jardins, o renque de árvores estava enregelado. Nas manhãs de sol, as teias de aranhas brilhavam com cristais brancos, como uma renda mágica lançada sobre os galhos mais finos. Cada graveto, cada folha fina estava traçada de branco, como se um artista tivesse percorrido todo o jardim determinado a fazer com que víssemos o detalhe de cada ramo em cada árvore.

À noite, fazia um frio gélido, com um vento gelado que soprava do leste, um vento vindo da Rússia. Mas durante o dia, o sol brilhava forte e era delicioso correr no jardim, jogar boliche na relva congelada, enquanto os tordos saltavam nos teixos escuros da aleia e esperavam que jogássemos migalhas de pão, e bandos de gansos sobrevoavam, batendo as asas e a cabeça comprida esticada, buscando água descoberta.

O rei declarou que deveríamos ter uma feira de inverno e competições de patinação no gelo e dança sobre patins, e uma mascarada com trenós, comedores de fogo e acrobatas moscovitas, e incitar cães contra um urso acorrentado, esporte muito mais divertido do que era em geral, quando o pobre animal escorregava e caía, e se lançava na direção dos cães que derrapavam. Um cão disparou para dar-lhe uma mordida e depois escapar rapidamente, mas suas patas não encontraram apoio e o urso o levou à morte com uma patada em seu dorso. O rei caiu na gargalhada ao ver isso.

Trouxeram bois de Smithfield usando o rio congelado como rodovia, e os assaram em espetos sobre fogueiras à margem do rio, e os rapazes corriam da cozinha para a ribanceira com pão quente, os cães da cozinha latindo e correndo com eles, esperando algum contratempo.

Jane era uma princesa de inverno, usando azul e branco, pele branca no pescoço e no capuz de seu manto. Ela patinava mal, tendo de ser segura por seu irmão de um lado e seu pai do outro. Conduziram-na em direção ao rei e a empurraram, passivamente bela, para o trono, e pensei que ser uma garota Seymour devia ser igual a ser uma garota Bolena, quando seu pai e seu irmão a empurram para o rei, e ela não tem nem a capacidade nem a sabedoria para fugir.

Henrique sempre tinha para ela uma cadeira do seu lado. O trono da rainha estava à sua direita, como deveria, mas à sua esquerda, havia uma cadeira para Jane, se ela resolvesse descansar depois de patinar. O rei não patinou, sua perna ainda não tinha sarado e falavam de médicos franceses ou, quem sabe, uma peregrinação a Canterbury para aliviar a sua dor. Somente Jane era capaz de desfazer a sua carranca, e conseguia isso sem fazer nada. Ficava ao seu lado, deixava que a conduzissem ao patinar diante dele, retraía-se ao ver uma briga de galos, arfava ao assistir ao comedor de fogo, comportava-se como sempre se comportara, como uma perfeita tola, e isso acalmava o rei de uma maneira que Ana não conseguiria.

Ana desceu para jantar com o rei por três dias, e ao vê-la deslizar em seus patins de barbatana de baleia, com a graça de uma dançarina russa, pensei em como nós, os Bolena, pisávamos em gelo fino nessa temporada. Até mesmo a palavra mais inocente proferida por ela fazia o rei fechar a cara, não havia como agradá-lo. Ele a observava o tempo todo com seus olhos cobiçosos e desconfiados apertados. Esfregava os dedos enquanto a observava, mexendo no anel em seu dedo mindinho.

Ana tentou fasciná-lo com sua beleza e energia. Ela manteve a calma com ele, apesar de ele se mostrar amargo e insensível. Dançou, jogou, riu, patinou, era só alegria, despreocupação. Pôs Jane Seymour em segundo plano, nenhum homem tinha olhos para outra quando Ana estava de humor exultante. Nem mesmo o rei conseguia desviar os olhos quando ela dançava, a cabeça ereta, girando charmosamente o pescoço quando alguém falava com ela, cercada de homens que escreviam poemas sobre a sua beleza, músicos que tocavam para ela, o centro da excitação da corte em jogo. O rei não conseguia tirar os olhos dela, mas seu olhar não era extasiado. Ele a olhava como se tentasse compreender alguma coisa, como se fosse elucidar seu encanto, de modo que pudesse vê-la destrinçada, despojada de tudo que, no passado, a tornara tão adorável para ele. Ele olhava para ela como um homem olha para uma tapeçaria que lhe custou uma fortuna e que, de repente, em certa manhã, a considera sem valor e quer desfazer a compra. Ele olhava para ela como se não entendesse como podia ter-lhe sido tão cara, e o recompensado tão pouco. E nem mesmo o encanto e a vivacidade de Ana o convenciam de que a barganha tinha sido positiva.

Enquanto eu observava Ana, George e Sir Francis observavam Cromwell. Corriam boatos de que o rei poderia deixar Ana com base em que o casamento não tinha sido válido desde o começo. George e eu escarnecemos dessa ideia, mas Sir Francis nos lembrou que o parlamento seria dissolvido em abril sem nenhum motivo.

— Que diferença vai fazer? — perguntou George.

— Assim todos os bons cavalheiros do país retornarão a seus condados, caso o rei tome uma atitude contra a rainha — respondeu Francis.

— Eles não a defenderiam — eu disse. — Eles a odeiam.

— Talvez defendessem a ideia da condição de rainha — disse ele. — Foram obrigados a depor contra a rainha Catarina, foram obrigados a renegar a princesa Mary e a reconhecer a princesa Elizabeth. Se o rei rejeitar Ana, acharão que foram feitos de bobos e não vão ficar nada satisfeitos. Se ele retornar à opinião do Papa, podem achar uma reviravolta rápida demais para engolirem.

— Mas a rainha está morta — eu disse, pensando na rainha Catarina, minha antiga senhora. — Mesmo que o casamento com Ana se dissolva, não poderá voltar para ela.

George emitiu um som de impaciência com a minha lerdeza, mas Sir Francis foi mais tolerante.

— A visão do Papa continua a ser a de que o casamento com Ana nunca foi válido. Portanto, agora, Henrique é viúvo e pode se casar de novo.

Instintivamente, George, Francis e eu olhamos para o rei. Estava se levantando do trono na plataforma azul, por causa do gelo. Sir John Seymour e Sir Edward Seymour estavam cada um de um lado dele, ajudando-o a se erguer. Jane estava à sua frente, os lábios ligeiramente entreabertos em um sorriso, como se nunca tivesse visto homem mais bonito do que esse gordo inválido.

Ana, que patinava no lado oposto do gelo, com Henry Norris e Thomas Wyatt, foi até ele e disse casualmente:

— Então, marido, não vai ficar?

Ele olhou para ela. A cor em seu rosto pelo vento frio, o chapéu vermelho de montaria com a pena comprida e uma madeixa roçando sua bochecha — ela estava radiante, inegavelmente bela.

— Estou com dor — replicou ele devagar. — Enquanto se divertia, eu sofria. Vou para meus aposentos descansar.

— Vou acompanhá-lo — disse ela imediatamente, deslizando na sua direção. — Se eu soubesse, teria ficado ao seu lado, mas disse-me para patinar. Meu pobre marido. Vou lhe preparar uma tisana e ler para Sua Majestade, se quiser.

Ele sacudiu a cabeça.

— Prefiro dormir — disse ele. — Prefiro o silêncio à sua leitura.

Ana enrubesceu. Henry Norris e Thomas Wyatt olharam para longe e desejaram não estar ali. Os Seymour mantiveram, diplomaticamente, a expressão inalterada.

— Eu o verei no jantar, então — disse Ana, reprimindo seu gênio. — E vou rezar para que repouse e não sinta mais dor.

Henrique assentiu com a cabeça e virou-se. Os Seymour o ajudaram a atravessar os belos tapetes que tinham sido colocados sobre o gelo para que ele não escorregasse. Jane, com um sorrisinho submisso, como se pedisse desculpas por ser a favorita, seguiu atrás.

— E aonde pensa que vai Srta. Seymour? — A voz de Ana soou como uma chicotada.

A mulher mais jovem virou-se e fez uma reverência à rainha.

— Ele ordenou que o acompanhasse e lesse para ele — respondeu simplesmente, os olhos baixos. — Não sei ler latim muito bem. Mas posso ler um pouco de francês.

— Um pouco de francês! — exclamou minha irmã, trilíngue desde seus 6 anos.

— Sim — replicou Jane com orgulho. — Embora não o entenda.

— Aposto que não compreende nada — disse Ana. — Pode ir.

Primavera de 1536

O gelo derreteu-se, mas o tempo não esquentou. Os galantos floresciam em moitas por toda a pista de boliche, mas o gramado estava tão ensopado que não podíamos jogar, e as trilhas também estavam tão cheias de água que não podíamos caminhar. A perna do rei não sarava, era um ferimento aberto e as diferentes poções e cataplasmas que aplicavam pareciam inflamá-lo ainda mais. Começou a temer nunca mais dançar, e as notícias de que o rei Francis da França estava animado e com boa saúde o deixaram ainda mais amargo. A Quaresma chegou e não houve mais dança nem banquetes. Tampouco havia chance de Ana seduzi-lo na cama e conceber outro bebê. Ninguém, nem mesmo o rei e a rainha, podia se deitar junto durante a Quaresma, portanto Ana teve de suportar a visão de Henrique sentado em uma cadeira acolchoada, a perna manca sobre um escabelo, com Jane, ao seu lado, lendo artigos religiosos, sabendo que não podia nem mesmo reivindicar seu direito de esposa de que ele dormisse com ela.

Ela foi sobrepujada e negligenciada. A cada dia se reduzia o número de damas em sua câmara. Eram designadas e pagas para serem damas da rainha, mas todas ficavam nos aposentos de Jane Seymour. As únicas que permaneceram fiéis foram aquelas não desejadas em parte nenhuma: a nossa família, Madge Shelton, tia Anne, minha filha Catarina, e eu. Havia dias em que os únicos cavalheiros em seus aposentos eram George e seu círculo de amigos: Sir Francis Weston, Sir Henry Norris, Sir William Brereton. Eu me misturava com os homens contra quem meu marido me alertara, mas Ana não tinha outros amigos. Jogávamos cartas ou mandávamos vir músicos, ou se Sir Thomas Wyatt nos visitasse, fazíamos um torneio de poesias, cada homem compondo um verso de um soneto de amor à mais bela rainha do mundo. Mas havia algo oco nisso, um espaço vazio onde a alegria deveria estar. Ana estava perdendo tudo, e não sabia como reaver isso.

>୧<

Em meados de março, reprimiu seu orgulhou e mandou que eu chamasse nosso tio.

— Não posso ir agora, tenho de tratar de alguns negócios. Diga à rainha que irei vê-la hoje à tarde.

— Achei que não se deixava uma rainha esperar — comentei.

À tarde, Ana recebeu-o sem dar mostra de contrariedade e o levou ao vão de uma janela, para que pudessem falar a sós. Eu estava perto o bastante para escutá-los, apesar de falarem baixo.

— Preciso de sua ajuda contra os Seymour — disse ela. — Temos de nos livrar de Jane.

Ele encolheu os ombros com pesar.

— Minha sobrinha, nem sempre me foi útil como eu gostaria que fosse. Não faz muito tempo, me incriminou com o próprio rei. Se já não é rainha, não creio que possa voltar a ser uma Howard.

— Sou uma garota Bolena, uma garota Howard — sussurrou, a mão no "B" dourado em seu pescoço.

— Há muitas garotas Howard — disse ele calmamente. — Minha mulher, a duquesa, cuida da casa com uma dúzia delas, em Lambeth, suas primas, todas tão bonitas quanto você, quanto Maria ou Madge. Todas dinâmicas e audaciosas. Quando ele se cansar de uma molenga, haverá uma garota Howard para aquecer a sua cama, sempre haverá outras.

— Mas eu sou a rainha! Não mais uma dama de honra.

Ele assentiu com a cabeça e disse:

— Vou lhe fazer uma oferta. Se George conseguir a Ordem da Jarreteira em abril, então ficarei ao seu lado. Vê se consegue isso para a família e veremos o que a família pode fazer por você.

Ela hesitou.

— Posso pedir-lhe isso.

— Pois peça — aconselhou meu tio. — Se puder ajudar a família, poderemos fazer um novo contrato, defendê-la contra seus inimigos. Mas dessa vez, tem de se lembrar de quem é o seu senhor.

Ela mordeu a parte interna de seu lábio para conter a rebeldia, fez uma reverência e manteve a cabeça baixa.

☙

Em 23 de abril, o rei deu a Ordem da Jarreteira a Sir Nicholas Carew, amigo dos Seymour, indicado por eles. Meu irmão George foi negligenciado. Nessa noite, no banquete oferecido para celebrar as novas distinções, meu tio e Sir John Seymour estavam sentados lado a lado, partilhando os melhores pedaços das carnes, e se relacionando esplendidamente.

☙

No dia seguinte, Jane Seymour estava, excepcionalmente, entre nós nos aposentos da rainha, que portanto estava agitado com toda a corte presente. Os músicos foram chamados, haveria dança. O rei não era esperado. Ana o tinha desafiado a um jogo de cartas e ele tinha respondido friamente que estava ocupado tratando de negócios.

— O que ele está fazendo? — perguntou ela a George, quando este lhe trouxe sua recusa.

— Não sei. Está recebendo bispos. E a maioria dos lordes, individualmente.

— Sobre mim?

Prudentemente, nenhum dos dois olhou para Jane, que era o centro das atenções nos aposentos da rainha.

— Não sei — replicou George abatido. — Acho que serei o último a saber. Mas perguntou que homens a visitam diariamente.

Ana ficou pasma.

— Todos me visitam — disse ela. — Sou a rainha.

— Foram mencionados alguns nomes — disse George. — Henry e Francis entre eles.

Ana riu.

— Henry Norris frequenta a corte por causa de Madge — olhou em volta e o viu debruçado sobre o ombro de Madge, pronto para virar a página da pauta enquanto ela cantava. — Sir Henry! Venha cá, por favor!

Depois de uma palavra com Madge, foi até a rainha e caiu de joelhos, com um cavalheirismo gozador.

— Obedeço! — disse ele.

— Está na hora de se casar, Sir Henry — disse Ana com uma gravidade fingida. — Não posso tê-lo rondando meus aposentos, comprometendo minha reputação. Tem de fazer um pedido a Madge, não quero que minhas damas se comportem de maneira desonrosa.

Ele riu, também diante da ideia de Madge se comportar bem.

— Ela é o meu escudo. Meu coração está em outro lugar.

Ana sacudiu a cabeça.

— Não quero discursos bonitos — disse ela. — Tem de fazer uma proposta de casamento a Madge e cumpri-la.

— Ela é a lua, mas Sua Majestade é o sol — replicou Henry.

Girei os olhos para George.

— Não sente, às vezes, vontade de chutá-lo? — sussurrou.

— O homem é um idiota — eu disse. — E isso não nos levará a lugar nenhum.

— Não posso oferecer à Srta. Shelton o meu coração inteiro, portanto não lhe oferecerei nada — disse Henry, livrando-se com uma cortesia formal. — Meu coração pertence à rainha de todos os corações da Inglaterra.

— Obrigada — disse Ana simplesmente. — Pode voltar a virar páginas para a lua.

Norris riu, levantou-se e beijou sua mão.

— Mas não posso evitar comentários em meus aposentos — advertiu-o Ana. — O rei tornou-se severo desde a sua queda.

Norris beijou sua mão de novo.

— Nunca terá motivos para se queixar de mim — prometeu-lhe. — Eu sacrificaria minha vida pela senhora.

Andou de modo afetado até Madge, que ergueu os olhos e encontrou os meus. Fiz uma careta e ela sorriu largo de volta. Nada conseguiria fazer essa garota se comportar como uma dama.

George inclinou-se sobre o ombro de Ana.

— Não pode pôr fim a todos os boatos. Tem de viver como se nenhum deles tivesse importância.

— Vou acabar com cada um — jurou. — E você vai descobrir com quem o rei está se reunindo, e o que estão dizendo sobre mim.

ɔ3

George não conseguiu descobrir o que estava acontecendo. Mandou-me procurar meu pai, que olhou para o outro lado e disse para eu perguntar a meu tio quais eram as novidades. Encontrei meu tio no pátio das cavalariças, examinando uma égua que ele pretendia comprar. O sol de abril estava quente. Esperei na sombra da entrada até ele ter terminado, e então me aproximei.

— Tio, o rei parece muito envolvido com o secretário Cromwell, com o tesoureiro-mor e com o senhor. A rainha se pergunta qual será o assunto que está demorando tanto a se resolver.

Dessa vez não se afastou de mim com seu sorriso amargo. Encarou-me e seus olhos escuros estavam repletos de algo que nunca vira neles: pena.

— Eu tiraria seu filho dos tutores e levaria para casa — avisou em tom baixo. — Está estudando com o filho de Henry Norris nos cistercienses, não está?

— Sim — respondi confusa com a mudança de conduta.

— Eu não manteria nenhuma relação com Norris, Brereton ou Weston, se fosse você. E se lhe mandarem cartas ou poemas de amor, ou quaisquer lembrancinhas, eu os queimaria.

— Sou uma mulher casada, e amo meu marido — repliquei confundida.

— Este é a sua salvaguarda — concordou ele. — Agora vá. O que sei não a ajudaria, e é uma carga só minha. Vá, Maria. Mas se eu fosse você, teria meus dois filhos comigo. E deixaria a corte.

ɔ3

Não fui ver George e Ana, que me aguardavam ansiosamente. Fui direto aos aposentos do rei, procurar meu marido. Ele estava na sala de audiências, o rei estava em suas salas privadas com o núcleo interno de consultores que o mantiveram ocupado durante toda essa primavera. Assim que William me viu entrar, veio até mim e me levou para o corredor.

— Más notícias?

— Nenhuma, parece uma charada.

— Que charada?

— Do meu tio. Disse-me para não ter nada a ver com Henry Norris, William Brereton, Francis Weston ou Thomas Wyatt. Quando respondi que não tinha, disse-me para tirar Henrique de seus tutores, manter meus filhos comigo e deixar a corte.

William refletiu por um instante.

— Onde está a charada?

— No que ele quis dizer.

Sacudiu a cabeça.

— Seu tio sempre será um enigma para mim — disse ele. — Não vou pensar em qual foi a sua intenção, vou seguir o seu conselho. Vou buscar Henrique imediatamente.

Com dois passos largos, ele estava de volta à sala do rei, pegou um homem pelo braço e lhe pediu que se o rei o procurasse, dissesse que estaria de volta em quatro dias. Então, saiu para o corredor, e se dirigiu à escada com tanta pressa que tive de correr para acompanhá-lo.

— Por quê? O que acha que vai acontecer? — perguntei, assustada.

— Não sei. Só sei que se o seu tio diz que nosso filho não deve ficar com o filho de Henry Norris, então o levarei para casa. E quando eu chegar com ele, iremos todos para Rochford. Não vou esperar o segundo aviso.

A grande porta para o pátio foi aberta e ele correu para fora. Segurei a barra do meu vestido e corri atrás. No pátio, gritou para um dos garotos Howard que veio aos tropeções e recebeu ordens de atrelar o cavalo de meu marido.

— Não posso tirá-lo de seus tutores sem a permissão de Ana — falei apressadamente.

— Vou buscá-lo — disse William. — Você consegue a permissão depois, se for necessário. Os eventos estão se desenrolando rápido demais para mim. Quero que o seu menino fique seguro — abraçou-me e beijou-me forte na boca. — Meu amor, odeio ter de deixá-la aqui, em meio a tudo isso.

— O que poderia acontecer?

Beijou-me com força.

— Só Deus sabe. Mas o seu tio não faz advertências levianas. Vou buscar nosso filho e depois nos afastaremos disso antes que sejamos envolvidos.

— Vou buscar sua capa de viagem.

— Usarei a de um dos cavalariços — entrou rapidamente na cavalariça e saiu com um manto comum de fustão.

— Está com tanta pressa que nem pode esperar eu buscar seu manto?

— É melhor eu ir — replicou simplesmente, e essa certeza inabalável me deixou mais temerosa que nunca em relação à segurança de meu filho.

— Está com dinheiro?

— Bastante — sorriu largo. — Acabei de ganhar uma bolsa de moedas de ouro de Sir Edward Seymour. Bem oportuna, não?

— Quanto tempo ficará fora?

Refletiu por um momento.

— Três, quatro dias, não mais. Viajarei sem parar. Pode esperar quatro dias por mim?

— Sim.

— Se a situação piorar, parta com Catarina e o bebê. Levarei Henrique a Rochford.

— Sim.

Mais um beijo e William montou. O cavalo estava descansado e ansioso para partir, mas ele o conduziu a passo ao passar pela arcada e sair para a estrada. Protegi os olhos do sol com a mão e o observei partir. Sob o sol forte sobre o pátio, estremeci como se o único homem que pudesse me salvar estivesse partindo.

☙

Jane Seymour não voltou aos aposentos da rainha e uma quietude estranha pairou nos cômodos ensolarados. As criadas continuaram vindo e fazendo seu trabalho, o fogo era aceso, as cadeiras arrumadas, as mesas postas com frutas, água e vinho, tudo era preparado, mas ninguém aparecia.

Ana, eu, minha filha Catarina, tia Anne e Madge Shelton sentávamos, inquietas, nos grandes cômodos vazios. Minha mãe nunca apareceu, havia se afastado completamente de nós, como se não existíssemos. Nunca vimos nosso pai. Meu tio olhava para nós como se não nos visse.

— Sinto-me como se fosse um fantasma — disse Ana. Caminhávamos à margem do rio, ela apoiada no braço de George. Eu seguia atrás com Sir Francis

Weston, Madge, mais atrás com William Brereton. Eu mal conseguia falar de ansiedade. Não sabia por que o meu tio tinha mencionado esses homens para mim. Não sabia que segredos guardavam. Sentia como se houvesse uma conspiração e, a qualquer momento, pisaria em uma armadilha e cairia sem saber nada.

— Estão tendo uma espécie de audiência — disse George. — Soube disso por um pajem que entrou para lhes servir vinho. O secretário Cromwell, nosso tio, o duque de Suffolk, o restante deles.

Cautelosamente, meu irmão e minha irmã não trocaram um olhar.

— Não têm nada contra mim — disse Ana.

— Não — disse George. — Mas podem forjar acusações. Pense no que foi dito contra a rainha Catarina.

Ana, de súbito, falou:

— É o bebê morto, não é? — disse ela. — Não é? E o testemunho daquela velha asquerosa, com suas mentiras malucas.

George balançou a cabeça.

— Pode ser. Não têm nada mais.

Ela deu meia-volta e partiu na direção do palácio.

— Eles vão ver só!

— Ana! — gritei. — Não se precipite!

— Tenho me esgueirado por esse palácio feito um rato, com medo de minha própria sombra, por três meses! — exclamou. — Aconselhou-me a ser doce. Fui doce! Agora vou me defender. Estão em uma audiência secreta para me julgar em segredo! Farei com que falem alto! Não serei condenada por um bando de velhos que sempre me odiou. Vão ver só!

Atravessou o gramado correndo, em direção à entrada do palácio. George e eu ficamos paralisados por um momento. Então, nos viramos para os outros.

— Continuem passeando — falei impetuosamente.

— Vamos com a rainha — disse George.

Francis pôs a mão instintivamente no braço de George para impedi-lo de ir.

— Está tudo bem — George tranquilizou-o. — Mas é melhor eu ir com ela.

George e eu atravessamos o gramado e seguimos Ana.

Ela não estava à porta da sala de audiências do rei e o soldado que a guardava disse que ela não tinha entrado. Esperamos sem saber aonde teria ido. Então, ouvimos seus passos subindo rápido a escadaria. Trazia a princesa

Elizabeth nos braços, murmurando e rindo por ter sido tirada de seu quarto, observando o bruxuleio da luz enquanto sua mãe corria com ela no colo.

Enquanto corria, desabotoava o vestidinho da criança. Fez sinal para o guarda, que abriu a porta. Ela estava na sala de audiências antes de eles se darem conta.

— Do que sou acusada? — perguntou ao rei, da soleira da porta.

Ele levantou-se desajeitadamente da cabeceira da mesa. O olhar inflamado, furioso de Ana abarcou os nobres sentados à sua volta.

— Quem ousa dizer uma palavra contra mim na minha frente?

— Ana — começou o rei.

Ela virou-se para ele.

— Estão enchendo-o de mentiras e veneno contra mim — disse ela. — Tenho direito a um tratamento melhor. Tenho sido uma boa esposa, o amei mais do que qualquer outra mulher o amou.

Ele recostou-se em sua cadeira esculpida.

— Ana...

— Ainda não completei a gestação de um filho varão, mas a culpa não foi minha — disse ela com veemência. — Catarina tampouco. Chamou-a de bruxa por causa disso?

Houve murmúrios ao ouvirem a menção de seu nome, a palavra mais potente, de uma maneira causal. Vi um punho se cerrar com o polegar entre o indicador e o dedo médio, fazendo o sinal da cruz, para se proteger da bruxaria.

— Mas lhe dei uma princesa — gritou Ana. — A mais bela princesa que já existiu. Com seu cabelo e seus olhos, incontestavelmente sua filha. Quando ela nasceu, você disse que era só o começo, que teríamos filhos homens. Na época, você não tinha medo nem da sua sombra.

Ela tinha praticamente desnudado a criança e agora a estendia para que ele a visse. Henrique retraiu-se quando a menina gritou "papai!" e estendeu os braços para ele.

— Sua pele é perfeita, não tem uma mancha no corpo, nenhuma marca! Ninguém pode dizer que não é uma criança abençoada por Deus. Ninguém pode dizer que ela não será a maior princesa que este país já teve! Eu gerei para você esta bela e abençoada criança! E vou gerar muitas outras! Consegue olhar para ela e não perceber que terá um irmão tão forte e tão belo quanto ela?

A princesa Elizabeth olhou em volta, para aquelas caras austeras. Seu lábio inferior tremeu. Ana segurava-a no colo, a face atraente e desafiadora ao mesmo tempo. Henrique olhou para as duas, depois desviou os olhos de sua mulher e ignorou sua filha.

Achei que Ana explodiria de raiva por ele não ter tido coragem de encará-las, mas quando ele virou o rosto, a paixão, de súbito, abandonou-a, como se soubesse que ele já tinha tomado a decisão, e que ela sofreria por sua estupidez voluntariosa, obstinada.

— Oh, meu Deus, Henrique, o que fez? — sussurrou ela.

Ele proferiu apenas uma palavra. Disse:

— Norfolk! — e meu tio levantou-se de seu lugar à mesa, procurou por George e por mim, que pairávamos na entrada, sem saber o que fazer.

— Levem a sua irmã embora — disse ele. — Não deviam ter deixado que viesse aqui.

Em silêncio, entramos na sala. Tirei Elizabeth dos braços de Ana e ela me recebeu com um grito de prazer e se acomodou sobre meu quadril, e pôs o braço em volta do meu pescoço. George pôs o braço ao redor da cintura de Ana e a conduziu para fora.

Olhei para trás ao sairmos. Henrique não tinha se mexido. Continuou sem olhar para nós, Bolena, e para a nossa pequena princesa até a porta se fechar. Ficamos do lado de fora ainda sem saber o que estavam discutindo, o que tinham decidido, o que aconteceria depois.

଼ଌ

Voltamos aos aposentos de Ana, a ama buscou Elizabeth. Entreguei-a com tristeza, ciente de meu desejo de carregar o meu próprio bebê. Pensei em William indo para tão longe buscar meu filho. A sensação de presságio pendia sobre o palácio como uma tempestade.

Ao abrirmos a porta para a sua câmara privada, uma pequena figura pulou à frente e Ana deu um grito e recuou. George puxou o punhal, e quase golpeou-o.

— Smeaton! — disse ele. — O que diabos está fazendo aqui?

— Vim ver a rainha — disse o garoto.

— Pelo amor de Deus, quase o matei. Não devia entrar sem autorização. Saia, garoto. Saia!

— Tenho de perguntar... tenho de dizer...

— Fora — repetiu George.

— Vai depor a meu favor, Majestade? — gritou Smeaton por cima do ombro, enquanto George o empurrava para fora. — Eles me chamaram e fizeram tantas perguntas...

— Espere um pouco — eu disse com urgência. — Perguntas sobre o quê?

Ana deixou-se cair sentada no vão da janela e olhou a distância.

— O que isso importa? — disse ela. — Perguntarão tudo a todo mundo.

— Perguntaram se eu era íntimo de Sua Majestade — disse o garoto, corando como uma menina. — Ou do senhor — disse a George. — Perguntaram se eu tinha sido um ganimedes para o senhor. Não entendi e, então, me explicaram.

— E o que respondeu? — perguntou George.

— Que não. Não quis contar para eles...

— Ótimo — disse George. — Insista nisso e não se aproxime da rainha, de mim ou de minha irmã de novo.

— Mas estou com medo — disse o garoto. Estava tremendo, havia lágrimas em seus olhos. Tinha sido interrogado por horas sobre vícios de que nunca ouvira falar. Eram velhos soldados e príncipes da Igreja endurecidos, sabiam mais sobre pecado do que ele algum dia saberia. Tinha corrido para pedir a nossa ajuda e não tinha recebido nada.

George levou-o à porta.

— Meta isso na sua bela cabecinha — disse ele sem rodeios. — Você é inocente, e lhes disse isso, e pode se safar. Mas se o veem aqui, acharão que é subornado por nós. Por isso vá embora e se mantenha longe daqui. Este é o pior lugar do mundo para procurar ajuda.

Empurrou-o para a porta, mas o garoto se agarrou ao caixilho, mesmo quando o soldado esperou por uma palavra de George para jogá-lo escada abaixo.

— E não mencione Sir Francis — disse George a meia-voz. — Nem nada que chegou a ver ou ouvir. Entendeu? Não diga nada.

O garoto continuou agarrado à porta.

— Eu não disse nada! — exclamou ele. — Fui leal. Mas e se me perguntarem de novo? Quem vai me proteger? Quem vai ser meu amigo?

George fez sinal com a cabeça para o soldado, que golpeou o braço do menino. Ele largou a porta com um grito de dor e George, antes de batê-la na sua cara, disse:

— Ninguém. Assim como ninguém vai nos proteger.

൏

O dia seguinte foi 1º de maio, o começo da primavera. Ana deveria ter sido despertada com suas damas cantando sob sua janela e as donzelas desfilando com varinhas de salgueiro. Mas ninguém tinha organizado isso e assim, pela primeira vez, não aconteceu. Ela acordou desgrenhada e pálida na hora de sempre, e passou uma hora de joelhos no genuflexório, antes de ir à missa, conduzindo suas damas.

Jane seguiu atrás de branco e verde. Os Seymour tinham começado maio com flores e cantando, Jane tinha dormido com flores sob o travesseiro e sonhado, sem a menor dúvida, com seu futuro marido. Olhei para a sua face meiga e doce e me perguntei se ela sabia como as apostas eram altas no jogo que estava jogando. Sorriu para a minha expressão dura e me desejou uma alegre manhã de maio. Passamos em fila pela capela do rei e ele desviou o olhar quando Ana passou. Ela ajoelhou-se para as preces, e as acompanhou, dizendo palavra por palavra, tão devota quanto a própria Jane. Quando o serviço acabou e deixávamos a igreja, o rei surgiu de sua galeria e lhe perguntou:

— Vai comparecer ao torneio?

— Sim — disse Ana, surpresa. — É claro.

— Seu irmão foi escalado para combater Henry Norris — disse ele, observando-a atentamente.

Ana encolheu os ombros.

— E? — perguntou ela.

— Você terá dificuldades em escolher o campeão dessa justa — cada palavra sua estava carregada de significado, como se Ana soubesse do que ele estava falando.

Ela olhou para mim, como pedindo ajuda. Ergui a sobrancelha. Eu tampouco estava entendendo.

— Vou favorecer meu irmão, como qualquer boa irmã faria — disse ela, prudentemente. — Mas Henry Norris é um cavalheiro muito amável.

— Talvez não consiga escolher entre os dois — insinuou o rei.

Teve um quê digno de pena em seu sorriso intrigado.

— Não, sire. Qual gostaria que eu escolhesse?

O rosto dele ensombreceu-se imediatamente.

— Esteja certa que observarei quem você vai escolher — disse ele com um desprezo repentino, e afastou-se, mancando acentuadamente, a perna machucada aumentada pela atadura. Ana observou-o ir sem dizer nada.

CB

A tarde foi quente, nuvens baixas comprimiam o palácio, e o local do torneio estava uma brasa. Uma vez ou outra, eu me pegava olhando na direção da estrada para Londres, para ver se William estava retornando, embora soubesse que deveria esperá-lo para somente dali a dois dias.

Ana estava usando prata e branco, carregando uma varinha, como se fosse uma garota despreocupada festejando a primavera. Os cavalheiros se preparavam para o torneio, passando a cavalo diante da galeria real, os capacetes sob os braços, sorrindo para o rei, com a rainha do lado, e para as damas atrás dela.

— Vai apostar? — perguntou o rei a Ana.

Notei seu sorriso diante do tom de voz normal dele.

— Oh, sim! — disse ela.

— De quem gosta mais para a primeira justa?

Foi a mesma pergunta que ele lhe fizera na capela.

— Vou torcer pelo meu irmão — disse ela sorrindo. — Nós, Bolena, somos unidos.

— Emprestei meu cavalo a Norris — avisou-lhe o rei. — Acho que vai descobrir que ele é o melhor.

Ela riu.

— Então devo lhe dar uma prenda e pôr o dinheiro em meu irmão. Gostaria que fosse assim, Majestade?

Ele balançou a cabeça sem dizer nada.

Ana pegou um lenço em seu vestido, debruçou-se na galeria real e acenou para Sir Henry Norris. Ele cavalgou até ela e baixou a lança saudando-a. Ela estendeu a mão com o lenço e ele, elegantemente, ainda segurando o cavalo com uma mão, apontou a lança para ela e tirou o lenço de sua mão com um movimento suave. Foi muito bem-feito, e as damas na galeria o aplaudiram. Norris sorriu, virou a lança, pegou o lenço e o guardou em seu peitoral.

Todos o estavam observando, mas eu observava o rei. Percebi nele uma expressão que nunca tinha visto, mas que senti, de alguma maneira, que estava lá, como uma sombra. O olhar que lançou a Ana quando ela deu seu lenço a Norris foi o de um homem que, depois de beber numa taça, a quebraria. Um homem que se cansou de um cachorro e que vai afogá-lo. Não queria mais saber da minha irmã. Percebi isso em sua expressão. Só não sabia como ele se livraria dela.

Houve um ruído de trovão, tão agourento quanto o rugido de um urso acuado, e o rei gritou que o torneio tivesse início. Meu irmão venceu a primeira justa, e Norris a segunda, e meu irmão, a terceira. Alinhou de novo seu cavalo e deu lugar para o competidor seguinte. Ana levantou-se para aplaudi-lo.

O rei ficou sentado, imóvel, observando-a. No calor da tarde, sua perna começou a exalar mau cheiro, mas ele não percebeu. Ofereceram-lhe bebida e alguns morangos. Ele bebeu e comeu, aceitou um pouco de vinho. O torneio prosseguiu. Ana virou-se e sorriu para ele, conversou com ele. O rei continuou sentado, como se fosse o seu juiz, como se fosse o dia do juízo.

No fim da justa, Ana se levantou para distribuir os prêmios. Eu nem mesmo vi quem venceu. Observava o rei, enquanto ela entregava os prêmios e estendia sua mão pequena para ser beijada. O rei levantou-se e foi para os fundos da galeria. Vi-o apontar para Henry Norris e chamá-lo com um gesto, ao sair. Norris tirou sua armadura, e ainda em seu cavalo suado, dirigiu-se à parte de trás da galeria, ao encontro do rei.

— Aonde o rei está indo? — perguntou Ana, olhando em volta.

Relanceei os olhos na direção de Londres, ansiando por ver o cavalo de William. Mas lá, na estrada, estava o estandarte do rei, estava o inconfundível corpanzil do rei em seu cavalo. Norris estava ao seu lado, e os acompanhava uma pequena escolta. Cavalgavam rapidamente para o oeste, rumo a Londres.

— Aonde vai com tanta pressa? — perguntou Ana, inquieta. — Ele avisou que partiria?

Jane Parker se adiantou.

— Não soube? — perguntou com vivacidade. — O secretário Cromwell manteve aquele garoto, o Mark Smeaton, em sua casa a noite toda e, agora, o enviou para a Torre. Mandou comunicarem isso ao rei. Talvez o rei esteja indo à Torre para saber o que o garoto confessou. Mas por que levou Henry Norris?

༄

George e eu ficamos nos aposentos de Ana como prisioneiros fugitivos. Sentamo-nos em silêncio. Tínhamos a sensação de estarmos sitiados.

— Vou partir assim que clarear — eu disse a Ana. — Lamento, Ana, tenho de tirar Catarina daqui.

— Onde está William? — perguntou George.

— Foi buscar Henrique.

A cabeça de Ana se ergueu ao ouvir isso.

— Henrique é meu pupilo — lembrou-me ela. — Não pode pegá-lo sem o meu consentimento.

Pela primeira vez, não me rebelei contra ela.

— Pelo amor de Deus, Ana, trata-se da segurança dele. Não é hora de nós duas disputarmos nada. Vou mantê-lo a salvo e, se puder proteger Elizabeth, também ficarei com ela.

Ela fez uma pausa, como se mesmo nesse momento fosse competir comigo, mas acabou consentindo.

— Vamos jogar cartas? — perguntou ela, de maneira leviana. — Não consigo dormir. Vamos jogar a noite toda?

— Está bem. Só vou ver se Catarina está dormindo.

Saí para procurar minha filha. Tinha jantado com as outras damas e me contou que o salão era só comentários. O trono do rei estava vazio. Cromwell também não estava. Ninguém sabia por que Smeaton tinha sido preso. Ninguém sabia por que o rei tinha levado Norris. Se tivesse sido uma honra especial, onde estavam? Onde jantariam nessa noite especial?

— Não importa — eu disse de modo repressor. — Quero que arrume algumas coisas suas, uma camisa e algumas meias limpas em uma bolsa, e esteja pronta para partir amanhã.

— Corremos perigo? — Não estava surpresa, era agora uma criança da corte, nunca mais voltaria a ser a garota inocente do campo.

— Não sei — respondi direto. — E quero que esteja bem forte para cavalgar o dia inteiro, por isso agora durma. Promete?

Ela confirmou com a cabeça. Deitei-a em minha cama, e ela descansou a cabeça no travesseiro que William geralmente usava. Rezei a Deus para que William e Henrique chegassem no dia seguinte e que todos nós partíssemos juntos para onde a macieira se inclinava sobre a estrada, e a pequena fazenda se aninhava sob o sol. Dei-lhe um beijo de boa-noite e mandei um pajem correr para avisar à ama que estivesse pronta para partir ao amanhecer.

Voltei aos aposentos da rainha. Ana estava enroscada perto do fogo, George ao seu lado, no tapete em frente à lareira, como se estivessem gelados, apesar de as janelas estarem abertas e a noite quente sem brisa não balançar nem os reposteiros.

— Os Bolena — eu disse, entrando sem fazer barulho.

George virou-se, estendeu um braço para mim, e me puxou para o seu lado, de modo que pudesse segurar nós duas.

— Aposto que sairemos dessa — disse ele com determinação. — Aposto que vamos subir, confundir todos eles, e que, nesta época, no ano que vem, Ana terá um menino no berço e eu serei Cavaleiro da Jarreteira.

∞

Passamos a noite abraçados como vagabundos com medo do bedel, e quando a janela começou a se iluminar, desci silenciosamente a escada, até o pátio das cavalariças e joguei uma pedra na janela da peça em que os cavalariços dormiam. O primeiro garoto que apareceu recebeu a incumbência de atrelar minha égua. Mas quando trouxe a égua de Catarina, parou e sacudiu a cabeça.

— Está sem ferradura — disse ele.

— O quê?

— Tenho de levá-la ao ferreiro.

— Pode ser agora?

— Ainda não abriu.

— Mande-o abrir!

— Senhora, a forja vai estar fria. Ele tem de acordar, acender o fogo, esquentar a forja e, então, ferrá-la.

Praguejei, frustrada, e fiz menção de me afastar.

— Pode levar outro cavalo — sugeriu, bocejando.

Sacudi a cabeça. A viagem era longa e Catarina não era uma amazona tão boa para conduzir um cavalo estranho.

— Não — eu disse. — Teremos de esperar que a égua seja ferrada. Leve-a ao ferreiro, acorde-o e consiga que a ferre. Depois, venha me avisar, onde quer que eu esteja, em particular, que ela está pronta. E não conte para o resto do castelo — relanceei os olhos ansiosamente para as janelas obscurecidas do palácio. — Não quero que todos os bobos do mundo saibam que estou partindo.

Passou a mão no topete. Peguei uma moeda no bolso do meu vestido e pus em sua mão encardida.

— Tem outra para você, se fizer isso direito.

Voltei para o palácio. O sentinela sonolento à porta ergueu a sobrancelha para mim, se perguntando o que eu fazia de lá para cá ao amanhecer. Sabia que ia contar a alguém: ao secretário Cromwell, talvez ao meu tio, ou quem sabe a Sir John Seymour, que se tornava tão importante que deveria ter espiões também.

Hesitei na escadaria. Queria ir ver Catarina dormindo em minha cama grande. Mas havia luz de vela sob a porta dos aposentos da rainha e senti que fazia parte da longa noite de vigília dos dois. O sentinela se afastou, abri a porta e entrei.

Continuavam acordados, rostos colados, diante do fogo, murmurando tão suavemente, que pareciam um par de pombos arrulhando no pombal. Viraram a cabeça juntos, quando entrei.

— Não foi? — perguntou Ana.

— O cavalo de Catarina tem de ser ferrado.

— Quando vai partir? — perguntou George.

— Assim que for ferrado. Paguei um garoto para levá-lo ao ferreiro e me avisar assim que estiver tudo feito.

Atravessei a sala e me sentei perto deles. Nós três nos viramos para o fogo e observamos as chamas.

— Queria que ficássemos aqui, assim, para sempre — disse Ana, com a expressão sonhadora.

— Mesmo? — eu disse surpresa. — Eu estava pensando que esta foi a pior noite da minha vida. Queria que nunca tivesse acontecido, que pudesse acordar e ver que tinha sido um sonho.

O sorriso de George foi triste.

— Isso é porque você não teme o amanhã — disse ele. — Se o temesse tanto quanto nós, desejaria que a noite continuasse para sempre.

☙

Apesar de seu desejo, o dia foi clareando e ouvimos os criados se agitarem no salão, uma criada subindo a escada, retinindo seu balde com gravetos para acender o fogo no quarto da rainha, seguida de outra com escovas e panos para limpar as mesas para o início de mais um dia.

Ana levantou-se, o rosto apático, as bochechas manchadas de cinza, como se tivesse estado se condoendo na igreja na Quarta-Feira de Cinzas.

— Tome um banho — disse George, estimulando-a. — É muito cedo. Mande trazerem água quente e lave a cabeça. Vai se sentir muito melhor depois.

Ela sorriu à banalidade da sugestão e concordou.

George inclinou-se à frente e a beijou.

— Eu a verei nas matinas — disse ele, e saiu.

Foi a última vez que vimos meu irmão como homem livre.

☙

George não compareceu às matinas. Ana e eu, rosadas por causa do banho e nos sentindo mais confiantes, o procuramos, mas não o vimos. Sir Francis não sabia onde ele estava. Nem Sir William Brereton. Henry Norris não tinha voltado de Londres. Não havia notícias de qual era a acusação contra Mark Smeaton. O peso do medo nos abateu de novo, como as nuvens baixas sobre os telhados do palácio.

Mandei uma mensagem à ama de leite dizendo que deveríamos partir em uma hora.

Havia um jogo de tênis e Ana tinha prometido premiar o vencedor com uma moeda de ouro em uma corrente de ouro. Foi para as quadras e se sentou sob o toldo, sua cabeça se movendo com a disciplina de uma dançarina, para a esquerda e para a direita, a cabeça acompanhando a bola, mas sem vê-la. Eu estava em pé atrás dela, esperando o garoto vir avisar que eu podia partir. Catarina estava ao meu lado, esperando que eu a mandasse se vestir para a viagem, quando o portão do recinto real se abriu atrás de mim e dois soldados da guarda se aproximaram, com um oficial. No momento em que os vi, senti que algo profundo e terrível acontecia. Abri a boca para falar, mas as palavras não saíram. Muda, toquei no ombro de Ana. Ela virou-se, olhou para mim, depois para os rostos inflexíveis dos homens.

Não fizeram uma reverência, como deviam. Foi isso que confirmou o nosso medo. Isso e o grito de uma gaivota que, de súbito, sobrevoou baixo a quadra e gritou como uma garota ferida.

— O Conselho Privado ordena a sua presença, Majestade — disse o capitão.

— Oh — disse Ana e se levantou. Olhou para Catarina e para mim. Olhou em volta para as suas damas, e todas olhavam para qualquer lugar menos para ela. Estavam completamente fascinadas pelo tênis. Tinham aprendido o truque de Ana, a cabeça para a esquerda e para a direita, enquanto os olhos não viam nada, os ouvidos aguçados, e o coração batendo forte com receio de ela ordenar que a acompanhassem.

— Devo ter companhia — disse ela. Nenhuma das megeras se virou para olhar. — Uma dama deve vir comigo — seus olhos fixaram-se em Catarina.

— Não — falei de súbito, percebendo o que ela ia fazer. — Não, Ana. Não. Imploro que não.

— Posso levar uma companhia? — perguntou ao capitão.

— Sim, Majestade.

— Levarei minha dama de honra, Catarina — disse ela simplesmente e, então, dirigiu-se calmamente ao portão que o soldado manteve aberto para ela. Catarina lançou-me um olhar perplexo e seguiu atrás de sua rainha.

— Catarina! — eu disse com rispidez.

Ela olhou para mim, não sabia, coitadinha, o que devia fazer.

— Venha — disse Ana, com a voz calma, e Catarina lançou-me um ligeiro sorriso.

— Anime-se — disse ela, de repente, de maneira estranha, como se estivesse representando um papel em uma peça. Então, se virou e seguiu a rainha com a compostura de uma princesa.

Fiquei atônita demais para fazer qualquer outra coisa a não ser observá-las irem. Assim que ficaram fora de vista, segurei minhas saias e corri ao palácio para procurar George, meu pai, qualquer um que pudesse ajudar Ana e que tirasse Catarina dela, sã e salva de volta para mim, e a caminho de Rochford.

Corri e um homem me pegou quando eu me dirigia à escadaria. Empurrei-o e, então, percebi que era o único homem no mundo inteiro que eu queria.

— William!

— Meu amor, então já sabe?

— Oh, meu Deus, William. Levaram Catarina! Levaram a minha menina!

— Prenderam Catarina? Qual a acusação?

— Não! Ela está com Ana. Como dama de companhia. E Ana recebeu ordens de se apresentar ao Conselho Privado.

— Em Londres?

— Não, aqui.

Soltou-me imediatamente, praguejou, deu alguns passos, voltou para mim e pegou minhas mãos.

— Teremos de esperar, então, até ela aparecer. — Examinou meu rosto. — Não fique assim, Catarina é uma mocinha. Estão interrogando a rainha e não ela. Provavelmente nem falarão com ela, e se falarem, não terá nada a esconder.

Respirei fundo e concordei.

— Não. Ela não tem nada a esconder. Não viu nada que não seja conhecido. E só lhe farão perguntas. Ela é da pequena nobreza. Não farão nada mais grave. Onde está Henrique?

— Em segurança. Deixei-o em nosso quarto com a ama e o bebê. Achei que estava correndo por causa do seu irmão.

— O que houve com ele? — perguntei, meu coração voltando a se acelerar. — O que houve com George?

— Foi preso.

— Com Ana? — perguntei. — Para responder ao Conselho Privado?

A face de William estava sombria.

— Não — replicou. — Levaram-no para a Torre. Henry Norris já está lá, o rei em pessoa conduziu-o à Torre ontem. E Mark Smeaton. Lembra-se do cantor? Também está lá.

Meus lábios estavam entorpecidos.

— Qual é a acusação? Por que interrogam a rainha aqui?

Ele sacudiu a cabeça.

— Ninguém sabe.

☙

Esperamos até o meio-dia por mais notícias. Fiquei rondando o *hall* diante da câmara em que o Conselho Privado estava interrogando a rainha, mas não me deixaram entrar na antecâmara por medo de que eu escutasse à porta.

— Não quero escutar, só quero ver a minha filha — expliquei ao sentinela. Ele balançou a cabeça e não disse nada, mas fez um gesto para que me afastasse da soleira.

Um pouco depois do meio-dia, a porta se abriu e um pajem apareceu e sussurrou algo para o sentinela.

— Tem de ir embora — me disse o sentinela. — Recebi ordens de deixar o caminho livre.

— Para o quê? — perguntei.

— Tem de ir — insistiu com obstinação. Deu um grito para o salão lá embaixo e um grito de resposta ressoou para cima. Empurrou-me delicadamente para o lado, afastando-me da porta do Conselho Privado, da escadaria, do vestíbulo, da porta do jardim, e finalmente, do próprio jardim. Todos os outros cortesãos com que se deparavam pelo caminho também foram afastados. Todos obedecemos, foi como se, até então, não tivéssemos reconhecido como o rei era poderoso.

Percebi que tinham desobstruído o caminho do Conselho Privado até os degraus que desciam ao rio. Corri para a plataforma de desembarque das pessoas comuns. Nessa plataforma, não havia nenhum guarda, ninguém que me impedisse de ir até o seu extremo. Forcei a vista para enxergar o píer do Palácio de Greenwich.

Vi-as nitidamente: Ana em seu vestido azul, que usara para assistir ao tênis, Catarina, um passo atrás dela, em seu vestido amarelo. Ainda bem que levava seu manto, para o caso de esfriar no rio, e percebi como era tola a minha preocupação com a possibilidade de ela se resfriar, já que nem sabia aonde a estavam levando. Observei-as atentamente, como se ao vê-la pudesse protegê-la. Subiram a bordo da barcaça do rei, não a embarcação da rainha, e o rufar de tambores para os remadores me pareceu tão agourento e tão lúgubre quanto o rufar dos tambores quando o carrasco ergue o machado.

— Aonde estão indo? — gritei o mais alto que consegui, incapaz de continuar reprimindo meu medo.

Ana não me ouviu, mas vi a forma branca do rosto de Catarina, ao se virar e me procurar com os olhos no jardim do palácio.

— Aqui! Estou aqui! — gritei ainda mais alto e acenei para ela. Olhou na minha direção, ergueu a mão em um gesto quase imperceptível, e acompanhou Ana a bordo da barcaça do rei.

Os soldados deram impulso com os remos assim que elas embarcaram. O balanço brusco da embarcação fez com que se sentassem e, por um momento, a perdi de vista. Então, a vi de novo. Estava sentada em uma pequena cadeira do lado de Ana e olhava na minha direção. Os remadores levaram o barco ao meio do rio, remando com facilidade na preamar.

Não gritei de novo, o rufar do tambor dos remadores abafaria minha voz e eu não queria assustar Catarina, vendo sua mãe chorar por ela. Fiquei muito quieta e acenei para ela, para que visse que eu sabia aonde estava indo, e que iria ao seu encontro assim que pudesse.

Senti, mas não me virei para olhar, quando William chegou e acenou para a nossa filha.

— Aonde acha que a estão levando? — perguntou, como se não soubesse a resposta tanto quanto eu.

— Você sabe aonde — repliquei. — Por que me pergunta? Ao pior lugar que poderíamos imaginar. À Torre.

ೞ

William e eu não nos retardamos. Fomos direto ao nosso quarto, jogamos algumas roupas em uma bolsa e corremos para os estábulos. Henrique estava esperando com os cavalos, e recebeu um abraço rápido e um sorriso meu, antes de William pôr-me sobre a sela e montar seu próprio cavalo. Levamos a égua de Catarina, recentemente ferrada, conosco. Henrique puxou-a ao lado de seu cavalo enquanto William puxava o cavalo robusto da ama de leite. Ela estava nos esperando e a pusemos na sela, amarrando o bebê com firmeza em seu peito. Partimos do palácio e pegamos a estrada para Londres em silêncio, sem dizer a ninguém aonde estávamos indo nem por quanto tempo ficaríamos fora.

William alugou quartos para nós atrás de Minories, longe da margem do rio. Dava para ver a Torre Beauchamp, onde Ana e minha filha estavam presas. Meu irmão e os outros homens estavam em outro lugar perto dali. Era a torre em que Ana passara a noite de véspera da sua coroação. Eu me perguntei se ela se lembraria do vestido suntuoso que usara e do silêncio na cidade que a avisara de que nunca seria uma rainha amada.

William ordenou à dona da casa que nos preparasse o jantar e saiu para saber as últimas notícias. Voltou a tempo de comer, e quando a mulher acabou de nos servir e saiu da sala, contou-me o que sabia. Nas hospedarias ao redor da Torre se comentava que a rainha tinha sido aprisionada sob a acusação de adultério e bruxaria, e de sei lá mais o quê.

Balancei a cabeça. O destino de Ana estava selado. Henrique estava usando o poder do boato, a voz da plebe, para preparar o terreno para a anulação do casamento e a aceitação de uma nova rainha. Nas tabernas, já comentavam que o rei estava apaixonado de novo e, dessa vez, por uma bela garota inocente, uma inglesa de Wiltshire, que Deus a abençoasse, e tão devota e doce quanto Ana tinha sido excessivamente instruída e influenciada pelas maneiras francesas. Não se sabe de onde chegou a certeza de que Jane Seymour era amiga da princesa Mary. Havia servido à rainha Catarina. Rezava à maneira antiga, não lia livros polêmicos nem argumentava com homens mais bem informados. A sua família não era de lordes cobiçosos mas de homens honrados. E era uma família fértil. Não havia dúvidas de que Jane Seymour teria mais de um filho varão, enquanto Catarina e Ana não tinham conseguido.

— E meu irmão?

William sacudiu a cabeça.

— Nenhuma notícia.

Fechei os olhos. Não consegui imaginar um mundo em que George não pudesse ir e vir a seu bel-prazer. Quem poderia acusar George? Do que poderiam culpá-lo, ele tão doce e tão fraco?

— E quem está atendendo Ana? — perguntei.

— Sua tia, mãe de Madge Shelton, e duas outras damas.

Fechei a cara.

— Ninguém de quem ela goste ou em que confie. Pelo menos, agora, pode liberar Catarina. Não está sozinha.

— Acho que você poderia lhe escrever. Ela pode receber cartas se forem deixadas abertas. Eu a levarei a William Kingston, o condestável da Torre e pedirei que a entregue a ela.

Desci a escada estreita até o alojamento da zeladora e pedi um pedaço de papel e uma pena. Permitiu que eu usasse a sua escrivaninha e acendeu uma vela para mim, quando me sentei à janela para aproveitar o resto de luz do dia.

> *Querida Ana,*
> *sei que está sendo atendida por outras damas, portanto, por favor, pode liberar Catarina, já que preciso dela comigo.*
> *Peço que a deixe sair agora.*
> *Maria*

Deixei pingar um pouco da cera da vela e pressionei meu anel para imprimir o "B" de Bolena. Deixei a carta aberta e a entreguei a William.

— Ótimo — disse ele, lendo-a rapidamente. — Vou levá-la imediatamente. Ninguém pode achar que você quer dizer outra coisa além do que está escrito. Esperarei a resposta. Talvez já a traga comigo e poderemos partir para Rochford amanhã.

Concordei com a cabeça e disse:

— Vou ficar esperando.

Henrique e eu jogamos cartas diante da pequena lareira, sobre uma mesa instável, sentados em dois bancos de madeira. Apostávamos uma ninharia e eu estava ganhando todas as suas moedas. Então deixei que ganhasse um pouco, avaliei mal e fali rapidamente. E William nada de chegar.

Chegou à meia-noite.

— Lamento ter demorado tanto — disse ele, percebendo minha palidez. — Não a trouxe.

Dei um gemido e ele me puxou para perto.

— Estive com ela — disse ele. — Por isso me demorei tanto. Achei que gostaria que a visse e soubesse como está.

— Está aflita?

— Muito calma — replicou com um sorriso. — Pode ir vê-la amanhã, na mesma hora, e todos os dias até a rainha ser libertada.

— Mas ela não pode sair?

— A rainha quer mantê-la e o condestável tem ordens de lhe conceder tudo o que, razoavelmente, ela desejar.

— Certamente...

— Tentei de tudo — disse William. — Mas é direito da rainha ter atendentes, e Catarina é a única que ela realmente requisitou. As outras foram praticamente impostas. Uma delas é a mulher do condestável, que está lá para espionar tudo o que ela disser.

— E como está Catarina?

— Vai ficar orgulhosa dela. Mandou-lhe um beijo e disse que gostaria de ficar e servir à rainha. Disse que Ana está doente, abatida e que chora. Ela gostaria de ficar enquanto puder ajudar.

Dei um suspiro, metade de amor e orgulho, metade de impaciência.

— Ela é uma menina. Não deveria nem estar lá!

— Ela é uma moça — disse William. — Está cumprindo o seu dever como uma jovem deve fazer. E não corre nenhum perigo. Ninguém vai lhe fazer perguntas. Todos sabem que ela está na Torre como dama de companhia. Ninguém vai lhe fazer mal por causa disso.

— E Ana será acusada do quê?

William relanceou os olhos para Henrique e decidiu que ele já tinha idade para saber.

— Parece que será acusada de adultério. Sabe o que é adultério, Henrique?

O garoto corou um pouco.

— Sim, senhor. Está na Bíblia.

— Acho que é uma acusação falsa à sua tia — disse William sem alterar a voz. — Mas é a acusação que o Conselho Privado escolheu.

Por fim, eu começava a entender.

— E os outros que foram presos serão julgados com ela?

William assentiu com a cabeça, os lábios apertados.

— Sim. Henry Norris e Mark Smeaton serão acusados com ela, por serem seus amantes.

— Isso é um absurdo — eu disse.

William concordou com um movimento da cabeça.

— E meu irmão foi interrogado?

— Sim — replicou.

Algo em sua voz me alertou.

— Vão colocá-lo na roda? — perguntei. — Vão machucá-lo?

— Oh, não — garantiu-me William. — Não se esquecerão de sua classe social. Vão mantê-lo na Torre enquanto a interrogam e os outros.

— Mas do que o estão acusando?

William hesitou, relanceou os olhos para o meu filho.

— Do mesmo que os outros homens.

Por um instante, fiquei sem entender. Então, proferi a palavra.

— Adultério?

Ele confirmou com a cabeça.

Fiquei em silêncio. Meu primeiro pensamento foi gritar e negar, mas então me lembrei da necessidade absoluta de Ana de ter um filho, e da sua certeza de que o rei não poderia lhe dar um bebê sadio. Lembrei-me dela se recostando no peito de George e lhe dizendo que a Igreja não podia determinar o que era e o que não era pecado. E dele respondendo que poderia ser excomungado dez vezes antes do café da manhã — e de que ela tinha rido. Eu não sabia o que Ana tinha feito em seu desespero. Não sabia o que George teria ousado em sua intrepidez. Desviei meus pensamentos dos dois, como tinha feito antes.

— O que vamos fazer? — perguntei.

William pôs o braço em volta do meu filho e sorriu para ele, confiante.

— Vamos esperar — replicou. — Assim que puserem tudo em ordem, Catarina será liberada e iremos para casa, para Rochford. E manteremos a cabeça baixa por algum tempo. Pois seja Ana abandonada, posta em um convento ou exilada, acho que os Bolena já tiveram seu momento. Está na hora de voltar a fazer queijo para você, meu amor.

☙

No dia seguinte, não havia nada a fazer a não ser esperar. Dei folga à ama e encorajei William e Henrique a darem uma volta e a comerem em uma cervejaria, enquanto eu ficava em casa com o bebê. À tarde, levei-a para um pequeno passeio à margem do rio e senti o vento soprar da água contra nossos rostos. Ao chegarmos em casa, tirei suas mantas e lhe dei um banho frio, arrepiando seu corpinho rosado, secando-o com lençol, e depois deixando-a dar chutes no ar, liberta, durante algum tempo, de seu cueiro. Tornei a envolvê-la em um cueiro limpo a tempo de chegarem para o jantar. Depois, deixei-a com a ama e eu, William e Henrique descemos ao grande portão da Torre e perguntamos se Catarina poderia nos ver.

Pareceu muito pequena ao caminhar ao longo do muro interno, da Torre Beauchamp até o portão. Mas andava como uma garota Bolena, como se fosse dona do lugar, a cabeça erguida, olhando em volta, um sorriso amável a um dos guardas por que passou, e um sorriso radiante para mim através da grade, quando abriram a porta dentro do portão de madeira e a deixaram sair.

Abracei-a.

— Meu amor.

Ela me abraçou forte e então abriu os braços para Henrique.

— Hen!

— Cat!

Olharam um para o outro deliciados.

— Cresceu — disse ela.

— Engordou — replicou ele.

William sorriu para mim.

— Nunca usam uma frase completa?

— Catarina, escrevi a Ana pedindo que a liberasse — falei rapidamente. — Quero que venha conosco.

Ela ficou séria no mesmo momento.

— Não posso. Ela está tão angustiada. Nunca a viu assim. Não posso abandoná-la. As outras damas são inúteis, duas não sabem o que estão fazendo e as outras duas são tia Bolena e tia Shelton, que ficam sentadas em um canto o tempo todo, cochichando com a mão na boca. Não posso deixá-la com elas.

— O que ela faz o dia inteiro? — perguntou Henrique.

Catarina enrubesceu.

— Ela chora e reza. Por isso não posso abandoná-la. Simplesmente não posso. Seria o mesmo que abandonar um bebê. Ela não consegue cuidar de si mesma.

— Você está se alimentando bem? — perguntei desanimada. — Onde está dormindo?

— Durmo com ela — disse Catarina. — Mas ela não dorme. E podemos comer tão bem quanto na corte. Está tudo bem, mamãe. E não será por muito tempo.

— Como sabe?

O capitão da guarda inclinou-se à frente e disse baixinho a William:

— Cuidado, Sir William.

William olhou para mim.

— Nós nos comprometemos a não discutir o assunto com Catarina. Viemos só para vê-la e saber que está bem.

Respirei fundo.

— Está bem. Mas, Catarina, se continuar por mais de uma semana, terá de vir conosco.

— Farei como quiser — replicou com doçura.

— Está precisando de alguma coisa? Quer que traga algo amanhã?

— Roupa de cama limpa — disse ela. — E a rainha precisa de mais um ou dois vestidos. Pode mandar trazerem de Greenwich?

— Sim — respondi, resignada. Parecia que a minha vida inteira eu tinha feito tarefas para Ana e, mesmo agora, nessa grande crise por que passávamos, eu continuava à sua disposição.

William olhou para o capitão da guarda.

— Pode ser, capitão? Minha esposa pode trazer roupa de cama e vestidos para elas?

— Sim, sir — respondeu o homem. Bateu no chapéu para mim. — É claro.

Sorri com tristeza. Ninguém nunca tinha aprisionado uma rainha sem provas nem acusação. Era difícil saber qual era o lado seguro.

Abracei Catarina de novo, e senti o cabelo macio em sua testa, que se soltara do capelo, sob meu queixo. Beijei sua testa e senti o perfume de sua pele jovem e quente. Foi terrível ter de deixá-la. Ela passou pelo portão e desceu à passagem pavimentada de pedras sob a grande sombra da torre. Fez uma pausa, acenou e desapareceu.

William acenou e, depois, se virou para mim.

— Uma coisa que nunca falta aos Bolena é a coragem absoluta — disse ele. — Se fossem cavalos, eu não teria outra raça, pois saltariam qualquer coisa. Mas como mulheres, são tremendamente difíceis de se conviver.

Maio de 1536

Peguei um barco rumo a Greenwich para buscar os vestidos para a rainha e a roupa de cama para Catarina, deixando William, Henrique e o bebê instalados perto da Torre. William ficou inquieto por eu viajar sem ele, e eu também estava receosa. Retornar ao Palácio de Greenwich era como voltar a correr perigo, mas preferi ir sozinha e saber que meu filho — aquela mercadoria preciosa e rara, um filho do rei — estava longe da corte. Prometi não levar mais de duas horas e não parar para nada.

Foi fácil entrar em meus aposentos, mas os da rainha estavam lacrados por ordem do Conselho Privado. Pensei em procurar meu tio e pedir vestidos para Ana e a roupa de cama, mas decidi que não valia a pena chamar atenção para a outra garota Bolena, quando a primeira estava na Torre por crimes sem provas. Fiz uma trouxa com vestidos meus e estava saindo furtivamente do quarto quando Madge Shelton passou.

— Meu Deus, achei que tinha sido presa — disse ela.

— Por quê?

— Por que qualquer um de nós está sendo preso? Você desapareceu. É claro que pensei que estava na Torre. Eles a soltaram depois do interrogatório?

— Não fui detida — repliquei pacientemente. — Fui para Londres para ficar com Catarina. Ela foi como dama de companhia de Ana. Continua na Torre com ela. Só vim buscar roupa de cama.

Madge sentou-se no vão da janela e caiu em pranto.

Lancei um olhar rápido ao corredor e mudei a trouxa de roupa de um braço para o outro.

— Madge, tenho de ir. Qual é o problema?

— Meu Deus, achei que você estava presa e que, agora, tinham vindo atrás de mim.

— Por quê?

— É como ser estraçalhada na cova do urso — disse ela. — Interrogaram-me durante toda a manhã até eu não saber mais o que tinha visto ou ouvido. Torceram e torceram minhas palavras, até fazerem com que soassem como se fôssemos um bando de prostitutas em um bordel. Nunca fiz nada de errado. Você também não. Mas querem saber tudo sobre tudo. Precisam saber quando e onde e senti tanta vergonha de tudo!

Parei por um momento, tentando juntar os cacos.

— O Conselho Privado a interrogou?

— Interrogou todo mundo. Todas as damas e criadas da rainha. Todos que dançaram em seus aposentos. Teriam interrogado Purkoy, o cachorro, se ele não estivesse morto.

— E o que perguntaram?

— Quem se deitava com quem, quem prometia o quê. Quem dava presentes, quem faltava às matinas. Tudo. Quem estava apaixonado pela rainha, quem lhe escrevia poemas, que músicas ela cantava, quem tinha seu favor. Tudo.

— E o que responderam? — perguntei.

— Oh, no começo, ninguém disse nada — replicou Madge com vivacidade. — Evidentemente. Todos temos nossos segredos, que não queremos que ninguém conheça. Mas acabam sabendo uma coisa por uma pessoa, outra coisa por outra e, no fim, nos enrolam e nos pegam em erro, perguntam coisas que não sabemos e outras que sabemos, e o tempo todo, tio Howard nos olha como se fôssemos putas incorrigíveis, e o duque de Suffolk é tão delicado que a gente acaba lhe explicando coisas e percebendo que dissemos tudo o que não queríamos.

Encerrou o discurso banhada em lágrimas, e enxugou os olhos com um pedaço de renda. De repente, olhou para mim.

— Vá embora! Se a virem, vão levá-la para ser interrogada, e a única coisa que querem saber é sempre sobre George, você e a rainha, onde passaram uma noite, o que fizeram na outra.

Balancei a cabeça e me afastei imediatamente. Em um momento, a ouvi atrás de mim.

— Se estiver com Henry Norris, pode lhe dizer que fiz o possível para não falar nada? — pediu ela, tão digna de pena quanto uma menininha não querendo dizer mentiras. — Eles me forçaram a dizer que a rainha e eu, uma vez, jogamos por um beijo dele, mas nunca contei mais do que isso. Não mais do que conseguiram tirar de Jane.

Nem mesmo o nome da venenosa mulher de George me deteve, de tanta pressa que eu tinha de sair do palácio. Mas segurei a mão de Madge Shelton e a arrastei comigo escada abaixo, até a porta.

— Jane Parker?

— Foi quem levou mais tempo sendo interrogada, e redigiu uma declaração e a assinou. Foi depois de ela falar com eles, que fomos todos chamados de novo, e só perguntaram sobre George. Só sobre George e a rainha, e quanto bebiam juntos e a frequência com que vocês três ficavam a sós, e se você os deixava sozinhos.

— Jane deve tê-lo caluniado — eu disse.

— Ela estava se gabando disso — disse Madge. — E aquela coisa Seymour deixou o palácio ontem para ficar com os Carew, em Surrey, queixando-se do calor enquanto o resto de nós temos nossas vidas investigadas e desfeitas. — Terminou com um soluço. Parei e beijei seu rosto.

— Posso ir com você? — perguntou desesperada.

— Não — respondi. — Procure a duquesa em Lambeth, ela cuidará de você. E não diga que me viu.

— Vou tentar — replicou com franqueza. — Mas não sabe como é quando a acuam e perguntam de tudo repetidamente.

Balancei a cabeça e a deixei, em pé no alto da escada de pedras: uma garota bonita que tinha ido para a corte mais bela e elegante da Europa, e seduzido o próprio rei. E que agora via o mundo dar a volta e a corte se obscurecer e o rei se tornar desconfiado. E aprendeu que nenhuma mulher, por mais frívola, bonita ou dinâmica, podia se considerar segura.

☙

Levei a roupa de cama para Catarina nessa noite e lhe disse que não tinha podido levar os vestidos para a rainha. Não lhe disse o porquê, não quis chamar a atenção para mim mesma nem para o nosso pequeno refúgio atrás de Minories.

Não lhe contei o que ouvira do barqueiro no caminho de volta a Londres: que Sir Thomas Wyatt, antigo namorado de Ana, que tinha disputado com o rei a atenção dela há tantos anos, quando não fazíamos nada a não ser brincar com o amor, foi preso e Sir Richard Page, outro do nosso círculo, também.

— Vão me procurar em breve — eu disse a William, sentando-me perto do fogo. — Estão pegando todos que foram próximos dela.

— É melhor parar de ver Catarina todos os dias — disse ele. — Eu vou, ou mandamos uma criada. Você pode ir e ficar oculta, perto do rio, onde possa vê-la e saber que está bem.

No dia seguinte, mudamos de pousada e demos um nome falso. Henrique ia à Torre em nosso lugar, vestido como um cavalariço, e levava roupa de cama ou livros para Catarina. Esquivava-se no meio do povo para chegar ao portão, e depois, para chegar em casa, certificando-se de que ninguém o seguira. Se meu tio chegasse a entender que uma mulher pode amar uma filha, teria vigiado Catarina, e ela o teria levado a mim. Mas ele nunca percebeu isso, é claro. Poucos Howard perceberam que meninas eram algo mais do que fichas para apostarem no jogo do casamento.

E ele tinha mais o que fazer. Na metade do mês, quando as acusações foram publicadas, nos demos conta de que ele realmente andara muito ocupado. William trouxe as notícias ao vir da padaria, onde tinha comprado nosso jantar, e esperou até eu acabar de comer para me contar.

— Meu amor — disse ele, meigamente. — Não sei como prepará-la para as notícias.

Olhei seu rosto sério e afastei meu prato.

— Apenas conte rapidamente.

— Julgaram culpados: Henry Norris, Francis Weston, William Brereton e o garoto Mark Smeaton de adultério com a rainha, sua irmã.

Por um momento, não ouvi. Ouvi as palavras, mas foi como se viessem de muito longe e abafadas. William afastou minha cadeira da mesa e baixou minha cabeça. A sensação passou e vi as tábuas do assoalho debaixo de minhas botas e fiz força para levantar a cabeça.

— Deixe-me levantar, não estou desmaiando.

Soltou-me e se ajoelhou diante de mim, para ver meu rosto.

— Receio que tenha de rezar pela alma de seu irmão. É certo que vão condená-lo.

— Não foi julgado com os outros?
— Não. Eles foram julgados por um tribunal comum. Ele e Ana terão de enfrentar os pares do reino.
— Então, haverá uma explicação. Terão feito algum acordo.
William pareceu em dúvida.
Fiquei em pé com um pulo.
— Tenho de ir à corte — eu disse. — Não devia ter ficado aqui me escondendo covardemente como uma tola. Tenho de ir e lhes dizer que estão errados. Antes que a situação se agrave. Se eles foram julgados culpados, tenho de ir à corte a tempo de depor que George é inocente, e Ana também.
Ele foi mais rápido do que eu, e bloqueou a porta antes de eu dar dois passos.
— Sabia que ia dizer isso e não irá.
— William, meu irmão e minha irmã correm grave perigo. Tenho de salvá-los.
— Não. Porque se levantar um tantinho a sua cabeça, a perderá, assim como eles. Quem você acha que está ouvindo as provas contra esses homens? Quem vai presidir a corte contra o seu irmão? O seu próprio tio! Usou sua influência para salvá-lo? O seu pai usou? Não. Porque sabem que Ana ensinou o rei a ser um tirano e, agora, ele enlouqueceu, e não podem impedir a sua tirania.
— Tenho de defendê-lo — eu disse, empurrando-o. — Trata-se de George, do meu querido George. Acha que quero ser enterrada sabendo que, nesse momento do seu julgamento, ele olhou em volta e não viu ninguém levantar um dedo por ele? Se significa a minha morte, irei.
De repente, William pôs-se de lado.
— Então, vá — disse ele. — Dê um beijo de despedida em nossa filha, antes de sair, e em Henrique. Direi a Catarina que a abençoou. E se despeça de mim. Pois se entrar naquele tribunal, não sairá viva. Não há nenhuma dúvida de que será julgada, no mínimo, por bruxaria.
— Por fazer o quê, pelo amor de Deus? — exclamei.— O que acha que eu fiz? O que acha que cada um de nós fez?
— Ana é acusada de seduzir o rei com feitiçaria. O seu irmão, por ajudá-la. Por isso o julgamento dos dois será feito separadamente. Perdoe-me não ter-lhe dito tudo de uma vez só. Não é o tipo de notícia que gosto de dar à minha mulher, com o jantar. São acusados de serem amantes e de convocarem o diabo. Vão ser julgados separadamente, não porque serão isen-

tados, mas porque seus crimes são graves demais para serem ouvidos em uma única sessão.

Ofeguei e cambaleei. William me segurou e terminou o que tinha a me dizer.

— Juntos, são acusados de destruírem o rei, de torná-lo impotente com sortilégios, talvez com veneno. São acusados de serem amantes e gerarem o bebê que nasceu um monstro. Parte disso vai permanecer, diga você o que disser. Você ficou muitas noites até tarde nos aposentos de Ana. Ensinou-lhe como seduzir o rei, depois de ter sido a sua amante durante anos. Buscou uma parteira para ela, introduziu uma bruxa no próprio palácio. Não introduziu? Ocultou bebês mortos. Eu enterrei um. E tem muito mais, muito mais coisas que nem eu sei. Não tem? Segredos dos Bolena que você não contou nem mesmo para mim?

Quando me virei, ele balançou a cabeça.

— Acho que sim. Ela tomou poções e usou de sortilégios para conceber? — olhou para mim e balançou a cabeça de novo. — Ela envenenou o bispo Fisher, pobre santo homem, e tem a morte de três homens inocentes na consciência. Envenenou o cardeal Wolsey, a rainha Catarina...

— Não pode ter certeza disso! — exclamei.

Ele me olhou sério.

— Você é a irmã dela e não pode oferecer uma defesa melhor do que essa? Que não tem certeza de quantos ela matou?

Hesitei.

— Não sei.

— Certamente ela é culpada de se meter com bruxaria, certamente é culpada de seduzir o rei com um comportamento obsceno. Certamente é culpada de ameaçar a rainha, o bispo e o cardeal. Não pode defendê-la, Maria. Ela é culpada de pelo menos metade das acusações.

— Mas George... — sussurrei.

— George a apoiou em tudo que fez — replicou William. — E pecou por conta própria. Se Sir Francis e os outros confessassem o que fizeram com Mark Smeaton e outros, seriam enforcados por sodomia, antes de qualquer outra coisa.

— Ele é meu irmão — eu disse. — Não posso abandoná-lo.

— Pode ir ao encontro de sua própria morte — disse William. — Ou pode sobreviver, criar seus filhos e ter a guarda da menina de Ana, que ficará desonrada e se tornará bastarda e órfã no fim desta semana. Pode esperar passar este reinado e ver como será o próximo. Ver o que o futuro reserva para a princesa Elizabeth, defender o nosso filho Henrique contra aqueles que vão querer instituí-lo como herdeiro do trono, ou pior ainda, alardear que pretende o trono. Você deve isso a seus filhos: protegê-los. Ana e George fizeram suas próprias escolhas. Mas a princesa Elizabeth, Catarina e Henrique as farão no futuro. Você deverá estar lá para ajudá-los.

Meus punhos em seu peito abriram-se, e minhas mãos penderam ao lado de meu corpo.

— Está bem — eu disse languidamente. — Deixarei que vão a julgamento sem mim. Não irei à corte defendê-los. Mas vou procurar meu tio e perguntar se é possível fazer alguma coisa para salvá-los.

Esperei que negasse também isso, mas hesitou.

— Tem certeza de que não vão detê-la? Ele acaba de julgar três homens que conhece desde meninos e de condená-los a serem enforcados, castrados e esquartejados. Não é um homem misericordioso.

Concordei com a cabeça e pensei melhor.

— Muito bem. Vou procurar, primeiro, meu pai.

Para meu alívio, William concordou.

— Eu a levo — disse ele.

Joguei um manto sobre meu vestido e falei para a ama cuidar do bebê e manter Henrique do seu lado, pois iríamos fazer uma visita e chegaríamos tarde. Em seguida, William e eu saímos.

— Onde ele está? — perguntei.

— Na casa de seu tio — respondeu William. — Metade da corte continua em Greenwich, mas o rei não sai de seus aposentos. Uns dizem que está sofrendo muito, mas outros dizem que escapa toda noite para ver Jane Seymour.

— O que aconteceu com Sir Thomas e Sir Richard que também foram levados? — perguntei.

William encolheu os ombros.

— Quem pode saber? Nenhuma prova contra eles, ou alegação especial, ou algum tipo de favor. Quem pode saber quando um tirano enlouquece? Foram dispensados, mas um garoto como Mark que nunca soube fazer outra coisa a não ser tocar alaúde é torturado até chamar por sua mãe, e dizer-lhes o que quiserem.

Pegou a minha mão fria e a pôs em seu braço.

— Chegamos — disse ele. — Vamos entrar pela porta das cavalariças. Conheço alguns dos garotos. É melhor eu sentir o clima antes de entrarmos.

Entramos em silêncio no pátio das cavalariças, mas antes que William tivesse tempo de gritar "Alô!" na janela, ouvimos um tropel no pavimento de pedras e meu pai chegou em seu cavalo. Precipitei-me para ele, seu cavalo assustou-se e ele praguejou contra mim.

— Perdoe-me, papai, precisava vê-lo.

— É você? — disse ele bruscamente. — Onde andou escondida?

— Ela estava comigo — replicou William com firmeza, vindo por trás de mim. — Onde deveria estar. E com nossos filhos. Catarina está com a rainha.

— Sim, eu sei — disse meu pai. — A única garota Bolena sem uma mácula em sua virtude, até onde eu sei.

— Maria quer lhe fazer uma pergunta e depois iremos embora.

Fiz uma pausa. Agora que estava ali, não sabia o que devia perguntar a meu pai.

— Ana e George serão poupados? — perguntei. — Meu tio está tentando isso?

Lançou-me um olhar sombrio e amargo.

— Deve saber o que fizeram tanto quanto todo mundo — disse ele. — Só Deus sabe como vocês três eram tão íntimos quanto pecadores. Você devia ter sido interrogada com as outras damas.

— Não aconteceu nada — eu disse impetuosamente. — Nada além do que o senhor já sabe. Nada além do que o meu tio ordenou. Ele me mandou ensinar Ana, ensiná-la a encantar o rei. Mandou que ela concebesse um bebê a qualquer preço. Mandou George ficar do seu lado e ajudá-la e confortá-la. Não fizemos nada a não ser o que foi mandado. Ela tem de morrer por ter sido uma filha obediente?

— Não me meta nisso — disse ele rapidamente. — Não tenho nada a ver com as ordens que recebeu. Ela seguiu seu próprio caminho, e ele e você com ela.

Ofeguei ao perceber sua traição e ele desmontou, passou as rédeas para um cavalariço e fez menção de se afastar. Corri atrás dele e agarrei sua manga.

— Meu tio vai ter como salvá-la?

Ele pôs a boca em meu ouvido.

— Ela tem de ir — disse ele. — O rei sabe que ela é estéril e quer outra esposa. Os Seymour venceram este *round*, não há como negar. O casamento será anulado.

— Anulado? Fundamentado em quê? — perguntei.

— Parentesco — replicou ele brevemente. — Como ele foi seu amante, não pode ser marido de Ana.

Surpresa, eu disse:

— Eu não, de novo.

— Exatamente.

— E o que vai acontecer com Ana?

— Um convento, se for para lá calada. Ou o exílio.

— E George?

— Exílio.

— E o senhor?

— Se eu sobreviver a isso, sobreviverei a qualquer coisa — replicou taciturno. — Agora, se não quer ser chamada para depor contra eles, mantenha-se longe, fora de vista.

— Mas poderei depor em sua defesa, se me apresentar ao tribunal?

Ele riu.

— Não há provas a favor deles — lembrou-me. — Em um julgamento por traição, não existe defesa. Tudo o que podem esperar é a clemência do tribunal e o perdão do rei.

— Devo pedir ao rei o perdão para eles?

Meu pai olhou para mim.

— Se não é uma Seymour, não será bem-vinda. Se é uma Bolena, convém ao machado. Fique fora do caminho, garota. Se quer servir à sua irmã e ao seu irmão, deixe que a situação se resolva o mais sigilosa e rapidamente possível.

William puxou-me para a sombra da cavalariça ao ouvirmos cavaleiros soldados na estrada.

— É seu tio — disse William. — Vamos por ali.

Passamos por um arco de pedra e demos nas portas duplas por onde entravam as carroças com feno. Havia uma porta menor aberta nas grandes vigas e William ajudou-me a atravessá-la. Fechou-a atrás de nós quando as tochas bruxuleavam no pátio e os soldados chamaram os cavalariços para ajudarem meu tio a desmontar.

William e eu voltamos para casa por caminhos escuros, invisíveis em ruas escondidas de Londres. A ama abriu a porta e me mostrou o bebê dormindo no berço e Henrique em seu pequeno catre, os cachos ruivos Tudor ao redor de sua cabeça.

Em seguida, William me levou para a cama de quatro colunas, fechou o cortinado, despiu-me, deitou-me nos travesseiros, envolveu-me com seu corpo, sem falar nada, enquanto eu me agarrava a ele. Passei a noite toda sem conseguir me aquecer.

☙

Ana seria julgada pelos pares do reino no Salão do Rei, no interior da Torre de Londres. Receavam levá-la de Londres a Westminster. A cidade que antes rejeitara sua coroação agora começava a defendê-la. O plano de Cromwell tinha ido além. Poucos acreditavam que uma mulher era capaz de ser tão indecente a ponto de seduzir homens quando estava grávida de um bebê de seu próprio marido, como o tribunal a acusava. Não podiam crer que uma mulher buscaria dois, três, quatro amantes, na cara do seu marido, quando este era o rei da Inglaterra. Até mesmo as mulheres da zona portuária, que haviam lhe gritado "Puta!" durante o julgamento da rainha Catarina, achavam que o rei enlouquecera de novo e estava abandonando uma esposa legítima por outra favorita desconhecida.

Jane Seymour tinha se mudado para Londres, para a bela casa de Sir Francis Bryan, na Strand, e era do conhecimento de todos que a barcaça do rei ficava atracada no píer até depois da meia-noite, e que havia música, banquete, dança e mascarada, enquanto a rainha estava na Torre, assim como cinco homens bons, quatro deles condenados à morte.

Henry Percy, antigo amor de Ana, estava entre os pares, jurado no julgamento da rainha, em cuja mesa todos tinham comido, cuja mão todos tinham beijado, que havia dançado com cada um deles. Deve ter sido uma experiência estranha para todos quando ela entrou no salão e se sentou diante deles, o "B" dourado em seu pescoço, seu capelo francês puxado para trás, mostrando o cabelo escuro e sedoso, o vestido escuro acentuando sua pele clara. O choro constante e as preces diante do pequeno altar na Torre deixaram-na calma para o dia do julgamento. Estava tão confiantemente adorável quanto tinha sido ao chegar da França, muitos anos atrás, e ser orientada por minha família para tirar meu amante real.

Eu poderia ter seguido o povo comum e pego um lugar atrás do prefeito e seu secretariado, mas William teve medo de que eu fosse vista, e eu sabia que não suportaria ouvir as mentiras que diriam sobre ela. Sabia também que não suportaria ouvir a verdade. A mulher da pensão foi assistir ao maior espetáculo que Londres já oferecera e voltou com um relatório adulterado das inúmeras de vezes e lugares em que a rainha tinha seduzido os homens da corte, inflamando seu desejo, beijando-os de língua, que lhes dava presentes, e que eles tentavam superar uns aos outros noite após noite. Uma história que, às vezes, era verdade; outras vezes, pendia para as fantasias mais escabrosas, as quais qualquer um que conhecera a corte perceberia que eram falsas. Mas havia o fascínio do escândalo, sempre erótico, imundo, obscuro. Era o tipo de coisa que o povo desejava que rainhas fizessem, coisas que uma prostituta casada com um rei certamente faria. Isso dizia mais, muito mais, a respeito dos sonhos do secretário Cromwell, um homem vil, do que algo sobre mim, Ana ou George.

Não apresentaram nenhuma testemunha que a vira tocando e acariciando, tampouco nenhuma para provar que ela desejara a doença de Henrique. Alegavam que a úlcera em sua perna e sua impotência também eram culpa dela. Ana declarou-se inocente e tentou explicar, aos pares que já sabiam disso, que era normal a rainha distribuir pequenos presentes. Que não significava nada ela dançar com um homem, depois com outro. Que, evidentemente, poetas lhe dedicariam poemas. E que naturalmente tais poemas seriam de amor. Que o rei nunca se queixara, nem por um momento, da tradição do código de conduta para o amor cortês em toda a Europa.

No último dia de julgamento, o conde de Northumberland, Henry Percy, seu amor de tanto tempo atrás, não compareceu. Desculpou-se dizendo que estava muito doente. Foi quando percebi que o veredicto seria contra ela. Os lordes que tinham estado na corte de Ana, que teriam vendido suas próprias mães às galés por um favor seu, proferiram seu veredicto, do par mais modesto ao nosso tio. Um após o outro, todos disseram: "culpada". Quando chegou a vez do meu tio, ele reprimiu as lágrimas e mal conseguiu dizer a palavra "culpada", ou proferir a sentença: ela deveria ser queimada ou decapitada no Green, conforme o desejo do rei.

A mulher da pensão pegou um pedaço de pano no bolso e passou nos olhos. Disse que não lhe parecia justo uma rainha ser queimada porque dançou com alguns rapazes.

— É verdade — disse William judiciosamente, e a dispensou. Depois que ela se foi, ele voltou e me pôs no colo, e me enrosquei como uma criança, e deixei que me abraçasse e me ninasse.

— Ela vai odiar ficar em um convento.

— Terá de aceitar o que o rei decidir — disse ele. — Exílio ou convento, ela ficará feliz.

☙

Julgaram meu irmão no dia seguinte, antes que perdessem a coragem para mentir. Foi acusado, como os outros, de ser seu amante e de conspirar contra o rei, e como eles, negou tudo. Também o acusaram de questionar a paternidade da princesa Elizabeth e de rir da impotência do rei. George, sob juramento, ficou calado: não pôde negar. A prova mais grave contra ele foi uma declaração escrita por Jane Parker, a esposa que ele sempre tinha desprezado.

— Darão ouvidos a uma esposa magoada? — perguntei a William. — Quando se trata de uma condenação à forca?

— Ele é culpado — respondeu simplesmente. — Até mesmo eu, que não sou um de seus íntimos, o ouvi rir de Henrique e dizer que ele não conseguia nem montar em uma égua no cio, muito menos numa mulher como Ana.

Balancei a cabeça.

— Isso é obsceno e indiscreto, mas...

Ele pegou minha mão.

— É traição, meu amor — disse ele gentilmente. — Não se espera que isso vá a julgamento, mas se vai, é traição tanto quanto a dúvida de Thomas More em relação à supremacia do rei na Igreja. Esse rei pode determinar o que é e o que não é crime passível de condenação à morte. Nós lhe demos esse poder quando negamos ao Papa o direito de chefiar a Igreja. Demos a Henrique o direito de decidir tudo. E agora ele decide que sua irmã é uma bruxa, que o seu irmão é seu amante, e que os dois são inimigos do reino.

— Mas ele vai libertá-los — insisti.

☙

Todos os dias, meu filho Henrique ia à Torre ver a irmã e se ela estava bem. Todos os dias, William o seguia no caminho de ida e no de volta, sempre atento a que ninguém estivesse vigiando-os. Mas não havia espiões atrás de Henrique. Era como se já tivessem feito o pior de tudo, ao escutarem a rainha e a enganarem, ao escutarem George e suas indiscrições absurdas e o enganarem.

Certo dia, em meados de maio, fui com Henrique encontrar minha menina. De onde estávamos, do lado de fora do portão, podíamos ouvir o bater dos pregos no cadafalso em que executariam meu irmão e os quatro homens. Catarina estava calma, um pouco pálida.

— Venha para casa — insisti. — E iremos para Rochford, todos nós. Não há mais nada que possa fazer aqui.

Ela sacudiu a cabecinha coberta com o capelo.

— Deixe-me ficar — disse ela. — Quero ficar até tia Ana ser enviada ao convento e tudo estar terminado.

— Ela está bem?

— Está. Reza o tempo todo e se prepara para uma vida na clausura. Sabe que tem de renunciar à sua posição de rainha. Sabe que tem de abrir mão da princesa Elizabeth. Sabe que ela não será rainha. Mas é melhor o julgamento ter se encerrado. Não ficam a espionando da mesma maneira. E ela está mais resignada.

— Viu George? — perguntei, tentando manter a voz normal, mas a tristeza me engasgou.

Catarina me olhou com seus olhos escuros dos Bolena cheios de dó.

— Isto é uma prisão — replicou brandamente. — Não posso sair e fazer visitas.

Balancei a cabeça com a minha própria estupidez.

— Quando estive aqui, era um dos muitos castelos do rei. Eu podia andar por onde quisesse. Devia ter percebido que tudo é diferente agora.

— O rei vai se casar com Jane Seymour? — perguntou. — Ela quer saber.

— Pode lhe dizer que isso é certo — repliquei. — Ele vai à sua casa todas as noites. Ele é o que era nos velhos tempos, quando era ela.

Catarina balançou a cabeça.

— Tenho de ir — disse ela, relanceando os olhos para o sentinela às suas costas.

— Diga a Ana... — interrompi-me. Havia coisas demais para caber em uma única mensagem. Havia muitos anos de rivalidade, depois uma unidade imposta, e sempre, escorando o amor de uma pela outra, a sensação de que a outra devia ser vencida. Como lhe dizer em uma palavra tudo isso, e lhe dizer que ainda a amava, que estava feliz por ter sido sua irmã, embora soubesse que ela mesma se levara aonde estava, e que levara George junto? Que apesar de nunca ser capaz de perdoá-la pelo que tinha feito a todos nós, eu compreendia perfeitamente?

— Digo-lhe o quê? — disse Catarina, esperando para ser dispensada.

— Diga-lhe que penso nela — repliquei simplesmente. — O tempo todo. Todos os dias. Da mesma forma.

☙

No dia seguinte, decapitaram meu irmão com o seu amante, Francis Weston, com Henry Norris, William Brereton e Mark Smeaton. Aconteceu no Green, diante da janela de Ana, e ela assistiu a seus amigos e seu irmão morrerem. Caminhei na praia enlameada à margem do rio, com meu bebê apoiado no quadril, tentando ignorar o que estava acontecendo. O vento soprava delicadamente e uma gaivota gritou com pesar no alto. A parte descoberta da maré era uma mixórdia de restos intrigantes: pedaços de corda, de madeira, conchas incrustadas em plantas. Olhei para as minhas botas e senti o cheiro do sal no ar. Deixei que meu passo embalasse o bebê e tentei entender o que tinha acontecido conosco, os Bolena, que num dia governávamos o país e, no outro, éramos condenados como criminosos.

Virei-me para voltar para casa e senti meu rosto molhado de lágrimas. Eu não tinha pensado em perder George. Nunca tinha pensado que Ana e eu teríamos de viver sem George.

☙

Um espadachim foi chamado da França para executar Ana. O rei estava planejando uma suspensão da pena na última hora, e extrairia disso cada gota de drama. Construíram um cadafalso para ela ser decapitada no Green, do lado de fora da Torre Beauchamp.

— O rei vai soltá-la? — perguntei a William.

— É o que o seu pai disse.

— Fará isso como uma grande mascarada — eu disse, conhecendo Henrique. — No último instante, enviará seu perdão e todos se sentirão tão aliviados que o perdoarão da morte dos outros.

☙

O espadachim atrasou-se na estrada. Levaria mais um dia para que estivesse na plataforma, aguardando o perdão. Nessa noite, Catarina, no portão, parecia um pequeno fantasma.

— O arcebispo Cranmer veio hoje trazer os papéis para anular o casamento e ela os assinou. Prometeram que, se assinasse, seria libertada. Irá para um convento.

— Graças a Deus — eu disse, só agora percebendo como eu tinha estado apreensiva. — Quando será libertada?

— Talvez amanhã — disse Catarina. — Ela terá de viver na França.

— Ela vai gostar disso — eu disse. — Será uma abadessa em cinco dias, vai ver só.

Catarina deu-me um leve sorriso. A pele sob seus olhos estava quase púrpura de cansaço.

— Venha comigo agora! — eu disse com uma ansiedade repentina. — Está tudo decidido.

— Irei quando estiver tudo terminado — disse ela. — Quando ela for para a França.

☙

Nessa noite, deitada insone, olhando para o dossel sobre a cama, eu disse a William:

— O rei vai manter sua palavra e libertá-la, não vai?

— Por que não faria isso? — perguntou-me. — Ele tem tudo o que queria. Uma acusação de adultério contra ela, portanto ninguém pode dizer que ele gerou um monstro. O casamento anulado, como se nunca tivesse acontecido. Todos que contestaram sua virilidade estão mortos. Por que a mataria? Não faz sentido. E ele lhe deu a sua palavra. Ela assinou a anulação. É um compromisso de honra mandá-la para um convento.

☙

No dia seguinte, um pouco antes das 9 horas, eles a levaram para o cadafalso, suas damas, entre elas a minha Catarina, seguindo atrás.

Eu estava mais atrás, no meio do povo, na Torre de Londres. A distância, a vi aparecer, uma figura pequena em um vestido preto com um manto escuro. Retirou o capelo, seu cabelo estava preso em uma rede. Disse suas últimas palavras, não deu para eu escutá-las e não me importei com isso. Era uma bobagem, uma fala da mascarada, tão sem sentido quanto o rei ser um Robin Hood e nós, os aldeões vestidos de verde. Esperei a comporta ser suspensa, e a barcaça do rei surgir com um rufar de tambor e o girar dos remos na água escura, e o rei avançar com passos largos e declarar seu perdão a Ana.

Achei que havia mandado o carrasco se atrasar, esperar que as trombetas reais ressoassem do rio. Era típico de Henrique usar esse momento para o grande drama. Tínhamos de esperá-lo fazer a sua entrada grandiosa e seu discurso de perdão. Então Ana iria para a França, eu buscaria minha filha e iria para casa.

Observei-a se virar para o padre para as suas últimas orações, entregar o capelo francês e o colar. Apertei meus dedos, ocultos sob as mangas compridas, irritada com a vaidade de Ana e o atraso de Henrique. Por que não encerravam logo a encenação para que fôssemos todos embora?

Uma das mulheres, não minha filha Catarina, se adiantou e atou uma venda nos olhos de minha irmã, e segurou seu braço quando ela se ajoelhou na palha. A mulher recuou. Ana ficou só. Como um trigal curvando-se ao vento, a multidão diante do cadafalso também se ajoelhou. Somente eu continuei imóvel, olhando para a minha irmã, ajoelhada em seu vestido preto com a saia carmesim, os olhos vendados, a face lívida.

Atrás dela, a espada do carrasco se ergueu na luz da manhã. Olhei para a comporta, esperando Henrique. E então a espada baixou como um raio, e a cabeça rolou de seu corpo, e a longa rivalidade entre mim e a outra garota Bolena tinha chegado ao fim.

William puxou-me para uma das alcovas do muro e abriu caminho a força pelo povo que se aglomerava para ver o corpo de Ana envolvido em um pano e colocado em uma caixa. Ele ergueu Catarina como se ela não passasse de um bebê, e a trouxe, passando pela multidão chocada e ruidosa, de volta para mim.

— Acabou — disse ele sucintamente para nós duas. — Agora andem.

Como um homem furioso, nos obrigou a andar à sua frente, atravessar o portão e sair para Londres. Cegamente, achamos o caminho para a pensão, atravessando a multidão que se agitava ao redor da Torre, gritando as notícias uns para os outros, gritando que a prostituta tinha sido decapitada, que a pobre mulher tinha sido martirizada, que a esposa tinha sido sacrificada, todas as diversas versões que Ana tinha gerado em uma vida mal vivida.

Catarina tropeçou quando suas pernas cederam, e William carregou-a como um bebê. Vi sua cabeça apoiar-se em seu ombro e percebi que quase adormecera. Tinha ficado acordada durante dias com minha irmã, esperando a clemência prometida. Mesmo então, tropeçando nas pedras arredondadas que pavimentavam a estrada para a cidade, me dei conta de como era difícil admitir que a clemência não tinha acontecido e que o homem que eu amara como o príncipe mais promissor da cristandade tinha se transformado em um monstro que não cumprira com sua palavra e tinha executado sua esposa porque não suportava a ideia de ela viver sem ele, desprezando-o. Ele havia tirado George, o meu querido George, de mim. E havia levado o meu outro ego: Ana.

> ෬෪

Catarina dormiu um dia e uma noite inteiros, e quando acordou, William estava com os cavalos prontos e ela se viu sobre a sela antes de ter tempo para protestar. Cavalgamos até o rio e pegamos um barco para Leigh. Ela comeu quando estávamos a bordo, Henrique ao seu lado. Eu segurava meu bebê em meu quadril, observando meus dois filhos mais velhos, dando graças a Deus por estarmos fora da cidade e por, se tivéssemos sorte e juízo, podermos passar despercebidos durante o próximo reinado.

Jane Seymour tinha escolhido sua roupa de casamento no dia em que executaram minha irmã. Nem mesmo a culpei por isso. Ana, ou eu, teria feito a mesma coisa. Quando Henrique mudava de ideia, sempre mudava rápido, e foi uma mulher sensata que o acompanhou e não o contestou. Ainda mais agora que ele se divorciara de uma mulher irrepreensível e decapitara outra. Agora, ele conhecia o seu poder.

Jane seria a nova rainha e seus filhos, quando os tivesse, seriam os próximos príncipes e princesas. Ou esperaria, como as outras rainhas tinham esperado, todo mês, em desespero para saber se estava grávida ou não, sabendo que a cada mês que isso não acontecesse, o amor de Henrique e sua paciência diminuiriam cada vez mais. Ou a maldição de Ana da morte no parto e da morte de seu filho se realizasse. Não invejei Jane Seymour. Tinha visto duas rainhas casadas com rei Henrique, e nenhuma delas tinha tido muitas alegrias.

Quanto a nós, Bolena, meu pai estava certo. Tudo o que podíamos fazer agora era sobreviver. Meu tio tinha perdido uma boa mão com a morte de Ana. Ele a tinha jogado na mesa, como me jogara e jogara Madge. Se a garota era boa de sedução ou servia para ser um lenitivo para a fúria do rei, ou mesmo para aspirar à posição mais alta no mundo, ele sempre tinha uma garota Howard a postos. Ele jogaria de novo. Mas nós, Bolena, estávamos destruídos. Tínhamos perdido a nossa garota mais famosa, a rainha Ana, e perdido George, o nosso herdeiro. E a filha de Ana, Elizabeth, não era ninguém, valia muito menos do que a desprezada princesa Mary. Nunca mais seria chamada de princesa. Nunca se sentaria no trono.

— Fico feliz com isso — eu disse a William quando as crianças adormeceram, embaladas pelo jogar do barco na maré baixa. — Quero viver no campo com você. Quero criar nossos filhos, ensiná-los a amar uns aos outros e temer a Deus. Quero ter um pouco de paz, chega do jogo na corte. Vi o preço a pagar e é alto demais. Quero apenas você. Quero simplesmente viver em Rochford e amar você.

Ele pôs o braço ao redor de mim e me abraçou forte, me protegendo do vento que soprava do mar.

— Trato feito — disse ele. — O seu papel foi cumprido, graças a Deus — dirigiu o olhar para onde estavam meus dois filhos, na proa do barco, olhando rio abaixo para o mar, oscilando com o ritmo dos remos. — Mas e eles dois? Subirão o rio de novo, um dia, de volta à corte e ao poder.

Sacudi a cabeça protestando.

— São metade Bolena e metade Tudor — disse ele. — Meu Deus, que combinação. E sua prima Elizabeth também. Ninguém pode saber o que farão.

Nota da Autora

Maria e William Stafford viveram felizes juntos em Rochford. Quando os pais dela morreram (em 1538 e 1539), Maria herdou todas as propriedades da família Bolena, em Essex, e ela e William se tornaram proprietários ricos.

Ela faleceu em 1543, e seu filho, Henrique Carey, tornou-se principal conselheiro e cortesão na corte de sua prima, a rainha Elizabeth I, a maior rainha que a Inglaterra já teve. Ela o fez visconde Hunsdon. A filha de Maria, Catarina, casou-se com Sir Francis Knollys e fundou uma importante dinastia elizabetana.

Estou em dívida com Retha M. Warnicke, cujo livro *The Rise and Fall of Anne Boleyn* foi a fonte mais útil para esta história. Obedeci à tese original e provocadora de Warnicke de que o círculo homossexual de Ana, inclusive seu irmão George, e seu último aborto criaram um clima em que o rei pôde acusá-la de bruxaria e de práticas sexuais perversas.

Sou muito grata aos seguintes autores, cujos livros me ajudaram a delinear a história, não narrada, de Maria Bolena, e ofereceram um segundo plano para o período:

Bindoff, S. T., *Pelican History of England: Tudor England*, Penguin, 1993.
Bruce, Marie Louise, *Anne Boleyn*, Collins, 1972.
Cressy, David, *Birth, Mariage and Death, ritual religions and the life-cycle in Tudor and Stuart England*, OUP, 1977.
Darby, H. C., *A New Historical Geography of England Before 1600*, CUP, 1976.

Elton, G. R., *England Under the Tudors*, Methuen, 1955.
Fletcher, Anthony, *Tudor Rebellions*, Longman, 1968.
Guy, John, *Tudor England*, OUP, 1988.
Haynes, Alan, *Sex in Elizabethan England*, Sutton, 1997.
Loades, David, *The Tudor Court*, Batsford, 1986.
Loades, David, *Henry VIII and his Queens*, Sutton, 2000.
Mackie, J. D., *Oxford History of England, The Earlier Tudors*, OUP, 1952.
Plowden, Alison, *Tudor Women, Queens and Commoners*, Sutton, 1998.
Randell, Keith, *Henry VIII and the Reformation in England*, Hodder, 1993.
Scarisbrick, J. J., *Yale English Monarchs: Henry VIII*, YUP, 1997.
Smith, Baldwin Lacey, *A Tudor Tragedy, the Life and Times of Catherine Howard*, Cape, 1961.
Starkey, David, *The Reign of Henry VIII, Personalities and Politics*, G. Philip, 1985.
Starkey, David, *Henry VIII: A European Court in England*, Collins and Brown, 1991.
Tillyard, E. M. W., *The Elizabethan World Picture*, Pimlico, 1943.
Turner, Robert, *Elizabethan Magic*, Element, 1989.
Warnicke, Retha M., *The Rise and Fall of Anne Boleyn*, CUP, 1991.
Weir, Alison, *The Six Wives of Henry VIII*, Pimlico, 1997.
Young, Joyce, *Penguin Social History of Britain*, Penguin.

Este livro foi composto na tipologia Minion,
em corpo 11/15, e impresso em papel
off-white no Sistema Digital Instant Duplex
da Divisão Gráfica da Distribuidora Record.